MAJA WINTER

Die Drachenjägerin

Das Hohe Spiel

Maja Winter

Die Drachenjägerin

Das Hohe Spiel

Roman

Originalausgabe

blanvalet

MIX
Papier aus verantwortungsvollen Quellen
FSC® C014496

Verlagsgruppe Random House FSC-DEU-0100
Das FSC®-zertifizierte Papier *Super Snowbright*
für dieses Buch liefert Hellefoss AS, Hokksund, Norwegen.

1. Auflage
Originalausgabe Juni 2011 bei Blanvalet,
einem Unternehmen der Verlagsgruppe
Random House GmbH, München

Umschlaggestaltung: Umschlagmotiv: © Illustration Marion Hirsch/
HildenDesign
Lektorat: Angela Troni
Karte: © Jürgen Spech
HK · Herstellung: sam
Satz: Buch-Werkstatt GmbH, Bad Aibling
Druck und Einband: GGP Media GmbH, Pößneck
Printed in Germany
ISBN: 978-3-442-26813-9

www.blanvalet.de

Der Mann trug den Helm eines Ritters, aber keine Rüstung, nur einen dunklen Umhang. Seine Stiefel waren staubig und abgewetzt. Er zog den Fuß nach; mit größter Anstrengung kletterte er über die Steine. Die blutige Spur, die er hinterließ, kam ihm wie ein Leuchtfeuer vor, doch er hatte keine Wahl. Wenn sie ihn fanden, dann durfte das auf keinen Fall hier geschehen, wo er unter dem Gebüsch das Kostbarste versteckt hatte, was er besaß. Er fluchte leise, während er sich an einem Vorsprung abmühte. Seine Hände rissen an den spitzen Steinen auf. Noch mehr Blut. Er klammerte sich an einem jungen Baum fest, der aus dem Geröll herauswuchs, und wuchtete das Knie über die Kante. Schwer atmend zog er sich hoch. Nur ein Mal, einen kurzen Augenblick lang, gewann der Schmerz. Tränen schossen ihm in die Augen. Sein Rücken krümmte sich, doch keinen Moment ließ seine Wachsamkeit nach. Dort unten lag wie ein riesiger glitzernder Schatz der tote Drache, die geknickten Flügel um sich her wie ein abgestreiftes Kleid.

Der Mann lachte heiser – und er machte sich Sorgen wegen der Blutstropfen auf den Steinen. Der Himmel über ihm war offen. Keine hohen Bäume, keine überhängenden Felsen. Es war nur eine Frage der Zeit.

Aber nicht hier. Bitte nicht hier …

Er kämpfte sich weiter. Der verletzte Knöchel gab unter seinem Gewicht nach, er stürzte nach vorne, fing sich mit beiden

Händen auf. Vor seinen Augen wurde es dunkel. Sofort wurde die Versuchung, einfach liegen zu bleiben, übermächtig. Sich an den Fels zu pressen und zu hoffen, dass sie ihn nicht entdeckten ... Aber gerade das sollten sie. Wenn nicht ihn, dann ... Nein. Es gab keine andere Möglichkeit. Er musste ihre Blicke auf sich lenken, ganz gleich, was es ihn kostete.

Mühsam rappelte der Ritter sich wieder auf. Mit bebenden Fingern löste er die Schließe seines dunklen Umhangs, der ihn mit dem Gestein verschmelzen ließ. Das mit goldenen Verzierungen bestickte Wams darunter war rot, blutrot. Sie konnten es nicht übersehen. Er nahm seinen Helm ab und löste das Band, das sein dickes rotbraunes Haar zu einem Pferdeschwanz zusammenhielt. Wie eine Flamme würde er sie anlocken. Das markant geschnittene Gesicht mit der scharfen, gebogenen Nase und dem eckigen, von dunklen Bartstoppeln übersäten Kinn wirkte müde, doch er biss entschlossen die Zähne zusammen.

Nie hatte Erschöpfung oder Verzweiflung ihn davon abhalten können, das zu tun, was er für richtig hielt. Die Augen, von einem hellen Goldbraun, offenbarten ein Wissen, das seinem Körper noch fremd war. Dieser schrie nach Flucht, wollte rennen – nur wie, mit dem verletzten Bein? Es war ein Wunder, dass es ihm gelungen war, sich so weit vom Kampfplatz zu entfernen. Noch mehr Wunder würde es an diesem letzten Tag nicht geben.

Mein letzter Tag, dachte er. Durch die Bitterkeit und den Schmerz strahlte wie ein Funke das Glück. *Auch wenn es hier endet – ich habe alles erreicht, was ich wollte ... Ich kann aufrecht sterben. Und meine Familie ist in Sicherheit.*

Gut sichtbar legte er den Helm auf die ebene Fläche vor dem nächsten Felsvorsprung. Bei diesen Gegnern würde der Kopfschutz ihm ohnehin nichts nützen.

Der Himmel blieb leer. Sofort schlug die Hoffnung zu. *Viel-*

leicht kann ich doch entkommen … Wir werden fliehen. Wir bauen uns ein neues Leben auf.

Ein verführerischer Gedanke. Er wusste es besser. Und trotzdem … *Nimm ihn mit, diesen einen Moment der Hoffnung* … Er lachte auf, während er sich vorwärtsschleppte und den nächsten Vorsprung erklomm.

»Wo seid ihr?«, schrie er.

Wie immer kamen sie ohne Vorwarnung. Das Rauschen ihrer Flügel erklang in seinen Ohren, als es bereits zu spät war. Gigantischen Adlern gleich stürzten sie aus dem Blau des Himmels. Er hatte kaum Zeit, das Schwert zu ziehen, als die ledrige Schwinge des ersten ihn zu Boden riss. Der Ritter rollte sich herum; mit erstaunlicher Wendigkeit für einen so großen, breitschultrigen Mann warf er sich nach vorne. Die Klinge schnitt durch den Flügel, und ein Regen feiner Blutströpfchen wehte ihm ins Gesicht.

Der Drache heulte auf. Aus den Augenwinkeln sah der Mann die beiden anderen, die gierig die Hälse vorstreckten. Er riss schützend die Arme hoch, als die Flammen über ihn hinwegzüngelten, woraufhin das Schwert klirrend auf die Steine fiel. Seine Tunika fing Feuer. Er wälzte sich über den Fels, tastete nach seiner Waffe, während der Schmerz sich durch seine Haut grub, und krallte die Finger um den Schwertgriff.

Der Drache neigte den Kopf. Seine Augen schienen zu brennen, ein Teich glühender Lava.

»Wo?«, fragte er. »Wo ist sie?« Die Stimme aus der fremdartigen Kehle knisterte und zischte.

»Ihr bekommt sie nicht, so viel steht fest.« Wenigstens blieb ihm diese letzte Genugtuung, sie zu verhöhnen. »Wenn ihr mich tötet, erfahrt ihr es nie.«

Der Drache zögerte einen Moment, den der Mann sofort nutzte. Er sprang nach vorne und hieb das Schwert quer über das gewaltige Kinn, von dem lange Barten herabhingen.

Heißes Blut sprudelte aus der Wunde und ergoss sich auf den Fels. Der Drache brüllte. Dann riss er das Maul so weit auf, dass der Mann ihm bis ins Innere des Rachens blicken konnte, dorthin, wo die winzige bläuliche Feuerkugel zu einem mächtigen Ball wuchs.

Er versuchte noch zu fliehen, ein halbherziger Versuch, von vornherein zum Scheitern verurteilt. Obwohl der Schmerz glühend durch sein Bein schoss, drehte er sich um und rannte los, aber gleich darauf spürte er, wie sich die Zähne um seinen Leib schlossen. Der Drache riss ihn hoch und schwenkte den Kopf hin und her. Dem Ritter vergingen beinahe die Sinne, doch gleichzeitig war er sich auf groteske Weise seiner Situation bewusst. Er sah die Reihe der Hauer aus seinem Fleisch aufragen, fremde weiße Knochen, die nicht zu ihm gehörten. Zwischen seinen Rippen, aus seinem Bauch, aus seinem Bein. Auf einmal wurde es unmöglich zu atmen. Blut füllte seine Lunge, er schmeckte es in seinem Mund. Der Schmerz war zu groß, um ihn zu fühlen.

Das war es also, dachte er, fuhr mit dem frei baumelnden Schwertarm herum und trieb die Klinge so weit er konnte in den Schädel des Drachen. *Aber meine Familie habt ihr nicht gefunden. Und* sie *werdet ihr niemals bekommen.*

Als Nächstes fiel der Ritter. Blut färbte sein Gesichtsfeld. Er kämpfte sich auf die Knie und sah den Drachen mit einem markerschütternden Schrei über die Felsen taumeln. Sofort stürzten sich die beiden anderen auf den Verletzten. Der Hieb einer krallenbewehrten Pranke riss ihm den halben Schädel auf. Er fiel nach vorne und wunderte sich darüber, dass Sterben so leicht war. Der zweite Drache schmetterte ihn mit dem dornenbewehrten Schweif gegen die Felswand. Knochen brachen; er wollte gar nicht wissen, welche. Benommen blinzelte er mit dem einen Auge, das ihm noch geblieben war, aber er konnte nichts erkennen außer dem Grau der Steine. Direkt vor ihm in einer Spalte wuchs etwas, ein kleiner grüner Spross mit zarten Blättern.

Ich sterbe.

Er hatte gewusst, dass dieser Tag kommen würde. Er hatte ihn in Kauf genommen, mit allen seinen Entscheidungen, seinen Taten, trotzdem war es eine Überraschung, dass der Zeitpunkt nun tatsächlich da war. Er wusste nicht, ob das Rauschen, das er hörte, in seinen Ohren dröhnte oder ob es die Drachenflügel waren.

Stille kehrte ein.

Ein einzelner Gedanke flatterte durch seinen Geist, ein Falter, vom Licht angezogen, das bereits irgendwo in der Ferne aufleuchtete.

So kann es nicht enden.

Durch den roten Nebel fand dieser Gedanke sein Ziel, vereinigte sich mit seinem unbeugsamen Willen.

Nein. So kann es nicht enden.

Unendlich langsam, mit einer Anstrengung, die alles übertraf, kämpfte der Ritter sich hoch. Schließlich stand er, mit beiden Händen auf den Schwertknauf gestützt. Er atmete keine Luft mehr. Nur noch die Stille.

Dann durchdrang ein ohrenbetäubendes Kreischen die Wirklichkeit. Ein Schrei, der den Himmel in tausend Teile zerriss. Der Sterbende versuchte, Blut und Schweiß und Tränen fortzublinzeln. Der Drache fiel aus dem Licht. Er war rot wie die untergehende Sonne und genauso strahlend, herrlich und wild. Ein Drache, wie es keinen zweiten gab. Er landete auf dem Gestein; das Vibrieren seiner Macht floss in Wellen von ihm fort. Auf dem unteren Vorsprung kam der Helm ins Schaukeln und rollte über die Steine. Scheppernd schlug er gegen die Felswand. Einmal, zweimal, dreimal und tauchte dann ins weiche Grün.

Der Mann hustete, dickes Blut floss ihm über die Lippen. Er

schwankte, als er die Waffe hochriss, die Klinge nach oben gerichtet.

»Nicht am Boden«, sagte er. Die Worte waren kaum zu verstehen, in Blut und Schmerz gebadet. »Ich will aufrecht sterben, so, wie ich gelebt habe.«

Der Drache bäumte sich auf und breitete die Flügel aus. Wie ein Gott aus Feuer ragte er über dem Ritter auf, gleißendes rotes Licht tanzte auf seinen Schuppen. Er warf den Kopf in den Nacken, und eine gewaltige Flamme schoss daraus empor. Wieder schrie er.

Der Mann lachte leise, und als wollte er mit seinem eigenen Feuer dagegenhalten, sprudelte das Blut über seine Lippen.

»Unser … letzter … Kampf, Gah Ran.«

Der Drache ließ sich nach vorne fallen, mit geöffnetem Maul. Sein Feuer hüllte den Ritter ein. Bläuliches Licht spielte um das zerstörte Gesicht, um den blutenden, geschundenen Leib. Die braunen Haare glühten rot wie nie zuvor. Für den Bruchteil eines Augenblicks leuchtete sein triumphierendes Lächeln auf.

Dann stand der Drache allein auf dem Felsen. Sein Atem wehte die Asche davon, über die grünen Wipfel unten im Tal.

1

Nur Träumer schauten nach oben in die Wolken. Kindsköpfe versuchten, Figuren zu erkennen, Schafe oder Hügel. Manchmal sah Linn ganze Gebirge, die sich am Himmel auftürmten und im Feuerschein der untergehenden Sonne brannten. Schlösser wuchsen aus grauen Wiesen heraus, Türme und Dächer, wie von einem verspielten Gott in einem Augenblick geschaffen und im nächsten zerstört – sie erschienen und zerfielen wieder. Die Türme und Mauern sackten zusammen und zerflossen zu einem See, einem Pferd oder gar einem Ungeheuer. *Seltsam,* dachte sie manchmal, *dass ich nie einen Drachen in den Wolken erkenne. Drachen zu sehen ist … anders.*

Heute war der Himmel leer; keine einzige Wolke trübte das Sommerblau. Es gab keinen Grund hinaufzublicken, keinen einzigen, außer …

Sieh nicht hin, befahl sie sich. *Geh einfach weiter, schau auf den Weg, nicht nach oben …*

Natürlich tat sie es doch.

Ein rotbrennendes Aufblitzen, wie ein Funke, der sofort verglüht. Für einen Moment lang verdunkelte sich die Sonne, der Schatten huschte über die Wiese, glitt die Wand hinauf und verschwand über dem Dach.

Die Umrisse eines riesigen Vogels, wenn sie es nicht besser gewusst hätte.

»Siehst du wieder was?«, fragte Binia. Linns kleine Schwester spielte bevorzugt Aufseherin und ahmte erfolgreich die vorwurfsvolle Stimme ihrer Mutter nach.

»Ach, Unsinn. Geh mir aus dem Weg.« Wenn man die schweren Getreidesäcke schleppte, durfte man nicht anhalten, bis man sie mit Schwung von sich werfen konnte. »Lauf zu deinen Freundinnen. Oder hast du dich mit denen gestritten?«

»Ich weiß es. Ich merke es an deinem Gesicht«, beharrte Binia, ohne sich ablenken zu lassen.

»Ich ahne, was passiert ist«, mischte Rinek sich ein. »Wetten, du hast Hayon gespielt und musstest wieder einem von diesen dreckigen kleinen Nachbarjungs die Schuhe putzen? Lass deinen Ärger nicht an uns aus, kapiert?«

Es hatte schon seine Gründe, warum Rinek Linns Lieblingsbruder war. Seine Nähe verhieß Schutz vor allen Spöttern, ob es sich nun um Geschwister handelte oder um Quälgeister aus dem Dorf. Wie immer hatte er es gleich mit zwei Säcken aufgenommen und wankte wie ein unförmiger Buckliger an ihr vorbei ins dunkle Innere der Mühle. Mit seinen gerade mal zwanzig Jahren war er jetzt schon so groß und breitschultrig wie ein Bär und überragte seinen Vater um Hauptеslänge.

»Ich verrate es Mama«, zischte Binia und rannte höhnisch lachend davon.

Linn verdrehte die Augen. »Sie kann es einfach nicht lassen, mich zu ärgern.«

»Sie ist frustriert, weil sie ständig bei diesen dummen Kinderspielen verliert. Nimm das bloß nicht ernst.«

»Ach ja? Kluge Ratschläge, ausgerechnet von dir?«

Rinek handelte stets nach seinem eigenen Kopf und gab nicht viel auf die weisen Bemerkungen anderer. Damit brachte er ihre Mutter zwar oft zur Verzweiflung, war aber im Dorf ungeheuer beliebt; er hatte eine Art, die nicht nur die Blicke der Mädchen auf ihn lenkte, sondern ihm sogar die Herzen der grantigsten Alten zufliegen ließ. Dass er so angesehen war, glich Linns Schauergeschichten wenigstens etwas aus. Wenn Lester es tatsächlich schaffte, die Mühle zu kaufen, würde sein ältester Sohn eines Tages einer der begehrtesten Junggesellen von Brina sein.

»Du hast also wieder … einen … gesichtet?«, fragte er.

»Ja, gerade eben.«

»Komisch«, murmelte er. »Warum kann ich es nicht?«

»Weil du nie nach oben schaust. Weil alle sich nur dann für den Himmel interessieren, wenn es ums Wetter geht.« Sie seufzte. »Er ist schnell. Und er fliegt direkt vor der Sonne. Manchmal sehe ich nur seinen Schatten. Oder ein Glitzern. Glaubst du mir das?«

»Wenn du es sagst, natürlich. Dann ist da wirklich ein …«, diesmal schaffte er es, das Wort auszusprechen, »… ein Drache.«

Das Wort hing zwischen ihnen wie ein verlorenes Kind, das niemand aufnehmen wollte. Keiner sprach über Drachen, es sei denn, man erzählte sich die Legende von Brahan und erinnerte sich an jene schrecklichen Tage vor achthundert Jahren, als sie über den Ländern zwischen dem Stillen Meer und der Ebene der wilden Reiter gewütet hatten. Niemand dachte an Drachen, es sei denn, man beging den Laranstag und feierte jenen unvergesslichen Helden, der die Menschen von ihrem Joch befreit hatte. Und, als Allerwichtigstes, keiner *sah* Drachen, denn das alles war Vergangenheit.

Wenn sie an diese Ungeheuer nur ständig gedacht und darüber geredet hätte, hätte man ihr noch verziehen. Doch dass sie Drachen sehen konnte – das war ungehörig, seltsam und ganz und gar verrückt.

Linn wies in den blendend blauen Himmel. »Man muss nur gut aufpassen, dann erwischt man ihn irgendwann. Ich würde ihn dir so gerne zeigen.«

»Das tust du eines Tages. Bestimmt.« Er grinste sie an. »Hay,

hay, hay. Ich wette, so wird es kommen. Wenn nicht, schneide ich mir die Haare ab.«

»Bloß nicht!« Seine glänzende pechschwarze Mähne war sein ganzer Stolz. Aber er glaubte so fest an Linn und das, was sie von sich gab, dass er bereit war, alles einzusetzen. Manchmal geriet sie genau aus diesem Grund ins Zweifeln. Und wenn es bloß Einbildung war? Wenn alle anderen recht hatten? Denn Rinek würde ihr auch glauben, wenn sie behauptete, fliegende Frösche zu sehen.

Linn packte den rauen Stoff des Leinensacks fester und überholte ihren Bruder. Das Klappern des Mühlrades wurde mit einem Schlag lauter, als sie sich unter der Tür hindurchduckte. Der ganze Boden vibrierte, weißer Staub wehte ihr ins Gesicht. Sie blinzelte und kämpfte sich die Holzstufen hinauf.

Am Trichter wartete Lester schon auf sie. »Da seid ihr ja. Rein damit.«

Jedes Mal, wenn man den Sack endlich ans Ziel gebracht hatte und loswurde, war es ein Gefühl, als würde man eine Handbreit über dem Boden schweben. Linn schüttelte die verkrampften Schultern aus und streckte sich.

»Ha, das tut gut.«

»Das ist ja eigentlich keine Arbeit für eine Frau.« Merok, der in der Geschwisterreihe direkt nach ihr kam und sich mit seinen vierzehn Jahren schon wie ein Mann fühlte, baute sich im Eingang auf und schaute ihr missbilligend entgegen. Seit Lester ihm die Aufgabe übertragen hatte, die Preise für das Korn, das die Bauern anlieferten, auszuhandeln – eine Aufgabe, die eigentlich Rinek zugestanden hätte, dem das jedoch einfach nicht lag –, versuchte er, immerzu ernst und würdig dreinzuschauen und möglichst selten zu lachen.

»Auf ihn!« Der Schrei der Geschwister kam wie aus einer einzigen Kehle. Rinek und Linn stürmten gleichzeitig auf Merok los und warfen ihn zu Boden. Er fluchte eine Weile, während seine Geschwister sein Gesicht mit ihren staubigen Händen bearbeiteten. Linn schmierte ihm mit größtem Vergnügen geschrotete Gerste in die Haare.

»So sieht er gut aus. Wetten, Finchen kann ihm nicht widerstehen?«

Finera, die stupsnasige Tochter des Schusters, hatte Merok ein geflochtenes Freundschaftsband geschenkt. Seitdem ließen Rinek und Linn keine Gelegenheit aus, ihn mit seiner kleinen Freundin aufzuziehen.

»Nein, so ganz ohne Bart wirkt er wie ein kleiner Junge. Sollen wir dir einen Bart malen?« Hingebungsvoll tätschelte Rinek die Wangen seines Bruders und hinterließ darauf schmutzig braune Spuren.

»Lasst mich in Ruhe.« Merok stieß die beiden von sich herunter und machte sich mitsamt seiner verletzten Würde davon.

Rinek und Linn lachten, bis sie nicht mehr konnten. Vielleicht ließen sie sich beide zu viel gefallen, aber ganz gewiss nicht von Merok.

»Was ist daran lustig?« Binia war schon wieder von irgendwo aufgetaucht. »Merok ist bald alt genug für eine Braut. Wenn ihn denn eine nimmt. Wahnsinn in der Familie«, streng sah sie von Linn zu Rinek, »ist reichlich abschreckend.«

Sie streckte ihnen die Zunge heraus, doch bevor sie ein ähnliches Schicksal ereilte wie Merok, rannte sie zum Haus hinüber, das sich an die Mühle schmiegte. Lester hatte es gebaut, als Merina mit Binia schwanger gewesen war. Auch hier war das Lärmen des Mühlrads allgegenwärtig. Im Müllerhaus gab es genug Schlafräume für eine sechsköpfige Familie, und eigentlich sollten sich die beiden Schwestern ein Bett in der kleinen Kammer teilen, aber weil sie sich ständig stritten, war Linn vor einigen Monden auf den Dachboden der Mühle umgezogen und benutzte das Mädchenzimmer nur im Notfall. Die Gesellschaft von fünf struppigen Katzen war selbst dann, wenn sie Flöhe hatten, angenehmer als die einer garstigen Zwölfjährigen.

Nachts, wenn Lester das Schott absenkte, drehte das Mühlrad sich langsamer. Linn kam es immer vor, als würde es sich wie jemand, der heftig träumt, im Schlaf wälzen. Dann klapperten die Stangen auch nicht mehr. Selbst oben in der kleinen Dachkammer, im hintersten Winkel unter dem Mühlendach, konnte sie gut schlafen, begleitet vom Rauschen des Wassers, bis das stärker werdende Vibrieren des Bodens und das heftige Rattern ihr verrieten, dass Lester das Schott wieder geöffnet hatte und das Tagewerk begann.

»Jetzt geht sie petzen.« Rinek seufzte. »Das hinterhältige Biest.«

»Sie soll froh sein, dass ich sie verschont habe«, meinte Linn gut gelaunt. Der Gedanke an die Reaktion ihrer Mutter sollte ihr nicht den Tag verderben. Die Geschwister nahmen sich gegenseitig die unsanfte Behandlung nicht übel, doch Merina, die resolute Müllerin, regte sich über jede zerrissene Schürze und jedes verdreckte Haarband unangemessen auf. Anders als der gutmütige Lester hatte sie keine Scheu, ihren Kindern Ohrfeigen zu verpassen und Strafen wie zusätzliche Hausarbeit oder Ausgehverbot zu verhängen.

»Linn! Rinek!«

Kaum war Binia durch die Tür verschwunden, erschien Merina auf der Schwelle. Ihre laute, scharfe Stimme war selbst durch das Klappern der Mühle und das Rauschen des Baches zu vernehmen.

»Bloß schnell weg!«

Sie duckten sich hinter den Wagen, auf dem die abzuladenden Getreidesäcke lagen, und schlugen sich ins Gebüsch. Kichernd bahnten sie sich den Weg durchs Gestrüpp.

»Was hat Binia ihr wohl erzählt?« Linn duckte sich unter einem Ast hindurch, den Rinek gerade vor ihr losgelassen hatte.

»Dass wir Merok verprügelt haben oder dass ich wieder was gesehen habe?«

»Diese kleine Göre ist diejenige, die spinnt«, erklärte Rinek mit Nachdruck. »Sobald du nur einmal die Augen zumachst, erzählt sie jedem, du hättest eine Vision.«

Linn presste die Lippen zusammen.

»Linnia!«, rief ihre Mutter so laut, dass es durch das ganze Mühltal zu hören sein musste. »Linnia Adora! Willst du wohl herkommen!«

Es wäre so viel einfacher gewesen, wenn auch die anderen den Schatten gesehen hätten, der die Sonne verdunkelte, flüchtiger als ein Blinzeln. Das leuchtende Aufflammen und Glitzern von irgendetwas, das am Himmel vorüberzog. Sie blickten nicht oft genug hoch in die Wolken, denn für Träumer gab es in Brina keinen Platz. Bis die meisten mit ihrer Arbeit fertig waren, funkelten längst die Sterne.

»Taria hat sich wieder über mich beschwert«, sagte Linn mutlos. »Wetten?«

Liebevoll tätschelte Rinek ihre Schulter. »Hab keine Angst«, sagte er. »Sobald Gefahr droht, werde ich dich beschützen. Genau wie Vater. Und sogar Merok, dieser hirnverbrannte kleine Idiot. Wir alle beschützen dich. Niemand wird es schaffen, dich aus dem Dorf zu vertreiben.« Er grinste zufrieden. »He, wo bleibt jetzt: ›Danke, du bist mein Held?‹ Oder sparst du dir das für Yaro auf?«

Linn knuffte ihn in die Seite. »Sei nicht so frech. Yaro ist bloß ein Bekannter.«

»Ein sehr guter Bekannter.« Rinek lachte in sich hinein. »So, Mutter ist wieder im Haus verschwunden, die Luft ist rein. Vater wartet bestimmt schon auf die nächste Ladung. Kommst du?«

Sie zögerte. Die Gelegenheit war günstig, um sich davonzumachen. Nicht weil sie müde war – Linn war es gewohnt, wie ein Pferd zu ackern. Aber gerade jetzt wäre ein Stündchen oben im Wald eine angenehme Abwechslung.

»Geh schon«, flüsterte Rinek verschwörerisch. »Ich komme allein klar.«

»Willst du nicht mit?«

»Später vielleicht. Ich lade noch schnell den Wagen hier ab. Dauert ganz bestimmt nicht mehr lange. Nun lauf ruhig, mir fällt sicher eine gute Ausrede für dich ein, wenn Lester fragt.«

»Sag ihm, ich komme ja gleich.«

Ihr Stiefbruder schüttelte lächelnd den Kopf. Wenn Linn »gleich« sagte, konnte sie Stunden vertrödeln. Aber während Merina überhaupt kein Verständnis dafür aufbrachte, ließ ihr Stiefvater sie meistens gewähren. Lester verstand sie oft viel besser, als ihr eigentlich lieb war.

Linn kämpfte sich durch die Weißdornsträucher. Ungeduldig schlug sie die langen Triebe der Weiden, die sich hier am Bachufer wohlfühlten, beiseite. Gebückt kroch sie durchs Gebüsch; erst als sie den Trampelpfad erreichte, der zwischen den Büschen den Hang hinaufführte, konnte sie sich wieder aufrichten. Seit sie und Rinek vor ein paar Jahren zufällig die schmale Rinne zwischen Gestrüpp und Felsen hindurch entdeckt hatten, kam sie regelmäßig hierher. Ihr Bruder machte sich nicht mehr so viel daraus, durch den Wald zu streunen, und auch Linn war eigentlich längst zu alt dafür, aber sie schätzte die Einsamkeit, die es ihr erlaubte, ungestört ihren Gedanken nachzuhängen. Sie liebte den Wald fast noch mehr als die Mühle.

Der Pfad führte aus dem kleinen Dickicht heraus und zwischen mannshohem Bärenklau weiter nach oben. Die sanfte Stimme des Baches war hier zu hören, ein Murmeln und Glucksen, ohne dass das Rauschen und Klappern der Mühle sie überdeckte. Moos überwucherte die großen, glattpolierten Kiesel, die das Ufer säumten. Hohes Brennnesselgestrüpp verwehrte den Zugang zum Wasser, aber diese Stelle räumte Linn regelmäßig frei, sodass sie hier, an ihrem Lieblingsplatz, ungestraft sitzen und die Füße ins klare Nass halten konnte.

Lester hatte ihr geraten, sich im Bach abzukühlen, wenn sie gar zu heftig von feuerspeienden Drachen träumte. Sie hatte ihm erzählt, es helfe tatsächlich, denn es machte ihn glücklich, wenn sie seine Ratschläge befolgte. Während ihre Mutter nur unwillig schnaubte und sie anschrie, sie solle den Mund halten, war ihr Stiefvater immer sehr um sie bemüht. Linn hatte oft das Gefühl, dass er zu erraten versuchte, was ihr richtiger Vater in so einem Fall getan hätte. Zu keinem seiner eigenen Kinder war er so freundlich und rücksichtsvoll wie zu ihr – weder zu Rinek, den er als Witwer mit in die Ehe gebracht hatte, noch zu Merok und Binia, den gemeinsamen Kindern mit Merina. Manchmal hasste Linn ihn dafür, denn wenn er so nett war, fragte sie sich unwillkürlich, ob ihr Erzeuger auch so gewesen wäre oder ob sie von ihm nicht längst eine Tracht Prügel eingesteckt hätte.

Am blassblauen Himmel zeigten sich ein paar leichte Federwölkchen. Irgendwo im Wald schrie ein Kuckuck.

Eine leuchtend rote Libelle schwebte über das Wasser, verhielt eine Weile über den schlanken Mädchenbeinen, schien zu überlegen, ob sie sich setzen sollte, und flog dann im hektischen Zickzack weiter.

Linn zog sich ihre Halskette über den Kopf und befreite ein paar braune Haarsträhnen, die sich in den feinen Gliedern verfangen hatten. Niemand im Dorf hatte ein ähnliches Schmuckstück, aber nicht etwa deshalb bedeutete es ihr so viel. Diese Kette war die einzige Erinnerung an ihren Vater.

War er ein Fürst gewesen? Oder ein reicher Gutsherr? Da ihre Mutter keine Fragen über ihn beantworten wollte, blieb Linn nichts anderes übrig, als ihrer Fantasie freien Lauf zu lassen. In ihren Träumen war er nicht tot. Bestimmt irrte Merina sich darin. Harlon war verschwunden, mehr nicht – und irgendwann würde er zurückkommen, ein gut aussehender Mann, der so braunes, leicht rotstichiges Haar hatte wie sie selbst. Eines Tages würde sein Pferd vor der Mühle stehen – ein edles Ross, das den derben Ackergäulen nicht im Mindesten glich –, und er würde aus dem Sattel springen, in einem goldbestickten Wams, das Schwert an der Seite. »Wohnt hier nicht Linnia Adora Harlon?«, würde er fragen und sie mustern, mit einem solchen Lächeln, dass ihr Herz ganz warm würde, und an der Art, wie er den Namen Harlon aussprach, würde sie erkennen, dass es sein eigener Name war.

»Ja«, würde sie sagen, »das bin ich. Und Ihr seid …?«

»Harlon.« Da war er wieder, dieser Name, den sie mit sich trug wie ein Versprechen. »Dein Vater. Ich bin gekommen, um dich in mein Schloss zu holen. Mein Schloss. Meine Burg. Meinen Gutshof.«

Jedes Mal, wenn sie davon träumte, änderte sie etwas an den Details und machte es noch schöner, noch perfekter. Sie malte sich seine Kleidung aus und die Verzierungen des Zaumzeugs. Nur wenn es an sein Gesicht ging, versagte ihre Vorstellungskraft. Das Lächeln war ihr eigenes, in der Halskette gespiegelt.

»Eines Tages«, flüsterte sie.

Die Kette bestand aus feinen, runden Gliedern, jedes in das nächste gefügt. Das Silber war schwarz angelaufen, doch wenn Linn es polierte, glänzte es heller und strahlender als jedes Sonnenfunkeln auf dem Bach. Das Schönste waren die zierlichen gewundenen Verzierungen rund um die große silberne Scheibe mit dem roten Edelstein. Die feinen Verästelungen links und rechts davon hielten kleinere Steine umschlungen – vielleicht Rubine. Von einem durchziehenden Kaufmann aus Khanat, den sie im zarten Alter von sechs Jahren ausgefragt hatte, hatte sie erfahren, dass man rote Edelsteine so nannte. Ihre Mutter war darüber entsetzt gewesen und hatte herumgeschrien: »Der steckt dich in seinen Sack und nimmt dich mit, wenn du nicht aufpasst!«, denn obwohl man Leuten aus der Ebene der Freien Städte durchaus ihre Waren abkaufen durfte, wenn sie billig genug waren, gehörte es sich dennoch nicht, mit ihnen zu reden. Sie hatten keine Könige, deshalb hatten die Götter sich von ihnen abgewandt – und wer konnte schon sagen, was so ein gottloser älterer Mann mit einem kleinen Mädchen tun würde, das auch noch so dumm war, ihm seinen Schmuck zu zeigen?

Linn hatte den Händler trotzdem für angenehme Gesellschaft gehalten, und seine abenteuerlichen Geschichten hatten sie einige Monde lang beschäftigt. Dagegen verblasste für das Kind, das sie damals gewesen war, die Information, dass die Kette ungeheuer wertvoll sein musste. Der Khanater hatte ihr erzählt, dass selbst kleine Splitter äußerst teuer seien, und der mittlere Stein war groß wie ein Hühnerei, wenn auch so flach wie ein Strohhalm. Man konnte weder die beiden kleineren noch den großen Rubin von der silbernen Einfassung lösen; sie hatte es einst versucht, als sie im Alter von sieben oder acht Jahren mit einem davon das Pony des Schmiedes hatte kaufen wollen. Die ganze Kette einzutauschen war ebenfalls missglückt. Yaro, der Schmiedejunge, war fröhlich damit weggelaufen, und Linn hatte das Pony stolz wie eine Prinzessin nach Hause geführt.

»Bist du verrückt?«, hatte ihre Mutter geschimpft. »Willst du Tod und Verderben auf uns herabziehen? Du gibst diese verfluchte Kette niemandem! Hol sie zurück, sofort!«

Merina hatte Linn gezwungen, sie zur Schmiede zu begleiten und das Pony wieder in den Stall zu stellen, in den es gehörte. Nur widerwillig hatte Yaro die Kette herausgerückt. Aber Linns zierliche, goldhaarige Mutter konnte wirklich einschüchternd sein, wenn sie es darauf anlegte. Sie hatte den Jungen sogar dazu gebracht, weinend zu schwören, nicht einmal seinem Vater zu verraten, dass er das Schmuckstück je gesehen hatte.

Einige Tage lang hatte Merina kaum mit ihrer Tochter geredet und ihre schlechte Laune an jedem ausgelassen, der in ihre Nähe kam.

Danach hatte Linn heimlich versucht, bloß einen kleinen Rubin zu entfernen, wenigstens einen einzigen, in der Hoffnung, den Verlust würde ihre Mutter vielleicht nicht so schnell bemerken. Aber selbst mit Yaros Hilfe und dem Schmiedehammer war es nicht gelungen.

Linn griff mit den Zehen nach einem Kiesel und türmte unter Wasser einen kleinen Hügel auf, da ließ ein Knistern aus dem Wald sie zusammenfahren. In panischer Angst zog sie die Füße aus dem Bach; sie waren völlig taub. Für eine Flucht äußerst unpraktisch, aber dann würde sie eben auf Knien und Händen davonhumpeln. Sie warf sich herum, geriet in die Brennnesseln, stürzte mit einem Schrei nach vorn.

Erneut ein Rascheln im Gebüsch.

Mit einem Schlag veränderte sich die Welt. Die Drachen waren über ihr.

Zu spät zum Fliehen, die Chance verpasst. Linn heulte auf, presste sich an den Boden, bedeckte den Kopf mit beiden Händen, trotzdem konnte sie nicht anders, als hinzusehen.

Mächtige Leiber, die über sie hinwegflogen, so dicht, dass sie nur die Hände hätte ausstrecken müssen, um sie zu berühren. In den glänzenden Schuppen brach sich der Widerschein des Feuers. Das Rauschen gewaltiger Schwingen strich durch die Baumwipfel. Der Himmel war schwarz, die Luft von Rauch erfüllt. Jemand schrie Worte in einer unbekannten Sprache, und ein Teil von ihr wollte darüber lachen, über diese komischen Silben, aber man hatte ihr befohlen zu schweigen. Sie machte sich so klein wie nur möglich und dachte: *Ihr seht mich nicht, ich bin unsichtbar.* Dann füllte sich das ganze Bild mit Flammen, und Stille senkte sich herab. In diesem eisgrauen Schweigen, in dem die Welt gefror, hörte sie nur noch das Pochen ihres eigenen Herzens. Das Blut brauste in ihren Ohren. »Lass uns kämpfen!«, schrie jemand. Und eine andere Stimme direkt über ihr flüsterte: »Versteck dich. Lauf und versteck dich!«

Linn stieß ein heiseres Wimmern aus und duckte sich flach auf den Boden. Damit die Drachen sie nicht bemerkten, löste sie hastig ihren Zopf und versuchte, sich unter den langen rotbraunen Haaren zu verstecken. Um mit dem Wald zu verschmelzen, reichte es noch nicht – hektisch häufte sie sich Blätter auf die Schultern.

»Was machst du denn da?«

Ein zweites Mal zerbrach die Wirklichkeit; einen fürchterlichen Moment lang stand die ganze Welt auf der Kippe, und sie wusste nicht, auf welcher Seite der irrsinnige Albtraum war und auf welcher die Rettung. Dann rückten sich die Dinge endlich ins Lot.

Sie sprang auf und fühlte sich ertappt. Der Himmel war immer noch blau. Hinter ihr plätscherte der Bach, und ein leichter Wind bewegte die frühlingsgrünen Blätter, zwischen denen es knisterte.

»Habe ich dich erschreckt?« Yaro brach durch die Zweige. »Was ist denn mit dir los, Linn?«

»Du Idiot!«, brüllte sie ihn an, ihr Herz schlug immer noch wie wild. Rasch klopfte sie sich Erde und trockene Blätter aus dem Kleid.

Yaro bemühte sich, nicht zu lachen, aber es prustete nur so aus ihm heraus. Schuldbewusst wandte er das Gesicht ab, konnte jedoch nicht länger an sich halten und krümmte sich schließlich glucksend auf dem Boden.

»Sehr witzig«, zischte sie. »Wie schön, dass du mich auslachst.«

»Ich habe nicht …« Ein erneuter Lachanfall hinderte ihn am Weiterreden.

»Du solltest nicht herkommen«, stieß sie hervor, immer

noch schwankend zwischen Zorn und bodenloser, lähmender Furcht.

»Warum nicht? Damit ich nicht sehe, wie du versuchst, dich in die Erde einzugraben wie ein Kaninchen?« Er rappelte sich auf, schüttelte seine grobe Leinentunika aus und lachte wieder los. »Oh Linn, das ist ... wenn ich das im Dorf erzähle ...«

»Nein!«, begehrte sie auf. »Das verrätst du niemandem!«

»Beruhige dich.« Yaro kämpfte mit dem gewaltigen Grinsen in seinem Gesicht. »Und verzeih mir. Oh bitte, verzeih mir, meine allerliebste Linn, dass ich mich so amüsiere, während du dich fürchtest.«

»Ich hasse dich«, murmelte sie böse.

»Nein, tust du nicht.«

»Tu ich doch.«

Er lachte wieder. Jemandem wie Yaro fiel das nicht schwer. Er hatte freundliche braune Augen und ein breites Grinsen; oft und gerne zeigte er seine schönen weißen Zähne. Ein paar Sommersprossen hatten sich auf seine Nase verirrt, als hätte er sich bei dem rothaarigen Bauern, für den er arbeitete, angesteckt. Weißdornblüten zierten seine kastanienbraunen Locken. Mit Sicherheit war er der hübscheste Junge von Brina, möglicherweise sogar der ganzen Provinz Nelcken.

Er bemerkte ihren Blick. »Man kann ja kaum durch dieses Gestrüpp kriechen, ohne danach auszusehen wie Braut und Bräutigam, findest du nicht?« Er zupfte die kleinen weißen Blüten heraus und streute sie auf Linns aufgelöste Frisur. Selbst mit einem Zopf ließen sich ihre widerspenstigen Haare kaum bändigen. Die bunten Bänder, die sie wie alle unverheirateten Mädchen hineinflocht, rutschten auch sonst gerne halb heraus, jetzt hingen sie ihr auf die Schultern und lagen auf dem Boden herum. Yaro erbeutete eins davon, ein schmales blaues Band, das er sich ums Handgelenk wickelte.

»Die darfst du nicht klauen! Wenn, dann muss ich es dir schenken.«

»Dann gib mir doch endlich eins. Oder zwei. Oder alle. Wem sonst, wenn nicht mir? Ich bin der Einzige im Dorf, der nur Mädchen mag, die ihn zum Lachen bringen.«

Er küsste sie auf die Nasenspitze.

Linn fühlte, wie die Anspannung von ihr abfiel, wie der Albtraum auseinanderbrach und seinen Schrecken verlor. *Vielleicht wäre ich längst verrückt geworden,* dachte sie, *wenn Yaro nicht wäre.*

Doch plötzlich kehrte der Zorn zurück. »Wenn du mich nicht ernst nimmst …«

»Oh, ich nehme dich ernst«, versicherte Yaro hastig. Um seine Mundwinkel zuckte es verräterisch. »Du siehst Drachen. Das ist in der Tat alles andere als witzig.« Er sprach betont fürsorglich, wie ein verständnisvoller Erwachsener mit einem verstörten Kind, das darauf besteht, dass ein Ungeheuer unter seinem Bett wohnt.

Linn bekam nicht schlecht Lust, sich auf ihn zu stürzen und ihm die Haare auszureißen. Sie machte sich bereit zum Angriff, senkte den Kopf und ballte die Fäuste, als er sagte: »Wusstest du, dass du besonders hübsch bist, wenn du wütend bist? Bei den Göttern, hast du schöne Augen.«

Dieses Kompliment nahm ihr den Wind aus den Segeln. »Ach?« Doch so schnell ließ sie sich nicht besänftigen. »Was hat das überhaupt damit zu tun?«

»Ich meine nur … Ich würde meinen Vater gerne bitten, deinen Stiefvater zu fragen, aber es wäre hilfreich, wenn du nicht immerzu alle Leute mit deinen Drachengeschichten erschreckst, verstehst du?«

Linn runzelte die Stirn. »Das war jetzt kein Heiratsantrag, oder wie soll ich das verstehen?«

»Ich dachte nicht, dass einer nötig wäre«, meinte Yaro fröhlich. »Du hast ja gesagt, als wir fünf waren.«

»Sieben«, verbesserte sie ihn. »Ich war sieben.«

»Das erste Mal warst du fünf«, beharrte er. »Als wir sieben waren, hast du mich gefragt. Und danach …« Er überlegte. »Waren wir acht oder neun?«

»Aber die letzten drei Jahre hast du mich kein einziges Mal gefragt.«

Sie hatten einander so oft die Ehe versprochen, dass sie es kaum noch zählen konnten. Irgendwann kam Yaro in ein Alter, in dem es ihm peinlich war, darüber zu reden; ein paar Jahre hatten sie ihre gemeinsame Zukunft nicht erwähnt, sondern sich auf gemeinsames Angeln und Hüttenbauen beschränkt.

»Nach so vielen Jas dachte ich wohl nicht, dass es nötig wäre. Nun gut, wie du willst: Heirate mich, geliebte Linn. Morgen. Übermorgen. Im kommenden Frühling, im Blütenmond. Oder magst du den Sommer lieber? Wie wäre es im Beerenmond? Ich würde dich sogar im Schwarzmond heiraten, das ist mir egal. Irgendwann, am besten gleich.«

Diesmal würde der Zorn sich durch nichts aufhalten lassen. Es besänftigte sie nicht einmal, dass er es mit allen üblen Vorzeichen einer Winterhochzeit aufnehmen wollte. Dieser Junge hatte sie nicht alle, das war hiermit bewiesen. »Du willst mich heiraten, wenn ich lüge? Ich soll schweigen und immer nur sagen: Ach, nichts, wenn man mich fragt, was mit mir los ist? Das ist eine Frechheit! Das ist … Yaro, ich dachte, du glaubst mir!«

Bei ihrem Ausbruch gelang es selbst Yaro kaum, seine Heiterkeit zu bewahren.

»Es stört mich nicht so wie die anderen. Das weißt du doch. Aber wenn ich meine Familie überzeugen will, solltest du damit aufhören. Wenigstens für eine Weile. Nicht bloß damit, von Drachen zu *reden.* Du solltest aufhören, sie zu *sehen.* Ach, war das übrigens gerade ein Ja oder nicht?«

»Natürlich war es ein Ja!«, fauchte sie. Ihr ganzes Leben hatte sie gewusst, dass sie ihn heiraten würde. Dennoch änderte das selbstverständlich nichts daran, dass sie sich manchmal fürchterlich über ihn ärgerte.

Er betrachtete das blaue Band an seinem Handgelenk und vermied es, ihr ins Gesicht zu schauen. Wahrscheinlich ahnte er, dass sie bereits weinte. Er kannte sie ziemlich gut. »Es hat mich nie gestört, dass du anders bist als andere Mädchen. Aber jetzt geht es um unsere Zukunft.«

»Dabei lachst du doch so gerne über mich«, sagte sie leise.

»Linnia«, sagte er ernst. »Es gibt keine Drachen in Nelcken. Der letzte Drachenüberfall war vor … zweihundert Jahren oder so, hat mein Vater gesagt. Warum sollte ausgerechnet jetzt einer herkommen?«

»Es könnte doch passieren. Vielleicht geschieht es jetzt. Vielleicht kommen sie alle zweihundert Jahre her.«

»Mach dir doch nichts vor. Hier gibt es für sie nichts zu holen. Wir sind arm. Ich wette, im ganzen Dorf gibt es keine einzige Goldmünze. Das einzig Wertvolle ist deine Kette.« Er seufzte. »Ich glaube, deine Mutter hat diesen Fluch erfunden, damit du nicht noch mal deine Aussteuer weggibst, bevor du alt genug bist, das zu schätzen, was du da besitzt. Sie wollte bloß, dass du nicht so dumm bist, sie zu verschleudern.«

»Ich wollte sie nicht verschenken, sondern dein Pony damit kaufen.«

Er schüttelte den Kopf. »Du hast nicht gewusst, dass sie viel mehr wert ist. Beim Himmel, jetzt brauchst du doch wohl nicht länger an den Fluch zu glauben. Diese Kette kann der Grundstock zu unserem eigenen Haus sein. Wir könnten heiraten, wenn du sie verkaufst.«

»Ich darf sie nie aus der Hand geben«, widersprach sie ihm. »Sonst passiert ein Unglück.«

Yaro verlor die Geduld. »Das hat deine Mutter doch bloß erfunden!«, rief er. »Warum begreifst du es nicht endlich? Wir leben nicht in einem Märchen. Dein Vater hat dir diese Kette vermacht, damit du dich nicht um deine Mitgift sorgen musst. Es gibt keine Flüche und keine Drachen! Wenn du das nur endlich einsehen würdest!« Er seufzte schwer. »Kannst du dich nicht ein einziges Mal benehmen wie ein normales Mädchen? Wie ein Mädchen, das mein Vater akzeptieren kann? Und meine Tante, bei allen Göttern, du kennst Tante Taria!«

Sie nickte bedrückt. Schlimm genug, wenn Yaro sie bei einem ihrer Anfälle erwischte, aber wenn dieses Lästermaul von Tante davon Wind bekam, konnte Linn sich eine ganze Weile nicht mehr im Dorf blicken lassen. Taria war der beste Beweis für die Geschichte, dass die Götter in einem finsteren, übelriechenden Pfuhl giftige Würmer und Skorpione züchteten, um daraus besonders böse Menschen zu machen.

»Linn«, sagte Yaro ungewohnt ernst, »findest du nicht, dass es langsam an der Zeit ist, damit aufzuhören? Als wir klein waren, war es noch niedlich und hat dich interessant gemacht, aber mittlerweile bist du eine erwachsene Frau. Manche«, fügte er noch leiser hinzu, als Linn die Augenbrauen zusammenzog, »haben schon mit siebzehn Kinder und kümmern sich um Haus und Hof.«

»Ich mache das nicht absichtlich«, beteuerte sie. »Denkst du, ich fürchte mich, um interessant zu wirken? Ich grabe mich in die Erde ein wie ein Kaninchen, um interessant zu wirken?« Ihre Stimme schraubte sich höher in die Verzweiflung hinauf. »Ich kann nicht aufhören, Drachen zu sehen! Ich denke mir das doch nicht aus!«

»Vielleicht ist es an der Zeit, sich den Tatsachen zu stellen.« Yaro zog die Schultern hoch. Sein Unbehagen griff auf sie über. »Wenn es hier Drachen gäbe, dann würde ich mich wie Brahan in ihre Grube stürzen und dich herausholen. Aber es gibt hier nun mal keine. Und wenn, würden wir alle es wissen, stimmt's?«

Sie nickte beschämt. Natürlich gab es in Brina keine Drachen.

»Das ist immerhin ein Anfang«, meinte er, schon wieder munterer. »Ich werde meinem Vater berichten, dass du das zugegeben hast. Vielleicht hilft es ja.«

Sie sahen einander an. Linn war sich ziemlich sicher, dass es nicht helfen würde. Sogar Yaro musste das wissen. Sie liebte ihn dafür, dass er es trotzdem versuchen wollte, aber als er Anstalten machte, sie zu küssen, drehte sie schnell das Gesicht weg.

Er seufzte. »Wir kennen uns unser ganzes Leben, und du tust immer noch, als wären wir Fremde«, sagte er enttäuscht.

»Das ist nicht wahr.« Linn beschäftigte sich intensiv damit, ihren Zopf neu zu flechten. »Wir sind Freunde. Wir teilen alle unsere Geheimnisse. Ist das gar nichts?«

»Warum zierst du dich dann immer so? Warum darf ich dich nicht küssen?«

Wenn sie die Antwort darauf gewusst hätte! Aber sie konnte es nicht erklären. Wenn Yaro versuchte, ihr näherzukommen, geriet sie in Panik. Sie wollte ihn umarmen und gleichzeitig fliehen, und in ihr entstand ein solches Durcheinander, dass sie sich meistens für die Flucht entschied.

»Wenn wir verheiratet sind«, Yaro zögerte, »darf ich dich dann endlich anfassen?«

Linn wurde glühend rot. Merkwürdigerweise hatte sie ihre Freundschaft mit Yaro nie unter diesem Aspekt betrachtet. Sie trafen sich heimlich, sie redeten und stritten und lachten, und hin und wieder versuchte er, ihre Hand zu nehmen oder sie zu küssen. Jungen taten das, und Mädchen wichen ihnen aus und kicherten dabei. Das war so, das gehörte dazu. Dass sie irgendwann aufhören musste zurückzuweichen – nein, daran wollte sie nicht einmal denken.

»Ähm … natürlich.«

Er strich ihr eine Haarsträhne aus der Stirn. »Du hast recht. Es ist besser zu warten. Sonst prügelt Lester mich windelweich.«

»Oder er steckt dich zwischen die Mühlsteine und macht Öl aus dir.«

»Und verkauft mich an die Nachbarn.«

Linn konnte es nicht leiden, wenn man auf ihre Armut anspielte, aber Yaro durfte es, weil er selbst nichts besaß. Er würde nie einen Hof sein Eigen nennen, nicht einmal ein Haus – es sei denn, Linn gab ihre Kette her und die drei leuchtenden Edelsteine waren so kostbar, wie sie hoffte. Mit dem Silber allein konnte man weder ein Haus noch die Aussteuer bezahlen. »Ich glaube fast, du willst mich nur wegen der Juwelen, du Schlitzohr.«

Er grinste. »Ich gehe wohl lieber. Am besten, du wartest noch eine Weile.«

Hauptsache, die Müllerin erwischte sie nicht dabei, wie sie kurz nacheinander aus dem Wald kamen. Yaro war geübt darin, unschuldig dreinzublicken, aber in Linns Gesicht konnte Merina alles lesen, was Mütter lieber nicht wissen sollten.

2

Merina stellte den dampfenden Kessel in die Mitte des Tisches. »Eine kräftige Prise *Caness*«, sagte sie wie jedes Mal, und wie immer waren es nur ein paar mickrige Körnchen, mit denen sie die Suppe würzte. Sie lud jedem mit der Schöpfkelle eine große Portion auf den Holzteller, dabei bedachte sie Linn mit einem strafenden Blick.

»Lass das Mädchen«, meinte Lester mit gedämpfter Stimme. »Sie hat mir heute gut geholfen. Eine junge Frau, die mit anpacken kann, wird immer einen Mann finden.«

Er zwinkerte ihr zu. Wusste er von Yaros Absichten? Hatten er und der Schmied vielleicht sogar schon etwas Konkretes vereinbart?

Binia stieß sie unter dem Tisch an. »Auch ein Esel kann Säcke tragen.«

»Beleidige gefälligst nicht deine Schwester. Noch ein paar Jahre und du wirst auch eine gute Partie machen.« Lester, immer auf Versöhnung bedacht, lächelte seiner schmollenden jüngeren Tochter zu.

»Wir haben heute viel geschafft«, meinte er weiter, um das Gespräch auf angenehme Dinge zu lenken.

»Das wird den Vogt freuen.« Merina brachte kein Lächeln zustande. »Wenn wir mehr haben, nimmt er uns das auch noch weg.«

Sämtliche Kinder hörten auf zu essen und starrten ihre Mutter an. Linn glaubte, sie hätte sich verhört. War es nicht die Müllerin, die sonst immer betonte, sie wolle kein schlechtes Wort über den Landesherrn hören?

»Wir haben noch ein paar Tage, bis der Büttel kommt«, sagte Lester schließlich ins Schweigen hinein. »Und was wir an Überschuss erwirtschaften, bringt uns unserem Traum Stück für Stück näher.«

Lester lebte für ein fest umrissenes Ziel: die Mühle zu kaufen, die er nur gepachtet hatte. Allerdings hatte der Vogt einen derart hohen Preis angesetzt, dass dieser Tag in weiter Ferne lag. Die Pacht musste bezahlt werden, und in einem guten Erntejahr wurden die Abgaben erhöht, sodass kaum etwas zum Sparen übrig blieb. Doch Lester glaubte felsenfest daran, dass er es schaffen konnte. Immerhin gab es im Dorf einige Männer, die ihre Höfe und das zugehörige Land erworben hatten. Vor mehreren Jahrzehnten, zu einer Zeit, als alles billiger war, pflegte Merina ihn öfter zu erinnern, aber Lester glaubte trotzdem an seinen Traum.

Linns Blicke wanderten zwischen ihrer Mutter und ihrem Stiefvater hin und her. Die beiden gaben ein Paar ab, das unterschiedlicher nicht hätte sein können. Sie schlank und blond und hübsch, mit leuchtend blauen Augen, er breit und gedrungen, mit einem kräftigen Backenbart. Von ihm hatte Rinek die Statur geerbt und das tiefschwarze Haar, während Merinas Kinder alle blond und blauäugig waren wie ihre Mutter. Bis auf Linn, die zwar Merinas Augen, aber von dem feinen, seidigen Goldhaar nichts abbekommen hatte. Ihr Haar war schlicht braun. Wenn die Sonne darauf schien, glänzte es rötlich, aber das war in keiner Weise mit Merinas oder Binias schimmernder Seide zu vergleichen. Außerdem war es viel zu dunkel für ihre helle Haut.

Fremde wollten selten glauben, dass sie zur Familie gehörte.

»Kann ich heute Abend zu Ivar?«, fragte Merok. »Um zu feiern, dass wir wieder eine ganze Wagenladung durch die Mühlsteine gejagt haben?«

»Damit hast du ja nicht so viel zu tun gehabt«, murmelte Rinek.

Ivar, der Wirt des einzigen Gasthauses in Brina, servierte das beste Bier in ganz Nelcken. Das behauptete jedenfalls seine Stammkundschaft. Merok war erst ein Mal dort gewesen – soweit die Eltern wussten. Linn hatte da etwas ganz anderes gehört.

Lester zögerte. Da er selbst so verbissen sparte, ging er nie in die Wirtschaft, aber seinen Kindern alles zu verbieten lag ihm ebenso wenig.

»Du weißt, dass das nicht geht«, sagte Merina streng. »Nicht einfach so. Wartet bis zum Laranstag, dann könnt ihr feiern, so viel ihr wollt.«

»Oh Mutter! Bis zum Laranstag sind es noch einige Monde! Wir haben nicht mal Drachenmond!«

»Nun ja, ich will ja nicht so sein«, murmelte Lester verzagt. »Aber nur einen Becher Bier.«

»Vater! Niemand geht in die Wirtschaft, um bloß ein Bier zu trinken!«

»Du schon.« Wenn er wollte, konnte Lester durchaus streng sein. Und im Augenblick erwartete er Dankbarkeit, keine weiteren Quengeleien. »Rinek begleitet dich.«

Merok verzog das Gesicht, während sein älterer Bruder grinste.

»Und ich?«, entfuhr es Linn. »Ich hab auch geholfen!«

»Na gut, du auch. Aber jetzt ist Schluss! Und nur ein Bier, verstanden? Mehr Geld gebe ich euch lieber gar nicht erst mit.«

»Eins für uns alle?«, japste Merok.

Binia blinzelte ein paar Tränen weg. »Ich muss immer zu Hause bleiben!«

»Schluss, hab ich gesagt.« Lester stand auf und verschwand, bevor er schwach werden konnte.

»Jetzt holt er das Geld«, flüsterte Rinek. »Aus seiner kleinen Kiste.«

»Die er hinter der großen Kiste versteckt hat.« Merok wusste ebenfalls Bescheid.

»Still!«, rief Merina. »Wollt ihr wohl still sein! Niemand braucht zu wissen, wo unser Geld ist.«

»Wir wissen es aber!«, trumpfte Binia auf.

»Dann sage ich ihm, er soll es woanders hintun. Und jetzt Ruhe. Ich will kein Wort mehr hören.«

Als Lester zurückkam, hockte die ganze Familie schweigend um den großen Esstisch.

»Hier.« Er überreichte Merok feierlich das Geld. »Und dass ihr mir ja nicht betrunken heimkommt!«

Der Junge betrachtete die kleine Kupfermünze mit einem Seufzen. »Bestimmt nicht, Vater. Ich glaube, da brauchst du dir keine Sorgen zu machen.«

Die drei Geschwister hatten es nicht weit bis zur Wirtschaft. Lärm und Licht wiesen ihnen den Weg; das halbe Dorf war hier versammelt.

»Kein Wunder«, sagte Linn, »dass unsere Nachbarn nie genug sparen können, um dem Vogt das Land abzukaufen.«

»Da sind wir schon.« Vor der Tür blieb Merok stehen. »Du kannst eigentlich gleich wieder nach Hause gehen, Linni«, meinte er. »Das hier reicht höchstens für einen halben Krug Bier – falls Ivar die Preise gesenkt hat.«

»Für jeden einen Schluck«, sagte sie. »Das ist gerecht.«

»Gar nichts ist gerecht«, murrte er.

Rinek grinste nur. »Macht euch keine Sorgen. Wir werden einen schönen Abend haben, wetten?«

»Was hast du vor?«, fragte Linn misstrauisch.

Dass sein Lächeln noch breiter wurde, beruhigte sie keineswegs.

Die drei öffneten die Tür. Ein Schwall aus Rauch, Hitze, Essensgerüchen, Lärm und Schweiß schlug ihnen entgegen. Merok duckte sich und tauchte als Erster in die Dorfgemeinschaft ein. Er lotste seine Geschwister an einen Tisch, an dem bereits mehrere Jugendliche saßen. Linn rutschte neben Yaro auf die Bank.

Er trug immer noch das blaue Band ums Handgelenk, da aber ausgerechnet in dem Moment mehrere Nachbarn neugierig zu ihnen hinschauten, tat er so, als würde er sie kaum kennen, und wandte sich ihren Brüdern zu.

»He, wer kommt denn da? Hat der gute Lester euch tatsächlich gehen lassen, damit ihr zuseht, wie wir uns amüsieren?«

»Wir haben Geld mit«, betonte Merok.

»Ja, kann das denn wahr sein?« Ivar selbst war hinter ihnen aufgetaucht, das vor Schweiß triefende Gesicht zu einem breiten Lächeln verzogen. »Ist nicht bei euch sonst das ganze Jahr über Drachenmond? Hat der alte Lester etwa herausgefunden, dass junge Leute nicht nur arbeiten wollen, sondern auch die Früchte ihrer Plackerei genießen möchten? Oder«, er wandte sich an den jüngeren Bruder, »willst du dich wieder durchschnorren, wie sonst?«

»Ach?«, meinte Linn.

»Gar nicht wahr.« Merok wurde rot. Er hielt die kostbare Münze zwischen Daumen und Zeigefinger. »Ein Bier, bitte.«

»Kommt sofort.«

»Drei«, sagte Rinek und legte zwei weitere Kupferlinge auf den Tisch.

»Wo hast du die denn her?«, wollte Linn wissen, sobald der Wirt den Tisch verlassen hatte. »Geklaut? Aus Lesters geheimer Kiste? Bist du denn von allen guten Göttern verlassen? Mutter bringt dich um!«

Rinek versuchte nicht einmal, schuldbewusst dreinzublicken. »Reg dich nicht auf. Alles in Ordnung. Schau mal.« Er ließ sie in den Beutel lugen, der an seinem Gürtel hing. »Hier hab ich noch mehr.«

Linn schnappte nach Luft. »Es ist in Ordnung, weil du noch mehr hast? Ich kann dir nicht ganz folgen.«

Statt einer Antwort stand Rinek auf und ging zum Nebentisch hinüber, wo die Bauern saßen. Er schob sich auf einen freien Platz, legte drei Münzen vor sich hin und stellte seinen Ellbogen auf der Platte ab, die Hand griffbereit nach vorne. »Wer will? Wer traut sich?«

»Mit dir werde ich locker fertig, Müllerbürschchen«, sagte einer und legte seine Hand hinein.

»Erst das Geld auf den Tisch«, rief jemand.

»Hier, kannst du haben.« Der Bauer kramte eine Handvoll Kupferlinge aus seiner Weste und häufte sie neben Rineks Einsatz auf. »Dann mal los.«

Sie spuckten beide auf den Boden, nickten einander zu, die Hand auf der Brust, murmelten »Hay, hay, hay« und fingen an.

Kopfschüttelnd sah Linn zu, wie die beiden ihr Duell ausfochten.

»Wenn er sich da nicht mal verschätzt hat«, murmelte Merok, als der Bauer die Oberhand gewann und sich Rineks Hand bedrohlich der Tischplatte näherte.

»Hat er nicht.« Linn war sich ziemlich sicher, dass ihr Stiefbruder gewinnen würde. Er liebte es, die Sache ein bisschen spannender zu machen. »Jetzt, siehst du?« Mit zusammengebissenen Zähnen drückte Rinek den Arm des Bauern nach unten.

»Der arme Junge hat mir bloß leidgetan.« Lachend schob der Bauer Rinek das gewonnene Geld zu.

»Noch jemand? Du vielleicht?«

Doch die anderen hatten genug gesehen und wandten sich lieber wieder ihren Bierhumpen zu.

»Keiner mehr?« Enttäuscht kehrte Rinek an ihren Tisch zurück, auf dem der Wirt inzwischen die bestellten Krüge abgestellt hatte. »Drei Kupferlinge.«

»Sei nicht traurig, immerhin hast du den Einsatz verdoppelt, nicht?« Yaro stieß ihn freundlich an. »Versuch es mal bei dem da. Der kennt dich noch nicht.«

Rinek drehte sich um und schaute in die angezeigte Richtung. »Ein fahrender Händler?«

Der große, hagere Mann, der sich in die hinterste Ecke zurückgezogen hatte, wirkte eher wie ein Soldat als wie ein Kaufmann.

»Er sieht stark aus. Nicht einer dieser kleinen, wabbeligen Typen aus Yan, die auf ihrem Wagen sitzen und die halbe Ladung auffuttern.«

»Es ist bestimmt praktisch, stark zu sein, wenn man einen Wagen voller Waren hat und sie ständig auf- und abladen muss«, meinte Linn.

»Nicht zu vergessen die Räuber, gegen die man sein Hab und Gut verteidigen muss.« Yaro musterte den Händler verstohlen. »Der Mann hat Kampferfahrung, wetten? Er wird glauben, dass er dich mit Leichtigkeit besiegen kann. Los, versuch's bei ihm.«

Der Fremde löffelte gerade seine Suppe aus und schien nichts von dem, was um ihn herum vorging, wahrzunehmen.

»Er verkauft Schmuck und Kleider für junge Mädchen, hab ich gehört«, meinte Ivar, der sich gerade wieder mit einem Tablett beladen durch die Bankreihe drängte.

Rinek leerte seinen Krug mit einem Zug und sprang auf. Yaro und die Geschwister folgten ihm, um nur ja nichts zu verpassen.

»Lust auf ein Spielchen?«

Der Händler hob den Kopf und betrachtete den breitschultrigen jungen Mann. »Aber ja. Immer.« Er sprach mit einem merkwürdigen Akzent, der seiner Stimme einen heiseren Unterton verlieh.

Ermutigt ließ Rinek sich ihm gegenüber nieder und stützte den Ellbogen auf. In Windeseile spulte er das Ritual ab – Spucken, Grüßen, das Glück anrufen – und war bereit. »Dann mal los.«

»Warte, warte. Beginnt ein Duell nicht üblicherweise mit der Vorstellung der Kontrahenten? Ich bin Akir Isenon, gebürtig aus Tijoa. Und du bist …?«

»Rinek Lester. Hier aus Brina.« Rinek zögerte. »Tijoa?«

»Vergiss die alten Geschichten«, meinte Akir rasch. »Der Große Krieg ist viele Jahre her. Mittlerweile könnte man fast sagen, dass der Norden und der Süden auf dem besten Weg sind, einander die Hand zu reichen. Und Händler sind sowieso überall willkommen. Wir kommen weit herum in der Welt.«

Trotzdem hatte sich die Stimmung in der Gaststube mit einem Mal verändert. Die uralte Feindschaft beider Länder spiegelte sich in den Gesichtern der Bauern wider.

Der Händler tat Linn fast leid – was konnte er denn dafür? »Bitte, erzählt weiter«, forderte sie ihn laut auf, bevor er dachte, dass sie alle griesgrämige Hinterwäldler waren, die sich von verstaubten Gerüchten daran hindern ließen, Neuigkeiten anzuhören und interessante Dinge zu kaufen. Tijoa – wie herrlich das klang, wie aufregend, wie fremd. Aber außer den Legenden vom edlen Brahan und dem bitterbösen Bor-Chain wusste sie selbst ebenfalls nichts über dieses Land. Sie stieß Yaro an. »Wo liegt denn Tijoa?«, flüsterte sie.

»Weit oben im Nordosten«, flüsterte er zurück, »noch hinter Yan und Samaja, glaube ich. Am Meer.«

»Kaufleute aus Tijoa mögen hier noch selten sein«, sprach Akir weiter, das Stirnrunzeln der Briner schien ihn nicht zu beeindrucken. »Aber dafür sind unsere Waren exotisch und kostbar. Seide, feiner als die Stoffe von den südlichen Inseln. Drachenseide nennt man sie, möchtet ihr hören, warum? Weil wir an der Grenze zu Berat die Ferrans züchten, die besten Seidenraupen der Welt, die nirgends sonst vorkommen und die aussehen wie kleine Drachen. Nun ja, mit etwas Fantasie. Nur bei uns gibt es die weißen Bergmarder, die im Eismond von eigens ausgebildeten Jägern über den Beringer Pass heruntergetrieben werden, bevor sie ihr Winterfell verlieren – ihre Pelze sind dichter und weicher als eure hübschesten Kaninchen. Perlen und Korallen, von Tauchern aus Ghenai geborgen – aber vermutlich wisst ihr nicht einmal, was Korallen sind. Magische Amulette aus unserer Hauptstadt Quint …«

»Bleibt uns weg mit Eurer Zauberei«, knurrte einer der Bauern. »Oder Ihr landet schneller in einem Verlies, als Ihr blinzeln könnt.«

»Oh, ich hörte davon«, sagte Akir. »Zauberei ist in Schenn nicht gestattet. Wie merkwürdig, wenn man bedenkt, dass dieses Königreich die rücksichtslose Ausdehnung seiner Grenzen zweifelsohne solchen geheimnisvollen Künsten verdankt, die heutzutage geächtet werden.«

»Das ist der Preis für den Frieden mit Wellrah«, sagte Ivar schroff. »Wenn Ihr unseren König und unser Land beleidigen wollt …«

»Nichts läge mir ferner«, versicherte der Kaufmann mit einem seidigen Lächeln, das entfernt an ein Zähnefletschen erinnerte. »Wer hat nicht von den blutigen Zaubererkriegen gehört? Natürlich stimme ich Euch allen und besonders Eurem König darin zu, dass sämtliche Zauberer böse und gefährlich sind.« Er seufzte, als hätte er die höllischen Fähigkeiten der Magier schon mal am eigenen Leib erdulden müssen. »Ein Reisender wie ich weiß, wie kostbar Frieden und Sicherheit sind. Dafür ist kein Preis zu hoch, selbst wenn magisches Blut mit Stumpf und Stiel ausgerottet wird.«

Rinek räusperte sich unbehaglich. »Können wir jetzt endlich anfangen?«

»Erst der Einsatz«, erinnerte Yaro. »Zeig ihm, was du setzt.«

»Ach ja. Hier.«

Akir betrachtete die drei Münzen, die Rinek auf den Tisch legte. »Das ist alles? Du bist wohl nicht sonderlich davon überzeugt, dass du gewinnst, wie?«

»Doch, das bin ich!«, beteuerte Rinek und legte drei weitere Kupferlinge dazu.

Der Händler hob die Brauen, und der junge Mann schüttete seinen ganzen Beutel aus.

Linn zählte rasch und packte ihn an der Schulter. »Du hast zwölf Kupferlinge genommen? Zwölf? Bist du noch ganz bei Trost?«

»Ich gewinne das Gleiche noch mal dazu«, gab Rinek zurück. »Also halt dich da raus.«

»Merok, sag doch auch etwas!«

Aber der blonde Junge blickte nur mit fiebrigen Augen auf das Geldsäckchen, das der Händler daneben legte. Man hörte die Münzen darin klirren.

»Dann mal los.« Rinek öffnete die Hand, und der Fremde legte seine hinein. »Hay, hay, hay«, flüsterte er.

»Jetzt!«

Der Zweikampf hatte weitere Zuschauer angezogen. Nicht nur Ivar blieb neugierig stehen, auch einige andere Gäste von den nahen Tischen beugten sich interessiert vor. Fremde waren in Brina nicht sonderlich beliebt, selbst wenn sie nicht ausgerechnet aus Tijoa kamen, und jeder wollte gerne miterleben, wie der Sohn des Müllers die Ehre ihres Dorfes verteidigte.

Akir hatte keine Chance gegen Rineks Bärenkräfte. Seine Hand bewegte sich unaufhaltsam auf die Tischplatte zu. Der Jüngling drückte mit aller Kraft, aber er bekam sie nicht weiter herunter.

»Los!«, rief Merok. »Los, zeig's ihm!«

Rinek hatte keine Kraft, um zu antworten. Schweißtröpfchen bildeten sich auf seiner Stirn.

»Oh bitte«, flüsterte Linn. Wenn ihr Bruder das gestohlene Geld verlor …

Dann krachte es auf dem Tisch. Die Krüge der Dörfler sprangen in die Höhe und schwappten über.

»Er hat gewonnen! Guter Junge!«

Linn wurde fast schwindlig vor Erleichterung. Der Fremde nahm den Verlust mit einem Achselzucken hin. »Ganz schön stark, der Bursche. Was bist du? Schmiedelehrling?«

»Müllergeselle«, erklärte Rinek stolz.

»Setzt euch.« Akir wies auf die freien Plätze vor ihm. »Ist das dein Mädchen?«

Rinek wurde rot. »Bloß meine Schwester.«

»Sie gehört zu mir«, sagte Yaro und legte Linn den Arm um die Schultern. Sie ließ es zu; irgendwie war ihr dieser Reisende etwas unheimlich.

»Unsere Wahrsagerin«, erklärte Ivar stolz, der auf die nächste Bestellung wartete. »Wenn Ihr Eure Zukunft gedeutet haben mögt …«

»Ach was!« Linns Wangen färbten sich. »Ich bin keine Wahrsagerin!« Schließlich träumte sie immer nur dasselbe.

Der Händler betrachtete sie neugierig. Ihr fiel auf, wie dunkel seine Augen waren, wie wenig sie verrieten. »Du sagst also die Zukunft voraus, junge Dame?« Das Lächeln um seine Mundwinkel wirkte echt, aber was wusste sie schon von ihm? Plötzlich fiel ihr ein, dass Wahrsagen eigentlich verboten war – hatte das nicht irgendein anderer Kaufmann auf der Durchreise erzählt? Galt es nicht als Zauberei?

»Nein, nur … im Spiel. Es war ein Spiel, ein Kinderspiel. Keine Ahnung, was Ivar sich dabei gedacht hat.« Sie fühlte sich zunehmend unbehaglich.

»Sie ist unsere Drachenseherin«, erklärte einer der Bauern, die neben dem Händler saßen. »Heute schon einen entdeckt, Linn, na?« Sie lachten und prosteten ihr zu.

Arik lächelte ungläubig. »Was ist denn eine … Drachenseherin?«

»Streite es ab«, flüsterte Yaro ihr ins Ohr. Sein Atem roch bereits nach Bier. »Dort hinten sitzt meine halbe Verwandtschaft.«

»Also«, begann Linn, der die allgemeine Aufmerksamkeit immer unangenehmer wurde, »ich …«

»Sie sieht Drachen.« Rinek gab wie immer offenherzig alles preis.

»Gibt es hier denn welche? Ich dachte, Nelcken sei die sicherste Provinz von ganz Schenn? Der verschlafenste Ort der Welt, wo selbst die wildesten Bestien gähnend umfallen?«

»So ist es auch. Keine feuerspeienden Ungeheuer weit und breit.« Merok versuchte, rasch vom Thema abzulenken. »Und wie ist es in Tijoa?«

»Gibt es dort Drachen?«, fügte Rinek wissbegierig hinzu.

»In Tijoa bin ich lange nicht mehr gewesen«, sagte Arik fast traurig. »Drachen sind dort glücklicherweise selten, wie überall. Seit vielen Jahren reise ich durch Schenn und habe keinen einzigen erblickt, obwohl ich in manchen Gegenden von Gerüchten hörte, und in einem Dorf bat man mich sogar, so schnell wie möglich das Weite zu suchen. Aber kein Wunder, im Land der legendären Drachentöter. Vor kurzem war ich in Lanhannat. Auch der Hauptstadt, seid versichert, bleiben die Untiere fern. Dafür sorgt schon die Drachengarde des Königs. Vielleicht genügt jedoch auch der Respekt vor Brahans Erben, wer weiß?«

Linn beugte sich über den Tisch. Das interessierte sie. »Könnt Ihr mehr davon erzählen? Über die Drachenjäger?«

»Ritter in schimmernden Rüstungen.« Der Händler senkte die Stimme, als seien dies vertrauliche Informationen, die er eigentlich nicht weitergeben durfte. »Ritter auf stolzen Pferden, glänzende Schwerter und Lanzen in den Händen. Auf ihren Schilden leuchtet golden das Wappen der Drachenjäger – Schwert und Flamme.« Er seufzte versonnen. »Das sind stolze, grimmige Gestalten, denen ich nicht im Dunkeln begegnen möchte.«

»Und der Prinz?«, rief Yaro begeistert. »Habt Ihr ihn ebenfalls zu Gesicht bekommen? Stimmt es, was man sagt? Dass er größer ist als andere Menschen? Stark wie ein Riese und furchtlos wie ein Schwan, der seine Küken verteidigt?«

»Brahans Erbe«, murmelte Arik. »Nichts als ein Junge, der achthundert Jahre Heldentum auf seinen schmalen Schultern trägt. Eine schwere Bürde, unter der schon viele zusammengebrochen sind – der Recke zu sein, der Drachen und ganze Königreiche bezwingt.«

»Gebt acht darauf, was Ihr sagt«, warnte Ivar leise.

»Nun«, der Tijoaner lachte, »selbst tausendfach verdünnt muss Brahans heiliges Blut doch zu etwas gut sein, nicht wahr? Wenn man von einem König abstammt, der sich in die Drachengrube begab, der sich sozusagen in einen Pfuhl giftiger, sich windender feuriger Drachen stürzte, um seine Braut dort herauszuholen – wie könnten normale Sterbliche sich gegen so jemanden behaupten?«

»Brahan hat mehr getan als das«, sagte einer der Bauern grimmig; er schien nicht ganz sicher zu sein, ob der Ausländer den legendären Drachentöter beleidigt hatte oder nicht. Akirs Stimme klang vielleicht nur aufgrund seines starken Akzents so spöttisch.

»Wenn ich mich richtig entsinne – korrigiert mich, ihr kennt diese Geschichten sicher besser als ich –, war es sein Sohn Laran, der Tijoa in Schutt und Asche legte und es dazu verdammte, ein kleines, unbedeutendes Königreich am Ufer des Stillen Meeres zu bleiben. Mit Larans Blut kann sich leider niemand in Schenn brüsten, sonst würdet ihr euch seine Söhne nennen, nicht Brahans. Doch wer mag schon sagen, was damals wirklich geschah, in jenen Tagen, als die Drachen über die Länder

der Menschen flogen? Die Geschichten bleiben merkwürdig vage darüber, wie es Laran gelang, die Macht der Drachen zu brechen. Es genügt, dass er ein Held war – erklärt das nicht alles? Also vernichtete er Tijoa und die Drachengrube gleich dazu. Der ganze Norden ging in Flammen auf … Nun, auch mein Volk erinnert sich an so einiges. Doch soll ich darüber klagen und meine Kunden vergraulen, wegen eines Krieges, den keiner von den hier Anwesenden geführt hat?«

»Ihr habt kleine Kinder umgebracht!«

»In meiner Heimat wird die Geschichte anders erzählt«, sagte Akir. »Bor-Chain nahm Brahan und seine Familie als Geiseln mit nach Tijoa, um zu verhindern, dass Laran sich seines Throns bemächtigte. Sie waren gesund und munter, doch dann hetzte Laran die Drachen rücksichtslos auf seine Feinde, bis niemand übrig blieb, bis auf dieses kleine Kind, das er nach Hause brachte. Seinen Neffen, in der Gefangenschaft geboren. Erst dann gebot er den Ungeheuern Einhalt.«

»Bor-Chain von Tijoa hat Brahan getötet«, flüsterte Ivar. »Und danach war die Welt nicht mehr dieselbe.«

»Nein, aber hat sie sich nicht zum Guten verändert? Selbst in Tijoa wünscht man sich nicht jene Zeiten zurück. Wenn Laran nicht gewesen wäre, würde die Welt immer noch von den Drachen heimgesucht werden, vielleicht sogar noch von denselben. Wir«, er verbeugte sich galant, »sind Schenn immer noch dankbar.«

»Ihr habt uns eure Dankbarkeit gezeigt, indem ihr Laran getötet habt!«

»Das«, widersprach Akir mit einem sanften Lächeln, »ist nicht bewiesen. In unserem Land heißt es, es seien die Drachen gewesen. Der Held tötete den König der Drachen und starb dabei. Andere Geschichten behaupten sogar, dass er überlebte und ohne Gedächtnis durch die Berge wanderte, ein Bettler und Weiser, zu dem sie kamen, um ihn um Rat zu fragen. Manche behaupten, man könnte ihn dort immer noch antreffen, einen Mann in einem grauen Mantel. In einer anderen Fassung lebte er in einer Hütte am Rand des Gebirges, mit einer lieblichen Frau, doch seine Haare hatten ihre Farbe verloren in den Schrecken des Krieges, deshalb erkannten ihn nur wenige.«

»Das ist eine Lüge«, zischte einer der Bauern, heiser vor Wut.

»Wie seltsam, dass ihr jedes Jahr den Laranstag begeht, an dem ihr auf euren verlorengegangenen Helden oder seine Nachkommen wartet – obwohl ihr euch so sicher seid, dass er kinderlos dahingemeuchelt wurde. Und wenn wir die Zuversicht äußern, dass er nicht während des Krieges starb, sondern noch jahrelang fröhlich in den Bergen lebte und Söhne zeugte, seid ihr uns böse? Jedenfalls zerstreuten sich die Ungeheuer in alle Winde, und ich behaupte nach wie vor, das war unser aller Glück, sonst müssten wir hier vermutlich die Köpfe einziehen und uns in Erdhöhlen verstecken. Dann wären sie alle noch hier. Tausend Jahre sind nichts für einen Drachen. Heißt es nicht, sie seien so gut wie unsterblich – es sei denn, die Nachkommen Brahans begeben sich auf die Jagd? Wie dem auch sei, heiliges Blut oder nicht, jedenfalls tun die Ritter nach wie vor ihre Arbeit und halten das Ungeziefer von Lanhannat fern.«

»Sie töten Drachen.« Aus Rineks Augen strahlte die Begeisterung. »Dann bräuchten wir sie hier, wenn die Drachen kommen.«

»Hierher?«, fragte der Händler. Er griff nach seinem Becher und schwenkte ihn langsam hin und her. »Warum sollten sie denn herkommen? Hier gibt es nichts zu holen – weder für Drachen noch für Kaufleute.« Er lachte und wandte sich an Linn. »Wie sah denn der Drache aus, der sich dir angeblich gezeigt hat?«

»Wie er aussah?«

»Ja.« Arik nickte. »Es gibt sie in den unterschiedlichsten Farben, helle und dunkle, glänzende, und manche, so heißt es, sind so matt, dass das Licht auf ihnen erstirbt. Es gibt große, die eine ganze Stadt schlucken können, und kleine, die mit einer Maus zufrieden wären.«

»Wirklich?«, fragte Merok mit weit aufgerissenen Augen.

»Vielleicht. Vielleicht auch nicht.« Arik lächelte geschmeidig. »Deshalb frage ich ja. Wie sah deiner aus?«

»Jetzt bist du dran, Linn«, stöhnte Yaro leise.

Sie zögerte. Wenn sie behauptete, sie wüsste es nicht, machte sie sich lächerlich, aber erst recht, wenn sie einen Drachen beschrieb, den es in dieser Form oder Farbe gar nicht gab.

»Rot«, sagte sie. »Rot wie die Sonne, wenn sie untergeht. Wenn er vorüberfliegt, hat es den Anschein, als wenn der Himmel brennt. Er ist rot wie Blut, und das Licht um ihn herum ist wie ein Strahlen.«

Yaro und ihre Brüder starrten sie überrascht an. Sie hatte ihnen den Drachen nie beschrieben, denn keiner hatte je danach gefragt.

»Rot«, wiederholte Arik. »Nun, das ist … interessant. Die meisten Drachen, von denen ich gehört habe, sind nicht so farbenfroh. Wie groß schätzt du ihn? Eher wie ein Pferd oder wie ein Haus?«

Sie dachte an den riesigen Schatten, der über die Erde glitt, wenn der Drache unter der Sonne hinwegzog, so schnell und flüchtig wie ein Blitzstrahl.

»Jeder Flügel wie ein Dach«, sagte sie. »Er ist so gewaltig, dass er alles vernichten könnte. Alles, was er will.«

»Ach was!« Einer der Bauern, die daneben saßen und dessen Aufmerksamkeit geweckt war, lachte unsicher. »Das ist doch … Unsinn! Gefährlicher Unsinn. Wo sind die Kinder, die du hütest, Linnia, und denen du Angst einjagen willst, damit sie brav sind? Bei uns brauchst du das gar nicht erst zu versuchen!«

Sie senkte den Kopf.

»Gibt es denn solche Drachen?«, fragte Yaro.

Arik zögerte eine Weile. Linn ahnte seine Antwort, bevor er sprach. »Nein«, meinte er schließlich. »Ein Drache, rot wie Blut? Flügel wie Hausdächer? Tut mir leid. So weit ich auch herumgekommen bin, von so etwas habe ich noch nie gehört. Nach Larans Sieg sind sie kleiner und harmloser geworden. Sie sind wie große Eidechsen, grünlich oder braun. Mit ihrem König haben sie ihre Kraft und ihre Macht verloren, und je mehr Zeit verstreicht, umso mickriger werden sie. Aber sei nicht traurig, mein Kind. Die Drachen aus den alten Sagen sind die schönsten.«

Linn schwieg. Sie wollte es nicht, aber sie kämpfte mit den Tränen. Drachen aus alten Sagen … aus Träumen … *Was siehst du Linn? Gar nichts. Du träumst.*

»Komm schon, Linn«, bat Yaro leise und drückte sie tröstend an sich, obwohl sie ihn gerade jetzt am liebsten von sich gestoßen hätte. Aber natürlich wollte sie ihm nicht hier vor allen eine Szene machen. »Du hast es doch gewusst.«

»Linn heißt du«, meinte der Händler, der anscheinend etwas gegen die gedrückte Stimmung unternehmen wollte. »Ein schöner Name für ein hübsches Gesicht. Für einen Kuss schenke ich dir etwas.«

Yaro und Rinek sprangen gleichzeitig auf. »Wie könnt Ihr es wagen!«

»Ruhig Blut!« Arik lachte beschwichtigend. »Ihr habt recht, ein Händler sollte nichts verschenken. Nun, ich bin hier, um euch etwas zu verkaufen. Etwas ganz Besonderes. Eine Neuheit, von der ich die Kunde bis in die entferntesten Winkel des Königreiches trage.« Er senkte die Stimme, gewiss, dass ihm mindestens zwanzig Leute gespannt zuhörten. »Wettsteine.«

»Wett… was?«

Der Kaufmann griff in seine Weste und förderte einen kleinen glänzenden Stein zutage. »Wettsteine. Wer im Besitz eines solchen ist, kann keine Wette mehr verlieren.«

»Warum habt Ihr dann eben verloren?«, fragte Linn sofort.

»Ich hatte keinen in der Hand. Man muss sie auf der Haut tragen, damit sie ihre Wirkung entfalten können. Komm her, Bursche, ich beweise es dir.«

Er schloss die Finger um den Stein und legte den anderen Arm auf den Tisch. »Jetzt bin ich gewappnet. Versuch es.«

»Ohne Einsatz?«, fragte Rinek. »Dann ist es keine echte Wette.«

»Stimmt. Da denkt einer mit.« Der Tijoaner platzierte eine Silbermünze neben seinem Becher. »Das gegen meinen Beutel, den du bereits gewonnen hast. Ich will dich nicht ganz ausnehmen, den Rest kannst du behalten. Ich möchte dir nur zeigen, was hiermit möglich ist.«

Rinek nickte und brachte seinen Arm in Stellung. »Hay, hay, hay«, murmelte er und spuckte sicherheitshalber noch einmal rasch auf den Boden, bevor es losging. Wieder sah es aus, als hätte der hagere Mann keine Chance. Seine Hand wurde nach unten gezwungen. Doch als Linn schon dachte, der Fremde hätte zu viel versprochen, wendete sich das Blatt mit einem Mal, und Rineks Hand schlug gegen die Tischplatte.

Die Zuschauer schrien erschrocken auf.

»Seht ihr. Der Wettstein wirkt.«

»Das ist Zauberei!«, rief jemand.

»Aber nein«, beteuerte Akir. »Ich würde es niemals wagen, in Schenn magische Gegenstände zu verkaufen. Die Auflagen sind da sehr streng. Das ist bloß ein Spielzeug, das in den Tempeln von Quint der Belustigung der Priesterjungen dient. Sie segnen diese Steine – ganz gewiss hat niemand etwas gegen gesegnete Kiesel! – und lassen sie haufenweise herumliegen. Man kann sie einfach so mitnehmen, wenn man will. Wie schon gesagt – was in der einen Gegend ganz gewöhnlich und alltäglich ist, gilt woanders als eine exotische Kostbarkeit. Da ich sie einfach aufgesammelt habe, würde ich mich schlecht fühlen, wenn ich sie über Wert verkaufe. Aber dafür, dass ich sie mondelang mit mir herumgeschleppt habe, will ich eine Kleinigkeit berechnen.«

»Was kostet einer?« Der Bauer, der vorhin gegen den kräftigen Müllergesellen verloren hatte, drängte sich vor.

»Zehn Kupferlinge.« Arik zog einen größeren Beutel hervor und schüttete die Steine auf den Tisch. Sie waren alle dunkel; silberne Adern zogen sich durch die glänzende Finsternis. Wahrhaft magisch sahen sie aus, doch Linn war trotzdem überrascht, wie begierig die Dörfler danach griffen.

Sogar Rinek zählte seine Münzen. Sie stieß ihn an. »Was soll das? Das hast du gar nicht nötig!«

»Keine Wette verlieren!«, flüsterte er atemlos. »Weißt du, was das bedeutet? Dann kann ich Vaters Geld mühelos verdoppeln! Verdreifachen! Wir können endlich die Mühle kaufen, und wir werden reich und …«

»Aber wenn jeder hier im Dorf so einen Zauber… äh, Segenstein besitzt, wer gewinnt dann?«, wandte Yaro ein, der in seinem leeren Geldbeutel kramte, als könnten dadurch auf wundersame Weise zehn Münzen zum Vorschein kommen.

»Dann wetten wir eben nur in den anderen Dörfern. Oder mit Durchreisenden«, versprach Rinek. »Wo ist das Problem? Ich finde schon einen Dummen, der sich ausnehmen lässt.« Er schüttete dem Händler sein ganzes Geld in die Hand. »Hier. Gebt mir auch einen.«

»Das sind nur neun Kupferlinge.«

Hastig zählte Rinek nach. »Moment … zwölf hatte ich aus der Kiste, zwei für das Bier, macht zehn, drei habe ich gewonnen, macht dreizehn, vier für die zweite Runde … Oh.« Enttäuscht starrte er auf die kleinen Scheiben.

»Nun, immerhin hast du mir bei meiner kleinen Vorführung

geholfen, da will ich mal nicht so sein. Für dich reichen neun Kupferlinge. Aber das ist eine Ausnahme – schließlich muss ich an meine kranke Frau und die Kinder denken, zu Hause in Tijoa, das versteht ihr sicherlich.«

Yaro, der in seinen Taschen immerhin eine halbe Kupfermünze gefunden hatte – ein Loch in der Mitte minderte ihren Wert –, seufzte.

»Nun muss ich zu Bett.« Arik erhob sich umständlich. »Hab morgen noch einen langen Weg vor mir. Ich rate den glücklichen Besitzern eines Wettsteins allerdings, diesen erst auszuprobieren, wenn sich der Stein an sie gewöhnt hat. In der ersten Nacht solltet ihr mit dem Stein in der Hand schlafen, damit ist sichergestellt, dass er euch und nicht etwa eurem Gegner Glück bringt. Gute Nacht.«

Rinek klopfte Yaro tröstend auf die Schulter. »Tut mir leid für dich.«

»Mir tut es leid für *dich*«, sagte Linn. »Wie willst du Lester erklären, dass sein Geld verschwunden ist? Er zählt es nach, wetten?«

»Du solltest lieber nicht gegen mich wetten«, meinte Rinek und setzte eine würdevolle Miene auf. »Wetten, Vater merkt nichts, bis ich ihm das Geld ersetzt habe? Außerdem tu ich noch was obendrauf, dann kommt er aus dem Staunen nicht mehr raus.«

»Lass uns jetzt lieber nach Hause gehen.« Linn fühlte sich unwohl. Die beiden Biere machten sie schwindelig und müde.

»Jetzt schon?« Rinek war noch nicht gewillt, den Abend zu beenden. »Ich fordere gleich noch ein paar Leute heraus.«

»Du hast doch gehört, was der Händler gesagt hat. Der Stein …«

»Der Stein wird sich schnell an mich gewöhnen. Ich halte ihn eben ganz fest in der Hand.«

»Du kannst aber nichts mehr setzen.«

Rinek schenkte Yaro einen Blick wie ein getretener Hund. »Sie ist ganz schön streng, was, mein zukünftiger Schwager?«

»Hoho, so weit ist es schon?«, rief Ivar, der wie immer alles mitbekam. »Die nächste Runde geht aufs Haus!«

»Ohne mich.« Linn wollte nichts mehr. »Nein, ihr braucht mich nicht zu begleiten, den kurzen Weg schaffe ich alleine.« Während Yaro sich zurück auf die Bank drücken ließ, trat sie hinaus in die sommerliche Nachtluft. Über ihr überzogen die Sterne den dunklen Himmel mit ihren rätselhaften Mustern. Linn fröstelte. Sie rieb sich die Arme, während sie die breite, staubige Straße zwischen den Häusern, die den Dorfkern bildeten, entlangging.

Sie hatte laufen wollen, aber ihre Beine fühlten sich nach dem ungewohnten Biergenuss seltsam an, als ob sie schwebte. Vielleicht hätte sie doch Yaro oder ihre Brüder darum bitten sollen, sie zu begleiten.

Das Zirpen der Grillen erfüllte die Nacht, dahinter lag spürbar die Stille. Die schwarzen Wipfel der Bäume rauschten, und bis hierher hörte sie das Murmeln und Plätschern des Baches. Etwas flatterte über die Giebel – eine Eule? Linn blieb stehen und schaute nach oben. Die Sterne standen direkt über ihr, so dicht, dass sie ein silbernes Band bildeten, und sie dachte an die Glückssteine, die so kunstvoll Schwarz und Silber vereinten. Morgen würde sie Rinek bitten, ihr den Stein auch einmal zum Halten zu geben – nur ganz kurz, damit er seine Wirkung nicht verlor.

Weit über ihr zog ein Schatten über die Sterne, ein schwarzer Umriss. Einen Moment lang konnte sie ihn deutlich erkennen, dort, wo er die Sterne zum Verschwinden brachte, als hätte er sie geschluckt.

Flügel, die sich ausbreiteten, wie um den Himmel auszulöschen. Kein Feuer. Kein rotglühendes Funkeln. Nur eine stumme, gewaltige Gestalt, die über sie hinwegglitt.

Linn presste die Finger an ihre Schläfen und atmete tief durch.

»Ich sehe das nicht«, flüsterte sie. »Es ist nicht wirklich. Es gibt keine Drachen in Nelcken und erst recht nicht hier in Brina. Keine … Drachen.«

Der Schatten war fort. Aber das beunruhigende Gefühl, das er in ihr geweckt hatte, blieb.

Ein Drache. Sie konnte noch so oft versuchen, sich einzureden, dass sie sich täuschte: Das war es, was sie wahrnahm. Ein Drache, rot und flammend wie ein Sonnenuntergang, bei Tage funkelnd im Licht, bei Nacht nichts als ein dunkler Umriss unterhalb der Sterne.

Ihr Leib, bereit, sich flach in den Staub zu werfen und den Atem anzuhalten, bestand darauf, sich wenigstens zu ducken. Ihr Herz schlug schneller. Ihre Instinkte jagten eine Mischung aus Angst und wilder Energie durch ihre Adern.

»Es gibt keine Drachen hier. Da ist kein Drache, der über mir fliegt«, sagte sie laut.

Die Grillen in ihrer Nähe zirpten unbekümmert weiter, und irgendwo schrie eine Eule.

»Da ist kein …«

Ihre Beine wussten es besser. Linn rannte los, mit klopfendem Herzen, so schnell sie konnte, wetzte wie der Wind die Straße hinunter, zwischen den Höfen hindurch, den Pfad am Bach entlang, über die Steine, bis dunkel die Mühle vor ihr auftauchte.

Keuchend klammerte sie sich an den Türbalken. »Binia! Lass mich rein! Binia!«

Es dauerte eine ganze Weile, bis die Tür geöffnet wurde und ihre kleine Schwester, im Nachthemd und gähnend, nach draußen spähte.

»Wo sind die anderen?«

»Die kommen nach.« Linn stürzte in die kleine Kammer und

kroch in ihr gemeinsames Bett, das noch warm von dem mageren Körper ihrer Schwester war. Sie zog sich die Decke über den Kopf.

»Ach«, sagte Binia nur. »Hast du also schon wieder einen Drachen gesehen.«

3

»Wir wurden bestohlen!«, schrie Lester. Mit schweißnasser Stirn und roten Wangen stürmte er in die Stube, wo die Familie schon um den Esstisch versammelt saß und ihren Brei löffelte.

»Alles?« Merina wurde weiß wie die Wand. »Alles weg?«

»Nein.« Er zwang sich zur Ruhe. »Es fehlen zwölf Kupferlinge.«

Die Müllerin runzelte die Stirn. »Aber … welcher Dieb würde denn bloß so wenig herausnehmen?« Langsam drehte sie sich zu ihren Kindern um, das Gesicht eine einzige Drohung.

Linn musste schlucken. Sie hatte so sehr gehofft, dass Rinek es schaffte, den Verlust zu ersetzen, bevor sein Vater es merkte. Jeden Tag seit dem Besuch im Wirtshaus hatte sie ihn danach gefragt, und jedes Mal hatte er sie vertröstet, er werde schon jemanden finden, der mit ihm wettete. Doch im Dorf gab es keinen, der sich auf ein Spiel einließ – entweder hatte derjenige selbst einen Wettstein erworben oder er besaß keinen und ging auf Nummer sicher, oder er war bereits oft genug von dem kräftigen jungen Mann besiegt worden und hatte daraus gelernt.

Aus nichts konnte Rinek kein Geld vermehren, und um sein Glück in einem der Nachbardörfer zu versuchen, fehlte ihm die Zeit.

»Ich«, sagte er und senkte den Kopf.

Linn wünschte sich, sie wäre schneller gewesen und hätte

sich an seiner Stelle gemeldet – gleichzeitig schämte sie sich für ihre Erleichterung darüber, dass der Zorn ihrer Mutter sich nicht auf sie entlud.

Rinek erduldete die Schläge, ohne mit der Wimper zu zucken. Linn bewunderte ihn dafür, wie er alles über sich ergehen ließ, den Kopf gesenkt, ergeben wie ein altes Pferd. Merina stieß bei jedem Hieb einen wütenden Schrei aus.

»Das ist dafür, dass du deinen Vater bestiehlst! Und das ist dafür, dass du nicht gehorchst! Und das ist dafür, dass du deinen Geschwistern ein schlechtes Beispiel gibst!«

»Mutter!« Linn versuchte, den Stock festzuhalten, mit dem die Müllerin gerade wieder ausholte. »Mutter, er hat es doch verstanden!«

Merina stieß sie wutentbrannt von sich. »Wir haben nichts!«, schrie sie gellend. »Gar nichts! Nichts gehört uns, weder die Mühle noch das Haus oder das Land, auf dem es steht! Wie soll es denn jemals besser werden, wenn nicht einmal unser Gespartes sicher ist? Wir haben kein Geld für Bier oder für Wetten, kapiert ihr das nicht?« Drohend hob sie den Stock. »Was hast du denn, außer deinen Träumen? Nichts! Wir haben kein Geld für einen einzigen weiteren Esser. Wir können keine weitere Kammer anbauen. Rinek kann nicht heiraten, solange ihr alle zu Hause seid. Du kannst nicht heiraten, weil wir dir keine Aussteuer geben können. Und Merok? Und Binia? Du bist schon siebzehn, was für eine Zukunft hast du vor dir?«

Schützend hielt Linn die Hände hoch. »Ich brauche keine Aussteuer. Yaro nimmt mich auch so.«

»Yaro«, höhnte Merina. »Der hat doch selber nichts!«

»Aber er arbeitet, er …«

»Als Handlanger für einen Bauern! Wenn sein Bruder die Schmiede erbt, wird er für den arbeiten. Davon kann man weder ein Haus bauen noch ein Stück Land kaufen. Ihr könnt nicht heiraten, wenn ihr nichts habt!«

Verwundert betrachtete sie Linns ausgestreckte Arme und ließ den Stock sinken.

»Kann ich jetzt gehen?«, fragte Rinek mürrisch.

»Ja, verschwinde!« Die Müllerin scheuchte ihn fort und wandte sich wieder ihrer Tochter zu. »Ich hätte dich schlagen sollen, nicht ihn.«

»Aber …«

»Du hättest ihn aufhalten sollen. Auf dich hört er.«

»Er ist älter als ich, Mutter, und er hört auf niemanden.«

»Dann sorg dafür, dass er es tut! Wenn er nicht heiraten kann, wirst du ihm eines Tages den Haushalt führen müssen.«

»Also muss ich jetzt schon damit anfangen, ihn herumzukommandieren, wie du es mit Lester machst?«

Wutentbrannt hob Merina den Stock. »Geh mir aus den Augen, bevor ich mich vergesse!«

Linn schlüpfte aus der Tür und wäre beinahe mit ihrem Stiefvater zusammengestoßen, der mit grauem Gesicht und gebeugtem Rücken aus der Mühle kam. *Er wird alt,* dachte sie auf einmal. *Alt und müde. Er schuftet für den Landvogt, und so wird eines Tages Rinek nach ihm für den Vogt schuften …* Heute war auch noch der Tag, an dem der Büttel kommen würde, um die Abgaben einzusammeln, ein Tag, an dem Lester grundsätzlich schlechte Laune hatte.

Es gab nur einen Weg, um ihn aufzumuntern. Wenn er das gestohlene Geld wiederbekommen würde … Ja! Ja, das war es!

Linn musste sich beeilen, wenn sie rechtzeitig kommen wollte, bevor ihre Brüder die Steuern abgeliefert hatten. Rakion Mirrer, Steuereintreiber des Landesherrn, hatte seinen Wagen wie immer auf dem großen Platz in der Mitte des Dorfes abgestellt. Die Bewohner hatten sich schon größtenteils versammelt und warteten, bis sie an der Reihe waren, um Geld und Naturalien vorzuzeigen, zählen und wiegen zu lassen. Die beiden Knechte Worlin und Serim verstauten die Getreidesäcke auf dem Wagen; wenn es zu Unruhen gekommen wäre, hätten sie schnell für Ordnung gesorgt. Jeder der beiden trug ein langes Schwert offen und für alle sichtbar am Gürtel. Die breiten Klingen waren nicht einmal in Lederscheiden gehüllt. Linn fragte sich, ob sie sich damit nicht in den Fuß stachen.

Wo war Rinek?

Zuerst entdeckte sie Meroks hellen Haarschopf in der Menge. Merina hatte ihm aufgetragen, die Abgaben zu entrichten, während Rinek, immer noch in Ungnade, den Beutel mit den Münzen nicht einmal anfassen durfte, sondern das kleine Ölfass tragen musste. Linn drängte sich zu ihm durch, ohne auf irgendetwas anderes zu achten. Sie hätte sogar Yaro übersehen, wenn er sie nicht am Arm festgehalten hätte.

»Linn? Was machst du denn hier?« Er wusste natürlich, dass sie sich meistens vor dem Steuertag drückte und die Gelegenheit nutzte, um an ihren Platz am Bach zu verschwinden. »Ich meine natürlich, ihr beiden Schönheiten?«, fügte er galant hinzu.

Sie drehte sich rasch zu Binia um, die den hübschen Schmiedesohn anstrahlte und all ihren Charme in den feurigsten Blick legte, den Linn je an ihrer kleinen Schwester bemerkt hatte.

Linn knuffte die Zwölfjährige in die Seite, aber um sie angemessen zu verprügeln, war jetzt nicht die richtige Gelegenheit. Die laute, herrische Stimme des Büttels lenkte sie ab. Hoch zu Ross, mit strenger Miene und ausgestrecktem Arm dirigierte er Bauern und Knechte. »Den Sack hast du nicht ganz gefüllt, dachtest du, das merke ich nicht? Die Waage ist unbestechlich.«

»Er ist voll, glaubt mir!«, beteuerte der Mann. »Mehr hatte ich nicht!«

Mit funkelnden Augen machte der Büttel sich eine Notiz in seine Pergamentrolle. Gleich würde die Familie Lester an der Reihe sein, Linn hatte kaum noch Zeit.

»Pass kurz auf sie auf, ja?« Sie löste ihre Finger aus Yaros warmer Hand und schob sich zu ihren Brüdern durch, bevor er sie zurückhalten konnte.

»Rinek«, flüsterte das Mädchen einen Moment später und zupfte ihn am Ärmel, damit er sich zu ihr hinunterbeugte. »Ich habe eine Idee.«

»Was denn?«, brummte er und verzog das Gesicht. Der geschundene Rücken musste ihn immer noch schmerzen.

»Wie du Lester das Geld ersetzen kannst.«

»Ja?« Hoffnungsvoll starrte er sie an.

»Der Büttel! Der Büttel weiß nichts von den Wettsteinen.«

»Ich soll … Du meinst, ich soll den Büttel herausfordern? Er ist ein Beamter des Vogts!«

Sie sahen einander an und verstanden sich ohne Worte. In Rineks braunen Augen glomm etwas auf, und für einen Moment wirkte er gefährlicher als ein Drache.

»Ja«, flüsterte er. »Das ist es.«

»Lester Veril«, rief der Büttel auf. »Wassersteuer, Mahlsteuer, Ölsteuer, Pacht für die Mühle, Pacht für das Land, Steuer für die Erlaubnis, ein Gebäude direkt an der Wand der Mühle zu errichten, Steuer für den König.« Befehlend streckte er die Hand aus.

Merok trat vor, doch Rinek holte ihn sofort ein und schob ihn zur Seite.

»Wir haben alles mitgebracht«, rief er laut. »Bevor Ihr die Abgaben durchzählt, schlage ich Euch jedoch eine kleine Wette vor. Ich bin Rinek Lester und fordere Euch zum Kräftemessen.«

Ein Raunen ging durch die Reihen der Dorfbewohner. Linn warf einen raschen Blick auf die Zuschauer: Jeder, der einen Stein besaß oder zumindest von der Existenz der Wunderdinge erfahren hatte, hielt den Atem an. Wer ungläubig den Kopf schüttelte, war mit Gewissheit ahnungslos.

»Zwölf«, flüsterte Linn. »Bitte, sag es. Los, Rinek, sag: Zwölf Kupferlinge.«

»Sieh an.« Der Büttel verzog die Lippen zu einem Lächeln. »Der Müllerbursche. Die Leute von der Mühle erstaunen mich immer wieder – entweder durch ihre Unfähigkeit, ordentlich Steuern zu bezahlen, oder durch ihre ungeheure Dreistigkeit.«

»Ich meine es ernst«, sagte Rinek mit fester Stimme. »Seid Ihr bereit?«

Linn fühlte die Spannung der Zuschauer, das Kribbeln, das in der Luft lag. Eine Wette abzulehnen war schlechter Stil, aber natürlich konnte niemand den Büttel zwingen, sich darauf einzulassen.

Der Beamte lächelte freundlich. »Ja, sicher doch. Worum soll es gehen, junger Herr? Hast du denn noch irgendetwas, was du setzen kannst?«

So arm sind wir gar nicht!, wollte Linn rufen. *Wir sparen für die Mühle, dass Ihr's nur wisst!* Doch keins der Geschwister würde jemals preisgeben, wie viel Geld Lester schon auf die Seite gelegt hatte.

»Was soll das?«, zischte Merok. »Hast du schon wieder Kupferlinge aus der Kiste genommen?«

»Nein«, gab Rinek zurück, und laut sagte er: »Ihr habt recht, ich habe kein Geld. Ich setze die Steuern, die ich mitgebracht habe. Wenn ich gewinne, will ich alles wieder nach Hause mitnehmen.«

In diesem Moment wäre Linn gerne im Erdboden versunken.

Der Büttel zog die Brauen hoch. »Du setzt also die Abgaben, die dem Vogt gehören, einschließlich der Steuern für den König?«

»Ich bin sicher, Ihr habt die Mittel, um dem Vogt die fehlenden Einnahmen zu ersetzen«, sagte Rinek würdevoll.

»Und wenn ich gewinne?«, fragte der Mann lauernd. »Du

hast doch hoffentlich in Erwägung gezogen, dass du unterliegen könntest?«

Das hatte Rinek wohl nicht. Linn stöhnte innerlich auf, als ihr Stiefbruder sagte: »Wenn ich verliere, bekommt Ihr das Doppelte.«

»Du versprichst mir also Geld, das du gar nicht hast. Wie willst du diese Schuld bezahlen? Wirst du auf das Gut des Vogts kommen und sie abarbeiten?«

»Das tu ich«, sagte Rinek stolz.

»Nein, nein!« Linn zog an seiner Hand. Jetzt bereute sie, dass sie mit ihrer Idee herausgeplatzt war. »Mach das nicht! Wir können es uns nicht leisten, dich zu verlieren! Du solltest doch bloß um zwölf Kupferlinge wetten!«

Er wandte sich ihr zu; ein entrücktes Lächeln spielte um seine Lippen. »Ich kann gar nicht verlieren. Also wäre es eine bodenlose Dummheit, den Einsatz nicht so hoch zu treiben wie nur möglich.«

»Bei Arajas, Rinek, du kannst nie im Leben die Steuerschulden für einen ganzen Sommer alleine abarbeiten! Das wird Jahre dauern!«

»Ich werde nicht verlieren«, wiederholte er. »Du hast selbst gesagt, ich soll ihn herausfordern.«

»Ja, schon, aber …« Sie merkte, wie ihre Beine zu zittern begannen, im selben Rhythmus, wie das Raunen der Zuschauer an- und abschwoll.

»Hay, hay, hay …«

Der Büttel nickte zufrieden. »Außerdem packen wir noch ein Fass Öl drauf, vom allerbesten, allerfeinsten Nussöl – dafür, dass du hier antrittst, ohne einen echten Einsatz. Wer weiß denn, ob ich je deine Arbeitskraft genießen werde oder ob du dich hinterher aus dem Staub machst?«

»Ich stehe zu meinem Wort«, sagte Rinek fest.

»Na gut.« Der Beamte schaute sich um. »So sei es.«

Linn fühlte, wie das Zittern ihre Arme erreichte. »Wieso steigt er denn nicht ab? Worauf wartet er?«

»Ich weiß nicht«, flüsterte Merok neben ihr. »Gütiger Arajas, Rinek wird uns alle ins Unglück stürzen. Halte ihn auf.«

Sie wollte es tun. Hatte ihre Mutter ihr nicht vorhin erst befohlen, ihren Bruder zu stoppen, wenn er über die Stränge schlug? Wenn nur die Hoffnung nicht in ihr aufgewallt wäre, die übergroße Hoffnung, dass es gelang. Sie würden den Ertrag des Sommers mit heimbringen. Das Geld. Das Mehl. Das Öl. Was zählten ein paar Kupferpfennige, wenn ihnen dafür sämtliche Steuern erlassen wurden?

»Wann fangen wir an?«, fragte Rinek, schon etwas unsicherer, als der Büttel keinerlei Anstalten machte, vom Pferd zu steigen.

»Wir beide? Du meinst doch nicht etwa, ich kämpfe gegen dich?«

»Aber ...«

»Die Regeln erlauben, einen Stellvertreter einzusetzen, das ist dir sicher bekannt?«

»Ja, aber ...«

Der Beamte nickte einem der Knechte zu. »Worlin, ich stelle dich auf.«

Als der Knecht sich vom Wagen abwandte – er hatte, genau wie sein Kollege, die ganze Zeit überaus beschäftigt getan –, und sich vor Rinek aufbaute, unterdrückte Linn einen Fluch. Gegen den Büttel anzutreten, war das eine, dieser Kerl dagegen war ein ganz anderes Kaliber.

»Akzeptierst du diesen Gegner?«

Es blieb Rinek gar nichts anderes übrig. »Ja, das tue ich.«

Er hat den Stein, dachte Linn immer wieder, *er hat den Stein. Er kann gar nicht verlieren.*

Der Büttel lächelte dünn. »Bevor hier irgendein Wettstreit ausgetragen wird, erkläre ich dich, Rinek Lester, für schuldig der Beleidigung eines Beamten des vom König selbst einberufenen Landesherrn und des Versuchs der Steuerhinterziehung. Darauf steht ein halbes Jahr Kerker.«

»Nein!«, rief Rinek fassungslos.

»Du bist verhaftet und kannst damit nicht gegen Worlin antreten. Wer frühzeitig von einer Wette zurücktritt, gilt als Verlierer und muss den vollen Preis entrichten.«

Diesmal verschlug es dem jungen Mann die Sprache.

»Wie sollst du für mich arbeiten, um deine Wettschuld abzuzahlen, wenn du bis zum Frühjahr im Kerker sitzt? Aus lauter Gnade und Güte und weil ich heute so gute Laune habe, begrenze ich die Haft auf einen Viertelmond. Serim, nimm ihn fest.«

Der zweite Knecht packte Rinek am Arm und schlug ihm mit der Breitseite des Schwerts gegen die Beine, sodass der Müllerbursche in die Knie ging.

»Das ist ungerecht!«, rief Merok. »Das könnt Ihr nicht tun!«

Linn wollte ihn unterstützen, doch der Schreck schnürte ihr die Kehle zu. Während die Menge vor Entsetzen verstummte, sprach der Büttel weiter. »Niemand soll sagen, ich sei ungerecht und würde mich des Wetteinsatzes auf unredliche Weise bemächtigen. Natürlich hat mein Kontrahent das Recht, ebenfalls einen Ersatzspieler zu ernennen. Auf wen fällt deine Wahl?«

Merok stieß scharf die Luft aus, als Rinek, dem der Knecht bereits die Hände auf dem Rücken zusammenband, zu ihm hochsah.

»Nein«, flüsterte Linn entsetzt, »nimm nicht ihn. Nicht Merok.«

So erwachsen ihr jüngerer Bruder manchmal auch tat, diesem riesenhaften Knecht hatte er nichts entgegenzusetzen. Worlin würde ihn in Grund und Boden stampfen. Hilfesuchend ließ sie den Blick über die Dörfler wandern. Betreten senkten alle die Köpfe. Niemand wollte sich den Zorn des Büttels zuziehen und ebenfalls im Kerker landen.

Rinek war verloren. Die Steuern für einen ganzen Sommer doppelt zu zahlen – wie viele Jahre seines Lebens würde ihn das kosten?

»Gib mir den Stein, Merok«, sagte sie leise.

»Was?«

»Ich weiß, du hast ihn. Das hier würde nicht so laufen, wenn Rinek seinen noch hätte. Du hast ihn gestohlen, gib's zu!«

»Hab ich nicht!«, zischte der Vierzehnjährige.

»Gib ihn schon her.« Sie hob den Kopf, nahm all ihren Mut zusammen und trat vor. »Ich mache es. Ich kämpfe an seiner Stelle.«

»Du?«

Der Büttel brauchte einen Moment, um sich von seiner Überraschung zu erholen, und brach dann in schallendes Gelächter aus. Keiner der Umstehenden lachte mit. In grimmigem Schweigen sahen die Dorfbewohner dem Drama zu, das sich vor ihren Augen abspielte.

»Mach das nicht«, stieß Rinek hervor. »Merok, bring sie nach Hause. Lass das nicht zu.«

»Hier bin ich. Ich trete an.« Hinter ihrem Rücken hielt Linn die Hand auf. Sie merkte, wie Merok den Stein hineinlegte, und schloss die Finger darum. Er fühlte sich warm an, wahrscheinlich hatte der Junge ihn direkt auf der Haut getragen. *Ich kann gewinnen,* dachte sie. *Damit* muss *ich gewinnen. Es bleibt mir nichts anderes übrig.*

Der Knecht, der sie um zwei Haupteslängen überragte, schüttelte verächtlich den Kopf. »Ich kämpfe nicht gegen kleine Mädchen«, knurrte er.

»Du kämpfst, mit wem ich will«, bestimmte der Büttel.

»Vielleicht«, warf Linn ein, »mögt Ihr jetzt ja doch selbst kämpfen. Worlin gegen Rinek, das hat ziemlich ausgeglichen ausgesehen. Ebenso ausgeglichen und fair würde es aussehen, wenn Ihr gegen mich antretet.«

»Was?« Der Beamte schnaubte ungläubig. »Ich soll gegen ein dreckiges Bauernmädchen kämpfen? Ich habe nicht vor, ein flohverseuchtes Gör anzufassen.«

Linn spürte die Menge dicht hinter sich, den Zorn und die Furcht der anderen.

»Armdrücken«, sagte sie und versuchte, mutig und unerschrocken zu klingen. Sie umklammerte den Stein so fest, als könnte sie Öl und Glück herauspressen. »Ich wasch mir auch vorher die Hände, versprochen.«

Gegen den Knecht hatte sie keine Chance. Aber der Büttel war nicht größer als sie, schlank wie ein Gelehrter und tat wahrscheinlich kaum mehr, als Steuern einzutreiben und Zahlen in seine Rolle zu schreiben. Das – und die Hilfe des Wettsteins – ließ sie daran glauben, dass sie vielleicht tatsächlich gewinnen konnte. »Oder habt Ihr Angst?«

»Treib es nicht zu weit«, sagte der Büttel, Eiseskälte in der Stimme, »oder du landest im Kerker, genau wie dein Bruder.«

Sie schaute ihm trotzig in die Augen und hoffte, dass niemand merkte, wie ihre Knie zitterten. »Nun? Ihr legt keine Ehre ein, wenn Ihr mich von diesem Riesen hier verdreschen lasst.«

»Was weißt du schon von Ehre«, höhnte der Büttel und schwang sich aus dem Sattel. »Man sollte dich auspeitschen und dir zeigen, wo für dich und deinesgleichen der rechte Platz ist.«

Er kam auf sie zu, und sie musste sich zwingen, nicht zurückzuweichen. Sie hasste ihn mit ganzer Kraft. Aus den Augenwinkeln verfolgte sie, wie Rinek auf den Wagen gezerrt wurde. Mit Gewalt schluckte sie die Tränen hinunter, die Schreie, die in ihr aufsteigen wollten, den Wunsch, dem Büttel an die Kehle zu springen.

»Können wir jetzt endlich beginnen?« Sie wollte es hinter

sich bringen, aber vielleicht brauchte der Stein auch länger, um sich auf sie einzustimmen. Was wusste sie schon von magischen Gegenständen? Wenn sie wirklich eine Prophetin gewesen wäre, hätte sie dies hier vorausgesehen und Rinek warnen können. Aber sie konnte nur Drachen sehen. Eine nützliche Begabung, fürwahr!

Der Büttel packte ihre rechte Hand. »Schön dreckig«, spottete er. »Und die andere?«

Linn ballte die Faust. »Zum Armdrücken brauche ich nur die eine Hand.«

»Zeig her.« Mit Gewalt zwang er ihre Finger auf und klaubte den Stein aus ihrem Griff. »Ha, hab ich's mir doch gedacht! Ein Wettstein. Warum sonst sollte ein dummer Bauerntölpel auf die Idee kommen, mich herauszufordern? Oder seine nicht minder törichte Schwester?« In weitem Bogen schleuderte er den Stein fort. Entsetzt blickte Linn ihm nach.

Der Büttel zog sie dicht an sich heran. »Nun, bist du immer noch so mutig? Ich gebe dir die Chance, jetzt aufzuhören. Geh nach Hause an den Herd, wo du hingehörst.«

»Nun hat es sowieso keinen Zweck«, sagte Merok mit erstickter Stimme. »Er hat recht, Linni, lass uns heimgehen.«

»Das ist Rineks Wettstreit, und ich führe ihn zu Ende«, beharrte sie. Obwohl sie am liebsten weinen wollte. Obwohl sie sich umdrehen und im Gras nach dem verlorenen Stein suchen wollte, ihrer einzigen Hoffnung.

»Linni, bitte, hör auf!«, flehte Merok.

»Nein«, widersprach sie. »Er ist nur ein Schreiber. Ich kann ihn trotzdem besiegen. Ich habe den Stein in der Hand gehalten – das wird ausreichen.«

»Dann wollen wir mal. Unser verehrtes Publikum wartet. Wohin gehen wir? Ins Gasthaus?«

Linn schüttelte wild den Kopf. »Nein«, sagte sie. »Hier, vor aller Augen, wo Ihr nicht mogeln könnt.«

Er lachte. »Hier, wo alle mitbekommen, wie du dich und die gesamte verfluchte Familie Lester in Verruf bringst? Holt einen Tisch und zwei Bänke. Eilt euch.«

Ein paar Männer liefen davon und schleppten das Gewünschte aus der Gastwirtschaft herbei. Sobald sie die Möbelstücke aufgestellt hatten, nahmen Linn und der Büttel einander gegenüber Platz. Die Briner zogen den Kreis um die beiden enger, um nur ja nichts zu verpassen.

Der Beamte spuckte ins Gras und stellte den Ellbogen auf.

»Muss man nicht erst die Namen tauschen?«, fragte sie.

Er zuckte die Achseln. »Wenn's beliebt, Fräulein Lester. Ich bin Rakion Mirrer aus Wessit in der Provinz Nelcken.«

»Und mein Name ist nicht Lester, sondern Harlon. Linnia Adora Merina Harlon.«

»Meinetwegen.« Er öffnete die Hand, und Linn legte ihre hinein. Seine Haut fühlte sich unangenehm kühl und feucht an. Ihr schauderte vor Ekel, aber sie zuckte nicht zurück.

Hay, hay, hay. Ich muss gewinnen, ich muss …

Gegen Rinek verlor sie regelmäßig. Merok weigerte sich standhaft, gegen sie anzutreten, nachdem sie ihn einige Male mühelos besiegt hatte. Aber der Büttel war weitaus stärker als ein vierzehnjähriger Junge.

Rakion wirkte aus der Nähe besehen zäh und knochig; muskulöser, als sie erwartet hatte. Er hielt ihrer Anstrengung stand, allerdings gelang es ihm ebenso wenig, ihren Arm hinunterzudrücken. Sie kämpften, ohne dass sich ihre Hände auch nur einen Fingerbreit bewegten.

Um sie herum begannen die Dörfler zu murmeln.

»Linn!«, rief jemand. »Zeig's ihm, Linn! Hay, hay!«

Das war Yaros Stimme. Einen kurzen Moment lang brachte sie das aus dem Konzept, und Rakion nutzte die Gelegenheit sofort, um sich einen kleinen Vorteil zu verschaffen, doch sie stemmte dagegen.

»Linn!«, riefen andere. Sie konzentrierte sich auf die kühle Hand des Büttels. So abstoßend sie ihn auch fand, um nichts in der Welt hätte sie losgelassen.

»Linn! Linn! Linn! – Hay, hay, hay!«

Vor Anstrengung perlte ihr der Schweiß von der Stirn.

Ich bin stark … Ich trage jeden Tag die Säcke in die Mühle, zusammen mit Rinek. Ich bin viel stärker, als er glaubt …

Rakions Arm begann zu zittern. Keinen Herzschlag lang gab Linn nach. Stück für Stück drückte sie seinen Arm nach unten. Er bäumte sich auf, ächzte, hielt dagegen, drückte ihre Hand wieder hoch – dann schlug sie seinen Arm hinunter und knallte ihn auf die Tischplatte.

Im ohrenbetäubenden Geheul der Dörfler ging ihr eigener Triumphschrei unter.

»Du hast es geschafft!« Yaro riss sie von der Bank und umarmte sie. »Du hast ihn besiegt!«

»Linni!«, erklang Rineks Gebrüll vom Wagen her. »Du bist fantastisch!«

»Ganz ruhig.« Der Büttel hob die Hand. »Still!«

Nach und nach beruhigte sich die Menge.

»Eins will ich klarstellen«, sagte der Beamte streng. »Dieses Fräulein ist mir im Armdrücken überlegen. Aber vielleicht hatte ich auch nur Mitleid mit ihr. Das werdet ihr nie erfahren. Es spielt überdies keine Rolle. Der Wettstreit ist sowieso ungültig.«

»Was?«, fuhr Linn auf. »Ungültig?«

»Natürlich. Ich habe mich dir vorhin doch vorgestellt – wie du gehört hast, entstamme ich dem Grafengeschlecht der Mirrers aus Wisset. Einem Adligen ist es nicht gestattet, Wetten mit dem niedrigen Volk durchzuführen, es sei denn zum Vergnügen. Tja, Fräulein Lester, du hättest mein Angebot annehmen sollen, gegen meinen Knecht anzutreten. In dem Fall hätte ich deinen Sieg anerkannt. Der Sieg gegen mich dagegen bedeutet gar nichts. Als ich mich dir vorgestellt habe, hast du deine letzte Chance, einen Rückzieher zu machen, nicht genutzt.«

»Aber …«

Mit drohenden Gesichtern kamen die Bauern näher. »Sie hat gewonnen!«, rief einer. »Wir haben es alle gesehen. Was ist das für ein Blödsinn, Wetten eines Adligen gelten nicht?«

Worlin hob das Schwert. »Zurück! Wenn euch euer Leben lieb ist, dann verschwindet! Geht in eure Häuser, wenn ihr eure Steuern bereits entrichtet habt. Das Schauspiel ist zu Ende. Geht!«

Zögernd wichen die Dorfbewohner zurück.

»Aber …« Linn konnte es immer noch nicht fassen. »Was ist jetzt mit Rinek? Und mit unserer Steuer?«

»Eure Steuer«, sagte Rakion fast sanft, »ziehe ich wie gewohnt ein. Dein Bruder wird seinen Viertelmond Arrest absitzen, den er sich aufgrund seiner Dreistigkeit verdient hat. Geh nach Hause, Mädchen. Es ist vorbei.«

Yaro und Merok führten Linn weg, bevor sie dem hochwohlgeborenen Beamten das Gesicht zerkratzen konnte.

4

»Wettsteine!«, zeterte Merina. »Man sollte euch alle wegen Dummheit verhaften und so lange einsperren, bis ihr lernt, euren Verstand zu benutzen. Steine, die einem Glück bringen? Von einem fahrenden Händler, der längst über alle Berge ist, wenn ihr seine Ware erprobt? Und dann auch noch so ein Kerl aus Tijoa?«

»Mutter, wirklich«, wandte Linn ein. »Sie sind nicht mehr unsere Feinde.«

Die Müllerin schnaubte wütend. »Sie haben Brahan und Brahans Kinder umgebracht!« Sie wies auf das verblichene Bild an der Wand, das einen schwarzhaarigen Mann mit stolzen Augen zeigte. Linn war so an dieses Porträt gewöhnt, dass sie es kaum noch wahrnahm. Jeder Maler gab dem legendären Helden das Aussehen, das ihm angemessen schien, stattete ihn mit einer immensen goldenen Krone aus oder hängte ihm das Medaillon mit dem Bildnis seiner Gattin um den Hals, dieses kleine Bild, das ihn dazu gebracht hatte, sich in ein fremdes Mädchen zu verlieben, für sie durch die halbe Welt zu reisen und sich in die Drachenhölle zu begeben, um sie zu retten. Für Linn würde Brahan immer so aussehen wie dieses Gesicht an der Wand: vornehm blass, die Lippen aufeinandergepresst, als hätte er gerade den Entschluss gefasst, der sein Leben ändern würde.

»Unseren Helden und seine Prinzessin haben sie getötet«, fuhr Merina leise fort, nicht im Geringsten geneigt, nach achthundert Jahren diese Tat zu vergeben, »seinen Sohn Het-Kian und dessen kleines Kind, seine Tochter Sanaka und Laran. Sie haben Laran getötet, den größten Helden, der je gelebt hat!«

Das ist gar nicht erwiesen, wollte Linn sagen, aber wie hätten Geschichten aus Tijoa, zweifelhafte Abweichungen aus dem Mund listiger Kaufleute, mehr gelten können als Legenden aus Schenn? »Das ist Hunderte von Jahren her! Und dieser Kaufmann war ... nett. Ein ganz normaler Mann, der von irgendwas leben muss, wie wir alle.«

»Du findest wohl alle nett, die dich küssen wollen«, giftete Merok, doch zum Glück sprach er so leise, dass seine Mutter den Einwurf überhörte.

»Dass sie nicht mehr unsere Feinde sind, heißt noch lange nicht, dass sie uns Gutes wünschen. Tijoa hat sich schon immer für etwas Besseres gehalten. Wenn wir Brot essen, muss es für sie Früchtebrot sein, wenn wir Zwiebeln haben, dann ist es bei ihnen mindestens Lauch aus Samaja. Wir hatten einen Helden? Also mussten sie einen größeren Helden haben ... Nichts ist ihnen gut genug, und nun wollen sie unsere Kinder mit ihrem Spielzeug und ihren Betrügereien verführen? Für sie waren wir schon immer töricht und einfältig. Heute bin ich geneigt, ihnen zu glauben. Wie dumm kann man eigentlich sein?«

Lester stand im Hintergrund und knetete unbehaglich seine Hände. Er schwieg, selbst als seine Frau ihn anfuhr, er solle auch endlich mal etwas sagen.

»Wir hätten uns alle zusammen auf den Büttel stürzen sollen«, meinte Merok, den die Strafpredigt wenig beeindruckt hatte. Sonst war er immer sehr empfindlich, was Tadel anging; er lebte von der Anerkennung seiner Eltern. Doch die Ereignisse auf dem Dorfplatz wirkten noch nach. Auch Linn hatte das Gefühl, dass sie nicht einfach so weitermachen konnten wie bisher. Sie hatte wohlweislich nicht erzählt, dass sie selbst Rinek auf die unheilvolle Idee mit der Wette gebracht hatte.

So konnte sie sich mit den anderen hingebungsvoll über die Gemeinheit des Büttels und des Vogtes und der ganzen bösen Welt auslassen.

»Es war furchtbar ungerecht«, sagte sie. »So etwas können wir doch nicht dulden. Wir müssen uns beim Vogt beschweren.«

»Sei still!«, fuhr ihre Mutter sie an. »Niemand beschwert sich beim Vogt. Sollen die anderen zu ihm laufen, wenn sie meinen, aus unserer Familie geht jedenfalls niemand!«

»Aber ...«

»Wir leben dankbar und bescheiden. Ist das klar?«

Mit funkelnden Augen baute die Müllerin sich drohend vor ihren Kindern auf.

»Und jetzt an die Arbeit, alle miteinander. Ihr müsst Rinek ersetzen, solange er seine Strafe absitzt.«

Und wenn er zurückkommt?, dachte Linn. *Wird er überhaupt arbeiten können? Vielleicht verprügeln sie ihn so sehr, dass er den Weg nach Hause gar nicht schafft.*

»Linn.« Ihre Mutter hielt sie auf, als sie gerade hinausschlüpfen wollte. »Warte. Du musst eines wissen.«

»Ja?«

Merina zögerte und biss sich auf die Lippen. »Der Vogt hat uns geholfen, als wir in einer verzweifelten Lage waren. Das solltest du niemals vergessen. Egal, was seine Büttel treiben und ob du dich ungerecht behandelt fühlst – was wir hier genießen, dass wir die Mühle pachten dürfen und dass es uns eigentlich recht gut geht, verdanken wir ihm. Also beruhige dich. Hüte deine Zunge. Halte dich von der Obrigkeit fern. Wir können keinen Ärger gebrauchen.«

»Was hat er denn für uns getan?«, fragte Linn neugierig.

Doch es war wie immer – sobald sie anfing, Fragen zu stellen, verschwand Merinas Lächeln, und es war, als würde ein Schleier vor ihre Augen fallen.

»Das braucht dich nicht zu interessieren«, sagte sie schroff.

Aus langjähriger Erfahrung wusste Linn, dass es keinen Zweck hatte weiterzubohren. »Ja, Mutter. Kann ich jetzt gehen?«

Es hatte den Anschein, als wollte Merina noch mehr sagen, doch dann seufzte sie und winkte ihre Tochter mit der Hand hinaus.

Einen Viertelmond später sprach Linn diese Worte immer noch vor sich hin. »Keinen Ärger«, murmelte sie. »Mach bloß keinen Ärger …«

Dabei wünschte sie sich nichts sehnlicher, als so richtig großen Ärger zu machen, einen so ungeheuren Aufstand, dass er wie ein Orkan die Residenz des Landvogts wegfegte.

Die Straße dorthin führte durch den Wald, der den sanft abfallenden Hang säumte, am breiter werdenden Bach entlang, der unten im Tal wild rauschend über die Stromschnellen schäumte, und dann unter den schwarzen Tannen hindurch, bis die hohen Stämme zurücktraten und den Blick auf die Festung freigaben. In allen umliegenden Dörfern wurde das große, aus schlichten Steinen gemauerte Gutshaus so genannt. Es besaß eine eindrucksvolle hohe Mauer und sogar einen Turm, von dem aus man weit ins Land hinausblicken konnte. In den unterirdischen Gewölben desselben saßen die Straftäter ein. Der Henkersblock draußen auf dem Hof kam dagegen nur äußerst selten zum Einsatz; Linn konnte sich nicht daran erinnern, wann hier die letzte Hinrichtung stattgefunden hatte. In gewisser Weise hatte ihre Mutter recht – der Vogt war gar nicht so übel, und Steuern musste man überall zahlen. Doch sobald sie an den Büttel dachte, knirschte sie vor Wut mit den Zähnen. Für einen Moment tauchte vor ihrem inneren Auge eine atemberaubende Szene auf: Wie sie verlangte, den Vogt zu sprechen, zu ihm durchgelassen wurde und sich bei ihm über die schreiende Ungerechtigkeit beschwerte. Nur was nützte das? Er würde sich zu seinem Untergebenen stellen und Linn für ihre Unverschämtheit einkerkern lassen. Wie ihre Mutter gesagt hatte: Das Beste war, unauffällig zu leben und sich lieber die Zunge abzubeißen, als die verrückten Ideen, die ihr ständig kamen, auszusprechen. Dann wäre das alles nicht passiert.

Yaros Worte hallten in ihr nach: *Kannst du dich nicht endlich wie ein normales Mädchen benehmen …*

Als die vertraute Silhouette ihres Bruders im Torbogen erschien, rannte sie ihm mit fliegendem Rock entgegen. »Du bist da! Endlich!«

»Jetzt können wir nach Hause gehen.« Seine Stimme klang rau und fremd, seine Kleider waren zerknittert und schmutzig. Außerdem roch er nicht gut. Linn forschte in seinem Gesicht nach Anzeichen, ob er sehr hatte leiden müssen, aber Rinek lachte sie an. »Lass uns gehen, Linni. Es wird schon dunkel.«

Die Dämmerung legte sich über den Wald, als sie die Festung hinter sich ließen. Es war vollkommen windstill. Sie wateten durch die schwüle Luft, die sie bis auf die Haut durchnässte.

»War es schlimm?«, fragte Linn vorsichtig.

»Nein, gar nicht«, beteuerte er. »So bin ich wenigstens meiner bösen Stiefmutter entkommen.«

Wie er sie immer zum Lachen brachte! Sie konnte wirklich keinen einzigen Tag auf ihn verzichten.

»Versprich mir, dass du nichts tust, das dich wieder in den Kerker bringt«, sagte sie.

»Und du?«, fragte er. »Ich dachte, mein Herz bleibt stehen, als du den Büttel herausgefordert hast.«

»Ich hatte keine Wahl. Merok wäre nie gegen ihn angekommen.«

»Merok hätte sich gar nicht erst gemeldet. Du bist ganz schön mutig, Schwesterchen, weißt du das?«

»Meinst du?« Sie zuckte die Achseln. »Warum bin ich dann

nicht zum Vogt gegangen, um ihm die Meinung zu geigen? Ich will nicht eingesperrt werden. Und ich will nicht, dass dir das jemals wieder passiert.«

»Das«, sagte Rinek leise, »kann man nicht versprechen.« Seine Stimme klang älter als noch vor einem Viertelmond, und das erschreckte sie. Dann sagte er etwas, was sie noch mehr beunruhigte: »Findest du es nicht zu still?«

Linn lauschte. Das vertraute Rauschen des Baches übertönte das, was ihr längst hätte auffallen müssen: Der Wald schwieg. Keine Grillen zirpten, keine Mücken tanzten sirrend um sie herum, weder das Rascheln kleiner Mäuse noch der Flügelschlag der Nachtvögel war zu hören. Die warme, feuchte Luft verdichtete sich um sie, fühlbare Stille, die jedes Geräusch dämpfte. Es war, als hätte alles Lebendige sich verkrochen und wartete ab.

»Was ist denn …« Sie verstummte.

Über die Wipfel glitten riesige Schatten. Linn konnte sie mehr wahrnehmen als sehen. Etwas Großes, das die Sterne für einen flüchtigen Moment verdeckte, um sie sofort wieder freizugeben.

Ein Schatten. Und noch einer. Und ein dritter. Wind knickte die Äste, wehte ihr die Haare aus dem Gesicht, warf sie fast um. Ein Kribbeln lief über ihre Haut. Die Wesen flogen so tief, dass sie fast die Baumkronen streiften. Wo sie vorüberzogen, vergaßen die Sterne zu funkeln.

Rinek drückte ihren Arm, so fest, dass es schmerzte. »Was war das?«, wisperte er.

»Du hast sie auch gesehen?«, fragte Linn.

»Bei Arajas! Das waren … es waren nicht etwa … Drachen?«

»Sie fliegen nach Brina«, sagte sie und wunderte sich, dass ihre Stimme so ruhig klang. Die Welt sollte zerspringen, sollte vor ihren Augen verschwimmen, doch alles blieb, wie es war – fest und real. Es war kein Traum. Diesmal waren sie echt.

Nichts war mehr wie vorher. Erst in diesem Moment begriff sie, dass sie niemals wirklich an ihre eigene Vision geglaubt hatte. Sie hatte nicht erwartet, es könnte tatsächlich geschehen.

»Schnell!«, rief sie. »Nach Hause!«

Die beiden fassten einander an den Händen und rannten.

Wie in einem bösen Traum hatte Linn das Gefühl, nicht vorwärtszukommen. Sie kämpften sich durch die schwere Luft, die von der Finsternis zwischen den Stämmen verdichtet schien. Immer noch war alles still, nur der Bach rauschte nun lauter. Erst als sie den Feuerschein vor sich bemerkte, begriff sie, dass sie nicht das Fließen des Wassers hörte, sondern das Fauchen riesiger Tiere. Gleich danach setzten die Schreie ein.

Davon hatte sie geträumt, all die Jahre. Die Drachen mit ihren mächtigen Leibern, deren Gegenwart Linn in den Staub warf. Dazu das Feuer und der Rauch … All das musste noch kommen. Es kam. Jetzt.

»Oh Arajas!«, schrie Rinek. »Nein!«

Als sie aus dem Wald stürzten, verwandelte sich die Gegenwart vollends in einen Albtraum. Im Schein der brennenden Häuser sahen sie die Drachen fliegen. Es waren drei – gigantische Wesen, deren Flügelschlag die strohgedeckten Dächer zerfetzte. Schreiend liefen die Menschen umher wie aufgestörte Ameisen, manche brannten wie lebende Fackeln.

Rinek drückte ihre Hand.

»Bleib hier«, sagte er. »Ich halte nach den Unseren Ausschau.«

Er wartete ihre Antwort nicht ab, sondern stürmte los, mitten hinein ins Chaos.

Linn hielt einen Moment inne. Es war wie in ihrer Vision. Die schuppigen Bäuche der Untiere glitzerten im Feuerschein. Sie wollte sich zu Boden werfen, wie sie es in ihren Träumen tat, die Hände schützend über den Kopf halten und sich verstecken.

Jedes Mal geschah das, wenn sie träumte, tausend Mal hatte sie der Stimme gehorcht, sich geduckt und die Zähne zusammengebissen, während das Wimmern in ihrer Kehle brannte.

Doch dies war Brina. Ihr Zuhause! Hier lebten alle, die sie liebte. Rannte da vorne vor den zuckenden Flammen nicht ihre Schwester, mit wehendem Haar, so winzig unter dem riesigen Drachen, dass sie wie ein Kleinkind wirkte?

»Nein!«, rief Linn. »Binia! Binia!«

Sie lief los, zwischen die brennenden Häuser, über denen immer noch die Drachen kreisten.

»Haut ab! Fort mit euch!« Sie bückte sich, ertastete einen Stein, ohne die Augen von dem Drachen abzuwenden, dessen Flügelspitzen die Dächer abdeckten. Mit aller Kraft schleuderte sie den Stein in die Höhe, gegen das Untier, das mit ausgebreiteten Schwingen über die Straße glitt, genau auf sie zu. Bekannte und Nachbarn stürmten an ihr vorbei; eine Bäuerin hielt ihre kleinen Kinder auf dem Arm.

»Lauf!«, schrie sie gellend.

Wo war Binia? Linn blickte sich forschend um, konnte ihre Schwester aber nirgends entdecken.

»Binia!« Ihr verzweifelter Ruf ging unter im Knistern des Feuers, im Brüllen und Krachen der einstürzenden Dächer.

Sie stand auf der Straße, suchend, und der Moment war wie eingefroren – sie stand da, ihr Herz schlug lauter als alles, das Rauschen ging über sie hinweg, ohne dass sie es wahrnahm, und plötzlich blickte sie in das Auge des Drachens.

Er war entsetzlich – und zugleich war er wunderschön. In nichts glich er einer braungrünen Eidechse, wie Akir behauptet hatte. Der Drache glänzte in einem tiefen Blaugrün, das im flackernden Feuerschein fast schwarz wirkte. Sein langer, dornenbesetzter Schweif wand sich wie eine Schlange, während er den mächtigen Kopf suchend drehte. Die katzenhaften goldenen Augen strahlten wie handtellergroße Goldmünzen. Er richtete seinen Blick auf Linn, und sofort konnte sie sich nicht mehr von der Stelle rühren.

Und jetzt … habe ich es nicht gewusst? Dass ich im Feuer eines Drachen sterben würde? Habe ich es nicht immer gewusst?

»Linn!«, schrie jemand.

Der Bann brach. Sie riss sich von dem Tod los, der auf sie zugesegelt kam, bückte sich und schleuderte einen weiteren Stein. Dann blickte sie sich hastig nach einer anderen Waffe um. Dort, ein Stall – an der Wand lehnte eine Mistgabel. Von innen hörte sie ein Poltern, sie riss die Tür auf und wurde fast von den beiden Ackergäulen umgerannt, die sofort herauspreschten. Ein Feuerstoß erfasste die Tiere, sobald sie auf der Straße waren – Linn hörte auf zu denken, als die Pferde mitten im Galopp verglühten und sich erst in goldene Ungeheuer und dann in ascheschwarze Gerippe verwandelten.

»Linn!«, schrie jemand. Sie kannte die Stimme – war es Yaro?

Rasch drückte sie sich an die Stallwand, die Hand fest um die Mistgabel gekrallt, und sprang dann auf die Straße.

»Linn! Geh da weg! Lauf! Lauf!«

Versteck dich, befahl ihr Traum. *Versteck dich, damit niemand dich sieht.*

Jetzt wusste sie es wieder. Man musste sich verbergen, um zu überleben, sich ducken und verkriechen und erst wieder hervorkommen, wenn die Gefahr vorüber war.

Aber ihre Beine waren wie gelähmt, sie konnte sich nicht von der Stelle bewegen. Der Drache stürzte auf sie zu und riss das Maul auf. Sie sah seinen rotglühenden Schlund, die spitzen Zähne – und bevor das Feuer aus ihm herausbrach, gaben ihre Knie unter ihr nach, und sie fiel in den Staub.

Ein Fauchen ertönte, etwas traf sie und schleuderte sie zur Seite. Sie bekam nur noch mit, wie ein Knäuel aus Dunkelheit, Feuer und glänzenden Schuppen in Blaugrün und Rot dicht über ihr hinwegschoss und krachend in ein brennendes Haus stürzte, dann verschwand die Welt.

»Linn? Linni?« Jemand hielt sie im Arm, fest und zugleich sanft. Sie schlug die Augen auf und blickte in Lesters sorgenvolles Gesicht. »Dank sei Arajas, du lebst!«

»Mir geht es gut«, sagte sie und bewegte versuchsweise Arme und Beine. Dann fiel ihr ein, was geschehen war. Sie konnte nicht lange bewusstlos gewesen sein. Immer noch brannten die Höfe. Rauch hing schwer über den Straßen. Doch von den Drachen war nichts mehr zu sehen.

»Sind sie … fort?«

»Ja«, sagte Lester, »ich glaube schon. Aber vielleicht kommen sie wieder. Wir müssen uns verstecken. Die Ältesten haben beschlossen, dass die Kinder und Verletzten den Hang hinauf in den Wald fliehen und dort die Nacht abwarten sollen, während jeder, der auf den Beinen ist, beim Löschen hilft.«

Linn richtete sich auf. Obwohl ihre Knochen bei jeder Bewegung schmerzten, war offenbar nichts gebrochen. »Ich helfe mit.« Sie zögerte, die nächste Frage zu stellen. »Was ist mit den anderen? Mit Mutter und Rinek und den Kindern?«

»Die Mühle liegt zum Glück etwas abseits«, sagte Lester. »Sie steht noch.«

Sie merkte, dass er ihr auswich, fragte jedoch nicht weiter nach. Hustend folgte sie ihm zum Bach, wo die Dörfler bereits Eimer füllten, um zu löschen.

Ein nahezu vergebliches Unterfangen, da es an allen Ecken und Enden brannte. Mit tränenden Augen versuchte sie durch den Rauch zu blicken. Wenn die Drachen jetzt wiederkamen …

Jemand drückte ihr einen Eimer in die Hand. Sie tauchte ihn ins Wasser und rannte zurück ins Dorf.

Die ganze Nacht mühten die Briner sich ab, doch am Morgen wehte ein leichter Wind die Rauchwolke fort und offenbarte ihnen das erschreckende Ausmaß der Zerstörung.

Sieben Höfe sowie die Gastwirtschaft waren komplett ausgebrannt, einige weitere Schuppen und Ställe waren stark beschädigt. Fünf Familien waren vom Feuer im Schlaf überrascht worden, von ihnen hatte niemand überlebt. Die anderen hatten das nackte Leben retten können, da ihre Hunde rechtzeitig angeschlagen hatten. Im Tumult auf den Straßen waren neun weitere Menschen zu Tode gekommen, verbrannt oder durch Trümmerteile erschlagen, und die Zahl der Verletzten, mit Brandwunden oder Brüchen, betrug einige Dutzend. Linns Familie hatte wirklich großes Glück gehabt – die Mühle war verschont geblieben. Doch Grund zum Jubeln gab es nicht.

»Wo ist Rinek?«, wollte Linn wissen, als die Dorfgemeinschaft sich versammelte, müde bis auf die Knochen, mit schmerzenden Gelenken, tränenden Augen und einer Müdigkeit, die auch ein paar Stunden Schlaf nicht würden lindern können. Sie hatte ständig nach ihrem Bruder Ausschau gehalten und gehofft, dass er irgendwo weiter vorne arbeitete, vom Rauch verborgen. Ihre Eltern standen dicht neben ihr, Merok zwischen sich, über dessen verrußte Stirn sich ein roter Streifen zog. Binia war bestimmt mit den jüngeren Kindern im Wald – aber ihr Stiefbruder hätte hier sein müssen.

Lester schwieg.

Nein, dachte Linn und hörte auf zu atmen.

Doch ihre Mutter sagte: »Oben im Lager. Bei den anderen.«

Also lebte er. Linn seufzte vor Erleichterung. »Er passt auf die Kinder auf? Auf Binia?«

»Er ist verletzt, aber …«

»Verletzt? Schwer?« Sie wartete die Antwort gar nicht mehr ab, sondern drehte sich um und rannte den Waldweg hoch, an der Mühle vorbei und höher den Hang hinauf. Hier standen die Föhren dicht beieinander, und der Boden, von knisternden Nadeln bedeckt, war dick und weich. Das Lager der Verletzten war kein Ort, an dem alle nebeneinander ihre Matten ausgebreitet hatten, sondern verteilte sich auf eine größere Fläche zwischen den Stämmen. In der rauchgeschwängerten Luft klangen die Stimmen gedämpft, und man erkannte die Personen nicht sofort. Linn wäre fast mit ein paar Frauen zusammengestoßen, die schwer beladen mit Tüchern und allem, was sich als Verbandszeug nutzen ließ, hinter einem Baum hervorkamen.

»Wo ist Rinek? Rinek Lester?«, fragte sie sofort.

Eine der Frauen musterte sie mit verengten Augen. Yaros Tante. Das konnte nur Ärger bedeuten, denn immer wenn sie einander trafen, hatte Taria irgendwelche Verwünschungen auf Lager.

»Das Müllermädchen«, sagte sie feindselig. »Glaubst du, ich wüsste nicht, dass du die Drachen gerufen hast?«

»Was? Ich habe sie doch nicht …«

»Sie ist es«, versicherte Tante Taria den anderen. »Sie hat mit den Drachen gesprochen, ich habe es genau gesehen. Keines der Ungeheuer hat ihr etwas getan!« Die Frau packte Linn am Handgelenk. »Sie haben dir kein Haar gekrümmt! Was hast du ihnen dafür versprochen? Dass sie sich an allen anderen sattfressen dürfen?«

»Lass mich los!« Linn schüttelte die knochigen Finger der Alten ab. »Du bist auch unverletzt, also was soll das? Könnt ihr mir jetzt endlich sagen, wo ich meinen Bruder finde?«

Eine der Frauen streckte den Arm aus und zeigte zwischen die Stämme in Richtung Steinbruch, doch Yaros Tante riss sie zurück. »Bist du verrückt? Ihr auch noch zu verraten, wo er ist? Damit sie es zu Ende bringen kann?« Sie spuckte vor Linn aus. »Ich wusste, dass du eine Zauberin bist. Dass du innerlich verfaulst vor Gier und Missgunst. Nur dein Bruder stand dir im Weg – dann hättest du die Mühle geerbt!«

Linn hatte genug gehört. Kopfschüttelnd drängte sie sich an Tante Taria vorbei und tastete sich zwischen den Föhren voran. Überall lagen Menschen, die nicht gleich zu erkennen waren, eingehüllt in Verbände, durch die das Blut sickerte.

»Rinek?«, fragte sie halblaut. »Rinek?«

Ein breitschultriger Mann tauchte aus dem Halbdunkel auf, einen Krug in der Hand.

»Ivar? Hast du meinen Bruder gesehen?«

»Komm.« Er fasste sie an der Schulter und zog sie ein paar Schritte weiter.

»Aber was ist denn los? Wo ist er?« Wollte jetzt etwa auch der sonst so gemütliche Wirt sie daran hindern, den Verletzten zu finden?

»Hör mir zu, Linn. Rinek ist ein Held. Er hat meine alte Großmutter aus ihrer Stube rausgeholt. Ich hätte es selbst tun müssen, aber ich dachte, sie wäre längst nach draußen gebracht worden … und dann hörten wir ihre Schreie durchs Fenster.«

Er wischte sich über die Stirn. »Dein Bruder ist rein und hat sie durch die Gaststube getragen, überall hat es gebrannt … und dann ist das ganze Haus eingestürzt.«

»Wie schlimm ist es?«, fragte sie leise.

»Schlimm«, sagte er. »Tut mir wirklich leid, Linn. Ziemlich schlimm. Ein paar Drachen sind direkt ins Dach hineingeflogen, und alles ist zusammengebrochen. Sein Bein ist unter einem Balken eingeklemmt worden. Wir haben es gerade so geschafft, die beiden zu retten. Der alten Dame ist bis auf ein paar angesengte Haare nichts passiert, dein Bruder dagegen …« Er seufzte. »Ich weiß, wie sehr du an ihm hängst.«

»Wo ist er?«

»Dort vorne.« Ivar drückte ihr den Krug in die Hand. »Ich

wollte ihm Wasser bringen, aber er schläft. Versuch du es. Du musst tapfer sein.«

Sie nickte. »Das werde ich.«

Als sie ihn dann fand, fühlte sie sich alles andere als tapfer. Neben einem anderen, weinenden Verletzten lag Rinek flach atmend auf einer Matte. Er schlief nicht, sondern stöhnte und bewegte sich unruhig. Jemand hatte ein Tuch über seine untere Körperhälfte gelegt, doch auch die obere sah nicht gut aus. Durch das zerrissene, angesengte Hemd waren zahlreiche Wunden und Flecken zu erkennen. Er biss die Zähne zusammen; Schweiß stand ihm auf der Stirn. Linn wünschte sich, sie hätte mehr als Wasser in ihrem Krug gehabt.

»Rinek?«, flüsterte sie vorsichtig.

Er öffnete die Augen. Sein Lächeln wirkte so klein und gequält, dass es kaum auszuhalten war.

»Ein Held bist du also, hört, hört.« Sie kniete sich neben der Matte hin. »Waren wir uns nicht einig, dass keiner von uns etwas Gefährliches tun wollte?«

»Ich hab nichts versprochen«, sagte er und versuchte zu grinsen.

»Willst du etwas trinken?« Sie half ihm, indem sie seinen Kopf anhob. Die Hälfte des Wassers rann ihm übers Kinn.

Sie fragte nicht, ob es sehr wehtat. Stattdessen fasste sie das Tuch an einer Ecke. »Darf ich?«

»Lieber nicht«, flüsterte er, doch da hatte sie schon daruntergespäht und gesehen, was von seinem Bein übrig war.

»Ihr gnädigen Götter«, murmelte sie und ließ das Tuch wieder fallen.

»Der Priester war schon hier«, erzählte Rinek. »Nun ist er unterwegs zum Kleinen Tempel oben auf dem Werlis-Berg, um Genesung und Hilfe zu erbitten. Er … er hat versprochen, auch für mich zu beten, aber wenn Vater fragt, sag ihm, ich will das nicht. Wir haben kein Geld für Gebete. Die Mühle …« Er hustete und ließ sich zurücksinken.

»Natürlich haben wir das. Mach dir deswegen keine Sorgen. Hauptsache, du wirst wieder gesund.«

Linn bezweifelte, dass Gebete bei dieser fleischigen, verbrannten Masse etwas ausrichten konnten. Jemand würde kommen und ihm das Bein abnehmen müssen. Ein richtiger Arzt, keine Kräuterfrau.

»Schlaf jetzt«, sagte sie. »Ich werde irgendwo ein Mittel gegen Schmerzen auftreiben.«

Notfalls geh ich zurück in die Festung, dachte sie. *Dort müsste es jemanden geben, der sich mit so etwas auskennt. Der Vogt hat Soldaten, also muss er auch einen Heiler haben, der schlimme Verletzungen behandeln kann.*

»Wenn du ein Schmerzmittel bekommst …« Rinek hielt die Augen geschlossen, sein Atem ging stoßweise, »gib es nicht mir, sondern Binia.«

»Binia?«, fragte sie erschrocken. Jetzt erst blickte sie zu der schmalen Gestalt hinüber, die die ganze Zeit über am Wimmern war. Da Linn kein blondes Haar gesehen hatte, war ihr der Gedanke, es könnte sich um ihre kleine Schwester handeln, gar nicht gekommen.

Das junge Mädchen lag zusammengekrümmt auf einer Decke. Das Feuer der Drachen musste sie auf der Flucht erwischt haben, denn ihr ganzer Rücken war offen, eine gerötete, mit Blasen überdeckte Fläche. Wo ihr schönes Haar gewesen war, glänzte ihr Schädel rot.

Linn schlug die Hand vor den Mund.

Oh Arajas, dachte sie nur, schrie sie innerlich, ohne dass ein Geräusch über ihre Lippen kam.

Oh Arajas, unser gütiger Gott, nicht auch noch Binia!

Ihre Schwester öffnete die blutigen, aufgesprungenen Lippen und flüsterte etwas. Linn konnte sie kaum verstehen, daher beugte sie sich vor, obwohl sie lieber aufspringen und wegrennen wollte.

»Bin gelaufen … hat mich nicht erwischt … Bringt … Glück.«

Zuerst wusste sie nicht, was die Verletzte meinte, dann entdeckte sie in Binias kleiner Faust den Wettstein. Den Stein, den der Büttel auf dem Platz weggeschleudert hatte, Rineks Stein, und ihr kamen die Tränen.

5

»Ach, überprüfst du, ob dein Anschlag geglückt ist?«

Tante Taria war wieder aufgetaucht, hinter sich etwa ein Dutzend Dörfler. »So ein Pech aber auch, dass sie noch leben. Doch dein Ziel hast du erreicht, wie? Dein Bruder ist erledigt – selbst wenn er überlebt, der wird niemals Müller. Und deine Schwester – wir alle wissen, dass du sie nicht leiden konntest. Nicht wahr?« Beifall heischend drehte sie sich zu ihren Begleitern um. »Was hast du vor? Willst du sie auch noch vergiften?«

Harte Hände rissen Linn von Binias Lager weg. Vergebens versuchte sie die beiden Frauen abzuschütteln, die sie fest gepackt hielten.

»Ich habe die Drachen nicht hergerufen!«

»Schreist du so laut, damit sie unser Versteck hier finden?«

Linn versuchte die Stimme zu senken, was nicht leicht war, wenn man um sich schlagen und schreien wollte. »Ich habe sie nicht …«

Tante Taria schlug sie mitten ins Gesicht.

Linn schnappte nach Luft. »Du bist wahnsinnig! Begreift ihr nicht? Sie ist verrückt, sie …«

Die alte Frau beugte sich so weit vor, dass ihre Nasenspitzen sich fast berührten. »So weit ich zurückdenken kann, hast du hierüber gesprochen«, zischte sie. »Und alle wissen es. Alle. Du kannst dich nicht herausreden.« Lauter sagte sie: »Wir bringen sie ins Dorf. Zeigen wir ihr, was sie angerichtet hat.«

»Ich habe die ganze Nacht geholfen zu löschen!«, protestierte Linn. Sie konnte nicht glauben, dass dies wirklich geschah. Wie konnte irgendjemand denken, sie hätte ihren Geschwistern absichtlich solche Qualen zugefügt?

Die Dörfler zogen das Mädchen mit sich, aus dem Wald heraus. Am Bach kamen ihnen die unverletzten Männer und Frauen entgegen, die sich den Ruß aus den Gesichtern gewaschen hatten und nun ihre Kinder im Lager suchen wollten.

»Linn!«, rief Lester erschrocken. »Lasst sofort meine Tochter los!« Er wollte auf die kleine Gruppe zustürmen, doch ein paar Männer hielten ihn zurück.

»Sie wird der Zauberei angeklagt«, verkündete Tante Taria triumphierend. »Sie hat die Drachen hergerufen. Seht ihr? Die Mühle, um die es ihr geht, wurde von den Drachen verschont. Das ist nur mit Zauberei zu bewerkstelligen.«

Einer der Bauern kratzte sich nachdenklich den Bart. »Es stimmt schon, sie hat es vorausgesagt, die kleine Linni, aber …«

»Danach hat sie dafür gesorgt, dass ihre Prophezeiung sich erfüllt!«

»Ihr Idioten!«, schrie Lester, während Merina mit bleichem Gesicht dastand und sich nicht bewegte, als hätten die ungeheuren Vorwürfe sie gelähmt.

»Glaub ihnen nicht, Mutter!«, beteuerte Linn. »Ich hab sie nicht gerufen! Ich war es nicht! Ich würde nie etwas tun, was Rinek in Gefahr bringt, das weißt du!«

»Lasst sie endlich los!«, verlangte Lester aufgebracht. »Und mich auch!«

Der Dorfmeister trat vor und schüttelte sorgenvoll den Kopf. »Das ist eine sehr ernste Anschuldigung. Wahrsagerei und Zauberei … Wo ist der Priester?«

»Er ist zum Beten unterwegs, zum Kleinen Tempel«, sagte Linn, »um Arajas darum zu bitten, dass …«

»Nimm gefälligst Gottes Namen nicht in den Mund!«, schrie Tante Taria.

Yaro drängte sich durch die Zuschauer. »Was ist denn hier los? Linn?«

»Deine kleine Hure ist eine Zauberin«, teilte ihm Taria mit funkelnden Augen mit. »Geh nach Hause, mein Lieber.«

»Das ist nicht wahr!«, rief Linn. »Glaub ihr nicht. Du weißt, wie sie ist!«

Knurrend wie ein wütender Hund ging Yaro auf seine Tante los. »Was fällt dir ein! Du konntest sie noch nie leiden!«

»Zurück, Junge. Die Beweise sind erdrückend«, sagte der Dorfmeister. »Eine Menge Leute haben gesehen, dass Linnia nicht hier war, als die Drachen angegriffen haben. Sie ist erst später dazugekommen.«

»Aber ...«, ging Linn dazwischen, sie wollte alles erklären, dass sie Rinek aus der Festung abgeholt hatte und wie spät es gewesen war und dass sie erst ins Dorf gekommen waren, als die Feuer schon überall brannten. Doch der Meister ließ sie nicht ausreden.

»Des Weiteren: Bei mir haben sich bereits zahlreiche Zeugen gemeldet, die ausgesagt haben, Linnia hätte mit den Drachen geredet. Sie ist ihnen mitten auf der Straße entgegengetreten und hat zu ihnen gesprochen, daraufhin hat einer der Drachen beigedreht und sein zerstörerisches Werk an einer anderen Stelle fortgesetzt.«

»Weil sie mutiger ist als ihr alle!«, rief Lester. »Meine Tochter läuft nicht weg, sondern kämpft!«

»Ich hab's gesehen«, sagte Merok leise. »Ich hab gesehen, wie sie vor ihm auf die Knie gefallen ist.«

Linn starrte ihren Bruder ungläubig an. Wie konnte er das tun? Wie konnte er ihrem Schwächeanfall eine solche Bedeutung geben?

»Begreift ihr es endlich?«, fragte Tante Taria gefährlich leise.

Inzwischen war es so still geworden, dass sie nicht mehr schreien musste, um sich Gehör zu verschaffen. »Sie ist mit den Höllenbestien im Bunde.«

Einige der Umstehenden schüttelten die Köpfe, sprachlos vor Abscheu oder vor Kummer, anderen stand plötzlich die Mordlust ins Gesicht geschrieben.

»Zauberin! Das muss sie büßen!« Die Leute schubsten einander zur Seite bei dem Versuch, sich als Erstes auf Linn zu stürzen und das Leid, das in ihnen brannte, auf diese Weise zu lindern.

Die Männer zogen Lester fort, der wild um sich zu schlagen begann.

»Halt!«, rief der Dorfälteste. »Beruhigt euch! Wenn sie eine Zauberin ist, untersteht sie dem Gericht des Vogts. Wir müssen sie in die Festung bringen.«

»Damit sie ihre Feuerechsen noch einmal rufen kann?«, schrie jemand. »Wir müssen diesen Irrsinn sofort beenden!«

»Es tut mir leid.« Der Dorfmeister hob verlegen die Schultern; er kannte Linn seit ihrer Kindheit. »Träume und Visionen sind … Ermessenssache, da konnte ich ein Auge zudrücken. Aber richtige Zauberei ist eine ganz andere Geschichte. Die Gesetze des Königs sind eindeutig. Besser Einzelne müssen leiden«, fuhr er leise fort, »als dass Schenn die Verträge bricht und den Frieden riskiert.«

Wenn Linn ganz bei sich gewesen wäre, hätte sie versucht zu verhandeln. *Selbst wenn ich eine Zauberin wäre – Niemand muss es erfahren. Ich schwöre, niemals zu zaubern. Glaubt mir doch, ihr wisst, dass ich meine Versprechen halte.*

Oder sie hätte versucht zu drohen: *Wenn ich wirklich eine Zauberin bin, könnte es gefährlich für euch sein, mich so zu behandeln.*

Aber sie war wie gelähmt. Tatenlos erlebte sie mit, wie andere über ihr Schicksal entschieden.

»Wer meine Tochter anrührt«, brüllte Lester von weiter hinten, »bekommt es mit mir zu tun!« Fünf Männer waren nötig, um ihn zu bändigen.

Doch dann war es ihre Mutter, die sich auf einmal vor sie stellte.

»Gebt Linnia frei«, befahl sie mit dieser Stimme, die ihre Kinder zu fürchten gelernt hatten. »Sie ist keine Zauberin. Sie ist keine Wahrsagerin.«

»Liebe Merina«, sagte der Dorfmeister sanft, »wir alle kennen Linnias Drachengeschichten.«

»Das waren keine Prophezeiungen.« Die Müllerin sah an ihrer Tochter vorbei auf die Dörfler. Nichts in ihrem Gesicht verriet, was sie fühlte. »Es sind Erinnerungen.«

»Was?« Selbst Tante Taria geriet jetzt aus dem Konzept.

»Erinnerungen«, wiederholte Merina. »Als sie sehr jung war, wurde Linn Zeugin eines Drachenüberfalls, den sie euch seit Jahren genauestens beschrieben hat. Sie hat euch von der Vergangenheit erzählt, nicht von der Zukunft. Nicht von dieser Nacht.«

»Sie hat mit den Ungeheuern gesprochen!«, wandte eine Bäuerin ein. »Das Mädchen ist auf die Biester zugerannt, als wollte es sie willkommen heißen!«

»Meine Tochter hat nur nachgeahmt, was sie als Kind gesehen hat. Von ihrem Vater«, sagte Merina. »Sie ist den Drachen entgegengetreten, wie er es immer getan hat. Sie hat eine Waffe in die Hand genommen – das hast du doch, Linn? Was war es noch?«

»Eine Mistgabel«, sagte Linn. Sie versuchte, in der ausdruckslosen Miene ihrer Mutter die Wahrheit zu erkennen. Stimmte das? War das die so lange verschwiegene Wahrheit über ihren Vater?

»Damit hat sie sich ihnen entgegengestellt. So machen es die Drachenjäger. Sie recken ihr Schwert oder ihre Lanze in die Höhe. Manchmal gehen sie in die Knie, um den Drachen besser von unten treffen zu können. Sie ist die Tochter des Ritters Harlon und hat, wie es ein gutes Kind nun einmal tut, genau das nachgeahmt, was er ihr vorgelebt hat und was sie oft genug mit eigenen Augen gesehen hat – wenn sie auch zu jung war, um sich bewusst daran zu erinnern.«

Die Augen ihrer Mutter waren blau wie der Himmel, und in ihrem Gesicht zuckte kein einziger Muskel. Wie ein Schild kam es Linn vor, hinter dem sie sich verstecken durfte.

»Das sind doch alles nur Ausreden«, zeterte Tante Taria, aber selbst sie klang nun unsicher. »Wir alle wissen, dass dein erster Mann ein Bauer war.«

»Das war er auch, nachdem er den Hof des Königs und die Drachengarde verlassen hatte«, sagte Merina. »Ihr könnt den Vogt nach dem Ritter Harlon Verinsas fragen. Er weiß Bescheid.«

»Tja«, meinte der Dorfmeister und hob die Schultern. »Das wird, denke ich, nicht nötig sein. Lasst das Mädchen los.«

Widerstrebend lockerten die Frauen den harten Griff, und Linn stolperte nach vorne, neben ihre Mutter. Es war, als wäre der Blick der resoluten Müllerin eine Peitsche, mit der sie alle aus ihrer Nähe vertrieb.

»Oh Linni-Schatz.« Lester kämpfte sich durch die Umstehenden und schlang die Arme um seine Stieftochter. »Lasst uns nach Hause gehen.«

»Nein«, protestierte sie. »Binia und Rinek liegen da oben, ich habe versprochen …«

»Wir gehen nach Hause«, sagte Merina streng. »Sofort.«

In der Mühle war es ruhig. So ungewöhnlich ruhig, dass Linn eine Weile brauchte, bis sie darauf kam, was anders war als sonst. Das Rad stand still.

»Hast du es blockiert? Warum?«, fragte sie in das Schweigen hinein, in die Fremdheit, die auf einmal zwischen ihnen allen war. Merok versuchte sich unauffällig zu verkrümeln, doch Lester packte ihn am Hemdkragen.

»Du bleibst hier, Freundchen.« Erst dann beantwortete er die Frage: »Als ich das Feuer gesehen habe und die Drachen … ich dachte, das Geräusch lockt sie vielleicht her.« Unsicher blickte er zu Merina, die mitten im Raum stand, die Arme verschränkt, als ob sie fröre.

»So«, sagte sie. »Kommen wir nun zu dem Teil, der nur uns etwas angeht. Wie konntest du bloß, Linn!«

»Merina?«, fragte Lester verwirrt. »Dann … dann stimmt es gar nicht? Was du da draußen gesagt hast? Von … von deinem ersten Mann?«

Linn wurde klar, dass ihre Mutter ihn ebenso im Unklaren gelassen hatte wie den Rest der Familie. Kein einziges Mal hatte die stolze Merina über Harlon gesprochen.

Bevor sie es abstreiten konnte – vielleicht hatte sie das vor, ihrem Gesicht nach zu urteilen –, ergriff Linn das Wort. »Ich wusste es«, sagte sie. »Er war ein Ritter. Immer habe ich davon geträumt, wie er herkommt, hoch zu Ross, wie er zu mir spricht. Und dann die Drachen. Wie er zu mir sagt: Kämpfen wir! – Das war nicht gelogen. Nicht wahr, Mutter? Ich verstehe nur nicht, warum du das all die Jahre verheimlicht hast.«

Da warf die Müllerin den Kopf zurück und versetzte Linn einen so heftigen Stoß, dass das Mädchen auf den rauen Holzfußboden stürzte.

»Mutter! Was …«

»Was hast du dir nur dabei gedacht?«, schrie Merina außer sich. »Wieso hast du sie abgenommen? Wie konntest du! Und ob es deine Schuld ist, was uns allen zugestoßen ist. Und ob du sie hergerufen hast! Oh, ich könnte …« Ihre Stimme endete in einem wuterstickten Heulen.

Linn rappelte sich vorsichtig auf, wobei sie darauf achtete, ihrer tobenden Mutter nicht zu nahe zu kommen. »Ich habe doch gar nichts gemacht!«

»Du hast die Kette abgenommen!«, schrie Merina.

»Habe ich nicht!«

Die beiden funkelten sich wütend an. Linn dachte: *Das ist falsch. Dass wir hier sind und uns streiten. Was sie mir vorwirft, könnte nicht falscher sein. Wir müssten oben sein, bei Rinek und Binia. Ich sollte längst auf dem Weg zur Festung sein und irgendetwas besorgen, das ihre Schmerzen lindert, statt mich gegen diese absurden Anschuldigungen zur Wehr zu setzen.*

»Natürlich hast du das! Nie kannst du gehorchen! Immer musst du deinen Kopf durchsetzen!«

»Merina, Liebes«, warf Lester behutsam dazwischen, »was hat das mit der Kette zu tun?«

»Ich habe sie nicht abgenommen«, beharrte Linn. »Glaub mir doch. Bei was soll ich schwören? Bei Rinek, dem ich versprochen habe, dass ich mich um ihn kümmere?«

»Sie lügt nicht«, sagte Lester. »Nicht, wenn es um Rinek geht. Was ist denn nun mit der Kette?«

Merina brach auf einem Stuhl zusammen und stützte das Gesicht in beide Hände.

Linn zog die Silberkette aus ihrem Ausschnitt. »Hier ist sie. Ich habe sie nicht weggegeben. Dann liegt also wirklich ein Fluch darauf?«

»Ein Fluch?« Ihre Mutter lachte schrill auf. »Das ist dein einziger Schutz, Kind. Wenn du sie abnimmst, wird der Drache kommen. Harlon hat es gesagt. Er hat mich beschworen, dass du sie behältst, dass wir sie nie verkaufen. Er sagte, wenn du sie nicht trägst, wird der Drache dich heimsuchen. Und er ist gekommen, nicht wahr?«

Sie hob den Kopf. Zum ersten Mal in ihrem Leben sah Linn ihre Mutter weinen.

»Das ist dein einziger Schutz gegen die Untiere. Sie suchen

dich … Ich hätte nie gedacht, dass sie dich entdecken würden, hier, im äußersten Winkel des Königreichs, hier, wo es keine Drachen gibt. Ich dachte, wir könnten endlich Frieden finden.«

»Warum sollten die Drachen Linn suchen?«, fragte Merok, der sich bisher im Hintergrund gehalten hatte und ein Gesicht machte, als wollte er eigentlich ganz gerne unsichtbar bleiben.

»Linns Vater war ein Mitglied der königlichen Drachengarde«, erklärte Merina. »Ein Drachenjäger. Diese Ungeheuer sind nicht dumm; sie kennen ihre Feinde. Sobald er die Garde verließ, war er Freiwild für sie. Wider alle Vernunft bildete er sich ein, er hätte diesen einen Drachen unter Kontrolle, der ihn vor den anderen beschützen sollte! Ein Drache als Wachhund, fürwahr! Harlon sprach mit ihm, als könnte er alles verstehen, als wäre dieses Vieh kein feuerspeiendes Ungeheuer. Der Ruhm war ihm zu Kopf gestiegen. Als ich einmal miterleben musste, wie er mit dir auf dem Arm direkt vor dieses rote Untier hintrat, dachte ich, mein Herz würde stehenbleiben …«

»Rot?« Linn horchte auf. »Ein roter Drache?«

»Er dachte, er hätte ihn gezähmt … und dieser Drache war sein Verderben. Ich war da, zu jener bitteren Stunde. Das Untier hat deinen Vater umgebracht, vor meinen Augen, an einem Tag wie diesem, als sie flogen, als die Welt im Feuer unterging … Er war verletzt und konnte keine Gegenwehr mehr leisten. Ich sah zu, wie der Drache ihn verbrannte …« Merina verstummte, sie musste sich sammeln, um weiterreden zu können. »Harlon hat unzählige von ihnen getötet. Sie sind klug genug, um zu wissen, was das bedeutet. Um im Gegenzug seine Brut zu vernichten, für jeden ihrer Artgenossen, den er erschlagen hat. Das ist dein Schutz, Linn, was du da um den Hals trägst. Jahrelang hat dein Vater diese Kette umgehabt, deshalb konnte ihm nichts passieren, und als er sie abnahm – für dich –, hat er sein Ende besiegelt.«

Linn schwirrte der Kopf. So viel ergab endlich einen Sinn.

Versteck dich, rief die Stimme, die sie ihr ganzes Leben lang begleitet hatte. *Versteck dich …* und sie duckte sich unter den fliegenden Leibern, das Rauschen der Flügel in den Ohren …

»Wenn Linn die Kette nicht abgenommen hat, warum haben sie dann angegriffen?«, wollte Merok wissen.

»Die Drachen müssen dich verschonen, immer noch«, sagte Merina müde. »Solange du die Kette trägst. Aber sie lieben den Tod und die Zerstörung und das Feuer. Sie werden alles vernichten, was dir wichtig ist. Sie werden deine Welt in Schutt und Asche verwandeln, bis nichts mehr davon übrig ist. Wenn sie dich nicht töten können, werden sie so lange weitermachen, bis du dir wünschst, du wärst tot, und deinen einzigen Schutz abnimmst.« Sie hob den Kopf und blickte ihre Tochter an mit diesen stahlblauen Augen, aus denen man Schwerter hätte schmieden können.

»Warum habe ich dich denen da draußen aus den Klauen gerissen? Ich weiß es selbst nicht. Für uns alle wäre es besser, du lebtest nicht mehr. Ich frage mich, womit wir diesen Aufschub bezahlen müssen.«

Linn wünschte sich, sie könnte sich so klein machen, dass niemand sie sah. Erst recht nicht ihre Mutter, die sie anstarrte, als wäre sie das Verderben selbst. War sie das nicht auch? Die Drachen waren ihretwegen gekommen. Was spielte es da noch für eine Rolle, dass sie keine Zauberin war, die sie gerufen hatte?

»Ich bin schuld«, flüsterte sie. »Dass Rinek da oben liegt … und Binia … und all die vielen Toten. Ich bin schuld?«

»Ja«, sagte Merina unbarmherzig. »Das bist du.«

»So ein Unsinn«, widersprach Lester. Er legte Linn den Arm um die Schulter. »Was kann Linni denn dafür, wer ihr Vater war und was er getan hat? Nichts, gar nichts. Warum um alles in der Welt hast du denn nie etwas gesagt, Merina? Wir hätten den Vogt bitten können, uns Schutz zu gewähren …«

»Gegen Drachen?« Die Müllerin lachte wieder auf. »Es gibt kein Mittel gegen diese Ungeheuer. Nur das da.« Sie zeigte auf Linns Ausschnitt. »Ein magischer Gegenstand, der sie schützt und uns in Gefahr bringt. Was soll der Vogt denn bitte schön tun? Den König anflehen, uns die Drachengarde zu schicken? Er hat schon genug getan, als er uns erlaubt hat, hier zu wohnen, obwohl er um die Gefahr weiß.«

Jetzt endlich verstand Linn, warum ihre Mutter den Landesherrn stets verteidigte und seinen Namen mit Ehrfurcht aussprach. So vieles hatte sie nicht gewusst, nicht einmal geahnt. Der Raum schien sich um sie zu drehen wie ein übergroßes Mühlrad …

»Magische Artefakte sind verboten«, flüsterte Merok ängstlich. »Wenn das rauskommt …«

»Willst du lieber, dass die Drachen uns heimsuchen?«, fuhr Merina ihn an.

»Dann müssen wir hier wegziehen«, sagte Lester.

»Sie haben Linn einmal gefunden, sie werden sie wieder finden. Ein Mädchen, das die Klappe nicht halten kann! Das ständig von Drachen faseln muss! Du hast es ihnen wirklich leicht gemacht, Linn.«

Das war so unfassbar ungerecht, dass Linn erst einmal keine Worte fand.

»Aber … sie haben mich nicht gefunden. Er hat immer gewusst, wo ich bin. Die ganze Zeit. All die Jahre …«

»Was?«, fragte Merina. »Wer?«

»Der rote Drache. Er ist hier gewesen, die ganze Zeit.«

Merina fasste sich an die Stirn. »Oh Arajas – warum hast du denn nichts gesagt, du dummes Kind?«

»Das habe ich ja ständig! Du wolltest es bloß nie hören!«

Ihre Mutter starrte sie verwirrt an. »Aber ich dachte … deine Erinnerungen, wie die Drachen fliegen …«

Es hatte keinen Zweck. Merina würde nie zugeben, dass sie

nicht richtig zugehört hatte. Erst jetzt wurde Linn bewusst, dass es immer zwei völlig verschiedene Dinge gewesen waren, die sie wahrgenommen hatte. Der Angriff in der Nacht, die Angst, der Rauch, das Entsetzen – nichts davon war echt. Erinnerungen, die sich in sie eingebrannt hatten, Tage des Schreckens, die sie seit ihrer frühesten Kindheit verfolgten. Doch der einzelne Drache über ihr war kein Traum, war nicht ihrer Fantasie entsprungen, sondern schwebte leibhaftig über ihr, Linns ganz persönlicher Fluch.

Allein das Amulett hatte sie also davor bewahrt, dass er auf sie herabstieß wie ein Falke auf seine Beute. Das Verhängnis, so nah, dass ihr schauderte.

»Wir sollten jetzt nach unseren anderen Kindern sehen«, sagte Lester schließlich, nachdem sie eine Weile geschwiegen hatten. Die Gedanken wirbelten nur so durch Linns Geist – was dachten wohl die anderen? Wünschten sie sie weit fort, wo sie kein Unglück mehr auf alle herabziehen konnte? Der rote Drache wusste, wo sie lebte. Hatte er all die Jahre auf Verstärkung gewartet? Vielleicht, wenn sie sich heimlich davonstahl, glaubte er, dass sie tot war. Ob er sie wittern konnte? Linn hätte ihre Mutter zu gerne dazu befragt, aber sie bezweifelte, dass diese ihr Auskunft erteilen würde. Selbst jetzt hatte sie jedes Wort so unwillig hervorgestoßen, als könnte es ihr die Zunge verbrennen.

Womöglich beobachtet er mich von dort oben. Der Mörder meines Vaters.

Wenn es für ihre Mutter die Worte waren, die ihr wehtaten, so waren es für Linn die Gedanken. Nicht nur ihr Dorf war in Flammen aufgegangen, auch ihre Hoffnung, Harlon könnte eines Tages vor der Tür stehen und nach ihr fragen. Sie hatte nie an seinen Tod glauben wollen. Die Tatsache, dass ihre Mutter andernfalls eine Bigamistin war, hatte sie weit weggeschoben. Merina musste sich einfach irren. Er lebte irgendwo und würde seine Tochter irgendwann holen, in ein anderes Leben …

Sie bückte sich unter der Türöffnung hindurch und trat unter den grauen Himmel. Heute konnte man die Sonne nicht sehen. Falls da oben ein rotes Untier herumflog, blieb ihr das verborgen.

»Ich weiß, dass du da bist«, flüsterte sie. »Ich weiß es. Und nun? Lachst du über mich? Weil du mich ja doch erwischen wirst? Weil du warten kannst wie die Katze vor dem Mauseloch, notfalls viele Jahre? Wie lange wirst du ausharren, du Bestie?«

Der Dorfplatz war verlassen. Alle waren entweder oben im Wald bei den Verwundeten oder stöberten in den Trümmern nach Hausrat oder unversehrten Balken, die man zum Wiederaufbau verwenden konnte. Der Himmel über ihr war immer noch eine graue Masse, die kaum Licht hindurchließ, und die Luft roch streng und biss beim Atmen.

»Warte!« Lester eilte ihr nach, einen hölzernen Kasten im Arm. »Du solltest nicht in den Wald gehen, Linni. Bleib heute in der Mühle.«

Sie ging nicht weiter auf seine Bitte ein, damit er sie nicht in einen Befehl umwandelte, sondern zeigte stattdessen auf die Kiste. »Was willst du denn damit?«

Sein Gesicht war ernst und entschlossen. »Der Dorfmeister hat gleich heute Morgen einen Boten zum Vogt entsandt. Wenn der Arzt kommt, werden wir ihn bezahlen müssen.«

»Damit?« Sie legte ihm die Hand auf den Arm. »Wird es so viel kosten? All dein Erspartes?«

»Es ist egal, was es kostet«, sagte er gepresst. »Es geht nicht nur um deine Geschwister, Linn. Da oben sind noch viel mehr Verletzte. Und … die Drachen sind unseretwegen gekommen. So ist es doch.«

Sie schämte sich so sehr, dass sie im Boden versinken wollte, aber Lester lächelte. »Es ist nicht deine Schuld, Linni. Du kannst nichts dafür, in welche Familie du hineingeboren wurdest. Ich bin verantwortlich. Dass wir hier sind und geglaubt haben, uns könnte an diesem Ort nichts passieren.«

»Du … du wusstest doch nichts davon!«

Wieder lächelte er. Er hielt seine Schatzkiste wie ein Kind im Arm.

»Darauf kommt es nicht an. Merina ist meine Frau, und du bist meine Tochter geworden. Vielleicht wollte ich nichts wissen. Ich habe mir nie die Mühe gemacht nachzuforschen, woher diese Bilder kommen, die du siehst.«

»Warum hat sie nie von Harlon gesprochen? Ich hätte es sicher verstanden. Ich hätte aufgehört, so viel von den Drachen zu erzählen. Ich hätte …«

»Scht«, sagte er leise. »Deine Mutter ist eine Frau mit einem verwundeten Herzen. Es gibt Dinge, über die kann man nicht reden. Außerdem hätte es nichts geändert. Nicht für uns und genauso wenig für Brina.«

Sie erreichten die Hauptstraße, die durch das zerstörte Dorf führte. Immer noch stieg Rauch aus den Trümmern auf, und nur undeutlich konnte man die Reiter ausmachen, die aus dem Schatten des Waldes kamen.

»Dort sind schon die Leute des Vogts. Der Dorfmeister wird verhandeln, bevor die Heiler mit der Arbeit beginnen«, sagte Lester. »Ich muss dabei sein. Geh zurück in die Mühle, Linni. Du solltest dort bleiben, bis sich die Gemüter beruhigt haben.«

Fürchtete er allen Ernstes, sie könnte erneut angegriffen werden? Wollte er deshalb seine Ersparnisse opfern – um die Nachbarn gnädig und dankbar zu stimmen und dafür zu sorgen, dass alle sie in Ruhe ließen? Jetzt, nachdem sie das Geheimnis ihrer Herkunft erfahren hatte, fürchtete sie sich nicht mehr. Vorhin hatte sie sich wie betäubt gefühlt, erschlagen von Rineks Schmerz, von Binias Qual. Nun war sie aus einem anderen Grund ruhig. Unwillkürlich tastete sie nach ihrer Halskette, als sie über die Wiese ging. Das Gras war grau geworden, von Asche bepudert. Über ihr der freie Himmel. Wenn der Drache durch die Wolkendecke stieß, würde sie ihn erst im letzten Augenblick bemerken … Nein, er tat es nicht.

»Du kannst nicht, oder?«, sagte sie halblaut. »Du darfst nicht. Was ist das für ein Gefühl – wie ein Hund an der Kette? Ein bissiger Hund, der an dem Strick reißt, der ihn festhält? Deshalb zerfleischst du alles, an das du herankommst?« Sie stapfte weiter, zwischen die Bäume. »Nicht mit mir«, flüsterte sie. »Da hast du dich geschnitten. Nicht mit mir.«

6

Es war, als würde der Rauch, der sich hier verfangen hatte und dicht und undurchdringlich durch die Stämme waberte, ihr Fortkommen erschweren. Aber es war Rinek, an den sie dachte. Rinek und sein Bein. Und ihre kleine Schwester …

»Willst du meine ganze Familie auslöschen? Mein Dorf dem Erdboden gleichmachen? Willst du mich zerstören, sodass am Ende nur Tränen und Entsetzen übrig bleiben? Ha, willst du das?«

Der rote Drache, der vielleicht irgendwo über den Wipfeln, irgendwo jenseits des Rauches und der Wolken seine Kreise zog, antwortete nicht. Aber Linn fühlte den Hass in sich wie eine lodernde Flamme. Einen Hass, glühend wie der rote Blitzstrahl, den sie immer wieder flüchtig erhascht hatte – doch dieses Gefühl würde nicht so rasch abebben, das wusste sie. Denn sie würde morgen nicht erwachen und mit Rinek Getreidesäcke in die Mühle schleppen. Sich mit Binia streiten. Mit Yaro Zukunftspläne schmieden.

Während sie sich vorwärtstastete, formten sich in ihrem Geist ganz andere Pläne. Sie sah sich selbst, wie sie mit hocherhobenem Schwert dem roten Drachen entgegensprang, wie sie ihn mit der Waffe in kleine Stücke hieb. Sie atmete den Rauch ein und stellte sich vor, wie sie durchs Feuer ging, das ihr nichts anhaben konnte, und dem überraschten Untier den Kopf abschlug. Jeder ihrer Träume endete damit, dass sie ihn in Hackfleisch verwandelte und dabei schrie: *Das ist für Rinek. Und das für Binia. Und das für mein Dorf, für alle anderen. Ich werde dich lehren, die Tochter des Drachenjägers Harlon zu reizen!*

Stimmen vor ihr. »Bringt mich zuerst zu denen, die es am schlimmsten erwischt hat.«

Eine befehlsgewohnte Frauenstimme. Das musste die Heilerin sein, die der Vogt geschickt hatte. Das Mädchen folgte ihnen, verborgen im Rauch, von einem Kranken zum anderen, bis die Gruppe zu den beiden verletzten Geschwistern kam.

»Das sieht nicht gut aus. Das Bein müssen wir ihm wohl abnehmen, tut mir leid. Und die Kleine hier? Das ist eine großflächige Verbrennung – wer weiß, ob sie das übersteht. Meine Helfer und ich werden unverzüglich ans Werk gehen. Wir sollten die Verletzten jedoch nicht hier im Wald lagern, sondern runter ins Dorf bringen. Erwartet ihr einen weiteren Angriff?«

»Das haben wir befürchtet«, meinte der Dorfmeister, »aber der Vormittag ist bisher ruhig verlaufen. Niemand hier kennt sich mit Drachen aus – ziehen sie sich denn zurück, nachdem sie gewütet haben? Es wurde nichts geraubt. In Brina gibt es keine Schätze.«

»Auch bei uns sind wir nicht an Drachen gewöhnt.« Die Stimme der Heilerin ließ ein sanftes Lächeln anklingen. »Ich fürchte, in ganz Nelcken werdet ihre keine Experten für Drachen finden, und bis ihr jemanden nach Lanhannat geschickt habt, ist es vermutlich zu spät. Ich kann euch nur raten: Tragt die Kranken wieder hinunter ins Dorf. Wir müssen unverzüglich mit der Behandlung beginnen.«

Sobald sie fort waren, schlich Linn zu ihrem Bruder hinüber. Er war bewusstlos. Aber sie konnte nicht warten mit dem, was sie ihm mitzuteilen hatte.

»Rinek. Ich bin hier. Ich will dir nur sagen, es wird keine weiteren Überfälle geben.« Sie berührte seine Hand.

»Linni?« Das heisere Flüstern kam aus der Kehle ihrer

Schwester. Binia spähte zu ihr herüber, ihre Zähne klapperten. »Linni, was hast du vor?«

Sie streckte die Hand aus und berührte vorsichtig Binias gerötete Wange. »Du wirst bald gesund«, versprach sie. »Die Heilerin versteht ihr Handwerk.«

»Was willst du tun?«, wisperte ihre Schwester.

»Das, was ich tun muss. Ich werde gehen. Ich muss Brina verlassen. Es gibt keinen anderen Weg. Die Drachen werden wiederkommen, wenn ich hierbleibe.«

Sie küsste Binia auf die Nasenspitze und verschwand in der Dunkelheit.

Als Linn sich umwandte, den gefüllten Reisesack über die Schulter wuchtete und in die Küche eilen wollte, um sich dort Proviant zu besorgen, wäre sie beinahe mit ihrer Mutter zusammengestoßen, die mit verschränkten Armen auf der Türschwelle stand. Wie lange hatte Merina sie wohl schon beobachtet? Ihr Gesicht verriet nichts.

Linn beschloss, die Herausforderung anzunehmen. Wie wollte sie jemals einem Drachen gegenübertreten, wenn sie vor ihrer eigenen Mutter kuschte? *Also greif an. Man kann nur gewinnen, wenn man zuerst angreift.*

»Warum sagst du nichts?«, fragte das Mädchen. »Warum wirfst du mir nicht vor, dass ich mich aus dem Staub mache, wo Hilfe so nötig ist? Warum reißt du mir nicht den Beutel aus den Händen und schickst mich an die Arbeit? Das Mühlrad steht still. Ich weiß, welchen Verlust das für uns bedeutet.«

»Ja«, sagte Merina nur.

»Ja?«, wiederholte Linn. »Sonst nichts? Wann kommt die Strafpredigt? Wann fängst du an, mir das hier auszureden?«

»Du tust das Richtige.«

»Was?« Überrascht starrte Linn ihre Mutter an. In diesem Moment erst wurde ihr klar, dass sie sogar darauf gehofft hatte, dass jemand sie aufhielt. Dass jemand sie daran hinderte, völlig allein in die Fremde zu ziehen. Wenn man sie festhielt, konnte sie nichts für das Leid, das über sie alle kommen würde, wenn die Drachen zurückkehrten. Dann war es wirklich nicht ihre Schuld.

»Du musst gehen«, sagte Merina. »Ich habe mit mir gerungen, ob ich dich wegschicken soll. Aber dann hättest du mich für herzlos gehalten und mich gehasst. Ich bin stolz auf dich, dass du selbst auf diese Lösung gekommen bist.« Sie seufzte leise. »Die einzige, die es gibt. Willst du mir nicht sagen, wohin du fliehen willst?«

»Fliehen? Nein, Mutter, ich werde nicht fliehen. Ich werde Drachenjägerin.«

»Kind! Du kannst doch keine Drachen töten!«

»Ich weiß. Aber ich könnte es lernen. Es ist möglich. Es gibt Ritter, die das tun, und mein Vater war einer von ihnen. Es ist so wie neulich, als ich dem Büttel Paroli geboten habe. Vorher erscheint es unmöglich, aber dann kommt alles ganz anders.«

Ich und das Schwert und der Drache. Der rote Drache, eingehüllt in Feuer. Ich werde ihn töten. Ich werde ihm zeigen, wer ich bin … Ein Bild wie eine geflügelte Hoffnung, ein Ziel, vielleicht die Aufgabe, für die sie auf die Welt gekommen war.

»Gegen Drachen zu kämpfen ist etwas anderes, als einen Büttel im Armdrücken zu besiegen«, sagte Merina ungewohnt sanft.

Wie viel wusste sie von dem Zorn und dem Hass?

»Mein ganzes Leben lang kreist er über mir. Endlich kenne ich die Wahrheit: Ich bin seine Beute. Aber das will ich nicht sein. Ich werde mich nicht hinter meiner Kette verschanzen und zusehen, wie alles um mich herum in Flammen aufgeht. Ich muss zurückschlagen, sonst hört es nie auf.«

Merina seufzte traurig.

»Du wirst darüber lachen, aber ich will nicht mein ganzes Leben lang mit diesen Bildern leben, wie die Drachen über uns hinwegfliegen und alles verbrennen, was mir lieb und teuer ist. Ich will andere Bilder vor Augen haben. Bilder, in denen der Drache in seinem Blut am Boden liegt.«

»Ich lache nicht darüber«, sagte ihre Mutter. »Oh nein. Das hätte er auch getan – Harlon glaubte immer, er könnte alles erreichen, was er sich nur vorgenommen hat. Du bist ihm so ähnlich, dass ich es manchmal kaum ertrage, dich anzusehen.«

»Ist das gut oder schlecht?«, fragte Linn vorsichtig, denn in der Stimme der Müllerin schwang Bitterkeit mit. »Wie war er?« Ausgerechnet jetzt erinnerte sich das Mädchen an Lesters Worte: eine Frau mit einem verwundeten Herzen. Aber sie wollte ihrer Mutter nicht das Schweigen lassen, ganz gleich, wie viel Schmerz diese in sich trug. Sie sollte reden, was es sie auch kostete. Denn die Stille und die Geheimnisse kosteten unendlich viel mehr.

»Er hat gesiegt, lange Zeit. Trotzdem waren die Ungeheuer am Schluss stärker als er.« Merina schaute an ihr vorbei auf die Wand, als würde sie dort ihren Mann erblicken, den Ritter, der sich überschätzt hatte. Hatte sie ihn geliebt? Oder war sie verzweifelt an seiner Tollkühnheit, die ihn das Leben gekostet hatte? Oder beides? »Letztendlich kann man die Drachen nicht besiegen. Drachenjäger werden nicht alt. Der König überschüttet sie mit Ehre und Gold, aber irgendwann erwischt es jeden. Harlon ist rechtzeitig ausgestiegen – dachte ich, dachten wir beide. Doch seinem Schicksal entkommt keiner. Bitte, Linni – geh nicht denselben Weg wie er.« Merina sah den Bildern zu, die nur sie wahrnahm. Vielleicht kämpften dort Drachen, spien Feuer und schlugen mit Klauen und Schwänzen um sich. Vielleicht glänzten dort Ritter in ihren Rüstungen und erhoben die Schwerter, in denen sich das Sonnenlicht spiegelte. Eine andere Welt als das einfache Leben hier in Brina.

Das war es, dachte Linn, *was sie gesucht hat: Leben. Und dennoch kann sie dem Tod in ihrer Nähe nicht entkommen. Wenn die Drachen einen Menschen erst kennen, nehmen sie seine Witterung auf und stellen ihn irgendwann, wenn er am wenigsten damit rechnet. Beute. Sie machen dich zu ihrer Beute, selbst wenn kein Gold zu holen ist.*

»Es ehrt dich, dass du es versuchen willst«, sprach Merina endlich weiter. »Ist es Tapferkeit? Ist es Wahnsinn? Das wird die Zeit zeigen. Wenn du diese Richtung einschlägst, wirst du enden wie er. Harlon dachte, er wäre gut genug, um das Amulett abzunehmen und es weiterzureichen. Was du auch tust, glaube nie, dass du so weit bist. Mach nicht denselben Fehler. Dieses rote Biest wartet auf seine Stunde.«

»Ich weiß«, sagte Linn. »Gerade deshalb muss ich lernen, wie man Drachen tötet. Habe ich denn eine Wahl? Wie soll ich denn leben, wenn sich das hier jederzeit wiederholen könnte? Ich muss doch in der Lage sein, die Untiere aufzuhalten. Sonst kann ich nirgends bleiben.«

»Außer in Lanhannat«, sagte Merina.

»Aber dann könnte ich nie wieder zurück!«

Ihre Mutter schwieg. Da wusste Linn, dass die Müllerin nicht erwartete, ihre Tochter jemals wiederzusehen.

»Haben wir vielleicht Verwandte dort? Harlons Familie?«, fragte sie hoffnungsvoll.

»Es gibt keine Verwandten.«

»Aber …« Sie tat es schon wieder. Fragen und fragen, obwohl der Schleier bereits über das Gesicht ihrer Mutter gefallen war. Dies war nun mal zu wichtig. »Wenn er ein Ritter war, muss er doch zu einer guten Familie gehört haben. Gibt es kein Haus, keine Großeltern, gar nichts?«

»Nein.«

»Mutter, bitte! Es wird ja wohl jemand in der Stadt wohnen, der euch gekannt hat, zu dem du mich schicken kannst. Jemand, der mir weiterhilft.«

»Nein.« Für einen kurzen Augenblick hob sich der Schleier,

und Merina sagte leise: »Nein, mein Kind. In Lanhannat gibt es niemanden. Und denk daran: Du darfst keinem sagen, wer du bist. Schweig über Harlon, wie ich all die Jahre geschwiegen habe.«

»Warum?«

Ihre Mutter wandte sich brüsk ab. Der Moment der Wahrheit war vorüber. Heute würde Linn nicht mehr erfahren. Und ein Morgen hier in Brina gab es nicht. Merkwürdigerweise kamen ihr ausgerechnet jetzt Akirs Worte in den Sinn: *Brahans Erbe – nichts als ein Junge, der tausend Jahre Heldentum auf den schmalen Schultern trägt.*

In ihrem Fall waren es nicht tausend Jahre – nur ein paar, vielleicht fünf oder zehn? Trotzdem würde es eine ähnliche Last sein, in Lanhannat zu leben, als die Tochter eines Mannes, der ein Ritter der Drachengarde gewesen war. Harlons Erbin, Segen und Fluch zugleich, Verantwortung und ein Anspruch, dem sie womöglich nie genügen würde.

»Der nicht«, sagte Yaro. Auch an ihm war die Nacht der Drachen nicht spurlos vorübergegangen. Er hatte keine Wimpern mehr, und seine Wangenknochen waren unnatürlich gerötet. Um ein Handgelenk trug er einen Verband, doch darüber hatte er demonstrativ das blaue Haarband gewickelt.

Er zog Linn zurück, als sie gerade das Wort an einen feisten Händler richten wollte, der die Waren auf seinem Wagen zurechtschob, um Platz für seine neuen Einkäufe zu schaffen.

»Aber der will auf direktem Weg nach Lanhannat!«

»Ich trau dem Kerl nicht. Hast du seine kleinen Augen gesehen? Und wie er schwitzt? Bei dem lasse ich dich bestimmt nicht mitfahren.«

Yaro traute überhaupt niemandem, wie Linn langsam feststellen musste. Auf diese Weise würde sie niemals hier wegkommen.

Sie schüttelte seinen Arm ab. »Er muss nicht schön sein. Er soll mich bloß mitnehmen.« Sie winkte dem Händler zu. »Ihr wollt nach Lanhannat? Habt Ihr Platz auf Eurem Wagen?«

Sie bückte sich nach einer Kiste und hievte sie über den Rand der Ladefläche.

Der dicke Mann wandte sich ihr schnaufend zu. »Noch ist Platz da, aber das bleibt hoffentlich nicht so.« Er lachte, offenbar beeindruckt von seinem eigenen Humor. »Ich plane ein paar gute Geschäfte unterwegs.«

Yaro versuchte es noch einmal. »Linn …«

»Ich muss unbedingt in die Stadt«, sagte sie und reichte dem Mann die nächste Kiste. »Ich kann Euch allerdings nicht viel anbieten, aber wenn fünfzig Kupferlinge reichen?«

Yaro stöhnte. »Du hast ihn nicht mal danach gefragt, woher er kommt. Glaubst du, ich lasse dich mit einem Tijoaner oder einem aus der Ebene der Gottlosen mitfahren?«

»Keine Sorge, der junge Herr.« Der Kaufmann bog das Kreuz durch und wischte sich den Schweiß von der Stirn, während Linn damit fortfuhr, die Kisten hochzuwuchten. »Ich bin aus Yan. Ein guter Freund des Königreichs, wenn nicht gar der allerbeste. Euer Mädchen ist bei mir sicher. Allerdings – ein etwas stärkerer Helfer wär mir lieber.« Er blickte den Jungen an. »Mögt Ihr nicht mitkommen?«

»Ja, das will ich«, sagte Yaro, »aber sie lässt mich nicht.« Er streckte die Hand aus und strich Linn eine Haarsträhne aus dem Gesicht, die sich aus ihrem Zopf gelöst hatte. »Du kannst nicht ganz alleine in Lanhannat leben. Sieh das doch ein. Wir waren bisher nie länger als ein paar Tage getrennt. Du kannst nicht gehen – nicht ohne mich.«

Sein Angebot rührte und erschreckte sie zugleich, denn es machte ihr noch einmal in aller Deutlichkeit klar, worauf sie verzichtete. Es war, als würde sie einen Teil ihres Lebens hier zurücklassen, einen Teil ihrer selbst. Ohne Yaro abzureisen, war völlig unmöglich, trotzdem schüttelte sie den Kopf, bevor sie es sich anders überlegen konnte.

»Nein, Yaro. Sie werden hier jeden brauchen, der mit anpacken kann. Wenn du mir helfen willst, dann steh Lester bei. Er wird die Arbeit nicht schaffen, wenn Rinek krank ist und ich weg bin.«

»Seht sie Euch an«, meinte der junge Mann zu dem dicken Händler und seufzte resigniert. »Sie ist fest entschlossen.«

»Und wenn wir überfallen werden? Ich hatte mir schon überlegt, ob ich einen Soldaten dafür bezahlen soll. Aber Soldaten sind teuer. Obendrein werden sie ungeduldig, wenn kein Überfall geschieht.«

»Mir macht das nichts aus«, versicherte Linn. »Und falls tatsächlich Räuber angreifen, bin ich wehrhaft genug, um Eure Ladung zu beschützen.«

Yaro verdrehte die Augen, doch der Händler glaubte ihr.

Sie durfte ihr Bündel unter seinen Sachen verstauen und kletterte danach noch einmal herunter, um sich von ihrem Freund zu verabschieden.

»Und wenn du nie zurückkommst?«, fragte er leise.

»Ich komme zurück. Das verspreche ich dir.« Sie zögerte. »Aber wenn … wenn du nicht warten willst …«

»Ich warte«, sagte er. »Ich habe mein ganzes Leben lang auf dich gewartet.«

»Es könnte Jahre dauern. Viele Jahre.«

»Wir hätten sowieso noch nicht heiraten können. Wir haben kein Haus. Was hältst du davon, wenn ich die Zeit nutze, um ein Haus für uns zu bauen?«

»Aber dafür musst du so viel Geld verdienen. Das würde …«

»Jahre dauern?«, ergänzte er mit einem Lächeln. »Eben.«

Er rollte sein Armband mit dem Daumen, als hätte er dort eine wunde Stelle. »Ich wollte dir etwas geben. Mach die Augen zu und streck die Hand aus.«

Sie konnte fühlen, wie er ihr etwas über den Finger streifte, und öffnete die Augen, bevor er es ihr erlaubte. Es war ein Ring – nicht aus Gold, nicht aus Silber. Nur aus Eisen und dennoch kunstvoll geschmiedet, mit einem winzigen Stein.

»Ich habe keine Diamanten und Rubine. Das ist bloß ein Kiesel aus dem Bach. Aus unserem Bach.«

»Er ist wunderschön«, flüsterte sie und konnte kaum sprechen.

»Pass auf dich auf«, sagte Yaro bewegt. »Lass dich nicht von fremden Männern ansprechen.«

»Ich doch nicht«, wehrte sie empört ab.

Lachend schüttelte er den Kopf. »Nein, du sicher nicht. Da muss ich mir wohl keine Sorgen machen.«

»Ich bin dir treu«, versprach sie. »Für immer die deine.«

»Daran zweifle ich nicht. Sonst würde ich dich auch gar nicht gehen lassen.« Sie spürte, dass er sie gerne umarmt hätte, aber hier vor all den Leuten wäre das unschicklich gewesen. Er begnügte sich damit, ihr die Hände auf die Schultern zu legen. »Und komm zurück. Ich bete, dass du zurückkommst.« Sanft küsste er sie auf die Stirn.

»Wetten, ich werde eine richtig gute Drachenjägerin, so wie mein Vater?«

»Warte, noch nicht«, sagte er. »Jetzt.« Er drückte ihr etwas in die Hand. »Jetzt wette noch mal.«

Sie blickte in ihre Handfläche. Es fühlte sich an wie ein Bachkiesel, aber es war keiner, sondern ein schwarzer Stein, von einem hellen Muster durchzogen.

»Ein Wettstein? Wo hast du den her?«

»Binia hat ihn mir gegeben«, sagte Yaro. »Sie hat ihn auf dem Platz gefunden, nach deinem Kampf mit dem Büttel. Er hat ihr das Leben gerettet. Nun soll er dir Glück bringen.«

Linn schloss die Finger um den Stein. Damit würden sie alle bei ihr sein. Yaro. Rinek. Und Binia.

Sie spuckte ins Gras. »Hay. Wetten, ich werde den Drachen töten und zurückkommen?«

»Du musst etwas einsetzen, sonst ist es keine gültige Wette.«

Mein Leben, dachte sie. *Bei meinem Leben.*

Aber das hätte dann doch allzu dramatisch geklungen, deshalb fischte sie in ihrer Schürzentasche nach einem halben Kupferpfennig. »Den hier setze ich darauf. Ich werde eine Drachenjägerin.«

Yaro legte einen zweiten halben Kupferling in ihre Handfläche. »Ich halte dagegen. Und ich hoffe, ich verliere. – Lass es bald sein«, fügte er leise hinzu. »Ich baue uns ein Haus. Du erfüllst deinen Teil der Abmachung und kommst zurück. Ich warte auf dich.«

»Versprochen?«

»Versprochen.« Er küsste sie noch einmal auf die Stirn. Linn schloss die Augen und fragte sich für einen Moment, warum sie das unbedingt tun wollte. Es wäre so viel einfacher, hierzubleiben und weiterzuleben wie bisher.

Aber dann dachte sie an Rinek und an Binia, an die verkohlten Überreste der Höfe, und sie wusste, warum.

»Na, dann wollen wir mal, Fräulein Linnia!«, rief der Händler, der seinen massigen Körper bereits auf dem Kutschbock ausgebreitet hatte. Neben ihm konnte niemand sitzen, doch das war ihr durchaus recht.

Linn schwang sich auf den Wagen und suchte sich einen Platz auf den Säcken. Sie lächelte Yaro zu, der nicht einmal winkte, während er stehen blieb, die Hände in den Hosentaschen vergraben, und dem Gefährt mit gerunzelter Stirn nachstarrte. Er wurde immer kleiner, eingefasst von den Mauern der Festung, dann machte der Weg eine Biegung, und er verschwand aus ihrem Blick.

7

Von einem kleinen Hügel aus, den sie zu dritt erklommen hatten – Linn, das Pferd und Kesim, der Händler –, konnte man ganz Lanhannat überblicken.

Linn, die schon die Reise hierher überwältigend gefunden hatte, fühlte sich erschlagen von der Größe der Stadt, die bis an den Horizont reichte. Überall ragten Türme aus dem Häusermeer, spitz oder mit bunten, in der Sonne glitzernden Kuppeln.

»Wohnt dort König Pivellius?«, fragte sie und wies auf ein paar besonders hohe Dächer.

»Oh nein, Kindchen, nein«, lachte Kesim. »Das Schloss steht da drüben.«

Sie folgte seinem ausgestreckten Arm und hielt überrascht die Luft an. Auf einem zweiten Hügel prangte ein mächtiges Anwesen, dessen zahlreiche schlanke Türme wie betende Hände nach oben zeigten. Es kam ihr größer vor als ganz Brina, wie es stolz und uneinnehmbar über der Stadt wachte. Mit der Festung des Vogts hatte dieses Gebäude nichts zu tun. Es kam ihr sogar zu bescheiden vor, es ein Schloss zu nennen, dieses Symbol der Macht Schenns, seiner glorreichen Vergangenheit und seines immerwährenden Stolzes. Seit Hunderten von Jahren lebten dort Brahans Nachkommen.

»Ein Wunder«, flüsterte sie. »Das ist es.«

»Was an den Mauern so glänzt – siehst du das? Das sind alles Überreste getöteter Drachen. Schuppen, Haut und so etwas.«

Kesim wies auf die bunten Mosaike, die überall auf den hellen Wänden angebracht waren, ein Flickwerk aus Glanz und Farbe. »Es heißt, drinnen hat der König Geschirr aus Drachenschädeln, und er trinkt aus Drachenhörnern. Natürlich greifen die Ungeheuer das Schloss nicht an, mit den Trophäen ihrer Artgenossen überall. Das ist der einzige Ort auf der ganzen Welt, vor dem selbst die Drachen Angst haben.«

»Dort werde ich jetzt hingehen«, sagte Linn entschlossen, obwohl die Furcht ihr Herz im Klammergriff hielt. Vielleicht war ihr nie so recht bewusst gewesen, dass sie nur ein Dorfmädchen aus Brina war. Wie konnte sie einfach vorstellig werden und um Aufnahme in die Drachengarde bitten? An diesem Ort, an dem die Helden der Vorzeit gelebt hatten? Wenn Brahan ein Gott gewesen wäre, wäre dies sein Tempel. Nicht einmal in Arajas' Kapelle zu Hause auf dem Werlis-Gipfel hatte sie sich je so ehrfürchtig gefühlt.

»Bist du sicher?«, fragte Kesim.

Der gute Kesim. Entgegen Yaros Befürchtungen hatte er sich als angenehme Reisebegleitung erwiesen. Wie die meisten Yaner war er musikalisch und vertrieb sich die Zeit mit Singen. Linn war jedoch froh gewesen, dass er ihr sein Talent zum Tanzen – mit dem ihn die Götter im Übermaß gesegnet hatten, wie er versicherte – nicht vorgeführt hatte. Bei seiner Ankündigung, direkt nach Lanhannat zu fahren, hatte er allerdings unerwähnt gelassen, in wie vielen Dörfern und Städten er Halt machen wollte, um Geschäfte zu tätigen. Auch der eine oder andere Umweg war dabei gewesen. Sobald Kesim davon hörte, dass es irgendwo günstig Waren zu ersteigern gab, konnte er nicht widerstehen und hatte es sofort so eilig, dass er sogar zu singen vergaß. Wenigstens waren sie kein einziges Mal überfallen worden.

»Ja«, krächzte Linn. Ihr Mund war so trocken, dass sie kaum sprechen konnte.

»Wie du willst. Ich geh jedenfalls da runter und miete mich in einer gemütlichen Gastwirtschaft ein. In wenigen Tagen findet der große Markt statt, und ich muss mir noch einen Stand sichern.« Er nickte ihr aufmunternd zu. »Du kannst gerne mitkommen und mir beim Aufbauen helfen, denn du bist eine gute Verkäuferin. Also, wenn es mit der Garde nichts wird …«

»Ach, Kesim. Danke! Das ist lieb. Aber man kann seinem Schicksal nicht entkommen, hat meine Mutter gesagt. Ich fühle, es ist hier, Herr Kesim. Hier in Lanhannat. Ich werde Drachenjägerin, keine Marktverkäuferin.«

Kesim nickte. »Mich musst du nicht überzeugen, Fräulein Linnia. Mit dir an meiner Seite habe ich mich nie vor Räubern gefürchtet.«

»Wirklich?« Jetzt war es an Linn, überrascht zu sein. »Ich dachte, Ihr habt relativ schnell gemerkt, dass ich eine Müllerstochter bin und keine Soldatin.«

»Drachenjägertochter«, verbesserte Kesim. Er hatte genug von ihren Träumen und Fantasien gehört, um das zu wissen. »Du hast jedem, der die Hände nach meinem Wagen ausgestreckt hat, kräftig auf die Finger gehauen, ob Räuber oder nicht.«

»Ihr meint diesen Bettler, der nicht lockergelassen hat? Nun, der war nicht gefährlich.«

»Das konntest du aber nicht wissen. Er hätte genauso gut ein Messer ziehen können.« Kesim strahlte sie stolz an, als sei sie seine eigene Tochter. »Na, dann viel Glück, Fräulein Linnia.« Er grinste und zwinkerte ihr zu. »Linnia mit den Bändern im Haar.« Damit zog er am Strick, und das Pferd trottete ihm ergeben nach.

Sie wusste, worauf er anspielte. Irgendwann im Lauf ihrer Reise hatte er sie gefragt, was die bunten Fäden in ihrem Zopf bedeuteten. »Ich weiß, das ist Brauch bei euch, aber warum so viele Farben? Jenes Mädchen dort hat so viele weiße Schnüre auf dem Kopf, als wenn sie eine Greisin wäre.«

»Weiß steht für Reinheit«, hatte Linn erklärt. »Blau ist Sehnsucht, Rot ist Schmerz.«

Er hatte auf ihren Zopf gestarrt und schließlich verlegen den Blick abgewandt. »Ganz schön viel Rot für so ein junges Ding wie dich.«

»Ja«, hatte sie gemurmelt. »Und Blau. Es gibt keine anderen Farben mehr für mich.«

Nun sah sie auf das gewaltige Schloss und hielt sich daran fest, warum sie hier war. Blau. Blau für Yaro, zu dem sie zurückkehren würde, wenn sie es mit den Drachen aufnehmen konnte. Und Rot für Brina. Rot für all die Toten und die rauchenden Trümmer. Es waren nicht ihre eigenen Schmerzen, die sie mit sich trug. *Binia. Rinek. Und hier bin ich. Schmerz und Sehnsucht, mit meinem Schicksal verflochten.*

Linn atmete tief durch und rückte ihren Reisebeutel zurecht. Der Weg zum Schloss führte den Hang hinunter und den nächsten Hügel wieder hinauf. Sie war anstrengende Fußmärsche gewohnt und kam doch ins Keuchen, als sie sich bergauf schleppen musste. Das Schloss wuchs über ihr in die Höhe, es reichte bis an die Wolken. Wenn sie nach oben sah, schien es auf sie herabstürzen zu wollen. Je größer es wurde, umso schöner wurde es auch. Die hellen Steine leuchteten so stark, dass es blendete; wie Spiegel fingen die bunten Mosaikscherben das Licht ein und verwandelten es in die zuckenden Feuerblitze der Drachen. Das Tor stand offen, die beiden Flügel nach innen geschwungen. Der Bogen über dem Durchgang war mindestens sechs Gildreks hoch. Es ließ sich schwer schätzen, hier, wo alles so überdimensional gebaut war.

Im Schlosshof hätte man ein ganzes Dorf errichten können. Die Wagen, die vor irgendwelchen Nebeneingängen standen, verschwanden fast in dieser Welt, die für Riesen gemacht schien. Einige Wächter marschierten an ihr vorbei, auf den Haupteingang zu, dessen gewaltige mosaikverzierte Türen zu dem Schönsten gehörten, was Linn je gesehen hatte. Selbst jeder einzelne Soldat war unvergleichlich prächtig mit dem weißen Umhang, der so lang war, dass er fast auf dem Boden schleifte, und dem blitzenden Brustpanzer. Der Mann an der Spitze trug eine besonders aufwendige Rüstung, und aus seinem Helm stand ein ganzer Strauß Federn heraus wie aus einer Vase. Ob das die Drachengarde war? Aber wo waren dann die Schilde, die man ihr beschrieben hatte?

»Ein Königreich für deine Gedanken.«

Neben ihr auf einer niedrigen Säule hockte eine merkwürdige Gestalt. Im ersten Moment fragte Linn sich, ob es eine Statue war – in diesem Fall musste sie sich eingebildet haben, dass sie gesprochen hatte. Die Figur hockte da wie ein Frosch, die Hände vor sich zwischen den Füßen, das Gesicht zwischen den Knien. Ihr Antlitz war weiß, weißer als Mehl, und sie hatte schwarze Lippen und schwarz umrandete Augen. Auf dem Kopf trug das seltsame Wesen einen goldenen Hut – aber vielleicht waren es auch seine Haare? –, der in vielen kleinen Zipfeln endete. Als es sich schüttelte, läuteten unzählige Glöckchen. Also war es doch lebendig.

»Was?«

»Oh schöne Holde, wie entzückend! Also ist Was dasjenige, was in deinem hübschen Köpfchen vor sich geht. Ist es ein großes Was oder ein eher kleines?«

Linn musste lachen. »Nein, ich …«

»Ein Lachen und ein Nein. Wie interessant.« Mit beiden Händen, die in weißen Handschuhen steckten, umfasste die Gestalt die kleine Platte, auf der sie saß, und stemmte langsam die Beine in die Höhe. Als sie sich zu einem perfekten Handstand aufgerichtet hatte, wobei sie die goldenen Stickereien an ihrem violetten Kostüm zur Schau stellte, rief sie: »Ein Kopf voller

Lachen! Ein Kopf voller Nein! Oh was für ein Glück, dass ich dich getroffen habe! Heute muss mein Glückstag sein!«

Das Wesen machte einen Salto und kam direkt vor Linn zum Stehen, wo es sich auf die Knie warf. »Oh Wunderbare! Oh Herbstzopfige! Wie wären die Soldaten doch beleidigt, wenn sie wüssten, dass du bei ihrem Anblick gelacht und verneint hast!«

»Ich hab mich eigentlich bloß eines gefragt: Wer wäscht all diese Umhänge?«, erklärte Linn hastig. Sie bemerkte, dass die Wachen am Tor bereits zu ihnen hinübersahen. »Und ob das die Drachengarde ist.«

»Eines gefragt. Zwei Fragen. Ist es eine oder sind es zwei? Oh Rätsel der Welt, ich verzweifle!«

Der komische Kerl warf sich nach hinten und rollte wie ein Rad über den Boden, mitten hinein in einer Gruppe von Frauen, die in gestärkten braunen Kleidern und leuchtend weißen Schürzen über den Hof kamen und nun schreiend und schimpfend auseinandersprangen. Hinter ihnen wurde eine Gruppe sichtbar, die Linn bislang nicht bemerkt hatte. Das Krachen und Klirren von Schwertern lenkte sie ab – dort hinten, zwischen ein paar riesigen, göttergleichen Statuen, fand eine Art Schaukampf statt. Mit offenem Mund trat sie näher.

Ritter. In Rüstungen, die weißen Umhänge wie leuchtende Fahnen um sich. Einige Männer lehnten an den steinernen Figuren und hielten sich nicht mit Bemerkungen zurück.

»He, schlaft Ihr noch, Fador? War der Abend gestern wohl etwas zu viel für Euch, wie?«

»Das müsst gerade Ihr sagen. Wer konnte denn nicht mehr geradeaus gehen?«, gab einer der Kämpfenden zurück, ein hochgewachsener Mann mit einem rötlichen Bart, und wirbelte rechtzeitig herum, um die erhobene Waffe seines Gegners abzuwehren. »Ihr wart so betrunken, dass Ihr Glück habt, dass im Moment alles friedlich ist. Wenn der König uns gegen einen

Drachen ausgesandt hätte, wärt Ihr ihm geradewegs in den Rachen gestolpert.«

Die anderen lachten lauthals.

»Vielleicht wäre das gesamte Vieh in Flammen aufgegangen, mit der Menge Branntwein, die Ihr ihm Magen hattet!«

Linn blinzelte überrascht, denn die Stimme gehörte einer Frau. Sie saß zwischen den Rittern, ähnlich gekleidet wie ihre Kameraden, das braune Haar gelockt über den Ohren. In der Hand hielt sie kein Schwert, sondern eine Lanze, die nicht nur eine mächtige Eisenspitze aufwies, sondern mit glänzenden Metallbändern umwickelt und mit Dornen und Widerhaken versehen war. Die beiden Kämpfer benutzten ähnliche Waffen. Der Rotbärtige namens Fador schob seine eigene Lanze so gegen die des anderen Gardisten, dass sich die Haken verkanteten, dann riss er ihn mit einem einzigen kräftigen Ruck um.

»Steht auf, Ritter Garwin. Sogar die Mägde sehen zu.«

Linn merkte gar nicht, dass sie gemeint war, bis jemand ihr auf die Schulter tippte. »He, du. Was hast du hier zu suchen?«

Sie blickte einem der Wächter ins Gesicht. Er trug keinen weißen Umhang, sondern eine prächtige, glänzende Rüstung, unter der seine dünnen, in eng anliegende Beinkleider gehüllten Beine wie Stecken herausragten.

»Ich bin Linnia aus Brina in der Provinz Nelcken«, stellte sie sich höflich vor. »Ich möchte mit jemandem von der Drachengarde reden.«

»Warum? Hast du eine bestellte Lieferung aus der Stadt?«

»Nein, ich …«

»Bist du eine Handwerkerin, die zu einem Auftrag hergerufen wurde?«

»Nein, aber …«

»Dann bist du nicht befugt, diesen Platz zu betreten. Bittsteller wenden sich bitte an den königlichen Beamten, der unten in der Gerichtsstube die Listen der Gesuche anfertigt …«

Sie hatte keine Zeit für so etwas.

»Hallo?«, rief sie laut und rannte vorwärts. »Wer ist hier der Hauptmann?«

Alle Männer sahen jetzt zu ihr hin. Sie waren zu fünft, alles gewaltige Kerle, die durch die Rüstungen noch größer und breiter wirkten. Die Frau dagegen feilte an einem Haken ihrer Lanze und schaute nicht auf.

Die Männer warfen sich verwunderte Blicke zu. »Wird Okanion nun schon von Mägden verfolgt?«

»Ich hätte nichts dagegen«, meinte einer, »wenn sie so hübsch sind.«

»Mir kannst du ruhig sagen, was du von ihm willst«, erklärte ein Ritter und nahm den Helm ab. Er hatte dichtes schwarzes Haar und buschige Brauen, die ihm ein finsteres Aussehen verliehen hätten, wenn er nicht so spitzbübisch gegrinst hätte. »Ich kann es für ihn regeln, was immer es ist.«

»Tut mir leid«, sagte Linn, »aber ich möchte mit dem Hauptmann persönlich sprechen.«

»Wer fragt nach mir?«

Sie fuhr herum und schluckte einen Aufschrei hinunter. Hinter ihr stand ein Ritter, der einen fürchterlichen Anblick bot. Die Hälfte seines Gesichts war entstellt. Eine tiefe Narbe zog sich über seine rechte Wange, durch dunkelrot glänzende Haut. Das Auge war verschont geblieben, aber er hatte auf der rechten Seite kein Ohr mehr, und sein Mund bewegte sich nur halb, während er sprach.

Linn starrte ihn einen Moment zu lange an. Erwartete sie ein ähnliches Schicksal, wenn sie eine Drachenjägerin wurde? »Ich möchte lernen, wie man Drachen bekämpft und tötet.«

Okanion hob die linke Braue. Die vernarbte Hälfte seines Gesichts blieb unbeweglich. »Das ist nicht dein Ernst.«

»Doch.« Sie hielt seinem spöttischen Lächeln stand. »Das ist es.«

»Was will sie?«, rief einer der Ritter herüber. »Bringt sie Euch parfümierte Briefe und Haarbänder?«

Okanion machte nur eine unwillige Handbewegung, die seine Truppe zur Ruhe bringen sollte, und schnaubte.

»Bitte«, sagte Linn schnell, »nur deshalb bin ich hier. Ich will es lernen. Ich muss. Und Ihr nehmt auch Frauen auf, wie ich sehe.«

Die Ritterin hob den Kopf und warf Linn einen abschätzenden Blick zu. Verächtlich schürzte sie die Lippen.

»Nur in Ausnahmefällen«, erklärte der Hauptmann. »Sogar bei Männern treffen wir eine strenge Auswahl. Wir sind nicht die lustigen Abenteurer des Königs, was immer man dir auch gesagt haben mag.«

»Ich weiß, worauf ich mich einlasse. Mein Dorf wurde von Drachen überfallen.«

Jetzt hatte sie seine Aufmerksamkeit. »Ihr habt Drachen bei euch? Wurde eine Delegation entsandt, um den Vorfall zu melden? Wo befindet sich dieses Dorf?«

»In Nelcken. Wir haben …«

Er unterbrach sie. »Nelcken? Dort gibt es keine Drachen.«

»Ich weiß. Trotzdem waren sie da.«

»In Nelcken gibt es neuerdings Drachen?« Der schwarzhaarige Ritter kam neugierig näher. »Sollten wir dorthin ausrücken? Du kennst seine Höhle? Wie groß ist er, wie sieht er aus?«

»Von einer Höhle weiß ich nichts.« Sie wollte den Männern den Angriff beschreiben, doch niemand ließ sie ausreden. Alle riefen durcheinander, bis Okanion um Ruhe bat.

»Mädchen«, sagte er, »an deiner Geschichte ist schon zu merken, dass du absolut nichts über Drachen weißt. Sie fliegen nicht durchs Land und verbrennen Dörfer. Zum einen sind diese Tiere Einzelgänger. Sie suchen sich eine Höhle, wo sie leben und ihre Schätze hinschleppen, und starten von dort aus ihre Raubzüge. Dabei fliegen sie selten weit, sondern terrorisieren die nähere Umgebung. Nichts von dem, was du uns da auftischst, ergibt einen Sinn.«

»Es war genau so, wie ich es sage«, beharrte Linn. »Warum sollte ich mir das ausdenken?«

Die Männer sahen einander an und brachen in Gelächter aus. »Oh, man hat uns schon weit ausgefallenere Geschichten präsentiert«, meinte der Schwarzhaarige. Er klang so unverschämt gut gelaunt, dass Linn ihn am liebsten geschlagen hätte.

»Ich erzähle keine Märchen!«, fauchte sie und baute sich vor ihm auf. »Und das ist nicht komisch! Hört sofort auf zu lachen!«

»Was tun manche Frauen nicht alles, um die Aufmerksamkeit der königlichen Garde auf sich zu lenken – oder die des Prinzen«, meinte Rotbart Fador grinsend, mit einem Seitenblick auf den dunkelhaarigen Ritter. Das war doch nicht etwa Arian, der Prinz? *Brahans Erbe. Ein Junge, tausend Jahre Heldentum auf den Schultern …* Linns Knie wurden wackelig, und sie wich hastig ein paar Schritte zurück. »Verzeihung, Hoheit.«

Bevor sie sich von diesem Schrecken erholt hatte, forderte Okanion wieder ihre Aufmerksamkeit. »Du willst also lernen, wie man gegen Drachen kämpft«, meinte er. »Kannst du denn fechten? Wir sind zurzeit einundzwanzig Ritter in der Garde, davon fünf, die wir zu Drachenjägern ausbilden. Jeder dieser fünf kam hierher als ein junger Mann, der sich bereits im Kampf und in den Tugenden eines Ritters ausgezeichnet hatte oder aufgrund seiner Herkunft die Erwartungen weckte, eines Tages ein solch herausragender Kämpfer zu werden.«

Da war wieder die Möglichkeit, einen zumindest kleinen Sieg zu erringen. Aufgrund der Herkunft … Der Name Harlon lag ihr auf der Zunge, aber die spöttischen Blicke der Gardisten brachten sie dazu, ihn wieder hinunterzuschlucken. *Aus eigener Kraft.* So sehr sie sich auch wünschte, triumphierend nach Hause zurückzukehren, so schal hätte dieser Sieg geschmeckt.

Ihre Hand schloss sich um den Wettstein, den sie wie immer in der Tasche trug.

»Wie hat es jene Ritterin geschafft?«

»Gunya hat uns von ihren Qualitäten überzeugt.« Der Hauptmann verzog keine Miene. »Eine Kämpferin, die gegen jeden hier ankommt – oder gegen fast jeden. Man muss zu den Besten gehören, andernfalls hat man hier nichts zu suchen.«

»Und wenn ich einen von Euch besiege? Würdet Ihr mich dann auch aufnehmen?«

Ich muss wetten, dachte Linn. *Dann kann ich gar nicht verlieren. Was setze ich? Schnell – was kann ich als Einsatz nehmen?*

»Du willst einen von uns … besiegen?« Die Männer lachten schallend los. »Warum spielen wir nicht gleich das Hohe Spiel? Los, Fador, bietet es ihr an!«

»Oh Teuerste.« Fador verbeugte sich und streckte die Hand aus, als wollte er sie zum Tanz auffordern. »Bitte, Hauptmann Okanion. Lasst die Herausforderung zu. Es fängt gerade an, Spaß zu machen.«

Linn begann unvermittelt, ihn zu hassen.

Der Hauptmann zögerte. »Die königliche Drachengarde ist kein Haufen Spaßvögel.«

»Nein, denn dafür bin ich zuständig.« Der kleine violette Kerl sprang zwischen die Ritter, so unvermittelt, dass sie erschrocken auffuhren. »Ich Spaßvogel!«, schrie er. Der Prinz machte einen Satz nach hinten, prallte gegen eine Statue und krachte rücklings zu Boden.

Er fluchte laut; in der Rüstung lag er hilflos auf dem Rücken wie ein übergroßer Käfer.

»Lasst mich Euch aufhelfen.« Die Glöckchen an der goldenen Mütze klingelten. »Eure prinzliche Sturzheit. Ich bin bestürzt. Sturztrunken bin ich, ich armer goldener Prinz.« Er zerrte an der Hand des jungen Mannes.

»Verschwinde, Narr!«, rief Arian wütend, wehrte den lustigen Gesellen fluchend ab und ließ sich lieber von zwei anderen Rittern helfen.

»Hau ab«, zischte er und trat wütend nach dem Narren, der sich fallen ließ und wie eine Kugel davonrollte. Vor Linn sprang er wieder hoch, mit seinen behandschuhten Händen umfasste er ihre Arme. »Helft mir, oh Drachenkriegerin! Jägerin! Töterin! Helft mir armem Narren gegen den prinzlichen Drachen, der feuerspeiend hinter mir her ist!«

Mit großen Augen blickte er flehend zu ihr auf.

»Dir helf ich!«, schrie der Prinz und warf sich auf den Störenfried, der geschickt auswich, sodass Arian wiederum das Gleichgewicht verlor und vor Linns Füße fiel, die Nase knapp vor ihren Schuhspitzen.

»Töterin!«, rief der Narr, der sich rasch außer Reichweite gebracht hatte. »Nutzt die Gelegenheit! Der drachliche Prinz verstaubschluckt. Oh ihr Götter!« Er breitete die Arme aus und tanzte vor den stummen Statuen. »Der Prinz gibt sich geschlagen, er frisst königliche Erde!«

»Ist er denn nie still?«, fragte Linn und verzog verlegen das Gesicht, während die Ritter dem zornigen Prinzen aufhalfen.

»Nein, das ist er nicht«, seufzte Okanion. »Eine Plage. Der König hält ihn sich, weil er angeblich Glück bringt, aber manchmal wünschte man ihm und uns einen weniger anstrengenden Glücksbringer.«

»Glück?«, stieß Arian hervor. »Ich dreh ihm eigenhändig den Hals um.«

Doch er schluckte seine Wut hinunter, und Linn erriet, dass nicht einmal der Prinz sich am Narren des Königs vergreifen durfte.

»Geh nach Hause, Mädchen«, sagte Okanion müde. »Du bist hier falsch, was auch immer du dir erhoffst.«

»Also darf ich mit niemandem kämpfen?«

»Kein Kampf?«, schrie der Narr. »Sie fürchten sich davor, die rüstigen Ritter, die ritterlichen Rüster! Seht die Angst in ihren Augen brennen, vor der wilden Kriegerin! Oh, wer fürchtet um den Rang als hübschester Gardist? Seid Ihr es, Okanion? Oder Prinz Stirnrunzelfunkelwut mit dem Adlernäschen?«

Ritterin Gunya, die er nicht einmal erwähnte, erbleichte vor Wut.

»Ich werde ihn an der höchsten Turmspitze aufhängen«, kündigte der Prinz an. »Sollen die Raben ihm die Augen ausstechen.«

»Euren Segen auf die töterische Hübschheit! Segen auf die hübsche Töterin! Großen Segen für die Maid mit dem Zopf, für die zöpferische Todmaid! Ein Kampf!«

»Na los«, sagte Okanion. »Wähle einen Gegner, dann bringen wir es hinter uns, sonst hört er niemals auf. Dieses Kerlchen kann stundenlang so weitermachen, bis uns die Ohren schmerzen oder irgendjemand die Beherrschung verliert und ihn mit einer Lanze durchbohrt, und ich will nicht erleben, was der König dann tut. Hier.« Er reichte ihr seinen eigenen eisenumwickelten, dornenbewehrten Stab. Linn fand ihn schwerer als erwartet. Ein Prickeln durchfuhr sie.

Eine echte Waffe, die gegen Drachen eingesetzt wurde!

»Ich wette, ich krieg ihn klein«, flüsterte sie zu sich selbst – oder zu ihrem Glücksstein –, spuckte auf den Boden und zeigte auf Fador, den sie gerne im Staub sehen wollte.

»Ich?« Der Ritter richtete sich zu seiner vollen Größe auf. Er überragte Linn, die ebenfalls nicht gerade klein war, um mehr als einen Kopf.

»Wenn ich gewinne, will ich in die Garde aufgenommen werden«, sagte sie und wunderte sich selbst darüber, wie siegessicher ihre Stimme klang.

»Und wenn du verlierst: ein Kuss«, meinte Fador grinsend.

»Ein Kuss! Ein Kuss von der drachlichen Waldzöpferin!«, jubelte der Narr, der saltoschlagend zwischen die Ritter fuhr.

»Einen Kuss für den klingelnden Tänzer! Heute muss mein Glückstag sein!«

»Verschwinde, du Depp«, knurrte Fador. Er hob seine Lanze auf. Die anderen Ritter wichen erwartungsvoll zurück, während Gunya gelangweilt in die andere Richtung schaute.

Linn umklammerte den Stab. Es gab nicht viele Stellen, an denen man ihn überhaupt gefahrlos anfassen konnte. Einfach umzugreifen war kaum möglich, ohne sich die Hände aufzuschneiden; man musste diese Waffe kennen, und das tat sie nicht.

»Ich wollte eigentlich Armdrücken vorschlagen«, sagte sie matt, während Fador sie mit listigem Blick umkreiste.

»Demnach gibst du schon auf, bevor es losgeht?«

»Nein! Nein, ganz gewiss nicht.«

Bei meinem Glück! Ich muss gewinnen. Ich muss! Für Rinek und Binia. Für mein Dorf. Für meinen Vater. Für sie alle. Ich darf nicht verlieren!

Entschlossen sprang sie nach vorne und griff an. Es hatte so leicht ausgesehen, wie Fador kurz zuvor seinen Gegner entwaffnet hatte. Ein Ruck, und schon war es vorbei gewesen. Dazu musste man nicht einmal besonders stark sein, nur schnell und geschickt. Wenn sie jetzt also … Alle ihre Überlegungen wirbelten davon, als sie sich plötzlich auf dem Rücken wiederfand. Ihre Lanze war mehrere Yags weit fortgeflogen, und über ihr stand Fador, immer noch feixend. Er war nicht einmal so höflich, ein neues Grinsen aufzusetzen.

Verloren. Linn konnte es nicht glauben, als sie sich mühsam aufsetzte und mit Gewalt die Tränen zurückhalten musste. Sie hatte ihm nicht einmal einen ordentlichen Kampf geliefert. Sie hatte ihn nicht dazu bringen können, auch nur einen Augenblick lang zu denken: Dieses Mädchen ist besser, als ich erwartet habe.

Ich hab verloren – wieso hat das Glück mich verlassen?

»Mach dir nichts draus«, sagte Okanion. Er klang so freundlich und verständnisvoll, dass sie erst recht losheulen wollte. »Es sieht viel einfacher aus, als es ist.«

»Und jetzt der Kuss.« Fador beugte sich vor und spitzte die Lippen.

Linn rappelte sich auf. Sie schluckte; um nichts in der Welt wollte sie diesen Kerl küssen. Schamesröte stieg ihr in die Wangen, als sie versuchte, sich ihr Widerstreben nicht anmerken zu lassen.

»Ein Kuss!« Der Narr sprang vor, drückte seine schwarz bemalten Lippen so schnell auf ihre, dass sie vor Überraschung aufschrie, und tanzte wild um sie herum. »Ein Kuss! Ein Kuss! Das war ein Kuss!«

»Jetzt bin ich an der Reihe!« Fador winkte sie zu sich heran.

Linn verschränkte die Arme vor der Brust. »Ich habe meine Schuld schon eingelöst.«

»Du hast gegen mich gekämpft! Also bekomme ich auch die Belohnung!«

Linn, die auf ihrem Mund immer noch wie ein leichtes Streicheln die flüchtige Berührung des Narren spürte, schüttelte den Kopf. »Ein Kuss. Das war das Spiel. Ihr habt nicht gesagt, wen ich küssen soll.«

»Das stimmt.« Die anderen Ritter nickten zustimmend.

»Nein!«, protestierte Fador. »Nein, das ist …«

Er machte einen Schritt auf sie zu, aber der Narr packte Linn an der Hand und zog sie mit sich, von den Rittern fort. Er rannte so schnell, dass sie nicht anders konnte, als mit ihm mitzulaufen. Wie zwei Kinder, die einen Streich verübt hatten und vor der wohlverdienten Bestrafung flüchteten, liefen sie aufs Tor zu, begleitet vom Klingeln der Glöckchen.

Linn sah sich um; keiner der ehrwürdigen Ritter machte sich die Mühe, sie zu verfolgen. Atemlos erreichten sie den hohen Torbogen, wo ihnen die Wächter streng entgegenblickten.

»Lass uns laufen, so schnell wir können!«, rief der Narr und riss sie mit sich, unter dem Tor hindurch. »Lauf, Hübschzopf!«, jubelte er. »Hast sie geschlagen, die vornehmen Rüster!«

»Geschlagen?« Sie seufzte. »Schön wär's. Das Glück hat mich verlassen.« Die Enttäuschung brannte in ihr. Alles verloren ... Doch noch wollte die bittere Wahrheit ihr Herz nicht erreichen. Es konnte nicht sein, dass sie ihre einzige Chance verspielt hatte ...

Auf einem Stein am Wegesrand ließ sie sich nieder, wischte sich mit dem Handrücken über die Augen und versuchte, sich zu beruhigen.

»Heul nicht«, befahl sie sich. »Du bist die Tochter des Drachenjägers. Du weinst nicht, nur weil der erste Versuch danebengegangen ist.«

»Holde heulend auf dem Stein!« Der Narr strahlte sie an. »Ich bin dein Glück.« Dann warf er sich vor ihr auf den Boden. »Drachenfeuer verbrennt meine Brust. Dein Kuss ist mir durch die Lippen direkt in mein Narrenherz gefahren! Hast du eine Antwort auf deine Frage?«

»Auf welche Frage?«, erkundigte sie sich verwirrt. »Wie man in die Garde kommt?«

Er sprang wieder auf und machte ein wichtiges Gesicht. »Wer die weißen Umhänge wäscht. Das ist die Frage. Wer sorgt für Reinheit? Des Königs heiliges Herz?« Er senkte die Stimme zu einem Flüstern. »Wolkenrein. Sie verbinden dem Drachen die Augen und tauchen sich selbst in die Flammen. Jeder Fleck weg!«

Ihr Herz, eben noch schwer, wurde wieder leicht. Es war, als würde jeder Satz, so unsinnig er war, sie schweben lassen und ihr ein Lächeln auf die Lippen zaubern.

»Ja«, sagte sie. »So wird es sein.«

»Dein Dorf hat gebrannt? Nun brennt mein Herz. Wo du

auch hingehst, Drachenjägerin, alles zu Asche und Staub! Oh Verderben, Schönheit des Todes!«

»Das klingt aber nicht nett.« Seine Worte berührten sie seltsam. Hatte er nicht recht? Ihretwegen war der Tod nach Brina gekommen. Und sie war ihrem Ziel, den Tod, den roten Drachen, zu bekämpfen, keinen einzigen Schritt näher gekommen.

»Nett?« Er lachte auf. Seine Mundwinkel zogen sich nach oben, seine Augen weiteten sich, als hätte sie ihn auf eine grandiose Idee gebracht. »Nett? Ist das nett?« In atemberaubender Geschwindigkeit veränderte sich seine Mimik, als wäre er auf der Suche nach einem netten Gesicht. »So? So? So?«

»Narr!«

Sie hob den Kopf. Zwei Wächter rannten den steinigen Weg hinunter. »Bleib hier, Narr! Willst du wohl zurückkommen!«

Der Narr kicherte vor Entzücken und Begeisterung. »Da kommen sie schon. So beliebt bin ich, sie können nicht ohne mich sein.« Er winkte sie mit dem Finger zu sich herunter. »Erkenne, wer du bist«, wisperte er. »Erkenne, wer deine Feinde sind. Erkenne, wer deine Freunde sind. Dann bist du unbesiegbar.« Dann biss er sie plötzlich ins Ohr und hüpfte davon, direkt auf seine Verfolger zu. Die Wächter griffen nach seinen Armen, doch er sprang rückwärts zwischen ihnen hindurch und verschwand lachend im hohen Gras neben dem Weg.

»Dieser kleine Idiot«, schimpfte einer der Männer ärgerlich. »Willst du wohl herkommen!«

»Drei Sprünge aus dem Tor. Drei Sprünge aus des Königs Herz. Drei Sprünge im Fenster. Wisse, wer du bist, oh kleiner König auf dem Narrenthron!«

Linns Tränen versiegten endgültig, während sie zusah, wie die gepanzerten Wachen versuchten, das bunte Wesen einzufangen, das sie an der Nase herumführte und ein ums andere Mal ihren zupackenden Händen entwischte.

»Du gehst wieder zurück! Los!«

»Warum darf er nicht hier draußen sein?«, erkundigte sie sich. »Ist er kein … richtiger Mensch?«

»Mensch oder nicht Mensch, ganz richtig ist er jedenfalls nicht«, brummte der jüngere der beiden Männer. »Dieser Narr ist des Königs Glück, und wenn er geht, käme dem König das Glück abhanden.«

»Glaubt der König«, fügte der ältere hinzu, und seine Stimme ließ keinen Zweifel daran, dass er den Narren nicht mit Glück, sondern mit Ärger und Verdruss gleichsetzte. »Und nun rein mit dir, Kleiner.«

Der Narr jauchzte laut, trat dem Wächter das Bein weg, sodass dieser in der schweren Rüstung das Gleichgewicht verlor und krachend gegen seinen Kollegen stürzte. Dann warf er Linn eine Kusshand zu, schlug ein Rad und wirbelte zurück in den Schlosshof.

Es war völlig unmöglich. Sie musste nicht in das überraschte Gesicht des Herrn Findun blicken, um das zu wissen. Aber wenn ihr Vater es geschafft hatte, dann konnte sie es auch. *Harlons Erbin …* Bisher hatte sie es vermieden, ihn sich im Schlosshof vorzustellen. Ihr eigener Vater, in jenem weißen Schloss mit den Drachenmosaiken, unter dem Auge des Königs! Und sie fürchtete sich schon, wenn ein Mann mit einem lächerlich langen Kinn sie streng musterte?

»Tut mir leid«, sagte er. »Aber wir befassen uns nur mit ernsthaften Fragen. Die Zeit eines königlichen Beamten ist knapp bemessen. Für Scherze haben wir hier kein Verständnis. Die Missachtung der Würde dieses Gerichtsstandes beträgt eine Gebühr von, äh, zwanzig Kupferlingen.«

»Das ist kein Scherz!« Linn sprang auf den Tisch zu und bemerkte zufrieden, wie der Mann erschrocken zurückfuhr.

»Dann seid Ihr – eine Kriegerin aus dem Ausland?«

Sie war nahe dran, ihn zu berichtigen, verkniff es sich jedoch. »So ähnlich«, sagte sie. »Ich stamme aus einer Drachenjägerfamilie.« Der Name Harlon kribbelte auf ihrer Zunge, brannte in ihrem Herzen. *Dies ist mein Erbe … ich bin hier, um es anzutreten.* »Ich muss lernen, wie man Drachen tötet!«

»Äh … wieso?«

»Welcher Grund wäre denn der richtige, wenn man in die Garde will?«, fragte Linn bissig. »Wie wäre es mit diesem: Unser Dorf wurde von Drachen heimgesucht, mehrere Höfe sind komplett verbrannt?«

»Der König gewährt keine Entschädigung für Drachenüberfälle«, sagte Fuchsgesicht streng.

»Darum geht es mir auch nicht. Ich will nur …«

»Ihr seid gekommen, um uns den Tod eines Drachen zu melden? Wie Ihr zweifellos wisst, erhebt der König Anspruch auf die Besitztümer eines jeden Drachen, der in Schenn erlegt wird, wobei eine gewisse Summe zum Ausgleich der durch das Ungeheuer angerichteten Schäden mit der dafür zuständigen Dienststelle verhandelbar ist.«

»Nein, es gibt keinen toten Drachen. Ich möchte in die Drachengarde eintreten und lernen, wie man sie bekämpft. Es muss endlich aufhören. Wenn Ihr gesehen hättet …« Sie schluckte, als sie merkte, dass der Beamte ihr gar nicht zuhörte.

»Schreib, Nival«, wies er den Gehilfen an. »Anzahl der gesichteten Drachen, Farbe, Größe, Unterschlupf, von wo aus fliegen sie, wie viel Gold wird in ihren Höhlen vermutet?«

»Nein!«, rief Linn, die allmählich die Geduld verlor. »Darum geht es doch gar nicht! Ich muss wissen, wie man sie bekämpft, wenn sie zurückkommen! Und das werden sie, das weiß ich. Ich muss lernen, wie ich sie töten kann. Ich kann es lernen, ich werde mich wirklich anstrengen. Aber dafür muss ich erreichen, dass der König mich der Drachengarde zuteilt.«

Der fuchshaarige Beamte musterte sie verständnislos. »Nur die allerbesten und hoffnungsvollsten jungen Krieger des Königreichs können auf eine Aufnahme in die Drachengarde hoffen und werden darin unterwiesen, den Tücken der Drachen standzuhalten. Wie kommt Ihr darauf, Fräulein, dass Ihr es mit einem Ritter des Königs aufnehmen könntet?«

»Aber ich will es ja lernen! Wo kann ich das, wenn nicht in der Garde? Könnt Ihr die Entscheidung darüber nicht dem König überlassen?«

»Nein«, sagte Findun streng und klopfte auf den Tisch. Unverzüglich öffnete sich daraufhin die Tür, und der Gerichtsdiener packte sie am Arm.

»Warum gebt Ihr mir nicht wenigstens eine Chance!«, rief sie.

»Bringt sie raus«, befahl der Beamte. »Streich den Eintrag, Nival. Der Nächste ist …?«

Linn schluckte die Tränen der Wut hinunter, als sie unsanft aus dem Gerichtsgebäude geschoben wurde.

Es dämmerte bereits. Sie hatte kaum genug, um ein Zimmer

zu bezahlen, geschweige denn sich zusätzlich etwas zu essen zu leisten. Die Garde lachte sie aus … zum König ließ man sie nicht vor … Was konnte sie jetzt noch versuchen? Linn setzte sich auf die steinerne Kante des Wassergrabens und starrte in die schmutzige, träge Brühe, in der das Licht der eben angezündeten Laternen sich spiegelte. Kein Lüftchen wehte, immer noch lag die drückende Hitze des Tages über den Straßen. Staub schmeckte sie auf der Zunge und die Bitterkeit der Niederlage.

»Fräulein?«

Hinter ihr stand der blasse, junge Schreiber. Verlegen zupfte er an seinem Wams herum.

»Ja, was ist?«, fragte Linn und sprang auf. »Hat der Beamte es sich überlegt? Ich darf mit dem König sprechen?«

Hilflos hob der Jüngling die Schultern. »Tut mir leid, nein. Aber es gibt noch … eine andere Möglichkeit, Euer Ziel zu erreichen«, stieß er mit größter Anstrengung hervor. »Ihr … könntet … Unterricht nehmen … bevor Ihr es erneut bei der Garde versucht.«

»Ihr meint, bei einem Fechtlehrer? Aber nur mit dem Schwert umzugehen, nützt mir nichts. Ich muss gegen einen Drachen bestehen können, ich dachte, ich hätte das deutlich gemacht.«

»Es gäbe da einen Lehrer … meinen Onkel.«

Auf einmal schlug ihr Herz schneller. »Er könnte mich unterrichten? Das wäre ja wunderbar!« Dann fiel ihre Begeisterung wieder in sich zusammen. »Ich habe kein Geld, um einen Lehrer zu bezahlen, Herr …«

»Nival«, sagte er und wurde dabei glühend rot. Er schaute schnell an ihr vorbei auf den Wassergraben, als hätte er noch nie etwas derart Faszinierendes entdeckt.

»Danke, Herr Nival«, meinte Linn, die seine Nervosität niedlich fand, »das war eine gute Idee, allerdings …« In ihrem Kopf arbeitete es. »Und wenn ich eine Arbeit fände und genug sparen würde, um ihn irgendwann zu entlohnen? Bringt Ihr mich zu ihm, damit ich ihn fragen kann?«

»Er ist eigentlich kein Lehrer«, gab der junge Schreiber zu, »und man darf ihn nicht fragen … nicht direkt jedenfalls. Mein Onkel Bher ist … eigen, gelinde gesagt, und man muss vorsichtig vorgehen. Er sollte Euch kennen, bevor Ihr mit Eurem Anliegen herausplatzt.«

»Wie lerne ich ihn denn kennen?«

Sofort wurde Nival noch dunkler. »Indem Ihr … zum Beispiel … ein Zimmer bei meiner Tante nehmt. Ja«, er sprach sehr hastig, als wollte er schnell fertig werden, bevor er es ihm wieder die Sprache verschlug, »meine Tante vermietet Zimmer. Günstig. Sehr günstig, dennoch nett und sauber.«

»Das Zimmer müsste ich ja ebenfalls bezahlen.« Sie seufzte. »Habt Ihr vielleicht auch noch eine Arbeitsstelle anzubieten?«

Nival schüttelte unsicher den Kopf. »Das ist nichts für Euch, denke ich, ein edles Fräulein wie Ihr … ach, vergesst es lieber.« Er öffnete den Mund, um noch etwas zu sagen, doch jetzt hatte der Mut ihn endgültig verlassen. Unbehaglich zog er die Schultern hoch, kratzte mit der Schuhspitze über den Boden, stammelte ein heiseres »Dann viel Glück, Fräulein« und wankte wie ein Betrunkener davon.

Leise glucksend sah Linn ihm nach. *Der arme Kerl. Hat wahrscheinlich nicht viel Erfolg bei den Mädchen.*

Dann wurde ihr bewusst, dass er ihre einzige Hoffnung war in dieser Stadt, in der sie niemanden kannte und überall nur auf Ablehnung stieß.

»Wartet! Herr Nival, bitte, wartet! Was wäre das für eine Arbeit? Es ist doch nichts Unmoralisches?«

Der junge Mann drehte sich zu ihr um. »Nein«, sagte er, »meine Tante sucht ein Dienstmädchen. Aber ich wollte Euch keine niederen Arbeiten anbieten.«

»Was müsste ich tun? Putzen, fegen und dergleichen? Das

ist gar kein Problem. Ich sehe vielleicht aus wie ein edles Fräulein in diesem Kleid, aber ich kann gut anpacken, glaubt mir.«

Er wagte ein vorsichtiges Lächeln. »Wirklich?«

»Gehen wir«, sagte sie entschieden. »Ich habe einen Mordshunger.«

Sein Lächeln wurde etwas breiter. »Meine Tante ist die beste Pastetenbäckerin in der Stadt.«

»Worauf warten wir dann noch?«

Nival führte sie durch die Stadt. Die Häuser wurden immer älter und wandelten sich, je weiter sie kamen, von stolzen breiten Stadtpalästen rings um das Gerichtsgebäude zu schmalen Fassaden, eng aneinandergedrängt, die sich unter die vorspringenden Giebel duckten. Es wurde jetzt schnell dunkel, doch hier in diesem Viertel wirkte es, als würde die Dunkelheit aus den warmen Pflastersteinen nach oben steigen, statt vom Himmel herunterzufallen. Alles war hier heimeliger und ruhiger. Die Häuser rückten nah zusammen, und weniger Licht fiel in die schmalen Gassen. Nur vereinzelt waren Menschen unterwegs, und wenn Linn und der Schreiber auf kleine Grüppchen trafen, die miteinander plauderten, so dämpften diese ihre Stimmen, statt lauthals durcheinanderzuschreien wie in den breiten Marktstraßen.

Kunstvolle Verzierungen umrahmten Fenster und Türen, und am liebsten wäre das Mädchen stehengeblieben, versunken in den Anblick geschnitzter oder in Stein gehauener Szenen: Ritter mit Schwertern, Streitwagen und Könige, aber auch Bilder aus dem alltäglichen Leben, etwa von Schustern und Maurern. Eine steinerne Brücke führte von einer Häuserreihe zur anderen – vermutlich konnte man darüber von einem Haus ins andere gehen, ohne auf die Straße hinunterzumüssen, wenn man sich denn traute, dieses wackelig und brüchig aussehende Konstrukt zu betreten. Winzige Mosaiksteinchen in verschiedenen Blautönen zeigten die Bilder einer Jagd: ein Ritter, am Federbusch seiner Kopfbedeckung zu erkennen, verfolgte einen einfachen Mann, der einem Wildschwein oder einem Reh – die grob zusammengestückelte Figur eines Tieres mit vier Beinen ließ keine genaueren Schlüsse zu – auf der Spur war.

Die enge, dunkle Gasse dahinter endete nach vielleicht vierzig Yags.

»Das Blaue Tor«, sagte Nival. »Hier wohnt meine Tante. Vergesst nicht – Ihr seid hier, um ihr Dienstmädchen zu werden, nicht wegen meines Onkels.«

»Schon klar.«

Der Duft nach gebratenem Fleisch und geschmorten Zwiebeln hing in der Luft und erinnerte Linn daran, dass sie den ganzen Tag kaum etwas gegessen hatte. Eine kleine, dünne Frau öffnete die Tür. Das Bemerkenswerteste an ihr waren ihre großen, dunklen Augen, die fast das ganze Gesicht einzunehmen schienen. »Ja? Nival, was hat das zu bedeuten?«

»Das ist meine Tante Mora«, sagte er und erklärte an Mora gewandt: »Ich habe ihr erzählt, dass du ein Dienstmädchen suchst. Jemanden, der dir mit dem Haus und den Pasteten hilft. Nicht wahr, Tantchen?«

»Tue ich das?«, fragte diese zurück.

»Du bist überarbeitet. Das sage ich dir schon lange. Du hast nur auf jemand Vertrauenswürdiges gewartet.«

»Ist sie das denn?« Mora musterte Linn. Das Mädchen fühlte sich von den dunklen, ausdrucksstarken Augen förmlich durchbohrt. »Vertrauenswürdig? Eine Fremde von wer weiß wo. Kann sie denn arbeiten? Kennt sie sich aus mit Putzen und Wischen und Fegen? Sie sieht nicht so aus, in diesem hellen Kleid, auf dem man jeden Spritzer Waschwasser sieht.«

»Und ob ich in einem Haushalt helfen kann«, sagte Linn.

Obwohl ich nach Lanhannat gekommen bin, um Drachenjägerin zu werden und kein Dienstmädchen. Doch sie war sich nie zu schade gewesen, mit anzupacken, wo immer es nottat. »Lasst Euch von dem feinen Kleid nicht täuschen. Ich bin zäher, als es den Anschein hat.«

»Na gut«, sagte die kleine Frau streng, als müsste sie sich gegen einen Vorwurf verteidigen. »Wir werden sehen.«

»Sie könnte doch hier wohnen?«, fragte Nival.

»Das auch noch?« Mora seufzte. »Wie stellst du dir das vor? Die Zimmer sind alle belegt. Außerdem vermiete ich nicht an alleinstehende Frauen. Das gibt nur Ärger. Ich hasse Probleme.«

»Ich habe nicht vor, welche zu machen«, versicherte Linn. »Ganz bestimmt nicht.«

»Ich habe sowieso keinen Platz …«, setzte die Tante an, da drängte der junge Mann sich an ihr vorbei ins Innere des Hauses und schloss die Tür hinter sich.

Linn hörte, wie die beiden diskutierten, konnte jedoch nur einzelne Wörter heraushören. Irgendetwas mit – Augen? Unschlüssig blieb sie stehen. Hatte es überhaupt einen Zweck, dass er sich für sie einsetzte – wenn sowieso kein Zimmer frei war?

Sie stand immer noch vor dem Haus, als sich die Tür wieder öffnete.

»Ihr könnt reinkommen, Fräulein«, sagte die Tante. »Es ist doch noch eins frei, wie sich herausgestellt hat.« Sie streckte ihr die Hand entgegen. »Mora Wissinek.«

»Linnia Harlon. Freut mich sehr, Euch kennenzulernen.«

Nival stand hinter seiner Tante und grinste triumphierend, doch als er merkte, dass Linn zu ihm hinüberspähte, wandte er sich hastig um und verschwand im Inneren des Gebäudes.

»Ich zeige Euch erst mal das Haus. Wir haben hier einen bemerkenswert großen Innenhof, in dem meine Anwesenheit gerade jetzt erforderlich ist. Aber ich warne Euch! Hängt hier ja nicht Eure Wäsche zum Trocknen auf, im Haus wohnen vor allem ältere Herrschaften, die es nichts angeht, was Ihr am Körper tragt.«

»Natürlich«, versicherte Linn, die unauffällig schnupperte. Der himmlische Duft wurde immer stärker, als Mora sie durch eine dunkle Stube führte, dann ein paar Stufen hinunter und in den angekündigten Hof. Er war tatsächlich größer, als Linn in dieser Gegend vermutet hätte. Das Haus, dessen einzelne Flügel sich aneinanderzulehnen schienen, wurde durch einen wackelig aussehenden Balkon im ersten Stockwerk zusammengehalten, der einmal um den Hof herumlief. Dieser war mit einem großen Steinofen bestückt, aus dem es appetitlich duftete.

»Ihr backt?« Das Mädchen bemühte sich, nicht allzu gierig auszusehen.

»Meine Pasteten sind in ganz Lanhannat berühmt«, erklärte Mora stolz. »Ich muss sie genau im richtigen Moment herausholen, damit sie nicht zu braun werden und innen schön saftig sind. Wartet hier.«

Sie näherte ihre Nase dem kleinen Türchen, mit dem der Ofen verschlossen war, riss es dann entschlossen auf und zog mit einem gigantischen Schieber eine ganze Schar hellbraun glänzender rundlicher Teigstücke heraus, die sie auf einen gemauerten Tisch in der Nähe fallen ließ und mit der Hand hastig auseinanderschob. »Man darf sie nicht gleich in den Korb legen. Erst wenn sie ausgekühlt sind.« Mora betrachtete ihr Werk und nickte zufrieden. »Wenn man jetzt reinbeißen würde, würde man sich bloß die Zunge verbrennen. Also, Euer Zimmer müsste jetzt so weit sein.«

Linn folgte ihr durch eine andere Tür, eine lange Stiege in fast völliger Dunkelheit hinauf und schließlich in eine recht geräumige Stube, in der ein Bett, ein Wandschrank und ein Waschtisch standen. Die Einrichtung war zwar schlicht, doch die Malereien auf dem dunklen Holz gefielen ihr sofort. Sie war überzeugt, dass sie sich hier wohlfühlen würde – wenn sie denn überhaupt bleiben konnte.

»Es ist größer, als ich dachte«, sagte sie zögernd. »Darf ich wirklich hier wohnen?«

»Ja«, knurrte Mora, als könnte sie ihre Großzügigkeit selbst nicht begreifen. »Aber wenn Ihr Ärger macht, sitzt Ihr schneller auf der Straße, als Ihr blinzeln könnt. Und nun solltet Ihr eine der Pasteten probieren, um festzustellen, ob sie gelungen sind.«

Sie setzte eine strenge Miene auf, als Linn voller Vorfreude zu strahlen begann.

»Doch zuvor noch etwas anderes. Erstens: Wenn du als meine Magd arbeitest, ist Schluss mit Ihr und Euch und Fräulein und so weiter. Zweitens: Das Kosten der Pasteten ist nichts, was du auf die leichte Schulter nehmen darfst. Ich beliefere den Königshof damit. Ein Knorpelstück, ein Knochensplitter zwischen den Zähnen eines Fürsten, und mir wird der Vertrag gekündigt. Eine versalzene Lieferung, zu viel Gewürz oder sonst ein Fehler, und ich verliere meinen wichtigsten Kunden. Ist das klar?«

»Ja«, sagte Linn und fügte höflich hinzu: »Frau Mora.«

»Na hoffentlich. Dann zieh dich jetzt um, ich erwarte dich gleich unten im Hof.«

Mora verließ mit wuchtigen Schritten, die gar nicht zu diesem zierlichen Persönchen passen wollten, das Zimmer.

Die nächsten Tage verbrachte Linn damit, sich zum einen an die neue Arbeit und ihr neues Leben zu gewöhnen und zum anderen Ausschau nach dem Kampflehrer zu halten, den Nival ihr versprochen hatte. Doch von einem Drachenkämpfer war weit und breit nichts zu sehen. Die Einzigen, die außer ihr im Haus wohnten, waren sechs ältere Herren, die ihre Zeit damit verbrachten, im Innenhof zu sitzen und Kommentare zu Moras Backkünsten abzugeben. Der jüngste von ihnen musste um die siebzig sein, ein rüstiger Mann mit einer spiegelnden Glatze, auf die er sich oft ein Taschentuch legte, um sie vor der Sonne zu schützen.

»Das ist Bher«, erklärte Mora und stellte Linn der Reihe nach die übrigen Hausbewohner vor, die alle aussahen, als müssten sie mindestens neunzig sein. »Herr Roban.«

»Sehr erfreut.« Der etwas beleibtere Greis mit der langen silbergrauen Mähne nickte ihr freundlich zu. »Das ist Herr Lireck.« Der Alte mit dem weißen Bart winkte begeistert. »Von dem lass dich nicht von der Arbeit abhalten. Herr Kasidov. Der spricht kaum. Womit er hier leider der Einzige ist.«

Der Angeredete machte ein grimmiges Gesicht, während die anderen lautstark protestierten.

»Früher hatte man noch Ehrfurcht vor dem Alter«, beschwerte sich ein verhutzeltes Männchen, dessen Kopf aussah wie ein gedörrter Apfel. »Frau Mora, ein junger Hüpfer wie Ihr sollte der Jugend mit gutem Beispiel vorangehen!«

»Jaja«, murmelte Mora. »Herr Dorago besteht wie immer darauf, dass früher alles besser war. Und das hier ist Herr Borlin. Er macht übrigens immer so eine griesgrämige Miene, das ist nicht deinetwegen. Nun, Linn, wie du siehst, haben wir ein volles Haus. Das bedeutet Arbeit.«

Während die Männer die Sonne genossen, mussten die Böden gewischt, das Bettzeug gewechselt und die Kissen ausgeklopft werden. Bald kannte Linn alle Zimmer im Haus. Der einzige Ort, den sie nie betrat, war der Dachboden. Um den brauchte sie sich nicht zu kümmern, hatte Mora ihr gesagt, und natürlich malte sie sich mit blühender Fantasie sogleich die schaurigsten Geschichten aus, die sich um diesen Ort rankten.

Die Arbeit ließ Linn jedoch nicht viel Zeit zum Träumen.

Gänge und Treppen mussten gefegt werden, Vitrinen und

Tische abgestaubt, und in der großen Küche, die einen direkten Zugang zum Hof besaß, musste irgendjemand das Chaos beseitigen, das Mora tagtäglich anrichtete. Fast hätte Linn vergessen können, warum sie hier war – wenn nicht die zwei gekreuzten Schwerter an der Wand des Eingangsflurs gewesen wären. Die mussten dem mysteriösen Onkel gehören, der sich immer noch nicht hatte blicken lassen. Das eine war ein Langschwert, schwer und eindrucksvoll, allerdings wirkte es blind und angelaufen. Das andere war kleiner, fast schon ein Dolch, mit kunstvollen Gravuren auf der glänzenden Klinge. Linn polierte diese Waffen häufiger als nötig und nahm sich jedes Mal vor, Mora nach ihrem Mann zu fragen, ohne sich anmerken zu lassen, warum sie sich für ihn interessierte. Doch Mora war ständig beschäftigt und neigte dazu, ihr neues Dienstmädchen ebenfalls herumzuscheuchen. Heute schien die Gelegenheit günstig, um endlich herauszufinden, ob Nival sich diesen Kampflehrer bloß ausgedacht hatte.

Mora rührte in einer kleinen Schüssel herum, ganz versunken, ohne das Mädchen zu bemerken, das schon eine Weile mit einem Besen bewaffnet am Türrahmen lehnte. Sie schien Selbstgespräche zu führen, denn sie murmelte irgendetwas.

»Backt Ihr diesmal etwas Süßes?«, begann Linn ganz harmlos das entscheidende Gespräch. »Was ist das – Zuckerguss?«

Ihre Herrin stellte das Schälchen hastig fort. »Nein, das ist eine Creme für die Hände. – Was ist denn jetzt schon wieder?«

»Für den König«, jammerte Lireck draußen in der Sonne. »Warum nicht für uns, liebste Frau Mora?«

»Das sind meine Pasteten«, erklärte Bher, »also gehören sie uns allen zusammen.«

Mora schnaubte ärgerlich, während sie nun in einem großen Trog rührte.

»Ist der nicht etwas zu frech?«, fragte Linn, die sich darüber wunderte, was die resolute kleine Frau sich alles gefallen ließ.

»Mein Mann kann sagen, was er möchte – auch wenn er nicht alles bekommt, was er will«, erklärte sie.

»Das ist Euer Mann? – Oh Arajas!« Linn hatte Bher einfach nur für einen besonders dreisten Bewohner gehalten, der ständig versuchte, Leckerbissen aus der Küche zu entwenden und seinen Freunden mitzubringen. Das sollte der Meister sein, der gegen Drachen kämpfen konnte?

»Ich habe ihm gestern auf die Finger gehauen, als er sich eine Pastete aus dem Korb schnappen wollte! Es tut mir leid, wirklich. Ich hatte ja keine Ahnung …«

Mora beugte sich wieder über den Trog und lachte. »Oh, das hat er bestimmt verdient. Ich arbeite hier Tag und Nacht, und er will immer alles aufessen. Gut gemacht, Linnia. Aber reize ihn nicht zu sehr, sonst schlägt er dir mit dem Schwert, das in der Halle hängt, den Kopf ab.«

»Jetzt übertreibt Ihr aber! Erstens ist es keine Halle, sondern ein winziger dunkler Flur, und zweitens …«

»Ja?«, fragte Mora.

Linn hielt inne. »Es ist sein Schwert, nicht wahr? Es ist Bhers Waffe?«

Mora blickte mit ihren großen Augen in die Ferne. »Das waren Zeiten«, sagte sie leise. »Ich bin froh, dass sie ein für alle Mal vorbei sind. Schwerter sind etwas für Leute, die vom Tod träumen, ohne ihn zu kennen.«

»Er war … Soldat?«

»Nein. Nur ein Knappe. Das große Schwert gehörte seinem Herrn. Er hat es behalten, da es keine Erben gab, die darauf Anspruch erhoben. Das kleine, ja, das war seins. Auch ein Knappe muss sich notfalls verteidigen können.«

Linn umklammerte den Besen fester. Sie hatte noch nie davon gehört, dass ein normaler Soldat einen Knappen hatte. »Also – er hat einem Ritter gedient?«

»Einem? Lange halten diese Gardisten alle nicht. Hoffnungsvolle junge Männer mit Idealen im Herzen, doch ihr Verderben ist ihnen schon im Voraus sicher.«

Linns Herz begann plötzlich heftig zu pochen. »Ihr sprecht doch wohl nicht von Rittern der Drachengarde?«

»Von genau diesen hirnlosen Tölpeln rede ich. Du bist doch wohl nicht eins von diesen Mädchen, die sich einen schmucken Drachenjäger schnappen wollen?« Moras Augen verengten sich zu Schlitzen, und jede Freundlichkeit war aus ihrer Stimme gewichen, als sie hinzufügte: »Damit wäre einer dieser Tage gekommen, an dem ich jemanden ohne weitere Begründung vor die Tür setze.«

Linn wurde rot. »Nein, ich … Mein Interesse an der Drachengarde ist anderer Art.«

»Soso, und welcher?«

»Ich will mir keinen Drachenjäger angeln – ich will selbst einer werden.«

Die Hausherrin begann zu lachen, ein tiefes Bellen, das Linns Verlegenheitsröte in Zornesröte umwandelte.

»Lacht mich nicht aus! Glaubt Ihr, das soll ein Scherz sein? Dass ich vorhabe, mich zum puren Vergnügen mit Drachen herumzuschlagen?«

»Du weißt nichts von Drachen«, sagte Mora. »Wenn du je einen gesehen hättest, würdest du das Weite suchen, sobald auch nur der Schatten eines Flügels auf die Erde fällt. Du weißt nichts vom Angesicht des Todes.«

»Ach nein? Ich habe sehr wohl Drachen gesehen«, stieß Linn hervor. »Ich war dabei, als sie mein Dorf in Schutt und Asche gelegt haben. Einige Dutzend Menschen sind in den Flammen umgekommen. Ich habe dem Drachen ins Auge geblickt, ich stand ihm gegenüber. Ich kenne die Gestalt des Todes, der in ihm wohnt. Mein Bruder und meine Schwester wurden so schwer verletzt, dass ich nicht weiß, ob sie noch leben, und mein Stiefvater hat alles weggegeben, was er seit über zwanzig

Jahren gespart hat, um die Medizin für alle Verletzten zu bezahlen. Ich bin nicht hier, um zu spielen, Frau Mora. Ich bin hier, um zu lernen, wie man Drachen tötet.«

Mora schwieg lange und rührte versonnen ihren Teig. Als Linn das Fegen gerade wieder aufnehmen wollte, sagte sie: »Ehrenvoll. Ein ehrenvolles Vorhaben, aber nichtsdestotrotz dämlich. Ich bin froh, dass ich dich nicht auf die Straße jagen muss, noch froher werde ich jedoch sein, wenn du einsiehst, dass du deinen Leuten besser zu Hause in deinem Dorf helfen kannst als hier.«

»Ihr wollt mich also loswerden?«

Die ältere Frau seufzte. »Ich möchte ungern deine verkohlte Leiche vergraben müssen. Drachenjägerin! Die jungen Mädchen von heute sind auch nicht mehr das, was sie einmal waren.«

Linn beschloss, das alles zu ignorieren. Spott würde sie noch oft genug zu hören bekommen. Viel wichtiger war, ob Bher ihr helfen würde. »Gibt er noch Unterricht?«

»Unterricht?« Mora lachte heiser. »Bher würde nie jemanden unterrichten. Er hat seine Vergangenheit hinter sich gelassen. Zu viele Ritter musste er sterben sehen, Kind. Nein, damit hat er gebrochen, und das soll auch so bleiben.«

»Aber … Bitte, Frau Mora. Ich muss wenigstens so gut werden, dass man mich in der Garde weiter ausbildet. Ich muss lernen, wie man einen Drachen tötet. Und dann«, fügte sie hinzu, »will ich in mein Dorf zurück.« *Wo ich Rinek und Binia im Stich gelassen habe. Wo Yaro auf mich wartet. Wo Lester mit düsterem Gesicht in der Mühle steht und sein Lächeln nicht mehr findet …*

»Du willst zurück, um alleine zu kämpfen? Nicht einmal der beste Ritter kann ohne die Garde gegen einen Drachen bestehen«, sagte Mora. Sie gruppierte Teile der Pastetenfüllung auf dem Tisch: ein paar Pilze und eine schon geschälte scharfe Zwiebel, deren Anblick allein ausreichte, um einem die Tränen in die Augen zu treiben. »Sie rücken zu mehreren aus, der Hauptmann teilt die Gruppe ein, die an der Reihe ist.« Eine kleine Pilztruppe wurde auf den Weg in Richtung Zwiebel geschickt. »Zu viele dürfen es auch nicht sein, sie dürfen sich nicht gegenseitig behindern. Einige lenken den Drachen ab. Mit Dornlanzen und Geschrei. Einer nähert sich von vorne. Wer für diese Aufgabe auserwählt ist, kommt selten zurück, aber er ist nötig, um die Aufmerksamkeit des Drachen für einen Moment nach vorne zu lenken. Damit derjenige mit dem Schwert ihm die Waffe ins Herz rammen kann. Das ist der Ritter, der mit dem Ruhm, einen Drachen getötet zu haben, nach Hause zurückkehrt und gefeiert wird.«

Für einen Moment hatte Linn geglaubt, dass die Pilze sich auf dem Tisch bewegten, ohne dass Mora sie berührte, dass sie sich um die Zwiebel scharten, sie ansprangen und dann leblos zurücksanken, aber das musste Einbildung sein. Pilze waren auch so nicht besonders lebendig, selbst wenn sie sich nicht an einer Zwiebel die nicht vorhandenen Finger verbrannten. Linn schluckte. »Also schickt der Hauptmann dem Drachen einen seiner Ritter quasi in den Rachen?«

Mora nickte. Ungerührt zerhackte sie die essbaren Schauspieler. »Entweder den besten, den er zur Verfügung hat, sodass dieser sich behaupten kann, oder den schlechtesten aus der Truppe, den er am leichtesten entbehren kann.«

Linn ließ sich das Gesagte durch den Kopf gehen. »Das klingt sehr ungerecht.«

»Gerechtigkeit wirst du in dieser Welt nicht finden«, unterbrach Mora sie. »Vollkommen sind nur meine Pasteten. Und wenn wir noch länger trödeln, werden sie nicht rechtzeitig fertig. Nimm ein Messer und hilf mir.«

»Ich darf tatsächlich helfen – bei Euren heiligen Backwerken? Welche Ehre.«

»Mädchen, werd nicht frech«, schnaubte die Hausherrin,

aber ihre Augen lachten. »So, und nun beeil dich. Wir müssen noch etwas zum Abendessen zubereiten, Nival kommt heute vom Schloss herunter.«

»Ach ja, Euer Neffe. Besucht er Euch häufig?«

»Besuchen? Er wohnt hier. Das heißt – jetzt, da du sein Zimmer hast, hat er sich das Haus dort drüben gekauft. Du weißt schon, über das Tor, auf der anderen Straßenseite. Aber es ist über den Brückenbogen mit diesem Gebäude verbunden.«

»Was?« Linn ließ das Messer wieder sinken. Diese Tatsache musste sie erst verdauen. »Das heißt, ich wohne in seinem Zimmer?« Also hatte Mora nicht gelogen, als sie behauptet hatte, es sei nichts mehr frei. »Er lebt eigentlich hier im Haus? Und jetzt hat er das Nachbarhaus gekauft, weil hier kein Platz mehr ist?«

Das gab es doch nicht. Hatte er sie einfach mit zu sich nach Hause genommen. Dabei wirkte er so harmlos!

»Er ist selten da«, erklärte Mora. »Hat einfach zu viel zu tun, deshalb schläft er meist in seiner Kammer im Schloss.«

»Aha.« Linn wusste nicht, ob sie wütend sein sollte – oder ob sie sich darüber freute, den stotternden Jüngling wiederzusehen.

9

Nach dem Abendessen zog sie Nival hinaus in den dunklen Hof und stellte ihn zur Rede.

»Ihr hättet es mir verraten müssen!«

»Was? Dass Bher … schwierig ist? Das habe ich Euch gesagt.«

»Dass Ihr hier lebt! Irgendwie habt Ihr wohl vergessen, das zu erwähnen.«

Nival zögerte. Er strich sich mit der Hand mehrmals durch sein blondes Haar, als wäre ihm eingefallen, dass er sich dringend kämmen musste.

»Ähm«, sagte er bloß, und gegen ihren Willen löste sich ihr Zorn in Rauch auf.

»Und was Bher angeht – wie komme ich an ihn heran? Ich brauche eine Idee! Er hängt nur mit den anderen Alten herum – außer Pasteten interessiert ihn gar nichts!«

»Betrachtet es als Herausforderung«, sagte er matt und zuckte vorsichtshalber zurück, als erwartete er einen erneuten Wutausbruch.

»Ja«, knurrte sie entschlossen. »Das wird eine meiner leichtesten Übungen.«

Die Stufe knarzte unter ihren vorsichtigen Schritten. Linn horchte. Sie war allein unter dem Dach. Mora werkelte draußen im Hof herum und konnte den Platz am Ofen nicht verlassen, solange ihre Pasteten sich dem hauchdünnen Grad zwischen Perfektion und Enttäuschung näherten. Die alten Männer genossen den milden Abend. Sie spielten Hela – ein Spiel, bei dem sie kleine Holzbälle durch die Gegend rollten. Von außen betrachtet erschien es recht sinnlos, aber es machte ihnen offenbar großen Spaß.

Niemand würde jetzt ins Haus kommen.

Der Dachboden war ihr nicht ausdrücklich verboten worden, Mora hatte nur gesagt, dass sie dort nicht putzen musste. Trotzdem war Linn sich nicht sicher, ob sie hiermit nicht eine Grenze überschritt. Sie stand zwar bereits auf der steilen Treppe, über sich die Klappe, zögerte aber noch.

Vielleicht konnte sie hier etwas finden – etwas aus Bhers Vergangenheit, etwas, das ihn an die Drachen erinnerte, denen er begegnet war?

Behutsam drückte sie die Luke auf.

Durch das goldene Licht, in dem Staubflöckchen tanzten, erblickte sie einen Raum, der so vollgestopft war, dass man sich kaum einen Weg durch die unzähligen Kisten und Schränke bahnen konnte. Alte Standuhren, Schaukelstühle und ähnliches Gerümpel nahmen jede Handbreit ein, die zur Verfügung stand. Die Luft roch abgestanden und verlassen.

Linn wollte keinen Lärm machen, doch das Knarren der ersten Schranktür, die sie öffnete, zerriss die Stille.

»Hay«, murmelte sie. »Glück gehabt.«

Schilde. Ein ganzer Schrank voller Schilde.

In der Kiste, die daneben stand, lagerten Helme und Armschienen. Rüstungen fand sie ebenfalls und Lanzen wie jene, die sie bei den Rittern im Hof gesehen hatte. Obendrein Schwerter und Dolche.

»Wer sagt's denn!« Bher war nicht nur ein alter Knappe – er hortete anscheinend alles, was seinen Rittern gehört hatte. Waren es wirklich so viele gewesen? Bloß was in diesem ganzen Sammelsurium würde ihn an die Waffen zurückrufen? Sie hatte auf ein einzelnes, besonderes Stück gehofft. Wie sollte sie erraten, was von diesem ganzen Zeug ihm etwas bedeutete?

So ein Mist. Ich bin keine Drachenjägerin. Ich bin nicht mal eine gute Lehrerjägerin … Oh verdammt, eigentlich will ich nach Hause!

Linn setzte sich auf ein paar zerwühlte alte Decken in einer höhlenartigen Nische. Das Heimweh überkam sie mit einer solchen Wucht, dass sie es wehrlos ertragen musste. Wie eine Welle rollte es über sie hinweg, und sie umklammerte ihre Knie und schloss die Augen, um sich vorzustellen, dass sie in Brina war, auf dem Dachboden der Mühle. Es war zu still, beinahe unheimlich. Das vertraute Rumpeln und Rattern fehlte. Der Bach. Die Stimmen von Lester und Rinek, die unten arbeiteten.

Rinek. Der Gedanke an ihren Bruder traf sie wie ein Pfeil. Für ihn war sie hier, damit nie wieder ein Drache nach Brina kam, und seinetwegen musste sie hierbleiben. Auch wenn sie nicht wusste, ob sie jemals zurückkehren konnte. Im Moment sah es nicht so aus, als würde aus ihr jemals eine erfolgreiche Drachenjägerin werden.

Eine Stimme schreckte sie aus ihren Gedanken auf. Sie hatte die Luke offen gelassen – wie dumm.

»Nival? Bist du da oben, du Taugenichts?« So konnte nur Bher reden, der kein gutes Haar an seinem Neffen ließ. Das hatte sie beim gemeinsamen Abendessen nicht übersehen können. Nival hatte geschwiegen, sein Onkel hatte sich trotzdem mit ihm gezankt, und die Alten hatten getan, als würden sie die Spannung, die in der Luft lag, nicht bemerken.

Kein Wunder, dass sie sich nach zu Hause sehnte. Der Ärger vertrieb die Tränen. Linn trocknete hastig ihr Gesicht ab. Sie stapelte ein paar Schilde auf, legte eine Handvoll Dolche darauf und stieg zu Bher herunter. »Ich bin es nur.«

»Hast du etwas gesucht?« Wie immer hatte er ein großes Taschentuch über seine Glatze gebreitet, aber darunter zeichnete sich ein merkwürdiger Hügel ab, den sie verstohlen betrachtete.

»Nur ein bisschen Abgeschiedenheit.«

Seine Augen wanderten immer wieder zu dem Stapel Metall in ihren Armen. *Wann fragt Ihr endlich, was ich damit will?* Was war er doch für ein guter Schauspieler. Kein einziges Wort verlor er über die Schilde. »Heimweh?«

»Manchmal kann ich nicht einschlafen«, antwortete Linn. »Ich denke an sie alle. Wie es ihnen wohl geht. Meine Brüder, meine kleine Schwester … Ich sehe sie vor mir, wie ich sie verlassen habe. Verletzt und voller Schmerzen …« Sie hatte kein Bild, das sie über die Erinnerungen des Schreckens legen konnte.

»Du könntest ihnen schreiben«, schlug Bher vor. »Nival würde sicher einen Brief verfassen, wenn du ihn darum bittest, und wir finden irgendeinen Kaufmann, der die Botschaft mitnimmt. Für irgendetwas muss diese Schreiberei ja gut sein.«

»Das klingt schön – aber wer soll den Brief lesen, in Brina?«

»Dann geben wir einem Händler den Auftrag, eine mündliche Nachricht zu überbringen und uns mitzuteilen, was er dort erfahren hat«, schlug Bher vor. »Wäre das nicht die Lösung?«

»Ist es nicht zu heiß?«, platzte sie heraus. Und wusste im selben Moment, dass sie dieses merkwürdige Schweigeduell verloren hatte.

»Was?«

»Na, die Pastete auf Eurem Kopf. Sie kommen schließlich frisch aus dem Ofen.«

»Sieht man das?« Schuldbewusst nahm Bher die Pastete herunter. »Ich dachte, es wäre eine gute Idee.«

»Tja«, murmelte sie. »So haben wir wohl alle unsere kleinen Geheimnisse. Ihr liebt Pasteten – ich liebe Dachböden.«

»Nun denn.« Bher stopfte die Teigtasche hastig in sich hinein. »Dann geh ich mal wieder raus, bevor es Mora auffällt.«

»Ihr habt da noch einen Krümel am Kinn.«

»Oh, danke. Es sind immer die Kleinigkeiten, die einen verraten.«

Wieso hatte Linn das Gefühl, dass er damit viel mehr sie als sich selbst meinte? Er wandte sich schon zum Gehen, aber sie konnte die Gelegenheit nicht ungenutzt verstreichen lassen. Trotz Moras Verbot und Nivals Warnung – mit ihrer Ungeduld hatte sie wahrscheinlich sowieso schon alles verdorben.

»Ihr wart ein Knappe bei der Drachengarde.«

Er nickte, und seine Augen blickten plötzlich wachsam.

»Kanntet Ihr einen Ritter namens Harlon?«

Bher nickte wieder. »Ja, an den Namen erinnere ich mich.«

Ihr Herz tat einen Sprung. »Könnt Ihr mir mehr über ihn erzählen? Wie war er? War er tapfer? Edel? Bestimmt war er edel und tapfer und gut.«

»Er war …«, begann der alte Mann, doch dann zögerte er. »*War?* Dann ist er also tot? Woher weißt du das, und warum fragst du nach ihm?«

»Er war mein Vater.« Es tat gut, es endlich auszusprechen, hier in Lanhannat, wo sie in seine Fußstapfen treten wollte. »Und ich will sein, was er war. Ich will Drachenjägerin werden.«

Bher musterte sie überrascht. Vielleicht versuchte er, die Ähnlichkeit in ihrem Gesicht zu entdecken.

»Drachen«, murmelte er schließlich. »Sein Schicksal. Und auch deins? Kann das sein?«

»Er hat gegen die Untiere gekämpft, und ich muss es auch«, sagte Linn. »Ich muss es unbedingt lernen. Könnt Ihr mir helfen? An wen soll ich mich wenden? Ich habe versucht, mit jemandem aus der Garde zu sprechen, aber das ist nicht so gut gelaufen. Wenn ich ihnen erzählen würde, wer ich bin, dann würden sie mich doch ernst nehmen, oder? Schließlich war mein Vater ein angesehener Ritter …«

»Nein«, sagte Bher hastig, »nein, das würde ich an deiner Stelle nicht tun. Sag es keinem. Behalte diesen Namen besser für dich.« Wie seltsam, dass er ihr denselben Rat gab wie ihre Mutter, so als sei der Name Harlon wie eine Klinge, an der man sich schneiden könnte. »Aus eigener Kraft, das ist wichtig. Man kann nur aus eigener Kraft kämpfen, egal aus welcher Familie man stammt. Sich nicht verstecken, sich nicht brüsten.« Er senkte die Stimme. »Arian, der Prinz«, flüsterte er, »ist in der Drachengarde. Brahans Blut fließt in ihm. Drachenjägerfamilie seit nahezu tausend Jahren. Alle Augen ruhen auf ihm. Aber hat er je einen Drachen getötet? Jeder weiß, dass der König ihm das halbe Königreich versprochen hat für seinen ersten Drachen – doch macht ihn das zu einem unbesiegbaren Helden? Wohl kaum.«

Sie wagte fast nicht, ihn das zu fragen, aber die Freude rötete ihre Wangen. »Dann war mein Vater also ein besserer Drachenjäger als der Prinz selbst?«

»Der König war schon zu alt, sein Sohn war noch zu klein. Als Harlon in der Garde diente, hatte er nicht die Möglichkeit, sich mit Brahans Nachkommen zu messen.«

»Er hat sie trotzdem übertroffen, nicht wahr?« Mehr als alles sehnte sie sich danach, das Lob ihres Vaters aus Bhers Mund zu hören.

Doch der alte Mann wich ihr aus – niemand in ganz Schenn würde jemals etwas Abfälliges über die heldenhafte Königsfamilie sagen, und Bher war trotz seiner ketzerischen Andeutungen keine Ausnahme. »Edles Blut ist nicht genug. Namen sind eine gefährliche Waffe. Wenn die Drachen dein Schicksal sind, wirst du sie finden – oder sie werden dich finden.«

»Sie haben mich schon entdeckt. Bitte, Herr Bher, ich muss mich verteidigen können. Ich muss mein Dorf beschützen können. Nur deshalb bin ich hier, obwohl ich viel lieber dort sein möchte. Wer, wenn nicht ich, soll das tun? Würdet Ihr … mich unterrichten? Mich wenigstens auf die nächste Begegnung mit der Garde vorbereiten?«

Nachdenklich fuhr er sich über die Augen.

»Bher?« Moras ungeduldige Stimme gellte durchs ganze Haus. »Wo steckst du bloß? Vertilgst du dort oben etwa deine Beute? Ich habe genau nachgezählt!«

Er zuckte die Achseln und grinste schuldbewusst. »Ja, Liebling, hier bin ich. Ich habe nur meinen Mantel geholt, weil es kühl geworden ist.«

»Ach«, entgegnete Mora, »und wo ist er, bitte schön?«

»Oh«, sagte Bher sanft, »ich muss ihn wohl vergessen haben, ich Schussel.«

Auf ihre Frage erhielt Linn keine Antwort. Trotzig ging sie hinaus in den Hof und begann die Schilde zu polieren, bis sie in der Sonne glänzten.

Um die Pasteten in der Schlossküche abzuliefern, was von jetzt an ihre Aufgabe war, musste Linn aufbrechen, bevor die Sonne über den Horizont kroch und ihr Leuchten über der Stadt ausbreitete. Die Türme des Schlosses fingen bereits die ersten Sonnenstrahlen auf. Es war, als würde man aus der Nacht hoch ins Licht steigen, dorthin, wo der neue Tag bereits angekommen war und wie an einer Leiter nach unten kletterte.

Hinter dem Stadttor, das in diesem Moment geöffnet wurde, führte der Weg in weit ausholenden Serpentinen den Hügel hinauf. Überall begannen die Vögel zu singen. Das Lied eines fremden Vogels, den sie aus Brina nicht kannte, ähnelte einem meckernden Lachen. Linn spähte nach ihm aus, konnte den kleinen Sänger aber nirgends entdecken. Mit ihr waren auch einige andere Lieferanten unterwegs. Jeder sparte sich den Atem für den Aufstieg, doch selbst ohne zu fragen konnte Linn erraten, was die anderen schleppten. Das dort im Handwagen mussten die frisch gewaschenen weißen Umhänge der

Ritter sein. Und jener ältere, rüstige Mann mit dem unförmigen Sack auf dem Rücken war bestimmt ein Jäger, der nachts unterwegs gewesen war und nun seine Beute ablieferte. Sie alle wurden am Tor kontrolliert und dann durchgelassen.

Linns Herz schlug schneller, als sie an der Reihe war, aber der Duft, der aus dem Korbgestell an ihrem Rücken aufstieg, hätte sogar den misstrauischsten Wächter überzeugt. Sie folgte dem Jäger in die Küche, wo sie sich erst einmal von der Größe des Raumes und der Betriebsamkeit, die hier herrschte, erschlagen fühlte. Rasch lieferte sie ihre Last ab und trat wieder auf den Hof hinaus.

Wie beim letzten Mal war sie gebannt von der Größe des Schlosses und der Schönheit der Mosaike, die im Licht der Sonnenstrahlen zu glühen schienen. Von den kämpfenden Gardisten hatte sie sich zwar von nun an fernhalten wollen, aber es gelang ihr nicht. Das Krachen und Klirren der Schwerter lockte sie auch diesmal unwiderstehlich an.

»Tanzen sie«, flüsterte jemand ihr ins Ohr. Sie fuhr herum, doch es war nur der Narr, der sich unbemerkt angeschlichen hatte. »Bluten sie. Und wofür? Wenn der Drache kommt, setzen sie sich in die Gaststube und trinken, bis er an Altersschwäche eingeht.«

Er zog Linn hinter eine der göttergleichen Statuen, von wo aus sie den Schaukampf beobachten konnte, ohne selbst bemerkt zu werden.

Oh ihr Götter, sah das schwierig aus! Wie sollte sie das ohne Unterricht jemals schaffen?

»Habt Ihr immer noch nicht genug?«

Zu früh gefreut. Okanion hatte sie entdeckt und sich mit einem Stirnrunzeln hinter ihr aufgebaut.

»Ich … lerne«, sagte sie rasch.

»Durch Zusehen?«

»Wenn Ihr nichts dagegen habt?«

Der narbige Ritter verzog das Gesicht. »Das wird Euch nichts nützen.«

»Das lasst ruhig meine Sorge sein«, versetzte Linn. »Darf ich denn zusehen, wann immer ich möchte?«

Sein Blick wanderte von ihr zum Narren und zurück. »Das ist närrisch«, murmelte er. »Zeitverschwendung. Tut, was Ihr wollt.« Er ließ sie stehen, doch das war ihr nur recht.

»Ein kleiner Sieg«, sagte sie nachdenklich. »Aber er hat recht. Was nützt es mir, etwas zu bewundern, was ich niemals haben werde?«

»Die kleinen Siege sind die besten«, fand der Narr. »Machen wir es uns gemütlich. Sind da noch Krümel in deinem Korb? Ein Picknick mit Schwertkampf. Ein Lanzenduell, Zwiebelstückchen auf der Zunge. Was könnte es Schöneres im Leben geben?«

Sie beobachtete, wie Ritterin Gunya auf den Platz trat und Prinz Arian sich ihr gegenüber aufstellte. Die beiden begannen, einander zu umkreisen, bevor sie aufeinander losgingen, nur um gleich wieder auseinanderzuspringen.

»Ein Tanz«, sagte der Narr. »Kannst du nachtanzen, wenn sie vortanzen?«

»Vielleicht«, murmelte sie. *Betrachte es als Tanz. Nicht als Kampf. Als einen Tanz, in dem ein Mann und eine Frau sich zur Musik bewegen. Eine Bewegung,* dachte sie. *Ich merke mir einen Tanzschritt, den ich zu Hause übe …*

Sie streckte den Arm aus, vollführte eine Drehung mit dem Handgelenk … und der Narr lachte.

»Ja! Tanz sie zu Tode! Was für ein Picknick!«

Auf dem Rückweg durch die Stadt war Linn so beschwingt, dass sie nicht aufpasste und sich verirrte. Sie geriet in eine Straße mit zahlreichen Werkstätten zu beiden Seiten, wo eine Töpferin vor ihrem Laden saß und mit lehmbeschmierten Händen einen Krug auf einer Scheibe drehte, und beschloss, diese nach dem Weg zu fragen.

»Wie komme ich denn von hier ins Alte Viertel?«

»Einen Augenblick.« Die Frau formte einen weiteren dicken Wulst aus Lehm und glättete ihn, während sich die Scheibe drehte. Linn blieb nichts anderes übrig, als zuzusehen, bis der Krug fertig war.

»Er ist wunderschön«, sagte sie, was ihrer Meinung nach für die bemalten und lackierten Gefäße auf dem Verkaufsregal nicht zutraf.

»Findet Ihr? Nun ja.« Die Töpferin hob die Schultern. »Misslungen ist er nicht gerade.«

Eine Idee war geboren. »Den da. Den nehme ich.« Linn zeigte auf den allerhässlichsten, buntesten Krug, den sie inmitten dieser unsäglichen Kreationen entdecken konnte.

»Wirklich?«, fragte die Handwerkerin zweifelnd.

»Das wird ein Geschenk für einen Mann«, sagte Linn fröhlich. »Er hat dafür gesorgt, dass ich ein Zimmer und eine Arbeit bekomme.« Nur hat er mir nicht verraten, dass er selbst dort wohnt, der Schlawiner.

Der Tanz der Ritter beim Kampf steckte ihr in den Füßen, während sie der Wegbeschreibung lauschte und sich auf den Heimweg machte. Nach vorne und zurück, seitwärts, herumwirbeln, Ausfallschritt … Er war in ihren Armen und in ihren Füßen, dieser Tanz. Ihr Geburtsrecht. Zu Hause im Hof schnappte sie sich einen Besen und übte, bis ihr einfiel, dass sie nicht auf Haushaltsgegenstände angewiesen war und echte Waffen hoffentlich eine größere Wirkung auf den Mann hatten, den sie herausfordern wollte. Sie konnte sich das Grinsen kaum verkneifen, während sie weitere Schilde polierte, die sie vom Dachboden herunterschleppte, zwei Schwerter, drei Dolche und ein paar Armschienen. Ihr war bewusst, dass die Augen der Alten ihr verwundert folgten. Vielleicht war auch Bher irgendwo im ersten Stock und beobachtete sie durchs Geländer.

Nachdem sie lange genug die alten Männer verwirrt hatte, griff sie sich den neuen Krug und schlüpfte zum Nachbarhaus hinüber.

Wie kann er sich einfach so ein Haus kaufen, als Schreibergehilfe? Während Yaro Tag und Nacht schuftet und nicht einmal davon träumen darf?

Ach, die Neugier! Diese verfluchte Neugier, die sie dazu trieb, auf den blauen Torbogen hinauszutreten, einfach nur so, um auf die Straße hinunterzuschauen. Von dort waren es nur wenige Schritte bis an die Tür, die ins Innere des Nachbarhauses führte.

Behutsam drückte Linn die Klinke herunter und lugte durch den Spalt. Sie stand auf einem Treppenabsatz, von dem zwei schmale Türen aus dunklem Holz abgingen. Unten im Erdgeschoss erspähte sie einige weitere geschlossene Türen.

Und wenn er da war? Wie peinlich wäre es, erwischt zu werden! Nein. Dann stünden seine Schuhe vor der Schwelle. Er war ganz sicher oben im Schloss und schrieb.

Linn hatte keine Ahnung, ob Nival das ganze Gebäude bewohnte oder ebenfalls Mieter hatte, und probierte versuchsweise gleich die erste Tür.

Hier war sie richtig, das erkannte sie auf den ersten Blick. Auf dem kleinen Tischchen am Fenster stand eine Reihe geschlossener Tiegel und Töpfchen, die wahrscheinlich Zutaten für die Tinte enthielten. Ein Stapel eng beschriebener Seiten neben einem Packen leerer Blätter zeigte ihr, was Nival noch alles zu tun hatte. Sie betrachtete die feine, verschnörkelte Schrift und seufzte innerlich – um das alles abzuschreiben, würde er bestimmt Jahre brauchen. Das Bett war ordentlich gemacht; die Überdecke aus demselben dunklen Stoff wie die schweren

Vorhänge. Linn, die es gewohnt war, hinter den nachlässigen alten Männern aufzuräumen, nickte anerkennend. Falls nicht Mora selbst hier für Ordnung sorgte, war Nival äußerst reinlich für einen Mann. Jeder in schlichten Farben glasierte Topf, jeder Korb aus dunklem Flechtwerk auf dem Schrank zeugte von Ordnungssinn und Geschmack. Nur dieser abscheuliche Krug, den sie zwischen seinen Sachen platzierte, passte nicht so recht ins Bild.

»Was macht Ihr denn hier?«

Sie fuhr herum. Vor ihr stand Nival und starrte sie verblüfft an, als sei sie eine Erscheinung. In seinem dunkelbraunen Wams wirkte er noch blasser als sonst.

»Ich habe Euch ein Geschenk gebracht«, sagte sie. »Seht Ihr?«

Mit Entsetzen betrachtete er ihr Mitbringsel.

»Dafür, dass Ihr mir so geholfen habt.« Als sie an ihm vorbei aus dem Zimmer schlüpfte, presste er sich noch enger an den Türrahmen und machte ein Gesicht, als würde er gleich in Ohnmacht fallen.

»Hübsch habt Ihr es hier, Herr Nival. Für mich gibt es in dieser vorbildlichen Kammer nichts zu tun«, verkündete sie, bevor sie stolz davonmarschierte. Erst auf dem blauen Torbogen über der Straße erlaubte sie sich, höchst albern und ganz dienstmädchenhaft zu kichern.

Im Hof hatten sich die alten Männer versammelt und riefen durcheinander, aufgeregt wie selten.

»Lasst das Mädchen auch mal schauen!«

Im Mittelpunkt des Interesses stand ein Käfig. Darin saß ein unscheinbarer graubrauner Vogel, der mit kleinen schwarzen Augen ängstlich umherspähte. An ihm war so wenig Bemerkenswertes, dass Linn sich fragte, ob man sie hier vorführen wollte.

»Vermutlich kann er wunderbar singen?«, fragte sie.

»Singen?«, kam es aus dem Käfig zurück. »Singen? Singen? Singen?«

Sie lachte auf. »Das ist ja unglaublich!«

»Glaublich«, sagte der Vogel schüchtern. Er duckte sich; seine eigenen Worte schienen ihn zu erschrecken. »Glaublich.«

»Das ist eine Affendrossel«, erklärte Bher glücklich. »Lireck hat sie von seiner Tante geerbt.«

»Gar nicht!«

»Na gut, dann war es eben die Tante von deinem Ritter.«

»Von Eurem Ritter? Ihr wart auch ein Knappe?«

»Wie wir alle«, erklärte der alte Mann namens Lireck höchst zufrieden. »Ritter werden nicht alt, Tanten schon. Sie hat den ganzen Tag über ein schwarzes Tuch über den Käfig gehängt, weil ihr der Vogel auf die Nerven ging. Deshalb ist er so ängstlich. Dich muntern wir schon wieder auf, nicht wahr?«

»Nichwahr, nichwahr«, murmelte die Drossel und kratzte sich am Kopf.

»Man kann sie sogar dazu bringen, ganze Sätze zu sprechen, wenn man mit ihr übt.«

»Ihrübt«, sagte der Vogel nervös und flatterte versuchsweise auf. »Ihrübt, ihrübt. Fünf Silberstücke.« Hastig duckte er sich.

»Ich werde ihr alle Schimpfwörter beibringen, die ich kenne«, kündigte Lireck an und strahlte übers ganze Gesicht.

»Wenn ich auch nur ein Schimpfwort hier in meinem Hof höre«, warnte Mora, »lasse ich den Käfig aus Versehen offen, kapiert?«

»Eine Affendrossel!« Auch Nival war von dem Aufruhr im Hof angelockt worden. Er schien sich von dem Schock über den hässlichen Krug erholt zu haben. Seine Augen leuchteten. Er streckte die Hand aus und zog sie hastig wieder zurück, als der Vogel nach ihm pickte.

Linn lachte, und auf einmal war es, als wären sie drei allein auf der Welt, er und sie und die aufgeregte Drossel, eingeschlossen in einer Wand schwatzender alter Männer, aber nichtsdestotrotz allein.

»Werdet Ihr den Krug wegwerfen?«, fragte sie.

»Nein«, sagte er leise. »Ganz bestimmt nicht«, und diese Antwort machte sie unverhofft froh. »Ihr seid also sauer, weil Ihr immer noch keinen Lehrer habt?«, fragte er. »Nun, Ihr habt mir ein Geschenk gemacht. Jetzt bin ich dran.«

»Aber … ich wollte eigentlich, dass wir quitt sind.«

»Ich habe gehört, Ihr seid ganz gut im Armdrücken.«

Von wem hatte er das jetzt wieder? Sie hatte nur Mora ein paar Geschichten aus Brina erzählt, und der Gedanke, dass Nival sich bei seiner Tante nach ihr erkundigte, machte sie verlegen.

»Die Idee, die Rüstungen in den Hof zu bringen, war schon mal nicht schlecht. Das reicht allerdings nicht, um Bher zu ärgern. Würdet Ihr … mit mir … äh, Armdrücken machen?« Nivals Gesicht wurde merklich dunkler.

Nun war es an Linn, verwirrt zu sein.

»Ja?«, bat er leise. »Fragt mich. Fragt laut.«

Er plante doch irgendetwas. Linn biss sich auf die Lippen, um nicht mit jeder Menge Fragen herauszuplatzen. »Na gut«, flüsterte sie. Dann rief sie: »Ich habe schon mal gegen einen Schreiber im Armdrücken gewonnen. Ihr seid ja auch einer, Herr Nival. Zu gerne würde ich ausprobieren, ob ich gegen jeden Schreiber ankomme. Tut Ihr mir den Gefallen?«

»Äh«, sagte Nival, und dafür, dass er seine Überraschung und Verlegenheit nur spielte, gelang es ihm erstaunlich gut.

»Nun stell dich nicht so an«, maulte Bher. »Los, Junge, zeig dem Mädel, was du kannst.«

Die alten Männer zogen ihre Aufmerksamkeit sofort von der Drossel ab und forderten lautstark einen kleinen Kampf. »Hier am Tisch. Wo wir alle gut sehen können.« Sie drückten Nival auf die Bank und holten für Linn einen hölzernen Schemel herbei. Das Mädchen stellte den Ellbogen auf dem fleckigen dunkelbraunen Holz ab, das glatt war von vielen Jahren ausgiebigen Gebrauchs.

Nival seufzte und schob seinen Ärmel zurück. Ergeben streckte er die Hand aus und legte sie in Linns.

»Welcher Einsatz?«, fragte der alte Roban.

»Keiner«, sagte Linn schnell. »Nur so, zum Spaß.«

Nivals Hand fühlte sich überraschend gut an, fest und warm. Hatte sie erwartet, sie würde feucht und schlaff sein? Er biss sich vor Anspannung auf die Lippen.

»Hay, hay, hay«, murmelte sie, um das Glück auf ihre Seite zu ziehen.

»Auf mein Zeichen«, rief Bher. »Eins, zwei – und los!«

Linn legte ihre ganze Kraft in ihren Arm und drückte. Nival lächelte, als er dagegenhielt – ein Lächeln, fein und irgendwie spitzbübisch, das Linn ebenso überraschte wie sein fester Händedruck.

»Was soll denn das?«, schimpfte Mora. »Nival, ich bitte dich! Das tut man nicht! Ein ungebundener Mann und ein junges Mädchen – also wirklich. Was sollen denn die Nachbarn denken?«

»Wir sind die Nachbarn«, erinnerte Dorago. »Geht zur Seite, Frau Mora, Ihr versperrt mir die Sicht.«

Linn versuchte, das Gerede um sie herum auszublenden. Sie konzentrierte sich auf ihren Gegner. Einen Schreiber. Er konnte nicht besonders stark sein. So dünn und blass, wie er war, zumal er nichts weiter zu tun hatte, als eine Feder zu halten oder Tinte umzurühren!

Nivals Lächeln stieg ihm in die Augen, als er ihr standhielt. Verdammt! War es doch der Wettstein gewesen, der ihr gegen den Büttel geholfen hatte? Konnte ein Mädchen nicht stärker sein als ein Mann, ganz gleich, welchen Beruf er ausübte?

»Nival!«, rief Mora.

Er erschrak, und schon lag seine Hand auf dem Tisch. Die alten Männer klatschten begeistert.

»Hat sie es ihm gezeigt! Ja, das hat sie!« Lireck und Roban beglückwünschten sich gegenseitig, und sogar der stumme Kasidov nickte und öffnete den Mund, als wollte er gleich etwas sagen.

»Die jungen Männer sind auch nicht mehr das, was sie früher mal waren«, stellte Borlin missbilligend fest.

»Oh früher, früher kannte ich ein Mädchen, das konnte einen packen und in die Kammer zerren …«, begann Dorago zu erzählen, doch Bher versetzte ihm einen Stoß, und er beendete seinen Bericht glücklicherweise an dieser Stelle.

Lireck klopfte ihr anerkennend auf die Schulter. Aber Linn war nicht zufrieden.

»Das gilt nicht. Ihr wart abgelenkt, Herr Nival.« Ärgerlich sah sie zu Mora hinüber, die sich jedoch schon wieder zurück zu ihrem Ofen begeben hatte.

Der junge Schreiber hob die Schultern. »Ich akzeptiere meine Niederlage«, sagte er ernst.

»Natürlich tut er das!«, rief Bher. »Ist eben kein Kämpfer«, fügte er leiser hinzu.

»Ach?«, fragte Nival. In seinen Augen blitzte etwas auf. »Wie meinst du das denn? Etwa so, wie es klingt?«

»Ich meine alles, was ich sage, so, wie es klingt«, sagte sein Onkel trotzig.

»Eine Niederlage ist eine Niederlage«, sagte Nival. »Aber vielleicht gewährt mir das Fräulein eine Revanche mit anderen Waffen.«

»Bitte schön«, meinte Linn, aber Bher lachte nur verächtlich. »Mit Federkielen etwa? Willst du dich mit dem Zeigestock duellieren? Oder ihr Tinte ins Gesicht schütten?«

Ohne ein Wort drehte Nival sich um und ging.

Die Männer räusperten sich unbehaglich. Linn ärgerte sich

maßlos über Bhers Unverschämtheit – wie konnte er es wagen, seinen Neffen derart zu beleidigen? War es denn wirklich so ehrenrührig, gegen ein Mädchen zu verlieren? –, dass sie es wagte, den Hausherrn selbst herauszufordern.

»Und Ihr, Herr Bher?«, fragte Linn. »Seid Ihr denn ein Kämpfer? Wollen wir auch einmal?«

»Zeigt es ihm, Fräulein Linnia!«, riefen Lireck und Dorago. »Dem alten Knacker!«

»Das ist unfair«, meinte Bher. »Sie ist müde, ich nicht.«

»Dann tragen wir einen anderen Wettkampf aus«, schlug Linn vor. »Nicht mit den Armen, sondern – mit diesen seltsamen Lanzen, wie sie die Drachengarde hat?«

»Ich fass die Dinger nicht an«, knurrte Bher, drehte sich um und verließ den Hof.

»Was hat er denn?«, fragte Linn.

»Hat zu viele Ritter sterben sehen«, sagte Borlin. »So wie wir alle. Immer sterben sie, so jung und hoffnungsvoll. Man hat irgendwann genug davon.«

»Meint Ihr diese Dinger hier, Fräulein Linnia?«

Sie drehte sich um. Da stand Nival, zwei Lanzen in der Hand, die denen aus dem Schlosshof glichen, auch wenn das Metall, mit dem sie gespickt waren, angelaufen war und der eine oder andere Dorn zu rosten schien. Sie waren mit Lederstreifen umwickelt statt mit Eisenbändern.

»Vom Dachboden«, erklärte er und warf den alten Männern einen triumphierenden Blick zu. »Wo diese verstaubten Kerle ihre Schätze horten. Alles, was von ihren ach so geliebten Rittern übrig geblieben ist.«

»Das will ich jetzt nicht gehört haben«, grummelte Roban.

»Hier.« Nival reichte Linn einen der Stäbe. »Wisst Ihr, wie man damit umgeht?«

Sie schloss die Hand darum und fand, dass sich die Waffe gut anfühlte. »Ich habe keine Ahnung«, gestand sie.

»Ich auch nicht. Das klingt nach einem fairen Kampf, oder?«

»Kinder, tut euch nicht weh!«, rief der alte Dorago, als Nival seine Lanze ziemlich heftig gegen Linns schlug. Sie lachte auf und wehrte den Schlag mit Leichtigkeit ab. Er war so viel langsamer als der fiese Fador, dass sie sogar zum Angriff übergehen konnte. Die beiden Lanzen verhakten sich, aber keiner von ihnen ließ los. Sie zerrten an ihren Waffen.

Die Alten lachten ungehemmt. »Sieht irgendwie niedlich aus, oder?«

Nival stieß einen undeutlichen Fluch aus. »Das ist schwerer, als es aussieht, also hört auf zu lachen!«

Mora kam aus der Küche und fluchte noch lauter als ihr Neffe. »Legt die Dinger hin! Und zwar sofort, bevor ihr euch gegenseitig die Augen aussstecht! Nival, sei vernünftig! Linnia, du gibst auf, ist das klar?«

Sie standen sich gegenüber, jeder beide Hände um seine Lanze gekrallt, und keiner wich auch nur einen Schritt zurück.

»Ich denke nicht im Traum daran«, sagte Linn.

»Ich auch nicht«, behauptete Nival. Er schien fest entschlossen, ihr zu beweisen, dass er kein Schwächling war, und ignorierte das Gezeter seiner Tante.

»Gebt schon auf, bevor ich Euch in den Staub werfe, Herr Nival«, sagte Linn, die zwar ihre Lanze nicht aus dem Hakengemenge entfernen konnte, aber darauf hoffte, ihren Gegner mit einem heftigen Ruck aus dem Gleichgewicht zu bringen, wenn er gerade abgelenkt war.

»Ha«, sagte Nival, »das wollen wir mal sehen.«

Die Alten johlten und klatschten.

»Wie süß«, sagte Lireck. »Die zwei tun, als wären das Bratspieße.«

»Sind es ja auch«, meinte Roban. »Fleischspieße für Drachen. Ihre Hände werden abrutschen. Gleich, seht ihr? Lange kann man die Dornlanzen so nicht festhalten.«

»Hört auf!«, schrie Mora wütend. »Wie willst du deine Arbeit tun, wenn du dir die Hände verletzt, Nival? Das Gleiche gilt für dich, Linnia. Oh, bei Barradas, dem Gott der ungehorsamen Kinder, hört endlich mit dem Unsinn auf, bevor ich euch beide verprügele!«

Linn hob den Kopf und funkelte Nival an. »Wir können gerne aufhören – wenn Ihr aufgebt.«

»Müsst Ihr nicht gehen und die Böden wischen?«, konterte er. »Ich werde Euch nicht aufhalten, Fräulein Linnia.«

»Das reicht jetzt.« Bher scheuchte seine Freunde zur Seite und stellte sich zu den beiden. »So kämpft man nicht. Das sind Dornlanzen. Man hält sie so – gib endlich her. Soll ich es dir nun zeigen oder nicht?«

Linn löste ihre verkrampfte Hand von dem Holzstab und trat einen Schritt zurück. Mit einer Drehung seines Handgelenks befreite Bher die Lanze von den Haken der gegnerischen Waffe. Ohne seinen Neffen zu beachten, wandte er sich an Linn.

»So. Man hält sie ganz locker. Nicht verkrampfen. Sobald man schwitzt und abrutscht, sitzt man in den Dornen. Und ihr«, wütend wandte er sich an seine Kameraden, »habt ihr nichts Besseres zu tun, als die beiden auszulachen?«

»Ähm«, sagte Roban. »War nicht böse gemeint, Fräulein Linnia.«

»Hier.« Bher reichte ihr die Dornlanze. »Halte sie frei schwingend, mit lockerem Handgelenk. Man benutzt sie nicht zum Zustoßen. Dafür sind sie nicht geeignet. Sie werden geschwungen.«

»Was ist denn ihr Zweck?«, fragte Linn, während sie versuchte, Bhers lockere, fließende Bewegungen nachzuahmen. Er hatte Nival die zweite Lanze aus der Hand gerissen und machte es ihr nun vor. »Werden damit Drachen erstochen?«

»Nein. Nur abgelenkt. Man versucht, die Waffen an den Dornen und am Kamm des Drachen festzuhaken und ihm Teile der

Schuppen herauszureißen. Ein guter und sicherer Umgang mit der Dornlanze ist die beste Methode, um dem Ritter, der von der anderen Seite mit dem Schwert angreift, das Leben zu retten.«

Linn konzentrierte sich auf die Waffe. Es war gar nicht so einfach, sie im Gleichgewicht zu halten.

»Du musst sie fühlen, sie muss eins werden mit deinem Körper, bis es so ist, als würdest du deine eigenen Klauen in den Leib des Untiers schlagen. Als wärst du selbst ein Drache mit Dornen und Krallen und Zähnen. Ein Schwert ist niemals dasselbe. Ein Schwert ist wie eines der Hörner auf deinem Kopf, wenn du ein Stier wärst. Aber das hier – das verlangt Leichtigkeit und Präzision und Selbstvergessenheit. Näher wirst du deinem Feind nie kommen als damit.« Bher sah auf und machte einen Ausfallschritt auf seine Freunde zu. »Was glotzt ihr? Habt ihr etwas dazu zu sagen? Dann sagt es.«

»Möge das hübsche Fräulein niemals einem Drachen begegnen«, sagte Dorago.

»Nein«, widersprach Roban, »hoffen wir für den Drachen, dass er niemals dem hübschen Fräulein begegnet. Seht ihr nicht das Feuer in ihren Augen? Unter diesem Zopf wohnt ein kleiner Drache, der feuerspeiend an die Oberfläche kommen will.«

Hinter ihnen seufzte Mora. »Du bist verrückt, Bher«, sagte sie. »Planst du den Tod meines Dienstmädchens? Hast du nicht genug Ritter sterben sehen?«

»Ritter sind dumm«, schnappte er. »Linnia ist es nicht. Vielleicht …«

»Du bestärkst sie in ihrem wahnsinnigen Vorhaben – für ein Vielleicht?«

»Geh an deinen Backofen, Frau«, knurrte Bher.

»Hör auf, Linnia«, befahl Mora. »Du stehst in meinem Dienst. Ich verbiete es dir.«

»Dann kündigt sie eben«, sagte Bher. »Sie hat sowieso nicht

die Zeit, die Böden zu wischen, wenn sie lernt, wie man mit der Dornlanze umgeht, um einen echten Feuerdrachen zu ärgern.«

»Ich will den Drachen nicht ablenken«, warf Linn dazwischen, die das Gefühl hatte, dass die ganze Diskussion über ihren Kopf hinweg stattfand. »Ich will ihn töten. Ich will ein Schwert halten und ihn umbringen, nicht ein paar Schuppen von seinem Rücken kratzen.«

»Wenn sie kündigt, werfe ich sie raus«, sagte Mora.

»Nein!«, protestierte Lireck. »Jetzt, wo es spannend wird?«

»Spannendwird«, flötete die Affendrossel.

»Recht hast du, mein Vögelchen. Dann gehen wir auch«, kündigte Lireck entschlossen an.

»Aber …«

»Ein Ritter fängt mit zwölf an«, sagte Mora. »Fünf Jahre Ausbildung hat er hinter sich, wenn er so alt ist wie Linnia. Dann kann er reiten, fechten, kämpfen …«

»Und singen«, erinnerte Bher. »Und dichten. Und gelehrte Wortgefechte mit Fürsten bestreiten. Und den Lauf der Sterne berechnen. Liebste Mora, in diesen fünf Jahren wird so viel in die armen Jungen hineingestopft, dass gar nicht mal so viel Kampf herauskommt, wenn wir das Singen und die Poeterei abziehen.«

»Sie ist ziemlich stark für ein Mädchen von siebzehn«, setzte Lireck hinzu. »Außerdem hat sie das richtige Gespür für so etwas. Das sehe ich. Bher sieht es auch.«

»Und einen Dickkopf dazu«, ergänzte Roban. »Was glaubt Ihr, wie viele dieser adligen Jüngelchen all das mitbringen? Die meisten quälen sich ein paar Verse über die Lippen, reiten ihre Pferde zuschanden, trinken einander unter den Tisch und enden als Drachenfutter. Fräulein Linnia kann sie locker einholen, wenn sie hart an sich arbeitet.«

Während sie sich stritten, konzentrierte Linn sich auf die Lanze. *Ganz leicht, halte sie nicht zu fest. Und jetzt schwing sie.*

Mit einem leisen Fauchen fuhr die eiserne Spitze durch die Luft. Aus Versehen ließ sie die Waffe los, die über die Köpfe der Alten hinwegflog und zitternd in der Verkleidung des Balkons über ihnen stecken blieb.

Linn sah sich nach Nival um und ertappte ihn dabei, wie er sie anstarrte. Schuldbewusst wandte er hastig den Blick ab. »Ich dann … muss jetzt los«, stammelte er und stolperte aus dem Hof.

»Fräulein Linnia.« In Bhers Gesicht lag feierlicher Ernst. »Ich werde dich unterrichten, so gut ich es kann.«

»Gut formuliert, in der Tat!«, höhnte Borlin hinter ihm. »So gut er es kann. Ohne uns seid ihr beide verloren!«

Moras Ehemann warf ihm einen bösen Blick zu. »So gut ich es kann«, wiederholte er. »Ich werde dir nicht beibringen, wie ein Ritter zu fechten. Ich bin keiner, und du wirst auch nie einer sein. Alle diese eleganten Finten und Drehungen nützen dir gar nichts. Tanzen«, knurrte er verächtlich. »Das sieht ja aus wie Tanzen! Ich hasse das! Ich werde dich keinen Schaukampf lehren, mit dem du vor Zuschauern eine gute Figur machen könntest. Ich werde dir nur beibringen, wie man mit dem Schwert seinen Gegner töten kann.«

Sie nickte. »Das ist … akzeptabel.«

»Rüstungen und Schilde nützen nur etwas im Kampf gegen andere Menschen. Auch das solltest du beherrschen, wenigstens in Grundzügen. Aber wenn du einen Drachen besiegen willst, wirf den Schild weg und zieh die Rüstung aus. Nichts davon kannst du gebrauchen. Gegen sein Feuer hilft es dir nicht das Geringste. Du musst nur schnell sein; alles, was dich daran hindert, kannst du vergessen. Das ist der Grund, warum so viele Ritter sterben: Sie sind zu stolz, sie verlassen sich auf ihre prächtigen Helme und Brustpanzer und Schilde. Dabei kann man damit nicht gegen einen Drachen bestehen.«

»Gut.«

»Aber ich habe noch eine Bedingung, die dir vermutlich nicht gefallen wird.«

»Und die wäre?«, fragte Linn bang.

»Du wirst tun, was ich dir sage. Du wirst trainieren bis zum Umfallen, und wenn du glaubst, du kannst keinen einzigen Schritt mehr gehen, wirst du noch zwanzig Yagons laufen. Wenn du denkst, du wirst gleich ohnmächtig, machst du trotzdem weiter. Wenn du vor Schmerzen deinen Arm nicht mehr bewegen kannst, wirst du ihn dennoch heben, und zwar mitsamt deiner Waffe. Haben wir uns verstanden?«

»Ja«, sagte sie, und ehe er sich's versah, umarmte sie ihn. Die Alten johlten begeistert.

»Noch etwas«, fügte Bher hinzu und senkte die Stimme. »Versprich mir, dass du niemandem deinen Vatersnamen mitteilst. Du wirst Linnia sein. Sonst nichts. Sonst niemand. Schwöre es. Sobald du deinen Schwur brichst, werde ich die Ausbildung abbrechen.«

Diesmal zögerte sie ein wenig länger. Was er da von ihr forderte, machte es ihr unmöglich, sich erneut bei der Garde zu bewerben. Sie hatte darauf gehofft, dass sie es noch einmal versuchen könnte – diesmal als Tochter Ritter Harlons. Ja, Bher wusste genau, was er tat. Wenn er sie als Schülerin aufnahm, musste sie aufhören, darauf zu hoffen, jemand anders könnte sie besser unterrichten.

»Versprich es«, verlangte er. »Weder hier in diesem Haus noch sonst wo will ich den Namen hören, von dem du glaubst, er könnte dir Glück bringen. Aber das wird er nicht. Es muss in dir sein, begreifst du das? Oben im Schloss zählt das Blut, wenn du jedoch dem Drachen gegenüberstehst, zählt nur das, was du selber bist. Es geht nicht nur darum, wie stark dein Arm ist. Viel wichtiger ist, wie stark dein Herz ist.«

»Ja«, stimmte sie zu – traurig, denn nichts hatte sie sich mehr gewünscht, als den Namen ihres Vaters zu tragen, voller Stolz und Verheißung, und in seine Fußstapfen zu treten. *Vielleicht,* dachte sie leicht zerknirscht, *habe ich wirklich erwartet, dass es dadurch einfacher werden würde.*

»Gut«, sagte Bher zufrieden. »Dann will ich dafür sorgen, dass du nicht als Drachenfutter endest.«

10

Der Schatten wanderte über den Hof. Die Drossel schlug mit den Flügeln, öffnete den Schnabel und rief laut: »Arm hoch! Arm hoch!«

»Ja, du hast gut reden«, seufzte Linn. »Hast du eine Ahnung davon, wie anstrengend das ist?«

Seit Stunden focht sie mit der Dornlanze gegen ein Betttuch, das Bher an einer Stange im Hof aufgehängt hatte. Er hatte ihr die Aufgabe gestellt, den Stoff mit der Lanze in feine Streifen zu schneiden.

Nichts leichter als das, hatte sie gedacht, nur um festzustellen, dass es zwar möglich war, das Laken in kleine Stücke zu zerfetzen und grobe Löcher hineinzureißen, doch die Haken so anzusetzen, dass sie glatt durch den Stoff schnitten, war geradezu unmöglich. Heimlich hatte sie das zerstörte Laken abgenommen und sich aus Moras Truhe ein neues geholt, aber auch mit diesem klappte es nicht besser.

Bhers Anforderungen stiegen von Viertelmond zu Viertelmond. Am Anfang hatte es ihm gereicht, wenn sie die Dornlanze hin- und herschwang und damit Figuren in die Luft zeichnete. Die abgehackten Bewegungen erschreckten die Affendrossel, die in ihrem Käfig döste, und so war schnell eine neue Stufe hinzugekommen: Sie sollte sich so fließend bewegen, dass sie den Vogel nicht störte.

»Wann fangen wir mit dem Schwert an?«

»Mit dem Schwert?« Bher lachte. »Vergiss das Schwert. Du hast schon mal einen Drachen gesehen? Zeichne seine Umrisse in den Himmel.«

»Mein Arm wird müde.«

»Wirklich? Soll ich dich ins Schloss schicken, damit du die Gardisten zum Armdrücken herausfordern kannst? Willst du mit dem Prinzen fechten? Er hat zwar noch keinen Drachen getötet, aber mit einer scharfen Klinge würde er dir den Zopf abschneiden, ohne dass du es merkst.«

»Ich müsste ja nicht ausgerechnet gegen ihn antreten. Fador hat mir gereicht.« Sie seufzte. »Das Hohe Spiel – was ist das?«

Bher schnappte vor Entsetzen nach Luft. »Du hast mit den Gardisten das Hohe Spiel gespielt? Es war keine normale Wette?«

»Ich … weiß nicht. Die Ritter haben Fador zugerufen, er solle es spielen – doch er hat nichts darauf erwidert. Ist es irgendein Trick, den er angewandt hat?«

»Meine Güte.« Bher strich sich über die Glatze, als müsste er sie zum Kampf polieren wie eine Waffe. »Meine Güte, Linnia, erschreck mich nicht so! Hast du zu Beginn des Kampfes deinen Namen genannt und er auch, mit allen seinen Titeln? Habt ihr um ein Jahr gekämpft oder um drei?«

»Um *Jahre?* Nein, nicht dass ich wüsste.«

»Gut. Sehr gut.« Bher atmete erleichtert auf. »Das Hohe Spiel unterliegt überaus strengen Regeln. Unter den Adligen ist es sehr beliebt, aber es ist auch schon vorgekommen, dass jemand völlig unvorbereitet da hineingetappt ist. Obwohl es heißt, wer dabei betrügt, den zerschmettern die Götter mit einem Blitzstrahl. Also, ich würde es nicht herausfordern.«

»Man spielt um Jahre? Was bedeutet das?«

»Dieses Spiel ist schon sehr alt«, sagte Bher, »und manche sagen, nur Ritter und Männer von adeligem Geblüt dürften es spielen … wie gesagt, es kann einen trotzdem böse erwischen.

Es ist ein Wettkampf wie jeder andere – nur dass der Verlierer dem Sieger verpflichtet ist. Er muss ihm dienen, verstehst du? Wie ein Sklave. Ein Jahr lang oder drei oder fünf.«

Linn schauderte. »Das klingt ja furchtbar. Warum sollte irgendjemand sich auf so etwas einlassen?«

»Warum nicht, wenn er glaubt zu siegen?« Bher warf Linn einen scharfen Blick zu.

»Das traut Ihr mir zu? Dass ich das Risiko eingehe, mich selbst zu versklaven?« Linn schüttelte sich. »Wieso ist so etwas überhaupt gestattet? Ich meine, unter Rittern? Könnte ein Mann des Königs dadurch nicht in Konflikte geraten, wem er loyal sein muss?«

»Das Hohe Spiel«, sagte Bher, »ist bindender als jeder Treueschwur dem König gegenüber. Es gilt sogar für Könige. Du musst das verstehen, Linnia – es ist eine uralte Tradition, die früher dazu geführt hat, dass Kriege beendet wurden und aus Feinden, die sich bis aufs Blut bekämpft haben, Freunde werden konnten oder zumindest Menschen, die sich zu respektieren lernten. Angehörige verfeindeter Königreiche haben es gespielt – und mussten die andere Seite notgedrungen kennenlernen, dort leben, die Augen öffnen für Dinge, von denen sie nichts wussten. Könige unterwarfen sich einander – für ein paar Jahre, ohne dass jemand an ihrer Ehre gezweifelt hätte, und schlossen Frieden am Ende dieser Zeit. Das Hohe Spiel ist die Rettung für viele gewesen, die sich sonst blutig aneinander aufgerieben hätten.«

»Etwas Ähnliches spielen die Kinder in meinem Dorf«, sagte Linn. »Sie nennen es Hayon. Der Verlierer muss den anderen die Schuhe putzen und schattenspendende Blätter über ihren Kopf halten. Manchmal für mehrere Viertelmonde.«

»Tja«, meinte Bher, »ganz Schenn steckt diese Tradition in den Knochen. Also pass auf, was du wettest und mit wem. Und auch wenn du nicht meine Sklavin bist und weder geschworen hast, mir ein Jahr oder drei zu dienen: Jetzt, liebe Linnia, wird weitertrainiert.«

»Arm rauf«, befahl die Drossel. »Arm rauf. Arm rauf.«

»Ja, ich hab's gehört!«, schrie Linn den Vogel an. »Tut mir leid«, fügte sie schnell hinzu. »Du kannst ja nichts dafür. Ich hol dir einen Leckerbissen.«

Sie nutzte die kleine Pause, um ihren schmerzenden Muskeln Entspannung zu gönnen, und fühlte sich wie immer schuldig für jeden Augenblick, den sie nicht weiterarbeitete. Meistens waren die alten Knappen im Hof, um sie anzutreiben, doch heute saß Kasidov allein oben auf dem Balkon und döste vor sich hin. Die anderen waren alle ausgeflogen oder hielten ein Schläfchen in ihrem Zimmer. Nur Mora werkelte in der Küche herum, vertieft in ihre Pastetenbäckerei.

Linn stieß die Schwingtür auf und sah gerade noch, wie die Hausherrin ein Pulver über die Teigfüllung streute und dazu etwas murmelte.

»Was tut Ihr da?«

Mora schrak zusammen. Ein nervöses Lächeln huschte über ihre Lippen. »Bloß ein bisschen Gewürz«, erklärte sie hastig. Ihre Augen bewiesen, dass sie log, was Linn sehr wunderte. Sie blickte so schuldbewusst, als hätte sie vor, den König zu vergiften.

»War das nicht *Caness?*«

Moras riesige Augen wurden noch größer, als wollten sie ihr gleich aus dem Kopf fallen. »Ich tue nichts Schlimmes!«

»Arm rauf!«, kreischte der Vogel im Hof.

»Ich wusste, es war ein Risiko, dich in dieses Haus zu lassen. Du siehst viel mehr, als du sehen solltest. Ich tue nichts Verbotenes. Ich schade niemandem damit!«

»Warum sollte denn *Caness* verboten sein?« Neugierig trat Linn näher. Auf dem feingehackten Fleisch war nichts zu sehen. Sie schnupperte vorsichtig. Die üblichen Kräuter, Zwiebeln, Pilze – alles wie immer. »Meine Mutter benutzt es auch. Das machen alle bei uns im Dorf, damit man den faden Rübeneintopf hinunterkriegt. Ich hätte nie gedacht, dass Ihr das nötig habt.« Linn sog den Duft ein und kostete vorsichtig. »Die sind einfach perfekt.« Es schmeckte köstlich, nicht anders als erwartet.

»Ich finde, Ihr habt es gar nicht nötig, sie noch zu verbessern, Frau Mora.«

»Weißt du, wie viele gute Pastetenbäcker es in Lanhannat gibt, Linnia? Richtig gute, die ihr Handwerk verstehen? Mindestens ein Dutzend. Bin ich die beste? Darauf kommt es gar nicht an. Ich beliefere das Schloss seit fünfzehn Jahren. Doch das heißt gar nichts; dieses Privileg könnte ich jederzeit wieder verlieren. Was kümmert es den König, wer für die Schlossküche backt?« Sie seufzte. »*Caness* macht mein Gebäck unwiderstehlich.« Mora hob die Hände und ließ sie sogleich wieder sinken. »Jetzt weißt du's. Ich bin eine von vielen in Lanhannat, und ich muss festhalten, was ich habe.«

Sie wirkte auf einmal viel kleiner und älter, jetzt, da ihr Geheimnis gelüftet war. »Du kennst *Caness*«, murmelte sie kopfschüttelnd. »Dann wirst du dich hoffentlich nicht weigern, den Korb hochzutragen. Obwohl ich es verstehen könnte, wenn du Angst hast. Falls es jemals herauskommt ... das Risiko ist zu hoch.«

Linn verstand die Aufregung immer noch nicht. »Ich begreife nicht ganz ... wo ist das Problem?«

»Das Problem«, sagte Mora, »ist, dass Zaubern in Schenn verboten ist, wie du weißt. Auch wenn gewisse kleine Zaubereien üblich sind – bitte sprich zu keinem davon. In Lanhannat ist selbst das ein Kapitalverbrechen.«

»*Caness* ist Zauberei?«, fragte Linn betroffen. »Ihr seid eine Zauberin? Aber ... dann wäre meine Mutter ja auch eine. Und damit fast alle, die wir kennen. Sogar Tante Taria. Dann müsste man ganz Brina verhaften!«

»Und du?«, fragte Mora. »Kannst du es auch?«

»Deswegen bin ich noch lange keine Zauberin! Das machen doch alle.«

»Nein«, widersprach Mora. »Ein Großteil der Bevölkerung auf dem Land ist offenbar dazu in der Lage. Glaub mir, die meisten in Lanhannat könnten selbst mit einem Klumpen reinster Magie nicht einmal das vollbringen. *Caness* ist die einfachste, die unterste Stufe der Zauberei, und selbst dafür muss man ein gewisses Talent mitbringen. Ein angeborenes Talent. Die Familien mit dieser Gabe wurden ausgerottet, daher ist es umso seltener, je näher man an die Königsstadt kommt.« Sie betrachtete Linn mit neuem Interesse.

Das Mädchen konnte es immer noch nicht fassen. *Caness* war magisch! Natürlich, in Brina sah man vieles etwas lockerer und ging davon aus, dass es niemandem schadete, wenn man Amulette benutzte oder Träume deutete – das war nun mal keine *richtige* Zauberei. Wenn Tante Taria nicht gewesen wäre, wäre der Dorfmeister nicht einmal auf die Idee gekommen, Linn anzuklagen, so selbstverständlich waren diese kleinen Abweichungen vom rechten Pfad. Der Gedanke an Drachen hatte die Leute nervös gemacht, nicht die Tatsache, dass jemand aus ihrer Mitte vielleicht in die Zukunft sehen konnte.

Linn war so sehr in Gedanken an Brina vertieft, dass die Tatsache, bei einer Zauberin gelandet zu sein, erst allmählich in ihr Bewusstsein drang.

»Ihr könnt … Ihr seid … Ihr zaubert?«

»Wenn du es auch kannst«, sagte Mora, »dann ist das kein Grund, mich so anklagend anzustarren. Bin ich eine Zauberin? Nicht mehr und nicht weniger als du.« Sie lächelte zufrieden. »Ich sollte öfter Dienstmädchen vom Lande herholen. Vermutlich könnte ich bald eine ganze Magierschule einrichten.«

»Ich bin nicht hergekommen, um Zauberei zu lernen!«, rief Linn entsetzt. »Nie im Leben würde es mir einfallen, gegen das Gesetz des Königs zu verstoßen. Außerdem seid Ihr ein guter Mensch. Ihr würdet niemals absichtlich anderen Leuten Schaden zufügen und den Frieden mit Wellrah gefährden.«

Moras Lächeln war verschwunden. »Hundert Jahre Frieden«, murmelte sie, »zu einem Preis, der mir das Blut in den Adern gefrieren lässt. Hundert Jahre sind lang genug, um eine Angst in einem Volk wachsen zu lassen, die blüht und Samen trägt und sich ausbreitet wie Unkraut … aber nicht lang genug, um die Erinnerung daran auszulöschen, was einmal war und was wieder sein könnte.«

»Ihr sprecht wie eine Rebellin.« Linn wollte ihren Ohren nicht trauen.

»Pivellius der Zweite schloss den Bund mit König Tarian von Wellrah, um den jahrhundertealten Zwist zu beenden. Keine Magie mehr auf beiden Seiten. Aber er bedachte nicht, dass Schenn einen ungleich höheren Preis würde zahlen müssen als Wellrah. Wir waren schon immer nicht nur das Land der Drachentöter, sondern ein Land, in dem magisches Blut so verbreitet ist wie blaue Augen oder blonde Haare. Sollte er sein ganzes Volk vernichten für einen Frieden, der ebendieses Volk schützen müsste? Jener Pivellius glaubte noch, es würde genügen, Zauberei zu verbieten und streng zu bestrafen, und dass die Magie, wenn sie nicht ausgeübt würde, im Acker versickern würde wie vorher das Blut der Soldaten. Pivellius der Dritte beschloss, etwas gründlicher vorzugehen.« In ihren Augen flammte Schmerz auf, und zum ersten Mal erschrak Linn wirklich.

»So dürft Ihr nicht über Brahans Erben sprechen«, flüsterte sie.

»Pivellius der Dritte führt das Werk fort, das sein Urgroßvater begann, und er machte ein Gemetzel daraus.«

»Aber …«

»Aber was? Sonst hätte er Irana nie bekommen, die wunderschöne Prinzessin aus Wellrah? Mit dem Versprechen, die Bedrohung, die so viel widerspenstiger ist als gehorsame Soldaten, ein für alle Mal einzudämmen? Man kann Magier nicht zähmen. Man kann sie nur töten und dabei feststellen, dass sie so viel hilfloser sind als erwartet … Oh, er weiß das, dieser Mann auf dem Thron, der kein Drachentöter mehr ist, sondern ein Zauberertöter … Er weiß, dass wir ihm weitaus gefährlicher sind, als wir es für den Frieden und für Wellrah je sein könnten. Der kleinste Zauberer kann den größten König vom Thron stoßen. Schau mich nicht so an, kleine Linnia. Ich habe nicht vor, mich an Brahans Nachkommen zu vergreifen.«

Während sie das sagte, trat ein bitterer Zug um ihre Mundwinkel, und sie krallte die Hände ineinander in einer Verzweiflung, für die es keine Worte zu geben schien.

»Nun ja, ich kann jedenfalls gut verstehen, dass du keine Zauberin sein willst. Sprechen wir über etwas anderes. Am besten, du vergisst alles, was ich dir gerade erzählt habe. Hör nicht auf eine verwirrte, alte Frau.«

Linn blieb, wo sie war, die Hand auf den Tisch gestützt, auf dem immer noch die Pasteten auf ihre Fertigstellung warteten. Sie erwartete, dass ihre Zuneigung zu Mora verschwunden wäre, aber da war so viel Schmerz in der Stimme der Frau gewesen … und wieder waren da die Briner, alle ihre Nachbarn und riefen: »Zauberin! Zauberin!«

»Es ist nicht recht, wenn wir für etwas gejagt werden, was wir gar nicht sind«, brachte sie hervor.

Mora hob die Brauen. »Ach, meinst du? Höre ich da etwa Zweifel heraus an der Unfehlbarkeit des Königs? Was wäre denn angemessen, deiner Meinung nach? Was muss ein Zauberer getan haben, das es rechtfertigt, ihn wie ein Tier zu hetzen, einzusperren und schließlich aufzuhängen? Reicht *Caness?* Oh, du würdest dich wundern, was man mit *Caness* noch so alles anstellen kann, außer Speisen zu verfeinern. Reicht ein magisches Amulett, mit dem ich mir Vorteile verschaffe – noch nenne ich es nicht Betrug? Würdest du den Räuber verhaften oder den Mann, der ein Messer und eine Strickleiter in der Tasche hat? Den Brandstifter oder den, der mit Zündhölzern spielt? Wenn magisches Blut in dir fließt, bist du in dieser Stadt nicht sicher, ganz gleich, ob du es dazu benutzt, um deine Ziele zu erreichen, oder nicht.«

Linn zuckte ertappt zusammen. »Ich besitze einen Glücksstein. Allerdings bin ich mir nicht sicher, ob er funktioniert. Er hat schon so oft versagt – bei Dingen, die einfach hätten klappen *müssen!*« Zornig und enttäuscht warf sie den Stein auf den Boden, wo er über die Holzdielen kullerte und vor Moras groben Schuhen liegen blieb.

Eine Weile starrte die Hausherrin darauf, dann bückte sie sich und hob den Kiesel mit spitzen Fingern auf. »Wo hast du den denn her?«

»Das ist ein Wettstein.« Seufzend ließ Linn sich auf einen Hocker fallen. »Eigentlich müsste ich damit jede Wette gewinnen, aber er hat mich im Stich gelassen.«

Mora legte den Stein behutsam wie ein zerbrechliches Ei auf den Tisch, pustete den Staub weg und wölbte ihre Handflächen darum.

»Er ist nutzlos«, sagte Linn leise. »Das ist ein ganz gewöhnlicher Kiesel, oder?«

»Nein«, sagte Mora langsam. Immer noch hielt sie die Hände über den Stein gewölbt. »Wusste ich's doch, dass ich Magie an dir wahrnehme! Ich spüre Zauber … starken Zauber. Was auch immer das ist, ein einfacher Stein ist es nicht. Wofür man ihn benutzen kann, vermag ich nicht zu sagen. Ich bezweifle, dass er dazu dient, Wetten zu gewinnen. Er kommt mir … gefährlich vor. Wie teuer war er?«

»Zehn Kupferlinge.«

»Ich glaube, das Ding hier ist weitaus mehr wert.«

Verwundert nahm Linn den Stein aus ihrer Hand entgegen. »Hüte ihn gut. Ein Gegenstand wie dieser kann dich ins Gefängnis bringen. Wer weiß, ob er dir wirklich hilft?«

Ihre Zunge schien schneller zu sein als ihr Verstand. »Wenn nicht dieser Stein, dann vielleicht etwas anderes. Kann man Drachen töten – mit Magie?«

Sie hielt Moras forschendem Blick stand, eine Weile, die endlos zu dauern schien. Dann nickte die Hausherrin langsam.

»Vielleicht sollten wir etwas ausprobieren … Bist du bereit dazu?«

»Ihr würdet mich Magie lehren, die ich gegen Drachen einsetzen kann?« Ihr Atem ging schneller.

»Man kann es nicht lernen. Jedenfalls nicht so, wie du denkst. Mir ist sehr wohl klar … jeder Schritt in diese Richtung bringt dich in Gefahr. Der König hat immer noch seine Spitzel überall in der Stadt. Sobald auch nur der geringste Verdacht aufkommt …« Mora glitt in Erinnerungen ab, riss sich jedoch sofort wieder zusammen. »Nun, ich denke, du bist mutig genug, um es zu riskieren. Hol deine Dornlanze her und leg sie hierhin.«

Plötzlich aufgeregt, platzierte Linn die Lanze auf dem frei geräumten Tisch. »Ich kann lernen, Zauberwaffen herzustellen? Was muss ich sagen?«

»Warte, warte.« Mora lachte. »Die magische Kraft muss von irgendwo herkommen. Sie ist nicht allein in dir.« Sie zögerte, schien zu überlegen, ob sie das Richtige tat, und holte dann aus den Tiefen ihres großen Schrankes einen schmalen, glänzenden Splitter, kaum dicker als eine Nähnadel.

»Was ist das? Glas?«

»Eine … Zutat. Wir legen es auf die Lanze. Hier, schieb es unter diese Lederbänder, aber pass auf, dass du dich nicht stichst.

Es wird nicht zerbrechen, keine Sorge, es ist fein, wenngleich sehr stark. Du kannst doch die Magie darin wahrnehmen?«

»Äh … nein«, gab Linn zu, die überhaupt nichts spürte.

»Nicht?«, fragte Mora überrascht. »Auch nicht beim *Caness?* Gar nichts? Aber bei deinem Glücksstein hast du es doch gemerkt?«

Linn zuckte die Achseln. »Eigentlich nicht. Wie sollte es sich denn anfühlen?«

»Dann habe ich mich wohl getäuscht«, murmelte Mora. Sie wirkte ehrlich überrascht, doch gleich darauf fing sie sich wieder. »Wie schade«, sagte sie mit einem Stirnrunzeln. »Ich dachte …« Hastig zog sie den Splitter mit den Fingernägeln wieder zwischen den Bändern hervor.

»Soll ich es nicht wenigstens versuchen?«

»Nein. Tut mir leid, mein Kind, diese Zauberwörter sind extrem geheim und sehr gefährlich. Menschen sind dafür gestorben, sie herauszufinden und weiterzugeben … Wenn du kein Talent hast, ist es nicht notwendig, dich damit zu belasten. Also lassen wir es.«

»Ich bin also keine Zauberin?« Sie wunderte sich über ihre Enttäuschung. »Habt Ihr mich verzaubert, dass ich mir wünsche, ich wäre es?«

Mora lachte unfroh. »Spreche ich etwa mit der Zunge eines Drachen? Sobald du wieder auf der anderen Seite stehst, fängt das Misstrauen erneut an, nicht wahr? Das Gefühl, es wäre unrecht. Dass ich mir Dinge nehme, die mir nicht zustehen.« Sie seufzte. »Die meisten sind der Ansicht, dass Magie eine Art von Ungleichgewicht hervorruft. Wie bei deinem Stein, wenn er denn so funktionieren würde, wie er sollte – dass man Anspruch auf ein Glück erhebt, das einem nicht zusteht. Auf immerwährendes Gelingen. Das kann natürlich niemand akzeptieren. Auf Glück muss Unglück folgen. Auf Leben Tod. Man muss für alles einen Preis bezahlen.«

»Was«, wollte Linn wissen, »ist der Preis dafür, dass man Magie beherrscht?«

»Beherrscht?« Mora lachte auf. »Niemand beherrscht die Magie. Das ist eine Kraft wie ein tobender Drache. Tödlich. Feuerspeiend. Man muss sich ihr vorsichtig nähern, als würde man den Drachen zähmen wollen. Sich ihn zum Freund machen. Ich, mein Kind, nutze die Magie so vorsichtig, wie ich nur vermag, so als könnte ich mir an jedem Wort und jedem Gegenstand die Finger verbrennen. Genau so ist das auch. Hast du nie die Flammen auf deiner Zunge gespürt, wenn du etwas mit *Caness* gewürzt hast? Es gibt noch ganz andere, geheimere Worte, die dir den Mund mit Feuer füllen würden. Zauberei erfordert Mut. Es gibt Magier, die dafür mit dem Leben bezahlt haben. Doch um mich brauchst du dir da wohl keine Sorgen zu machen – so weit reichen meine Kenntnisse nicht. Womit bezahle ich das geringe Wissen, das ich darüber habe? Vielleicht mit der Angst, erwischt zu werden?« Mora lächelte dünn. »Die Angst, jemandem ausgeliefert zu sein, der einen verraten könnte?«

»Ich werde Euch nicht verraten«, beteuerte Linn. »Ganz bestimmt nicht.«

Sie wunderte sich immer noch – merkwürdigerweise gar nicht so sehr darüber, dass Mora eine Magierin war, sondern eher darüber, dass sie es nötig hatte, gerade in dem Bereich zu betrügen, in dem sie am besten war.

Bedeutet das nicht, dass ich letztlich genauso denke wie alle – dass man das Glück nicht gewaltsam auf seine Seite ziehen darf?

Doch denke ich das wirklich? Immerhin trauere ich immer noch meinem Wettstein hinterher. Oder bin ich nur dann empfindlich, wenn andere tun, was ich selbst gerne tun würde?

Linn fühlte sich immer verwirrter. Irgendwie wusste sie gar nicht mehr, was sie von Zauberei halten sollte.

Dann gibt es da noch mein eigenes Geheimnis, von dem ich nie-

mandem je erzählt habe. Die Kette, von der nur meine Mutter weiß. Ist auch das verbotene Magie? Das Vermächtnis, das mir das Leben gerettet hat?

Unwillkürlich fuhr ihre Hand an ihren Hals.

Mora bemerkte die Bewegung. »Was hast du da?«

Linn zog die roten Steine aus ihrem Ausschnitt. »Das hier … ist ebenfalls magisch, glaube ich. Es schützt mich vor den Drachen. Solange ich die Halskette trage, können sie mir nichts tun.«

»Das muss ein sehr mächtiger Zauber sein.« Interessiert streckte Mora die Hand aus, aber Linn nahm die Kette nicht ab, sondern kam nur näher, damit die Magierin das Schmuckstück betrachten konnte. Deren angespannte Miene glättete sich. »Ein … bisschen, das muss ich zugeben. Aber kaum spürbar. Ich kann mir nicht vorstellen, wie das gegen Drachen helfen soll. Es ist kaum stärker als *Caness.* Dabei sind die Steine ziemlich groß, vor allem dieser hier … Es müsste viel mehr vorhanden sein. Das ist seltsam. Ich habe keine Ahnung, was das ist. Oh ihr Götter, ich weiß so wenig! Wie soll man denn forschen und weiterkommen, wenn man nie laut darüber sprechen darf, was man in Erfahrung bringen möchte?«

Frustriert schnaubte sie und pustete eine weiße Mehlwolke hoch. Sie drückte Linn die Lanze in die Hand, wischte den Tisch sauber und walzte rasch und geschickt einen neuen Teig aus.

»Wo finde ich jemanden, der mir mehr sagen kann?«

»Nirgends«, flüsterte die Hausherrin. »Der König ließ sie steinigen, er ließ sie vierteilen, hängen, in seinen Verliesen verschmachten. Alle – bis auf ein paar wenige, die seinen Spionen entgingen. Wir verstecken uns hinter Mauern und Schatten. Frag niemanden, wenn dir dein Leben lieb ist. Trag deinen Schmuck, als wäre es nichts als eine Handvoll Silber, um ein hübsches Mädchen herauszuputzen.«

Linn wog die Dornlanze in der Hand. »Und wenn Ihr sie für mich verzaubert?«

Mora beugte sich über die Tischplatte. Sorgfältig häufte sie die Füllung auf die zugeschnittenen Teigquadrate.

»Du bist Bhers Schülerin, nicht meine. Ich werde ihm nicht ins Handwerk pfuschen, indem ich dich mit magischen Waffen ausrüste.«

»Wenn ich mit meiner Ausbildung fertig bin, muss ich alles sein«, sagte Linn. »Ich muss diejenige sein, die den Drachen ablenkt. Und diejenige, die ihm entgegentritt. Nicht zuletzt auch noch diejenige, die ihm das Herz aus der Brust schneidet.«

»Also brauchst du die Garde.«

»Und wenn ich Magie brauche?«

Sie sahen einander an.

»Also?«

»Nein, Linnia. Wenn du Kräfte hättest, wäre es dein eigenes Risiko. Jeder Zauberer lebt am Rande des Abgrunds. Aber eine Kriegerin mit präparierten Waffen? Wenn sie merken, dass du kein eigenes magisches Talent besitzt, werden sie denjenigen suchen, der dir geholfen hat. Dann geht es wieder los – Verfolgung, Menschen, die nachts aus ihren Betten geholt werden, Verhöre und Folter …« Da war noch mehr, was sie sagen wollte. Der Schmerz wohnte hinter ihren Augen, ganz nah, eine Qual, die Linn unwillkürlich an Binia denken ließ, die sich wimmernd auf ihrer Matte krümmte, von einem Feuer verfolgt, dem sie nicht entkommen konnte. Aber Mora erzählte nichts von dem Schrecken, den sie gesehen hatte. »Du wärst eine Gefahr für alle Zauberer, die überlebt haben. Vielleicht eines Tages … bis dahin musst du erst lernen, wie jeder andere Ritter zu kämpfen. Ich schrecke davor zurück, dir etwas in die Hand zu geben, was vielleicht ebenso gefährlich ist wie der Kampf gegen einen leibhaftigen Drachen. Menschliches Denken ändert sich ungemein langsam, und die Angst des Königs sitzt sehr tief in den Herzen seiner Untertanen. Das Königreich ist noch nicht reif, diesen Weg zu akzeptieren. Pivellius ist noch nicht bereit.«

»Ach. Und das wird er irgendwann sein?«

»Ich hoffe«, sagte Mora leise. »Ich habe auch meine Träume, weißt du. Dass die Dinge eines Tages anders liegen ... dass wir frei über Magie sprechen und sie anwenden können, ohne dass man uns dafür durch die Straßen jagt. Dass der König einsieht, dass wir nicht ganz so gefährlich sind, wie er glaubt. Dass der Frieden nicht auf unseren Leichen aufbauen müsste.«

»Wer wird ihn dazu bringen, das einzusehen?«

Linn hatte nicht mit einer Antwort gerechnet. Umso überraschter war sie, als Mora leise sagte: »Nival.«

»Wie bitte? Nival?«

»Er ist nur ein kleiner Schreiber«, sagte die Hausherrin hastig, wie um nur ja keine Missverständnisse aufkommen zu lassen. »Bloß ein Gehilfe, aber er ist ja auch noch sehr jung. Doch er hat Talent, und er ist klug. Wenn er es unter die königlichen Ratgeber schaffen könnte ... Er hat das Zeug dazu.«

So viel Ehrgeiz hatte Linn Nival gar nicht zugetraut. Aber dann dachte sie daran, wie sie beide mit den Dornlanzen gekämpft hatten, und an Bhers Verachtung für einen Mann, der bloß mit Feder und Tinte umzugehen verstand.

»Dann weiß er, dass Ihr eine Magierin seid?« Sie lachte leise auf. »Er hat diesen Beruf gewählt, um Euch zu helfen? Um Fürsprache einzulegen beim König? Aber Pivellius hat bestimmt irgendwelche adligen Herren an seiner Seite, die ihn beraten. Wie kann ein Schreiber auch nur hoffen, dass der Herrscher von ganz Schenn auf ihn hört?«

»Der König hat überhaupt keine Ratgeber«, sagte Mora. »Er lässt sich von niemandem etwas sagen, der verbohrte alte Hitzkopf!«

Sie schwiegen beide, und Linn fühlte, dass das Gespräch

hiermit beendet war. Sie brach ein Stück Brot für die Drossel ab und trat wieder nach draußen. Während sie den Vogel mit kleinen Krümeln fütterte, ging ihr noch einmal durch den Kopf, was sie erfahren hatte. Überall Magie. Und nirgends ein Magier, der ihr Antworten geben konnte.

»Arm rauf«, bemerkte die Drossel glücklich und schluckte den letzten Krümel hinunter. Mit ihren kleinen schwarzen Augen beobachtete sie, wie das helle Laken sich im Wind bewegte.

»Hm«, machte Linn. »Soll ich mir eine Schere holen und auf die altmodische Weise mogeln? Oder? Was meinst du?«

»Du«, sagte der Vogel und bettelte um einen weiteren Leckerbissen. »Du?« Vertrauensvoll schmiegte er das Köpfchen ans Gitter, um sich kraulen zu lassen.

Bher kam in den Hof, bevor Linn ihre Idee in die Tat umsetzen konnte.

»Wie sieht denn das verdammte Laken aus! Das soll alles sein, was du zustande bringst, Linnia, du faules Gör?«

»Faules Gör!«, jubelte die Affendrossel. »Arm rauf!«

11

Seit Linn wusste, welche ehrgeizigen Ziele Nival verfolgte, kam er ihr verändert vor. Wo sie vorher nur Unsicherheit und Schüchternheit wahrgenommen hatte, sah sie jetzt einen Jungen, kaum den Kinderschuhen entwachsen, der seiner Tante das Leben retten wollte. Und mit Mora vielen anderen Menschen, die ihre Talente im Verborgenen benutzten und sich ständig nach allen Seiten umblicken mussten.

Bei einer der seltenen Abendmahlzeiten, die sie miteinander einnahmen – Nival war entweder wenig zu Hause oder zeigte sich kaum, wenn er da war –, beobachtete sie ihn verstohlen. Er sah müde aus, noch blasser als sonst, und aß nur wenig. Mora fragte ihn nach der Schreibstube, und er brachte kaum ein Wort heraus. Schließlich entschuldigte er sich und stand vom Tisch auf.

»Ist er krank?«, fragte Bher, sobald sein Neffe aus dem Raum war.

»Ich schau mal nach ihm.« Mora war sichtlich besorgt.

Bher zuckte mit den Achseln.

»So ein schwächlicher Junge«, vertraute er Linn an. »Ständig ist etwas mit ihm. Was meinst du, wie oft er krank ist. Mora benimmt sich wie eine Glucke und tut, als könnte er an einem Schnupfen sterben.«

»Schnupfen scheint er nicht zu haben«, meinte Linn, die gar nicht mitbekommen hatte, dass Nival oft das Bett hüten musste. Ließ er sich deshalb so selten blicken? »Ich dachte, er arbeitet sehr hart?«

»Der und hart arbeiten?« Bher schnaubte. »Ob man zwei Stunden lang Zeichen in ein Buch kritzelt oder zehn, was macht das für einen Unterschied? Arbeiten würde ich das nicht nennen. Aber so war es schon immer. Nival spielt krank, und Mora muss sich um ihn kümmern.«

Linn fand nicht, dass der junge Mann ihnen etwas vorgespielt hatte. Er hatte weder gejammert noch um Mitleid gebettelt, sondern einfach nur wenig gegessen.

»Vielleicht … soll ich ihm irgendwas bringen?«

»Tee«, knurrte Bher widerwillig. »Sie macht ihm immer einen Tee, wenn er schwächelt.«

Als Linn aufsprang, um den Kessel aufzusetzen, schüttelte er den Kopf. »Was bist du überhaupt? Eine Kämpferin oder eine Krankenpflegerin?«

Sie hatte eigentlich nicht vor, auf diese Unverschämtheit einzugehen, aber Bhers missmutige Miene ärgerte sie.

»Beides«, schnappte sie. »Wenn's nötig ist.«

»Für einen Ritter ist es nie nötig, Krankenpflege zu betreiben.«

»Ein richtiger Ritter werde ich sowieso nicht. Ich will nur in mein Dorf zurück und es beschützen können. – Welche Kräuter nimmt sie für den Tee?«

Linn hob den Deckel von ein paar Krügen und schnupperte. »Kamille kann nicht schaden, oder?«

»Nein«, gab Bher zu. »Dafür nützt sie jedoch auch nicht viel.«

»Was habt Ihr bloß gegen Euren Neffen?«, wollte Linn wissen, während sie das kochende Wasser in die Tasse goss. Am liebsten hätte sie ihn gefragt, ob er über Moras Talente Bescheid wusste und in diesem Licht nicht ihre Sorge um den zukünftigen Ratgeber des Königs verstehen konnte. Aber abgesehen davon, dass Linn versprochen hatte, das Geheimnis der Hausherrin zu wahren, war sie sich ziemlich sicher, dass Bher darüber lachen würde, wenn er von Nivals großen Plänen erfuhr.

»Weiber«, grollte er leise.

Sie trug die volle Tasse vorsichtig mit beiden Händen die Treppe hinauf und öffnete die Tür zum Torbogen mit dem Ellbogen. Schon auf dem Absatz hörte sie lautes Jammern – aber es war nicht Nival.

»Oh ihr Götter! Oh Belim! Oh Bellius! Oh Treas!«

Linn stieß die angelehnte Tür mit der Schuhspitze auf und erstarrte.

Der junge Mann saß im Schneidersitz auf dem Bett, mit dem Rücken zur Tür. Er hatte seinen Oberkörper entblößt, und dieser Anblick war es, der Mora dazu brachte, alle Götter nacheinander anzurufen.

Es war definitiv kein Schnupfen. Der Rücken des Schreibers war von blutigen Furchen durchzogen und von blauen und nahezu schwarzen Flecken übersät.

»Das ist nicht alles von heute«, sagte Mora. »Warum hast du bloß nichts gesagt?« Sie öffnete ein kleines Töpfchen, das sie in der Hand hielt, und begann, Salbe auf den geschundenen Rücken zu streichen.

»Weil du immer überreagierst«, sagte Nival gelassen, aber er zuckte zusammen, als seine Tante die Wunden berührte.

»Du gehst nicht wieder dorthin.«

»Siehst du? Ich habe doch gesagt, es ist besser, wenn du davon nichts weißt.«

»Du solltest dich mal sehen!«

»Glaub mir, ich weiß, wie ich aussehe. Ich weiß, wie es sich anfühlt. Das ist nicht das erste Mal und auch nicht das schlimmste.«

»Ich kann nicht erlauben, dass du dort künftig auch nur einen Fuß über die Schwelle setzt!«

»Ich muss«, sagte er ruhig.

Keiner der beiden bemerkte Linn. Sie hielt den Atem an, machte einen Schritt rückwärts, wobei sie die Tür lautlos wieder zuzog, und klopfte dann vorsichtig an. »Ich habe Tee gemacht. Darf ich hereinkommen?«, fragte sie laut.

»Einen Moment!«, rief Mora. Wenig später öffnete sie die Tür einen Spalt breit und nahm Linn die Tasse ab.

»Danke schön, das ist lieb von dir.«

»Bher meinte, ich sollte das herbringen«, log sie.

Mora lächelte. »Ach, tatsächlich? Wie ungewöhnlich freundlich von ihm.«

»Kann ich – irgendetwas tun?«

»Danke, Liebes.« Nichts in Moras Stimme verriet, wie aufgewühlt sie war. »Wenn du nach den Pasteten sehen könntest? Ich brauche hier noch eine Weile.«

Kamillentee, dachte Linn bitter, während sie zurückging. Sie bekam das Bild des malträtierten Rückens nicht mehr aus dem Sinn. *Ich dachte, er hätte etwas, das man mit Kamillentee behandeln könnte!*

Es war nicht das erste Mal, dass so etwas geschehen war. Was, wenn die Kränklichkeit, auf die Bher so verächtlich angespielt hatte, in Wahrheit dieselben Ursachen hatte? Dass Nival unter seinem Wams die Spuren entsetzlicher Misshandlungen verbarg? Kein Wunder, dass seine Tante sofort so besorgt gewesen war. Sie wusste Bescheid. Sie bewahrte ja sogar die passende Salbe in seinem Zimmer auf, was hieß, dass sie mit derlei rechnete.

Wie konnte Mora ihn aus dem Haus gehen lassen, wenn sie wusste, dass er verprügelt wurde? Linn versuchte sich an den königlichen Beamten zu erinnern, bei dem sie in der Amtsstube vorgesprochen hatte. Fuchsgesicht. Wie ein brutaler Schläger hatte er eigentlich nicht gewirkt, aber wem sah man das schon an? Sie wusste, dass viele Vorgesetzte ihre Gesellen misshandelten. Dass die Hausherrin so freundlich und nachsichtig war, war keine Selbstverständlichkeit. Schläge kamen überall vor, auch zu Hause im Dorf, aber so etwas hatte Linn trotzdem noch nicht gesehen. Oder verstanden es alle viel zu gut, ihre Verletzungen zu verbergen – während sie unter ihren Kleidern bluteten?

Nachdenklich ging sie in den Hof hinaus, wo Bher mit der Dornlanze gerade ein Laken zerfetzte.

Vielleicht wusste er ja doch viel mehr, als er zugab.

»Drache.« Der Narr hockte auf seiner Lieblingssäule in der Nähe des Tores und breitete die Arme aus, als Linn unter seinem Ausguck stehen blieb. »Drache! Ein Kuss für deine Gedanken.«

»Die teile ich gerne umsonst mit dir«, sagte sie. »Ich muss dir unbedingt etwas sagen!«

»Oh, das wird teuer«, meinte der Narr und schüttelte seine glöckchenbestückte Mütze. »Ein Geheimnis, das auf der Seele brennt, kostet einen Goldtaler. Ein Name, geflüstert im Dunkeln der Nacht, zwei Goldtaler. Doch einen Kuss«, und damit stürzte er sich kopfüber von der Säule, schlug einen Salto und landete sicher auf beiden Füßen, »den gibt es schon für zwei Kupferlinge.«

»Na gut«, meinte Linn, die am Ende doch immer auf seine Spielereien einging, »dann den Namen. Du verrätst mir endlich, wie du heißt, und ich sage dir ganz leise, was ich am liebsten laut hier im Hof herausschreien möchte.«

»Oh.« Der Narr verzog das Gesicht; er schien zu überlegen, ob sie ihn irgendwie ausgetrickst hatte. »Schön. Narr. *Narr* ist mein Name. *Der,* wenn's dir zu kurz ist.«

»Der?«

»Der Narr. Oder nur *Narr. Der* ist zwar hübsch, aber etwas beliebig.«

»Sag mir, wie du heißt«, verlangte Linn.

Er machte eine Rolle rückwärts, sprang hoch, vollführte eine halbe Drehung in der Luft und landete auf der Statue einer verwitterten Göttin, die Nase zwischen ihren üppigen Steinbrüsten. Er stieß einen kleinen Entsetzensschrei aus, schnellte wieder hinunter und kehrte rasch zu Linn zurück, die sich von seinem hektischen Treiben schon lange nicht mehr beeindrucken ließ.

»Dein Name«, sagte sie streng.

»Oh«, meinte er bestürzt. »Sonst verrätst du mir nicht, dass du jetzt mit dem Schwert üben darfst?«

»Woher weißt du das?« Den ganzen Weg hier hinauf hatte sie überlegt, wie sie es ihm sagen sollte. Die Freude darüber, dass Bher versprochen hatte, heute endlich mit dem Schwerttraining zu beginnen, wollte hinaus. Den ganzen Herbst lang hatte sie ausschließlich die Dornlanze benutzen dürfen. Nach dem Nebelmond hatte sie auf mehr gehofft, aber mit dem Reifmond war schon der Winter in Schenn eingezogen mit Sturm und Kälte, und einen dunklen Mond nach dem anderen hatte sie den krallenbewehrten Holzstab geschwungen, bis ihre Hände rot waren vor Kälte und ihre Lippen aufplatzten. Mit dem Frühling kam ihre Hoffnung wieder zum Vorschein, etwas Neues zu lernen, Bher bestand jedoch weiterhin auf der Lanze. »Gestern hat er es mir gesagt. Dass wir heute beginnen. Woher …?«

Der Narr setzte sein weises, geheimnisvolles Gesicht auf. »Zauberei.«

»Nein, im Ernst. Wie kommst du darauf?«

»Deine Augen leuchten, und deine Wangen glühen. Was kann es sein, frage ich mich? Ist die Liebe über dich gekommen, und jemand hat um deine Hand angehalten, ein schmucker Bursche? Oh!« Theatralisch warf er die Arme hoch. »Als wenn es einen schmuckeren Kerl gäbe als mich! – Doch nein. Sie ballt die Fäuste. Sie spreizt die Finger. Sie hält es schon in der Hand, das Schwert, das scharfe! Erstich mich nicht, oh Holde, mit deiner unvergleichlichen Waffe!«

Er zog seinerseits ein unsichtbares Schwert und tat, als würde er gegen sie fechten.

»Du bist unglaublich«, beschied sie ihm. »Warte, ich muss noch die Pasteten abliefern, dann erzähle ich dir, wie es war.«

Sie schleppte den Korb durch die oben geöffnete Küchentür. Dichte Dämpfe wallten ihr entgegen.

»Du bleibst draußen«, rief jemand, und eine dicke Zwiebel flog an ihr vorbei. Linn fuhr zurück, doch sie war gar nicht gemeint. Mit einem Aufschrei floh eine violett gekleidete Gestalt unter den nächsten Tisch.

»Raus hier! Ich mach dir Beine!«

Eine der Köchinnen packte einen Besen und stach damit nach dem Narren, der aufheulend unter dem langen Tisch hervorschoss und über die halbierte Flügeltür nach draußen sprang.

»Was hat er denn getan?«, erkundigte Linn sich. »Der ist doch ganz harmlos.«

»Harmlos?« Die Köchin lachte bitter. »Ich sehe ja, dass du dick mit ihm befreundet bist, aber lass dich warnen, Kindchen. Dieses kleine Ungeheuer bringt nichts als Ärger. Hat er dem König doch glatt gestern das Essen verdorben! Und wer muss es ausbaden? Wir. Also geh zu ihm und mach diesem Kindskopf klar, dass es so nicht geht, vielleicht hört er ja auf dich.«

Als Linn nach draußen kam, stürzte der Narr hinter ein paar Fässern hervor, packte sie bei den Händen und begann mit ihr zu tanzen.

»Schwertmaid! Hochzeitskleid! Sei bereit!« Er wirbelte sie ein paar Mal herum.

»Was hast du bloß in der Küche angestellt? Die sind dort ziemlich wütend auf dich.«

»Pfeffer auf den Pudding gestreut«, jauchzte der Narr, »roten Pfeffer, schwarzen Pfeffer, grünen Pfeffer!«

»Pfeffer?«, staunte Linn. »Von den südlichen Inseln? Weißt du, wie viel der wert ist?«

»Zwei Kupferlinge für einen Kuss«, flüsterte der Narr und machte ein zerknirschtes Gesicht.

Das Trappeln zahlreicher Pferdehufe lenkte Linn ab. Aus dem hinteren Bereich des Schlosshofs sah sie die Garde heranreiten. Zehn Pferde, so groß und langbeinig, dass ein normal gewachsener Mensch beinahe unter ihrem Bauch hindurchgehen konnte, ohne sich zu bücken, und darauf in voller Rüstung die Drachenjäger. Ihre weißen Umhänge glänzten in der Morgensonne, und auf ihren Schilden spiegelte sich das Glitzern der Mosaike.

»Wo wollen sie denn hin?«, fragte Linn, die fasziniert zuschaute, wie die Ritter vorbeizogen.

Der Hauptmann an der Spitze warf ihr einen merkwürdigen Blick zu, als fragte er sich, wie sie auf diese Neuigkeit reagieren würde. Obwohl sie sich nach wie vor fast täglich im Schlosshof aufhielt und die Schaukämpfe der Gardisten beobachtete, hatten sie nicht mehr miteinander geredet.

»Ein Drache«, sagte der Narr ehrfürchtig. »Habe ich das nicht erwähnt, gleich zu Beginn? Denn so fängt es an. Der Drache. Und so endet es. Der Drache. Für wen von ihnen? Nun werden sie wetten. Wer kommt zurück und wer nicht?«

»Ein Drache?« Linn konnte es noch immer nicht fassen. Seit beinahe einem Jahr war sie in Lanhannat, und dies war das erste Mal, dass die Garde auszog. »Sie werden kämpfen?«

Und ich bin noch nicht so weit, dachte sie verzweifelt. *Heute soll der Schwertkampf beginnen. Fast ein Jahr bin ich nun schon hier und habe noch nicht mal ein Schwert in der Hand gehalten!*

»Ich muss mit«, flüsterte sie. »Bei allen Göttern, ich muss diesen Drachen sehen. Ich muss dabei sein, wenn sie ihn töten. Ich muss! Langsam verblassen die Bilder, und manchmal weiß ich nicht mehr, warum ich mich hier so abquäle. Ich will meinen Feind vor mir haben, damit ich wieder spüren kann, warum ich kämpfen will. Warum ich nicht einfach meine Sachen packen und nach Brina zurückkehren kann. – Wohin reiten sie?«

»Nach Werrin«, sagte der Narr, noch leiser als sie. »In Werrin, ein Drache. Tötet. Wer wird zurückkommen, das Gesicht zu Asche? Die Rüstung zerbeult, den Helm zerdrückt, den Schädel gespalten? Auf wen wettest du?«

Linn überlegte fieberhaft. »Wo bekomme ich ein Pferd her? Ich hole sie niemals ein, ohne Pferd.« Sie konnte nicht besonders gut reiten. Damals, auf Yaros Pony, hatte sie nicht genug davon bekommen können, aber die riesigen Schlachtrösser der Gardisten fand sie beängstigend. Doch sie hätte sich sogar auf eins davon gesetzt, wenn das Tier sie nur dorthin getragen hätte, wo sie hinwollte.

»Wo liegt Werrin? Habe ich eine Chance, sie einzuholen, wenn ich mir ein Pferd kaufe?«

Sie besaß nicht viel. Mora hatte ihr in den ersten Viertelmonden nur wenig Lohn gezahlt, da sie eine Unterkunft und Essen bekam, und jetzt, da Bher sie unterrichtete, blieb ihr kaum genug Zeit, um die Pasteten auszuliefern – die einzige Möglichkeit, wenigstens ein bisschen Geld zu verdienen. »Ich könnte mir etwas leihen … von wem? Von einem der Alten?« Entschlossen nahm sie das Korbgestell auf den Rücken. »Geld – ein Pferd – und dann muss ich nur noch wissen, wohin.«

»Schwertmaid«, sagte der Narr.

»Ja?« Sie erwartete, dass er versuchte, sie umzustimmen, denn er riss flehend die Augen auf.

»Nimm mich mit, Baumhaar.«

»Nein, das geht nicht. Ich habe jetzt keine Zeit für so etwas. Ich muss sofort los. Bis ich das Pferd organisiert habe, sind sie weg, und ich komme zu spät. Dabei muss ich diesen Kampf miterleben, das müsstest selbst du verstehen.«

»Ich habe einen Esel.«

Sie schüttelte ungeduldig den Kopf. »Ein Esel nützt mir gar nichts. Ich brauche ein Pferd, das mit den Rittern mithalten kann, sonst brauche ich gar nicht erst loszureiten.«

»Es ist ein großer Esel«, flüsterte der Narr, »und ich kenne eine Abkürzung.«

»Nach Werrin?«

»Werrin hinterm Berg«, sagte er. »Die Ritter nehmen die breite Straße drum herum. Vier Tage. Drei, wenn sie schnell reiten. Wir gehen über den Pass. Drei Tage, wenn man den steilen Aufstieg nicht scheut und nicht zu viel Zeit beim Angeln vertrödelt. Wir können gleichzeitig da sein.«

Linn starrte ihn an. Was er sagte, klang gar nicht so verrückt wie sonst.

»Jeder Narr hat einen Esel«, meinte er. »Es belustigt den König, zwei Dummköpfe auf einmal zu sehen. Aber mein Esel ist nicht dumm, damit bleibt nur ein Dummkopf übrig.«

»Womit du hoffentlich nicht den König meinst. Du bist doch sein Glück. Du kannst ihn nicht verlassen.«

Er blinzelte listig. »Bin ich sein Glücksbringer? Sein magisches Amulett? Wenn er schlecht gelaunt ist, will er mich sowieso nicht in der Nähe haben. Und er hat oft schlechte Laune.«

»Dann darfst du also doch raus, wenn er dich gerade nicht braucht?«

»Darf ein Huhn zur See fahren, wenn es gerade keine Eier legt?«

»Dann können wir nur hoffen, dass deine Abwesenheit niemandem auffällt – und dass wir dich ungesehen hier rausschaffen. Mitsamt dem Esel. Also, nehmen wir an, ich wäre einverstanden – was sage ich am Tor zu den Wachen? Immerhin bin ich zu Fuß hergekommen. Sie kennen mich als das Mädchen mit dem Pastetenkorb.«

Der Narr zog die Stirn kraus. »Und wenn du dir was Närrisches einfallen lässt?«

Linn seufzte. »Das muss ich dann wohl. Also, wo ist dein großer grauer Dummkopf?«

Sie folgte ihm zu den Stallungen, zu denen es mehrere Eingänge gab. Die Tiere des Königs und der Adligen befanden sich in einem abgetrennten Bereich, vor dem mehrere Wächter patrouillierten, während die Nutztiere für die Bediensteten des Hofes in einem Stalltrakt mit freiem Zugang untergebracht waren. Der Narr führte Linn zu einer Box, aus der ihnen ein überraschend großes, fast schwarzes Geschöpf mit langem Fell und hübschen, großen Augen sanft entgegenblickte.

»Das soll ein Esel sein?«

»Ein Gebirgsesel aus Berat«, erklärte der Narr. »Dort wohnen die größten Dummköpfe. Man will ihn für ein Maultier halten, aber es ist ein Esel, wie er eseliger nicht sein könnte.«

Widerstrebend ließ das Tier sich aus seiner Box führen.

»Gestatten«, sagte der Narr. »Die große Jikesch und der kleine Jikesch.«

»Jikesch?« Linn brauchte einen Moment. »Das ist dein Name? Du trägst denselben Namen wie dein Esel?«

Der Narr zuckte die Achseln. »Ihr Kopf ist größer, also passt mehr Dummheit hinein, dafür spreche ich schneller als sie.«

»Na? Zeigst du deiner Freundin dein Ungeheuer?« Ein Stallbursche winkte ihnen zu, blieb zum Glück jedoch nicht bei ihnen stehen.

»Kleiner Ausritt!«, rief Jikesch ihm nach. »Ungeheuer«, raunte er – noch musste Linn sich daran gewöhnen, den neuen Namen mit dem Narren in Verbindung zu bringen. »So wie ich. Ungeheuerlich stur. Ungeheuerlich rätselhaft und verschwiegen. Ein Ausbund an Weisheit und Frohsinn. Lass uns aufbrechen.«

»Hat sie keinen Sattel?«

»Trage ich etwa Zaumzeug?« Der Narr bückte sich, packte Linns Fuß und hob sie mit Schwung hoch. Dann turnte er an den Boxenwänden empor, öffnete den Deckel des Pastetenkorbs, dessen Gewicht nun auf dem Eselsrücken lastete, und kletterte hinein.

»Passt du da wirklich rein? Jikesch?«

»Reite los«, erklang gedämpft seine Stimme.

Linn stieß dem Esel die Fersen in die Seiten und versuchte, sich auf seinem Rücken zu halten. Der Stallknecht tauchte wieder auf, zwei Eimer in beiden Händen.

»Der Narr hat mir erlaubt, ein bisschen zu reiten, doch dann ist er einfach davongesprungen«, erklärte sie rasch.

»Das sieht ihm ähnlich.« Der Mann grinste. »Feiner, kleiner Kerl, nur so … sprunghaft. Es wird der braven Jikesch guttun, Bewegung zu bekommen. Ich führe sie dir nach draußen, aber dann musst du selber sehen, wie du mit ihr klarkommst.«

»Ich reite nur ein wenig in der Sonne herum«, meinte Linn, froh, dass sie wenigstens die erste Hürde gemeistert hatten und aus dem Stall entkommen waren. Als die warmen Sonnenstrahlen das staubige Fell des Tieres trafen, rannte es los. Linn klammerte sich an der Mähne fest und hoffte bloß, dass der schwere Korb nicht aus dem Gleichgewicht geriet. Mitten im Hof blieb die Eselin stehen, stemmte die Hufe in den Boden und stieß ein erschrockenes Brüllen aus.

»Gleich haben wir es geschafft«, redete Linn ihr gut zu. Das Tor schien so weit entfernt wie nie. Wie um alles in der Welt sollte sie dort hinkommen? »Was soll ich jetzt machen?«, fragte sie halblaut.

»Geh, Jikesch«, befahl die Stimme des Narren aus dem Korb, und zu Linns Erstaunen setzte die Eselin sich tatsächlich wieder in Bewegung.

»Sie gehorcht!«

»Dann haben wir Glück«, meinte er. »Lass sie ja nicht stehen bleiben! Sie schämt sich immer sehr, wenn sie gehorsam war.«

Die Eselin zockelte aufs Tor zu, wo die Wachen der ungewöhnlichen Kombination von Mädchen und Reittier staunend entgegenblickten.

»Hast du die Pasteten gegen einen Esel eingetauscht?«, rief einer lachend.

Sofort blieb Jikesch erschrocken stehen. Linn stieß ihr die Fersen in die Seite, doch das Tier stand da wie ein Fels.

»Das ist der schwarze Esel des Narren«, sagte der zweite Wächter. »Wo willst du damit hin? Steckt er vielleicht in dem Korb da, um uns ein Schnippchen zu schlagen?«

»Natürlich«, sagte Linn frech. »Jedes Mal tausche ich die Kuchen gegen einen Narren. Meine Küche quillt schon über vor Glöckchen und vorlauten Mundwerken.«

»Geh, Jikesch, na los«, flüsterte der kleinere Jikesch. Die Ohren der Eselin zuckten.

»Lass uns einmal in den Korb sehen«, verlangte der Wächter.

»Gerne. Doch wenn ich absteige, läuft mir dieses Vieh todsicher davon. Helft ihr mir dann auch, es einzufangen?«

Die Wächter sahen einander an – keiner von ihnen schien Lust dazu zu verspüren, einen störrischen Esel einzufangen.

»Ich reite bloß ein wenig durch die Gegend«, sagte sie. »Der Narr hat es mir erlaubt, weil ich«, sie senkte die Stimme, »weil ich ihm eine Pastete zugesteckt habe. Aber sagt es bitte nicht weiter.«

»Er hat Pfeffer auf den Pudding des Königs gestreut«, wusste der eine Wächter zu berichten. Also war die Geschichte schon im ganzen Schloss in Umlauf. »Und musste das Zeug dann selber essen, nachdem der König probiert hatte. Ich sag dir, das war vielleicht ein Anblick! Er hat geschrien und getanzt, aber hat er es bereut? Stattdessen hat er geschworen, er würde es wieder tun, um auch den König schreien und tanzen zu sehen.«

»Also«, sagte der zweite, »jetzt will ich trotzdem kurz mal nachsehen.« Er trat auf Jikesch zu, doch plötzlich rannte die Eselin los, als wäre ein Wolfsrudel hinter ihr her. Linn konnte sich gerade noch festklammern.

»Warte!«, riefen die Wächter. »Wir sind noch nicht fertig!«

»Ich kann nicht anhalten!«, schrie sie über die Schulter zurück.

Die Eselin galoppierte den Weg entlang, der den Hügel hinabführte. Kleine Steine spritzten hoch. Falls sie verfolgt wurden, so merkte Linn nichts davon, zu sehr war sie damit beschäftigt, sich auf dem Rücken des Tiers zu halten. Doch schon in der ersten Kurve segelte sie ins Gras am Wegesrand, mitgerissen vom Gewicht des Korbs, und überschlug sich mehrmals. Irgendetwas knackte laut. Sie lag auf dem Boden, spürte spitze Steine unter sich und konnte sich nicht bewegen.

Ich hab mir das Rückgrat gebrochen, dachte sie erschrocken, nur um sich gleich darauf selbst zu beruhigen: *Unsinn. Warum tut mir dann alles weh?*

Stöhnend löste sie sich aus den Schultergurten und rappelte sich auf. Als Nächstes fiel ihr der Narr ein, und hastig öffnete sie den Korb. Eine violette Gestalt mit einer goldenen Mütze rollte heraus und ächzte.

»Hast du dir was gebrochen?«, fragte sie besorgt. »Da war so ein Knacken …«

»Das muss mein Kopf gewesen sein«, murmelte der Narr und betastete seine Beine. »Ist er noch dran?«

»Sieht ganz so aus. Ich glaube, der Korb ist kaputt.« Sie fing an zu lachen. »Da sind wir gerade noch mal davongekommen, wie?«

Jikesch sprang auf die Füße und schaute zum Schloss zurück. »Auch kein Turm abgebrochen. Alles fest. Unglaublich.«

»Dein Esel ist weggelaufen. Meine Güte, ich dachte, ich sterbe.«

»Hab sie gestochen«, erklärte der Narr zufrieden.

»Du hast … durch den Korb hindurch? Damit die Wächter uns nicht kontrollieren können? Womit?«

Jikesch hielt einen langen Draht in die Höhe. »Blümchen.«

»Was?«

»Damit stecke ich Blümchen fest. An meinem Kopf. Meiner Nase. Meinem Kragen. Veilchen. Vergissmeinnicht. Pudding. Was Ihr wollt, Majestät.«

»Na schön, jedenfalls hat es funktioniert. Das nächste Mal warnst du mich aber vor, ja?« Linn spähte den Weg hinunter. Die Stadt lag unter einer Dunstglocke. »Wie kommen wir jetzt nach Werrin, ohne Reittier?«

»Die find ich schon«, versprach der Narr.

Linn nickte. »Gut. Du suchst deine Eselin, ich muss noch kurz nach Hause und meine Dornlanze holen.«

Der Narr hob seine fein in die weiße Schminke eingezeichneten Brauen. »Ziehen wir in den Kampf, Schwertmaid? Gerüstet und gepanzert?«

»Ich … sehe bloß zu«, versprach Linn. »Nur für alle Fälle, verstehst du?«

»Ich verstehe alles«, sagte er feierlich. »Und begreife doch nichts. Wir treffen uns an der Wegkreuzung. Vergiss die Angel nicht.«

»Was für eine Angel?«

»Hast du keine?«, gab er sich überrascht. »Wovon wollen wir leben auf dem Weg nach Werrin? Machen Küsse satt? Ich kann Fliegen fangen, nur wer von uns ist der Frosch?«

»Na gut, ich sehe nach, ob ich etwas Proviant für uns auftreiben kann. Also bis nachher.«

12

Der Narr wartete an der Wegkreuzung. Er saß auf einem Stein und pfiff auf einem Grashalm, während die Eselin sich die schmackhaftesten Kräuter zwischen dem Geröll am Straßenrand heraussuchte.

»Da bist du ja. Ich fürchtete schon, du hättest deinen Drachen bereits bei dir zu Hause gefunden. Was ist denn das?«

Linn hatte die Lanze in eine Decke eingewickelt, um ihr das Aussehen eines Wandersteckens zu geben, doch man konnte den Versuch nicht gerade als gelungen betrachten.

»Eine getarnte Dornlanze. Das sieht man doch.«

»Stimmt. Das sieht man. Ich dachte schon, es wäre die Angel.«

»Wir werden etwas Besseres zu essen haben als Fische.«

Der Narr starrte sehnsüchtig auf ihren Reisesack, aber sie hielt ihn fest und schüttelte den Kopf. »Noch nicht. Wir müssen endlich los. Ich will nicht erst in Werrin ankommen, wenn der Kampf bereits vorbei ist.«

Einen Kampf hatte sie schon gewonnen – gegen Bher, der ihr diesen Ausflug verbieten wollte, und gegen Mora, die Linn zunächst wegen des kaputten Korbes besänftigen musste und der sie auch noch die Erlaubnis hatte abringen müssen, Wegzehrung für zwei Personen einzupacken.

Die Alten hatten sich zum Glück auf ihre Seite gestellt.

Wie soll sie wissen, worauf es ankommt, wenn sie sich hier ver-

kriecht? Wer soll sie Respekt vor Drachen lehren, wenn nicht ein echter Drache?

»Ich soll mich von der Garde fernhalten, sagt mein Lehrer. Das ist fast genauso wichtig, wie dem Drachen nicht in die Fänge zu geraten. Und ich soll mich vor meinem Begleiter hüten.« Sie grinste ihn an. »Ich habe beteuert, dass seine Absichten ganz und gar ehrenhaft sind. Dass er … betagt ist. Eine Art Lehrer. Ein Weiser.«

»Oh«, sagte Jikesch beeindruckt. »Wann lerne ich ihn kennen, deinen geheimnisvollen Begleiter?«

»Trotzdem machen sie sich Sorgen, ob dieser ehrenhafte Meister in der Wildnis immer noch so edel sein wird.«

»Oho«, meinte der Narr. »Für edle Leute habe ich wenig übrig. Soll dieser Meister ruhig so edel sein, wie er will, ich werde schauen, ob ich vielleicht ein Küsschen abbekomme oder auch zwei.«

Sie ritten abwechselnd auf der Eselin. Der Weg führte zwischen den Hügeln hindurch, direkt auf die hohen Gipfel des Gerin-Yan-Gebirges zu. Hier gab es kaum Schatten, die Sonne versuchte auf ihren Köpfen kleine Lagerfeuer zu entzünden, und Linn rann der Schweiß in Strömen hinunter.

Sie fragte sich, ob Jikesch unter seinem Kostüm und der Mütze nicht noch viel mehr schwitzte, und wunderte sich zugleich über diesen Gedanken, denn mittlerweile kam ihr sein buntes Gewand vor, als würde es unablösbar zu ihm gehören.

»Wie alt bist du eigentlich?«, fragte sie, als er wieder einmal leichtfüßig von der Eselin sprang und ihr hinaufhalf.

»Hundert«, antwortete er, ohne zu zögern.

»Nein, im Ernst. Ich würde es wirklich gerne wissen. Immerhin habe ich Mora und Bher gesagt, ein alter Mann würde mich begleiten.«

Das amüsierte den Narren unglaublich. Er tanzte um die

schwarze Jikesch herum und lachte. »Dreihundert! Dann bin ich dreihundert!«

»He, du bist dazu da, um mich zum Lachen zu bringen, nicht umgekehrt!«, protestierte sie. »Und ich würde es wirklich gerne wissen. Wo kommst du her?«

»Ich bin aus einem Ei geschlüpft, unter dem Thron des Königs«, erklärte er und zeigte ihr sein weißes Gesicht mit dem schwarzen Mund und den schwarzen Augen. In diesem Moment sah er aus wie ein Kind, weise und alterslos, ein Wesen, das von nirgends kam und hinging, wo niemand sonst hingehen konnte. Auf einmal verwünschte Linn, dass sie damit begonnen hatte, ihn auszufragen. »Sie fütterten mich mit Würmern und Schnecken«, plapperte er weiter, »und zogen mich an wie einen Menschen, damit niemand merkt, dass ich ein Vogel bin.«

Jikesch – die Eselin – blieb plötzlich stehen und stemmte die Hufe in den Boden.

»Ein Bach«, stellte Linn fest. Der Weg endete am steinigen Ufer eines Gebirgsbaches und führte auf der anderen Seite weiter. Das Wasser floss schnell, schäumend und sprudelnd füllte es sein Bett. »Und keine Brücke. Aber es sieht nicht tief aus.«

»Es ist auch nicht tief. Nur für meine liebe Jikesch stellt sich jetzt die Frage, wie man sich in einen Vogel verwandelt, um keine nassen Strümpfe zu bekommen.«

Er flüsterte der Eselin etwas ins Ohr, streichelte beruhigend ihre lange Stirn und führte sie dann zum Wasser hinunter. Vorsichtig setzte das Tier einen Huf vor den anderen. Linn spürte die Anspannung unter dem Fell.

»Soll ich nicht lieber absteigen?«

»Sie ist nur so lieb, weil sie dich trägt. Nicht wahr, mein Dummköpfchen? Mein närrischer kleiner Spatz, noch einen Schritt und noch einen …«

Die Eselin sah das rettende Ufer vor sich und strebte mit einem Satz darauf zu. Der Narr verlor das Gleichgewicht und stürzte hintenüber. Linn schrie auf, als er unter der Wasseroberfläche verschwand, doch gleich darauf kam er prustend wieder hoch, fasste sich an den Kopf und stieß einen Schrei aus. Seine Mütze schwamm schon mehrere Yags flussabwärts. Fluchend setzte er ihr nach.

Linn glitt vom Rücken der Eselin. »Soll ich dir helfen?«, rief sie lachend.

Die Strömung war stark, und die goldene Mütze entfernte sich rasant. Wie eine Forelle auf Mückenjagd schwamm der Narr ihr nach und sprang immer wieder nach vorne, um sie zu packen. Dann verschwanden beide hinter einer Biegung; Sträucher und Felsen verwehrten dem Mädchen den Blick auf das faszinierende Schauspiel.

»Warten wir. Das kann dauern«, sagte sie zu der Eselin. In der Tat fing sie schon an, sich Sorgen zu machen, als der Narr endlich wiederkam. Er kletterte durch das Gestrüpp am Bachufer, pitschnass, doch mit einem triumphierenden Grinsen. Wie nasse Haarsträhnen hingen die goldenen Zipfel seiner Mütze neben seinem Gesicht herunter. Der weißen Farbe hatte das Bad nicht geschadet, selbst seine schwarz umrandeten Augen waren nicht einmal verschmiert.

»Die Krone ist gerettet«, verkündete er, als hätte er eine Schlacht gewonnen. »Das Königreich wird nicht fallen. Das Glück ist durchweicht, aber nicht untergegangen.«

»Ich gratuliere von Herzen«, sagte Linn. »Wieso verläuft die Farbe nicht?«

»Welche Farbe?« Er klang beleidigt. »Du erwartest doch nicht etwa, dass mein Gesicht sich auflöst, von ein wenig Wasser? Bin ich ein Salzklumpen?«

»Sie ist nicht einmal verwischt.«

»Mein Gesicht verschmiert nicht.« Er streckte seine nun völlig nassen Handschuhe vor. »Lösen sich etwa meine Hände auf? Oder meine Füße? Bring mich nicht auf Gedanken, die mich nicht mehr loslassen. Zu verlaufen! Nicht, dass ich mich noch nie verlaufen hätte, aber ganz und gar – hu.« Er schüttelte sich.

»Also badest du immer so – mit allem?«, erkundigte Linn sich erheitert.

»Ein kaltes Bad ist der beste Schutz vor Drachenfeuer«, erklärte er wichtig. »Man muss nur das Löschen vorwegnehmen, und schon ist man unbesiegbar.«

Triefend trottete er vor ihr her. Ob er wohl fror? Linn warf einen Blick zum Himmel hoch und erhaschte aus den Augenwinkeln eine schnelle Bewegung – etwas Großes, Rotes, wie eine Flamme, die durch das Blau zuckte.

Er ist wieder da. Immer noch.

Hatte sie gedacht, sie hätte ihn abgeschüttelt, indem sie sich in der großen Stadt verkroch? Der Drache flog nach wie vor über ihr und wartete auf seine Gelegenheit. Unwillkürlich umklammerte sie ihre Kette. Ihren einzigen Schutz.

»Irgendwann kriege ich dich, du Biest«, flüsterte sie. »Ich werde dich töten, du wirst sehen.«

»Mit wem redest du?«, erkundigte sich der Narr. »Ich hoffe, du meinst nicht mich, obwohl es sicher nichts Schöneres gäbe, als dir zu unterliegen, oh Schwertmaid mit dem Zopf.«

»Mit dem Mörder meines Vaters«, sagte sie. »Er denkt, er könnte mir Angst machen. Er könnte mein Leben mit seiner Gegenwart überschatten. Ich lasse mich jedoch nicht einschüchtern.«

»Bestimmt nicht«, kicherte der Narr. »Du wirst ihn herausfordern, und dann bekomme ich einen Kuss und Fador nicht.« Aber seine Zähne klapperten, und als sie vorschlug, eine Rast einzulegen und Feuer zu machen, war er gerne damit einverstanden.

An diesem Abend saßen sie lange am Feuer. Der Narr drehte sich mit den abenteuerlichsten Verrenkungen um die Flammen, bis er an jeder Stelle trocken war, dann setzte er sich neben sie, und sie beobachteten gemeinsam die Sterne, die über den Gipfeln aufglommen.

»Narren sind kleine Vögel, die in den Himmel picken«, erklärte Jikesch. »Und durch die Löcher sieht man das Lagerfeuer der Götter, die dort sitzen und ihre Gewänder trocknen.«

»Warum sollten die Götter nasse Gewänder tragen?«, fragte Linn. »In welchen Bach würden sie wohl fallen? – Da! Hast du das gesehen? Den Schatten?«

»Ja«, flüsterte der Narr ehrfürchtig. »Dein Drache? Wie gut wir zusammenpassen, Hübschgesicht. Wir beide sind unwiderstehlich schön, und als wäre das nicht genug, haben wir noch etwas gemeinsam: ich einen Esel und du einen Drachen.«

»Nur dass deine Eselin dich nicht töten will«, sagte Linn.

»Welch ein Glück! Mir vorzustellen, dass mein braves Reittier sich aus dem Himmel auf mich herabstürzt …« Jikesch kicherte. »Zermalmt unter ihren Hufen, oh ihr Götter! Welch schauriges Ende – Narrenbrei!«

Wieder zog der Schatten über sie hinweg, ein Umriss aus Dunkelheit, hoch oben, so hoch, als müssten die Götter nur die Hände ausstrecken, um ihn zu berühren.

»Bekomme ich keinen Kuss?«, fragte Jikesch. »Zum Einschlafen?«

»Nein«, sagte Linn, aber sie duldete es, dass er sich an sie lehnte. »Es gibt keine Küsse.«

»Gar nicht?«

»Nichts da. Ich bin verlobt. Siehst du den Ring hier?«

Jikesch stützte sein Kinn auf ihre Schulter auf. »Soso«, sagte er in ihr Ohr.

»Was, soso? Ist das so schwer zu glauben, dass ich einen Freund habe? Zu Hause in meinem Dorf. Er wartet auf mich, und ich werde hier niemanden küssen, nicht einmal dich.«

»Schade«, seufzte er traurig. »Alle deine Küsse, nur für ihn. Küsst er denn gut? Küsst er, dass es in deinen Zehen kribbelt und dein Bauch warm wird und deine Haare aus dem Zopf kriechen vor Entzücken?«

Sie lachte. »Was redest du bloß für einen Unsinn?«

»Ich würde dich so küssen«, versprach er. »Soll ich?«

»Ich habe ihn nie gelassen«, sagte Linn leise. Sie dachte an Yaro mit seinen schönen braunen Augen, dem breiten Lächeln, den kastanienfarbenen Locken.

»Warum nicht?«, fragte Jikesch überrascht. »Ist er so hässlich?«

»Im Gegenteil. Er ist wunderschön. Alle Mädchen in unserem Dorf streiten sich um ihn, aber er hat nur Augen für mich. Und trotzdem …« Sie seufzte. »Soll ich ehrlich sein? Ich weiß es nicht. Vielleicht, weil ich immer dachte, wir hätten noch genug Zeit dafür.«

»Nicht einmal zum Abschied?«

Sie schüttelte den Kopf.

»Wie traurig.« Er legte seine weiß getünchte Wange an ihre. Im Dunkeln sah sein Gesicht mit den schwarzen Augen und dem schwarzen Mund wie ein fleischloser Schädel aus, aber es wäre ihr nie eingefallen, sich vor ihm zu fürchten. »Welch ein Narr«, flüsterte er.

»Passt auf! Dirren, weg da!«

Der Ritter sprang zurück, stürzte zwischen die Steine, die überall die Wiese sprenkelten, und hielt den Schild schützend über sich. Ein Feuerstoß ging über ihn hinweg, eine bläuliche Flamme, die Gras und Disteln in Brand setzte.

»Verdammt. Hierher, du Vieh!«

Zwei Gardisten hingen an der Seite des Drachen. Mit ihren Lanzen hatten sie sich an seinem Zackenkamm festgekrallt, aber das Ungeheuer beachtete sie gar nicht. Es wandte sich dem Mann zu, der die größte Bedrohung darstellte: Fador, der seinen Schild über den Kopf hielt, näherte sich geduckt von vorne. Der Schild war so groß, dass er den Ritter verbarg, der auf die Knie sank, gerade rechtzeitig, als der Drache das Maul öffnete und einen neuen Feuerschwall ausspie. Gleich darauf ließ Fador den rotglühenden Griff hastig los. Schreiend hielt er sich die Hand.

»Bei Arajas«, flüsterte Linn gebannt. Sie hockte mit Jikesch hinter den Bäumen, die an die kleine Lichtung grenzten. Die Höhle hinter dem Drachen wirkte von hier nur wie ein schwarzes Loch. Steine und niedrige Sträucher boten den Jägern keine Deckung. Ihre Pferde hatten sie im Wald angebunden, wo die Eselin sie gewittert und ihren Herrn mit schlafwandlerischer Sicherheit an den richtigen Ort geführt hatte. Doch der Lärm des Kampfes war groß genug, um jeden im näheren Umkreis dazu zu verlocken, sich zu verkriechen, am besten im Vorratskeller.

Nur ich, dachte Linn mit einem Anflug von Bitterkeit, *ich kann nicht nah genug herankommen.*

»Bei Barradas«, wisperte der Narr. »Ich dachte immer, es gebe kein größeres Ungeheuer als meinen Esel.«

Der Drache war selbst von hier, aus sicherer Entfernung, kein Anblick, dem man sich aussetzte, wenn man bei Verstand war. Er war riesiger, als irgendein Tier sein durfte; wenn man ihn ansah, konnte man glauben, dass den Göttern ein Irrtum unterlaufen war und sie aus Versehen einen Felsbrocken belebt hatten. Wie kleine Katzen, die einen Hund von der Größe eines Pferdes ärgern, schwärmten die Gardisten um den Drachen herum und fuchtelten mit ihren Waffen.

Unter dem fahlgrauen Himmel wirkte der Leib des Untiers wie mattes Eisen, grau und hart, als könnte kein Schwert der Welt diesen Panzer durchdringen. Doch er bewegte sich nicht behäbig, wie man es von einem Felsen hätte erwarten können, sondern schnell wie eine Eidechse, und unter den zahlreichen Hörnern, die auf seinem mächtigen Schädel wie Unkraut wucherten, glänzten Augen, so schwarz wie die sternlose Nacht.

»Jeder vernünftige Mensch würde das Weite suchen«, sagte der Narr heiter, als sie ihren Beobachtungsposten wählten und sich in den Büschen verkrochen. »Wie es scheint, sind alle anwesend, die nichts von Vernunft halten. Ich bin ein Narr, du bist verrückt, und jeder weiß, dass Ritter sowieso Trottel sind.«

»Oh gütiger Gott, oh Arajas«, betete Linn, als sie den Hauptmann erkannte, der mit drei Gardisten von der anderen Seite her angriff, jeder von ihnen mit einem Langschwert bewaffnet.

Der Drache fuhr herum und brüllte. Linn schauderte und rückte unwillkürlich näher an Jikesch heran, denn dieses Gebrüll ähnelte weitaus weniger dem Wutschrei eines zornigen Tieres als dem Lachen eines Menschen.

»Stirb!«, schrie Okanion und preschte mit seinen Getreuen vorwärts. Linn hielt den Atem an, als sie bemerkte, dass von der anderen Seite ein einzelner Kämpfer heranschlich.

»Das ist Arian«, flüsterte sie und umklammerte den Arm des Narren, als wäre es eine Dornlanze.

Der Drache ließ sich nicht täuschen. Er wirbelte herum und fegte mit dem Schwanz den Prinzen zur Seite, dann war er genauso schnell wieder bei den anderen Schwertkämpfern, senkte den Kopf und nahm den vordersten auf die Hörner. Ein gellender Schrei fuhr dem Mädchen durch Mark und Bein, als der Ritter, auf dem Scheitel des Untiers aufgespießt, mit Armen und Beinen zappelte wie ein großer Käfer. Der Drache schwenkte den Schädel, und der Mann flog durch die Luft und landete unweit von Linn und Jikesch zwischen den Sträuchern. In einem grotesken Winkel neigte sich sein Kopf nach hinten, die blicklosen Augen stierten sie an.

Linn wurde übel. Wieder schrie jemand in Todesqualen.

»Ich muss etwas tun.« Sie zog die Dornlanze aus der Decke und sprang auf. Der Narr packte sie am Arm.

»Willst du gebraten werden oder gar zerschmettert?«, fragte er ungewohnt ernst.

»Ich kann nicht zusehen! Ich muss …«

Mit einer Kraft, die sie ihm gar nicht zugetraut hätte, hielt er sie fest.

»Du willst tanzen? Mit einem Drachen? Dann tanz ich mit. Ich bin hier der Narr, verstanden?«

Er stieß sie zurück ins Gebüsch und rannte auf die Lichtung. »Der Tanz gehört mir! Ein Tänzchen gefällig? Ein hübsches Lied? Wer lacht hier über wen, närrisches Ungeheuer? Ungeheurer Narr? Na?«

»Jikesch!«, schrie Linn. »Oh nein, komm zurück!«

Doch es war zu spät, der Drache hatte den neuen Angreifer bereits bemerkt und schnellte fauchend herum. Der Narr sprang blitzschnell zur Seite, bevor das Feuer ihn erfassen konnte, rollte sich ab und wirbelte radschlagend über die Wiese. Der Drache drehte den Hals und versperrte Linn die Sicht auf den Hauptmann – wenn denn nicht sogar Okanion der zweite Tote war. Das Mädchen rannte geduckt am Waldrand entlang, stolperte über den Prinzen, der reglos zwischen den Steinen lag, und stieß mit der Dornlanze nach dem peitschenden Schwanz des Drachen. Sie versuchte, die Waffe festzuhaken, wie Bher es ihr gezeigt hatte, aber das Tier bewegte sich so schnell, dass es kaum möglich war, es zu berühren. Mit den Tatzen schleuderte es einen der anderen Ritter zur Seite; die schwarzen Krallen zischten um Haaresbreite an ihrem Gesicht vorbei. Linn packte die Lanze fester und machte einen neuen Vorstoß; diesmal gelang es ihr, den gebogenen Haken zwischen die Schuppen zu klemmen. Das Untier bewegte den langen Hals auf sie zu und riss das Maul auf, und sie starrte auf seine Zähne in der glühenden Schwärze seines Rachens und die Verheißung des Feuers, das sich hinten in seiner Kehle sammelte.

Mir kann nichts passieren, dachte sie – versuchte es zu denken, während gleichzeitig ihr Herz aussetzte. *Oder?*

Aber das Feuer kam nicht. Der Drache bäumte sich auf, und sie sah Okanion an seiner Vorderseite baumeln, ans Schwert geklammert, das er durch den eisengrauen Schuppenpanzer gestoßen hatte. »Lauft!«, schrie der Hauptmann, ließ sich fallen, wollte davonstürzen und schlug der Länge nach hin, als ihn ein heftiger Hieb der gewaltigen Krallen traf.

Die übrigen Ritter, die noch mit ihren Dornlanzen zugange waren, sprangen hastig ab und stolperten fort. Linn fühlte sich wie gelähmt. Sie blieb stehen und konnte den Blick nicht abwenden, als der Drache sich in wilden Zuckungen auf dem Boden wand. Sein Gebrüll erschütterte die Erde, seine Flügel entfalteten sich und gruben sich durch die steinige Erde wie mächtige Pflüge. Sie starrte auf seine Krallen – nicht einfach nur schwarz, sondern hell marmoriert –, und für einen Moment schien alles um sie herum zu verschwimmen; dann riss jemand sie zurück.

Sie dachte, es wäre der Narr, bis sie diesen vor dem schäumenden Drachen tanzen sah. Er hatte sich eine Dornlanze gegriffen, die einer der Ritter verloren hatte, und stach damit nach der Nase des Drachen, der immer noch versuchte, das Schwert aus seiner Brust zu reißen.

»Tanz mit mir, mein Esel! Komm und tanz!«

Der Kopf des Drachen schnellte nach vorne, er öffnete das Maul, und sofort sprang der Narr vorwärts und stieß die gebogene Spitze der Lanze in die Zahnreihen, wo sie hängen blieb. Er klammerte sich an dem Stab fest und schwenkte daran durch die Luft, während der Drache wild den Kopf schüttelte und Feuer spie, mit dem er jedoch Jikesch, der knapp unter seinem Kinn hing, nicht erreichen konnte.

Okanion sprang hinzu, ein neues Schwert in der Hand, und bohrte es ebenfalls in die Brust des Drachen.

Unvermittelt war alles vorbei. Das Untier öffnete den Rachen zu einem neuen Brüllen, da erlosch der Glanz seiner heimtückischen schwarzen Augen, und es krachte schwer auf den Boden.

Der Hauptmann zog nacheinander beide Schwerter heraus und sprang zurück, doch der Drache regte sich nicht mehr. Mit gebrochenem Blick lag er vor seiner Höhle wie ein kunstvoll behauener Felsblock.

Der Ritter, der Linn zurückgerissen hatte, ließ sie los. Es war Gunya, die angewidert den Kopf schüttelte.

»Danke.«

Die Ritterin knurrte feindselig, also beließ Linn es dabei. Sie klopfte sich den Staub aus den Kleidern, eilte zu Jikesch und umarmte ihn. Fassungslos verharrte der Narr vor dem gehörnten Haupt des Drachen. Ihr ging es ähnlich. Eigentlich wollte sie hier stehen und still sein, stumm vor dem, was hier geschehen war, doch dazu gab es keine Gelegenheit.

»Was tut ihr zwei hier?«, schrie Okanion. Wütend, in jeder Hand ein Schwert, fuhr er sie heftig an. »Was sollte das? Ich dachte, ich trau meinen Augen nicht. Wie kommt ihr hierher? Was hat euch geritten, euch in einen Drachenkampf einzumischen?«

Seine zornige Attacke brachte Linn vollends aus dem Gleichgewicht.

»Ein Kampf, der ganz anders ausgegangen wäre, wenn wir nicht gewesen wären!«, schrie sie zurück.

»Wir brauchen keine Hilfe!«, brüllte Okanion. »Oh ihr Götter, du hättest ums Leben kommen können! Und was um Himmels willen tut der Narr der Königs hier?«

»Was ich Tag und Nacht tue«, antwortete Jikesch, »mit Ungeheuern tanzen.«

Die anderen Ritter kamen näher. Jemand beugte sich über den Prinzen, der gerade wieder zu sich kam und stöhnte.

»Haben wir ihn erlegt?«

»Natürlich«, sagte Okanion und fügte spöttisch hinzu: »Dank unerwarteter Hilfe. Anscheinend glauben heutzutage selbst Mägde, sie könnten besser kämpfen als die Ritter des Königs!«

»Ich bin kein Dienstmädchen mehr!«, rief Linn. »Und wenn es Euch stört, dass ich hier bin, obwohl ich nicht zur Garde gehöre, dann nehmt mich endlich auf!« Sie wandte sich ab und marschierte durchs Gras, um ihre Dornlanze zu suchen.

»Du bist ja sogar bewaffnet.« Der Hauptmann, immer noch rasend vor Zorn, lachte auf. »Hast du diese Lanze den ganzen Weg hierhergeschleppt? Wozu? Hast du nicht damit gerechnet, die Waffen eines Toten nehmen zu können? Eine Waffe der vielen Ritter, die nach dem Kampf hier herumliegen? Bei Belim«, stöhnte er, »Leute wie ihr dürft dem Prinzen nicht seine Chance nehmen.«

»Das ist ungerecht!«, rief Linn. »Ihr wärt tot, wenn wir nicht gewesen wären. Wenn er«, sie wies auf den Narren, »nicht gewesen wäre. Vielleicht nicht jeder hier – aber Ihr ganz bestimmt! – Komm.« Sie winkte ihrem Freund. »Lass uns gehen, wir sind hier nicht erwünscht.«

Gemeinsam stapften sie zwischen den Gardisten hindurch zurück zum Wald. Niemand hielt sie auf, niemand dankte ihnen.

»Was ist passiert?«, hörte Linn den Prinzen fragen, doch Okanion gab nur ein wütendes Schnauben von sich.

»Welch treffliches Abenteuer«, meinte Jikesch, als er die Eselin losband. Sie scheute vor ihm, und er musste lange auf sie einreden, um sie darüber hinwegzutrösten, dass er nach Rauch und Tod roch. »Ein Narr größer als der andere.«

»Du hättest das nicht tun dürfen«, sagte Linn. »Selbst du

müsstest begreifen, wie gefährlich ein Drache ist. Mir kann nichts passieren, aber für dich gilt das nicht.«

»Warum kann ihr nichts passieren, der holden Schwertmaid?«, erkundigte sich der Narr, während er ihr auf den Rücken der Eselin half und hinter ihr aufsprang. Offenbar hatte er es eilig, hier wegzukommen, bevor die Ritter ihre Pferde erreichten.

»Ich besitze eine magische Kette, die mich schützt. Auch wenn Mora daran zweifelt, glaube ich immer noch, dass es so ist. Mein Vater hat sie mir vererbt und befohlen, dass ich sie nie abnehme – das hätte er gewiss nicht getan, wenn sie nichts taugt.«

Die Glöckchen läuteten, als der Narr seine Stirn gegen ihren Rücken lehnte. »Ich habe auch eine Kette.«

»Hast du nicht.«

»Eine Kette, die mich an dich bindet, geliebte Pastetenträgerin. Eine Kette, magisch und stark wie der Tod. Ich bin dein Esel, ob du willst oder nicht.«

»So ein Unsinn.« Aber Linn war nicht nach Lachen zumute. Der Kampf gegen den Drachen steckte ihr noch in den Knochen, und langsam, während sie zum Pass hochritten, senkte sich die Stille über sie, die einem so großen Tod angemessen war, und sie schwiegen beide.

13

Es dauerte eine Weile, bis sie sich beruhigt hatten. Nach dem Schweigen fingen sie an zu kichern und schließlich zu lachen; ein hysterisches Lachen, das die Eselin nervös machte, aber Linn hätte sich sowieso nicht mehr lange auf ihrem Rücken halten können. Von einem unbezähmbaren Lachanfall geschüttelt rutschte sie hinunter, fiel gegen den Narren, und vor Lachen heulend rollten sie über den Boden. Schließlich blieben sie liegen und schnappten nach Luft.

»Auch wenn wir ihn nicht selbst getötet haben – für unseren ersten Drachen war das gar nicht schlecht«, meinte der Narr. »Er war ein bisschen größer, als ich erwartet hatte.«

»Soll ich dir etwas zeigen?« Linn fasste in den kleinen Beutel an ihrem Gürtel und holte den Glücksstein heraus. »Etwas ganz Ähnliches habe ich heute gesehen. Direkt vor meinen Augen. Drachenkralle.« Schwarz schimmernd lag er in ihrer Handfläche.

Der Narr klaubte ihn vorsichtig heraus und hielt ihn gegen das Licht.

»Diese gebogenen Krallen werde ich nie vergessen, wo sie mir doch so gastfreundlich nahe gekommen sind und mir angeboten haben, von ihnen zu kosten. Allerdings waren die Krallen etwas spitzer und krummer, und ein lebendiger Drache hing daran. Das ist ein deutlicher Unterschied.«

»Dieser Stein muss aus einer Drachenkralle gefertigt worden

sein. Geschnitzt. Oder gehauen oder wie auch immer. Weißt du, was das bedeutet?«

»Dass du ein Stück Drachenkralle mit dir herumschleppst?«

»Ist das nicht merkwürdig? Ich hatte keine Ahnung, was das ist. Ich dachte, es wäre ein Stein. Selbst Mora ist der Ansicht, dass er irgendwie magisch ist.«

»Wozu dient er? Müssen wir nun einen Drachen suchen, dem eine Kralle fehlt? Wenn wir ihm seine verlorene Kralle untertänigst anbieten, schenkt er uns bestimmt einen Goldtaler.«

Linn steckte den Glücksstein zurück in den Beutel. »Ich habe keine Ahnung, wozu er gut ist. Aber glaub mir, ich bekomme es heraus.«

»Vielleicht hilft er einem dabei, einen verschwundenen Esel zu finden?«, hoffte der Narr. »Jikesch! Wo bist du?«

»Da vorne ist sie.«

»Also hat er schon gewirkt. Ich gratuliere dir zu diesem wunderbaren Eselfindestein.«

»Komm. Mir wäre wohler, wenn wir vor der Garde zu Hause wären.«

»Du sprichst mir aus dem Herzen«, meinte der Narr. »Dann können wir immer noch behaupten, die verrückten Ritter hätten unseren Auftritt nur geträumt. Selbst der König weiß manchmal nicht, ob er mich nur fantasiert. Ab und zu kommen mir selbst Zweifel, ob ich echt bin.«

Linn kniff ihn kräftig in den Arm.

»Autsch!«

»Na, jetzt weißt du wenigstens, dass du dich selbst nicht träumst.«

»Vielen Dank. Was täte ich ohne dich, allerliebste Schwertmaid.«

Sie fingen die große Jikesch ein und machten sich an den Aufstieg, beschwingt von ihrem Sieg. Manchmal traten die Bilder wieder mit Macht vor Linns Augen. Der riesige graue Drache, das Feuer, dieses Gefühl, dass die Wirklichkeit zerplatzte durch die bloße Existenz dieser unglaublichen Kreatur. Doch dann fiel ihr Blick auf den Narren, der abwechselnd neben ihr ritt oder ging, und alles war wieder ganz.

»Eine Drachenkralle?« Mora wog den Stein in der Hand. »Das ist ja interessant.«

Während die alten Männer lauthals gejubelt hatten, als Linn nach Hause zurückgekehrt war, hatte Mora sich eher verhalten gezeigt. Ihre Stirn war gerunzelt vor Sorge, und die wohlbehaltene Rückkehr des Mädchens löste die Falten nicht so schnell auf. Sie saß abseits, während Linn mit ihren Abenteuern prahlte.

Bher schüttelte den Kopf und murmelte: »Das Glück ist mit Kindern und Narren.«

»Na, dann hatte ich ja genug Glück dabei«, meinte Linn leise. »Können wir jetzt mit dem Schwertkampf anfangen?«

Die Augen der Alten strahlten auf.

»Natürlich!«, rief Lireck.

»Vielleicht war es falsch, dich so zu ermutigen«, meinte Mora. »Ich bin in den letzten Tagen fast umgekommen vor Sorge.«

»Dann ist es umso wichtiger, dass ich lerne, wie man richtig kämpft«, trumpfte Linn auf. Sie hatte nach diesem Ausflug das Gefühl, dass alles möglich war – sogar vor dem Drachen nicht in die Knie zu gehen, sondern ihm mutig entgegenzutreten und ihn zu besiegen. Nichts konnte einen wirklich entschlossenen Drachenjäger aufhalten – nicht einmal ein Drache.

»Dann nimm dies hier.« Bher reichte ihr ein Schwert, das zu ihrem Verdruss aus Holz geschnitzt war, und einen kleinen, handlichen Schild. »Fangen wir an zu üben. Du wirst diesen Tag noch verwünschen.«

Am Abend war sie so müde, dass sie nur noch ins Bett sinken wollte, doch Mora hatte zur Feier des Tages reichlich aufgetischt und die anderen Hausgäste eingeladen, und Linn wollte niemanden enttäuschen. Auch Nival fand sich ein. Mit glattgekämmtem Haar und blassem Gesicht saß er zwischen Lireck und Roban und löffelte abwesend die köstliche Kohlsuppe, die seine Tante gekocht hatte. Er warf dem Mädchen einen vorsichtigen Blick zu und beugte sich dann wieder über seinen Teller, als gäbe es nichts Wichtigeres auf der ganzen Welt.

»Willst du nicht hören, was andere erleben, während du in deiner Schreibstube hockst?«, fragte Bher gereizt. »Erzähl doch mal, Linnia. Bestimmt möchte Nival deine Geschichte gerne hören.«

Die Wangen des Schreibers röteten sich. Linn hatte keine Zeit gehabt, ihn zu vermissen, dennoch merkte sie, wie sehr es sie freute, ihn wiederzusehen.

»Vielleicht kannst du es aufschreiben?«, schlug Bher vor, bissig wie ein von Bienen gestochener Hund. »Eine Geschichte, die sich zu hören lohnt. Du könntest sie an einen fahrenden Sänger verkaufen.«

»Herr Bher, in der Amtsstube gibt es bestimmt genug zu tun, auch ohne Geschichten«, sagte Linn, die das Gefühl hatte, Nival beistehen zu müssen.

Letztendlich brauchte sie gar nichts zu erzählen, das erledigte der Rest der Tischgemeinschaft schon für sie. Das Abenteuer mit dem Drachen wurde nach Kräften ausgeschmückt, sodass es am Ende klang, als hätte sie ganz allein ein Monster von der Größe eines Berges besiegt.

»Das«, sagte Bher stolz, »ist meine Linnia.«

Nival schob seinen Teller zurück. »Ich … muss noch etwas für morgen vorbereiten. Bitte entschuldigt mich.«

Er stand auf und ging aus der Küche. Mora sprang so eilig auf, dass sie ihren Stuhl umstieß. Bher legte seine Hand auf ihre.

»Setz dich wieder hin. Lass ihn. Er hat diesen Beruf gewählt, jetzt muss er auch damit fertig werden.«

Danach konnte Linn den Rest des Abends nicht genießen. Sie schlang ihre Suppe hinunter, quälte sich durch das Gewürzbrot, das Mora zur Feier des Tages gebacken hatte, und entschuldigte sich, sobald sie konnte, mit Müdigkeit.

»So hart, wie Bher mit ihr trainiert hat, wäre ich längst im Stehen eingeschlafen«, meinte Lireck.

Die anderen nickten zustimmend und fingen an, Erinnerungen an ihre Knappenzeit auszutauschen, einer lauter als der andere, als müssten sie sich mit der Dummheit und Tapferkeit ihrer Ritter übertrumpfen sowie mit den Schauergeschichten von den grässlichen Sterbestunden ihrer armen Herren.

Es tat Linn nicht im Geringsten leid, diese Runde zu verlassen.

Sie klopfte vorsichtig. »Herr Nival? Ich bin's. Darf ich hereinkommen?«

Es hätte sie eigentlich nicht wundern sollen, dass er sich schlafend stellte. Sie wartete eine Weile und wollte sich schon abwenden, als sie hörte, wie sich hinter ihr die Tür öffnete.

Er sagte kein Wort. Um seine Mundwinkel lag ein bitterer Zug, den sie nicht an ihm kannte.

»Darf ich?«

Er hob die Schultern, verstellte ihr aber auch nicht den Weg. Sie betrat sein Zimmer – war hier nicht irgendetwas anders als sonst? –, holte tief Luft und begann.

»Ich will den Keil zwischen Euch und Eurem Onkel wirklich nicht tiefer treiben. Bitte glaubt mir. Es war nicht meine Absicht, Euch mit meinen Abenteuern zu langweilen, und die Hälfte davon war sowieso übertrieben. In Wirklichkeit ging alles so schnell, dass mir gar nicht viel Zeit zum Nachdenken blieb. Es … geschah einfach.«

Er hörte ihr zu und nickte. »Verstehe«, murmelte er leise, aber es klang nicht so, als ob er überhaupt irgendetwas verstand.

»Dann nehmt Ihr meine Entschuldigung also an?«

Er stand immer noch an der Tür und schien darauf zu warten, dass sie wieder ging. Da wusste sie auf einmal, was ihr gleich komisch vorgekommen war. Heute sah es nicht ganz so ordentlich aus wie sonst. Auf dem Tischchen am Fenster standen mehrere Töpfchen ohne Deckel, daneben Tücher und eine Schüssel mit Wasser.

»Seid Ihr verletzt?«, fragte sie erschrocken. »Dass Ihr vom Tisch aufgestanden seid, lag gar nicht an mir oder Eurem Onkel. Ihr habt Schmerzen!«

»Nein, es … es ist nicht schlimm.« Auf einmal schien seine Maske zu bröckeln, und dahinter schimmerte die pure Verzweiflung durch. »Ihr wart sehr freundlich. Dass Ihr Euch so besorgt zeigt, ehrt mich, aber was zwischen mir und meinem Onkel nicht stimmt, dauert schon viel länger an. Bitte, geht jetzt. Und sagt nichts zu meiner Tante.«

Linnia schloss sachte die Tür. »Zeigt mir Euren Rücken.«

»Ihr wisst davon?«, fragte er betroffen.

»Nun zeigt schon her. Ich verstehe nichts von Krankenpflege, sagt mir einfach, was ich tun soll.«

Nival zögerte. Ein Schatten glitt über sein Gesicht, dann seufzte er auf, streifte die Tunika ab und präsentierte ihr seinen nackten Oberkörper. Seine Wangen färbten sich wieder.

»Es ist nicht schön«, sagte er fast trotzig.

»Ich bin den Anblick von Männern durchaus gewöhnt«, sagte Linn, um ihre eigene Verlegenheit zu überspielen. Nivals glatte, unbehaarte Brust hatte mit den haarigen Gestalten, die sie von zu Hause her kannte, recht wenig zu tun. Er war muskulöser, als sie erwartet hatte. Obwohl schmal, hatte er ausgeprägte Muskeln, und seine Oberarme wirkten recht kräftig. Wenn die zahlreichen blauen Flecke nicht gestört hätten, hätte Nival eigentlich mühelos mit Yaro mithalten können, wenn er auch an Rineks geballte Kraft nie heranreichen würde.

»Was tut Ihr eigentlich, außer mit einer Feder herumzukritzeln?«, fragte Linn, fasste ihn bei den Schultern und drehte ihn herum, damit sie seinen Rücken sehen konnte.

Sie schnappte nach Luft. »Kein Wunder, dass Ihr nicht wollt, dass Eure Tante das mitbekommt. Sie würde Euch nicht zu Eurem Peiniger zurücklassen.«

Er wandte den Kopf und warf ihr einen dunklen Blick zu. »Was wisst Ihr schon!«

»Das, was ich sehe, reicht mir. Setzt Euch hin. Sind das die Salben?«

Die blutigen Striemen schienen bis auf die Knochen zu gehen. Wer auch immer ihm das angetan hatte, hatte sich nicht damit begnügt, mit bloßen Händen zuzuschlagen.

»Falls Dreck in der Wunde ist, müsstet Ihr sie zuvor reinigen. Traut Ihr Euch das zu?« Seine Stimme klang ungewohnt bissig.

»Natürlich«, gab Linn zurück und kämpfte ein aufkommendes Schwindelgefühl nieder. »Ich habe einem Drachen gegenübergestanden. Und Ihr? Wem habt Ihr den Rücken zugewandt? Vielleicht kämt ihr besser davon, wenn Ihr ihm in die Augen blicken würdet?«

»Ihr wisst nichts«, stieß er hervor und hielt dann den Atem an, als sie mit einem angefeuchteten Tuch etwas aus den Striemen tupfte, das nach Sandkörnern aussah.

»Dann klärt mich auf. Ich bin tagelang weg, um gegen einen Drachen zu kämpfen, und komme ohne einen einzigen Kratzer zurück. Ihr lebt ja gefährlicher als ich.«

»Ich habe meine Gründe«, knurrte er. Es war, als würde der Schmerz ihn verwandeln, aus einem schüchternen Schreiber in ein aggressives Tier.

»Ich weiß. Trotzdem.«

»Ihr … *wisst?* Was wisst Ihr?«

Sie schnupperte am Salbentopf. »Die hier, die so glitzert? Ist das die richtige?«

»Tragt sie dünn auf. Sie zieht sehr rasch ein. Und antwortet gefälligst auf meine Frage.«

Linn war versucht, den Topf und die Tücher hinzuwerfen und aus dem Raum zu rauschen. Sie beherrschte sich mit Mühe. Ihre Gefühle mussten warten, bis sie hier fertig war. Dabei hätte sie selbst nicht sagen können, warum sie Nival am liebsten geschlagen hätte – schließlich war er geschunden genug.

»Ihr tut das für Eure Tante«, sagte sie. »Um eines Tages Ratgeber im Schloss zu werden.«

»Das hat Mora Euch gesagt? Au!« Er stöhnte leise und atmete tief durch, während Linn die Salbe auftrug. Sie arbeitete so behutsam wie möglich.

»Ich finde Euer Ziel sehr ehrenhaft. Und völlig verrückt. Ein Schreiber kann niemals königlicher Ratgeber werden. Oder seid Ihr vielleicht der heimliche Sohn eines Fürsten oder einer Prinzessin? Wer waren Eure Eltern?«

»Ihr fragt zu viel«, presste er zwischen den Zähnen hervor. »Meine Eltern gehen Euch nichts an.«

»Also ist das die Grundlage Eurer Hoffnung und Eures Ehrgeizes? Fürstliches Blut?«

»Nein«, flüsterte er. »Meine Mutter war Bäckerin.« Auf einmal war seine Stimme weich und dunkel, und Linn begriff, dass sie hier an etwas rührte, das er niemals preisgeben würde. »Und mein Vater ist von allerniedrigstem Stand. Ich gehe meinen eigenen Weg.«

»Wie wollt Ihr denn da jemals lebendig so weit kommen, bei einem solchen Dienstherrn?«

»Was wisst Ihr schon über meinen Dienstherrn?«, rief er laut und fuhr herum. Linn erschrak so sehr, dass sie den Tiegel fallen ließ, aber Nival fing ihn mit einer wendigen Bewegung auf. »Was?«

»Äh, ich …« Sie wollte instinktiv vor seinem Zorn zurückweichen, doch dann erinnerte sie sich daran, dass sie nicht einmal vor dem Drachen davongelaufen war.

»Dass er Euch umbringen wird, wenn Ihr Euch so viel gefallen lasst? Dass Ihr nicht so weitermachen *könnt,* egal was Ihr Euch erhofft? Bei Arajas, schaut mich nicht an, als wäre ich Eure Feindin, Herr Nival. Euer Geheimnis ist bei mir gut aufgehoben.«

»Mein Geheimnis? Was wisst Ihr davon?« Er packte ihre Handgelenke.

Sie kämpfte darum, sich loszureißen, aber er hielt sie eisern fest. Was hatte ihn bloß so wütend gemacht? Schließlich war sie hier, um ihm zu helfen.

»Lasst mich sofort los«, zischte sie. »Ich bin noch nicht fertig.«

Der Griff um ihre Gelenke lockerte sich. Dann seufzte er und wandte ihr wieder den Rücken zu.

Kopfschüttelnd machte sie weiter.

»Ich sollte Euch hier einfach sitzen lassen, wisst Ihr das? Seht doch zu, wie Ihr Euch selbst verarztet!«

»Es tut mir leid«, murmelte er.

»Was ist bloß los mit Euch, Herr Nival? So kenne ich Euch gar nicht.«

Sie rieb den letzten roten Streifen mit der Salbe ein. »Das vorige Mal … es sind gar keine Narben zurückgeblieben. – Ich wollte es gar nicht sehen«, fügte sie eilig hinzu, bevor er wieder wütend werden konnte. »Ich bin zufällig hereingeplatzt, als Eure Tante sich um Euch gekümmert hat. Vor einigen Monden. Ich habe nur gehört, dass sie sagte, das käme öfter vor. Außerdem weiß ich bloß, was sie über Eure Motive erzählt hat, königlicher Schreiber zu werden. Das ist doch nichts, wessen Ihr Euch schämen müsstet. Und ich dachte …« Sie schluckte. Es fiel leichter, es auszusprechen, wenn er sie nicht ansah. »Vertraut Ihr mir denn nicht?«

»Es ist eine magische Salbe«, sagte er langsam. »Mora rührt

ein Pulver hinein, das Narben verhindert. Die Wunden schließen sich schnell, und es lindert den Schmerz.«

»Das freut mich zu hören.« Auf einmal drehte sich alles um Linn, als sie begriff, was das bedeutete. »Könnte man damit auch Brandwunden behandeln?«

»Wen wollt Ihr denn behandeln – Hauptmann Okanion?«

»Meinen Bruder. Und meine Schwester. Bei Arajas, wenn ich etwas davon nach Hause bringen könnte …«

»Vergesst es«, sagte er schroff. »Wenn Ihr damit erwischt werdet, wird es mehr Hinrichtungen geben, als Ihr Euch vorstellen könnt. Diese Töpfe dürfen das Haus nicht verlassen.«

»Wo kann man das kaufen? Oder stellt Mora die Salbe selbst her?«

»Genug!«, rief er, doch Linn war zu aufgeregt, um sich bremsen zu lassen.

»Was, wenn man bei Okanion anfangen würde? Pivellius müsste dann einsehen, was Magie für Möglichkeiten bietet!«

»Es gibt so vieles, was ich dem König sagen möchte – wenn er mich eines Tages lässt.« Nival griff nach seiner Tunika und streifte sie sich über. Dann drehte er sich zu ihr um und senkte den Kopf. »Bitte, verzeiht, Fräulein Linnia. Ich bin es nicht gewöhnt, mit irgendjemandem darüber zu sprechen.«

»Vielleicht solltet Ihr das aber tun. Vielleicht würde Euer Onkel Euch anders behandeln, wenn er wüsste, was Ihr vorhabt und was Ihr alles auf Euch nehmt, um Euer Ziel zu erreichen. Obwohl ich … darf ich offen sprechen, oder fangt Ihr dann wieder an herumzubrüllen?« Fast war sie versucht, diese neue Seite an ihm wieder hervorzulocken, doch sie fürchtete, dass sie sie nicht noch einmal zu Gesicht bekommen würde. Jetzt, da er keine Schmerzen mehr litt, würde er sich besser zu beherrschen wissen.

Linn wartete die Erlaubnis nicht ab. »Ihr nehmt jedoch zu viel auf Euch, Herr Nival. Selbst mit einer magischen Salbe zur

Hand … was ist, wenn Euer Herr Euch eines Tages erschlägt, bevor Ihr herkommen könnt, um Euch heilen zu lassen?«

»Mein Herr?«

»Nun, dieser Schreiber, für den Ihr arbeitet. Findun, wenn ich mich recht erinnere. Er ist es doch, der Euch misshandelt?«

Nival lächelte auf einmal. »So scheint es. Aber Ihr tut dem guten Mann Unrecht. Er ist ungeduldig, und man kann ihn kaum jemals zufriedenstellen, aber er wirft höchstens mal mit dem Tintenfass nach mir.«

Nival ist kein Schreibergeselle, dachte sie plötzlich. *Er würde nie und nimmer so aussehen, wenn er nur mit Feder und Pergament umgehen könnte. Nein, kein Schreiber. Jedenfalls nicht nur. Was auch immer er verbirgt – er war der Meinung, ich wäre hinter sein Geheimnis gekommen. Deshalb war er so außer sich.*

»Wer ist dann für Euren Rücken verantwortlich?«, hakte sie nach.

Er lächelte spöttisch. So fremd dieses Lächeln auf seinem Gesicht war, so gut stand es ihm.

»Ich ganz allein«, sagte er, »wer sonst sollte für mich verantwortlich sein? Was immer mir zustößt, ich habe es mir selbst zuzuschreiben. Vielen Dank für Eure großzügige Hilfe, Fräulein Linnia.«

Sie war entlassen. Einen Moment später stand sie auf dem Treppenabsatz und wunderte sich, was mit diesem schüchternen Jüngling passiert war, der es verstanden hatte, sie so gekonnt an der Nase herumzuführen.

Er hatte sie damals beim Armdrücken gewinnen lassen, keine Frage. Das hatte er ihr eben unabsichtlich selbst verraten – einer, der sie so mühelos festhalten konnte.

14

Während im Schloss der Sieg über das Untier gefeiert wurde, sprach niemand davon, dass dieser außer den Gardisten noch jemand anders zu verdanken war. Also hatte Hauptmann Okanion es wohl für sich behalten und auch seine Leute auf Stillschweigen eingeschworen. Linn war das durchaus recht. Ganz Lanhannat sang Brahans Lieder und jubelte, als die Garde mit geschmückten Pferden um die Stadtmauer ritt. Kinder liefen ihnen nach und streuten Blumen auf den Weg. Okanion, der den Zug anführte, trug einen Diamanten an seiner Dornlanze.

»Das ist das Geschenk des Königs für den siegreichen Helden«, erklärte Bher, der hinter Linn die Prozession beobachtete. »So feiert Schenn sich selbst, das Land der Drachentöter. Es ist lange her, dass Brahans Erben so geglänzt haben.«

Linn starrte auf den funkelnden Stein, in dem sich das Sonnenlicht sammelte. Ein Stern. Eine kleine Sonne. Ein untrügliches Zeichen der Gunst des Königs. Sie verspürte einen dumpfen Groll im Magen. Dem Prinzen schien es ähnlich zu gehen. Mit verdrossener Miene ritt er hinter seinem Hauptmann her. Neben ihm winkte Fador mit verbundenen Händen.

»Was ich dir noch sagen wollte.« Ihr Meister verzog den Mund zu einem breiten Lächeln. »Kesim ist wieder da, im Gasthaus Zum fahrenden Ritter. Ich glaube, der Name sagt dir was.«

Schlagartig verlor Linn das Interesse an der siegreichen

Garde. Stattdessen schob sie sich durch die Menge, die die Straßen säumte, bis sie den Gasthof erreicht hatte, wo sie ihren alten Freund typischerweise beim Schmausen antraf. Er sah keinen Tag älter aus als noch vor einem Jahr.

»Wen haben wir denn da?« Kesim breitete die Arme aus, begnügte sich jedoch damit, ihr die Hände zu drücken. »Das schöne Fräulein!«

Linns Stimme zitterte, kaum konnte sie ihre Fragen stellen. »Wie geht es meiner Familie? Habt Ihr sie gesehen?«

»Lass mich nachdenken … da war so ein einbeiniger Geselle, der auf einer Krücke durchs Dorf humpelt und jeden beim Armdrücken schlägt.«

»Ja! Ja, das ist Rinek!«

»Ruinen habe ich gesehen, überall wachsen Mauern in die Höhe. Aber ein paar Gebäude stehen noch da, verlassen und ausgebrannt, und Gras wuchert in den Ritzen.« Kesim seufzte. »Es ist nicht mehr das Brina, von dem du träumst.«

Aber von welchem Brina sollte sie sonst träumen? Wenn nicht von dem Ort, wie er vor dem Brand gewesen war? Sollte sie ihn sich in Flammen vorstellen, während der Schatten der Drachen auf den Marktplatz fiel?

»Und Binia? Dreizehn müsste sie jetzt sein. Seid Ihr sicher, dass Ihr sie nicht gesehen habt? Und Yaro! Sein Gesicht kennt Ihr bestimmt, er hat mich damals in die Festung des Vogts begleitet, wisst Ihr noch?«

Hinter Kesims Stirn arbeitete es. »Du meinst den Jungen mit den dunklen Locken? Mit dem blauen Band ums Handgelenk?«

»Ja! Ja! Er trägt es immer noch?«

Mehr bekam sie nicht aus ihm heraus. Aber es genügte, um das Heimweh ganz neu anzufachen. Um zu träumen. Um sich, so oft es nur ging, auf den Dachboden zu verziehen und sich vorzustellen, es wäre die Mühle.

Rinek und Yaro … Es fehlte nicht viel, und Linn wäre auf der Stelle aufgebrochen. Was tat sie hier, in der Fremde? Warum quälte sie sich mit Schwertern und Lanzen in einem stickigen Hof, während sie doch in ihrem Wald hätte sitzen können, die Füße im Wasser?

Aber die Drachen würden dorthin kommen, wo sie war. Immer noch bedeutete ihre Anwesenheit Gefahr für Brina.

»Ich lasse mich nicht von euch jagen«, flüsterte sie. »Ich werde zur Drachenjägerin, ich drehe den Spieß um. Dann werdet ihr mich fürchten.«

Es dauerte nur leider so endlos lange, dafür bereit zu sein.

Manchmal stand sie vor den grauen Schuppen, die wie Eisenplatten an der Wand des Schlosshofs hingen – ungefähr ein Dutzend hatten die Ritter mitgebracht –, und rief sich die Augenblicke des Kampfes wieder ins Gedächtnis. So fühlte es sich an, wirklich zu kämpfen. Die Furcht schmeckte nach Blut und Metall.

»Eines Tages«, versprach sie sich selbst, »und dieser Tag wird kommen, bald, bringe ich euch den Tod.«

Mehr als einmal fühlte sie sich von weitem beobachtet, wenn sie die Drachenschuppen betrachtete. Die Wahrscheinlichkeit, dass es sich dabei um den Hauptmann handelte, war recht hoch. Nun, wenn er ihr etwas zu sagen hatte, sollte er es tun. *Aber ich fange bestimmt nicht damit an, Herr Hauptmann Selbstgerecht,* dachte sie wütend.

Zwei Dinge füllten ihre Tage aus: das Training mit Bher, begleitet von den Kommentaren und Ratschlägen der anderen Alten und vom ewigen Geplapper der Affendrossel, und der morgendliche Marsch hoch zum Schloss, den Pastetenkorb auf dem Rücken, wo sie sich schon auf die Begegnung mit dem Narren freute.

Daneben gab es jetzt noch ein Drittes, das sie beschäftigte. Um herauszufinden, was Nival trieb, wenn er nicht gerade

Buchstaben auf Pergamentblätter kratzte, konnte sie weder den Schwertkampf vernachlässigen noch Moras Ansprüche enttäuschen. Sie mochte die Zauberin auch nicht einfach fragen, und vorsichtige Andeutungen hatten Linn nicht weitergebracht. Dennoch – oder vielleicht gerade deshalb – kreisten ihre Gedanken bald unablässig um den jungen Mann und sein Geheimnis. Sie beobachtete Nival, sobald sie ihm im Haus begegnete, heimlich folgten ihm ihre Blicke überall hin.

Er war nicht immer der Gleiche – warum war ihr das bisher nicht aufgefallen? Manchmal wirkte er zerstreut und abwesend und hörte seiner Tante gar nicht richtig zu. Dann wieder lag ein Strahlen in seinen Augen, und er ging Mora sogar in der Küche zur Hand. Mit dem großen Messer hackte er Leber oder Kräuter schneller, als es die Köchin selbst vermocht hätte. Einmal ertappte Linn ihn dabei, wie er die Fleischfüllung würzte. Er beugte sich über den Tisch und verteilte die Krümel über den Teigteilchen.

»*Caness*«, stieß er hervor, nicht das sanfte Gemurmel, das Mora immer von sich gab, sondern so, als wollte er gegen die Pasteten in den Krieg ziehen. »*Caness!*«

In diesem Moment war er wieder ein anderer, konzentriert und aggressiv, doch als sich ihre Blicke begegneten, erschrak er und stellte das Gewürztöpfchen hastig wieder aufs Bord. Später sah sie ihm heimlich vom Balkon aus zu, wie er sich neben die Affendrossel im Hof setzte, versonnen ihrem Flöten zuhörte und ihr kleine Leckerbissen zusteckte, wie Linn es selbst auch gerne machte.

Den ganzen Tag hätte sie ihm zusehen mögen – wenn er zwischendurch nicht immer spurlos verschwunden wäre. Wie oft nahm sie sich vor, ihm zu folgen?

Aber er verließ das Haus viel früher als sie. Und die wenigen Male, in denen es ihr gelang, ihm vom blauen Torbogen aus aufzulauern, wenn er auf die Straße trat, und ihm anschließend nachzurennen, verlor sie ihn viel zu rasch im Gewirr der Gassen.

»Ach, Jikesch, es ist einfach ungerecht«, klagte sie eines Morgens. »Ich werde jeden Tag besser, was das Schwert angeht. Wenn du wüsstest, wie oft ich diese Strohpuppe, die Roban gebastelt hat, schon umgebracht habe, würdest du verstehen, was ich meine. Aber in der Hinsicht komme ich einfach nicht weiter.«

»In welcher Hinsicht?« Der Narr machte gerade einen Kopfstand auf seiner Säule. Sein schwarzer Mund stand halb offen wie ein groteskes drittes Auge. »Hinsicht, Hersicht? Aber wer soll hersehen oder hinsehen? Du sprichst wie immer in Rätseln, Schwertmaid.«

»Ich? Du solltest dir mal zuhören.«

Linn holte einen Apfel aus ihrer Tasche und warf ihn in die Luft. »Für Jikesch.«

Der Narr schnellte auf seine Füße und fing die Frucht auf. »Für die große Jikesch oder den kleinen Jikesch?«

»Teilt ihn euch meinetwegen. Nein, im Ernst, ich werde aus diesem Kerl einfach nicht schlau!«

»Ist das denn wichtig?«, fragte der Narr und biss herzhaft in den Apfel. »Wenn du aus jedem Kerl dieser Welt schlau werden wolltest, müsstest du weiser sein als ich! Oder noch närrischer.«

»In der Tat.« Linn lehnte die Stirn gegen die Statue der halb zerbröselten Göttin. »Ich bin auch schon ganz durcheinander. Warum kann ich an nichts anderes mehr denken? Ich träume sogar von ihm.«

»Oh ihr versteinerten Götter«, klagte der Narr. »Träumst du denn nicht von Drachen und Schwertern und davon, wie du dem Ungeheuer die Krallen abschlägst, um sie ahnungslosen Dorfdeppen zu verkaufen?«

»Würde ich ja gerne. Aber immer und überall drängt sich dieser unverschämte Kerl dazwischen. Ich sehe ihn selbst im Hof vor mir, wenn ich mit Bher übe. Was glaubst du, wie oft ich ihn inzwischen geköpft habe statt dieser Strohpuppe!«

»Oh weh!« Der Narr fiel jammernd in sich zusammen. »Erstochen! Erhängt! Erschlagen! Er stirbt, er stirbt! Und von wem träumst du dann? Von mir? Oh, träum von mir, Köpfmaid, Zopfmaid, du Allerschönste!«

»Du bist sowieso immer in meinem Herzen, Jikesch«, sagte Linn zärtlich. »Aber dieser Nival – bei Arajas, was ist mit ihm los? Ich muss es wissen!« Der Narr zuckte zusammen. Mit größter Anstrengung öffnete sie ihre wütend geballten Fäuste und versuchte zu lachen. »Aber warum? Warum ist mir das so wichtig, dass ich alles andere darüber vergesse?«

»Ist er hübsch?«, erkundigte er sich. »Ein Prinz? Stark und breitschultrig, ein Kämpfer? Schreibt er Gedichte? Legt er dir Blumen auf die Türschwelle und singt vor deinem Fenster?«

»Nein, er ... Jetzt tu doch nicht so, als würdest du ihn nicht kennen. Er geht hier im Schloss ein und aus, ist es nicht so? Du siehst ihn, wenn er durchs Tor kommt. Beantworte dir deine Fragen gefälligst selbst. Und nein, Blumen und Gesang gibt es nicht. Er schaut mich kaum an.«

Jikesch verzog das Gesicht. »Du meinst doch nicht etwa diesen Herrn Nival mit dem Stroh auf dem Kopf?« Er zupfte an seiner Mütze. »Diesen dünnen Kerl mit dem dicken Buch unterm Arm? Den?«

Er warf sich nach hinten und landete nach ein paar Überschlägen im Schoß seiner Lieblingsgöttin. Dort warf er die Arme hoch und schrie: »Sie träumt! Sie träumt von ihm! Oh, träumte sie doch nur von mir!«

»Sei still! Gib endlich Ruhe, die Leute sehen schon alle her!«

Der Narr kehrte kichernd zu ihr zurück. »Er ist nicht hübsch, und er ist nicht stark, und er singt nicht. Träum von mir, Schwertmaid. Ich bin der bestaussehende Narr von ganz Schenn! Ich trage die Welt auf meinen Schultern, das ganze Gebirge, Lanhannat und dieses Schloss und den König auf seinem Thron noch dazu. Außerdem singe ich für dich, Tag und Nacht, meine Schöne!«

»Hör endlich auf. Ich bin nicht in ihn verliebt. Habe ich das etwa behauptet? Ich will nur wissen, was er verbirgt.«

»Oho, dann gibt es also noch Hoffnung für mich.« Der Narr öffnete die Hände und präsentierte ihr einen Marmorsplitter. »Ein Stück Göttin, für dich, meine Schönste, zum Andenken. – Schmier ihm die Schuhe mit Farbe ein.«

»Was?«

»Deinem Schreiberling. Schmier seine Schuhsohlen ein, und dann folge den Spuren.«

»Das würde er bestimmt merken.«

Jikesch hüpfte um sie herum. »Merkt er es? Bunte Spuren auf dem Pflaster? Oh, er würde rennen, rennen, barfuß und nackt, auf der Flucht vor dir!«

Würde Nival das? Würde es ihm peinlich sein, wenn er feststellte, dass sie ihn verfolgte, oder war es ihm egal, solange sie nur nichts herausfand? Sie wusste es nicht, sie wusste viel zu wenig über ihn. Das musste sich ändern.

»Er wird wütend werden, wenn er es erfährt«, sagte sie und dachte daran, wie gewaltsam der junge Schreiber die Pasteten verzaubert hatte.

Jikesch nickte begeistert, und Linn kam der Verdacht, dass er ihr gerade deshalb diese Idee in den Kopf gesetzt hatte – um Nival zu reizen.

»Wir zwei haben schon ganz andere Drachen besiegt«, meinte der Narr munter. »Soll der Held ruhig Feuer spucken, wenn er merkt, dass du ihm auf den Fersen bist. Welches düstere Geheimnis mag er hüten? Ich hab's! Er ist ein Einbrecher, der in anderer Leute Häuser einsteigt!«

»Das könnte die Verletzungen erklären, wenn man ihn erwischt hat. Aber – Nival ein Dieb? Er ist so … korrekt.«

»Ha!«, machte Jikesch bloß verächtlich.

Linn musste lachen. »Warum magst du ihn nicht? Du kennst ihn doch gar nicht.«

»Muss ich alle kennen, von denen du träumst? Magere Bürschchen mit Tintenfingern?«

»Oh, so mager ist er gar nicht«, protestierte sie. »Wenn du gesehen hättest …« Aber nicht einmal dem Narren gegenüber mochte sie zugeben, dass sie Nival gerne noch einmal verarztet hätte. Dass sie sich ausmalte, wie sie ihre Hände auf seine Haut legte … Gütiger Gott, seit wann träumte sie denn von so was, anstelle von Drachen, die sie in blutige Stücke zerteilte?

»Es ist nicht der Mann, der mich reizt«, stellte sie klar. »Du weißt, ich bin verlobt.« Sofort fühlte sie sich dazu verpflichtet, wieder einmal ausführlich von Yaro zu schwärmen, obwohl sie ihrem Freund schon oft genug von sämtlichen Bewohnern Brinas und dem Schmiedesohn insbesondere erzählt hatte. »Mit einem Mann, der hundertmal besser aussieht. Seine braunen Locken … Was?«, unterbrach sie sich, da ihr Freund sie zornig anfunkelte.

»Vielleicht sind sie ihm inzwischen ausgefallen«, knurrte er mürrisch. »Yaro Tausendsassa. Yaro Tausendschön.«

»Du hast es wohl nicht gerne, wenn ich von anderen Männern spreche, wie?«, schloss sie messerscharf. »Was Nival angeht, kannst du jedenfalls beruhigt sein. Ich habe kein Interesse an ihm. Nur an dem Geheimnis, das ihn umgibt.«

»Ich komme um vor Neugier«, hauchte Jikesch und brach vor ihr zusammen. »Beeil dich. Pack ihn, fessle ihn und schüttle ihm das Geheimnis aus dem Kopf.«

»Der Plan mit den gefärbten Schuhen ist vielversprechender.« Sie warf ihm eine Kusshand zu und nahm ihren Pastetenkorb wieder auf. »Du erfährst es als Erster, versprochen.«

Nival kam zum Essen nach Hause. Ein verschlossener, düsterer Nival, der auf Moras freundliches Geplauder mit einsilbigen Antworten reagierte. Linn nutzte die Gelegenheit und kippte ihm einen Becher dunkelgrünen Tee über die Tunika.

»Oh Verzeihung! Das tut mir ja so leid«, stammelte sie.

Unbeholfen fingerte er an dem Fleck herum. »Das macht nichts, Fräulein Linnia.« Als sie mit einem Lappen näher kam, um den Fleck zu bearbeiten, wich er erschrocken zurück und floh auf sein Zimmer, um sich umzuziehen.

Linn eilte über das blaue Tor ins andere Haus und fand seine Schuhe ordentlich abgestellt vor der Tür. Hastig öffnete sie das Farbtöpfchen, das sie am Tag zuvor in der Färbergasse erstanden hatte, und malte mit dem Pinsel einen langen Strich auf die Sohle. Schwarz. So würde es ihm gewiss nicht auffallen, dass er Spuren hinterließ.

Das Mädchen verbarg sich hastig in der Nische am Treppenabsatz, als Nival aus dem Zimmer kam, sich die Schuhe anzog und die Stufen hinunterging. Sobald er draußen war, wischte Linn schnell die dunklen Flecken ab und kehrte über den Torbogen ins andere Haus zurück. Sie schlang sich ein Tuch um die Schultern und war schon an der Tür, da hielt Mora sie auf.

»Wo willst du denn noch hin? Es wird bald dunkel!«

»Keine Sorge, ich bleibe nicht lange.«

Wenn es die Spuren nicht gäbe, wäre ich jetzt unruhig, weil ich ihn verlieren könnte, dachte sie zufrieden. *Doch so ist es egal. Ich finde Euch sowieso, Herr Nival.*

Andererseits würde es tatsächlich bald dunkel werden, also durfte sie nicht zu lange trödeln.

»Du verschweigst mir doch nichts, Linnia?«, fragte Mora scharf. »Hast du ein Stelldichein?«

»Keine Sorge. Meine Tugend ist nicht in Gefahr.« *Nur dein Neffe,* dachte sie, aber das sagte sie natürlich nicht.

»Oh, ich meinte nicht …« Diesmal war Mora verlegen. »Du bist ein gutes Mädchen. Ich meine nur … pass auf.«

»Wenn es Euch beruhigt, nehme ich eine Waffe mit.«

Sie hob das kleine Schwert, mit dem sie seit einem halben Jahr übte, von den Wandhaken und hängte es sich in einer bestickten Lederscheide an den Gürtel. Mit dem Mantel darüber war nicht zu sehen, dass sie bewaffnet war. Obwohl Bher sie an das mächtige Langschwert gewöhnen wollte, fühlte sie sich dieser kleineren, leichteren Waffe verbunden.

»So ist es besser«, meinte Mora erleichtert. »Du weißt noch so wenig über diese Stadt. Vielleicht sollte ich Nival bitten, dich zu begleiten.«

»Nein«, rief Linn schnell. »Nein, ich will ja nur meine Freundin besuchen.«

»Du hast eine Freundin hier gefunden? Wie schön.«

»Ähm, ja. Sie ist … Töpferin.« Es war schrecklich, so unverfroren zu lügen. »Jedenfalls … er braucht nicht mitzukommen. Dabei würde er sich bestimmt fürchterlich langweilen.«

Sie wünschte der Hausherrin noch einen guten Abend und schlüpfte auf die Straße hinaus.

Die Spuren führten Linn durch die schmale Gasse. Es war nicht schwer, ihnen aus dem Alten Viertel heraus zu folgen. Doch schon auf der belebteren Straße musste sie die Augen aufhalten, um auf dem Pflaster zwischen den anderen Fußgängern und Pferdefuhrwerken, die ihr ständig die Sicht nahmen, die klebrigen dunklen Streifen auszumachen. Um diese Zeit war sie nur selten unterwegs und musste sich eingestehen, dass Mora recht hatte. Obwohl sie inzwischen bald anderthalb Jahre in Lanhannat verbracht hatte, kannte sie die Stadt überhaupt nicht. Die Wege, die ihr vertraut waren, führten zum Markt und zu den Händlern, bei denen Mora einzukaufen pflegte, in die Wäscherinnengasse oder zu den Handwerkern, die Bhers Schuhe flickten oder, ohne zu fragen, ein Kettenhemd oder einen Schulterpanzer anfertigen konnten. Nivals Spuren streiften das Handwerkerviertel nur flüchtig und brachten sie in eine dunklere Gegend, in der die Häuser zwar nicht älter als in der Kurzen Gasse, aber dafür umso baufälliger und schmutziger waren. Während die Händler in den belebteren Straßen zu Beginn der Dämmerung Öllaternen vor ihren Häusern anzündeten, lagen hier nicht nur die Ecken und Durchgänge im Dunkeln, und die Gestalten, die umherhuschten, schienen nichts Gutes im Schilde zu führen.

Schließlich konnte Linn beim besten Willen keine Spuren mehr erkennen, und sie stand mitten auf der Straße und fühlte sich seltsam beklommen. Irgendwo bellten Hunde, und ein paar Männer wankten vorüber und lallten unverständliches Zeug. Linn fand es noch viel zu früh, um betrunken zu sein, und sie legte eine Hand vorsichtshalber um den Griff ihres Kurzschwertes. Was tat Nival hier – ein Schreiber, der im Schloss arbeitete und auf eine Karriere im Dienst des Königs hoffte? Ein Gedanke durchzuckte sie, als sie an einem Haus vorbeischlenderte, aus dem grelles Gelächter erklang. Was, wenn er – Frauen besuchte?

Das Blut stieg ihr in den Kopf. Nein, das konnte nicht sein. Nival war nicht so. Er sah recht gut aus – auch wenn der Narr anderer Meinung war –, verdiente als Schreibergeselle recht ordentlich und wohnte in einer gutbürgerlichen Gasse. Er hatte es nicht nötig, sich hier in der Unterwelt von Lanhannat herumzutreiben.

Aber er tat es.

Seine Spuren hatten sie hierhergeführt. Was um alles in der Welt hatte er hier zu suchen?

Eine größere Gruppe offensichtlich angetrunkener Kerle kam ihr entgegen. Linn wich in eine stillere Gasse aus und kam in einer breiteren Straße heraus. Eine einsame Laterne schaukelte an einer Hauswand, auch die Fenster aus dickem Bleiglas waren erleuchtet. Eine Tür öffnete sich, um mehrere laut diskutierende Gestalten auszuspucken, und dahinter hörte sie Geschrei, das in regelmäßigen Abständen an- und abschwoll. »Los! Ja, zeig's ihm! Auf ihn! Hay, hay, hay!« So schrien auch die Zuschauer zu Hause in Brina, wenn sie bei einer Wette zusahen. Neugierig trat das Mädchen näher und drückte die Tür auf.

Dahinter lag keine Gaststube, wie sie erwartet hatte, sondern ein weiträumiger, von halb zerfallenen Häusern umgebener Hof. Einige Dutzend Männer – manche davon erstaunlich gut gekleidet – umstanden eine freie Fläche; Linn musste sich gewaltsam hindurchschieben, um zu sehen, worum es ging, doch schließlich hatte sie freien Blick auf einen ungewöhnlichen Kampf. Zwei kleine Gestalten flatterten und lärmten und stießen immer wieder zusammen. Linn brauchte eine Weile, um zu begreifen, dass es Hähne waren, die jedoch kaum dem Geflügel glichen, das sie von zu Hause her kannte. Diese waren kleiner, dafür endeten ihre überlangen, kahlen Beine in riesigen Krallen. Wütend hackten sie aufeinander ein. Der Kamm des einen fiel ihm über das Auge, sein rechter Flügel hing schlaff herab, aber er hatte nichts von seiner Kampflust eingebüßt, sondern stürzte sich auf seinen Kontrahenten, aus dessen Hals bereits das Blut spritzte. Linn wurde übel, dennoch konnte sie den Blick nicht abwenden. Während um sie herum die Zuschauer lauthals den einen oder anderen Vogel anfeuerten, betete sie im Stillen. *Oh Arajas. Lass mich nicht ohnmächtig werden. Gütiger Gott …*

Warum schloss sie nicht einfach die Augen oder ging weiter? Wie gelähmt starrte sie auf die entsetzliche Szene, unfähig, sich zu rühren, bis einer der Hähne schließlich zusammenbrach. Der andere drosch immer noch auf ihn ein, rasend vor Wut, er hackte und hackte, während der Applaus um ihn tobte, bis schließlich sein Besitzer in den Ring stieg, ihn an den Flügeln packte und in einen Korb steckte. Ein anderer hob den toten

Hahn in die Höhe und schüttelte ihn, sodass das Blut über die Menge regnete.

Linn duckte sich und kämpfte sich durch die Umstehenden nach draußen. Sie folgte einigen Männern, die durch ein Tor in der Mauer in einen zweiten Hof gingen, wo ein Hundekampf stattfand. Diesmal wandte sie sofort den Blick ab, das wollte sie gar nicht sehen. Dann ein dritter Durchgang, auf einen weiteren Platz, der noch voller und lauter war als die vorigen. Hier gab es gar kein Weiterkommen, sie musste hinten stehen, eingekeilt zwischen brüllenden, schwitzenden Männern, die nicht einmal merkten, dass sich eine einsame Frau zwischen sie verirrt hatte, so sehr waren sie von dem Geschehen im Ring gebannt.

Hier kämpften Menschen.

Zwei halb nackte Kerle, nur mit Kniebundhosen bekleidet. Die schwitzenden Oberkörper glänzten im Licht der gelblichen Laternen, wiegten sich wie in inniger Umarmung. Sie hatten sich ineinander verbissen wie die beiden Hähne, die beiden Hunde. Blut strömte über den Rücken des einen, tiefe Kratzer wie von Klauen zogen sich über seine Haut. *Geht denn das?*, dachte Linn in einem Augenblick, nur um im nächsten zu erkennen, dass nicht gewöhnliche Hände diese schrecklichen Wunden zufügten, sondern dass metallene Spitzen an den Fingern des einen Mannes steckten.

Ein hageres Männlein mit einer Haut wie Baumrinde bellte einen Befehl, und die Gegner fuhren auseinander. Stille trat plötzlich ein, als die Zuschauer verstummten und atemlos abwarteten. Die beiden Kämpfer umkreisten einander nun mit größerem Abstand. Nur einer von ihnen besaß Metallkrallen, der andere hielt eine Peitsche in der Hand, die pfeifend durch die Luft zischte. Linn hatte so ein Instrument noch nie gesehen: eine fünfzüngige Peitsche mit kleinen Metallkugeln an den Enden.

Hastig sprang der Krallenmann zurück. Doch der mit der Peitsche setzte ihm nach. Er schien die blutenden Wunden auf seinem Rücken gar nicht zu spüren, obwohl der Boden unter seinen Füßen glitschig war von seinem eigenen Blut. Linn spürte eine dumpfe Übelkeit in sich aufsteigen. Der Krallenmann war schnell; er wich der Peitsche aus und sprang seinem Kontrahenten an die Brust. Beim Zurückspringen jedoch erwischten ihn die Kugeln im Gesicht. Das Mädchen schlug die Hand vor den Mund, als er schwer auf den Boden fiel.

Der Aufpasser hob die Hand, bevor das Gebrüll der Zuschauer losbrach.

»Eins«, zählte er. »Zwei. Und drei. Aus für den Roten Stier. Schafft ihn hier weg. Sieg für den Wilden Sklavenantreiber.«

Der Peitscher riss die Arme hoch und ließ sich feiern, dann stieg er aus dem Ring, während der Krallenmann von zwei Helfern fortgeschleift wurde. Ein ziegenbärtiger Mann mit einem hölzernen Bauchladen schob sich durch die Menge und verteilte kleine, runde Karten. »Der Bissige Panther aus Werlis gegen den Affen von Lanhannat. Wer bietet mit?«

Zwei neue Kämpfer betraten die Arena, auch sie mit ungewöhnlichen Waffen. Der Mann, der sich selbst einen Panther nannte, war ein baumlanger schwarzer Kerl mit einem Stab, aus dem an beiden Enden Messerklingen ragten. Linn hatte zwar gehört, dass in Werlis und auf den südlichen Inseln dunkelhäutige Menschen lebten, aber ganz so schwarz hatte sie sich dann doch nicht vorgestellt. Sein weißes Gebiss blitzte auf. Der Mann schien nur aus Muskeln und Zähnen zu bestehen.

Soviel sie wusste, waren die Werliser als Piraten auf allen Meeren berüchtigt und machten den Seehandel bis nach oben zur Insel Ghenai und ins Stille Meer zu einer waghalsigen Angelegenheit. Aus diesem Grund wurde auch der unförmige Hügel in der Nähe von Brina Werlis-Berg genannt – fantasievolle Vorfahren hatten sich davon wohl an den Kopf eines Piraten erinnert gefühlt. Wenn dies hier tatsächlich ein blutrünstiger Seeräuber war, der ganze Schiffsbesatzungen auf dem Gewissen hatte, wie konnte irgendjemand es wagen, gegen ihn anzutreten? Noch dazu jemand wie dieser Mann, der sich mit dem Titel »Affe von Lanhannat« schmückte und so viel kleiner und schmaler war. Allerdings bewegte er sich mit der Anmut eines Tänzers. Er war barfuß; außer knielangen Hosen trug er nur eine Ledermaske, die seine obere Gesichtshälfte verbarg. Schmutzig braunes Haar fiel in langen Strähnen darüber. In der Hand hielt er nichts als ein Netz.

Linn wollte diesen Kampf nicht sehen. Nichts davon. Sie war hier, um Nival zu suchen, nicht wegen dieser widerlichen Prügeleien. Das dort war ganz bestimmt nicht ihr Schreiber, auch wenn die Größe ungefähr stimmte. Sie hatte Nivals Arme und Schultern betrachtet und lange genug davon geträumt, um sie wiederzuerkennen … trotzdem. Er würde so etwas wie das hier nicht tun, nie im Leben. Gegen einen baumstarken Piraten aus Werlis antreten? Mora würde ihn dafür umbringen. Und die Haarfarbe stimmte auch nicht.

Gegen ihren Willen schob Linn sich langsam immer näher an den Kampfplatz heran, fasziniert und erschrocken zugleich. Sie atmete nicht mehr, ihr Herz hatte aufgehört zu schlagen. Jeden Moment konnte eins der Messer die helle Haut des Affen von Lanhannat durchbohren, doch er war zu schnell für den Panther. Wieder ließ er sich zu Boden fallen, als der grausame Speer auf ihn zuschoss, rollte sich über den Platz und schwang gleichzeitig das Netz um die Beine seines Gegners. Sein Rücken war rot, als er hochsprang, und Linn schnappte nach Luft, dann aber fiel ihr ein, dass es sich dabei nur um das Blut der vorangehenden Kämpfe handeln musste.

Es *konnte* unmöglich Nival sein. Nival, der den riesigen Schwarzen zu Fall brachte, während Jubel aufbrandete oder betroffenes Stöhnen der Wettgegner. Nival, der zurücksprang, als der Panther angezählt wurde, und sich erneut aufrappelte. Der Speer flog durch die Luft und streifte seine Schulter. Linn schrie auf und fühlte die Tränen heiß auf ihren Wangen. Nein, sie weinte nicht. Es war nicht Nival. Warum sah sie trotz allem zu? Warum bewegte sie sich vorwärts, wie eine Motte, angezogen vom Licht, durch die brüllenden Zuschauer hindurch, bis sie am Rand des Kampfplatzes anlangte und dort ein Paar Schuhe säuberlich nebeneinander stehen sah. Ein Paar Schuhe, das sie kannte. Sie musste sich nicht einmal bücken, um den Farbstreifen zu suchen, schließlich hatte sie es vor kurzem noch in der Hand gehalten.

Sie zwang sich, den Blick von den Schuhen zu lösen und ihn wieder auf die beiden Männer zu richten. Der Affe hatte sein Netz über den Kopf des Panthers geworfen und war ihm auf den Rücken gesprungen, wobei er die feinmaschigen Enden zusammenzog. Der Schwarze versuchte noch einmal nach ihm zu stechen, ließ dann den Speer fallen und griff mit beiden Händen nach dem Netz, das ihm die Kehle einschnürte. Er ging in die Knie.

»Das reicht!«, schrie der Aufseher.

Sofort ließ der Affe sein Opfer los und brachte sich mitsamt seiner ungewöhnlichen Waffe mit einigen Sätzen in Sicherheit.

Der Panther wollte sich gerade aufrichten, als er ein zweites Mal angesprungen wurde, gleichzeitig zog der Affe von Lanhannat ihm mit dem Netz den Boden unter den Füßen weg. Ein schreckliches knirschendes Geräusch ließ Linn das Blut in den Adern gefrieren, als der große Mann erneut hinfiel und sich mit dem Arm aufstützen wollte. Aufstöhnend krümmte er sich am Boden.

Linn jubelte nicht mit, als die Gewinner dieser Wette den Sieger mit ihrem Beifall feierten. Der Affe schnappte sich sein Netz und verließ den Platz. Er hob seine Schuhe auf, ohne das Mädchen in dem dunklen Mantel und der Kapuze zu bemerken, und bahnte sich seinen Weg durch die Umstehenden.

»Hier. Gut gekämpft.« Der Affe nahm den Eimer Wasser entgegen, den der ziegenbärtige Losverteiler ihm reichte, und steckte ohne große Umstände den Kopf hinein. Braune Farbe lief ihm über die Schultern, und er schüttelte sich. Die blonden Strähnen kamen wieder zum Vorschein.

»Du bist verletzt, mein Äffchen«, sagte der Bärtige besorgt. »Wie schlimm hat er dich erwischt?«

»Nicht der Rede wert.« Nival nahm die Maske ab, während der andere ihm mit einem schmutzigen Lappen das Blut vom Rücken wischte. »Reicht schon, danke. Rechne meinen Anteil aus und setze ihn auf die Giftschlange.«

»Auf die Giftschlange?« Ziegenbart hob die Brauen. »Die hat heute schon einen Kampf verloren.«

»Ich weiß.« Nival schlüpfte in seine Tunika, band den Gürtel fest und legte sich seinen Mantel um die Schultern. »Aber ihr ist nicht zu trauen, merk dir meine Worte.«

Er drehte sich nicht um, als er durch die Höfe schritt, sonst hätte er Linn nicht übersehen können, die ihm dicht auf den Fersen war. Sie wollte um nichts in der Welt, dass er sie entdeckte, aber sie konnte keinen Augenblick länger an diesem Ort bleiben. Fort, nur fort!

Als sie endlich auf die offene Straße gelangte, atmete sie auf, aber immer noch fühlte sie sich wie in einem merkwürdigen Traum gefangen. Nival, der kaum den Mund aufbekam, wenn eine andere Frau als Mora in der Nähe war. Nival, als sie ihn das erste Mal gesehen hatte, in der Stube des Amtsgerichts, wo er in sein Buch kritzelte; so unscheinbar, dass sie ihn sofort wieder vergessen hätte, wenn nicht die Sache mit der Wohnung seiner Tante gewesen wäre. Ausgerechnet dieser Nival nannte sich »Affe von Lanhannat« und hätte heute fast einen gewaltigen Krieger erwürgt? Das alles war dermaßen absurd, dass sie nicht wusste, ob sie lachen oder weinen sollte.

»Wen haben wir denn da?«

Linn war so in Gedanken versunken, dass sie die Gestalten, die sich von der Hauswand lösten, gar nicht bemerkt hatte. Einer trat dicht vor sie hin und schlug ihre Kapuze zurück. »Ein Mädchen.«

»Ein hübsches Mädchen«, ergänzte der Zweite. »Was tust du ganz allein hier, mitten in der Nacht?«

»Was wohl?«, meinte der Dritte. »Sie sucht nach Kunden.«

Linn war viel zu wütend, um sich zu fürchten. Sie hatte immer noch den Kampf vor Augen, die Hähne, die Hunde und die Peitsche mit den Metallkugeln. Ohne ein Wort zog sie das Schwert.

»Oha! Das Kätzchen zeigt seine Krallen!«

»Was für eine Nadel, Näherin! Stich dich nicht!«

Die Kerle lachten. Aber Linn fürchtete sich immer noch nicht, so unwirklich kam ihr die Szene vor. Eine Straße im Schein einer einzigen trüben Laterne ... *Was tue ich hier bloß? Ich will nach Hause. Wagt es nicht, mich daran zu hindern!* Wut jagte durch ihre Adern. Hähne, die sich die Hälse zerhackten. Männer, die sich blutige Wunden ins Fleisch rissen. Was für eine Nacht!

»Ihr glaubt wohl, ich kann nicht damit umgehen? Ha!« Linn machte einen Ausfallschritt, das Schwert in der ausgestreckten Hand, aber der Bursche, den sie angriff, fürchtete sich genauso wenig wie sie. Er ließ das Messer – kaum kürzer als ihr Schwert – in der Hand wirbeln.

Sie sprang auf ihn zu und traf ihn am Arm, während er noch mit der Vorführung seiner Kunstfertigkeit beschäftigt war.

»Au!«, schrie er, verblüfft und empört zugleich. »Sie hat mich geschnitten!«

Seine Kumpane lachten nun nicht mehr. Auch in ihren Fäusten blitzten Messer auf. Linn wartete nicht, bis die drei gemeinschaftlich auf sie losgingen, sondern trat vor, das Schwert schwingend. Obwohl sie sich jetzt ein Langschwert wünschte, das ihr die Kerle vom Leibe hielt, war sie sich sicher, dass sie auch mit der kleinen Waffe jeden niederstrecken konnte, der ihr zu nahe kam. »Hier! Nimm das!« Sie stach nach dem Erstbesten, besann sich ihres Trainings und wirbelte herum; gerade rechtzeitig, um einen vierten Angreifer von hinten abzuwehren. Diese Rolle übernahmen in Bhers kleiner Hofschule abwechselnd Lireck und Roban.

Aber diese Männer waren jung und schnell. Ein Messer fuhr durch ihren Mantel, sie spürte einen heftigen Schmerz am Arm und hieb wild mit dem Schwert nach ihrem Gegner. In einem einzigen Augenblick passierten drei Dinge gleichzeitig: Sie wusste, dass diese Männer sie töten konnten. Sie fürchtete sich, denn auf einmal war die Gefahr sehr real. Und drittens stieg aus der Wut und der Angst eine kühle, beherrschte Linnia heraus, die ihr zuraunte: *Du hast gegen einen Drachen gekämpft. Sei klug. Noch haben sie nicht gewonnen.*

Die Männer deuteten ihr Zögern falsch. Siegessicher preschten sie vor, da stieß das Mädchen dem ersten das Schwert in die Seite, trat dem zweiten in die Weichteile und riss das Schwert gerade in dem Moment hoch, als der dritte sich vorbeugte. Der vierte fuhr zurück, als sie sich ihm zuwandte, und nahm die Beine in die Hand. Ihr war, als hörte sie ein leises Lachen aus dem Dunkeln, aber vielleicht täuschte sie sich da auch.

Eilig, während zwei stöhnende Gestalten sich auf dem Pflaster wälzten und eine dritte auf den Steinen nach einem verlorengegangenen Messer suchte, verließ Linn den Kampfplatz. Sie lief um die Ecke, auf eine hellere, belebtere Straße. Aber auch hier waren vor allem Betrunkene unterwegs, herausgeputzte Mädchen, hysterisch kichernd am Arm von Männern, die ihre Hüte tief in die Stirn gezogen hatten, und Leute, die verdächtig langsam herumschlenderten. Linn hastete an ihnen vorbei und fand sich in einer unbeleuchteten Gasse wieder.

»Na, schönes Kind?«

»Aaah! Nicht schon wieder!«, entfuhr es ihr.

»Schon diese Stimme verschlägt mir den Atem. Wohin so schnell, Schönheit? Noch dazu allein?«

Diesmal waren es fünf. Fünf Männer, die ihr aus der Dunkelheit entgegenkamen. Sie wandte sich um: Hinter ihr waren noch zwei. Sieben. Verdammt!

Da löste sich eine achte Gestalt aus der Finsternis. »Sie ist nicht allein.« Eine Stimme, leise und dennoch drohend, mit dem kultivierten Akzent eines königlichen Beamten. Eine Gestalt, die ein Netz in der Hand schwang.

»Oh verdammt!«, fluchte einer der Angreifer. »Der Affe von Lanhannat!«

Schneller, als Linn zusehen konnte, verschwanden sie wieder in der Nacht.

»Dies ist eine gefährliche Gegend«, sagte Nival und führte das Mädchen zurück auf die beleuchtete Straße. »Was bei allen Göttern des Himmels tut Ihr hier, Fräulein Linnia?«

»Dasselbe könnte ich Euch fragen.« Ihr Dank fiel schroffer aus als beabsichtigt. »Und, ähm – das war sehr freundlich von Euch, aber ich wäre schon mit ihnen fertig geworden.«

»Sieben schienen mir doch zu viele«, sagte er. »Vier gingen ja gerade noch so, doch …«

»Ihr wart da?«, rief Linn, während er sie am Ellbogen durch eine Gruppe Betrunkener lotste. »Und habt mir nicht geholfen?«

»Na ja, mir schien, dass Ihr keine Hilfe brauchtet.«

»Ihr habt mich verfolgt!«

Nival blieb stehen und funkelte sie wütend an. »*Ich* habe *Euch* verfolgt?«

Darauf wusste sie nichts zu erwidern. Mit gesenktem Kopf

lief sie neben ihm her; er ging so schnell, dass sie kaum mitkam. Einmal trat ein Mann mit einem Messer aus einer dunklen Ecke auf sie beide zu, doch bevor Linn auch nur aufschreien konnte oder daran dachte, ihr Schwert zu ziehen, hatte Nival sein Netz hervorgeholt, warf es aus und riss den Dieb mit einem Ruck zu Boden. Der Mann schlug mit dem Kopf auf und rührte sich nicht mehr. Nival holte das Netz wieder ein und hastete weiter.

Um in seiner Nähe zu bleiben musste Linn über den Bewusstlosen springen. »So wartet doch!«

Sie prallte gegen ihn, da sie nicht damit gerechnet hatte, dass er tatsächlich stehen blieb. Ein Ächzen entfuhr ihr, als sie ihren verletzten Arm dabei zu spüren bekam.

»Warum schnüffelt Ihr in meinen Angelegenheiten herum?«, fragte er kühl. »Was geht es Euch an, was ich tue, verdammt noch mal?«

»Aber warum … warum das? Warum habt Ihr Euch ausgerechnet so etwas ausgesucht?«

»Was stört Euch daran?«

»Ihr könntet schwer verletzt werden! Ihr könntet umkommen!«

»Es ehrt mich, dass Ihr Euch solche Sorgen um mich macht, Fräulein Linnia«, spottete er.

»Das tue ich gar nicht«, wehrte sie ab. »Es ist mir völlig egal. Ich wollte nur wissen, wie ein Schreiber zu solchen Muskeln kommt.«

Er schnaubte verächtlich. »Vielleicht«, sagte er grimmig, »war ich es leid, nur ein Schreiber zu sein. Vielleicht war mir langweilig. Oder ich brauchte Geld. Was kümmert es Euch?« Er kam ihr vor wie verwandelt. Kein Stottern und Stammeln, kein Rotwerden. Nur Zorn und Kälte.

»Vielleicht wollt Ihr auch einfach Eurem Onkel beweisen, dass Ihr mehr seid als der Schwächling, für den er Euch hält?«

Sie duckte sich instinktiv in Erwartung eines Schlages, aber Nival lachte nur.

»Mein Onkel«, sagte er bitter. »Mein Onkel ist mir völlig egal.«

Sie hatten das Alte Viertel erreicht und standen wenig später zwischen den Häusern, die das blaue Tor verband. Nival schloss seine Tür auf, Linn wandte sich dem anderen Haus zu.

»Wollt Ihr nicht mit hereinkommen?«, fragte er. Er klang immer noch äußerst gereizt, deshalb wunderte Linn sich umso mehr über die Aufforderung.

»Wie bitte?«

»Ich hatte den Eindruck, Ihr seid verletzt.«

»Ja«, sagte sie und schämte sich für das, was sie gedacht hatte. »Ja, danke.«

Sie tappte hinter ihm durchs dunkle Treppenhaus. In seinem Zimmer zog Nival zunächst die Vorhänge zu und entzündete die Lampe. Danach erst streifte er seinen Mantel ab, wusch sich Hände und Gesicht in der Waschschüssel und wandte sich ihr wieder zu. Linn stand immer noch mitten im Raum, unfähig, sich zu rühren. Sie fühlte die Müdigkeit schwer über sich kommen, jetzt, da die Anspannung nachließ. Ihre Beine zitterten, und die Wunde schmerzte so stark, dass sie den Arm kaum heben konnte.

»Legt den Mantel ab.«

Vorsichtig befreite sie sich von ihrem schweren Überwurf. Er schob ihr unterdessen den Holzschemel zu. Sie setzte sich und wünschte sich, woanders zu sein. Dennoch wollte sie bleiben, bei ihm – nein, bei jenem anderen Nival, den sie bisher gekannt hatte, der nicht so ein strenges, abweisendes Gesicht hatte.

»Ähm – Eure Tunika? Es ist da oben, am Arm.«

Auf einmal war er derselbe Nival wie immer. Peinlich berührt, Hitze stieg ihm ins Gesicht, und seine Verlegenheit griff auf sie über, was leider dazu führte, dass sie selber rot wurde.

»Ist es schlimm?«, zwang sie sich zu fragen und so zu tun, als wäre es ganz selbstverständlich, dass sie hier in seinem Zimmer saß, die Schnüre am Ausschnitt ihrer Tunika lockerte und den Stoff an der Schulter so weit herunterzog, dass eine schmale, dunkle Stelle an ihrem Oberarm sichtbar wurde.

Nival begutachtete die Wunde. »Ich hätte doch eingreifen sollen.«

»Wie Ihr schon sagtet, ich bin gut alleine klargekommen. Ich will gegen Drachen kämpfen – glaubt Ihr, ich fürchte mich in einer dunklen Straße?«

»Manchmal wundere ich mich, wie wenig Ihr Euch fürchtet«, murmelte er, während er das Blut abtupfte und den Tiegel mit der magischen Salbe öffnete.

»Tja«, meinte sie leise, »manchmal kann ich mich vor Angst kaum rühren.«

»Wirklich? Das merkt man Euch aber nicht an. – So. Wenn Ihr Glück habt, wird Bher nichts davon merken. Falls doch, überlegt Euch bitte vorher eine gute Geschichte.«

Sie schnürte ihre Tunika wieder zu. »Was macht Euch so sicher, dass ich Euch nicht verrate?«

Er wollte sich gerade das Obergewand ausziehen und hielt nun inne.

»Ich sollte es tun, wisst Ihr. Was Ihr da macht, ist purer Wahnsinn. Wenn Eure Tante die einzige Person ist, die Euch das verbieten kann, sollte ich es ihr auf jeden Fall sagen.«

»Könnten wir uns darauf einigen, dass Ihr Euch einfach aus meinen Angelegenheiten heraushaltet?«

Sie wartete darauf, dass er sich auszog. »Nun macht schon«, forderte sie ihn auf. »Ihr seid doch auch verletzt, das habe ich gesehen.«

»An die Stelle komme ich selbst heran«, sagte er. »Es ist besser, Ihr geht jetzt.«

Sie wollte aber nicht. Ein solches Durcheinander aus Wut,

Erleichterung und Zärtlichkeit tobte in ihr, dass sie schließlich sagte – und sich gleichzeitig dafür hätte ohrfeigen können: »Bitte. Bitte geht nicht wieder dorthin.«

Nival sah sie überrascht an. »Ihr macht Euch Sorgen um mich?«

»Nein«, wehrte sie schnell ab, »nein, ich … Und dann«, jetzt brach der Ärger vollends aus ihr heraus, »dann nennt Ihr Euch auch noch einen Affen? Das ist ja kaum zu überbieten!« Sie griff nach der Ledermaske, die er auf den Tisch gelegt hatte. »Ihr solltet das lassen. Es ist dumm und gefährlich und absolut überflüssig.«

»Ihr braucht Euch meinetwegen nicht zu sorgen«, meinte er lächelnd, »ich passe schon auf mich auf. Das Netz ist … speziell.«

»Speziell? Was soll das denn bitte schön heißen?«

Er grinste plötzlich wie ein kleiner Junge, seine Augen leuchteten auf. »Es ist magisch. Ich treffe immer mein Ziel.«

»Ihr zaubert?«

Er legte den Finger an seine Lippen. »Kein Wort zu irgendjemandem. Man muss nicht selbst Magie wirken können, um Zauberwaffen zu besitzen.«

»Sicher meint Ihr, kein Wort zu Mora? Sie hat dieses Netz doch wohl nicht etwa für Euch verzaubert – ohne zu wissen, wofür Ihr es benutzt?«

Er wich ihrem Blick aus.

»Das ist Wahnsinn. Man darf sich nicht auf Zauberei verlassen. Ihr könntet getötet werden!«

Sein Gesicht verdüsterte sich. »Ja«, sagte er. »Ich weiß. Es gibt dort unten in der Tat Kämpfe, bei denen am Ende einer der Kontrahenten nicht mehr aufsteht. Aber dabei mache ich nicht mit. Mir reicht ein möglichst schneller, unblutiger Sieg. Oder hin und wieder eine möglichst schmerzlose Niederlage, damit niemand auf die Idee kommt, dass ich ein wenig schummele.«

Linn ging an die Tür und fand es auf einmal sehr schwer, sie zu öffnen. Ein bisschen zu lange stand sie da, starrte ihn an und fragte sich, wo dieser Mann hergekommen war, der mit einem magischen Netz zu kämpfen verstand und so lächeln konnte, zugleich schüchtern und arrogant – und verdammt, warum ließ er sich nicht von ihr verarzten?

Nival streckte die Hand aus. »Meine Maske, wenn ich bitten darf.«

Sie hatte gar nicht gemerkt, dass sie das Stück Leder mit den Bändern immer noch festhielt, doch jetzt presste sie es an ihre Brust. »Nein, das behalte ich. Ohne sie könnt Ihr schließlich nicht kämpfen. Jemand würde Euch erkennen, und dann wäre Eure Karriere im Schloss zu Ende.«

»Jetzt gebt schon her.«

Er erwischte eins der Bänder und zog daran, aber Linn kämpfte darum, als wären sie beide Katzen, die sich um eine Maus stritten.

»Nein!«, fauchte sie. »Das bleibt bei mir!«

»Ich kann mir jederzeit eine neue besorgen«, sagte er wütend. »Von Euch lasse ich mir gar nichts verbieten!«

Das Mädchen hielt die Maske krampfhaft fest. »Dann tut doch, was Ihr wollt! Gute Nacht!«

Oh Arajas, dachte sie, als sie sich draußen auf dem Treppenabsatz wiederfand, im Dunkeln. Sie rechnete fest damit, dass er sie über den blauen Bogen verfolgte, aber er kam nicht nach. Wahrscheinlich hielt er es für kindisch, sich wegen solch einer Lappalie zu streiten. Was musste sie denn noch tun, um ihn endlich aus der Reserve zu locken?

Sie legte die Maske auf ihr Kissen und wartete darauf, dass Nival die Tür aufbrach, um sie sich zurückzuholen. Vor ihrem inneren Auge sah sie ihn immer noch im Ring, wie er kämpfte. *Soll er ruhig. Soll er sich umbringen lassen, ist mir doch egal.*

Sie krallte die Finger um das Leder, sie hielt es an ihre Wange und sog tief den Geruch ein. Nach Leder. Nach Blut und Schweiß. Nach Nival.

Meins.

Warum kam er nicht endlich? Dann würde sie ihm zeigen, dass auch sie kämpfen konnte.

Oh Gott. Oh Arajas. Dieser verrückte Nival. Ich hasse ihn! Ihr war, als würde der Gott antworten, nur leider war es nicht das, was sie hören wollte.

Du solltest dringend, wirklich dringend eine Nachricht an Yaro schicken.

Ja, Gott. Ähm – wer war noch mal Yaro?

15

»Deine Augen sind blau wie der Himmel, der über mir einstürzt«, sagte Jikesch. »Viel zu traurig für dein schönes Gesicht.«

»Kann sein«, murmelte Linn abwesend. Sie war heute nicht in der richtigen Stimmung, seinem Geplapper zuzuhören.

»Hat es nicht geklappt?«, fragte er neugierig. »Ist der Tintenkerl dir entkommen? Ist er weggerannt auf leisen Sohlen, gefärbt und geschwärzt?«

»Nein, er ist nicht entkommen«, sagte sie düster.

»Es hat dir nicht gefallen, was du gesehen hast«, schloss er. »Mach mir keine Vorwürfe.«

Das hatte sie auch nicht vor. Trotzdem wirkte der Narr heute weniger munter als sonst, und seine albernen Sprüche hatten an Schärfe verloren. Er kuschelte sich in den Schoß der brüchigen Göttin und starrte in den Himmel.

Linn lehnte sich gegen den kühlen Sockel und seufzte. Ihre Finger spielten abwesend mit der Maske, die sie zu ihrem Wettstein in die Gürteltasche gesteckt hatte, damit Nival sie nicht etwa in ihrer Abwesenheit aus ihrem Zimmer stahl.

»Das nächste Mal versuche ich lieber, hinter deine Geheimnisse zu kommen. Du hast mir immer noch nicht gesagt, wie alt du bist.«

Jikesch verschränkte die Hände hinter seinem Kopf und beobachtete eine große, dunkle Wolke, die sich über den Rand der Berge schob.

»Was zählt das Alter, wenn man sich liebt?«

»Wer liebt hier wen?«, fragte sie zerstreut.

»Ich dich und du mich. Wir lieben uns doch, wir beide, oder?«

Sie fühlte sich müde und traurig und nicht in der Stimmung für Scherze. »Ich weiß nicht einmal, wie du aussiehst. Man kann doch nicht jemanden lieben, den man nicht sieht. Außerdem – wer spricht denn von Liebe? Du hast damit angefangen.«

»Was wohl bedeutet, dass ich auch damit aufhören soll?« Jikesch sprang herum und drückte der Göttin einen wilden Kuss auf die steinernen Lippen. »Kann man denn nicht lieben um eines glühenden Herzens willen?«

»Ich liebe ihn nicht!«, protestierte sie.

»Dann habe ich ja eine Chance«, frohlockte er und umarmte die Statue innig. »Noch kann ich dein Herz gewinnen. Ich werde mich mit *Caness* einpudern, dann kannst du mir nicht widerstehen!«

»Was weißt du über *Caness?*«, fragte sie misstrauisch. »Können denn alle in dieser Stadt zaubern?«

»Du wärst vermutlich erstaunt«, meinte er trocken. »Und erst der König! Oh, wie wären Seine Majestät überrascht! Kann er denn sein ganzes Volk steinigen, vierteilen, hängen und verbrennen? Er wird ganz Lanhannat zwingen, *Caness* zu schlucken, und uns dann den Hunden zum Fraß vorwerfen!«

»Hör auf«, sagte Linn und sah sich nach etwaigen Zuhörern um. Gar nicht so weit entfernt kreuzten ein paar Gardisten die Klingen. »Das ist nicht komisch.«

»Mein Herz brennt«, klagte Jikesch. »Ich werde Yaro Tausendschön Pickel ins Gesicht zaubern und ihm Fett in die Haare schmieren, dann bin ich der Schönste in deinem Herzen!«

»Du weißt, dass wir nur Freunde sind.« Seine überschwänglichen Liebeserklärungen waren viel zu übertrieben, um sie ernst zu nehmen. »Du müsstest mir schon dein Gesicht zeigen.«

»Du siehst mein Gesicht. Mein Herz liegt offen vor dir.« Er kniete vor der Göttin nieder. »Ich werfe mich vor dir in den Staub.«

»Ja, tu das«, murmelte Linn. Heute hatte sie keine Geduld mit ihm. »Ich werde dich nicht daran hindern. Jetzt muss ich los.«

»Und wenn du blind wärst?«, rief er ihr nach. »Dann wäre dir mein Gesicht egal. Können Blinde nicht lieben?«

Sie würdigte ihn keiner Antwort, als sie davonstapfte.

»Sind Liebende nicht immer blind?«, schrie er über den Hof. Selbst die Wachen am Tor hoben die Köpfe und grinsten ihr entgegen.

Vielen Dank auch, dachte Linn wütend. »Wenn sie doch bloß auch taub wären!«, rief sie ihm zu.

Sie hatte das Tor beinahe erreicht und sah schon die Stadt unten im Tal liegen, als ein Reiter sich vor die Aussicht schob, ein staubbedeckter Knabe, der vom Pferd stürzte, sobald es mit zitternden Beinen stehen blieb.

»Drache!«, schrie er. »Ein Drache!«

Ein gewöhnlicher Reisender, der vor dem Schloss zusammenbrach, oder eine betagte Dienstmagd, der der Aufstieg so zusetzte, dass ihr Herz versagte, hätte keine Beachtung von den Wächtern erhalten, doch der Ruf »Drache« wirkte wie ein Zauberwort.

Sofort geriet alles und jeder in der Nähe in Bewegung. Diener und Ritter schwärmten aus, als hätte jemand in ein Wespennest gestochen. Von den Wachen eilig herbeigewinkt, kniete Linn sich neben den Bewusstlosen. Die beiden Männer hatten den Boten in den Schatten unter dem Torbogen gezogen. »Bleib bei ihm. He du, hol ihm Wasser. Kann sich jemand um das Pferd kümmern? Ruft einen Heiler!«

Der Junge hatte keine Augenbrauen. Auch keine Wimpern. Sein blondes Haar war angesengt, und seine Finger waren von

Brandwunden übersät, als hätte er mit bloßen Händen brennende Balken gepackt. Linn musste ihn nur ansehen, und es kam alles wieder hoch.

Die Drachen. Brina. Menschen rannten über die Straße, lebende Fackeln, während hinter ihnen Dächer und Wände einstürzten und das Feuer brüllte. Funken tanzten durch die Luft. Binias Haar stand in Flammen, während sie lief, den Mund geöffnet zum Schrei.

»Alles wird gut«, sagte Linn zu dem Verletzten und wusste doch, dass es eine Lüge war. Er hätte ihr widersprechen müssen. *Nichts wird gut. Man kann nichts ungeschehen machen. Man kann nur versuchen zu verhindern, dass so etwas noch einmal geschieht. Man muss lernen, wie man selber gegen die Drachen kämpfen kann, oder es wird wieder und wieder passieren, während die Garde hier im Schlosshof spielt.*

Der Junge schlug die Augen auf und richtete seinen Blick auf sie. »Drache«, flüsterte er.

»Ja«, sagte sie, »ich weiß. Ich weiß, wie schlimm es ist. Woher kommst du? Wie heißt dein Dorf?«

»Gota.« Sie konnte ihn kaum verstehen. »Er hat Häuser verbrannt. Er verlangt ein Mädchen, in zehn Tagen. Fünf sind schon um …« Seine Lippen bluteten, er war so schwach, dass er wieder zurücksank.

»Aus dem Weg.« Der Heiler schob Linn zur Seite. Auf einmal wimmelte es von Rittern unter dem Torbogen.

»Ein Drache?« Fador lachte voller Vorfreude. »Unsere Gebete wurden erhört!«

Auch Okanion war da. »Wird er sprechen können?«, fragte er den Heiler in angemessen besorgtem Ton.

Der Arzt gab die Anweisung, den Verletzten ins Schloss zu tragen. Erst dann wandte er sich dem Hauptmann zu. »Wenn er überhaupt wieder zu sich kommt. So lange müsst Ihr wohl oder übel warten.«

Okanion nickte seinen Männern zu. »Bereitet alles vor. Sobald wir wissen, wohin es geht, reiten wir los.«

Linn rannte ihm nach, als er in den Hof zurückmarschierte. »Hauptmann Okanion. Bitte!«

Er drehte sich zu ihr um. »Was wollt Ihr, Fräulein?«, fragte er schroff.

Wann hatte er aufgehört, sie wie ein Dienstmädchen anzusprechen? Es musste während seines langen Schweigens nach dem Drachenkampf passiert sein.

»Ich weiß, wo der Drache ist.«

»Dann sagt es mir!«, forderte er.

Aber der Name des Dorfes wollte ihr nicht über die Lippen kommen. Sie zögerte, dann fasste sie einen Entschluss. »Ihr wisst, was ich will. Ich will die Garde begleiten. Ich will dabei sein, wenn Ihr gegen den Drachen kämpft.«

Er musterte sie ernst. »Dies ist kein Spiel.«

»Ich weiß. Bei allen Göttern, ich *weiß* es. Ihr wisst so gut wie ich, dass beim letzten Mal …«

»Still«, unterbrach er sie hastig.

»Still?«, schrie der Narr, der auf einmal neben ihnen auftauchte. »Still? Oh, warum bloß still?«

»Um Belims willen, sei ruhig«, herrschte der Hauptmann ihn an. »Bei einem Drachenkampf geht es nicht um den Sieg. Es geht nicht einmal um den Drachen. Sondern um Ehre. Wir demonstrieren, dass der König sein Reich beschützt gegen die Ungeheuer, die es heimsuchen. Der Prinz wird geehrt. Die Garde wird gefeiert. Es gibt keinen Platz für Narren und Mägde, ganz gleich, was sie dazu beigetragen haben. Wenn ihr beide das nicht begreifen könnt …«

»Oh, ich verstehe schon«, warf Linn ein. »Das Problem lässt sich lösen: Macht mich zu einem Teil der Garde.«

Okanion senkte die Stimme. »Das kann ich nicht. Das kann nur der König.«

»Dann redet mit ihm!«, flehte Linn. »Der Prinz ist einer Eurer Männer, könnte er denn nicht …?«

»Prinz Arian?« Der Hauptmann schüttelte den Kopf. »Habt Ihr es immer noch nicht begriffen? Arian hätte Euch am liebsten ins finsterste Verlies werfen lassen, als Ihr Euch das letzte Mal eingemischt habt. Es darf nicht passieren, dass ein junges Mädchen einen Kampf entscheidend beeinflusst und obendrein königlichen Rittern das Leben rettet. Wozu gibt es die Garde, wenn jeder Schweinehirte einen Drachen besiegen kann? Arian ist Brahans Erbe, er sollte mit dem Siegerjuwel durch die Stadt reiten! Ich musste ihm stundenlang gut zureden, bis er einverstanden war, die Sache auf sich beruhen zu lassen und so zu tun, als wäre nie etwas geschehen. Aber«, fügte er hinzu, »das war ein Preis, den ich gerne bezahlt habe.«

»Für mich geht es nicht um Ehre«, sagte Linn. Immer noch hallten Akirs Worte in ihr nach, als hätte er sie damals vergiftet oder einen klebrigen Zauber um sie gewoben. *Brahans Blut, tausendfach verdünnt, zu was ist es gut?* Es muss zu etwas nütze sein, hatte der Händler zwar gesagt, doch in ihr war etwas anderes hängengeblieben, wie eine unheilvolle Verdrehung. *Wozu edles Blut? Wozu ein Name, der einen wie eine viel zu schwere Krone zu Boden drückt? Was für eine Last.* »Es geht einzig und allein um den Drachen. Ich will ihn tot sehen. Ich möchte dabei sein. Die Ehre könnt Ihr behalten, darum geht es mir nicht. Bitte, nehmt mich mit. Meinetwegen könnt Ihr danach darüber schweigen, so viel Ihr wollt.«

»Nein. Ich kann nicht und ich darf nicht. Ihr müsstet zur Garde gehören, und das ginge nur, wenn Ihr eine Ritterin wärt, mit allem, was dazugehört: Herkunft, Können, und das Wohlwollen des Königs, möglichst in dieser Reihenfolge.«

Ein Zittern durchlief Linn. Herkunft.

Linnia Adora Harlon …

Hatte Bher ihr am Ende doch den falschen Rat gegeben?

»Allerdings«, sagte Okanion nachdenklich – und Linn schien, dass er schon lange darüber nachgedacht hatte –, »wenn Ihr einen Ritter besiegen würdet, in einem öffentlichen Zweikampf, könnte die Meinung des Volkes den König dazu bewegen, Euch der Garde zuzuteilen.«

»Ich müsste also – jemanden herausfordern?«

»Ich habe Euch in Werrin gesehen, mit der Dornlanze, und ich weiß, dass Ihr Euch mittlerweile ganz anders schlagen würdet als damals gegen Fador. Wer Euch so viel beigebracht hat, hat ganze Arbeit geleistet. Darf ich fragen, bei wem Ihr Unterricht nehmt?«

»Er war nur Knappe. Sein Name ist Bher, und er …«

»Bher?« Okanion lachte auf. »Das erklärt natürlich vieles.«

»Ihr kennt ihn?«

»Die Älteren von uns werden ihn nie vergessen. Wir haben geschwiegen, wie es die Ehre verlangte, wenn ein Diener an der Seite seines Herrn kämpfte und für ihn Ruhm erwarb. Für ihn, nicht für sich. So geht es in dieser Welt zu, mein Fräulein, und wenn Ihr vorhabt, sie zu betreten, solltet Ihr das wissen.«

»Ritter Garwin«, zischte der Narr.

Sie schaute ihn überrascht an. »Was meinst du damit?«

»Fordere ihn heraus, Drachenmaid.«

Linn hatte eigentlich Fador herausfordern wollen. Nichts konnte schöner sein, als ihn am Boden zu sehen. Aber Jikesch hatte recht – Fador war ein heikler Gegner, Garwin dagegen war nicht der beste Ritter. Für das eigene Selbstbewusstsein bedeutete es nicht so viel, ihn zu besiegen, aber darum ging es hier nicht. Nur um den Sieg.

»Ja«, meinte sie und legte Sicherheit und Entschlossenheit in ihre Stimme. »Ich werde Garwin herausfordern.« Sie drehte sich um und musterte den Ritter, über den sie sprachen, wie er gerade mit kummervoller Miene das erschöpfte Pferd des Boten beruhigte.

»Ritter Garwin?«

»Was?«, fragte er schroff, dann erst bemerkte er, dass Okanion hinter Linn stand, und wiederholte etwas freundlicher: »Ja, was?«

»Ich fordere Euch hiermit zum Kampf heraus.«

»Wie bitte?« Er begann zu lachen, doch die finstere Miene des Hauptmanns ließ ihn auch dabei innehalten. »Tja, ähm – nun ja.« Garwin war beim Kampf mit dem Drachen nicht dabei gewesen – wenn tatsächlich alle Gardisten dichtgehalten und kein Wort über Linns Rolle verloren hatten, erklärte das seine Verwirrung. Er starrte Okanion an, als hätte dieser den Verstand verloren, dann erkundigte er sich hoffnungsvoll: »Gibt es einen Kuss dafür?«

»Nein!«, fauchte Linn. Aber sie wusste, dass es so nicht funktionierte – man musste immer einen Einsatz aufbringen.

»Wenn Ihr verliert«, sagte Okanion hinter ihr, »will ich Euch nie wieder hier sehen, verstanden? Nicht in der Nähe irgendeines Drachen. Nicht in der Nähe der Garde. Ihr wagt es niemals mehr, mich anzusprechen. Im Fall Eurer Niederlage erkläre ich Euch zu einer unerwünschten Person und verbiete Euch, dieses Tor noch einmal zu durchschreiten.«

»Aber die Pasteten«, widersprach sie, »ich muss doch ...«

»Nie wieder«, wiederholte der Hauptmann unerbittlich. »Dieses eine Mal erlaube ich noch, dass einer meiner Ritter sich auf eine derart unverschämte Forderung einlässt – und wenn Ihr doch weniger könnt, als Ihr glaubt, dann war es das.«

Linn blickte in das weiße Gesicht des Narren. Nie wieder. Jikesch blinzelte betroffen. Das würde das Ende ihrer Freundschaft bedeuten. Und Mora verlor ihre Pastetenträgerin und würde schäumen vor Wut. Vielleicht warf sie Linn doch noch hinaus, auch gegen Bhers Willen. Oder würde ihr Lehrer so enttäuscht sein, dass er die Ausbildung von sich aus abbrach?

»Wenn ich ihn besiege, sorgt Ihr dann dafür, dass dies dem König zu Ohren kommt, Hauptmann?«

Okanion nickte. »Mehr kann ich nicht tun. Sagt Ihr mir jetzt, wohin wir reiten sollen?«

Sie musste ihm vertrauen. Dass er den Kampf nicht abblies, sobald er das Ziel kannte. Erstaunlicherweise tat sie das auch. Der Hauptmann wollte sie in der Garde.

»Gota«, sagte sie. »Der Drache hat ein Mädchen gefordert. In fünf Tagen wird er es holen.«

»Dann müssen wir uns beeilen. In vier Stunden brechen wir auf. In drei Stunden findet das Duell statt. Entweder Ihr seid da oder nicht.«

»Oh«, keuchte Bher. »Oh, oh, oh!«

Die alten Männer tänzelten um Linn herum, als wären sie alle zu Narren geworden.

»Du schaffst das, Fräulein! Zeig es diesen verdammten Rittern!«

Mora schüttelte ernst den Kopf. »Darum geht es euch also, um nichts sonst. Die adligen Herren vorzuführen. Dafür wollt ihr unser junges Fräulein opfern?«

»Keine Sorge, Frau Mora. Unsere Linnia wird diesen aufgeblasenen Gecken in den Staub treten!«

Doch die Hausherrin wandte sich ab und stampfte mit der Kraft eines wütenden Stieres davon.

Linn war sich da keineswegs so sicher. Garwin war zwar kein so begnadeter Kämpfer wie zum Beispiel Fador oder Okanion selbst, doch er war immer noch einen Kopf größer als sie, wesentlich stärker und brachte langjährige Erfahrung mit, die sie auch mit noch so viel Training niemals aufholen konnte.

Linn war mittlerweile recht gut – aber sie wollte gegen Drachen kämpfen, nicht gegen Ritter. Dass sie das eine nicht ohne das andere haben konnte, lag ihr wie ein schwerer Stein im Magen.

Nein, sie wusste nicht, ob sie gewinnen würde. Weder Moras Pessimismus noch die aufgedrehte Zuversicht der Alten half ihr wirklich weiter.

»Es ist zu früh, nicht wahr?«, fragte sie ihren Lehrer.

Bher seufzte. »Du hättest die Frau in der Garde herausfordern können.«

»Ja, aber das wollte ich nicht.« *Der Narr hat mir geraten, Garwin zu nehmen,* dachte sie. *Habe ich voreilig zugestimmt?* Sie hatte nun mal keine Zeit gehabt, stundenlang das Für und Wider abzuwägen und jeden einzelnen Kandidaten mitsamt seinen Stärken und Schwächen durchzugehen. »Gegen Gunya zu gewinnen bringt mir nicht genug Ehre ein. Es muss einer der Männer sein, selbst wenn es der schwächste ist. Niemals wird die Garde zugeben, dass es in ihrer Mitte Männer gibt, die keine herausragenden Kämpfer sind.«

Bher runzelte die Stirn. »Garwin ist der zweite Sohn eines Fürsten aus der Provinz Honau. Aber das heißt nicht, dass er sich bei den Drachenjägern eingekauft hat – jedenfalls nicht nur. Er lebt noch, oder? Wir dürfen ihn nicht unterschätzen.«

»Ich kann gegen ihn gewinnen«, sagte Linn entschlossen. »Ich muss. Also steht hier nicht im Weg herum. Lasst mich an meine Waffen.«

»Du solltest dich umziehen.« Mora erschien wieder im Hof, über dem Arm ein Haufen Kleider – dazwischen etwas, das metallisch glänzte.

»Ich trage keine Rüstung!«, rief Linn. »Das ist mir zu schwer, dann kann ich mich nicht richtig bewegen.«

»Es ist bloß ein Kettenhemd. Das legst du an«, bestimmte Mora. »Na los. Geh in dein Zimmer und zieh dich um. Andernfalls brauchst du gar nicht wiederzukommen.«

Ergeben nahm das Mädchen die Sachen entgegen. Sie verzog sich in ihr Zimmer und tauschte dort den wadenlangen Rock gegen weite Beinkleider und eine schwarze Tunika. Darüber kam das Kettenhemd, das ihr die Schultern sofort nach unten drückte.

Mora lugte durch die Tür. »Bist du fertig?«

»Die Sachen passen ganz genau. Woher habt Ihr sie?«

»Ich kann nähen.«

»Ihr habt die Kleider extra für mich genäht? Wann?«

Die Hausherrin knurrte etwas Unverständliches und seufzte dann. »Jetzt ist wohl der Zeitpunkt gekommen, dass du sie bekommst.«

»Und das Kettenhemd?«

»Hat einmal einem Jungen gehört, der zu früh gegen die Drachen ausgesandt wurde. Seitdem lag es bei uns auf dem Dachboden. Ich habe mir schon gedacht, dass es dir passen würde.«

Ehrfürchtig betastete Linn die feinen Ringe. »Er ist darin gestorben?«

»Ich müsste mir wünschen, dass du unterliegst, die Garde dich nach Hause schickt und du dich einem Drachen nie auch nur auf hundert Schritt näherst. Aber ich weiß, so einfach ist es nicht. Deshalb wünsche ich dir Glück. So viel, wie ich nur kann. Hier, dein Schwert, es wird dich nicht im Stich lassen.«

Etwas in der Art, wie Mora das sagte, machte Linn stutzig. »Ihr habt es doch nicht … magisch präpariert?«

»Frag nicht«, befahl Mora schroff. »Du musst los, sonst kommst du zu spät zu deinem Duell.«

Linn starrte sie an. »Aber … das wäre Betrug. Ihr könnt mich so nicht losschicken, mit verbotener Zauberei! Wenn das jemand merkt, sind wir alle dran! Wisst Ihr denn nicht mehr – der letzte Vortrag, den Ihr mir darüber gehalten habt?«

»Nimm es oder lass es.«

Linn zögerte. Sie dachte an Nivals Netz, das ihn unbesiegbar machte.

»Es ist nicht rechtens. Man darf solche Gegenstände nicht gegen andere einsetzen!«

»Warum hast du dann immer noch deinen Wettstein in der Tasche? Warum hoffst du immer noch, dass er vielleicht doch etwas nützt? Manchmal kann man nicht wählerisch sein, und es kommt nur auf den Sieg an.«

Es kam nur auf den Sieg an.

War das denn wirklich so? Wie würde sie sich fühlen, wenn sie so kämpfte – wie eine Betrügerin? Eine Lügnerin, die es nicht verdiente, dass sie gewann?

»Nicht die Stärke des Arms ist entscheidend, sondern die Stärke des Herzens«, sagte sie. »Das behauptet jedenfalls Euer Mann. Nein, Mora, ich will das nicht. Ich werde das Schwert hierlassen und stattdessen die Dornlanze nehmen.«

Nach dieser Entscheidung fühlte Linn sich stark. Wie berauscht von der Größe ihres Verzichts stieg sie die Treppe hinunter, wo die hingerissenen Alten die Achtzehnjährige zu ihrem Aussehen beglückwünschten.

Begleitet von Bher und seinen Freunden machte sie sich auf den Weg hinauf ins Schloss. Nach und nach wurde der Tross, der hinter dem Mädchen herzog, immer größer, als die Neuigkeit die Runde unter Nachbarn und Schaulustigen machte. Bald hatte Linn den Eindruck, dass das ganze Stadtviertel ihr folgte.

Ich kann siegen, dachte sie, *ich kann es. Auch ohne Magie. So, wie ich ohne meinen Namen kämpfe, brauche ich auch Moras Hilfsmittel nicht.*

Am Fuß des steilen Hangs verlor sie einen großen Teil ihrer Gefolgschaft. Keuchend und jammernd gaben die alten Männer auf, doch es waren immer noch an die fünfzig Menschen, die sich mit ihr den Weg zum Schloss hinaufquälten: Händler, Handwerker, Dienstmädchen, Hauswirtinnen. Es wäre Linn lieber gewesen, wenn niemand etwas von dem bevorstehenden Kampf mitbekommen hätte, aber an Bhers glänzendem Gesicht sah sie, wie viel es ihm bedeutete. Trotz seiner Bedenken glaubte er an ihren Sieg.

Die Wachen am Tor wiesen die Leute zunächst zurück. Zum Glück kam wenig später die Order, sie einzulassen, und alle strömten in den Schlosshof, wo sie staunend die gewaltigen Mauern begafften.

Die Garde wartete an den Säulen. Bis auf Garwin saßen die Drachenjäger hoch zu Ross, näher an den steinernen Göttern als alle anderen, und demonstrierten so ihre Überlegenheit. Hauptmann Okanion machte ein strenges, abweisendes Gesicht, als hätte er mit dieser Sache nicht das Geringste zu tun. Garwin stützte sich auf sein Schwert und tat gelangweilt.

Linn nahm all ihren Mut zusammen und trat auf ihn zu. Hinter ihr raunten die Städter, und jemand rief: »Unser Fräulein Linnia! Sie wird es diesem Kerl schon zeigen!«

Ein Gefühl der Unwirklichkeit überkam sie, als sie sich wie in einer Kampfarena dem Ritter gegenüberstellte. Er trug einen eisernen Brustpanzer und ein stolzes Zähnefletschen zur Schau.

»Habt Ihr Euer Schwert vergessen?«, fragte er mit einem süffisanten Lächeln. »Heißt das, Ihr macht einen Rückzieher?«

»Noch könnt Ihr es Euch überlegen«, ließ sich der Hauptmann vernehmen. »Immerhin geht es um ein besonders heimtückisches Untier. Wenn Ihr einen gestandenen Drachenkrieger besiegen solltet, müssten wir in Erwägung ziehen, Euch mitzunehmen, Fräulein – und bei einem Einsatz dieser Größenordnung wäre das vermutlich Eure letzte Reise. Ich will nur, dass Ihr Bescheid wisst.«

Garwin machte den Versuch, sie einzuschüchtern. »Habt Ihr je einen Drachen sprechen hören? Ihre Stimme klingt wie Gift. Sie flüstern Euch Dinge ins Ohr, und Ihr werdet sie alle glauben. Ihr werdet alles vergessen, was Ihr jemals meintet, über

Drachen zu wissen. Sie sind klug wie Menschen und lassen sich von Dornlanzen nicht ablenken. Einen sprechenden Drachen zu erlegen kostet uns oftmals die Hälfte der ausgesandten Krieger. Wollt Ihr immer noch kämpfen?«

»Ich falle auf Euer Gerede nicht herein und werde auch keinem Drachengeflüster auf den Leim gehen«, sagte Linn entschlossen.

»In Anbetracht dessen sollten wir nicht mit Lanzen kämpfen, sondern mit dem Schwert.«

»Aber …«

»Ihr habt mich herausgefordert, schon vergessen? Ich darf die Waffen wählen.«

»Aber …«

Irgendjemand reichte ihr ein Schwert und einen Schild. *Mit einer fremden Waffe werde ich verlieren,* dachte sie. Wider Erwarten lag es gut in der Hand, vor allem nicht zu schwer, und sofort fasste Linn Vertrauen.

»Lasst uns keine Zeit verlieren«, sagte Okanion. »In Gota wartet man auf uns. Fangt an. Jetzt.«

Garwin wartete. Die Zuschauer hielten den Atem an. Linn fühlte, wie ihre Hände zu schwitzen begannen. Wollte der Ritter, dass sie angriff? Na gut, das konnte er haben.

Sie streifte das Unbehagen, die Aufregung ab wie einen schlecht sitzenden Mantel. Zum ersten Mal war sie froh, dass sie hier als ein Niemand auftrat, ein Mädchen aus der Stadt. Als Harlons Tochter hätten womöglich alle Wundertaten von ihr erwartet, so dagegen würde es nur Bher, Mora und die alten Herren kümmern, wenn sie verlor. Sie hatte nichts zu verlieren.

Nur zu gewinnen.

Sie stürmte auf Garwin los, das Schwert tanzte in ihrer Hand. Er parierte den ersten Schlag, den zweiten, den dritten. Sie drängte ihn bis gegen die Pferde der umstehenden Ritter, da entschloss er sich endlich, sie ernst zu nehmen. Mit wuchtigen Schlägen trieb er Linn über den Platz, bis sie die Zuschauer dicht hinter sich fühlte, dann tauchte sie unter seinem Schwertarm hindurch auf die andere Seite und grinste ihn an.

»Ihr dachtet, Ihr würdet schneller mit mir fertig, oder?«

Er war nicht so leicht aus der Fassung zu bringen. Bewegte sich vorsichtig, schien darauf bedacht, den Kampf in die Länge zu ziehen. Die ersten Zuschauer murrten.

»Wie langweilig!«, rief jemand. »Wollt ihr uns in der Sonne köcheln lassen, bis wir alle gar sind?«

»Dann beenden wir es eben«, knurrte Garwin und fing an, seiner Herausforderin heftiger zuzusetzen. Schlag auf Schlag prallte an dem Schild ab, den sie abwehrend hochhielt; die Erschütterungen brachen ihr fast den Arm, aber sie hielt stand – und ließ dann ihr eigenes Schwert vorschnellen, unter seiner Deckung hindurch. Es prallte an seinem Panzer ab und rutschte gegen seinen Oberarm.

Garwin schrie auf. Er ließ seinen Schild fallen und griff nun mit einer Wut an, der Linn kaum etwas entgegenzusetzen hatte. Er war stärker, als sie bisher gemerkt hatte. Zornig bedrängte er sie mit der Waffe. Die Zuschauer schrien auf, als er ihre Deckung durchbrach und sie traf – ein Stich in den Magen, wenn sie nicht das schützende Kettenhemd getragen hätte.

»Genug!«, schrie Okanion. »Aufhören, sofort! Fräulein Linnia, seid Ihr verletzt?«

»Nein«, sagte sie. »Ich mache gerne weiter.«

»Schluss«, befahl der Hauptmann. »Wollt Ihr sie töten, Garwin? Wollt Ihr Euch gegenseitig umbringen? Ich brauche euch beide.«

»Lasst mich weiterkämpfen«, sagte der Ritter. »Der Kampf ist erst zu Ende, wenn ich dieses kleine Biest erledigt habe.«

»Das wünscht Ihr Euch wohl in Euren Träumen«, höhnte Linn. »Mir geht es gut, während Euch das Blut den Arm hinunterläuft!«

»Der Kampf ist zu Ende, wenn ich es sage«, bestimmte Okanion. »Und das ist *jetzt.* Legt die Waffen nieder. Sofort.«

Garwin funkelte seine Gegnerin wütend an, dann gehorchte er. Zornig warf er das Schwert in den Staub.

Linn atmete tief durch. Es war ihr kaum möglich, die verkrampften Finger vom Schwertgriff zu lösen. Ihre Beine zitterten, aber sie hatte das Gefühl, endlos weitermachen zu können. Nur mit Mühe legte sie Schwert und Schild ab.

»Ich will keine Verletzten, und ich will keine Toten«, sagte der Hauptmann streng. »Das einzig Wichtige ist dieser Drache in Gota. Dafür brauche ich so viele gute Leute, wie ich nur bekommen kann. Ihr habt Euch hervorragend geschlagen, Fräulein Linnia. Ich bin mir sicher, dass Ihr einen wertvollen Beitrag zu dem bevorstehenden Kampf leisten könntet. Oder wie seht Ihr das, Prinz Arian?«

Der Prinz, der neben dem Hauptmann zu Pferde saß und bisher ein besonders gelangweiltes Gesicht gemacht hatte, erschrak sichtlich, als er so unvermittelt in das Geschehen hineingezogen wurde.

»Ich?«

»Sicherlich«, sagte Okanion streng, »stimmt Ihr mit mir überein, dass wir jeden – ob Mann oder Frau – gebrauchen können, der mithelfen kann, den Drachen von Gota zu besiegen?«

Arians dunkle Brauen zogen sich zusammen. Linn konnte förmlich mitfühlen, wie sehr er sich ärgerte.

»Sie wäre in der Tat eine Bereicherung für die Garde«, presste er hervor.

Der Hauptmann nickte Linn freundlich zu. »Ihr werdet mitreiten, aber es werden immer die anderen sein, die gefeiert werden. Das ist Euch doch klar?«

»Es ist mir egal«, meinte sie.

»Gut. Dann werden Prinz Arian und ich jetzt beim König vorsprechen. – Lasst Eure Wunde versorgen, Ritter Garwin. Seid Ihr fähig, trotzdem mit uns nach Gota zu reiten?«

»Noch ist das Mädchen nicht geboren, das mich daran hindern könnte«, sagte Garwin grimmig.

»Besorgt ihr schon mal ein Pferd«, befahl Okanion, während er abstieg und die Zügel einem Knappen in die Hand drückte. »Kommt, Fräulein Linnia.«

Sie warf einen Blick zurück zu Bher, der ihr fassungslos nachstarrte, als sie hinter dem Hauptmann und dem Prinzen auf den Haupteingang zuschritt.

Okanion marschierte so schnell, dass sogar der Prinz fast laufen musste, um an seiner Seite zu bleiben.

»Ihr wisst, dass sie Magie eingesetzt hat«, sagte Arian. »Bei allen Göttern, Okanion!«

»Ich habe keine Ahnung, was Ihr meint«, gab Okanion kühl zurück.

»Kein Mensch hätte diesen Stoß überlebt. Er hätte sie aufspießen müssen.«

»Sie trägt ein Kettenhemd.«

»Wir beide wissen, wie viel ein Kettenhemd nützt. Sie hat nicht einmal aufgeschrien. Die bloße Kraft des Schlages hätte sie in den Sand werfen müssen!«

»Sie trägt ein Kettenhemd«, wiederholte Okanion störrisch. »Und sie wird von Bher ausgebildet – Ihr habt ihn sicher unter den Zuschauern gesehen. Sie würde niemals schreien, selbst wenn sie halb tot am Boden liegt.«

»Warum lag sie nicht am Boden? Verdammt, Ihr wisst, was ich meine! Wenn Garwin wütend ist, kann er ein Pferd umwerfen, und sie ist bloß ein zartes Mädchen. Warum sonst hättet Ihr den Kampf sofort abbrechen sollen? Wollt Ihr etwas verbergen, was niemand wissen soll? Steckt Ihr etwa mit ihr unter einer Decke?«

Linn, die jedes Wort gehört hatte, schnappte nach Luft, aber Okanion schüttelte bloß den Kopf. »Ihr irrt Euch, Prinz Arian«, sagte er. »Es gibt keinen Beweis dafür, dass sie irgendeine Art von Magie eingesetzt hat. Fräulein Linnia ist kein zartes Mädchen. Sie ist verdammt gut, und ich kann sie gebrauchen. Im Gegensatz zu Euch habe ich nicht vergessen, was in Werrin passiert ist.«

»Herr Hauptmann«, begann Linn, »ich ...«

Er drehte sich nicht einmal zu ihr um. »Schweigt«, befahl er knapp und setzte sein Streitgespräch mit dem Prinzen fort, als sei sie gar nicht da. »Fräulein Linnia ist eine ausgebildete Kämpferin, keine Magierin. Solltet Ihr irgendein Wort davon Eurem Vater gegenüber verlauten lassen, Prinz Arian ...«

»Ihr droht mir?«, fragte der Prinz wütend. »Wegen einer dahergelaufenen Dienstmagd? Habt Ihr vergessen, wem Ihr dient?«

»Habt Ihr etwa vergessen, dass Euer Vater mich höchstpersönlich in seinen Dienst gestellt hat?«

Sie hatten das große Tor erreicht, das ins Innere des Hauptgebäudes führte. Ein Mosaik aus glänzenden Drachenschuppen überzog die gewaltigen Flügel, die nun die Wachen vor ihnen öffneten. Dahinter lag eine Halle, die bis an den Himmel selbst zu reichen schien. Hoch über ihnen funkelte es bläulich; hier hatte der Baumeister die Schuppen nach ihrer Farbe ausgewählt. Linn konnte den Blick kaum davon loslösen und wieder nach unten lenken, wo zwischen den hohen, schmalen Fensterreihen, die den Raum auf zwei Seiten erhellten, ein nahezu winzig wirkender Stuhl stand. Darauf saß ein Mann, der gedankenverloren eine goldene Kette durch die Finger gleiten ließ. Neben ihm auf den Marmorfliesen hockte eine Gestalt in einem dunklen Kostüm, auf dem Kopf eine goldene Mütze. Die Glöckchen bimmelten, als Jikesch zu ihrer Begrüßung aufsprang.

»Ritter Garwin im Staub?«, frohlockte er. »Geschlagen von Drachenmut und Mädchenschönheit?«

»Wartet hier«, sagte Okanion zu Linn. »Kniet nieder.«

Sie gehorchte, beobachtete aber, wie die beiden Männer weiter vorgingen und sich vor dem Thron verbeugten – der Hauptmann tief, der Prinz nur andeutungsweise.

Der Narr tanzte um den König herum, bis dieser die Hand hob.

»Ihr habt diesen absurden Zweikampf also zugelassen, Hauptmann?«, fragte Pivellius. Linn konnte sein Gesicht von ihrem Platz aus nicht erkennen, aber seine Stimme hallte durch den leeren Saal, tief und kraftvoll.

»Ich glaube, dieses Mädchen ist würdig, Euch und dem Königreich zu dienen«, sagte Okanion.

»Und du?«, fragte der König seinen Sohn. »Wie ist deine Einschätzung?«

»Sie kämpft ganz gut«, gab der Prinz widerwillig zu, und der Ärger wand sich um seine Worte wie eine giftige Schlange.

»Ich wollte noch mehr Frauen in der Garde«, sagte Pivellius, »wie Ihr wisst, Hauptmann. Soll Schenn dafür berühmt werden, dass selbst unsere Jungfrauen mit Drachen fertig werden – und mit unseren Feinden, sobald sie es wagen, die Grenzen meines Reichs anzutasten. Ihr habt also ein Mädchen gefunden, Hauptmann, das eine Zierde der Garde sein kann und meinem Namen Ehre macht?«

»Ich glaube ja, Majestät«, sagte Okanion mit fester Stimme.

Linn horchte angstvoll, aber der Prinz erhob keine Einwände.

»Dann ruft sie her.«

Der Hauptmann winkte ihr, woraufhin Linn benommen aufstand und mit klopfendem Herzen und ehrfürchtig gesenktem Kopf auf den Thron zuging.

»Kniet Euch hin«, zischte Okanion.

Hastig sank sie zum zweiten Mal auf die Knie.

»Sieh mich an«, befahl der König.

Vorsichtig wagte sie es. Wie oft hatte sie sich eingeredet, dass edles Blut nichts zählte. Dass der Prinz als Brahans Erbe mehr sein musste, als er letztendlich war. Brahan war seit achthundert Jahren tot, und dass seine Nachkommen immer noch in diesem Schloss wohnten und auf diesem Thron saßen, sollte sie nicht erschüttern. Aber genau das geschah.

Sie blickte auf, ehrfürchtig und mit klopfendem Herzen, und erwartete fast, Brahan selbst zu sehen, den unsterblichen Helden aus Legenden und Liedern. Doch dieser Mann hatte keinerlei Ähnlichkeit mit dem ausgeblichenen Bild, mit dem sie aufgewachsen war. Pivellius der Dritte war ein Mann um die sechzig mit grauem Haar und einem sorgfältig gestutzten Bart. Er trug ein reich besticktes Wams aus Seide, mit einigen Broschen in Grün, Blau und Perlmutt besetzt, außerdem einen weißen Umhang, so wie die Garde, und anders als auf dem vertrauten Porträt in Merinas Küche fehlte das Medaillon mit dem Antlitz der Prinzessin.

In ihren dunklen Kampfkleidern kam Linn sich völlig fehl am Platz vor, schmutzig, staubig und arm. Aber hätte es überhaupt ein angemessenes Gewand gegeben, um dem mächtigen Herrscher von ganz Schenn zu begegnen?

Der König hob fragend die Brauen. »Du willst mir also dienen, Mädchen?«, fragte er.

»Ich will Drachen töten«, antwortete sie, fügte hastig »Majestät« hinzu und senkte verwirrt den Kopf.

Er lachte trocken. »Drachen töten, soso. Nun, damit erweist du dem Königreich einen großen Dienst. Keine andere Aufgabe birgt so viel Gefahr – und so viel Ehre.«

»Ja«, stammelte sie. »Ja, das ist mir bewusst, Majestät.«

Der König stand auf. In der Hand hielt er einen vergoldeten

Stab, dessen Knauf mit bunten Juwelen besetzt war. Wie ein Dorn ragte eine metallene Spitze daraus hervor.

»Dann nehme ich, Pivellius der Dritte, König von Schenn sowie der Provinzen Nelcken, Honau und Inidria, dich in meine Drachengarde auf – wie ist dein Name?«

»Linnia«, sagte Linn, aber das war kein ganzer Name, nur ein halber. Sie hob den Blick, schaute dem König direkt in die erstaunlich jungen dunkelbraunen Augen, und ihr war, als würde sie ihr Innerstes bloßlegen, als sie es aussprach: »Linnia Adora Harlon.«

Sie war wie gelähmt von der Veränderung, die mit dem Gesicht des Königs vor sich ging. Der gelassene Ernst wich im Nu aus seinen Augen, sein Mund verzerrte sich zu einer Fratze.

»Harlon?«, schrie er.

16

Linn sah den Schlag kommen, aber sie wich nicht zurück. Pivellius stieß ihr die eiserne Spitze des goldenen Stabes mit aller Kraft vor die Brust. Später erst sollte sie darüber nachdenken, dass das Kettenhemd ihr das Leben gerettet hatte. Jetzt sprang sie nur erschrocken auf.

»Majestät?«, rief Okanion.

»Harlon? Ihr wusstet das?«, brüllte der König. »Schickt der verfluchte Verräter mir seine gottverdammte Brut an den Hof, und Ihr lasst das zu?«

»Ich hatte keine Ahnung …«, stammelte der Hauptmann. »Mein König, lasst mich erklären …«

»Harlon?« Der König schrie so laut, dass von allen Seiten Wachen herbeistürmten, im Glauben, ihr Herr werde bedroht. »Ihr bringt mir eine Harlon ins Schloss?« Wieder hob er den Stab und führte ihn wie eine Waffe gegen Linn; diesmal zielte er auf ihren ungeschützten Hals.

»Mein tollwütiger König!« Der Narr hängte sich an den Arm seines Herrn; hysterisches Gelächter hallte durch den Saal. »Meine wütendtolle Majestät!«

Pivellius versuchte ihn abzuschütteln, und als das nicht fruchtete, stieß er mit dem stumpfen Ende nach ihm. Jikesch stürzte nach hinten. Außer sich vor Zorn schlug der König weiter auf ihn ein.

Linn schrie auf und wollte zu ihm eilen, doch Okanion packte sie am Arm und schubste sie in Richtung Ausgang. »Geht, bei allen Göttern! Verschwindet, solange er keinen anderen Befehl gibt! Raus hier! Raus!«

Linn eilte durch den Trupp Wächter, der sie unbehelligt durchließ, offenbar der Meinung, der Narr sei die Ursache des königlichen Wutanfalls. Vor ihr war schon das Tor.

Merkwürdig still kam es ihr vor, als sie unter den blassblauen Himmel trat. Keinen einzigen Schrei hatte Jikesch von sich gegeben.

Die Nachbarn empfingen sie mit Jubel.

»Drachengarde! Drachengarde!«

Doch Bher sah an ihrem Gesicht, dass etwas nicht stimmte. »Geht! Nach Hause!«

So eilig klang er, so aufgeregt, dass ihm alle gehorchten. Erschrocken rannten sie zum Tor. Wie betäubt wankte Linn ihnen nach.

»Der Narr! Ich muss doch …« Sie stemmte die Füße in den Boden, aber ihr Lehrmeister fasste sie am Handgelenk und zog sie mit sich. Er hielt sie so fest, dass sie ihren Arm kaum noch spürte.

»Du hast es geschworen!«, rief er, als sie durch das Tor hindurchhasteten.

Die Nachbarn machten sich bereits an den Abstieg, hinunter in die Stadt, Fragen wurden laut: »Was ist denn jetzt?«, rief jemand. »Was hat der König gesagt?«

»Sie ist noch nicht so weit«, rief Bher. »Und jetzt haltet den Mund. Verschwindet. Na los, wird's bald!«

Keuchend blieb er stehen. »Oh Linnia! Du hast es mir geschworen!«

Sie war erstaunlich ruhig. Es war, als würde sie sich aus weiter Ferne selbst beobachten und sich wundern, wie sie so gelassen bleiben konnte. Vor ihrem inneren Auge wiederholte sich alles. Wie der König schrie. Wie Jikesch sich unter den Schlägen am Boden wand.

»Der König hat mich nach meinem Namen gefragt«, sagte sie. »Was hätte ich tun sollen? Ihn anlügen?«

»Du hast es geschworen«, wiederholte Bher untröstlich.

»Wer war mein Vater?« Sie suchte die Antwort im Gesicht des alten Knappen. »Wer war er, dass der König mich um seinetwillen töten wollte? Ich dachte, er sei ein Ritter der Garde gewesen! Ich dachte, sie würden mich seinetwegen willkommen heißen! Ihr habt mich in diesem Glauben gelassen!«

»Ja«, sagte Bher leise, »was ein Fehler war, wie ich jetzt erkenne. Es ging heute alles so schnell, ich hatte nicht erwartet, dass Okanion dich sofort zum König bringen würde. Ich hatte vor, es dir zu sagen und dir zu raten, dir einen neuen Namen zuzulegen. Bhers Tochter hättest du dich nennen sollen, davon habe ich geträumt, darauf wäre ich stolz gewesen.«

»Aber ich heiße nicht Linnia Bher. Was stimmt denn nicht mit dem Namen Harlon? Bei Arajas, so antwortet mir endlich!«

Sie sah ihm ins Gesicht, aber es war der Narr, der vor ihren Augen zu Boden ging, immer wieder. Das weiße Gesicht, verzogen zu einem wilden, dunklen Grinsen. Würde Pivellius ihn umbringen? War sie schuld am Tod ihres Freundes?

»Dein Vater war ein Ritter der Garde«, sagte Bher. Er ging mit gesenktem Kopf und hob kaum die Füße über die Steine. »Ein berühmter Ritter, der beste von allen. Wie oft haben sie seinen Namen bejubelt. Kein Drache, gegen den er auszog, entkam seinem Schicksal, und nur wenige Ritter mussten sterben in jenen Tagen. Er war der Einzige, der es vermochte, einen Drachen ganz allein zu töten, ohne die Unterstützung der Garde. Kannst du dir vorstellen, was das bedeutet? Oh, ich glaube, du kannst es.«

»Und dann? Der König nannte ihn einen Verräter. Wie das? Was hat er getan?«

»Ich weiß es nicht genau«, gestand Bher. »Ich weiß nur, dass er mit Schimpf und Schande hinausgeworfen wurde. Er wurde verbannt – ein mildes Urteil angesichts der Wut des Königs. Sämtliche Titel und Besitztümer wurden ihm aberkannt. Nein, Linnia, es ist nicht gut, Harlon zu heißen hier in Lanhannat.«

Sie musste schlucken. »Trotzdem habt Ihr Euch bereit erklärt, mich zu unterrichten.«

»Manchmal wird außergewöhnliches Talent vererbt. Du hast es, das habe ich gesehen, bevor ich wusste, wer dein Vater war. Als du es mir erzählt hast, war das der größte Schreck meines Lebens – ich hätte dich sofort aus dem Haus werfen sollen, doch da hatte ich mich schon … irgendwie an dich gewöhnt.« Seine Stimme klang heiser und verriet mehr von seiner Zuneigung, als ihm vielleicht bewusst war. »Da ist etwas in dir, dasselbe wie in ihm. Ich wollte, dass es sich entfaltet. Unbelastet von der düsteren Vergangenheit. Ich wollte, dass du eine Chance hast, den Namen deiner Familie reinzuwaschen.«

Linn schüttelte den Kopf. »Es kann nicht sein. Er kann kein Verräter gewesen sein. Das ist ein Irrtum, bestimmt. Das muss ein Irrtum sein!«

»Man kann Pivellius so einiges nachsagen«, meinte Bher leise. »Er ist launisch und jähzornig, und die Dienstboten in seiner Nähe fürchten ihn wie einen leibhaftigen Drachen. Aber ungerecht ist er nicht. Ein Verräter ist ein Verräter, ob du es nun hören magst oder nicht. Auch böse, verderbte Menschen haben Kinder, liebe Linnia – wobei ich nicht behaupte, dein Vater sei böse und verderbt gewesen. Vielleicht wurde er nur grausam getäuscht.«

»Er war also nicht nur böse und verderbt, sondern auch noch dumm?« Sie lachte auf. »Herr Bher, ich höre diese Worte, aber sie können mein Herz nicht erreichen. Ich fühle mich auf einmal leer und namenlos und klein und schwach …« Ihre Stimme erstarb.

»Genau das wollte ich vermeiden.«

Ihr Vater konnte kein Verräter sein. Ihr Herz erinnerte sich an ihn, auch wenn sie ihm kein Gesicht geben konnte. Ihr Herz kannte ihn, würde ihn immer kennen.

Er war ihr Vater; was er auch getan hatte, er hatte gewiss Gründe dafür gehabt, gute Gründe.

»Was war es? Was hat man ihm vorgeworfen?« Sie war bereit, jede einzelne Anklage in der Luft zu zerreißen, doch Bher schüttelte den Kopf. »Ich weiß nicht«, sagte er. »Ich habe nur davon gehört, als er verbannt wurde. Und mich gewundert, das muss ich sagen. Er wäre jedoch nicht der Erste, der dem Zauber der Drachenzunge erlegen wäre … Das kann jeden treffen.«

»Er hat also auf einen Drachen gehört?« Hatte ihre Mutter nicht etwas Ähnliches erwähnt? Linn konnte sich nicht mehr an den genauen Wortlaut erinnern, aber die Szene stand ihr noch genau vor Augen. *Dein Vater und sein angeblich zahmer Drache … Harlon redete mit ihm, als könnte er alles verstehen, als wäre dieses Vieh nicht ein feuerspeiendes Ungeheuer.* »Auf einen … sprechenden Drachen? Und hat daraufhin … was getan? Er hat ihn nicht getötet, obwohl er ihn hätte töten sollen?«

»Das war der Beginn«, sagte Bher langsam. »Aber was danach kam … Mich musst du nicht fragen. Ich war nicht dabei. Reicht es dir nicht, dass er sich gegen den König gestellt hat? Ein Drachenjäger gegen Brahans Erben – das allein ist ein Widerspruch in sich. Vergiss ihn. Leg seinen Namen ab. Geh.«

Linn wurde immer langsamer. *Niemals. Niemals vergesse ich meinen Vater.*

Sie biss entschlossen die Zähne zusammen. *Niemals glaube ich, dass er zum Verräter wurde.*

Endlich erreichten sie die Kreuzung unten am Hügel, wo Bher sich zu ihr umwandte. Vor ihnen lag die Straße, die in die Stadt hineinführte.

»Du solltest deine Sachen holen, solange du noch kannst«, sagte er. »Und dich verabschieden. Eine Verbannung dieser Art gilt für die ganze Familie. Jetzt, da es raus ist, kannst du nicht mehr hierbleiben. Ich darf dich nicht beherbergen. Sie werden mich befragen, und ich werde sagen, ich hätte es nicht gewusst – schon um Moras willen bleibt mir keine andere Wahl.«

»Dann muss ich zurück nach Brina«, murmelte sie. Es erschien ihr auf einmal unmöglich, in das Haus am Blauen Tor zurückzukehren. Wie sollte sie Mora unter die Augen treten? Die Enttäuschung der alten Männer ertragen? Wie sollte sie sich von Nival verabschieden, gesetzt den Fall, dass er überhaupt zu Hause war? Er würde rot werden und herumstottern, und sie würde genauso wenig die richtigen Worte finden wie er. Aber vielleicht würde er sie auch mit dem hochmütigen Blick des Kämpfers betrachten und sagen: »Was geht mich das denn an?«

»Ich kann nicht mit Euch zurück, Meister Bher. Ich werde gehen – jetzt.« Damit wies sie auf den dritten Weg, der zwischen die Hügel führte. Von dort war sie mit Kesim, dem Kaufmann, gekommen.

Er nickte. »Nimm es nicht allzu schwer. Du kannst dich jetzt gegen einen Drachen verteidigen, Linnia«, sagte er sanft. »Das war dein vorrangiges Ziel, weißt du noch? Wenn dein roter Drache dich angreift, wirst du ihm künftig die Zähne zeigen.«

»Ja«, sagte sie.

»Hast du alles? Schwert und Schild, die Dornlanze?«

»Nein, wie denn? Ich musste meine Waffen ablegen, bevor ich ins Schloss gegangen bin.« Nur das Kettenhemd trug sie noch. War es wirklich verzaubert? Hatte Mora gehofft, ihr dadurch das Leben zu retten?

Bher reichte ihr einen kleinen Beutel mit Münzen. »Dann kauf dir unterwegs etwas – und wenn es bloß ein Messer ist. Du kannst damit umgehen, allein darauf kommt es an. Dass du sicher dein Zuhause erreichst.« Damit beugte er sich vor und küsste sie auf die Stirn. »Leb wohl«, sagte er, und seine Stimme zitterte verräterisch.

Sie sah ihm nach, wie er auf die Stadt zumarschierte, gebeugt, ein alter Mann nach einer verlorenen Schlacht.

Linn ging langsam, quälend langsam, und hielt die Tränen nicht zurück. *Was haben sie dir nur angetan, Vater? Du warst unschuldig. Du warst kein Verräter. Ich glaube es nicht und werde es niemals glauben.*

Als sie einen Trupp Reiter hörte, war ihr erster Impuls, schnell zwischen die Bäume zu springen, doch sie besann sich und blieb auf der Straße.

Ich habe nichts zu verbergen. Mein Vater war ein Held. Der beste Ritter des Königs.

Krampfhaft hielt sie sich an diesem Gedanken fest, dennoch war ihr Herz schwer, als die Garde an ihr vorbeipreschte. Der Prinz ritt an der Spitze; der Helm mit dem weißen Federbusch wies ihn als neuen Hauptmann aus. Nichts an den stolzen Rittern hinter ihm deutete darauf hin, dass irgendetwas Ungewöhnliches geschehen war. Linn hielt Ausschau nach dem Mann mit dem vernarbten Gesicht und entdeckte ihn schließlich; er kam als Letzter. Während die anderen an ihr vorbeigeritten waren, ohne sie wahrzunehmen – oder zumindest so getan hatten –, hielt Okanion seinen Braunen an. Er musterte sie und schwieg, bis der Trupp hinter der nächsten Wegbiegung verschwunden war.

»Nun weiß ich, an wen mich dein Gesicht erinnert«, sagte er schließlich.

»Es tut mir sehr leid«, sagte sie. »Um Euer Amt. Um alles. Niemand hat mir je gesagt, dass mein Vater ein Verräter war. Ich dachte …« Sie verstummte.

»Dass dieser Name einen guten Klang hat?« Er schüttelte den

Kopf. »Nein, Fräulein Linnia. Legt ihn ab. Besser, man lebt ohne Namen als mit dem eines Verräters. Das ist wie ein Fluch, dem man niemals entkommt.«

»Es tut mir so leid«, wiederholte sie verzweifelt. »Wie geht es Jikesch?«

»Er ist es gewöhnt, dass der König rau mit ihm umspringt«, sagte Okanion. »Dieses Kerlchen kennt keinen Schmerz, und seine Knochenbrüche heilen schneller als bei jedem anderen.«

»Der König hat ihm die Knochen gebrochen?«, rief Linn entsetzt.

»Er hat ihn halb totgeschlagen. Trotzdem konnte der Narr mich noch darum bitten, Euch etwas zu geben, obwohl ich ihm sagte, Ihr wärt vermutlich bereits über alle Berge. Ich wusste nicht, wohin Ihr Euch wenden würdet, also habe ich es an der Wegkreuzung zurückgelassen.«

»Was denn?«

Er zuckte die Achseln. »Seht selbst. Und beeilt Euch, bevor irgendjemand Euch zuvorkommt.« Er lächelte, als freute er sich darüber, dass sie nun den ganzen Weg wieder zurückmarschieren musste.

Okanion gab seinem Pferd die Sporen und folgte den anderen Rittern, und Linn verspürte wieder neue Kraft in ihren Beinen, als sie zur Kreuzung zurückrannte.

Nein, kein anderer Passant hätte sich an diesem Geschenk vergreifen können. Mit rollenden Augen trat Jikesch die Große nach einem Mann, der die Arme nach dem Sack auf ihrem Rücken ausstreckte.

»Weg da«, befahl Linn streng. »Das ist mein Esel.«

»Ich wollte ihn bloß beruhigen«, versicherte der Fremde und machte, dass er fortkam.

Die Eselin stupste Linn freundschaftlich an.

»Was hast du denn da?«, fragte sie. »Seit wann trägst du einen

Sattel?« Das Gepäck war sicher auf dem Rücken des Tieres festgeschnallt, das vollständig gesattelt und aufgezäumt war. An der Seite war die Dornlanze befestigt. Linn umfasste lächelnd die Gurte, schwang sich hoch und griff nach den Zügeln.

»Dann wollen wir mal, meine Schöne«, sagte sie und wischte sich eine Träne aus den Augenwinkeln. »Und los!«

Die Eselin setzte sich brav in Bewegung. Erst als sie weit genug von der Kreuzung entfernt waren, schnürte Linn den Sack auf.

Eine Decke. Außerdem Proviant für eine Reise von fünf Tagen, einschließlich einiger duftender Pasteten – wen hatte der Narr bloß bestochen, um all das aus der Küche zu entwenden? Sie hatte vermutet, auch das hier zu finden: Das Schwert, mit dem sie im Hof gekämpft hatte, eingehüllt in eine Scheide aus butterweichem Leder.

»Du Narr«, murmelte sie. »Glaubst du wirklich, ich reite nach Gota? Die Tochter eines verbannten Verräters?«

Okanion hatte sicher gewusst, was Jikesch ihr hinterließ, und hatte nichts gesagt, dieser gemeine Schuft! Nur gelächelt hatte er, als wüsste er jetzt schon ganz genau, was sie tun würde.

»Ich muss verrückt sein«, sagte sie zu Jikesch, der Eselin. »Ich weiß nicht einmal, wo Gota liegt.«

Die Ohren des schwarzfelligen Tieres zuckten.

»Nun ja«, meinte Linn, »du bist es immerhin gewöhnt, von Narren umgeben zu sein, sonst würdest du mich wohl kaum reiten lassen, wie? Also los, der Garde nach. Wir werden ja sehen, ob eine Närrin auf einem Esel sich von einer Schar Idioten auf Schlachtrössern abhängen lässt.«

Aber sie hätte sich keine Sorgen zu machen brauchen, dass sie den Weg nicht fand. Wie sich schon an der nächsten Abzweigung herausstellte, hatte Okanion dafür gesorgt, dass die Ritter genug Spuren hinterließen, um verfolgt zu werden, selbst von jemandem, dessen Augen halb blind waren vom Weinen.

Jedes Mal, wenn die Garde in einem Ort das Gasthaus in Beschlag nahm, bat Linn in einem Nachbarhof um Aufnahme. Selten wurde das Mädchen mit dem Esel abgewiesen, wenn es erklärte, dass es sich von den lärmenden Soldaten lieber fernhielt. Am Morgen brach sie stets kurz nach den Drachenjägern auf. Es war nicht schwer, auf Abstand zu bleiben, denn Jikesch musste immer wieder mit sanfter Strenge dazu überredet werden weiterzulaufen. Der kleinste Hügel schien ihr ein unüberwindbares Hindernis, und sobald nur die geringste Steigung zu spüren war, blieb die Eselin stehen. Linn konnte sich ihr Seufzen geradezu vorstellen.

»Komm, meine Liebe. Es ist nicht mehr weit, und hier ist es schön flach, siehst du?«

Sie waren aus dem hügeligen Gelände südöstlich von Lanhannat herausgekommen. Die Gegend war von kargen Weiden, auf denen Schafe grasten, und Moor geprägt. Kleine Nadelwälder, trotz des frühen Sommers – es war gerade noch Lichtmond und der Grasmond nur noch wenige Sonnenaufgänge entfernt – dunkel und schattig, wechselten sich mit lichten Birkenhainen ab. Die Dörfer hier waren klein, mit niedrigen, geduckten Häusern, deren Dächer mit Reisig gedeckt waren. Linn fand nicht, dass die große Jikesch das Recht hatte, daran etwas auszusetzen. Solange sie auf dem Weg blieben, würden sie auch nicht im Moor versinken, und die Spuren der Ritter waren in dem weichen Boden nicht zu verfehlen. Ein leichter Nieselregen setzte ein, der die Eselin erneut zum Anhalten veranlasste.

»Stell dich nicht so an«, schimpfte Linn, »das ist nun wirklich nicht der Rede wert! Außerdem haben wir Gota bald erreicht, dies ist der fünfte Tag. Wir kommen noch zu spät!«

Zwischen den Bäumen sah sie die dunklen Umrisse von Häusern, und irgendwo blökten Schafe.

Plötzlich fuhr es ihr wie ein kalter Wind durch und durch.

Sie schaute hastig nach oben, aber von ihrem roten Begleiter war nichts zu sehen.

»Da war nichts. Komm, mein Schätzchen …«

Sie brach ab, denn vor ihr auf dem Weg lag ein totes Pferd. Es war nicht zu erkennen, woran es gestorben war, doch es handelte sich unzweifelhaft um eins der Garderösser, geschmückt mit weißen Bändern. Ein Kloß bildete sich in ihrem Hals – was war hier geschehen?

Als Linn um die Wegbiegung ritt, lag dort der nächste Kadaver, den Leib blutig aufgerissen, die herausquellenden Gedärme auf der Erde. Und da war auch schon das Dorf. Vor dem größten Haus auf der Lichtung lagen in grobe Tücher eingewickelte Gestalten. Nur die Stiefel ragten heraus. Sie zählte sechs Tote und schnappte nach Luft.

Einige ihr bekannte Pferde standen hinter dem Haus, an einen Zaun gebunden. Linn sprang ab, band Jikeschs Zügel an den nächsten Pfahl und öffnete die Tür, hinter der sie aufgeregte Stimmen hörte.

Der Raum war dunkel; ihre Augen brauchten einen Moment, um scharf zu sehen. Dort saßen zwei Ritter – Okanion und Fador. Wo waren die anderen? Ein Mann lehnte an der Wand, mit einem Kopfverband. Das konnte unmöglich der Prinz sein? Doch als er sprach, blieb kein Zweifel daran.

»Wir werden Verstärkung holen.«

Die Übrigen waren Fremde. Bauern, ihrer Kleidung nach zu urteilen.

»Nein. Nein, das bringt nichts. Bis dahin ist es sowieso schon zu spät. Wir werden den Tribut entrichten, was bleibt uns anderes übrig?«

»Und ich sage, Ihr müsst ihn irgendwie hinhalten«, beharrte Arian. »Bis wir seinen Schlafplatz gefunden haben …«

»Wie denn?«, fragte der Bauer spöttisch. »Wollt Ihr ihm nachfliegen?«

Dann blickten sie alle auf einmal auf und wandten sich zu Linn um.

»Ihr kommt zu spät«, sagte Okanion müde. »Dankt den Göttern dafür.«

»Was will sie hier?«, maulte der Prinz. »Muss sie das Königreich nicht verlassen, so schnell sie kann?«

»Das tue ich gerade«, sagte Linn rasch. »Dieser Weg führt auch in die Provinz. – Was ist passiert? Wo sind die anderen?«

»Tot«, sagte Okanion. »Oder verletzt. Wir haben sie alle in die Häuser gebracht, für den Fall, dass der Drache wiederkommt.«

»Ihr habt bereits mit ihm gekämpft?« Zögernd kam Linn näher. Sie wusste, dass sie mehrere Stunden im Verzug war, aber sie hatte nicht damit gerechnet, dass die Ritter den Drachen sofort angreifen, sondern zumindest diesen Abend noch ihre Kräfte sammeln, sich Mut antrinken und ihm dann am nächsten Tag entgegentreten würden.

»Wir mit ihm?« Der Prinz lachte schrill auf. »Eher er mit uns. Er fiel aus dem Himmel über uns her, hat uns einfach weggefegt, auf den Boden und gegen die Bäume geschleudert. Als hätte er auf uns gewartet. Als hättet Ihr ihn vor uns gewarnt!«

»Niemand hat hier irgendjemanden gewarnt!«, wehrte der Dorfmeister ab. »Der Drache ist nicht blind, und Ihr wart weithin als Garde zu erkennen. Das Weiß Eurer Umhänge leuchtete durch den Wald, man hörte schon das Stampfen Eurer Rösser, da wart Ihr noch dort hinten im offenen Moor.«

»Setzt Euch, Fräulein Linnia«, sagte Okanion und wies auf den Platz neben sich. »Heute ist ein schwarzer Tag.«

»So schwarz ist kein Tag, dass er nicht noch schwärzer werden könnte«, stieß Arian wütend hervor und stand auf. Er schwankte; Ritter Fador musste ihn stützen.

Der Dorfmeister seufzte.

»Ihr müsst mir nicht sagen, dass Ihr mehr erwartet habt«,

sagte Okanion leise. »Stattdessen habt Ihr die Häuser voller Verwundeter.«

»Wirklich Sorgen macht mir eher die Befürchtung, dass der Drache zurückkommt, solange Ihr hier seid. Nichts für ungut, aber Ihr solltet so schnell wie möglich aufbrechen.« Der Dorfmeister bewegte die Hände beim Sprechen, es fehlte nur noch, dass er den Ritter beim Kragen packte und schüttelte. »Wenn Ihr uns irgendwie helfen wollt, dann verschwindet, ich flehe Euch an.«

»Wir machen den Karren fertig«, sagte ein zweiter Mann, der jetzt aufstand, ein großer, breitschultriger Kerl, der fast bis an die Decke reichte, »und laden Eure Verletzten auf. Dann zieht Ihr ab.«

»Ich weiß nicht, ob der Prinz …«, begann Okanion, doch die Dörfler unterbrachen ihn.

»Bei allen Göttern, die Zeit läuft uns davon! Wenn *er* Euch hier nicht haben will, dann müsst Ihr weg! Einen Drachen zu haben, ist schlimm genug, aber ein wütender Drache ist unser aller Untergang.«

Sie gingen beide hinaus, nur Okanion und Linn blieben zurück. Der Ritter stützte das Gesicht in die Hände.

»Es tut mir leid«, sagte sie. »Für Euch. Und für Eure Freunde da draußen.«

»Wir sind Drachenjäger«, meinte er. »Wir kennen das Risiko. Ich blieb verschont, weil ich ganz hinten ritt. Der Drache kam von vorne und flog einfach in uns hinein. Er pflügte durch uns hindurch wie ein Sturm. Nicht einmal Feuer hat er gespien. Mit seinen Krallen hat er einen Reiter hochgehoben und ihn von oben auf die anderen fallen lassen. Es war Echatin, der genau hinter dem Prinzen ritt.« Mit irren Augen starrte er Linn an. »Versteht Ihr, was das heißt? Wenn ich nicht in Ungnade gefallen wäre, wäre ich an der Spitze gewesen und Arian als mein erster Mann hinter mir.« Seine Hände krallten sich zusammen. »Es hätte den Sohn des Königs getroffen. Wir konnten nicht einmal anfangen zu kämpfen. Er packte noch zwei von uns, samt ihrer Pferde, und schleuderte sie gegen die anderen. Sein Schwanz peitschte alles aus dem Weg. Dann flog er wieder hoch und verschwand.« Okanion schüttelte fassungslos den Kopf. »Ich sah seine Augen. Er schaute mich an, als er an mir vorüberflog, und sie leuchteten in einem dunklen Feuer. Wisst Ihr, was das Schlimmste ist, Fräulein Linnia? Was sich in mein Herz gefressen hat wie bittere Galle? Er hat nicht gewütet wie ein wildes Tier. Er hat uns nicht niedergemacht, gereizt im Kampf. Er hat uns getötet, weil er es so wollte. Um uns zu zeigen, wie sehr er über uns lacht. Weil wir zu ihm gekommen sind, mit Schwertern und Dornlanzen und Schilden und geschmückten Pferden, und er muss nur seine Krallen zeigen, um jeden zu töten, den er töten will. Drachenjäger nennen wir uns?« Okanion lachte heiser. »Er kam über uns wie ein strafender Gott. Man kann sie nicht töten.«

»Jetzt übertreibt Ihr aber«, protestierte Linn. »Ich war dabei, das letzte Mal. Wir haben den Drachen getötet. Ihr wart es! Ihr selbst habt ihm das Schwert in die Brust gejagt!«

Seine kräftige Hand umschloss den Humpen, der vor ihm auf dem Tisch stand, und er genehmigte sich einen großen Schluck.

»Wenn wir einen Drachen töten wollen«, sagte der ehemalige Hauptmann, »gehen wir zu seiner Höhle. Die Dorfbewohner wissen immer, wo sie ist, denn dort bringen sie ihre Gaben hin. Wir rufen den Drachen heraus und umkreisen ihn. So nah vor seinem Unterschlupf hat er nicht viel Bewegungsfreiheit, wir bedrängen ihn von allen Seiten. Wir lenken ihn ab, ärgern ihn, reizen ihn, verleiten ihn dazu, unvorsichtig zu sein. Man muss wissen, wo das Herz ist«, sinnierte er. »Manche von ihnen haben zwei Herzen, auch darauf muss man gefasst sein. Man sieht es unter den Schuppen schlagen, diese kleine Stelle, die sich hebt und senkt. Ruhig muss man werden, ganz ruhig, und genau hinsehen, während neben einem ein wilder Drache tobt – und dann zustechen. Präzise. Ohne zu zögern. Mit aller Kraft den Panzer durchdringen. Er ist dünn an dieser Stelle, direkt über dem schlagenden Herzen.«

Linn hörte ihm zu und stellte sich vor, was sie gedacht hätte, wenn er ihr das vor dem Kampf erzählt hätte. Als die Ritter noch lebten und sie alle gemeinsam losziehen wollten, um genau das zu tun, wovon Okanion gesprochen hatte.

»Können wir es nicht immer noch so machen?«, fragte sie vorsichtig. »Ihr und Fador seid unverletzt. Ich kann den Drachen ablenken, Ihr greift ihn an. Wir könnten doch …«

»Nein«, sagte er. »Dieser Drache hat keine Höhle.«

»Was? Aber …«

»Ist Euch vielleicht aufgefallen, Fräulein Linnia, dass dies Moorland ist? Es gibt hier keine Hügel und keine Höhlen und damit keinen Ort, an den ein Drache sich zurückziehen könnte. Er fliegt hierher, von wo auch immer. Dieser Drache kommt, wann es ihm passt, und danach verschwindet er wieder. Unsere erprobte Strategie bringt uns nicht weiter. Uns bleibt nur noch eins: die Verletzten und die Toten auf den Karren zu laden, den die Dorfbewohner uns zur Verfügung stellen, und zuzusehen, dass wir Land gewinnen. Wir werden zurückgeschlichen kommen wie geprügelte Hunde. Noch dazu ist es das erste Kommando von Prinz Arian.«

Sie dachte, er würde sich vielleicht darüber freuen, dass die Sache nicht unter seiner Führung schiefgegangen war, aber Okanion wirkte alles andere als schadenfroh.

Fador erschien an der Tür. »Kommt Ihr, Hauptmann … äh, Okanion?«

»Ist Garwin denn transportfähig?«

»Eigentlich nicht. Aber diese Dörfler bestehen darauf, uns sofort loszuwerden.«

»Bei Belim! Wenigstens diese eine Nacht sollten sie uns gönnen! Immerhin sind wir ihretwegen hergekommen. Sie selbst haben uns hergerufen!«

Fador warf Linn einen finsteren Blick zu. »Gebt Ihr Euch immer noch mit dieser verfluchten Verräterin ab, selbst jetzt, da Ihr Bescheid wisst? Seit sie den Schlosshof betreten hat, verfolgt uns das Unglück.«

»Ich bin gewiss nicht schuld an dieser Katastrophe!«, begehrte Linn auf. »Ich wollte nur gegen den Drachen kämpfen.«

»Wir haben ja gesehen, was dabei herauskommt«, brummte er. »Habt Ihr ihn auf uns gehetzt?«

»Was?«

»Würde mich nicht wundern. Nach allem, was im Schloss passiert ist. Redet Ihr auch mit ihnen, so wie Euer Vater? Na? Ich habe Eure Verlogenheit erkannt, schon vor zwei Jahren, als Ihr unbedingt meine Zeit verschwenden wolltet und mich um meinen Lohn betrogen habt. Ihr plant die Vernichtung der Garde, um Eure Schoßtiere zu schützen!«

Linn war sprachlos. Trauerte er immer noch dem Kuss hinterher, bei dem Jikesch ihm zuvorgekommen war? Aber dass er ihr deshalb vorwarf, sich gegen die Garde zu stellen, war ein starkes Stück. Auch Harlon hatte das nie und nimmer getan! Ihre Hände begannen zu zittern, und als Fador sich brüsk abwandte, ballte sie die Fäuste.

»Ist das wahr? Das kann nicht sein!«

»Doch«, sagte Okanion leise. »Hat Euch niemand je gesagt, was passiert ist? Euer Vater hat sich gegen die Garde gewandt. Er stellte sich auf die Seite unserer Feinde und fing an, die Bestien zu verteidigen, statt sie zu töten. Er hat gegen seine langjährigen Kameraden gekämpft und mehrere Ritter umgebracht. Darunter sogar einen Großneffen des Königs! Pivellius wollte ihn hinrichten lassen, aber Harlon hatte ein paar Fürsprecher, die darauf verwiesen haben, wie leicht es ist, dem Gift der Drachenzunge zu erliegen. Deshalb hat man seine Strafe in schwere Ächtung und Verbannung umgewandelt.«

»Kein Wunder, dass meine Mutter nie über ihn reden wollte«, murmelte Linn, die erst jetzt langsam zu begreifen begann, warum Merina so verbittert war. Harlon und sein roter Drache … Hatte er etwa versucht, das vermeintlich zahme Untier zu beschützen? Dasselbe Ungeheuer, das ihn am Ende umgebracht hatte? Vom gefeierten Drachenjäger war er zum verfemten Rittertöter geworden, der verratene Verräter. Wie hatte das nur passieren können? Nein, er musste gute Gründe gehabt haben. Oder – oder das alles war ein Irrtum.

»Vielleicht war er es ja gar nicht«, protestierte sie. »Alle haben ihn verdächtigt, aber jemand anders …«

Das Kopfschütteln der Männer ließ sie verstummen. Das Mitleid in Okanions Blick war am schwersten zu ertragen.

»Harlon hat genug Zeugen am Leben gelassen, die von seinen Taten berichten konnten«, sagte er. »Augenzeugen.« Noch leiser fügte er hinzu: »Gegen die Vergangenheit kann man nicht kämpfen, Linnia. Wir haben nur die Gegenwart, um eine neue Geschichte zu schreiben.«

Er starb in ihrem Herzen. Ihr eigener Vater, vor dem sie angewidert zurückweichen wollte. Sie verlor ihn … Es war, als würde der Traum, den sie ihr ganzes Leben lang von ihm geträumt hatte, abblättern wie von einer verhüllten Statue, und statt des edlen Ritters befand sich unter der Schicht aus Schlamm und Vergessen eine monströse Fratze.

Trotzdem konnte sie nicht aufgeben, musste sie sich an irgendetwas festhalten, an seinen Mörderhänden, seinen Mördertaten …

»Er war nicht er selbst, als er das tat«, sagte Okanion. »Sogar der König hat ihn am Leben gelassen. Also nehmt es nicht so schwer.«

»Es muss … eine Erklärung dafür geben. Er hätte doch nie grundlos …«

»Ha!«, rief Fador. »Seht Ihr? Aufruhr vererbt sich!«

Linn hatte sich in der Gewalt. Dem Ritter jetzt an die Kehle zu springen hätte alles nur noch schlimmer gemacht.

»Ihr wusstet nicht, wer ich bin, Ritter Okanion«, sagte sie. »Aber jetzt, da Ihr es wisst – warum sprecht Ihr immer noch mit mir?«

»Euer Vater hat einen meiner besten Freunde erschlagen«, sagte Okanion, und dieser Satz sowie der Schmerz in seiner Stimme taten mehr weh als Peitschenhiebe. »Doch Ihr habt mir in Werrin das Leben gerettet. Das vergesse ich nicht. Ihr seid nicht wie er.« Auch das – oh ihr Götter! – tat weh, obwohl es das nicht sollte, obwohl sie vielleicht endlich zustimmen und Harlon loslassen musste – den Harlon, den sie ihr ganzes Leben lang zurückgeträumt hatte, den Mann auf dem Pferd, der sie durch die Nebelschwaden des Vergessens hindurch anlächelte. »Ihr habt keinen Augenblick gezweifelt, auf welche Seite Ihr gehört«, schloss Okanion.

Ich bin deine Tochter, Harlon, dachte sie, *ich muss kämpfen.*

Also kämpfte sie. »Wenn Ihr mir vergeben könnt – könnte es der König dann nicht auch? Was muss ich dafür tun? Wenn ich diesen Drachen töte, wird Pivellius dann die Verbannung aufheben?«

»Ihr wollt den Drachen töten?« Der Prinz stand im Türrahmen und lachte bitter. »Oh ihr Götter, dieses Mädchen ist wie eine ansteckende Krankheit, man wird es nicht los.« Unter dem schlecht sitzenden Verband drohten seine dunklen Augenbrauen. Grimmig verzog er das Gesicht. »Ihr glaubt, Ihr kommt gegen ihn an – gegen diese Bestie? Das ist kein Vergleich zu dem Drachen von Werrin. Jenes Untier war gefährlich genug, aber dieses hier ist ein böser Gott. Würdet Ihr Euch gegen die Hölle selbst wenden – Fräulein Harlon?«

»Wenn es sein muss«, sagte Linn wütend. Arians Arroganz weckte in ihr erstmals den Wunsch, nicht nur gegen Drachen, sondern auch gegen Ritter zu kämpfen. »Wenn ich so meinen Namen reinwaschen kann.«

»Es wird noch genug Drachen geben«, sagte Okanion müde.

»Allerdings nicht für Euch, mein Fräulein«, meinte der Prinz. »Das hier ist mein Drache.«

»Warum Eurer? Weil dies Euer Einsatz ist? Bisher wart Ihr ja nicht besonders erfolgreich.«

»Er ist golden«, flüsterte Arian. »Er gehört mir.«

»Herr …«, begann Okanion, doch der Prinz bedeutete ihm zu schweigen. »Und jetzt vergebt«, er deutete eine Verbeugung an, »mir schmerzt der Kopf, und ich werde mich hinlegen.«

»Was hat er gemeint?«, wollte sie wissen, sobald Arian in einer der Hütten verschwunden war. »Was hat es mit dem goldenen Drachen auf sich?«

»Die Königin starb vor fünfzehn Jahren …«, begann der ehemalige Hauptmann zu erklären.

»Aber das war kein Drache! Es heißt, sie sei krank gewesen. Jeder weiß doch, dass die Zauberer sie verflucht haben und für ihren Tod verantwortlich waren!«

»So erzählt man sich«, sagte er leise. »Sie war krank. Was allerdings nicht jeder weiß, ist, dass sie unterwegs war, um einen mächtigen Magier aufzusuchen, der versprochen hatte, sie zu heilen. Nur kam sie nie bei ihm an. Der Drache griff unser Nachtlager an. Wir konnten nichts tun. *Ich* konnte nichts tun. Er war so unglaublich schnell. Später fanden wir sie, zerschmettert.«

»Ihr wart dabei?«, fragte Linn betroffen.

Okanion fuhr mit der Hand über sein zerstörtes Gesicht. »Ich war da. Aber ich habe ihn nicht gesehen, ich war geblendet. Als ich begriff, was passiert war, hoffte ich, dass ich diese Schande nicht überlebe. Doch ich habe überlebt. Sogar meine Augen haben sich erholt.« Er seufzte. »Versteht Ihr jetzt, warum der Prinz alles tun würde, um diesen Drachen besiegt zu sehen? Wahrscheinlich ist er es nicht – aber er *könnte* es sein.«

»Wenn ich ihn töte – kann ich damit meinen Namen reinwaschen?«, fragte sie. »Und den König dazu bringen, die Verbannung aufzuheben? Wie viele Drachen müsste ich dafür zur Strecke bringen? Einen? Zwei? Hundert? Oder reicht dieser eine, wenn er die Königin auf dem Gewissen hat? Was muss ich tun, Ritter Okanion?«

»Prinz Arian hat recht. Ihr solltet Euren Weg fortsetzen und Schenn verlassen. Ihr könnt uns nicht helfen, und wir werden Euch nicht wieder nach Lanhannat mitnehmen. Glaubt mir, es ist besser so. Am Ende würde man Euch noch die Schuld aufbürden für das Unglück, das uns heimgesucht hat.«

»Darf ich?« Sie griff nach seinem Bierhumpen. Das Gebräu schmeckte bitter, es war so stark, dass es ihr die Tränen in die Augen trieb.

»Trinkt das aus, wenn Ihr wollt. Ich muss mich um die Abreise kümmern. Einige unserer Männer werden diesen langen Heimweg nicht überleben.«

Er ging hinaus, und Linn saß alleine in dem düsteren Raum. Irgendwo knackte ein Balken. Draußen hörte sie die Männer mit den Pferden. Wo waren die Frauen? Gab es hier keine, oder hatten sie sich versteckt, nachdem der Drache ein Mädchen eingefordert hatte?

Ein Gedanke schälte sich aus ihrem Zorn und ihrem Unbehagen heraus.

Ein Mädchen …

Nein. Nein, bist du verrückt? Du kannst kämpfen, aber doch nicht allein. Du brauchst die Garde. Niemand kämpft allein gegen Drachen.

Obwohl, sagte ihre innere Stimme, *was, wenn es möglich wäre?*

Harlon hat es getan, bevor er zum Verräter wurde. Entschuldige, Vater. Bevor irgendetwas geschah, was dich so veränderte.

Sie sprang auf und rannte hinaus auf den Vorplatz, wo die Dörfler gerade versuchten, zwei unverletzte, aber äußerst unwillige Schlachtrösser vor einen offenen Karren zu spannen.

»Wartet!«, rief sie. »Das Mädchen! War es nicht so, dass der Drache ein Mädchen als Tribut verlangt hat?«

Einer der Männer hob den Kopf. »Ja«, sagte er, die Stimme erfüllt von dumpfer Verzweiflung, »und er wird es bekommen. Dieser Preis ist gering im Vergleich zu dem, was er uns sonst antun könnte.«

»Wann bringt Ihr sie zu ihm?«

»Das habe ich auch schon gefragt«, warf der Prinz unwillig ein. »Aber auf diese Weise finden wir seine Höhle auch nicht. Die Jungfrau wird nicht gebracht, sondern abgeholt. Der Drache kommt morgen früh her, nimmt sie mit und fliegt mit ihr davon. Es gibt keine Möglichkeit, ihm zu folgen, es sei denn, Euch würden Flügel wachsen. Selbst wenn man so schnell reiten könnte, dass man sehen würde, wohin er fliegt – dafür ist diese Gegend denkbar schlecht geeignet. Man kann die Wege nicht verlassen, ohne im Moor zu versinken.«

»Ich dachte nicht daran, ihm zu folgen. Ich dachte …« Oh, wie schwer war es, das auszusprechen. Viel schwerer, als sie erwartet hatte. Die Worte stauten sich hinter ihren Zähnen und schienen darum zu kämpfen, in ihrem Mund bleiben zu dürfen.

Du kannst nach Hause reiten. Niemand wird dir Vorwürfe machen. Nimm den hübschen Esel und reite zurück in die Verbannung. Du bist eine Närrin, Linnia Adora.

Nein. Mein Name ist Linnia Adora Harlon.

»Und wenn ich dieses Mädchen wäre?«

17

Die Dörfler ließen die Hände sinken und starrten sie an. Der Prinz öffnete den Mund und bekam ihn nicht wieder zu. Fador marschierte gerade aus einem der Häuser, einen verwundeten Kameraden im Arm. Es war die Ritterin Gunya, die heute wenigstens zu krank war, um Linn böse anzufunkeln.

»Bring sie wieder zurück«, befahl Okanion. »Vielleicht bleiben wir doch noch etwas länger.«

Fador glotzte verblüfft und verschwand wieder im Haus.

»Aber …«, begann der Dorfmeister, doch der ehemalige Hauptmann beachtete ihn gar nicht. Er trat vor Linn, und zum ersten Mal überhaupt fasste er sie an. Behutsam nahm er ihr Gesicht in beide Hände und zwang sie, ihn anzusehen.

»Wollt Ihr das wirklich tun?«

Nein!, dachte sie. *Das ist verrückt. Es ist nicht einmal* mein *Drache, um den es hier geht. Wie kann ich den Roten jemals erledigen, wenn ich hier in Gota sterbe?*

»Ja«, sagte sie stattdessen. »Wenn die alte Strategie nichts taugt, ist es an der Zeit, eine neue zu entwerfen.«

Okanion wandte sich an den Dorfmeister. »Wo sind Eure Frauen und Mädchen? Holt sie her. Ich verlange die beste Pflege für meine Ritter. Versorgt sie und verbindet die Wunden, aber diesmal richtig. Wenn irgendjemand stirbt, weil er schlecht behandelt wird, lasse ich Eure Häuser bis auf die Grundmauern schleifen. Das hier ist der Prinz. Verdammt noch mal, habt Ihr nicht etwas Besseres als dieses scheußliche Gebräu für den Sohn des Königs? Tischt auf. Lasst den Drachen sehen, dass Ihr den Abschied eines Mädchens aus Gota gebührend feiert. Es soll Tanz geben und Musik. Ich will, dass diese junge Dame mittendrin ist, in einem Kleid wie alle Mädchen, mit Blumen und Schleifen im Haar wie alle anderen. Falls der Drache das Dorf beobachtet – und das tut er, wie wir heute gesehen haben –, soll er glauben, dass er eine Eurer Töchter bekommt, genau wie er es verlangt hat.«

Er wandte sich wieder an Linn. »Wenn das klappt«, sagte er leise, »werde ich Arian dazu überreden, beim König ein gutes Wort für Euch einzulegen. Mehr kann ich nicht versprechen. Ein Drachentöter *muss* geehrt werden, und die vorgesehene Feier gibt es nur für Mitglieder der Garde. Pivellius wird vor Wut schäumen, aber wenn Ihr siegreich heimkehrt, stehen Eure Chancen gut.«

»Oh Arajas«, murmelte sie. »Und ich hatte gehofft, Ihr würdet versuchen, mir das auszureden.«

»Wirklich?«

»Ja! Nein. Ich weiß es nicht.« Nervös biss sie sich auf die Lippe.

»Herr Hauptmann.« Der Dorfmeister hatte sich wohl entschieden, wer von den Rittern das Sagen hatte, und zupfte vorsichtig an Okanions Ärmel. »Wenn das Untier uns beobachtet, wird ihm nicht entgehen, dass die Garde hierbleibt. Wird es nicht angreifen, mitten im Fest? Wird es nicht alles niedermähen?«

»Niemand kann mit Sicherheit vorhersagen, was der Drache tun wird«, gab der Ritter zurück. »Doch bedenkt eines: Die Verwundeten brauchen Zeit und strikte Ruhe. Ich weiß um das Risiko, das Euer Dorf mit uns eingeht, aber dafür wagen auch wir etwas Ungeheures, indem wir Euch unsere jüngste Drachenjägerin als Tribut überantworten. Er kommt morgen früh?

Dann wird er, wenn er merkt, dass wir noch hier sind, mit einem Hinterhalt rechnen. Tun wir ihm den Gefallen. Bereiten wir einen Hinterhalt vor.«

»Aber Herr!«

»Wir werden tun, was nötig ist, um ihn dazu zu bringen, sich über seinen Sieg zu freuen – und diesem Mädchen nicht zu misstrauen, das er mitnehmen soll. Wir brauchen irgendetwas, um ein Schwert zu verstecken, Meister.«

Das Feuer brannte hell zwischen den Häusern. Die Mädchen, die es umtanzten, trugen alle dieselbe Tracht: dunkelbraune, mit Blumen bestickte Röcke und weiße Schürzen. Die eng geschnürten Mieder ließen tief blicken. Zum ersten Mal war Linns silberne Kette zu sehen mit den roten Rubinscheiben, sie funkelte und glitzerte im Schein des Feuers. Duftende Frühlingsblumen schmückten ihren Kopf, Weißdornzweige, Maiglöckchen und Flieder. Weiße Bänder ringelten sich über ihr Haar, das sie offen trug. Eine der Frauen hatte sie gekämmt und gemeint, sie solle auf den Zopf verzichten. Linn war durchaus klar, warum sie das vorschlug: Damit die Fremde sich von den Dorfmädchen unterschied und der Drache schon von weitem sehen konnte, welche Jungfrau für ihn bestimmt war.

Sie schmückten Linn wie eine Braut, damit nur ja kein Zweifel aufkam.

Zwischen den Tänzen, wenn die Mädchen kichernd auf die Bänke sanken und sich von schwitzenden Jünglingen gefüllte Becher bringen ließen, setzte Linn sich zu den drei Rittern und wurde mit Instruktionen überschüttet.

»Ihr müsst warten, bis er schläft«, befahl der Prinz streng, als sei ihr dieser Gedanke noch gar nicht gekommen. »Dann schleicht Ihr Euch an und ersticht ihn. Kommt danach sofort zurück. Vergesst nicht, der Drachenschatz gehört dem König.«

»Ich glaube, der Schatz ist unsere geringste Sorge«, meinte

Okanion. »Das Wichtigste ist, dass Ihr auf Anhieb die richtige Stelle trefft. Ein schneller Stich ins Herz.«

»Tja, und nur mit einem Messer«, seufzte Linn. »Meint Ihr wirklich, das Schwert ist zu groß?«

Alle Versuche, ihr Schwert so zu verpacken, dass es quasi unsichtbar wurde, waren fehlgeschlagen. Auch mit Stoffstreifen umwickelt und mit Blumen verziert sah es immer noch viel zu sehr nach einer Waffe aus. Nicht einmal der blödeste Drache wäre darauf hereingefallen, und hier hatten sie es mit einem besonders schlauen, heimtückischen Exemplar zu tun. Am Ende blieb Linn nur ein Messer, das zwischen den breiten Bändern an ihrem Rock gut getarnt war. Es kam ihr kaum wirkungsvoller vor als ein Zahnstocher, aber Okanion hatte ihr versichert, dass es ausreichte.

»Nehmt Euch genug Zeit, um ihn zu beobachten, damit Ihr ja nicht daneben stecht«, meinte Fador.

»Tja, wenn ich so genau hinschaue wie Ihr, kann mir das ja wohl nicht passieren«, fauchte sie ihn an. »Nachdem Ihr Euch den ganzen Abend über bloß für meinen Ausschnitt interessiert habt, wisst Ihr nun ganz genau, wo mein Herz sitzt.«

»Ich betrachte nur Eure Kette.« Der Ritter gab sich gekränkt. »Harlon trug ebenfalls eine – oder ist es gar dieselbe? Wenn Ihr Euren Schmuck offen getragen hättet, hätten wir von vornherein gewusst, wer Ihr seid, und es wäre gar nicht so weit gekommen.«

»Hübsch«, murmelte der Prinz. »Meine Mutter hatte eine ganz ähnliche.« Der Gedanke schien ihn traurig zu stimmen. Er senkte den Kopf und starrte auf seine Hände.

Linn hätte ihn am liebsten gefragt, wie gut er sich an die Königin erinnerte, aber sie wagte es nicht. Heute Abend kam er ihr viel jünger vor als sonst, kein gestandener Drachenjäger, sondern ein Jüngling, der viel mehr mit sich herumschleppte als den Anspruch auf Heldentum.

»So ähnlich ist sie nun auch wieder nicht«, sagte Okanion. »Der Einsatz ist rot. Iranas Kette war aus Gold, diese hier ist aus Silber. Die Schnörkel an den Seiten sind anders gebogen. Vermutlich hat Harlon sie am Hals der Königin gesehen und nach ihrem Vorbild billigeren Schmuck anfertigen lassen, für dieses Mädchen, in das er so verschossen war.«

»Um sie dann selbst zu tragen? Ein komischer Kauz war er, Euer Vater«, murrte Fador.

Linns Herz schlug schneller, wie immer, wenn die Rede auf Harlon kam. »Warum ... ich meine, wie konnte es geschehen ...«

»Dass er zum Verräter wurde? Er ist dem Gift der Drachenzunge erlegen. Das kann passieren, wenn man zu viel mit ihnen zu tun hat.«

Arian zupfte nervös an seinem Ärmel herum. »Ein goldener Drache ... wenn Ihr Euch sicher wärt ...«

»Er könnte es sein«, sagte Okanion langsam. »Aber ich bin mir nicht sicher. Es war dunkel. Etwas blitzte auf. Und dann sah ich nichts mehr ... Mein Prinz, ich bitte Euch. Es mag Hunderte solcher Drachen geben, die wie gleißendes Feuer aussehen.«

»Er muss sterben.« In Arians Stimme lag eine finstere Entschlossenheit. »Egal wie. Selbst wenn es dieses Mädchen tut – Hauptsache, er entkommt kein zweites Mal.«

»Aus diesem Grund sollten wir jetzt zu unserem Plan zurückkehren«, schlug Okanion vor, doch auch in seiner Stimme zitterte eine ungewohnte Erregung. »Zu der nicht ganz unwichtigen Aufgabe, den Drachen umzubringen, der das Königreich bedroht.«

»Ich werde das Herz nicht verfehlen«, versprach Linn.

»Und wenn es in der Höhle dunkel ist?«, gab Fador zu bedenken.

»Dann muss sie eben warten, bis der Tag anbricht!«, sagte

Arian gereizt. »Bei den Göttern, sie ist nicht dumm, ihr wird schon etwas einfallen.«

Linn war nicht in der Stimmung, sich über dieses Kompliment aus königlichem Mund zu freuen. »Was, ähm, bezweckt eigentlich ein Drache mit einer solchen Forderung?«

Die drei Männer verstummten und warfen sich betretene Blicke zu.

»Das heißt, Ihr wisst es nicht«, schloss sie. »Er könnte auch vorhaben, mich sofort zu fressen. Dann sind all unsere schönen Pläne hinfällig. Dann kann ich nur noch hoffen, dass ihm mein Messer im Halse stecken bleibt, wie?« Unwillkürlich tastete sie nach ihrer Kette. Aber sie verriet den Rittern nicht, dass sie darauf hoffte, ihr Amulett möge sie vor dem Drachen beschützen. Wenn sie diesen Einsatz überlebte, wollte sie den ganzen Ruhm für sich und den Namen Harlon. Sollten die Männer sich ruhig Sorgen um sie machen. Nur dem Hauptmann hätte sie gerne mitgeteilt, dass sie einen magischen Schutz besaß, aber sie wusste nicht, wie er reagiert hätte. Möglicherweise hätte er darauf gedrungen, dass sie die Kette abnahm, und das konnte sie nicht riskieren.

Okanion räusperte sich. »Dazu muss es nicht kommen. Ihr seid kein Dorfmädchen, das beim Anblick eines Drachen in Ohnmacht fällt. Verdammt, Ihr seid die Tochter eines Mannes, der ganz allein einen Drachen töten konnte! Ihr werdet dem Untier nicht ohne Gegenwehr zwischen die Zähne steigen. Andernfalls wäre ich sehr enttäuscht von Euch, Fräulein Linnia.«

»Sie ist auch die Tochter eines Mannes, der den Verstand verlor und gegen das Königreich kämpfte«, erinnerte Fador, doch selbst der Prinz mochte nichts davon hören und versetzte seinem Kameraden einen kräftigen Tritt gegen den Knöchel.

»Haltet den Mund. Müsst Ihr sie ausgerechnet jetzt daran erinnern? Sie soll dieser Bestie das Herz aus dem Leib schneiden.

Morgen. Morgen! Wenn Ihr irgendetwas zu sagen habt, dann macht ihr Mut«, fauchte Arian.

Anscheinend betrachtete er diesen Einsatz immer noch als seinen eigenen, denn von seinem Gelingen hing für ihn viel ab. Linn wünschte sich, sie hätte nur für Okanion kämpfen können. Für ihn und für dieses Dorf und für Bher. Für ihren verfluchten Namen.

Harlon.

Dies ist für dich, Vater, dachte sie. *Für all das, was du mir eingebrockt hast. Ich lasse nicht zu, dass ich diesen Fluch und diese Verbannung ein Leben lang mit mir herumtrage wie eine schwere Last, wie Pech, das an mir kleben bleibt und mich vergiftet.*

Ich lasse es nicht zu, Vater.

Es war deine Entscheidung, und sie muss gut durchdacht gewesen sein. Aber wie konntest du nur die Ritter des Königs töten? Ich werde es vermutlich nie begreifen …

Sie stockte. Es war schwer, an ihrem Traum festzuhalten und sich dabei an den Schmerz in Okanions Stimme zu erinnern.

Dies ist für uns beide, Vater. Es ist meine Aufgabe, den Namen Harlon mit neuer Ehre zu versehen. Es wird sein, als hätte es dich nie gegeben. Niemals. Beides wird vergessen sein: dein Ruhm und dein Verrat. Ich werde dafür sorgen, dass man dich vergisst, dass kein Zorn und kein Hass mehr aufflammen, wenn dein Name fällt.

Oh Arajas, war das schwer.

Jeder, der den Namen Harlon hört, wird künftig an mich denken, nicht an dich. Nur an mich.

Sie hob den Kopf und war auf eine Weise mit sich im Reinen, die sich frisch und scharf anfühlte und berauschend.

»Ich werde ihn töten«, sagte sie. »Ich schwöre es. Ich werde die Garde rächen und Ehre für das Königreich erringen.«

Fador murmelte etwas Unverständliches, aber der Prinz nickte ernst. Er trug seinen Verband wie eine groteske Krone.

»Das Herz«, sagte Okanion. »Denkt an seine Schwachstelle.«

Er zeichnet mit rotem Wein die Umrisse eines Drachen auf die Tischplatte. »Hier. Genau hier.«

»Wenn er zwei Herzen besitzt, merke ich es daran, dass er wütend aufspringt und Feuer nach mir speit. Im Ernst, was mache ich, wenn er zwei davon hat?«

»Das kann man nicht wissen«, sagte der narbenübersäte Ritter. »Betet zu allen Göttern, die Ihr kennt, dass in seiner Brust nur ein einziges schlägt.«

»Ein Verbannter hat keine Götter mehr«, sagte Fador trocken und stürzte seinen Wein hinunter. »Er kann sich höchstens noch an Barradas wenden. Belim wird ihn jedenfalls nicht mehr hören. Beten hilft da gar nichts.«

Sie warteten. Der Himmel verfärbte sich im Osten, die Schwärze versickerte durch die Risse der Himmelsschale, und ein diffuses Grau überwucherte die Welt wie Schimmel.

Morgendliche Kühle ließ Linn frösteln. Sie hatte die ganze Nacht kein Auge zugetan. Dazu kam auch noch, dass die ungewohnten Nahrungsmittel in ihrem Magen rumorten; zum Glück war sie zu aufgeregt gewesen, um viel zu essen.

Herausgeputzt wie eine Braut hockte sie in der Mitte des Dorfplatzes und wartete, während die Ritter sich hinter Fässern und Strohballen verbargen und einen Hinterhalt simulierten, der von vornherein zum Scheitern verurteilt war.

Die Vögel warfen ihren Gesang aus wie Angelhaken, um die Sonne über den Rand der Welt zu ziehen. In dem Moment, als sie verstummten, hielt Linn den Atem an.

Er war da. Plötzlich. Sie hatte nicht gemerkt, wie der Drache herangeflogen war, wie seine Flügel rauschten oder die Bäume sich im Wind bewegten. Einem Stein gleich fiel er aus dem Himmel, breitete über dem Dorf die Schwingen aus und landete auf dem Platz.

Bernsteinfarben. Linn hielt sich an diesem Gedanken fest,

während der Mut von ihr abbröckelte, während ihr ganzer wunderbarer Plan zerbarst und nur das Entsetzen übrig blieb. *Er sieht aus, als wäre er aus unzähligen kleinen Stücken Bernstein zusammengesetzt. Ist das nicht schön?* Doch auch dieser Gedanke wirbelte davon, als sie in ein dunkles Auge blickte, in dem das Harz zu einem wilden Kreisel geschmolzen war und zu glühen schien. Sie sah das Maul vor sich, eine lange Schnauze, von Dornen und Höckern gespickt, weiß schimmernde Zähne, zwischen denen Rauch herausquoll wie aus einem Schornstein.

»Was haben wir denn da?«, fragte der Drache, und auch seine Stimme war wie aus Bernstein, wie aus durchsichtigem Gold, schimmernd. Sie kam Linn greifbarer vor als der Rauch. Die Laute berührten nicht die Ohren, sondern ihren ganzen Körper, als würde sie in eine Wolke aus Gold und Bernstein und flirrendem Sonnenlicht getaucht. Sie konnte die Worte fühlen, sie wahrnehmen wie eine Hand, die ihre Wange streichelte, doch Linns Verstand wollte nicht zugeben, dass diese Stimme dem Drachen gehörte, dass ein Tier sprach; ihre Beine drohten unter ihr einzuknicken.

Natürlich hatte sie gewusst, dass dies möglich war, doch das zählte nicht. Es tatsächlich zu erleben, eine Stimme, die aus keiner menschlichen Kehle hätte kommen können, war überwältigend, und für einen kurzen Moment gab es nur sie und den Drachen und dieses Wunder, das größer war als die Angst und das Entsetzen, größer sogar als das Verlangen, nach dem Schwert zu greifen.

Oh ihr Götter, dachte sie. *Gütiger Arajas!*

Eine Bewegung lenkte sie ab. Zeitgleich schwenkte der Drache den Kopf, und so sahen sie beide Fador heranstürzen. Der Ritter hielt das Schwert mit beiden Händen umklammert und zielte auf die Brust des Ungeheuers. Von seinem Versteck hinter einem Holzfass bis zwischen die Vorderbeine des Drachen waren es knapp vier Schritte, er machte zwei daraus. Einen

Schritt, zwei – es ging so schnell und dennoch war es Linn, als würde sich alles unendlich verlangsamt abspielen, als hätten die Götter die Welt angehalten, nur damit ihr keine Einzelheit des Schreckens entging.

Fador sprang nach vorne, die tödliche Spitze seines Schwertes näherte sich dem schuppigen Drachenleib, diesem Leib, der nur aus Glanz und Stimme zu bestehen schien. Im nächsten Moment senkte der Drache ganz leicht den Kopf, öffnete seinen Rachen und sandte eine Flamme hervor wie eine blaue, durchsichtige Wolke.

Und dann war da nichts mehr. Das Schwert fiel klirrend zu Boden, gegen die geschmolzene Rüstung.

Fassungslos starrte Linn auf das, was von Ritter Fador übrig geblieben war. Von irgendwoher hörte sie einen Schrei und sah Okanion aufspringen.

»Nein!«, brüllte er. »Nein, oh nein!«

Der Wirbel im Auge des Drachen kreiste schneller. Er richtete sich höher auf, und Linn sah seine Brust genau vor sich, erblickte hinter den bernsteinfarbenen Schuppen die pochende Stelle, und ihre Hand zuckte zu ihrem Gürtel.

»Nein!«, schrie Okanion, und ihr war, als würde dieses Nein ihr gelten, nicht dem toten Fador, nicht dem Drachen, der sich seinem Widersacher zuwandte, sondern ihr und allem, was sie mit diesem Messer tun konnte.

Aber nicht jetzt. Nicht hier, mit einem Drachen, der bereit war zum Kampf.

»Lass uns endlich losfliegen, du Scheusal!«, schrie sie ihn an, und im nächsten Moment fühlte sie sich gepackt und hochgerissen, dem Himmel entgegen, hinein ins Blau und dann ins Dunkel.

»Sie kommt zu sich.« Eine junge Stimme, eifrig und freundlich.

»Lass sie endlich in Ruhe. Haben wir nicht genug zu tun?«

Vorsichtig öffnete Linn die Augen und fragte sich, wie sie hierhergekommen war und was passiert war.

Der Drache!

Ein Flug, entsetzlicher als alles, was sie sich je hätte vorstellen können. Wind, der ihr ins Gesicht peitschte, an ihren Kleidern zerrte. Dann schlossen sich seine Tatzen um sie, und wie in einer abgedunkelten, warmen Höhle reiste sie über die Welt. Wiesen und Wälder, die unter ihr vorbeirauschten, endlos, hin und wieder Dörfer, Rauch aus Schornsteinen …

Und immer die Krallen um sie, so fest, dass sie ihren eigenen Körper nicht mehr spürte …

Ein Albtraum. Anscheinend doch nicht.

Linn fuhr auf. Und fand sich in einem Raum aus dunklem, verwittertem Stein wieder. Sie lag in einem großen Himmelbett, dessen armdicke gedrechselte Stäbe dunkelrot gefärbte Stoffbahnen hielten. Ein Mädchen in einem gelben Seidenkleid saß auf einem hochlehnigen Stuhl an der Wand und stickte. »Ah, du bist wach. Gut.«

»Wo bin ich?«, fragte Linn und schwang die Beine über die Bettkante.

»Auf Burg Ruath«, erklärte das fremde Mädchen freundlich. Sie streckte die Hand aus. »Ich bin Wea. Aus Khanat.«

»Aus Khanat?«, fragte Linn erschrocken und schämte sich sofort für ihre Reaktion.

»Sie beißt schon nicht«, sagte eine schroffe Stimme von der Tür her, wo eine junge Frau mit auffallend kupferroten, elegant hochgesteckten Haaren stand.

»Das dachte ich auch nicht.« Hastig schüttelte Linn dem Mädchen die Hand. »Ich bin Linnia, aus Brina. Nimm mir das nicht übel, ich wollte wirklich nicht …«

Wea lächelte sanft. »Ist schon gut. Ich bin das gewöhnt. Manche Leute können sich eben nur schwer vorstellen, wie man ohne einen König leben kann.«

Es war nicht nur das. Die Menschen, die in der Ebene lebten, hatten sich von den Göttern und allen Regeln, die die Götter den Sterblichen auferlegten, entfernt, als sie ihre Könige davonjagten. Musste es ihnen nicht anzumerken sein, dass sie verderbt und gottlos waren?

Linn ertappte sich dabei, wie sie Wea anstarrte, und besann sich darauf, dass es im Moment Wichtigeres gab als Politik. »War das eine Reise! Bei Arajas, ich dachte, ich sterbe. Der Mensch ist nicht für so etwas geschaffen. Wie lange waren wir unterwegs?« Sie erinnerte sich an Sterne und einen Wind, mild und sanft in ihrem Haar. An eine Sonne, blutrot über dem Horizont, über einer Ebene, die von Himmel zu Himmel reichte. »Bin ich eingeschlafen? Das Letzte, woran ich mich erinnere, ist der Drache. Er hat mich hierhergebracht?«

»Natürlich. In dieses Zimmer haben dich allerdings wir Mädchen getragen.«

»Dann ... jetzt verstehe ich gar nichts mehr.« Sie stand auf und bewegte sich mit wackeligen Knien aufs Fenster zu. Es war unverglast, nichts als eine schmale Einlassung in der Mauer.

»Nein!« Wea überholte sie und baute sich vor ihr auf. »Noch nicht, bitte. Lass uns bitte erst ... reden.«

»Ha!« Die Rothaarige lachte auf. »Was willst du machen, Wea? Sie mit schönen Worten trösten? Sie muss es ja doch erfahren.«

»Was muss ich erfahren? Was wird hier eigentlich gespielt?« Linn drängte Wea zur Seite.

Sie befand sich tatsächlich in einer Burg. Von hier aus konnte sie zwei große, runde Türme erkennen und eine Mauer. Dahinter erstreckte sich, so weit das Auge reichte, eine graubraune Einöde. »Wo sind wir?«

»Im Nichts«, sagte Wea leise. »Hier gibt es keine Städte, keine Dörfer, keine Menschen. Nichts. Nur diese Burg.«

»Wo befindet sich dieses Nichts?«

»Das wissen wir nicht genau«, meinte die Frau an der Tür. »Aber wir vermuten, dass wir weit unten im Süden sind, möglicherweise sogar noch südlicher als Wellrah. Es gibt hier keinen Winter. Wir nehmen an, dass dies die Ebene der Wilden Reiter ist.«

Linn schluckte. »Ich bin aus Schenn. Wie viele tausend Yagons ist er geflogen? Und wie komme ich wieder zurück?«

»Zurück?« Die Frau lachte. »Ha, das glauben sie am Anfang alle. Dass sie wieder zurückkönnen. Aber das ist ein Irrtum, Mädchen. Wir sind hier, um zu bleiben.«

Linn schüttelte den Kopf. Das alles war so ganz anders, als sie erwartet hatte. Sie hatte gedacht, sie würde sich zusammen mit dem Drachen in einer Höhle wiederfinden, ihn töten, sich im nächsten Dorf ein Pferd besorgen – der König musste ja nichts davon erfahren, dass sie einen winzigen Teil des Schatzes für die Reise verbraucht hatte –, und dann nach Lanhannat zurückkehren.

»Er hat mich also in diese Burg gebracht … und euch auch? Wie viele sind noch hier?«

Die beiden sahen sich an. »Zurzeit sind wir … fünf? Also sechs mit dir.«

»Das könnte hinkommen«, stimmte Wea zu. »Was glaubst du, wann wird sie die richtigen Fragen stellen?«

»Die richtigen …?«, begann Linn. »Meint ihr zum Beispiel: Wem gehört diese Burg, und warum hat der Drache mich hergebracht?«

Ein zahmer Drache … Unwillkürlich dachte sie an das, was ihre Mutter über Harlon erzählt hatte, die unglaubliche Geschichte darüber, dass er geglaubt hatte, die Bestie würde ihm gehorchen.

»Wem gehört Burg Ruath?«, wiederholte sie, einen Ton schärfer.

Es war unmöglich. Es konnte eigentlich nicht sein – aber sie war hier, und es ergab einen Sinn. »Einem Grafen, der von seinem Drachen Mädchen entführen lässt?«

Sie hatte vorgehabt, das Ungeheuer von Gota zu töten, doch genauso gut konnte sie mit einem lüsternen Adligen anfangen. Mit der Hand tastete sie nach dem Messer an ihrem Gürtel. Es war noch da, ebenso der Beutel mit den Dingen, die sie immer bei sich trug. Sogar ihre Halskette hatte man ihr gelassen.

»Das Messer brauchst du nicht«, sagte die Rothaarige streng, die ihre Handbewegung beobachtet hatte. »Es nützt dir hier nichts.«

»Ich kann damit umgehen«, versicherte Linn.

»In unserer Küche gibt es Klingen, mit denen du ein ganzes Pferd zerlegen kannst! Trotzdem würde niemand von uns es wagen, auch nur ein Apfelmesser gegen den Drachen zu erheben.« Sie brach ab und schüttelte den Kopf. »Leg es weg. Es ist besser, ihn nicht zu reizen. Du hast ihn noch nicht wütend erlebt.«

»Den Grafen?«

»Es gibt keinen Grafen, Fräulein Linnia«, sagte Wea. »Ruath gehört dem Drachen. Wir gehören dem Drachen.«

»Was?« Wieder zerbrach der Sinn, und alles zerfiel in die absurden Bruchstücke eines Albtraums.

»Komm«, meinte die andere Frau und winkte ihr, sie zu begleiten. »Er will dich sehen, sobald du wach bist.«

Linn folgte ihr. Sie konnte nicht sagen, ob sie über diese Wendung erleichtert war oder was sie überhaupt fühlte. Auf den ersten Blick war es besser, in einem Bett als in einer stickigen Höhle oder gar in einem Magen die Augen aufzuschlagen – und beruhigend, überhaupt zu erwachen. Aber das seltsame Verhalten der beiden Frauen beunruhigte sie.

»Wie ist dein Name?«, fragte sie, während sie hinter der Rothaarigen eine Treppe hinunterstieg.

»Rania«, erwiderte diese, und als Linn nur »Freut mich, Fräulein Rania« sagte, fügte sie ein wenig spitz hinzu: »Gräfin Rania. *Die* Gräfin Rania. Ich bin eine Verwandte der Königsfamilie von Schenn.«

»Brahans Blut?«, fragte Linn. Vermutlich sollte sie sich jetzt ehrfürchtig fühlen, doch – vielleicht lag es an der Reise, die sie völlig durcheinandergebracht hatte – sie konnte rein gar nichts empfinden. »Müsste ich von Euch gehört haben?«

Rania seufzte. »Nein, ich bin nicht aus Brahans Linie. Und meine Entführung ist viele Jahre her … Aber sagtest du nicht, du bist aus Schenn? Hat man mich so schnell vergessen? So oft kommt es ja nun auch nicht vor, dass Edeldamen von Drachen entführt werden.«

Linn, die noch nie von dieser Gräfin gehört hatte, stimmte ihr rasch zu. »Nun ja, jetzt, da Ihr es sagt. Mir ist, als wäre mir eine derartige Geschichte schon mal irgendwo begegnet …«

»Ach«, schnaubte Rania wütend. »Gib dir keine Mühe. – Hier ist unser Burgherr. Sei freundlich und unterwürfig und fall nicht in Ohnmacht. Wenn du ihn wütend machst, kann er dir wehtun, vergiss das nicht. Brandwunden sind äußerst schmerzhaft.« Sie versetzte Linn einen Stoß in den Rücken, und das Mädchen stolperte in einen sonnenüberfluteten Hof hinaus.

Der Drache sah aus, als ob er brannte. Das Licht brach sich in seinen Schuppen und tanzte, züngelnden Flammen gleich, über seinen Rücken. Zusammengerollt wie eine Katze lag er da, mit geschlossenen Augen.

Linn ging keinen Schritt näher. Sie blieb stehen und betrachtete ihn. *Er schläft. Wenn ich es doch nur jetzt gleich erledigen könnte!* Aber seine Brust war von den gewaltigen Vorderbeinen verdeckt. Seine Krallen berührten die Stirn, Krallen wie aus schwarzem Marmor, wie der Stein, den sie immer noch in ihrer Gürteltasche trug.

Das werden wir ja dann sehen, ob er mir Glück bringt, dachte sie trotzig. *Wetten, ich erledige dich, du Untier, und zwar schneller, als du blinzeln kannst?*

Nur wie um Himmels willen komme ich nach Hause zurück, wenn wir hier am Ende der Welt sind?

»Guten Tag, Herr Drache«, sagte sie zu dem schlafenden Untier.

Er lachte. Die Augen öffneten sich zu Schlitzen, während das Gelächter um ihn herum aufstieg wie goldene Perlen.

»Lass uns endlich losfliegen, du Scheusal!« Sein Schwanz peitschte auf den Boden. »Das«, sagte er lachend, »nehme ich in meine Sammlung denkwürdiger Sprüche auf.«

»Soll ich etwa dafür um Verzeihung bitten?«, fragte sie trotzig. Fador. Die Erinnerung an einen schwarzen Klumpen stieg ungebeten in ihr auf, sie musste würgen und rang um Fassung.

»Höflichkeit gegenüber dem Burgherrn ist eine Tugend«, sagte er, als würde er aus einem weisen Buch zitieren.

»Ach ja?«

»Oh, gewiss. Ich bin der Burgherr. Du bist … ein Burgfräulein. Vom Dorfmädchen zum Burgfräulein – ist das nicht ein Aufstieg, der dein Herz erfreut?«

»Wohl kaum.«

»Die Höflichkeit hätte dir gebieten müssen: ›Oh ja, natürlich, vielen Dank‹ zu sagen.«

Konnte man sich daran gewöhnen, sich mit einem Drachen zu unterhalten wie mit einem Menschen? Würde sie es irgendwann ganz normal finden?

Der Ärger schnürte ihr die Kehle zu. Sie brachte kein Wort heraus.

»Die Ehrlichkeit«, fügte er hinzu, »gebietet dir, mir zu sagen, wie ein einfaches Dorfmädchen dazu kommt, mich mit ›Scheusal‹ zu betiteln. Ich bin es zugegebenermaßen nicht gewöhnt, von *Dorfmädchen* beschimpft zu werden.«

Ihm war klar, dass sie nicht aus Gota war. Wie konnte er das wissen? Siedend heiß fiel ihr ein, dass sie dem anderen Mädchen oben im Zimmer Brina als ihren Herkunftsort genannt hatte. Aber Wea war doch nicht vor ihr hier gewesen, um sie zu verraten?

»Es überrascht mich, dass ich mit dieser unbedachten Äußerung Eure Gefühle verletzt habe.« Sie konnte es selbst kaum fassen, dass sie einen Drachen mit »Ihr« anredete. »Ich wusste nicht, dass Drachen so dünnhäutig sind.«

Er lachte wieder. In diesem Augenblick begann sie, ihn zu hassen. Nicht, weil er Fador getötet hatte. In jenem schrecklichen, unwirklichen Moment war er für sie nichts als ein fürchterliches Ungeheuer gewesen. Doch seine gewählte Ausdrucksweise und sein Lachen machten es beinahe nebensächlich, dass er vier Beine, Krallen, Hörner und Flügel hatte. Er klang wie ein Mann. Ein Mann, der sie entführt hatte und sich nun über ihre Hilflosigkeit amüsierte.

Oh ihr Götter!, dachte sie. *Und die Ritter haben sich Sorgen gemacht, in der Höhle könnte es zu dunkel sein, um das Herz des Drachen zu treffen?*

»Warum war der Prinz nicht dabei?« Er hatte aufgehört zu lachen; sein goldenes Auge musterte sie zornig. »Hätte der König nicht Brahans Erben ausschicken müssen?«

»Natürlich war er dabei. Er ist der Hauptmann.«

»Seit wann das? Narbengesicht reitet doch vorne. Immer. Seit wann«, seine Stimme wurde kälter, drohender, »gebührt dem Prinzen diese Ehre, diesem Prinzlein, das noch keinen einzigen Drachen getötet hat? Erklär mir das!«

Sie starrte ihn an und erinnerte sich an das, was Okanion ihr erzählt hatte. Aber es fiel ihr schwer zu glauben, was sich ihr nun offenbarte. »Ihr habt den zweiten Mann der Truppe ermordet. Es sollte der Prinz sein? Ihr wolltet Arian umbringen? Es ging gar nicht um das Mädchen – der ganze Einsatz war bloß eine Falle für Brahans Erben?«

»Narbengesicht reitet vorne«, knurrte der Drache missmutig. »So hieß es. Aber er war ganz hinten. Welcher Dummkopf gibt seinem besten Mann den schlechtesten Platz? Wenn ich einen Sohn hätte, einen kostbaren Sohn, den einzigen, der die Linie der Ahnen fortführen kann, ich würde ihn ein wenig besser bewachen. Wie bedauerlich, dass die junge Königin starb, bevor sie dem König einen ganzen Stall Kinder gebären konnte. Wie traurig, dass sie ein so hinterhältiges Biest war … Aber ihr Charakter steht hier nicht zur Debatte. Ich würde ihrem Knaben den fähigsten Krieger zur Seite stellen.«

Vielleicht hätte sie schweigen sollen, aber ihre Zunge war wieder einmal schneller. »Oh, das war meinetwegen. Okanion hat sich für mich in die Nesseln gesetzt.« Sie biss sich auf die Lippen. Musste sie ihm auch noch selbst verraten, dass sie mit den Drachenjägern in Verbindung stand und nicht nur ein einfaches Dorfmädchen war? Aber sie konnte nicht anders, als es diesem Untier unter die Nase zu reiben. »Also habe ich dem Prinzen das Leben gerettet – gewissermaßen. Ich kann gar nicht sagen, wie sehr mich das freut.«

»Ich hätte eurem hübschen Erben kein Haar gekrümmt«, grollte der Drache.

»Ihr wolltet ihn entführen? Wozu?« Sie malte sich die Freude der Mädchen aus, wenn das Untier einen schönen, jungen Prinzen hergebracht hätte. Aber warum hätte ein Drache ausgerechnet seinen schlimmsten Feind in seiner Nähe haben wollen?

»Bist du wenigstens eine Zauberin?«

»Was? Ich? Wieso?«

»Die Mädchen da drinnen taugen nicht viel. Höchstens die eine oder andere … Was kannst du?«

Unter seinem brennenden Blick begann ihr Herz heftig zu schlagen. »Ich bin keine Zauberin.«

»Das«, sagte er leise, »ist höchst bedauerlich.«

Linn wünschte, sie hätte die Drohung in seiner Stimme nicht wahrgenommen, diesen feinen, subtilen Unterton von Gefahr.

»Nun ja, ein bisschen kann ich schon«, versicherte sie hastig. »Ich war bei einer Zauberin in der Lehre. Ich stehe noch ganz am Anfang, aber bestimmt kann ich noch mehr lernen.«

Sein Auge ruhte noch eine ganze Weile auf ihr, und sie fühlte sich bis auf den Grund ihrer Seele durchschaut.

»Das hoffe ich für dich. Genug geredet.« Als er die Augen schloss, wusste sie, dass die Audienz für heute zu Ende war.

»Das ist nicht das, was du erwartest hast, nicht?« Wea stand an der Tür zum Hof und lächelte schmerzlich. »Das hat keine von uns. Kommt, hier geht es zur Küche. Wir müssen uns selbst um alles kümmern. Um das Essen, die Wäsche, die Räumlichkeiten. Natürlich schaffen wir es zu fünft nicht, die ganze Burg in Schuss zu halten, aber wenn man sich auf die Schlafräume und den Speisesaal konzentriert, geht es.«

»Ihr putzt und kocht?«, fragte Linn. »Wir sind hier, um ihm den Haushalt zu führen? Das kann doch wohl nicht dein Ernst sein.«

»Es ist sogar noch etwas mehr.« Wea zögerte. »Wir müssen so viel wie möglich zaubern. Du sagtest, du bist aus Schenn, dem Land der Magier? Dann wird er von dir besonders viel erwarten. In letzter Zeit hat er nur noch Mädchen aus Schenn geholt; wir anderen waren wohl eine große Enttäuschung für ihn. Und Rania – nun ja, sie gibt gerne damit an, dass sie eine Gräfin ist, aber sie hat keinen einzigen Tropfen magisches Blut in sich. Du bist nicht zufällig adelig?«

»Nein«, sagte Linn. »Ich komme vom Land.«

»Dann stehen die Chancen recht gut, dass du genug Talent hast, um ihn zufriedenzustellen.«

»Er hat mir erzählt, er wollte eigentlich den Prinzen von

Schenn entführen. Was hat das zu bedeuten? Will er sich an Brahans Erben rächen? Sind die Drachen so nachtragend?«

»Sie haben ein extrem gutes Gedächtnis.« Wea blickte immer noch nachdenklich drein. »Obwohl ich als Khanaterin über die Geschichten der nördlichen Königreiche nicht so gut Bescheid weiß – die Drachen kennen auch wir. Wir haben ebenfalls unsere Helden, und, ob du es glaubst oder nicht, die Götter erhören immer noch unsere Gebete. Was immer ihr in Schenn von uns denkt, ganz verloren sind wir nicht. Wir sind noch nicht so weit, dass wir uns an Barradas wenden müssten.«

»Ich wollte nicht ...« Linn seufzte. »In Nelcken hatten wir früher auch keinen König«, sagte sie, um Versöhnlichkeit bemüht. Sie mochte Wea, und von den Gerüchten schien nicht die Hälfte zu stimmen. »Wir wurden von einem Rat der Weisen regiert, bis Anguan von Schenn uns seinem Reich angliederte.«

Ihre Eltern waren zwar keine echten Nelckener gewesen – nicht so wie der schwarzhaarige Lester. Nicht so wie Rinek. Aber es fiel ihr nicht schwer, dieses Erbe für sich zu beanspruchen, und sie hatte nie gelernt, irgendeinen anderen Gott anzubeten als Arajas.

»Du siehst also, du musst bei mir nicht ständig Feindseligkeit vermuten, wo gar keine vorhanden ist. Ich habe wirklich nichts gegen Khanat und die anderen Freien Städte.«

Wea schenkte ihr eine spontane Umarmung. »Das freut mich. Die anderen waren nicht so schnell dazu bereit, mich zu akzeptieren. Dabei«, sie lachte leise, »muss ich auch damit leben, wie sehr ihr eure Könige verehrt. Der Drache wollte tatsächlich den Prinzen entführen oder umbringen? Bist du dir sicher?«

»Wenn sie schon hinter mir her sind, wegen etwas, das mein Vater getan hat, warum dann nicht auch hinter der Familie, die ihr Reich zerstört hat? Obwohl das achthundert Jahre her ist? Selbst unsere Feindschaft mit Tijoa ist noch nicht begraben, aber komischerweise habe ich nie daran gedacht, die Drachen könnten das ähnlich sehen.«

»Es ist mehr als das«, sagte das andere Mädchen nachdenklich. »Für uns ist es lange her, Nat Kyah dagegen war immerhin dabei.«

»Nat Kyah?«

»So heißt er. Allerdings will er nicht, dass wir ihn damit anreden, anscheinend ist der Name eines Drachen etwas … Heiliges oder so. Also begeh nicht den Fehler und rufe ihn, als wäre er ein Hund. Wir sollen Herr zu ihm sagen, das gefällt ihm.«

»Was meintest du damit, er war *dabei?*«

»Tausend Jahre sind nichts für einen Drachen, wusstest du das nicht? – So, hier sind deine neuen Freundinnen.«

Vor ihnen war das Klappern von Geschirr zu hören und wie ein zorniger Bienenschwarm das Gemurmel von Frauen, die alle durcheinanderredeten. Wea schob Linn in die Küche, in der ein Haufen schwatzender Frauen und Mädchen in Töpfen und Pfannen rührte. »Hier ist unser Neuzugang. Fräulein Linnia aus dem schönen Königreich Schenn.«

18

Linn hätte ihr eigenes Messer nicht mitzunehmen brauchen. Es gab hier tatsächlich genug scharfe Klingen. Beile, um all die Schafe und Ziegen, die Rehe und Wildschweine, die der Drache ihnen vor die Küchentür legte, zu zerteilen. Äxte, um Feuerholz zu schlagen. Lange Messer, um das Fleisch in kleinere, bratfähige Stücke zu zerteilen. Linn bestaunte die glänzenden Küchenwerkzeuge, von denen einige kleineren Schwertern glichen. Damit hätte man eine ordentliche Kriegsmannschaft ausrüsten können.

»Denk nicht einmal daran«, sagte Pruni, eine mollige, kleine Blondine, die aus dem Königreich Tijoa stammte; ihr lustiger Akzent nahm ihren Worten jede Schärfe. »Das letzte Mädchen, das Nat Kyah angreifen wollte, hat er über die Burgmauer geworfen.«

»Er hat sie einfach umgebracht?«

»Den Sturz hat sie überlebt.« Pruni senkte die Stimme. »Drei Tage hat sie vor der Mauer gebettelt, dass er sie wieder hereinlässt, aber das tat er nicht. Er hätte sie mit einem Schlag töten können, verstehst du? Ein Feuerstoß. Einmal die Pranke heben. Stattdessen hat er sie vor den Mauern elendiglich umkommen lassen.«

»Warum ist sie nicht einfach weggegangen?«

»Wohin denn, bitte schön?«

»Ihr wisst doch gar nicht, ob nicht gleich dort hinter dem

Horizont eine Stadt liegt. Oder ein Fluss. Oder das Meer. Oder …«

»Da ist nichts. Nicht im Umkreis von zehn Tagen. Wie soll man das schaffen, ohne Wasser?«

»Zehn Tagesreisen? Woher wollt ihr das wissen?«

»In der Ebene der Wilden Reiter gibt es keine Städte. Außerdem hat er es uns gesagt.«

Linn fand das Gespräch allmählich ermüdend. »Er könnte lügen. Was macht dich so sicher, dass er die Wahrheit spricht?«

Pruni starrte sie an, als hätte sie an einem Gott gezweifelt.

»Ach, vergiss es«, murmelte Linn und beugte sich über den Tisch, auf dem sie mit einem gewaltigen Klopfer Fleischstücke mürbe hieb. Das Wildschwein hatte das stolze Alter eines Greises erreicht, bevor der Drache es erwischt hatte. Es war dazu noch ein Keiler gewesen. Man roch es, selbst an diesen Stücken. Linn konnte sich nicht vorstellen, wie man das essen sollte.

»Das reicht«, mischte sich Oline ein, die älteste Gefangene, eine braunhaarige Schönheit um die dreißig, die schon am längsten hier war. »Willst du das Fleisch durch die Tischplatte drücken? – So, jetzt machen wir es genießbar.« Sie schraubte einen glasierten Krug auf und spähte hinein. »Der Glanz ist alle. Pruni?«

»Muss ich?«, seufzte die Angesprochene.

»Was für ein Glanz?«, fragte Linn.

»Das wirst du gleich sehen. Komm und nimm den Krug mit. Ach, und ein Messer, das wirst du brauchen.«

Linn suchte sich ihr eigenes Messer aus dem Arsenal heraus und folgte dem blonden Mädchen in den Hof. Ihr Herz schlug schneller, aber der Drache war nicht zu Hause, was Linn nur so lange freute, bis sie sah, was Pruni tat. Sie kniete sich auf den Boden, dort, wo Nat Kyah normalerweise lag, und kratzte den schimmernden Staub von den Pflastersteinen.

»Mit dem Messer geht es leichter als mit den Fingernägeln«,

erklärte das Mädchen, als wäre dies die selbstverständlichste Sache der Welt.

»Wie lange bist du schon hier?«

»Ich? Seit … anderthalb Jahren, schätze ich. Wenn es keine Jahreszeiten gibt wie zu Hause, fliegen die Tage nur so vorbei, und man kann sie schlecht zählen. Die Sonne scheint. Nat Kyah kommt und geht, wie es ihm passt; wenn er weg ist, atmen wir auf, wenn er zurückkommt, sind wir erleichtert.«

Linn fühlte die Wut in sich brodeln wie einen pfeifenden Teekessel. »Was meinst du damit, ihr seid erleichtert, wenn er zurückkommt? Ich glaube, ich wäre lieber taub, als jeden Tag dieses Lachen zu hören.«

»Wenn er nicht wiederkommt«, sagte Pruni, »sind wir verloren. So einfach ist das. Er ist unser Entführer und unser Gefängniswärter, und ich kann verstehen, dass er für dich im Moment nichts anderes sein kann. Aber du wirst lernen, dass er viel mehr ist als das. Er ist unsere Hoffnung und unser Leben. Er versorgt uns mit allem, was wir brauchen, nein, er gibt uns sogar mehr, als wir zu Hause jemals hatten. Wir leiden keinen Hunger. Er bringt uns Schmuck mit und Stoffe, außerdem Geschirr und Musikinstrumente. Bücher! Kannst du lesen?«

»Nein«, musste Linn zugeben.

»Außer Rania konnte das keine von uns. Er ist unser Lehrer und unser Meister, und wenn er sich verspätet, halten wir nach ihm Ausschau. Wenn er nicht kommt, müssen wir sterben. Vergiss das nie.«

Linn schabte mit der Klinge über die Steine. Sie machte es Pruni nach und streifte den glitzernden Staub über dem Rand des Kruges ab.

»Warum tun wir das?«, erkundigte sie sich.

»Das wirst du gleich sehen«, meinte Pruni nahezu fröhlich, als rechnete sie damit, dass der Neuen ein Schock bevorstand.

»Haben wir genug? Na ja, für das Mittagessen wird es reichen. Danach kannst du hier weiterarbeiten.«

Sie trug den Krug wie einen Schatz zurück in die Küche, wo Oline ihn entgegennahm, mit den Fingern hineingriff und den Staub großzügig über dem Fleisch verteilte. »*Kirell*«, sagte sie. »So, fertig.«

»Nein!«, rief Linn entsetzt. »Das ist ja widerlich! Ihr esst das?«

Die anderen Mädchen wechselten wissende Blicke, die besagten: Sie weiß gar nichts, das arme Kind.

»Was genau stört dich daran?«

»Aber … das ist, als würde man aus einem Bett Haare und Hautschuppen sammeln und über sein Essen streuen.«

Oline lachte. »Ein guter Vergleich – nur leider völlig daneben. Nat Kyah ist kein Mensch, und keines Mannes Haare hätten eine solche Wirkung.«

»Ich erkläre es ihr«, sagte Pruni gnädig und lächelte, als hätte sie es mit einem begriffsstutzigen Dorftrottel zu tun. »Wir haben kein Salz. Es gibt nicht einmal Kräuter, nur was wir aus den Ritzen der Mauern zupfen, wenn es doch einmal geregnet hat. Der Drachenstaub macht unsere Nahrung genießbar.«

»Genießbar?« Ein anderes Mädchen lachte. »Ein Festmahl. Du wirst nichts anderes mehr essen wollen.«

Linn betrachtete das Fleischstück, auf dem das Pulver glänzte. Ein vage vertrauter Geruch stieg davon auf.

»Eine Prise Glanz, und man kann alles essen, sogar wenn es nicht mehr ganz frisch ist«, erklärte ein blondes Mädchen namens Miri. »Man darf nur nicht vergessen, *Kirell* zu sagen.«

»Wenn ich es nicht besser wüsste, würde ich sagen, das ist *Caness*«, murmelte Linn.

»Na, seht ihr? Sie ist gar nicht so dumm, wie sie tut«, meinte Oline. »So sagt man in Schenn dazu, stimmt's? Ich wusste doch, dort können es alle. Außer Rania.«

»Aber … das kann unmöglich *Caness* sein!«, protestierte Linn.

»Meine Mutter benutzt es, in Nelcken macht das fast jeder! Sogar in Lanhannat …« Nein, sie hatte nicht vor, über Mora zu sprechen. Bisher hatte sie sich geweigert, an ihre neue Familie zu denken, an Bher und Mora und die Alten. Und an Nival. *Nein, denk jetzt bloß nicht an Nival.*

»*Caness* ist ein Gewürz. Ein Kraut!«

»Wirklich?« Pruni hielt ihr den Krug hin. Es sah aus wie *Caness.* Es roch fast genauso – leicht würzig, irgendwie *schimmernd.* Sie selbst hatte es von den Steinen im Hof gekratzt.

»Es schmeckt etwas anders, wenn man *Kirell* sagt. Etwas salziger. Ich mag es dann lieber.«

»Nein, mit *Caness* ist es besser«, fand Wea.

»Ich wollte dich überraschen«, klagte Pruni. »Dass wir aus diesem stinkenden alten Eber ein Festmahl zaubern können. Doch wenn du den Glanz kennst, bist du das ja gewohnt.«

»Die Überraschung ist durchaus gelungen«, meinte Linn. »Ich hoffe, es gibt nicht noch mehr davon.«

Caness machte nicht nur die Mahlzeiten genießbar, sondern ganz allgemein das Leben erträglicher. Der Duft des Drachen, sein Atem, sein Herzschlag durchdrang die Burg, selbst wenn er fort war. Überall, in den Zimmern, auf dem Boden und den Wänden, hatte sich der goldene Staub festgesetzt. Aus den Betten konnte man ihn schütteln wie einen Sternenregen. Anfangs achtete Linn sehr darauf, das zu tun. Sie legte sich erst ins Bett, wenn sie Decken und Kissen und sogar die Vorhänge ausgeklopft hatte. Trotzdem ekelte sie sich davor, sich auszuziehen und hineinzuschlüpfen. Die Ausdünstungen und Ablagerungen des Drachen zwangen ihr eine Nähe auf, die sich geradezu intim anfühlte. Als wäre Nat Kyah ihr Liebhaber.

Erkenne, wer du bist. Erkenne, wer deine Feinde sind. Erkenne, wer deine Freunde sind. Dann bist du unbesiegbar.

Woher kamen diese Worte? Jikesch hatte das zu ihr gesagt, am Anfang ihrer Freundschaft.

»Niemals«, sagte Linn leise, »werde ich vergessen, wer mein Feind ist.« Mit zusammengebissenen Zähnen lag sie da und horchte ins Dunkel. Schließlich stand sie auf, holte die Maske aus ihrer Tasche und kroch zurück ins Bett. Sie legte sie wie einen Schutz zwischen sich und die glitzernde Seide. Der Duft jener Nacht, als Nival gekämpft hatte. Sein schweißbedeckter Rücken, seine geschmeidigen Bewegungen, das Blut unter seinen bloßen Füßen. Eine kühle Nacht. Lanhannat.

»Auch vergesse ich nie, wer meine Freunde sind.«

Linn atmete tief ein. Das war das Einzige, was ihr geblieben war. Von der Stadt des Königs. Von ihrem Traum, eine Drachenjägerin der Garde zu werden. Von Jikesch und Bher und Mora und den Alten.

»Und ich vergesse nie, wer ich bin. Ich komme zurück«, flüsterte sie. »Ich töte Nat Kyah und komme zurück. Das schwöre ich.«

Doch schon nach drei Tagen war ihr, als hätte es nie ein anderes Leben gegeben als dieses hier. Es war, als läge ein Gesang in der Luft, wie eine Brise aus Frühling und Sommerblumen, die durch die Räume wehte. Man sprang aus dem Bett und ertappte sich dabei, dass man sang. Aus den Nebenzimmern erklang das Trällern der anderen Mädchen. *Als würde er sich Affendrosseln halten,* dachte Linn wütend und klammerte sich an dieser Wut fest, während alles um sie herum in süßlicher Wohlgefälligkeit zerfloss.

Sie hatte sich nie darüber Gedanken gemacht, was *Caness*

für eine Wirkung haben konnte, wenn man es nicht aufs Essen streute, sondern seine Kleider damit puderte oder sein Bettzeug. Die Träume waren süß; man erwachte mit roten Wangen, als hätte man die Nacht mit seinem Liebsten verbracht. Linn träumte von Nival, wie sie noch nie von jemandem geträumt hatte, und erwachte des Morgens beschämt und verwirrt. Wenn sie schon so etwas träumen musste, warum dann nicht von Yaro, ihrem Verlobten? Lag es an der Maske auf ihrem Kopfkissen, auf die sie keine Nacht verzichten mochte, das einzige Salzige, Herbe, Wilde in dieser glitzernden Welt, die in ihr Übelkeit weckte?

Die Maske war wie ein Seil, das bis nach Lanhannat reichte, sie klammerte sich daran, um nicht in den traumhaften Schluchten zu versinken, die der Drachenstaub unter ihr aufriss. Drachenstaub auf einem Kleid aus einfachem Leinen hinterließ ein Gefühl auf der Haut, als würde man von Seide verwöhnt. Man fühlte sich zugleich wacher und lebendiger und verträumter, man wollte tanzen und hübsch aussehen oder nur dastehen und aus dem Fenster blicken. Selbst das Wasser aus dem Brunnen schmeckte nicht nach Wasser, sondern nach Rosenblüten, Äpfeln und Mandeln. Es schmeckte nach *Gold*. Der Drache verströmte seine Herrlichkeit verschwenderisch. Er war wie die Sonne, in deren Strahlen sie sich wärmten.

Dabei forderte er so wenig. Manchmal schaute Linn in den Hof hinaus und sah eins der Mädchen vor ihm sitzen und ihm den Rücken kratzen. Dann wieder saß eine andere zwischen seinen Vorderbeinen und las ihm aus einem der Bücher vor, die er irgendwo gestohlen hatte. Die meisten waren uralte Werke in einer Sprache, die niemand von ihnen beherrschte, aber er brachte ihnen bei, wie man die verschnörkelten Buchstaben aussprach, und lauschte mit geschlossenen Augen, wenn die Vorleserin sich Zeichen für Zeichen abmühte.

Rasch fand er heraus, dass Linn eine rasche Auffassungsgabe hatte und die fremdartigen Silben ziemlich flüssig aneinanderreihen konnte, und so musste sie Tag für Tag dasitzen und ihm vorlesen, während die Luft um sie herum sich golden färbte und sein Bernsteinleib in der Sonne glühte.

»Dein blutroter Duft sticht mir in die Nase«, murmelte er. »Gah Ran! Dachtest du, du könntest sie für dich haben? Sie ist hier bei mir, und ich kann sie benutzen, wie ich will. Ich fürchte dich nicht. Deinesgleichen hat mich schon damals keine einzige schlaflose Nacht gekostet, Speichellecker des ValaNaik!«

Er blinzelte; hatte er im Schlaf gesprochen?

»Mit wem redet Ihr, Herr?«, fragte Linn und ließ das Buch auf die Knie sinken.

Nat Kyah richtete seinen harzbraunen Blick auf sie. Sein leises Lachen erklang tief aus seiner Brust, ein Lachen, in dem das Feuer wie eine dunkle Drohung flackerte.

»Wer bist du?«, fragte er.

»Ich … wie meint Ihr das?«

»Linnia.« Er ließ ihren Namen durch seinen Rachen wandern, als würde er einen edlen Wein verkosten. »Linnia. Was tust du hier?«

»Ihr habt mich hergebracht, Herr, wenn ich Euch daran erinnern darf.«

»Ja«, bestätigte er. »Das habe ich. Aus … sagen wir, Neugier? Ein Mädchen statt eines Prinzen. Ein Schenner Mädchen vom Lande. Noch dazu mit einer ungewöhnlichen Halskette.«

Unter ihrem neuen Kleid konnte man die Kette nicht sehen. »Woher …?«

»Du trägst sie wie einen Schatz. Sie duftet. Rot. Rot wie Blut, rot wie Feuer, rot wie die abstürzende Sonne, rot wie die ganze verdammte Familie ValaKarm. Glaubst du, ich hätte die Kette nicht bemerkt, als ich dich abholte?«

»Was hat es damit für eine Bewandtnis?«, fragte sie vorsichtig. Er war wütend, doch ihr war nicht klar, auf wen.

»Was glaubst du denn, was es damit auf sich hat?«, fragte er zurück. »Hat *er* sie dir gegeben, um mich auszuspionieren? Um mein Versteck zu finden und meine Schätze? Und dazu ein Leuchtfeuer in der Einöde, bevor die Steppe brennt? Ich fürchte keinen Kampf. Mit einem ValaKarm werde ich fertig, glaub mir, auch jetzt noch.« Er lachte heiser. »Selbst mit diesem. Er war ein Krieger wie kein zweiter … Aber ich werde die Macht vor ihm besitzen. Also, woher hast du diese Kette, und warum hat Gah Ran dich gehen lassen, wenn du seine Zauberin bist?«

»Mein Vater hat mir dieses Schmuckstück gegeben, bevor er starb«, sagte Linn. »Ich dachte, dass sie mich vor … Drachen beschützt?«

»Wer hat das behauptet?«

»Meine Mutter.« Unter seinem funkelnden Blick fühlte sie sich ganz klein und schwach und alles andere als sicher. »Stimmt es? Ist es ein Amulett, das mich vor Euch beschützt?«

»Sieh an, das ist noch besser!«, sagte er zu sich, und seine Selbstzufriedenheit erschreckte sie mehr als sein Lachen zuvor. »Du bist ihm nie begegnet? Er hat keinen Zauberer? Das ist gut, das ist sehr gut! Du hast dich also bereit erklärt, einem Drachen geopfert zu werden, weil du glaubtest, dir könne nichts geschehen? Wegen dieser dämlichen Kette? Gib sie mir.«

Linn fuhr mit beiden Händen an ihren Hals. »Nein.«

»Ich sagte, gib sie mir!«

»Und ich sagte, nein!«

»Ich könnte dich auf der Stelle zerquetschen. Verbrennen, rösten, vierteilen, was immer ich will. Diese Kette kann mich nicht im Geringsten daran hindern. Gib sie her, sie gefällt mir, ich will sie für meinen Schatz haben.«

»Ihr bekommt sie aber nicht!« Sie wich einen Schritt zurück. Er drohte ihr, doch er tat ihr nichts. Konnte er seine Drohungen erst ausführen, wenn sie den Schmuck abnahm? Sie hatte nicht vor, das herauszufinden. »Holt sie Euch! Versucht es!«

Sie war zu weit gegangen. Er riss das Maul auf, und Linn konnte in seinem Rachen eine glühende bläuliche Kugel sehen, wie einen durchsichtigen Mond. Hitze wehte sie an, allerdings noch nicht so heiß, dass es sie verbrannt hätte, sondern süß und schwer wie die Frühlingssonne auf dem Gesicht, die erste Sonne im März, würzig und schimmernd wie *Caness.*

Ich werde sterben, dachte sie, und der nächste Gedanke fühlte sich warm und schläfrig an: *Genau so muss man sterben. Angehaucht von einem Drachen …*

»Ach, verdammt«, schimpfte Nat Kyah. Er schloss das Maul wieder, und Linn wusste nicht, ob sie entkommen war oder etwas verpasst hatte. »Wenn er dich will, vertraut er auf dein Talent. Gehen wir also davon aus, dass du mehr davon hast, als bisher sichtbar ist. Dann wäre es eine Schande, dich zu verlieren. Wie gut es sich anfühlt zu haben, worauf er Anspruch erhebt! Gah!« Er spie das Wort aus, als müsste er husten. »Das ist ein Rätsel, das gelöst werden muss.« Er näherte seinen behornten Bernsteinkopf dem Mädchen und zuckte wieder zurück. »Blass«, flüsterte er, »sehr unscheinbar, viel weniger mächtig, als es einem ValaKarm zusteht. Hat seine Kraft etwa nachgelassen? Geht er langsam ein, liegt er im Sterben? Alt genug wäre er ja. Was ist, Gah Ran – hältst du dich immer noch für einen Herold des Naik? Verflucht seien die Verdammten Steinhags! – Welche Bestimmung ruht darauf?«

»Wie bitte?«

»Welche Bestimmung?«, wiederholte er ungeduldig. »Dein Vater oder wer auch immer – zu welchem Zweck hat er die Schuppen verzaubert?«

»Die … Schuppen?« Linn presste die Hand gegen ihr Kleid, wo sie unter dem dünnen Stoff die große rote Scheibe spürte. »Es sind *Schuppen?*«

Caness entstand aus den Abreibungen des Drachenleibs, der sich auf den Steinen wälzte. Was vermochten dann erst ganze Drachenschuppen? »Ich dachte, es wären Rubine! Ich dachte …«

»Du wusstest doch, dass es eine magische Kette ist«, wunderte sich Nat Kyah. »Wie können es dann Rubine sein? Seit wann spenden Edelsteine Schutz – obwohl ein sicheres Polster aus Goldmünzen auch nicht zu verachten ist, das gebe ich zu. Also, was bewirkt dein hübsches Schmuckstück? Schützt es dich vor ihm, damit er dich nicht holen kann? Ich müsste das spüren können, aber ich kann es nicht. Es ist, als wäre es zugedeckt, als läge ein Vorhang darüber, ein Schleier … Das Feuer darin brennt sehr schwach. Will er seinen Tod vortäuschen? Ist er das – tot?«

»Wer?«, fragte sie unsicher. »Ihr meint den roten Drachen? Nein, er lebt noch. Er will mich gar nicht umbringen? Er will mich … holen?«

Nat Kyah schnaubte zornig. »Zeig es mir. Zeig mir das Rot noch einmal. Ich bin mir nicht sicher … Wer sonst könnte es sein, wenn nicht der Bluthund Seiner Majestät?«

Zögernd griff Linn in ihren Ausschnitt und zog die Kette hervor. Immer noch war sie schön. Das Silber, schwarz angelaufen, lange vernachlässigt, umrahmte die drei roten Steine, die beiden kleinen und den großen, glänzenden – kein Rubin, sondern ein Stück von einem Drachenpanzer. Am liebsten hätte sie sich die Kette vom Hals gerissen und auf den Boden geschleudert, aber Nat Kyah war so dicht vor ihr, dass sie es nicht wagte.

»Gah Ran«, zischte er. »Ich wusste es. Ich erkenne ihn auf hundert Fuß, im Dunkeln, überall. Dairans Schoßhündchen, seinen kleinen Sklaven, seinen Henker und Stiefelputzer.«

»Ich trage ein Stück von ihm an mir – von dem roten Drachen? Dem Drachen, der meinen Vater umgebracht hat?«

»Hat er das?« Nat Kyah lachte. »Dann ist es nicht schwer, sich auszumalen, was passiert ist. Der Zauberer widersetzte sich ihm. Er stahl Gah Ran eine Schuppe – ein Kunststück, muss ich zugeben, selbst der dümmste Abtrünnige, der seinen Verstand und seine Sprache verloren hat, würde das normalerweise zu verhindern wissen –, und konnte sich nicht lange an der Macht erfreuen. Kein Wunder, aber er vermochte nicht zugleich sich und seine Familie zu schützen. Ah«, er betrachtete Linn mit einem derart selbstgefälligen Ausdruck, dass es ihr vorkam, als lächelte er. »Zauberer sind selten geworden, selbst in Schenn. Erst recht welche, mit denen unsereiner etwas anfangen kann. Also ist der Rote jetzt hinter dir her, wie?«

»Ja«, sagte sie. »Und ich hinter ihm. Doch Ihr irrt Euch. Mein Vater war kein Zauberer. Nur – nur ein Ritter.« Sie wollte es ihm nicht unbedingt auf die Nase binden, dass Harlon einer der berühmtesten Drachenjäger gewesen war. Dass er versagt hatte. Warum? Wie hatte das geschehen können? Darauf hatte sie immer noch keine Antwort.

Er lachte wieder. »Ach, wirklich? Nun, wenn du meinst. Aber ein Drache und ein Zauberer, das ist eine Kombination wie keine andere … Suchen wir letztlich nicht alle dasselbe? Den Weg zurück? Hier bist du jedenfalls sicher. Sicherer, als du jemals warst. Jetzt, da du mir gehörst, Linnia.« Er sprach ihren Namen aus, als legte er ihn ihr zu Füßen.

»Reiz ihn nicht«, keifte Rania. Ihre Augen verengten sich, und sie machte ein Gesicht wie ein angreifender Drache.

»Das habe ich gar nicht«, verteidigte sich Linn. Ihr war nicht bewusst gewesen, dass die Frauen sie beobachtet hatten.

»Das war kein einfaches Vorlese-Stündchen. Er hat sich aufgeregt. Weißt du nicht, was es bedeuten kann, einen Drachen zu verärgern?« Die Gräfin atmete heftig, wütend starrte sie Linn an. »Bleib ihm besser eine Zeitlang fern. In unser aller Interesse.« Sie drückte dem Mädchen einen Eimer mit einem Lappen in die Hand. »Wo die Besen stehen, weißt du hoffentlich. Mach dein Zimmer sauber. Wenn du kannst, lass es den Besen alleine tun.«

»Ich soll … wie das?«

»Ach, so eine Kleinigkeit bringst du nicht fertig? Ich dachte, du bist das Mädchen, auf das alle so große Hoffnungen setzen?«

»Schön wär's«, sagte Linn bitter. »Ihr seid aus Schenn, genau wie ich. Ihr wisst selbst, dass nicht jeder bei uns zaubern kann.«

»Und wenn man es könnte, würde man es nicht zugeben.« Rania musterte Linn mit einem undeutbaren Gesichtsausdruck. »Was vielleicht auch besser ist. Was, meinst du, geschieht mit uns, wenn er seine Zauberin gefunden hat?«

»Ihr meint – alle anderen sind dann überflüssig? Aber … er weiß, dass Ihr nichts könnt, und hat Euch trotzdem behalten.«

Rania wandte das Gesicht ab. »Das geht dich nichts an. Und jetzt mach deine Arbeit, mit Zauberei oder ohne.«

So schnell gab Linn sich jedoch nicht geschlagen. »Was habt Ihr ihm geboten? Was habt Ihr ihm gesagt?« Ihr blieb der Mund offen stehen, als eine Idee in ihr aufkeimte, was es gewesen sein könnte. »Natürlich, Ihr seid aus Schenn – hatte er es von Euch, dass der Prinz immer als Zweiter in der Truppe geritten ist?«

Die junge Frau erbleichte. »Nimm das zurück!«

»Ihr würdet Euren König verraten? Ihr würdet diesem Drachen Brahans Erben ausliefern? Euren eigenen Verwandten?«

»Nein!«, schrie Rania. »Ich bin seit fünfzehn Jahren hier – da war der Prinz noch ein Knabe von acht Lenzen! Damals haben sie ihn nicht aus dem Schloss gelassen.«

»Ihr wisst etwas. Das sehe ich Euch doch an. Es hat Euch nicht im Mindesten überrascht, dass Nat Kyah sich für Arian interessiert. Was ist es, das Ihr getan habt? Habt Ihr dem Drachen beschrieben, wie er den Prinzen erkennen kann? Habt Ihr …«

»Hör auf!«, zischte die Gräfin. »Ich habe nur …«

»Was?«

»Nichts. Nichts!« Sie rauschte davon, als sei sie auf der Flucht.

Etwas verwundert blickte Linn ihr nach. *Fünfzehn,* dachte sie. *Fünfzehn Jahre ... Das bedeutet ...*

Sie stellte den Eimer auf den Boden, so heftig, dass das Wasser überschwappte, und rannte hinaus in den Hof, wo der Drache sich in der Sonne aalte.

»Ihr wart es!«

Ein rundes Auge glühte auf.

»Ihr! Ihr habt die Königin getötet! Ihr seid der goldene Drache!«

Nat Kyah leckte sich mit seiner gespaltenen Zunge über die Schnauze. »Und?«

»Und?«, schrie Linn. »Wie, und? Ihr habt Euch eine wehrlose Frau gegriffen und sie aus der Höhe herabfallen lassen? Um Brahans Linie zu beenden?« Mit aller Kraft trat sie gegen sein Bein, schlug sie gegen seine glänzenden, harten Schuppen und tat doch nur sich selbst weh. »Deshalb habt Ihr Rania am Leben gelassen! Was hat sie Euch verraten? Wo Ihr die Königin aufgreifen könnt, um Eurer kleinlichen Rache willen?«

»Das kommt davon, wenn man einen Drachen wütend macht«, sagte Nat Kyah ungerührt. »Königin oder nicht, sie hätte sich an die Vereinbarung halten sollen.«

»Welche Vereinbarung?«, schrie Linn.

»Ihre Gesundheit gegen den Stein. Sie hatte ihn, das wusste ich von Rania. Und ich hatte einen Zauberer. Ich brauchte nur den Stein. Ich war so dicht dran!«

»Ihr habt die Königin von Schenn getötet – wegen eines Steins? Warum? Oh ihr Götter!« Sie sehnte sich nach ihrem Schwert, selbst wenn es an den Schuppen des Untiers zerbrochen wäre. Alles war besser, als sein selbstgefälliges Blinzeln ertragen zu müssen.

»Der Stein ist immer noch dort – schätze ich. Was glaubst du denn, wozu ich den Prinzen wollte? Er hätte mir das Kleinod gebracht. Dann hätte ich nur noch eine Zauberin gebraucht, die mir gehorcht. Aber das würdest du tun, nicht wahr, für die Freundschaft des mächtigsten Drachen der Welt? Des Königs über Erde und Himmel und über die Welt unter dem Fels?«

»Das sollt Ihr sein – das mächtigste Wesen unter der Sonne?«, fragte sie müde. Fast konnte man es glauben, wenn man ihn so sah, glänzend und stolz, ein Gott. Doch in seiner Stimme schwang unverkennbar Ärger mit. Außerdem wäre ein Gott sicher nicht so sehr auf schwache Menschen angewiesen gewesen.

»Noch nicht«, raunte er. »Aber es kann immer noch geschehen.«

»Was würdet Ihr damit anfangen?«, fragte sie vorsichtig. Ihr graute bei dem Gedanken, Nat Kyah könnte über mehr herrschen als über diese Burg und eine Handvoll Gefangene. »Mit einer solchen Macht? Noch mehr töten und zerstören?«

In seinem Auge kreiste das Feuer. »Die Menschen interessieren mich nicht. Solange sie mich nicht daran hindern, meine Ziele zu erreichen. Zugegeben, es gab hin und wieder eine Frau … Wani war so eine, für die es sich fast gelohnt hätte, sich mit dem Tyrannen anzulegen …«

»Wani? Ihr meint doch wohl nicht Brahans Prinzessin?«

»Wen sonst?«

Wea hatte ihr gesagt, wie alt er war, aber Linn hatte es nicht wirklich geglaubt. Konnte er all das miterlebt haben – die Taten der Helden, den Großen Krieg, den ersten Drachenmond, als die Länder vom Stillen Meer bis zur Ebene der Wilden Reiter verwüstet wurden?

Ungläubig starrte sie ihn an.

»Dairan ist tot«, sagte er leise. »Ich könnte nach Hause zurückkehren. Niemand würde mich daran hindern können, nicht einmal Gah Ran, wenn ich den Stein hätte. Ah, die Vorstellung, ihn zu Asche zu verbrennen! Ich könnte mich sogar mit der Alten anlegen, die natürlich wie immer auf mich zählt … Doch lassen wir das.«

»Was ist das für ein Stein, von dem Ihr sprecht?«, fragte sie bang.

»Lerne du zaubern, Mädchen aus Schenn«, befahl er schroff. »Wenn ich dich gebrauchen kann, für die eine Hälfte meines Plans, erfährst du auch von der anderen.«

So gerne Linn mehr wissen wollte, sie konnte Nat Kyah nicht mit irgendwelchen Zauberkunststücken erfreuen, also brauchte sie es gar nicht erst zu versuchen. Magisches Blut … im Moment hätte sie es wirklich gerne gehabt. Nur was nützte es einem, zaubern zu können, wenn man dadurch noch viel mehr einem undurchschaubaren Ungeheuer ausgeliefert war? Dann war es besser, dass er sich in ihr irrte, so wie sich auch der rote Drache täuschte.

Gah Ran. Wie merkwürdig, ihm einen Namen zu geben, der tödlichen Flamme, die durch die Nächte zuckte, als hätte das Feuer selbst eine Seele. Auf der Seite eines seiner Feinde zu stehen tat gut, selbst wenn es sich um so ein hinterhältiges Scheusal handelte wie den Mörder der Königin. Manchmal träumte Linn, während sie wütend eigenhändig den Besen schwang – dass sie Nat Kyah irgendwie dazu bringen würde, Gah Ran vom Himmel herunterzulocken und vor ihren Augen zu töten. Dafür würde sie sogar eine Weile die Zauberin sein, die er so nötig brauchte.

Dieser Gedankengang hatte nur den einen Haken, dass ihr Mora jedes Talent, das über *Caness* hinausging, abgesprochen hatte. Was hätte sie Nat Kyah sonst anbieten können? Er wirkte nicht wie jemand, der nutzlos und ohne dass es seinen eigenen Zwecken diente Energie verschwendete. Doch wie vermessen war es, sich selbst und dieses bernsteinfarbene Ungeheuer als Verbündete zu betrachten? Auch ihr Vater hatte geglaubt, er könnte einem Drachen trauen. Und wohin hatte ihn das gebracht?

Wenn Linn sich allzu hilflos fühlte, kam die Sehnsucht nach ihrem Wald, nach ihrem Lieblingsplatz am Bach mit Macht über sie. Es fühlte sich an wie Hunger, der an ihren Eingeweiden zerrte. Heimweh fraß an ihr wie ein Parasit; es wurde nicht besser, je länger sie hier war, sondern immer heftiger. Wo war Yaro? Hatte er nicht versprochen, ein Held wie Brahan zu werden und sie aus der Drachengrube zu retten? Warum kam er nicht und holte sie hier raus? Weil er nicht das Geringste davon ahnte, dass sie die Gefangene eines Drachen war, so wie damals Prinzessin Wani. Niemand würde kommen, um sie zu befreien. Es gab nur eine Möglichkeit: Sie musste selbst fliehen.

Fliehen.

Das war das entscheidende Wort, das, woran sie sich festhalten musste. Nicht überstürzt – eine Flucht musste sorgfältig geplant werden.

»Wie kommt man eigentlich auf die Türme?«, fragte sie Wea, die neben ihr die Böden schrubbte. Sie machte es trickreich – das Tuch folgte jeder Handbewegung, ohne dass sie es anfassen musste.

Die junge Khanaterin riss die Augen auf. »Du denkst doch nicht etwa an Selbstmord?«

»Nein, natürlich nicht!«

Wea senkte die Stimme. »Wir erkennen mittlerweile die … unsicheren Gäste. Die sich nicht mit diesem Schicksal hier abfinden. Sie wollen fliehen. Sie wollen kämpfen. Irgendwann springen sie dann vom Turm oder tun sonst irgendetwas Verrücktes. Einmal hat sich ein Mädchen in den Brunnen geworfen. Das verdirbt einem auf lange Sicht den Appetit. Ich habe nur diesen einen Rat für dich: Das ist dein neues Leben. Finde dich damit ab und mach das Beste draus. Oder du wirst in den Wahnsinn abstürzen.«

»Aufzugeben ist Selbstmord«, widersprach Linn. »Sich damit abzufinden, dass wir hier sind. Dass dieses Ungeheuer uns als seine Spielzeuge betrachtet. *Das* ist Selbstmord. Du kannst zaubern – wieso wirkst du nicht etwas, das dich hier rausbringt?«

Wea schlug erschrocken die Hand vor den Mund. »Niemand ist so mächtig wie er! Wenn ein Zauberer eine Blume ist, dann ist ein Drache ein Baum. Verstehst du denn nicht? Selbst der mächtigste Magier könnte nichts gegen ein solches Wesen ausrichten!«

Linn dachte darüber nach. »Es gibt Blumen, die einen Baum ersticken können, wenn sie sich um seine Wurzeln schlängeln.«

»Es wird eine Weile dauern, bis du das akzeptieren kannst«, sagte Wea sanft. »Aber der Tag wird kommen, an dem du aufwachst und merkst, dass du glücklich bist. Wir haben gut zu essen, wir haben einander, wir werden mit allem versorgt, und auf der Burg und über uns liegt ein magischer Glanz. Es ist nicht das Leben, das irgendeine von uns erwartet hätte, doch wer kann behaupten, dass ein gewöhnliches Leben besser wäre – mit einem griesgrämigen Ehemann, einer Schwangerschaft nach der anderen, die uns dick und hässlich macht, Arbeit von früh bis spät und der unendlichen Sorge um Nahrung, Obdach und eine ständig hungrige Kinderschar?«

Ihre Augen bettelten um Zustimmung.

Vielleicht bin ich ja keine Zauberin. Aber dafür eine Drachenjägerin, dachte Linn. *Hier bin ich, eine Drachenjägerin, mit einem Drachen.*

Was um Himmels willen gibt es da überhaupt zu überlegen?

»Stell dir einfach vor, Linnia«, meinte Wea besänftigend, »dass wir hier Priesterinnen sind. Burg Ruath ist unser Tempel, und wir dienen einem Gott, der sich uns fast jeden Tag zeigt. Sind wir nicht gesegnet? Sind wir nicht ausgezeichnet vor allen Menschen?«

Nahezu mitleidig blickte Linn in Weas sanftes, freundliches Gesicht.

»Das fehlte noch«, sagte sie, »dass ich mir so etwas einbilde. Diese Burg ist ein Gefängnis, wir sind Nat Kyahs Gefangene, ihr seid Zauberinnen, und wir haben eine Küche voller Waffen.«

Wea seufzte.

»Dann wirst du als eine von denen enden, die sich aus dem Fenster stürzen. Aber wir lassen das nicht zu, glaub mir. Wir werden tun, was wir können, um das zu verhindern.«

19

Linns Offenheit bewirkte, dass man ihr bald von allen Seiten gut zuredete, und das Singen und Pfeifen der anderen nahm ein unerträgliches Maß an aufgesetzter Fröhlichkeit an.

Schließlich flüchtete sie sich an den einzigen Ort, an dem sie vor dieser falschen Freundlichkeit sicher war – in den Hof, zu Nat Kyah.

Sein Drachenmaul war nicht imstande zu lächeln, aber ihr war, als könnte sie die Schadenfreude in seinen Augen sehen und aus seiner goldenen Stimme heraushören – eine ehrliche Schadenfreude, die ihr tausendmal lieber war als die plumpen Versuche der Mädchen, sie von ihrem Glück zu überzeugen.

»Willst du mir schon wieder vorlesen?«, knurrte der Drache, als sie sich neben ihm in die Sonne setzte. »Oder bist du so weit durchgedreht, dass du gekommen bist, um mich zu erstechen?«

»Woher …« Wie konnte er wissen, dass sie ihr Messer griffbereit bei sich hatte? Sie hielt es mit der Hand hinter ihrem Rücken. Drachen lasen doch keine Gedanken? Ansonsten hätte die Wut, die ihm daraus entgegenschlug, ihn bis an die andere Seite des Hofes schleudern müssen.

»Zeig her«, befahl er. »Ach, so ein kleines, mickriges Ding? Damit könntest du nicht einmal eine Kerbe in meine Hörner kratzen.«

»Ich wollte bloß *Caness* ernten«, erklärte Linn. Das war keine richtige Lüge – vielleicht eine halbe. Sie wusste selbst nicht, warum sie das Messer mitgenommen hatte. Nur für alle Fälle, falls er beim Vorlesen einschlief und sie seine Brust vor sich sah, ungeschützt.

»Dafür könnte ich dich fressen.«

Er rollte mit den Augen. Feine Dampffäden stiegen aus seinen Nüstern. Mittlerweile konnte sie seine Stimmung recht gut einschätzen. Er war nicht verärgert, sondern sonnte sich in ihrem Unbehagen. Die Verunsicherung anderer zu genießen schien eine Quelle endloser Freuden für ihn zu sein.

»Hört Ihr mir nicht zu? Ich möchte den Glanz von den Steinen schaben, nichts weiter, Eure Herrlichkeit.«

Er wies sie nicht darauf hin, dass sie keinen Krug mitgebracht hatte, und sie konnte nur hoffen, dass es ihm nicht auffiel.

»Niemand tut das, wenn ich zu Hause bin. Weg damit!«, befahl er schroff.

Sie legte das kleine Messer auf die Steine, aber er zuckte mit den Vorderbeinen zurück. »Nicht hier bei mir! Bring es zurück in die Küche.«

Linn zögerte. »Es ist nur klein und für Euch völlig ungefährlich, oder nicht?«

»Das Kratzen an den Steinen ist eine Qual für meine Ohren.«

»Dann werde ich es mit Wonne den ganzen Tag tun«, verkündete Linn.

Ihre Wut überraschte sie selbst. Sie überlegte, ob sie nicht doch eine Chance hatte, wenn sie ihm die winzige Klinge in die Brust rammte. »Wie ich sehe, stört es Euch schon, wenn ich gar nichts damit mache. Wie kommt das?«

»Ich hasse Eisen«, murrte er. »Also weg damit. Und wenn du schon dabei bist, tu diesen verdammten Ring weg.«

Linn brachte das Messer in die Küche und steckte es in den Messerblock. Den Ring abzulegen dauerte länger. Sie hielt ihn in der Hand und schluckte. Das war ihre einzige Erinnerung an Yaro … Doch schließlich biss sie zornig die Zähne zusammen, legte ihn weit hinten auf ein Bord, wo ihn hoffentlich keins der anderen Mädchen finden würde, und kehrte zu Nat Kyah zurück.

»Ihr hasst Eisen? Ihr könnt also jede Waffe spüren, die in Eure Nähe kommt?« Oh verdammt, verdammt! Wie sollte sie sich je an ihn heranschleichen, wenn er jedes Messer, jedes Beil *fühlen* konnte?

»Es ist kalt«, erklärte er und schauderte. »Kalt wie Eis. Ja, ich kann es spüren, und ja, ich hasse es. Bist du jetzt enttäuscht?« Er lachte heiser, unendlich amüsiert. »Nimm das Buch. Lies mir vor.«

»Und wenn nicht? Tötet Ihr mich dann?«

Er lachte wieder. »Ich könnte dich an einem Fuß oben auf dem Turm aufhängen. Wie würde dir das gefallen, oh Linnia mit der magischen Kette, die du dich für die Mutigste unter allen kleinen Dorfmädchen hältst?«

Widerstrebend gehorchte sie. *Ich bin eine Drachenjägerin. Keine Vorleserin. Ich bin nicht dafür da, ihn zu amüsieren!*

Die Zeichen verschwammen vor ihren Augen, als sie erkannte, was sie für ihn war.

So wie Jikesch der Narr des Königs war, so betrachtete Nat Kyah sie als seine Närrin.

Sie wischte sich hastig über die Augen, doch sie konnte nicht verhindern, dass eine Träne auf die Buchseite fiel. »Das ist uraltes Pergament«, brummte der Drache. »Heul es nicht voll. Und jetzt lies endlich.«

»SaiHara Wina-Beret. SaiHara Wintika. SaiHara Caness. – Was lese ich da eigentlich?«, fragte sie. »Wieso kommt *Caness* darin vor? Ist es eine Geschichte über Drachenschuppen?« Es wäre so einfach gewesen, endlich aufzugeben. Ihm zu gehorchen, alles zu tun, was er verlangte, aufzuhören, ihn zu belustigen. *Besser für mich. Besser für die anderen. Warum kann ich es nicht lassen?*

Auf einmal fragte Linn sich, ob sie nicht, ohne es zu merken, doch aufgegeben hatte, nur auf eine andere Art. *Es ist mir mittlerweile egal, ob ich ihn reize, ob er mich umbringt.*

Was, bitte schön, ist daran mutig, edle Drachenjägerin?

»SaiHara-der-alles-zerbricht, SaiHara-der-alles-ganz-macht, SaiHara-der-alles-verwandelt«, übersetzte Nat Kyah übertrieben freundlich. »Als er, der unendliche Verschwender und vielgestaltige Verwandler, der Zeuger und Zerstörer, die Welt schuf, machte er die Gebirge und die Täler aus seinen Knochen. Die Menschen und die Tiere formte er aus seinem Fleisch. – Hörst du mir noch zu? Ich dachte, du wolltest wissen, was du da liest?«

»Ja«, sagte sie hastig und blinzelte die Tränen fort. Hinter ihrem Rücken kratzte sie mit den Fingernägeln etwas von dem Glanz von den Pflastersteinen und wischte sich damit über die Augen – vielleicht half es, um nicht mehr zu weinen.

Ich will nicht heulen. Nicht vor ihm. Keine einzige Träne mehr!

»Aus seinem Herzen aber machte SaiHara die Drachen«, übersetzte Nat Kyah. »Seitdem sind sie sein schlagendes Herz in dieser Welt, und wenn sie fliegen, strömt SaiHaras Blut durch die unsichtbaren Adern und Bahnen der Welt, und alles lebt.«

Das Mädchen hob den Kopf und betrachtete ihn. Er war unzweifelhaft schön, schöner als alles, was sie je zuvor in ihrem Leben zu Gesicht bekommen hatte. Vielleicht war es der Staub in ihren Augen, das magische *Caness,* aber ihr war, als sähe sie ihn zum ersten Mal, mit einer Klarheit, die kaum zu ertragen war.

Seine Hörner, die Dornen auf seinem Rücken, die gefalteten Schwingen – all das schien ihr zugleich herrlich und entsetzlich. Ein Wesen des Himmels und zugleich der Unterwelt, ein

Geschöpf, von den Göttern erdacht, oder etwas, das sich aus ihren Händen herausgewunden hatte, weil es darauf bestand, zu existieren. Dort, wo die Sonne sich in seinen Schuppen spiegelte, schienen die Umrisse seines Körpers zu verschwimmen, sich aufzulösen und neu zu formen.

»Was seid Ihr?«, flüsterte sie. »Was seid Ihr wirklich?«

»Ein Drache, wie man sieht«, antwortete er. In seiner Stimme leuchtete seine Freude, und auf einmal stieg eine solche Ehrfurcht in ihr auf, dass ihr schwindlig wurde.

»Das Herz SaiHaras? Was bedeutet das? Was *ist* ein Drache?« Sie dachte an Weas albernen Vergleich mit einem Gott und seinen Priesterinnen. Vielleicht war es doch nicht so dumm. Diese Kreatur hier vor ihr unterschied sich von allen anderen Lebewesen dieser Welt, da war sie sich plötzlich sicher.

Wie konnte man es wagen, Drachen zu jagen und zu töten? Wie konnte irgendjemand auch nur davon träumen?

»Das Herz der Welt«, antwortete er. »Das waren wir, als wir in Steinhag lebten und der ValaNaik, verflucht sei er, über uns herrschte.«

»Der ValaNaik?«, fragte sie vorsichtig. »So hieß der Drachenkönig?«

»Dairan«, murmelte er hasserfüllt. »Dairan ValaNaik. Nie hatte irgendjemand mehr Macht als er, und niemals wird jemand sein wie er. Jeder, der dir etwas anderes erzählt, lügt. Die Alte irrt sich.«

»Das ist der Drache, den Laran getötet hat? Unser Held Laran? Wie konnte ihm das gelingen, wenn dieser Dairan so überaus mächtig war?«

Nat Kyah blickte sie an und lachte heiser. »Prinz Lar und Dairan, oh, das ist eine Geschichte für sich. Nein, es war nicht Lar.«

»Die alten Lieder lügen doch nicht! Laran vernichtete das Drachenreich – oder etwa nicht?«

»Ich war dabei«, sagte Nat Kyah stolz. »Was weiß ich, woher die Liederdichter ihre Worte nehmen? Ich war da. Was meinst du, warum Dairan jemanden wie mich verbannen konnte? Niemand kam gegen ihn an. Absolut niemand. Es heißt, dass sogar die Götter von Angesicht zu Angesicht mit ihm sprachen. Er war das Herz dieser Welt ... Ich konnte ihn nicht ausstehen, aber so ist es nun mal. Er war ... mehr als jeder von uns.«

»Laran hat ihn am Ende besiegt.« Linn konnte es nicht einfach so hinnehmen, dass Nat Kyah dem größten Helden ihres Heimatlandes seine Taten absprach.

Der Drache lachte wieder. »In gewisser Weise ja. Wenn Verrat zählt. Wenn Heimtücke zählt und Gerissenheit und Zorn, der sich an Hass entfacht und einen Brand hervorruft, der selbst Sonne und Mond verschlingt ... oh ja, dann hat Lar den größten König getötet, den es je auf dieser Erde gegeben hat.«

»Wea hat mir gesagt, ein Zauberer wäre wie eine Blume, ein Drache wie ein Baum. Dann wäre Laran ein ... Holzfäller gewesen? Und der Drachenkönig wäre dann wie ein gigantischer Baum, der bis an die Wolken reicht.«

»Da haben wir ja eine kleine Poetin, wie? Nein, mein Mädchen. Der Drachenkönig wäre keiner der Bäume in diesem Wald. Er wäre das Feuer, das den Wald verschlingt, und Lar der Funke, der genügte, um es zu entfachen. Vielleicht«, murmelte er nachdenklich, »waren wir wirklich wie Bäume im Sturm ... dem ausgeliefert, was die beiden entfesselten. Drachenkrieg. Drachengewitter. Drachenmond – nennt ihr sie nicht immer noch so, jene Zeit des Chaos? Wir waren die Bäume, aber der ValaNaik war der Sturm. Wie Blitz und Donner, diese zwei, oder ist es ungerecht, sie in einem Atemzug zu nennen, die beiden, die die ganze Welt und sich selbst gleich mit in den Abgrund rissen? Nicht, dass sie es nicht verdient hätten. Oh, ich wusste, mit Dairan würde es ein böses Ende nehmen, dieser arrogante, selbstherrliche Mistkerl ...«

Linn musste atemlos miterleben, wie Nat Kyah seinen nahezu göttlichen König abwechselnd in den Himmel lobte und abgrundtief beschimpfte.

»Und … Gah Ran? Was ist er in diesem Bild?«

»Gah Ran hat überlebt«, sagte Nat Kyah verdrossen. »So wie ich.«

Ohne Vorwarnung richtete er sich auf, stieß sich mit seinen kräftigen Beinen ab, wobei er das Mädchen mit einer Wolke aus Staub, trockener Erde, kleinen Steinchen und Glanz überschüttete, und öffnete im Sprung die Flügel. Linn sah ihm nach, wie er in den Himmel stieg.

»Hier«, sagte Wea. »Wenn du baden willst – und das solltest du, so wie du aussiehst –, kannst du den Zuber hier benutzen, der ist schön groß. Wir wärmen etwas Wasser in der Küche auf, bringen es in Eimern hoch und füllen mit kaltem Wasser auf.«

»Gibt es keine Seife?«, fragte Linn. An der Wand des Baderaums lehnte ein hoher Spiegel, in dem sie ein wie mit grauem, glitzerndem Mehl bestäubtes Mädchen erblickte, das ihr irgendwie bekannt vorkam. *Wie passend für eine Müllerstochter,* dachte sie grimmig.

»Im Wasser ist genug Glanz«, erklärte Wea. »Danach duftest du zum Anbeißen. Wenn hier denn jemand wäre, den das interessiert.«

»Ja, wenn«, sagte Linn.

Der Badezuber stand aus einem unerfindlichen Grund im zweiten Stock, sodass sie mehrmals mit den gefüllten Wassereimern die Treppe hinaufsteigen musste und gehörig schwitzte. Wenn man vorher kein Bad benötigte, dann hinterher mit Sicherheit. Endlich hatte sie den großen Trog mit genügend Wasser gefüllt. Sie streifte das Seidenkleid ab, schüttelte es aus, und löste ihren Zopf. Es hatte sich gelohnt, zwei heiße Eimer zu nehmen statt nur einen, wie Wea ihr empfohlen hatte, denn in dem warmen Wasser lockerten sich ihre verkrampften Muskeln. Sie schloss die Augen, ließ sich tiefer ins Wasser sinken, bis es ihr ans Kinn reichte, und lächelte bei der Erinnerung an die Sonne im Hof und den glänzenden Drachen.

Wenn er ein Gott ist, so sind wir seine Priesterinnen …

Konnte es so einfach sein? So einfach, um den Groll und den Hass und die Verzweiflung zu vergessen? War das auch Harlon passiert – hatte er eingesehen, dass es sinnlos war, dagegen anzukämpfen? Dass es so viel leichter war, sich zu ergeben?

Linn öffnete die Augen und wunderte sich. Vorhin war ihr gar nicht aufgefallen, dass an der Wand ein Bild des Drachen hing, ein lebensechtes Gemälde von Nat Kyah.

Moment mal – das war doch der Spiegel. Wie kam der Drache in den Spiegel?

Sie fuhr herum. Da stand Nat Kyah vor dem Fenster und starrte ins Badezimmer.

Im ersten Augenblick war sie sprachlos.

»Haben sie dir eigentlich die Zauberformel verraten, mit der man das Wasser an Ort und Stelle erwärmen kann?«, fragte er freundlich.

»Verschwinde! Das kann ja wohl nicht wahr sein! Weg da!«

Er lachte – oh dieses drachische, zauberhafte und zugleich so unfassbar menschliche, unerträglich männliche Gelächter! – und tat ihr den Gefallen. Sobald er von ihrem Fenster verschwunden war, sprang Linn aus der Wanne, wickelte sich in das bereitliegende Tuch und lehnte sich über die Brüstung. Dort unten, zwei, drei Manneslängen unter ihr, befand sich eine breite Mauer, auf der der Drache bequem sitzen konnte, wenn er durch das Fenster lugen wollte.

»Verdammt«, keuchte sie, aber dann lachte sie doch. So peinlich dieses Erlebnis auch war, so ernüchternd wirkte es auf sie. Nat Kyah war kein göttliches Wesen, dem man Ehrfurcht und

Respekt schuldete, sondern ein abgrundtief schlechtes, unverschämtes Ungeheuer. Er war bloß ihr Entführer und ihr Kerkermeister. Ihr Feind. Nichts weiter.

In der Hitze war es nicht nötig, sich abzutrocknen. Sie zog das dünne seidene Kleid über, das an ihrem Körper klebte, und betrachtete sich im Spiegel. Ihr Haar, von der Sonne aufgehellt, glänzte golden. Sie war dünner geworden, seit sie nicht mehr von Moras Pasteten naschte; in der Hitze hier hatte sie keinen Appetit, da half auch kein *Caness*. Schlank und muskulös. Eine Kriegerin. Keine Priesterin. Auch keine Vorleserin und gehorsame Magd. Immer noch eine Kämpferin.

Nur leider sah sie aus wie eine junge Frau in einem hübschen Fähnchen, das zu viel zeigte. Wo waren ihr Kettenhemd, ihre Tunika, ihre Lederstiefel? Sie wollte wieder ein Schwert in der Hand halten, eine Dornlanze mit gebogenen Haken, mit Lederstreifen umwickelt, einen weißen Umhang, vielleicht sogar einen Schild mit dem Wappen des Königs von Schenn. Selbst wenn nur dazu, um Eindruck zu schinden.

Die blauen Augen im Spiegel wirkten zornig und entschlossen, aber davon, dass sie den Himmel zum Einstürzen brachten, wie Jikesch immer behauptete, konnte keine Rede sein.

Sie kam sich selbst vor wie ein trotziges Kind. Wie ein ungemein trauriges, verlorenes Kind, gefangen in einer Burg voller Feinde.

Aber ich bin eine Drachenjägerin. Ich bin es! Ich kann immer noch kämpfen!

Sie zog die Maske aus ihrem Beutel, rollte sie auf und hielt sie sich vor die Augen. Weich schmiegte sich das Leder an ihre Stirn. Lanhannat. Die dunklen Viertel. Straßen im Schatten, wo gefährliche Gestalten lauerten. Nival. Nival mit dem magischen Netz, wie er kämpfte. Wie er tanzte, auswich, angriff, sich drehte, sich duckte, sprang, sich über den Boden rollte. Ein Krieger, fremdes Blut auf der hellen Haut.

Kein Schreiber mehr. Er verwandelte sich. Und nun, als sie in den Spiegel sah, hatte auch sie sich verwandelt.

»Ich lasse mich nicht länger verzaubern«, sagte sie zu diesem anderen Mädchen im Glas. »Ich zaubere selbst. Ich schlage zurück. Mit der Klinge meines Schwertes, mit meiner ganzen Kraft. Nie wieder werde ich Nat Kyah dienen.«

Eine Fremde schaute sie an. Eine Frau, schön und geheimnisvoll. Sie dachte daran, wie Nival sich bewegt hatte, mit welcher Leichtigkeit, welcher Selbstverständlichkeit.

»Arm rauf!«, krähte die Drossel.

Linn reckte den Arm hoch, als hielte sie ein Schwert, wirbelte herum, stieß einen wilden Schrei aus und vollführte einen kraftvollen Tanz um die Badewanne. Ihre Muskeln erinnerten sich. Die Beine wollten springen, ihre Hände gierten nach Waffen.

Ihre Seele verlangte nach seinem Tod.

Nat Kyah. Kein Gott und kein Zauberer. Das Herz der Welt? Selbst wenn es das einzige Herz gewesen wäre, das diese Welt besaß, und sie mit ihm die ganze Welt in den Abgrund gerissen hätte – sie würde ihn umbringen.

Nat Kyah ahnte nichts davon. Am Morgen rief er die Frauen in den Hof und verlangte eine Präsentation.

»Stellt euch auf, der Reihe nach«, ordnete er an. »Und jetzt führt ihr mir vor, was ihr könnt.«

»Du, Miri«, flüsterte Rania, und die Angesprochene, ein junges Mädchen mit wirrem blondem Haar, trat einen Schritt vor und streckte die Hände aus. Sie legte die Handflächen aneinander und öffnete sie wieder. Linn entfuhr ein überraschter Ausruf, als sich ein Schmetterling mit braunen, fast durchsichtigen Flügeln, von den Fingern des Mädchens erhob und davonflatterte.

»Spürst du die Magie?«, wisperte Wea neben Linn. »Sie pulsiert. Man kann sie fast greifen und formen, zu was immer man will.«

»Nein«, flüsterte Linn zurück. »Ich spüre gar nichts.«

Atemlos sah sie zu, wie eine nach der anderen etwas vorführte. Oline konnte eine Handbreit über dem Boden schweben. Pruni formte eine leuchtende Kugel, die in der Luft verharrte, während sie vorsichtig die Hände zurückzog. Ranias Gesicht verfinsterte sich, als sie an die Reihe kam. Wea murmelte: *»Pai Ri Ko Res«*, und der Staub hob sich vom Pflaster, drehte sich wie ein Wirbelsturm, hoch und noch höher, bis er größer war als sie selbst, und legte sich schließlich wie eine Schlange um ihre Schultern.

Der Drache gähnte. »War das alles? Was ist mit dir, Mädchen? Das beste magische Blut fließt in Schenn. Wenn Rania schon nichts taugt, müsstest wenigstens du meine schlechte Meinung über deine Heimat verbessern.«

»Ich kann nichts«, sagte Linn.

»Tu das nicht«, zischte Wea. »Gib ihm irgendwas.«

»Na schön.« Sie tauchte ihre Finger in die glitzernde Staubschlange, die daraufhin zerfiel. »Oh, das wollte ich nicht«, murmelte sie hastig, dann betrachtete sie ihre glitzernden Fingerspitzen und verrieb das Pulver. »*Caness.* – Zufrieden?«

»Was sollte das sein?«, erkundigte sich Nat Kyah.

»Ich habe Euren Burghof gewürzt. Verzaubert. Was auch immer.«

»Probiere etwas anderes«, befahl er. »Tu, was sie getan hat. Du hast den Spruch gehört.«

Linn seufzte. »Na gut, wenn Ihr meint. *Pairikores.*«

»Nein«, grollte er. »Du musst es richtig aussprechen. Langsam. Bedächtig. Die Macht muss sich auf deiner Zunge entfalten wie das Aroma von Wein … Was glotzt ihr so? Verschwindet!«

»Pai …« Linn begann ganz langsam. Tatsächlich bildete der

Staub einen kleinen Wirbel. Erschrocken hielt sie den Atem an. Hastig blickte sie hoch – Nat Kyah war damit beschäftigt, die anderen Mädchen wegzujagen; er konnte es nicht gesehen haben. Er durfte es nicht sehen. Sie hatte sich geschworen, ihm nicht zu gehorchen. Was immer er sich für eine Waffe schaffen wollte, sie würde es nicht sein.

Pai … Das Wort war da, wie eine kleine Kugel auf ihrer Zunge, wie eine Knospe, die aufblühen wollte.

»Ich kann es nicht!«, rief sie ihm zu. »Warum braucht Ihr unbedingt eine Zauberin? Hattet Ihr nicht einen Zauberer?«

»Nicht mehr«, sagte Nat Kyah, und etwas war in seiner Stimme, das sie davor warnte weiterzubohren. Ob er ihn getötet hatte? Gefressen oder verbrannt?

»Warum muss es ein Mädchen sein?«

»Männer wollen immer ihre eigenen Ziele erreichen«, knurrte er. »Mädchen sind sanft und folgsam. Es ist wichtig, das der Zauberer mir dient, ohne Fragen zu stellen.«

»Ach. Ihr seid über achthundert Jahre alt und haltet Mädchen für lieb und gehorsam?«

»Nicht alle, wie es scheint. Was das Fragenstellen angeht …« Er verdrehte die Augen. Offensichtlich würdigte er keineswegs, wie viele tausend Fragen sie sich täglich verkniff.

»Eine Frage habe ich noch«, sagte sie. »Wenn Ihr nun diesen Stein der Königin hättet … und eine fähige Zauberin … und wenn beides zusammen unglaubliche Macht bedeutet – wie wollt Ihr verhindern, dass sie ihre Macht gegen Euch einsetzt?«

Er lachte leise. »Zukunftsträume, Fräulein Linnia?«

Sein Gelächter verfolgte sie, während sie zurück in die Burg flüchtete.

Sie schloss ihre Zimmertür hinter sich zu. Das Wort war immer noch da. »*Pai … Pai Ri …*«

»Soll ich dir helfen?«, flüsterte Wea hinter ihr.

»Wie bist du hier reingekommen?«

»Lautlos«, sagte das andere Mädchen. »Setz die Füße behutsam auf. Wir waten durch Magie. Du musst aufhören zu sprechen. Diese Silben wollen anders behandelt werden, mit Ehrfurcht, sie wollten gehaucht werden.« Wea klang beinahe wie der Drache, heiser und leise zischend, als sie den Zauber wirkte. Die Schlange aus glitzerndem Schuppenabrieb drehte sich wie in einem Tanz und wickelte sich um ihren Arm. »Jetzt du.«

»Pai Ri … Ko … Res.«

Der Staub warf sich in die Luft, wirbelte durchs Zimmer, keine Schlange, sondern ein Sturm, wild, der an Laken und Tüchern riss und sie mit sich durch den Raum schleifte. Der Wirbel löste Weas kleines Zauberwesen auf, blies ihnen Staubkörner ins Gesicht, zerrte an ihren Haaren.

»Mach, dass es aufhört!«, schrie Wea.

»Wie?«, rief Linn.

»Das weiß ich doch nicht!« Schützend hielt sie sich den Arm vors Gesicht und bahnte sich den Weg zur Tür. »Wir müssen ihn fragen.«

»Nein!« Linn wollte Wea packen und festhalten, aber sie musste gar nichts tun, der Wirbelsturm übernahm es für sie, riss dem anderen Mädchen den Boden unter den Füßen weg und drehte es um seine eigene Achse.

Linn versuchte, ihre Freundin festzuhalten. Fieberhaft rasten die Gedanken durch ihren Geist. Der Drache? Nein. Nur das nicht!

»Caness«, flüsterte sie, und da fiel ihr Wea in die Arme. Glitzernder Staub schwebte sanft zu Boden. Jemand riss die Tür auf.

»Was ist los? Wer hat hier geschrien?«, riefen Miri, Oline und Pruni durcheinander.

»Nichts. Gar nichts. Raus hier!« Linn half Wea auf. »Kein Wort«, sagte sie. »Zu niemandem.«

Die Khanaterin musterte sie mit einem leichten Stirnrunzeln. »Er kann dich unterrichten«, sagte sie. »Er wird dir helfen, es in den Griff zu bekommen. Du bist diejenige, die er sucht.«

»Nein«, widersprach Linn. »Du wirst es ihm nicht sagen. Versprich es!«

»Manchmal machst du mir Angst«, sagte Wea und trat einen Schritt zurück.

»Nat Kyah darf nichts davon wissen. Er würde mich zu seiner Zauberin machen. Was er dann vorhat … das kann nichts Gutes sein. Auf keinen Fall darf er erfahren, dass ich …«, sie zögerte, »magisches Blut habe.« Es klang in ihren eigenen Ohren noch so fremd, so unglaublich. Was würde Mora dazu sagen? Und ihre Mutter – hatte sie das gewusst? War Harlon wirklich ein Zauberer gewesen?

Ihr schwindelte. In diesem Augenblick wünschte sie sich nichts sehnlicher, als dass Mora recht gehabt hätte.

»Wenn du meinst«, sagte Wea kopfschüttelnd. »Ich lass dich jetzt allein. Denk drüber nach. Mit dieser Kraft wirst du nie und nimmer allein fertig. Ich kann dir nicht helfen. Du brauchst Nat Kyah, so wie er dich braucht.«

Aus dem angrenzenden Zimmer erklangen Tuscheln und Gelächter. Licht fiel wie ein gelbes Viereck auf den Gang. Vorsichtig spähte Linn durch die halb offene Tür und sah die Mädchen auf ihren Betten sitzen. Sie ließen eine Flasche herumgehen, aus der jede sich einen kräftigen Schluck genehmigte. Linn wollte schon eintreten und fragen, ob sie sich vielleicht Geschichten erzählten, in denen schöne junge Helden eine tragende Rolle spielten. Da hörte sie ihren Namen.

»Wegen Linnia – ob er uns wohl freilassen wird?«, fragte Pruni.

»Meinst du wirklich?«, wollte Miri wissen.

»Warum nicht?«, fragte Oline. »Wenn sie das nötige Talent

hat, was will er dann mit uns? Linnia könnte es zu ihrer Bedingung machen. Dass er uns gehen lässt, wenn sie ihre Gabe für ihn einsetzt.«

»Das wird sie nicht tun«, meinte Rania. »Nat Kyah hat Irana getötet, und Linnia weiß es. Sie würde nicht für den Mörder ihrer Königin arbeiten. Du kannst das nicht verstehen, Wea, in Khanat habt ihr keinen König. Aber wir in Schenn … Es ist Brahans Familie. Das bedeutet uns mehr, als du dir vorstellen kannst.«

»Dann würde sie also lieber für den Mörder ihres Vaters arbeiten? Sie wird sich für einen von ihnen entscheiden müssen. Mit Nat Kyahs Hilfe könnte sie Gah Ran töten.«

Linn biss sich auf die Lippen. Woher wussten sie so viel? Redete Nat Kyah auch mit ihnen, teilte er seine Geheimnisse mit diesen Frauen, die ihm willenlos dienten? Das Schlimme war, die anderen hatten recht. Zusammen mit dem Drachen würde sie gegen ihren Feind angehen können … was zählte mehr, die Königin oder ihr Vater?

»Ich sehe in ihren Augen, dass sie fliehen will«, sagte Wea. »Aber dann sind wir verloren. Dann hört er nie damit auf, ein Mädchen nach dem anderen herzuholen und seine magischen Fähigkeiten zu testen. Doch wenn sie es ist … Wir müssen Linnia so lange an der Flucht hindern, bis sie ihr Können verrät. Nat Kyah muss sie dabei erleben, wie sie zaubert. Irgendwie müssen wir sie dazu verlocken, ihm ihre Fähigkeiten zu offenbaren.«

Linn zog ihren seidenen Morgenmantel enger um die Brust, eilte weiter in Richtung Küche und huschte zu der Tür, die nach draußen in den Hof führte.

Der Mond schien auf das glitzernde Pflaster und spiegelte sich darin. Es sah aus wie ein See aus Silber, in dem ein bleiches Gesicht schwamm. Nat Kyah war nicht da, trotzdem hielt sie sich dicht im Schatten der Mauern. Dort ragte der zweite Turm in die Höhe; man konnte ihn nur über den Hof erreichen, seit Rania den Durchgang verbaut hatte. Die Tür war zum Glück nicht verschlossen. Linn hoffte, dass die Wendeltreppe keine unliebsamen Überraschungen bereithielt.

Sie erwog, sich eine leuchtende Kugel zu schaffen – das Wort dafür hatte sie sich gemerkt – aber was, wenn sie auch diesen Zauber nicht kontrollieren konnte und die ganze Burg in Brand setzte? Dann tastete sie sich lieber in völliger Finsternis die steile Treppe hinauf. Einmal brach eine Kante unter ihrem suchenden Fuß weg, sie fiel vornüber und musste sich rasch mit beiden Händen abstützen. Trotzdem rutschte sie mehrere Stufen hinunter, bevor sie wieder Halt fand. Das Herz schlug ihr bis zum Hals. Vorsichtig tastete sie ihr Bein ab, das beim nächsten Schritt nachgeben wollte; als sie ihr Schienbein berührte, fuhr ihr der Schmerz durch und durch. Das würde einen dicken blauen Fleck geben, aber wenigstens blutete es nicht. Linn fluchte leise, als sie sich weiter hinaufarbeitete. Sie musste es langsamer angehen. Letztendlich hatte sie noch zwei oder drei Stunden bis Sonnenaufgang, kein Grund zur Eile.

Noch vorsichtiger als vorher tastete sie sich die teils brüchigen, dann wieder spiegelglatt geschliffenen Steinstufen hinauf, bis sie schließlich ebenen Boden erreichte. Der Mond war längst untergegangen, sodass sie rein gar nichts erkennen konnte. Auf Händen und Knien schob sie sich in den Raum, durch den ein kühler Luftzug wehte. Glassplitter bohrten sich in ihre Hände, schmerzhaft stieß sie gegen irgendwelches Gerümpel. Linn hockte sich hin, legte die Stirn auf ihre Knie und wartete auf den Morgen.

Sie war nur kurz eingenickt. Die Sonne war bereits über den Horizont gekrochen und setzte den Osten in Brand, als würden dort tausend rote Drachen in den Himmel steigen.

»Linnia? Fräulein Linnia!«

Sie suchten bereits nach ihr, bis nach hier oben in den Turm drangen gedämpft die Rufe der Mädchen. Linn stand auf, um in den Hof hinunterzuschauen, und stolperte über … konnte das denn wahr sein? Über einen hüfthohen Leuchter aus purem Gold.

Sie hatte den Schatz des Drachen gefunden.

Von einer Wand zur anderen, in einem wilden Haufen, lagen aufgeplatzte Säcke, aus denen Goldmünzen quollen, goldene Gerätschaften wie Becher und Teller, Kisten voller Schmuck und Zierrat. Linn starrte auf die Schätze, die im Licht der Sonnenstrahlen funkelten. Kein Staubkorn bedeckte das Gold, denn durch die offenen Mauern konnte der Wind ungehindert wehen. Der Turm war überdacht, mit einem schon baufälligen, schindelgedeckten Holzgerüst, aber dieses Dach wurde nur von einigen Säulen getragen, die aus brusthohen Mauern ragten. Zwischen diesen Mauern und der Überdachung hätte Nat Kyah sich gerade so hindurchquetschen können. *Was er mit Sicherheit auch häufig tut,* dachte Linn, als sie den bernsteinfarbenen Schimmer auf den rauen Steinen der Brüstung entdeckte.

»Arajas sei mir gnädig«, murmelte sie, während sie den Blick über den Haufen unermesslicher Reichtümer wandern ließ. Nichts davon verlockte sie, aber es konnte nicht schaden, sich ein wenig umzusehen. Nur für den Fall, dass ihr die Flucht gelingen sollte.

Die Flucht! Beinahe hätte sie vergessen, warum sie hergekommen war. Linn stieg über ein paar Kisten, von denen jemand anscheinend mit riesigen Zähnen die Beschläge gerissen hatte – natürlich, wenn der Drache Eisen hasste –, kämpfte sich durch ein Gewirr von vergoldeten Helmen – zuerst hielt sie sie für abgeschlagene Köpfe – und blieb wie erstarrt stehen.

Ein Schwert. Ein wunderbares Schwert, nicht zu lang und nicht zu kurz, mit einem juwelenbesetzten Heft und goldenen Ornamenten auf der blitzenden Klinge. Ein Schwert aus

Eisen. Wieso besaß der Drache ein Schwert, störte es ihn denn nicht? War es nicht wie ein Eiszapfen in seinem Rücken, wenn er sich hier wälzte?

Sie hob es hoch. Die goldenen Verzierungen liefen über die gesamte Klinge. Allein aus diesem Grund musste Nat Kyah es mitgenommen haben. Das hieß, es kümmerte ihn nicht, woraus es bestand. Bedeutete das auch, dass er es nicht spüren konnte?

»Barmherzige Götter«, entfuhr es ihr. »Arajas, du hast mich nicht im Stich gelassen.«

Die Waffe war viel zu schön, um benutzt zu werden. Vielleicht war sie einst dazu bestimmt, an der Wand eines prächtigen Saals zu hängen. Es wirkte nicht so, als hätte jemals Blut die kunstvollen Ornamente beschmutzt.

»Damit töte ich dich, Nat Kyah. Wenn«, fügte sie leiser hinzu, »wenn die Möglichkeit besteht, lebendig hier wegzukommen.« Sie behielt das Schwert in der Hand, als sie die letzten Schritte bis an die Brüstung tat. Es verlieh ihr Kraft und Hoffnung, und sie war sich schon fast sicher, dass sie dort draußen eine Siedlung erblicken würde, die zu dieser Burg gehörte und vielleicht früher von hier aus regiert worden war.

Wie erwartet hatte man einen weiten Blick ins Land. Der Turm war sogar noch höher als der andere. Bis zum Horizont erstreckte sich ein Meer aus graubraunem Gras, durchsetzt von helleren Flecken – vermutlich blühenden Sträuchern oder Steinen. Dort, wo Himmel und Erde aufeinandertrafen, flirrte die heiße Luft. Kein Wald, kein Dorf, keine Stadt. Wie der Drache gesagt hatte. Nichts im weiten Umkreis. Rein gar nichts.

Wenn sie ihn tötete, brachte sie dann nicht zugleich auch sich selbst und all die anderen Mädchen um?

Hoffnungslosigkeit überfiel Linn. Trotzdem machte sie sich die Mühe und schritt den gesamten Kreis ab, bis sie wieder dort ankam, wo sie begonnen hatte.

Keine Stadt, keine Siedlung, kein Fluss.

Es gab kein Entkommen.

Die Sonne stieg höher. Unten rief niemand mehr nach ihr. Das war möglicherweise ein schlechtes Zeichen – kam Nat Kyah zurück?

»Dann sollte ich es als Erstes merken, hier oben«, sagte sie zu sich und hielt nach einem Drachen Ausschau, der über den Himmel flog und auf Burg Ruath zuhielt. Was würde er tun, wenn er sie inmitten seiner Schätze entdeckte, mit einem Schwert bewaffnet, das ihm gehörte?

Ja, was wohl?, dachte sie bitter.

Da, im Osten – war da nicht etwas? Linn kniff die Augen zusammen, beschattete ihr Gesicht mit der Hand und versuchte, etwas zu erkennen.

Es war nicht der Drache. Etwas Dunkles, aber bestimmt kein Tier, sondern – Rauch?

Sie stützte sich schwer gegen die Mauer.

Rauch. Rauch! Ein feiner Faden, der ins gerötete Hellblau stieg. Ein Feuer. Menschen. Eine Stadt, wenigstens eine Siedlung oder ein Lager der Wilden Reiter. Menschen. Das bedeutete Hoffnung. Das bedeutete, dass Nat Kyah sterben durfte.

20

Am Nachmittag kam Nat Kyah zurück. Er hatte nichts mitgebracht, weder ein Pferd noch ein Schaf. Was auch immer er getan hatte, er erzählte es ihnen nicht. Stattdessen aalte er sich im Hof in der Sonne, rieb seine Schuppen am Pflaster und wälzte sich wie eine riesige Katze. Linn hielt sich im Gebäude auf, denn sie fürchtete, ihr Plan könnte sich irgendwie in ihrem Gesicht zeigen. Nicht nur wegen der Maske. Ihr war, als hätte sich alles an ihr verändert, ihre Stimme, ihr Gang, ihre Gesten. Keine Gefangene mehr, sondern eine Kriegerin, die der Feind dummerweise zu sich ins Lager geholt hatte.

Die anderen Mädchen warfen ihr misstrauische Blicke zu – ihre Erleichterung darüber, dass Linn wieder aufgetaucht war, hatte sich rasch in Ärger verwandelt, als sie keine Erklärung dafür bekamen, wo die Neue gewesen war. Und warum sie so verändert zurückgekehrt war.

»Wenigstens mir könntest du es verraten!«, bettelte Wea mehrmals. »Was ist bloß los mit dir? Du machst mir Angst.«

Anscheinend war es wirklich zu sehen. Innerlich glühte sie, zitterte sie, angespannt von Furcht und Erwartung, von Hoffnung und Triumph und Todesangst. Alles war da, lauter Emotionen, die sich in ihr aufstauten, sodass sie sich fühlte wie ein Pfeil, der fliegen muss, wenn er nicht brechen will; die Bogensehne spannte sich mitten durch ihr Herz.

Heute. Sie wartete nur noch auf die Dunkelheit. Darauf, dass der Drache schlief. Auf die Nacht, in der sich alles entscheiden sollte.

Sobald der Mond aufgegangen war, schlich sie über den Hof zum Turm. Wie ein Berg ruhte der schlafende Drache auf dem Pflaster. Das Mondlicht verwandelte ihn in eine Skulptur aus Kristall, es war, als wäre ein Stern auf die Erde gefallen.

Linn war nicht beeindruckt. Es kam nur darauf an, dass sie ihn gut genug sehen konnte, um die richtige Stelle zu treffen. Leider lag er ungünstig. Wenn sie Glück hatte, drehte er sich noch im Schlaf.

Sie erreichte den Turm und tastete im Dunkeln nach dem Mordwerkzeug. Ein Brett fiel um, und sie verhielt, horchend, doch nur ihr eigener Herzschlag hämmerte ihr in den Ohren.

Oh ihr Götter! Lasst ihn nicht erwachen!

Das Schwert war noch da; erleichtert schloss sie die Hand darum und schlich zurück. Der Drache hatte seine Position nicht verändert. Er lag zusammengerollt da, den Kopf dicht an den Hinterbeinen, und bildete einen Ring, in dessen Mitte er sein Herz behütete. Sie würde über ihn steigen müssen, um an seine Brust heranzukommen.

Nat Kyah schnarchte leise, es klang wie das Schnurren einer Katze. Würde er erwachen? Egal, sie musste es riskieren. Wenn er hochfuhr, würde er ihr seine ungeschützte Vorderseite präsentieren. Sie musste nur schnell genug sein, das war das Einzige, worauf es ankam. Schnell, entschlossen, geschickt.

Beim Himmel, wozu war sie denn bei Bher in die Lehre gegangen, wenn nicht dafür?

Vorsichtig streckte Linn die Hand nach dem Drachen aus und legte sie auf sein Vorderbein. Sie wagte es nicht, das Schwert loszulassen, während sie über die dornige Pranke kletterte. Nat Kyah seufzte. Erschrocken hielt sie den Atem an, aber er bewegte sich nicht. Sie wartete eine Weile, die ihr endlos vorkam. Dann stieg sie hastig über sein Bein und fand sich in dem großen runden Wall wieder, den sein gewaltiger Körper bildete. Sie wagte nicht zu atmen. Direkt vor ihr erhob sich wie eine Wand seine Brust, vom Silberlicht beschienen. Sie konnte die Stelle sehen, an der die Mondstrahlen eingefangen wurden wie von einem Netz, ein pochender Fleck unterhalb seines Halses.

Linns Hände schwitzten so sehr, dass ihr fast das Schwert wegrutschte. Sie wischte sie an ihrem Kleid ab und umklammerte den Griff fester. Ein einziger Stich und es musste vorbei sein. Ob er sie in seinen Todeszuckungen verletzte, musste ihr gleichgültig sein.

Tu, wozu du bestimmt bist. Tu es jetzt.

Sie hob das Schwert auf und hielt es mit beiden Händen über ihren Kopf, die Spitze nach vorn gerichtet ... Im nächsten Moment riss etwas sie in die Höhe. Ein unerträgliches Gewicht zerrte an ihren Haaren, als sie plötzlich mehrere Yags über der Erde baumelte. Vor ihr öffnete sich das runde Auge des Drachen, und sie blickte wie in flüssige Lava.

»Nimm das, Ungeheuer!«, schrie sie und versuchte, mit dem Schwert nach ihm zu schlagen, doch die Krallen, die sie an ihrem Zopf festhielten, waren außer Reichweite.

»Was haben wir denn da? Ist das nicht die kleine Zauberertochter?« Seine Stimme, gefährlich leise, klang nicht mehr golden und würzig, sondern wie das scharfe, bittere Aroma giftiger Blumen. »Du wagst es? Du wagst es wirklich?«

»Lass mich runter!«, schrie Linn, in seinem Griff zappelnd. »Lass mich! Stell dich mir!«

Er öffnete seinen Rachen, und sie sah die bläuliche Kugel der Flamme hinten in seiner Kehle glühen. Hitze wehte sie an.

»Nicht so! Oh ihr Götter, nicht so! Kämpf mit mir, du Scheusal! Stell dich mir, Nat Kyah!«

Er warf den Kopf in den Nacken und pustete die Flamme in die Höhe. Sie brodelte empor wie ein Vulkanausbruch, eine

Stichflamme, die den Himmel erhellte, höher als die Burgtürme. Sein Schrei gellte in ihren Ohren, und für einen Moment glaubte sie, dies wäre das Ende.

»Du forderst mich heraus?«, brüllte er. »Du willst ein Spiel?«

Halb ohnmächtig vor Schmerz und Wut hing sie in seinem Griff. Sie wusste nur eins: Sie war immer noch am Leben. Dies war der richtige Weg, der Zorn. Ihr Zorn, sein Zorn. Nicht die Angst. Nicht der Gedanke daran, was als Nächstes passieren konnte, nicht der Tod, der sie verlockte und anzog wie ein Bett, in das sie sich nur hineinfallen lassen musste.

Drachenzorn. Drachenfeuer. Und, nicht minder gewaltig, ihr eigener Zorn.

»Ja«, schrie sie. »Dies ist meine Herausforderung. Du willst mich töten, du feiges Vieh? Kämpf mit mir, wie es sich gehört!«

Der Drache warf seine Flammen in den Himmel, wo sie sich in einen Funkenregen verwandelten. »Du wagst es?«, brüllte er.

»Und ob ich es wage!«, kreischte sie.

Sein Schwanz peitschte gegen die Mauer, Steine polterten über das Pflaster. Schließlich spie er ein drittes Mal seine Flamme hoch in die Luft. Der heiße Wind versengte ihr die Augenbrauen. Nun schlug er mit den Flügeln und riss sie mit in die Höhe. Einen Moment lang geriet alles durcheinander, oben und unten, sie sah die Burg unter sich liegen wie eine schwarze Hand, den Mond wie einen silbernen Teich irgendwo seitlich, und dann ließ er sie plötzlich los, und sie stürzte zu Boden. Das Schwert glitt ihr aus den Fingern. Zum ersten Mal seit langem spürte sie Gras und Erde unter den Füßen, aber sie hielt sich nicht lange mit dem Glück auf, diese Erde zu fühlen wie eine Verheißung, sondern tastete nach ihrer Waffe und sprang auf.

Der Drache, im weißen Licht unwirklich wie ein Geist, hatte sich vor ihr aufgebaut.

»Dann spielen wir«, sagte er. »Lange ist es her … Aber ich

habe die Regeln nicht vergessen. Du bist die Herausforderin. Nenn deinen Namen.«

Sie hielt sich an dem goldenen Schwert fest.

»Linnia Adora Harlon, aus Brina in der Provinz Nelcken im Königreich Schenn.«

»Harlon?«, murmelte er. »Oh, ich verstehe. Endlich verstehe ich. Ich bin Nat Kyah ValaRejat von Ruath. Lass uns beginnen, kleine Drachenjägertochter.«

Allein gegen einen Drachen. Jetzt hätte sie die Garde gebraucht, die ihn ablenkte, ihm von allen Seiten zusetzte, jene Ritter, die ohne Rücksicht auf das eigene Leben zuschlugen, zustachen, kämpften, rannten, flohen, ihn ansprangen. Doch sie hatte lediglich sich selbst und das Zierschwert. Der Drache war nicht nur wach und wütend, sondern voll auf sie konzentriert.

Ich werde sterben, dachte sie in einem Winkel ihres Geistes. *Aber wenigstens aufrecht, in dieser Nacht, in der ich den Namen meines Vaters reinwasche. Auch wenn niemand je davon erfahren wird.*

Die Kette schützt mich nicht vor seinem Zorn und seinem Feuer. Ich werde wirklich sterben.

Sie fühlte sich unendlich traurig und war dennoch aufs Äußerste entschlossen, denn es gab kein Zurück, nur noch die fließenden Schritte, ein paar lockere Handbewegungen, wie sie sie von Bher gelernt hatte. Gleichzeitig war es wie ein Tanz. Ein Vorwärtsspringen, das hübsche kleine Schwert, das so untauglich schien, in der Hand, ein Ausfallschritt, eine kleine Drehung des Handgelenks, und vor ihr der Drache, der sie mit einem Atemhauch zu einem Häufchen Asche schmelzen konnte.

Er wirbelte herum und fegte sie zur Seite. Linn fiel schwer auf die Erde und spürte das trockene, raschelnde Gras dicht an ihrem Gesicht. Ein vorwitziger Halm kitzelte sie an der Nase.

Warum tötete er sie nicht endlich? Bedeutete das für ihn zu spielen, wie mit einer Maus, bis ihre Kräfte sie verließen?

Sie rappelte sich auf.

»Na los! Tu es endlich!«

Nat Kyah lachte. Er richtete sich zu seiner vollen Größe auf und breitete die Flügel aus. Sie starrte an ihm hoch. Dort war sein Herz, aber sie hätte ein Riese sein müssen, um ihn zu erstechen. Er stand da, als wollte er sie umarmen, wie eine gigantische Fledermaus, dann kam er wieder herunter und bewegte seinen Kopf auf sie zu. Sie hieb nach ihm; Funken sprühten auf, und wieder lachte er.

»Auch so kann man *Caness* gewinnen«, meinte er amüsiert. »Ergibst du dich?«

»Nie im Leben!«, rief sie und schlug nach ihm, einmal und noch einmal, tausend Mal, bis ihr Arm erlahmte.

Es störte ihn nicht. Die Klinge prallte von seinen harten Schuppen ab, ohne ihn auch nur zu verletzen. Sein Lachen sprudelte auf, und dann drückte er Linn mit der Pranke zu Boden. Seine scharfen Krallen bohrten sich durch ihr Seidenkleid.

»Eins«, zählte er belustigt, »zwei und drei. Wie es aussieht, bist du besiegt.«

Sie versuchte, sich unter den Krallen hervorzuwinden, doch gegen seine Kraft hatte sie keine Chance. »Nicht, solange ich atme!«, presste sie heraus.

»Das Hohe Spiel endet mit der Niederlage eines der Kontrahenten, nicht mit dem Tod«, meinte er selbstzufrieden. »Wenn das keine Niederlage ist, was dann? Soll ich dir beide Beine brechen, damit du dich ergibst? Ich habe nicht vor, dich zu verletzen – damit wärst du ja völlig unbrauchbar. Also, wie wäre es mit einem ›Ja, Meister‹, einem ›Ich gebe auf, mein Gebieter‹?«

»Davon träumt Ihr wohl«, keuchte sie.

»Nun ja – ja.« Er lachte und ließ sie los. Stöhnend richtete sie sich auf. »Warum tötet Ihr mich nicht endlich?«

»Das würde dem Zweck dieses Spiels zuwiderlaufen, findest du nicht?« Mit kreisenden Augen beobachtete er sie durch die Dunkelheit hindurch. Alles tat ihr weh. Auf einmal fühlte sie sich hoffnungslos und müde, und ihr ganzer trotziger Mut blätterte von ihr ab. Ihre Beine zitterten so sehr, dass sie auf die Knie fiel. Mit einem beifälligen Nicken nahm er es zur Kenntnis.

»Ich stelle dich in meinen Dienst«, sagte er. »Bei SaiHara, es ist lange her, dass mir dieses Vergnügen zuletzt widerfahren ist. Wie war es noch? Ja, du musst dich vor mir beugen und mir dein Schwert zu Füßen legen.«

Die Tatsache, dass der Drache sie nicht töten würde, drang endlich in Linns umnebeltes Gehirn durch. »Wir haben das Hohe Spiel gespielt«, stellte sie fest.

»Das haben wir«, bestätigte er. »Es war ein schlauer Schachzug von dir, mich herauszufordern, kleine Linnia. Ich war kurz davor, dich zu braten.«

»Und ich bin jetzt … was bin ich?«

»Was immer ich will, dass du bist. Jedenfalls keine Drachentöterin. Nimm die Rüstung ab.«

Er meinte ihre Maske, das Einzige, was sie an Rüstung besaß. Mit zitternden Händen löste sie die Bänder und ließ das Leder in den Staub fallen.

Ein Atemstoß, eine einzige Flamme, und die Maske zerfiel zu Asche.

Lanhannat. Die dunklen Straßen. Nival …

Ich werde ihn nie wiedersehen, dachte sie in diesem Augenblick, in dem ihre Hoffnung verbrannte. *Ich werde nicht zurückkehren. Ich bin besiegt.*

So fühlte es sich also an, von nichts mehr träumen zu können.

Das zufriedene Funkeln in den Augen des Drachen war unerträglich. Sie sah von ihm weg zur Burg. Wie unwirklich das alles war, wie lange es her zu sein schien, dass sie aufgebrochen war, um Nat Kyah zu töten. Sie war sich so sicher gewesen, dass sie es schaffen konnte.

»Woher habt Ihr es gewusst?«, fragte sie leise. »Habt Ihr Euch nur schlafend gestellt? Ich dachte, dieses Schwert dürfte Euch nicht stören.«

»Das tut es auch nicht. Du bist schlau, auch wenn man darüber streiten kann, ob es wirklich klug ist, einen Drachen zu bestehlen.« Er war zum Plaudern aufgelegt, wild und aufgedreht – konnte es ihn wirklich so sehr freuen, dass er ein Mädchen besiegt hatte, was ja wohl kein Kunststück für ihn war? »Verrückt und wagemutig, aber wer sonst außer den Verrückten und Wagemutigen käme je in die Situation, mit einem Drachen das Hohe Spiel zu spielen? – Nein, es ist das Leuchtfeuer, das du in deiner Tasche trägst. Ich weiß immer, wo du bist. Es schreit die ganze Zeit: Hier, hier! Man müsste taub sein, um es zu überhören.«

»Das … Leuchtfeuer?« Sie hatte zuerst gedacht, er meinte ihre Kette, doch in dem kleinen Beutel an ihrem Gürtel befand sich nur ein einziger Gegenstand. Zögernd griff sie nach ihrem Glücksstein. »Das hat mich verraten?«

»Geschnitzt aus einer Kralle. Wusstest du das nicht?«

»Schon, aber … ich dachte, er bringt mir Glück.«

Nat Kyah krümmte sich vor Lachen. »Oh Linnia, du bist wirklich süß! So ahnungslos und so witzig. Schon lange hatte ich nicht mehr eine herrliche Nacht wie diese! Hast du es immer noch nicht begriffen? Wir sind das Herz der Welt. Wir sind alles, was mächtig ist, was magisch ist. Ein wenig Staub, eine Schuppe, ein Dorn, eine Kralle, gar ein Zahn – das sind die Brosamen unserer Macht, die ihr euch nehmt und der ihr dann ausgeliefert seid. Dieses kleine, runde Ding an deinem Gürtel ruft geradezu um Aufmerksamkeit. Es würde einen Drachen über Hunderte von Yagons zu dir führen. Das ist sein Zweck. Das ist die Bestimmung, die ihm gegeben wurde und die es ausführt.«

Linn versuchte, den Sinn hinter seinen Worten zu erkennen.

»Dieser Stein, ich meine, diese Kralle, zeigt einem Drachen, wo ich bin?«

»Genau so ist es. Zu diesem Zweck wurde er verzaubert. Ihn bei dir zu tragen und dich vor mir zu verstecken – oder dich anzuschleichen –, ist so ziemlich das Sinnloseste und Widersprüchlichste, was du tun kannst.«

Sie schleuderte den Stein von sich, so weit sie konnte, aber ihr war, als klebte er immer noch an ihren Händen, wie eine Klette, die sich nicht aus ihrer Kleidung entfernen ließ. Auf einmal sah sie die Drachen wieder vor sich, die Ungeheuer, die Brina verwüstet hatten. Kurz nachdem der Händler die Steine im Dorf verkauft hatte. »Das kann unmöglich sein … dass sie deshalb gekommen sind?«

»Was? Sprich.«

Sie wollte nicht über jene schreckliche Nacht reden, doch vielleicht konnte sie hier ein paar Antworten finden. Wie ohne ihr Zutun öffnete sich ihr Mund, und sie erzählte ihm alles. Als wäre er kein Drache, als wäre er nicht genauso schlimm wie jene anderen Kreaturen, die ihre Heimat zerstört hatten.

»Sie haben dich gesucht«, sagte er, nachdem Linn ihren Bericht beendet hatte. Ihr Leid berührte ihn nicht, aber der Angriff interessierte ihn. »Wie es scheint, hat dein Vater dir mehrere offene Rechnungen hinterlassen. Und dieser Händler – ich vermute, ein Diener des Spiels, so, wie du jetzt meine Dienerin bist – hatte die Aufgabe, dich zu finden. Hätte er deinen Namen erfahren können, deinen ganzen Namen?«

»Natürlich«, meinte sie. »Jeder kann ihm verraten haben, dass ich Harlon heiße.« *Er verkauft Schmuck und Kleider für junge Mädchen,* hatte Ivar gesagt. Akir war auf der Suche nach einem ganz bestimmten Mädchen gewesen!

»Also verkauft er euch die Steine, und die Drachen wissen unfehlbar, wo du bist. Sie müssen nur losfliegen, nur dem Ruf folgen und finden dich.«

»Warum?«, rief sie aus. »Warum hat er uns dann so viele Steine gegeben? Warum nicht bloß einen? Warum nicht bloß mir? Wie konnte er uns das antun!«

»Hättest du ihn denn angenommen? Einen Stein von einem Fremden, ganz für dich allein?«

»Nein«, gab sie zu. »Sicher nicht.«

»Welche Häuser haben die Drachen verbrannt? Jene der Menschen, die einen dieser angeblichen Wettsteine besaßen?« Er lachte leise vor sich hin, während Linn erschrocken nickte.

Und Binia, dachte sie. *Sie haben Binia gejagt, während sie den Stein umklammerte, während sie ihn für ihre Rettung hielt. Oh ihr Götter! Wie konntet ihr zuschauen, während sie rannte, die Beute der Drachen? Sie hielt das Lockmittel in der Hand!*

»Oh Kind, es ist so einfach mit euch. Fast zu leicht. Doch jetzt bist du in Sicherheit vor allen deinen Verfolgern. Fast könnte ich annehmen, du hast das absichtlich eingefädelt. Dir einen Drachen gesucht, den du dazu verlocken kannst, das Spiel mit dir zu spielen, damit er dich künftig gegen alle deine Feinde verteidigen muss. – War es so?«, fragte er eine Spur schärfer.

»Behagt Euch der Gedanke nicht, dass jemand auch Euch hereinlegen könnte?«, fragte sie. Am liebsten hätte sie ihn in dem Glauben gelassen, das alles sei geplant gewesen. Aber es hätte nicht nur seinen Stolz angekratzt, sondern auch ihren. »Ich bin Drachenjägerin. Ich habe ganz gewiss nicht vorgehabt, Dienerin eines Drachen zu werden. Ich wollte Euch töten und die anderen Gefangenen freilassen.«

»Um von ihnen als Retterin bewundert zu werden?« Auch das freute ihn ungemein. »Nun geh und lass dich feiern.« Er lachte leise. »Bestimmt werden die Mädchen überrascht sein, dich wiederzusehen.«

»Du lebst noch?« Wea fielen fast die Augen aus dem Kopf. Nat Kyah hatte Linn auf die Mauer gesetzt, bevor er in bester Laune davongeflogen war. Niedergeschlagen stieg sie in den Hof herunter. Sie merkte gar nicht, dass sie das goldene Schwert immer noch in der Hand hielt, den Beweis ihrer Niederlage.

Und meiner Schlauheit, dachte sie bitter. *Eine würdige Drachenjägerin, in der Tat.*

»Du lebst?«, schrie Rania. »Wieso? Hast du gezaubert? Lässt er uns jetzt frei?«

»Nein«, sagte Linn knapp. Sie hatte nicht vor, diese Nacht zu erklären. Das Hohe Spiel. Bei allen Göttern, sie hatte es gespielt, mit einem Drachen! Es war ein schwacher Trost, dass Nat Kyah künftig ihr Sklave gewesen wäre, wenn sie gewonnen hätte. Jetzt wusste sie, wie der Drache einen Zauberer dazu bringen konnte, ihm zu gehorchen. Er musste nur das Spiel mit ihm spielen.

»Was ist passiert?« Die Mädchen ließen nicht locker. Linn mochte sich nicht ausmalen, wie diese Nacht aus der Sicht der anderen Gefangenen gewirkt hatte. »Nun sag schon.« Angst und Hoffnung stritten sich in ihren Gesichtern. Wenn man dem Tod entkommen konnte, wollten sie wissen, zu welchem Preis.

»Das hier ist eine magische Kette«, sagte sie und deutete auf die roten Steine. »Nat Kyah kann mich nicht töten, selbst wenn er es wollte.«

»Du besitzt ein Amulett gegen *Drachen?*«

Vielleicht hatte die Kette sie wirklich beschützt in dieser Nacht. Vielleicht hatte er nur so getan, als ob er sie umbringen wollte, und wäre gar nicht fähig dazu gewesen. Konnte sie es wissen?

»So sieht es aus.« Linn blickte an sich herunter, auf das vertraute Schmuckstück, das ihr auf einmal fremd vorkam. Eine Erklärung, mit der sich die meisten Mädchen zufriedengaben, da der Beweis für die Wirksamkeit direkt vor ihren Augen lag.

Die Gräfin wandte sich ab. »Wer's glaubt«, höhnte sie, aber Linn hatte die Gier in ihrem Gesicht gesehen. Sie würde ihre

Habe verteidigen müssen – fragte sich nur, wann. Von jetzt an durfte sie keinen Moment in ihrer Wachsamkeit nachlassen.

Die nächsten Tage waren wie immer, und doch war alles anders. Nat Kyah wühlte oben im Turm in seinen Schätzen – vielleicht überprüfte er, ob sie ihm noch mehr gestohlen hatte als das goldene Schwert –, und flog dann davon. Die Gefangenen fegten die Böden, zerlegten ein Reh und schabten den Glanz vom Pflaster. Linn merkte, wie die anderen krampfhaft versuchten, eine Normalität herzustellen, die unwiederbringlich verloren gegangen war. Nichts war normal. Ein Mädchen hatte Nat Kyah zur Weißglut gereizt und lebte noch. Sein Feuer hatte den Himmel erleuchtet und sie nicht verzehrt. Die Kette hing um ihren Hals, silbern und rot, Verheißung und Verlockung zugleich.

Alles hätte Linn dafür gegeben, wenn dieses Schmuckstück das einzig Magische an ihr gewesen wäre. Sie hütete sich sehr, auch nur einen einzigen Zauber zu versuchen. Nicht einmal an *Caness* traute sie sich noch heran. Bis jetzt, so schien es ihr, hatten die Mädchen den Mund gehalten, was ihr Talent anging. Allerdings konnte sich das jederzeit ändern.

Wie ein drohendes Verhängnis lastete das Hohe Spiel auf ihr, ein Ungeheuer, das sich irgendwann aus dem Himmel auf sie herabstürzen würde.

Aber wer sich dann auf sie stürzte, war Rania.

»Könntest du den Speisesaal ausfegen?«, fragte Wea. Natürlich witterte Linn sofort eine Falle. Allem, was mit Staub zu tun hatte, ging sie derzeit lieber aus dem Weg. Doch der Drache war gar nicht da – selbst wenn sie Stürme und Gewitter entfesselt hätte, er hätte es nicht mitbekommen.

Sie nahm den Besen, zog die Stühle hinter dem langen Tisch hervor und begann mit der Arbeit.

Da traf sie ein Schlag in den Rücken, so heftig, dass er sie zu Boden warf. Keuchend stürzte sie zwischen die Stühle und schlug mit der Stirn gegen eine Kante. Einen Moment lang blieb ihr die Luft weg, die Welt wurde schwarz. Dann kam sie wieder zu sich, zwischen Möbeltrümmern, die ihr in den Arm stachen.

Stöhnend rappelte sie sich auf und griff sich an den Hals. Die Kette war fort.

Linn fühlte, wie ihr Blut über die Stirn lief. Sie drückte ihren Ärmel dagegen und wankte aus dem Zimmer. Aus der Küche ertönte lautes Stimmgewirr. Ihr war so schwindlig, dass sie sich gegen die Tür stützen musste.

Alle waren hier. Rania saß zwischen den anderen Mädchen, die Kette mit den roten Steinen um den Hals, ihre Augen leuchteten. Sie sah aus wie eine Prinzessin.

»Gib her«, krächzte Linn. »Gib sofort her!«

»Ich denke nicht daran.« Die Gräfin machte eine abweisende, hochmütige Miene. »Vielleicht müsstest du zaubern, um sie zurückzubekommen? Na los, zeig uns, was du kannst.«

Linn streckte die Hand aus, nur zögernd ließ sie die Tür los und stolperte wie eine Betrunkene durch die Küche. »Gib sie zurück.«

»Sonst … was?« Rania lachte ihr ins Gesicht. Sie baute sich vor Linn auf und starrte ihr in die Augen. »Was willst du dagegen tun?«, fragte sie.

Der dumpfe Schmerz in Linns Kopf machte sie eher schläfrig als wütend. Sie wollte ihre Ruhe und nichts sonst – nein, sie wollte ihre Kette zurück.

Ich bin jetzt vielleicht die Dienerin des Drachen – aber ganz bestimmt nicht Ranias Dienerin.

Ihre Hand schnellte vor und traf das Kinn ihrer Gegnerin. Diese fiel nach hinten und prallte mit der Hüfte gegen eine Tischkante. Alle Vornehmheit wich aus ihrem Gesicht; zornig und schnaubend wie ein gereizter Stier schrie sie auf.

»Du greifst mich an? Du sollst zaubern, verdammt noch mal!«

Die Gräfin stürzte sich auf sie, riss sie zu Boden und schlug auf sie ein. Linn war zunächst zu benommen, um sich zu wehren, dann erwachte in ihr die Müllerstochter, die sich weder von ihren Geschwistern noch von sonst wem ungestraft verprügeln ließ. Sie versetzte der Angreiferin einen gezielten Schlag in die Magengrube, rollte sich unter ihr hervor und wollte ihr gerade die Kette abnehmen, als Rania plötzlich ein Messer zog.

Linn sprang zurück. Sie sah sich nach einer Waffe um, doch an den Messerblock kam sie nicht heran. Die anderen Mädchen standen wie eine Mauer davor und machten keinerlei Anstalten, sie durchzulassen.

»Jetzt hast du Angst, was?«, zischte ihre Feindin. »Das solltest du auch.«

»Gib mir meine Kette«, forderte Linn. »Niemand muss hier verletzt werden. Ich will nur mein Eigentum zurück, bevor etwas Schlimmes passiert. Ein Fluch liegt darauf. Wer auch immer mir das Schmuckstück wegnimmt, den wird das Unglück treffen.«

»Das soll ich glauben?«, lachte die junge Frau und warf ihr rotes Haar zurück. »Das hast du dir doch gerade eben ausgedacht.«

Ich brauche eine Waffe, dachte Linn, als Rania drohend auf sie zukam. Sie wich zurück, während die Gräfin ihre Macht voll auskostete.

»Ja, jetzt fürchtest du dich. Was ist das für ein Gefühl? Wenn man weiß, dass man verwundbar ist? Wenn man sich nicht mehr aufspielen kann, als wäre man unsterblich?«

»Rania!«, rief Linn verzweifelt und versuchte, der spitzen Klinge auszuweichen. »Hör auf!«

Wieder machte die Gräfin einen Schritt nach vorne; diesmal

traf sie Linn, die schützend die Arme vor ihren Körper hielt, am Handgelenk.

Die Frau meinte es ernst. Verdammt ernst. Linn begriff erst jetzt, als ihr das Blut über die Arme lief, wie entschlossen ihre Angreiferin war. Sie duckte sich, kroch unter dem Tisch hervor und floh zum Ausgang, doch Rania sprang ihr mit einem Satz nach und holte sie ein, bevor sie die große Tür zum Hof erreichen konnte.

Die Rothaarige hob die Hand mit dem Messer. »Nimm das, du Miststück!«

Linn fiel nach vorne, sie spürte die Klinge in ihrem Rücken. Der Schmerz ließ sie aufheulen. Auf Händen und Knien wollte sie vor ihrer Peinigerin davonkriechen, als Rania mit einem wilden Schrei erneut angriff.

Da flog die Tür zum Hof aus den Angeln, quer durch den Raum, und ein gewaltiger Kopf brach hindurch. Die Mädchen kreischten auf; Linn rollte sich zur Seite, als Nat Kyah plötzlich über ihr erschien. Seine bernsteinfarbenen Schuppen blitzten auf, dann zischte ein Feuerstrahl durch die Küche und traf Rania, die immer noch das Messer hochhielt. Funken tanzten in ihrem roten Haar. Wie in ein blaues, leuchtendes Gewand gehüllt stand die Gräfin da – dann war ihr Gesicht nur noch eine schwarze Masse, ein verformter Schädel, aus dem ein grinsendes Gebiss hervorbleckte.

Vor den Augen der entsetzten Mädchen zerfiel sie zu grauem Staub. Es gab einen leisen Knall, als das Messer auf dem Steinboden aufschlug. Dann folgte ein Klirren, als die silberne Kette sich rasselnd zusammenrollte. Das dritte Geräusch, so eisig, dass nichts sonst mehr in der Küche zu hören war, als hätte es ihre Schreie und ihre Angst und sogar die Zeit selbst angehalten, war die goldene Stimme des Drachen.

»Noch jemand, der sich an meiner Dienerin vergreifen will?«

Die Mädchen schwiegen, zu erschrocken, um auch nur ein

einziges Wort herauszubringen. Mit weit aufgerissenen Augen und Mündern starrten sie Nat Kyah an; instinktiv vermieden sie den Blick auf das dunkle Häufchen Asche, das von Rania übrig geblieben war. Ein Büschel kupferroter Haare wehte im Atem des Drachen davon.

Linn kämpfte sich auf die Füße. »Bitte«, sagte sie. »Herr, es genügt.«

Mit seinen kreisenden Feueraugen fixierte er sie. »Komm in den Hof, Linnia Harlon«, sagte er. »Ich will mit dir reden.«

Sein behörnter Kopf zog sich aus der Küche zurück. Linn sah sich um. Das Schweigen war so tief, dass sie sich darin wie ein Fremdkörper fühlte, eine Fackel aus Schmerz inmitten eines stillen weißen Feldes.

»Räumt die Asche weg«, hörte sie sich sagen. »Tut sie in einen Krug. Begrabt sie. Erweist ihr Ehre.«

»Ja«, stammelte Oline.

Linn bückte sich und hob die Kette aus dem qualmenden Haufen heraus. Sie war völlig unbeschädigt. Dem Mädchen wurde schwarz vor Augen, als es sich wieder aufrichtete. Irgendjemand stützte sie rasch, aber sie merkte nichts davon. Jemand – war es Wea? – öffnete den Verschluss und legte ihr das Schmuckstück wieder um den Hals, dorthin, wo es hingehörte. Es fühlte sich kühl an, fast so kalt wie das Schweigen.

Nat Kyah lauerte im Hof. Man ließ einen Drachen nicht warten. Obwohl sie kaum einen Fuß vor den anderen setzen konnte, wankte Linn auf ihn zu.

Linn torkelte über das Pflaster. Aufmerksam betrachtete Nat Kyah die Blutspur, die sie hinterließ.

»Du bist verletzt. Hast du Schmerzen?«

»Ja«, gab sie zu. »Sie hat mich ziemlich heftig erwischt.«

»Ich dachte, du bist die Tochter von Harlon, dem Drachenjäger? Hat er dir denn nichts beigebracht?«

»Ich war nicht aufs Kämpfen eingestellt.« Linn hielt sich die Seite. Jeder Atemzug tat unvorstellbar weh. Sie musste sich darauf konzentrieren, nicht das Bewusstsein zu verlieren. Noch ein Schritt; die Knie gaben unter ihr nach und sie sank vor ihm zusammen.

»Ich bin so schnell gekommen, wie ich konnte«, sagte Nat Kyah. »Und zwar rechtzeitig. Du wirst nicht sterben. – Du!« Er sandte seinen Schrei zur Burg hin. »Komm her! Behandle sie! Zaubere!«

»Wer, ich?«, schluchzte Pruni, die sich als Erste aus der zerstörten Küche wagte. »So gut bin ich nicht!«

»Wer dann?«, brüllte der Drache.

21

»*Wintika*«, murmelte die Stimme. »*Wintika. Wintika.*«

Linn lag auf der Seite. Irgendwo blaute ein Himmel, davor glänzte es bernsteinfarben, und eine andere Stimme, ungeduldig wie ein Kind, das endlich seinen Willen bekommen wollte, drängte sich dazwischen.

»Steh auf, Linnia Harlon! Kannst du aufstehen?«

Sie blinzelte, und die Dinge um sie herum ordneten sich, jedes an seinen Platz. Wea. Der Drache. Die Burg und der wolkenlose Himmel darüber.

Sie versuchte sich zu erheben und stellte überrascht fest, dass es ihr schon viel besser ging. Jede einzelne Bewegung schmerzte, aber es war auszuhalten. Neben ihr saß Wea, einen Krug mit *Caness* im Arm.

»Geht es?«, fragte sie ängstlich. Anscheinend hatte der Drache sie persönlich dafür verantwortlich gemacht, die Verletzte rasch wieder auf die Beine zu bringen.

»Das ist ein Wunder. Was hast du getan?«

Wea umarmte den Krug wie ein Baby, das sie vor dem Drachen beschützen musste, und reichte ihn Linn, damit sie hineinsehen und sich selbst überzeugen konnte.

»Sie kann heilen«, sagte der Drache zufrieden. »Ein sehr schwieriger Zauber. Wäre ja gelacht gewesen, wenn unter diesem Haufen Weiber nicht wenigstens eins mit magischem Talent zu finden gewesen wäre, das über *Caness* hinausgeht. Ein bisschen Druck ist immer gut. Du darfst dich freuen, Fräulein Wea: Wie es aussieht, habe ich meine Zauberin doch noch gefunden.«

Ganz offensichtlich freute Wea sich keineswegs. Grimmig starrte sie zu Linn hinüber, Anklage im Blick.

»So, Linnia, jetzt bist du an der Reihe. Ich erfülle meinen Teil, wie du gesehen hast. Ich bin für deinen Schutz zuständig.«

»Wie konntet Ihr das wissen?«, fragte sie. »Ihr wart doch gar nicht da.«

»Das Hohe Spiel hat ein Band zwischen uns geknüpft«, erklärte er. »Ich kann spüren, wenn du in Lebensgefahr bist. Dein Teil der Abmachung kommt jetzt. Du willst keine Zauberin sein? Dann erfüllst du eben den anderen Teil meines Plans.«

»Ja?«, fragte Linn vorsichtig. Ein Band zwischen uns. Dieser Ausdruck blieb an ihr hängen wie der Haken einer Dornlanze. Ein Stachel, der sich nicht abschütteln ließ. Ein Band – mit ihm?

»Dieser Kaufmann, der anscheinend auf der Suche nach dir war, konnte natürlich ganz anders in den Ländern der Menschen Nachforschungen anstellen, als es einem Drachen je möglich wäre. Genauso werde ich dich aussenden, um mir etwas zu bringen, das ich mir schon lange wünsche – sehr lange, länger, als du dir vorstellen kannst. Du wirst nach Schenn zurückkehren, genauer gesagt in die Stadt Lanhannat. Dort wirst du dir Zutritt zum Palast verschaffen. Lass dich als Dienstmädchen einstellen, als Köchin, als Ritterin, als was auch immer. Du wirst herausfinden, wo der König seine Schatzkammer hat und was sich darin befindet. Du wirst alles über seine Höflinge und seine Gäste in Erfahrung bringen. Du wirst erkunden, womit sich die edlen Damen behängen und was die adeligen Herren für Schmucksteine an ihren Gürteln und Wämsern tragen.«

»Ich soll …«, Linn schnappte nach Luft, »ich soll Eure Diebin sein?«

»Ja«, sagte Nat Kyah. »Aber nicht irgendeine. Ich will meinen Stein. Bring mir alles, was grün ist.«

»Grün?«, fragte sie verdattert.

»Du hast mich ganz richtig verstanden. Jedes Schmuckstück, das einen grünen Stein enthält. Jeden Becher, jeden Stab, jeden Pokal, jede Schale, jede Brosche. Selbst wenn es nur ein Splitter wäre – sofern er von einem satten Grün ist, von goldenen Adern durchzogen, will ich ihn haben. Wer weiß, wo sie ihn versteckt hat, die königliche Schlampe?«

»Aber …«

»Kein Aber.« Der Drache senkte den Kopf, sodass sein Auge dicht vor ihrem Gesicht war. »Eigentlich hätte der Prinz es für mich tun sollen, nun wirst du es eben tun. Das ist mein Wille. Und du wirst ihn ausführen.«

»Ich kann unmöglich ins Schloss von Lanhannat!«

»Du wirst dir etwas einfallen lassen müssen.«

»Nein, Ihr versteht mich nicht. Ich darf nicht. Ich bin Harlons Tochter, habt Ihr das vergessen? Der König hat ihn verbannt, das gilt für die ganze Familie.« Zum ersten Mal war sie froh darüber. »Pivellius hat mich schon einmal aus seinem Schloss werfen lassen. Zu viele haben mich gesehen. Die Garde kennt mein Gesicht. Ich war mit den Rittern dort, in Gota, Ihr wisst, dass ich die Wahrheit sage. Beim besten Willen, aber es ist völlig unmöglich, mich als Dienstmädchen ins Schloss zu schmuggeln.«

»Das macht die Angelegenheit etwas komplizierter«, gab der Drache zu. »Harlon ist verbannt worden? Das ist mir neu. Doch ich habe hier auch recht abgeschieden gelebt. Die Angelegenheiten des Volkes sind mir nicht vertraut.«

Linn atmete auf.

Das fehlte noch, dass sie den König und seinen Hofstaat bestahl! Nat Kyah würde sich etwas anderes für sie ausdenken müssen.

»Dann wirst du diesen Pivellius oder wie er heißt eben davon überzeugen müssen, die Verbannung aufzuheben.«

»Ach, und wie? Dafür hätte ich Euch töten müssen. Aber Ihr erfreut Euch ja bester Gesundheit.«

»Dann lüge. Du kannst ihnen sagen, du hättest mich getötet.« Der Gedanke amüsierte ihn königlich.

»Sie werden einen Beweis verlangen.«

»Ist es nicht Beweis genug, dass du noch am Leben bist?«

»Ich fürchte nicht. Sie werden annehmen, ich sei Euch irgendwie entkommen.«

»Dann … zeig ihnen diesen angeblichen Wettstein. Die Ritter werden erkennen, dass es sich um eine Drachenkralle handelt.«

»Ein geschliffenes Stück, das wie ein Kiesel aussieht? Wie soll ich das bearbeitet haben und wozu?«

Er musterte sie, und sein Blick blieb an ihrem Hals hängen. »Ha, die Kette! Nun ist sie doch noch zu etwas gut. Du wirst die rote Schuppe ablösen und sie ihnen präsentieren. Kein lebendiger Drache lässt sich eine Schuppe aus dem Panzer brechen; das ist ein unumstößlicher Beweis.«

»Rot? Das ist nicht Euer Ernst. Die Ritter haben Euch in Gota gesehen. Kein Mensch in Lanhannat wird mir glauben, dass ich Euch getötet habe. Ihr müsstet mir schon etwas von Euch mitgeben. Irgendetwas in Eurer Farbe. Eine Eurer eigenen Schuppen.«

Das würde er nicht tun. Er musste ihr eine andere Aufgabe zuweisen. Hoffentlich etwas, das nichts mit Diebstahl zu tun hatte.

Nat Kyah kochte innerlich vor Wut. Sie erkannte es an den Rauchfäden, die aus seinen Nüstern stiegen, an der Art, wie seine Feueraugen schneller und schneller kreisten, bis ihr wieder schwindlig wurde.

Ich will keine Diebin sein im Schloss von Lanhannat … oh ihr Götter! Lasst das nicht zu! Soll ich wie Harlon meinen König verraten?

Geht es mir jetzt so wie ihm? Ist ihm etwa das Gleiche passiert – musste er einem Drachen gehorchen?

Sie hoffte, sämtliche Götter würden ein Einsehen haben.

Der Drache knurrte, ein tiefes Grollen in seinem Bauch verriet ihr, wie er sich in seinen Zorn hineinsteigerte. Dann schnellte er auf einmal herum – erschrocken sprang sie zurück – und biss sich selbst ins Hinterbein. Es knirschte und knackte, als würde er jemandem die Knochen brechen, dann fuhr sein Kopf wieder hoch, und zwischen seinen Zähnen glänzte eine kleine bernsteinfarbene Scheibe.

»Hier«, keuchte er. »Nimm. Wird das als Beweis reichen?«

Linn zog vorsichtig die Schuppe aus dem Maul. Sie war groß wie ihre Hand, fingerdick, hart und glänzend wie ein polierter Edelstein. Was auch immer sie Nat Kyah bringen sollte, es konnte nicht so wertvoll sein wie das hier. Aber das war es wohl doch, sonst hätte er sich nicht selbst verletzt. An seiner Hinterhand klaffte ein kleines Loch; dunkelrotes Blut strömte aus der Wunde.

»Wea? Heile mich.«

Großzügig schüttete das Mädchen das glänzende Pulver über die offene Stelle. »*Wintika*«, sagte sie. »*Wintika.*«

Linn sah dabei zu, wie die Wunde sich schloss.

»Bedauerst du, dass du das nicht ebenfalls kannst? Wie schade, dass ich schon eine Zauberin habe, nicht wahr?«

Sie spürte den Wind im Gesicht, wenn sie durch den Spalt zwischen seinen beiden Klauen blickte, und die Welt glitt unter ihr hinweg. Der Drache hielt sie in seinen Tatzen wie in einem Kokon, und obwohl sie ihn so sehr hasste, fühlte sie sich gleichzeitig sicher und geborgen. Er flog sehr schnell, und wenn sie nach draußen sah, musste sie gegen den Schwindel ankämpfen.

»Ruath«, sagte er, mit heiserer, frohlockender Stimme. »Ich

hätte nicht gedacht, dass ich mal jemanden gehen lasse, der weiß, wo mein Schatz ist, aber du gehörst jetzt mir. Du kannst niemandem davon erzählen, ohne unseren Bund zu brechen.«

Die Welt, die unter ihr dahinflog, verwischte zu einem Wirbel aus braunen und gelblichen Feldern, Baumwipfeln, hin und wieder dem blauen Band eines Flusses. Ihr wurde übel, und als er endlich landete, konnte sie kaum stehen.

»Hier rasten wir«, bestimmte Nat Kyah. »Hinter diesem Wald liegen bewohnte Gegenden. Wir werden nachts fliegen, damit uns niemand sieht.«

»Werdet Ihr die anderen Mädchen freilassen?«, fragte sie. »Bestimmt würden sie schwören, Euer Versteck nicht zu verraten. Ihr braucht nur Wea und mich.« *Eigentlich genüge ich*, dachte sie. Sie musste es ihm sagen … aber sie brachte es nicht über sich. Als Verliererin des Spiels musste sie ihm gehorchen – was würde er tun, wenn er beides hatte, eine Zauberin und den Stein? Wea war wenigstens frei und konnte versuchen, sich ihm irgendwie zu widersetzen.

»Das geht dich nichts an«, knurrte er.

»Bitte, lasst die anderen gehen. Bringt sie irgendwohin, von wo sie nach Hause gelangen können.«

»Halt den Mund«, fuhr er sie an. »Ich will mich ausruhen.«

Linn ging umher, um die verkrampften Muskeln zu lockern. Wie weit sie noch von Lanhannat entfernt waren, wusste nur der Drache; auf alle ihre Fragen antwortete er nicht. Er hatte sich am Waldrand zusammengerollt und döste, die Augen geschlossen. Vor ihnen fiel das Land sanft ab, wellig wie ein sturmgepeitschter See breitete es sich aus – überall vergilbte Wiesen, aus denen knochige Sträucher ragten. Die Baumkronen rauschten in einem scharfen Wind über ihr. Sie blickte zu ihnen auf und atmete die Luft ein, den würzigen Duft von Walderde, Pilzen und Beeren. Nach der langen Zeit in der staubigen Burg, unter der glühenden Sonne eines wolkenlosen

Himmels, waren ihr die Kälte und diese Düfte lieber als alles andere auf der Welt.

»Es ist Herbst?«, fragte sie, als ihr auffiel, wie weit die Jahreszeit vorangeschritten war. »Auf Burg Ruath war doch eben noch Sommer!«

»Auf Ruath ist immer Sommer«, murmelte der Drache verschlafen. Seine Krallen gruben Furchen in die Erde, während er sich wie eine Katze streckte.

Es war zu kalt, um ohne Decke zu schlafen, und Linn fror in ihrem dünnen Seidenkleidchen. Nur ein gröberes Tuch hatte sie mit, das sie sich um die Schultern schlang, es konnte die Kälte jedoch nicht abhalten. Sie fror ohne ihren Ring; ihr war, so kam es ihr vor, noch nie so kalt gewesen. Doch Nat Kyah hatte zum Glück nicht vor, die Nacht hier zu verbringen. Als die Sonne untergegangen war, in einem prächtigen, verschwenderischen Farbrausch, ergriff er das Mädchen und stürzte sich erneut in den Himmel.

Die Landschaft unter ihnen lag in absoluter Finsternis. Es schien kein Mond, und sie sah nur die Lichter einiger kleinerer Städte; Laternen in den Straßen, beleuchtete Kutschen, die über die nächtlichen Wege zockelten. Der Drache hatte seine Tatzen so weit geöffnet, dass der Wind hereinpfiff; Linn war dermaßen kalt, dass ihre Zähne klapperten und sie dankbar war, dass er sie festhielt, ohne dass sie sich an ihm festklammern musste – bei dieser Kälte wäre sie zweifellos nicht mehr dazu fähig gewesen.

»Aufwachen.« Ein warmer Wind pustete über ihr Gesicht.

Sie blinzelte. »Ich habe geschlafen?«

Die Hitze aus dem Maul des Drachen wehte sie an. »Sieht ganz so aus. Meine Güte, sind die Menschen schwach und empfindlich! Wir sind da.«

»In Lanhannat?« Sie setzte sich auf, Freude durchfuhr sie heiß, doch von der Stadt war nichts zu sehen. In der Morgendämmerung sah sie das Gerin-Yan-Gebirge in die Wolken ragen. Sie befanden sich in einem von dornigem Gestrüpp überwucherten Tal. Frost zierte die Gräser und Zweige, jeder Dorn schimmerte wie ein weißer Drachenzahn. Ein Bach, der Hochwasser führte, rauschte wild schäumend hindurch.

»Es ist nicht mehr weit. Wenn du den Wildpfad erreicht hast, der dich hier herausführt, müsstest du das Schloss noch vor Mittag sehen. Näher heranbringen kann ich dich nicht. Wenn man mich bemerkt, wird deine Geschichte extrem unglaubwürdig, liebe Linnia.«

»Ich schaffe das schon.« Er sollte endlich verschwinden. Die Sehnsucht nach der Stadt stieg mit unbändiger Macht in ihr auf, und sie konnte gar nicht schnell genug loslaufen. Meine zweite Familie. Mora und Bher und die Alten, die Affendrossel und der Affe von Lanhannat …

»Du wirst herkommen und mir Bericht erstatten«, verlangte Nat Kyah, »und mir bringen, was du erbeutet hast. Jetzt haben wir Neumond. Beim übernächsten Vollmond will ich dich hier treffen. Und wehe, du kommst mit leeren Händen.«

»Ich werde Euch nicht enttäuschen.«

»Nun, das hoffe ich sehr.« Der Drache ließ sich geräuschvoll nieder. Die überfrorenen Sträucher brachen knisternd, während er sich Platz schuf. Weder die langen Dornen noch der Frost machten ihm etwas aus. »Geh«, befahl er, und sie ging.

Schon nach wenigen Yags war ihr Kleid zerrissen, waren ihre Beine zerkratzt. Erleichtert atmete Linn auf, als sie den Pfad erreichte, von dem der Drache gesprochen hatte. Steil führte er sie aus dem Tal heraus. Sie war die Anstrengung des Wanderns kaum noch gewohnt, doch davon wurde ihr wenigstens etwas wärmer. Als sie den Kamm erreicht hatte, drehte sie sich um. Licht flutete ins überfrorene Tal und verwandelte es in eine Schale aus Kristall, in der wie eine Figur aus Bernstein der Drache lag. Sein Anblick war so schön, dass sie hätte weinen können – wenn sie ihn nicht besser gekannt hätte, als ihr lieb war.

»Los, flieg davon, du Scheusal«, murmelte sie. »Verschwinde aus Schenn, verschwinde aus meinem Leben.«

Sie wünschte sich nichts mehr, als ihn einfach hinter sich zu lassen. Doch auch als sie ihn nicht mehr sehen konnte, als sich hinter der Wegbiegung ein atemberaubender Ausblick auf das helle Schloss auf dem Hügel bot – die Stadt war noch von den umliegenden Hügeln verdeckt –, wusste sie, dass sie Nat Kyah mit sich trug wie ein Gift in ihren Adern, das unweigerlich zu ihrem Tod führen würde.

Der Drache hatte die Geschwindigkeit eines Menschen überschätzt. Am späten Nachmittag erreichte Linn das Stadttor. Sie wusste, dass sie eigentlich erst im Schloss vorsprechen musste, um die Aufhebung der Verbannung zu erwirken, aber in diesem zerrissenen Kleid, halb erfroren und hundemüde, wollte sie nur nach Hause. Um nicht erkannt zu werden, schlang sie sich das schwarze Tuch um den Kopf und senkte den Blick. Tatsächlich war an ihr wohl so wenig von der Linnia, die hier immer mit dem Pastetenkorb hindurchgeschritten war, in der ordentlichen Erscheinung eines Dienstmädchens aus besserem Hause, dass die Wachen ihr keine Aufmerksamkeit schenkten.

Dafür sprach eine in Lumpen gehüllte Frau sie an, feindselig: »Das ist meine Straße!«

»Keine Sorge, ich bin gleich wieder weg.«

Es konnte ihr nicht einmal peinlich sein, dass sie für eine Bettlerin gehalten wurde, obwohl sie doch die erfolgreiche Drachentöterin darstellen wollte. Nur nach Hause. Sie bahnte sich ihren Weg durch die Straßen. Atmete den vertrauten Geruch der Stadt ein, der Häuser, der vielen Menschen. Das Pflaster war wie ein lang vermisster Freund. Man warf ihr missbilligende Blicke zu, als sie in das ehrwürdige Alte Viertel einbog, dennoch versuchte niemand sie aufzuhalten.

Das blaue Tor. Moras Haus in der Sackgasse. Die verwitterte Fassade. Alles wie immer. Als wäre nichts geschehen, als wäre sie erst gestern hier gewesen.

Sie klopfte, und vor Aufregung schlug ihr das Herz bis zum Hals. Eine plötzliche Angst erfasste sie – würde wirklich alles sein wie immer? Lebte Mora noch hier, oder waren alle verschwunden wie in einem Albtraum, während Linn in Burg Ruath Drachenstaub vom Pflaster gekratzt hatte?

Ein Mädchen öffnete. Ein fremdes Mädchen. Sehr schön und sehr blond und sehr hochnäsig. »Ja, bitte?« Da hatte sie ihr Urteil über die Fremde vor der Tür längst gefällt. »Wir geben nichts.«

Ihr schlimmster Albtraum. Ungläubig starrte Linn auf das unbekannte Mädchen. Eine Dienstmagd, der Kleidung nach, aber dem Benehmen nach die Tochter des Hauses. Also wohnten hier fremde Leute?

»Ist Frau Mora denn nicht da?«, fragte sie bang.

»Wer will das wissen?« Mora selbst drängte sich dazwischen, schob die Magd beiseite. Mora, kleiner, als Linn sie in Erinnerung hatte, mit großen, funkelnden Augen, die noch größer wurden. »Die Stimme kenne ich doch.«

Linn schlug das Tuch zurück. »Ich bin wieder da. Darf ich hereinkommen?«

Mora starrte sie an. »Linnia? Bist du es wirklich? Aber das kann unmöglich sein. Träume ich? Siehst du sie auch, Agga?«

»Ja«, bestätigte die Blonde missmutig und rümpfte das hübsche Näschen. »Natürlich sehe ich sie. Kennt Ihr diese Person etwa, Herrin?«

Mora hielt die Tür weit auf. »Willst du erfrieren, oder was tust du da draußen? Rasch, rein mit dir!«

Sobald Linn über die Schwelle getreten war, fand sie sich in einer erdrückenden Umarmung wieder.

»Oh ihr Götter.« Mora stieß einen deftigen Fluch aus, den Linn ihr niemals zugetraut hätte. »Wir dachten, du seist tot. Mit jedem Tag, der vergangen ist … Bei Belim, oh barmherzigster aller Götter!«

Sie schob Linn in die Küche. »Hast du Hunger? Ist dir kalt? Komm, setz dich. Hier, nimm eine Pastete.«

Linn, die den ganzen Tag gewandert war, griff herzhaft zu. Während sie aß, saß Mora neben ihr, kopfschüttelnd, und scheuchte dann Agga auf, ohne sich von deren finsteren Blicken beeindrucken zu lassen. »Ein warmes Bad. Mach es nicht zu heiß. Und besorg etwas zum Anziehen. Stiefel und Beinwärmer und … ach, was rede ich, du weißt ja selbst, was man braucht.« Mora versank in Schweigen, während Agga Linn einen wütenden Blick zuwarf, etwas Unverständliches brummte und sich endlich bequemte, an die Arbeit zu gehen.

»Mora, ich …«

»Sag nichts«, unterbrach die Hausherrin sie. »Später. Aber jetzt … ich muss … ich weiß nicht, ob …« Mora fand keine Worte. Auch Linn hatte keine für sie. Willkommen zu sein – das genügte.

Gebadet, das nasse Haar zu einem ordentlichen Zopf gebunden, in warmen Strümpfen und einem langen Rock, einer dicken Tunika aus Wolle und einer hübsch bestickten Weste, kam Linn eine Weile später wieder hinunter. Nun war sie froh, dass Mora Bher nicht sofort gerufen hatte. Gewärmt und gestärkt, fühlte sie sich dazu imstande, den Fragen und Begrüßungen standzuhalten.

Ihr alter Meister saß am Esstisch und starrte sie an, dabei glitt eine Welle aus Rührung über sein Gesicht, die ihm die Tränen in die Augen trieb.

»Mora hat es mir gesagt, aber ich habe es nicht glauben wollen.«

Die alten Männer waren wie gelähmt von ihrem Anblick.

»Unser Fräulein«, flüsterte der sonst so stumme Kasidov.

»Hast es wohl zu Hause nicht ausgehalten ohne uns, wie?«, knurrte Roban und aß seelenruhig weiter. »Schön braun bist du geworden. Ich wusste gar nicht, dass Nelcken so weit südlich liegt.«

»Ein weiter Weg, mitten im Winter«, befand Lireck. »Dir ist schon klar, dass du eigentlich gar nicht in der Stadt sein darfst?«

»Seid still«, befahl Bher schroff. Er wandte sich an Linnia. »Wir haben sie in dem Glauben gelassen, dass du nach Hause zurückgekehrt bist, in dein Dorf. Konnte es nicht übers Herz bringen, ihnen die Wahrheit zu sagen.«

»Welche Wahrheit?«, wollte Borlin wissen.

»Die Garde hat die Nachricht verbreitet?«, fragte Linn.

»Nein – oh nein, sie haben sich sehr bedeckt gehalten. Trotzdem – nun, mir ist da etwas zu Ohren gekommen.«

»Halt den Mund, alter Mann«, sagte Mora scharf.

Bher seufzte. »Dachten, wir sehen dich nie wieder, Fräulein Linnia.« Er traute sich nicht. Die Frage zuckte um seine Mundwinkel, aber er stellte sie nicht. Sie musste es aussprechen. Die Lüge. Diese unglaubliche Geschichte, die ihr den Weg in den Palast bahnen sollte, mit der sie vielleicht sogar den Namen ihres Vaters ebenso wie ihren eigenen reinwaschen konnte.

»Der Drache hat mich mitgenommen, doch ich habe ihn getötet«, hörte sie sich sagen, als sei es eine Fremde, die das tatsächlich getan hatte, während sie selbst in Burg Ruath gefangen gewesen war.

Nun war es heraus. Bher hob den Kopf. Ungläubige Freude leuchtete in seinen Augen auf. »Du hast einen Drachen getötet?«

»Ja«, sagte Linn. Sie starrte beschämt auf die Tischplatte und wünschte sich, sie hätte wenigstens ihren Freunden, die ihr wie eine Familie waren, die Wahrheit sagen können. Bher verdiente es nicht, dass sie ihn belog. Auch Mora nicht. *Ich selbst,* dachte sie, *verdiene es ebenso wenig, eine Lügnerin zu sein. Aber vielleicht muss ich das sein, eine gemeine Lügnerin, bevor ich werden kann, was Nat Kyah mir auferlegt hat: eine Diebin.*

»Unser Fräulein ist großartig!«, jubelte Dorago. »Erzähl! Wie hast du das gemacht? Wir wollen alles wissen, jede Einzelheit!«

Selbst Bher beugte sich begierig vor. »Hast du ihn erledigt, mit dem Schwert? Ins Herz, mitten ins Herz?«

»Ja«, sagte Linn und ertrug es kaum, ihn anzusehen.

»Dann wird Pivellius gewiss ein Einsehen haben«, meinte Bher. »Oh, er wird dich begnadigen müssen! Eine Drachenjägerin, in meinem Haus! Bring den Wein her, Frau, unseren feinsten und besten, lasst uns darauf anstoßen!«

In wilder Fröhlichkeit füllten sie die Becher und tranken auf die glorreiche Rückkehr von Bhers junger Schülerin. Linn nippte nur kurz an der dunkelroten Flüssigkeit und dachte dabei an das Blut, das aus Nat Kyahs Wunde geflossen war. Sie hatte ihn nicht getötet. Nicht einmal angekratzt – das hatte er selbst erledigt.

Ich bin verdammt, wollte sie sagen. *Ich habe nicht gesiegt, ich habe gespielt und verloren. Bitternis erfüllt meinen Mund.*

Doch sie konnte die Freude der anderen nicht trüben. Lächelte, wenn man sie ansah. Einen Abend lang wenigstens wollte sie es genießen, wieder zu Hause zu sein, wollte all die schweren Gedanken abwerfen. Sie trank ihren Becher leer und versuchte zu lachen, versuchte aufzugehen im Lärm und in der Fröhlichkeit. Sie erzählte von dem bernsteinfarbenen Drachen und seiner dunklen Höhle, wie sie sich angeschlichen und ihn erstochen hatte.

»Es war gar nicht schwer«, prahlte sie, »ich musste nur leise sein, und meine Hand durfte nicht zittern. Er hatte keine Ahnung, dass ich dieses lange Messer an meinem Gürtel trug. Er hat geschlafen wie ein Stein und geschnarcht!« Sie breitete die Arme aus, in ihren Erzählungen wurde der Drache immer größer, immer farbenprächtiger, immer dümmer.

Die Männer webten eifrig mit an dieser Geschichte, die wie ein Lied aus alten Zeiten klang.

»Komm! Trink mit uns!«, rief Bher. »Sie ist wieder da!«

Linn drehte sich um.

Da stand Nival, bleich wie die Wand.

22

Nival kam Linn sogar noch dünner und blasser vor als früher, ein Gespenst seiner selbst. Sein strohblondes Haar stand struppig nach allen Seiten ab; gerade erst hatte er seine Schreibermütze abgenommen und hielt sie noch in der Hand.

»Komm, Junge!«, rief Lireck. »Stoß mit uns an!«

Nival reagierte nicht darauf. Er starrte Linn an, als sei sie eine Erscheinung. Dann drehte er sich um und verschwand, ohne auch nur einen Fuß ins Esszimmer zu setzen.

»Das ist ein Schock für ihn«, erklärte Bher fröhlich. »Er hat dein Zimmer bezogen, Linnia, nun muss er es wohl wieder räumen. Oder … oder wirst du im Schloss wohnen, wenn der König dich begnadigt?« Diese Möglichkeit fiel ihm erst jetzt ein und entsetzte ihn zutiefst. »Du wirst uns verlassen?«

»Langsam, langsam«, lachte Linn, aber in Gedanken war sie schon ganz woanders, »ich würde natürlich lieber hierbleiben, wenn möglich. Morgen, wenn ich hoch zum Schloss gehe, werden wir sehen, wie weit die Gnade des Königs reicht.« Sie schob ihren Stuhl zurück. »Ich sollte jetzt schlafen, ich habe einen langen Weg hinter mir. Ihr entschuldigt mich?«

»Du entschuldigst uns, hoffe ich, dass wir noch ein bisschen länger auf dich anstoßen!«, rief Roban.

»Bitte sehr.« Sie lächelte in die Runde. Fast glaubte sie selbst an die Rolle der glücklichen Heimkehrerin.

»Warte.« Mora erhob sich. »Agga ist schon nach Hause gegangen, sie wohnt nicht hier. Ich muss noch dein Bett neu beziehen.«

»Nein, nein«, wehrte Linn ab. Sie versuchte ihre Erleichterung zu verbergen, dass die neue Magd – die unverschämt hübsche Magd – hier kein Zimmer hatte. »Das kann ich selbst. Ich kenne mich hier aus, Frau Mora.«

Die Trinkrunde nahm die Hausherrin in Beschlag, und Linn ging allein die Treppe hoch. Vor der Tür zu ihrem alten Zimmer horchte sie, aber dahinter war alles still. Sie stieß sie vorsichtig auf und war enttäuscht, dass der Raum leer war. Nival war nicht hier. Sie zündete die Lampe an und blickte sich um. Auf dem Tisch vor dem Fenster standen noch seine Salbentöpfe. Ob er sie wohl häufig gebraucht hatte während ihrer Abwesenheit? Er hatte nicht gerade gesund ausgesehen. Die beiden Stapel – einer beschriebene Dokumente, der andere noch leere Seiten – zeigten ihr, dass er jedenfalls noch schrecklich viel arbeiten musste.

Das Fenster ging in den Hof hinaus, den eine dünne Schneeschicht bedeckte. Das Licht, das aus dem erleuchteten Esszimmer nach draußen fiel, erhellte den Platz und ließ ihn still und einsam erscheinen, obwohl das Gelächter der fröhlichen Gesellschaft bis nach hier oben drang. Linn kramte in der Truhe nach der Bettwäsche und zog ein neues Laken auf. Dann löste sie ihren Zopf und schüttelte das immer noch feuchte Haar aus.

Sie drehte sich um; dort an der Tür stand Nival. Wieder konnte er nichts anderes tun, als sie wie gebannt anzustarren.

Wenn sie von ihm geträumt hatte auf Burg Ruath, hatte sie jenen anderen Nival vor sich gehabt, der im Hinterhof gekämpft und sie danach nach Hause begleitet hatte. Dieser echte Nival war erschrocken und wirkte ausgezehrt und kränklich, eine bemitleidenswerte Gestalt, die zu schwach schien, um ein Tintenfass zu halten.

»Entschuldigt.« Mit heiserer Stimme trat Nival sofort wieder den Rückzug an. »Ich wusste nicht, dass Ihr hier seid, ich wollte nur …«

»Ihr könnt Eure Sachen ruhig in dem Zimmer lassen«, sagte sie. »Ich weiß ja gar nicht, wie lange ich überhaupt bleiben kann. Ich will Euch nicht vertreiben, wirklich nicht. – Oder braucht Ihr etwas davon? Seid Ihr mal wieder verletzt?«

»Nein«, sagte er leise und trat vorsichtig näher, als sei sie eine Flamme, an der er sich verbrennen könnte.

»Ihr seht aber so aus. Seid Ihr sicher, dass Euch nichts fehlt?«

»Ich bin lange krank gewesen.« Zögernd wagte er noch einen Schritt.

»Gewesen? Ihr seid immer noch krank, oder?«

Er schien mit seinen Augen zu kämpfen, die zu ihr huschten und die er gewaltsam davon abhalten wollte. Er starrte auf seine Schuhe, dann zuckte sein Blick wieder zu ihr.

»Was … was habt Ihr da?« Er zeigte auf ihr Gesicht.

»Wo? Was meint Ihr?«

Widerstrebend streckte er die Hand aus und berührte ihr Kinn. »Eine Schürfwunde? Ihr solltet sie behandeln, damit keine Narbe zurückbleibt. Und Euer Arm.« Seine Stimme gewann an Festigkeit. »Ihr seid verletzt. Es scheint ziemlich tief zu sein. Lasst mich mal sehen.«

»Es geht schon«, meinte Linn und versteckte die Hand hinter ihrem Rücken. »Es wurde magisch behandelt.«

»Das reicht nicht. Um einem das Leben zu retten, erst einmal schon. Davon hört es auf zu bluten, und es nimmt den Schmerz. Das kann einen natürlich dazu verführen, zu glauben, jetzt sei alles in Ordnung. Aber ich kann Euch versichern, so ist es nicht.«

»Aus eigener Erfahrung, wie?«

Es klang wie ein Angriff, doch er parierte ihn nicht, sondern streckte sofort die Waffen.

»Ja«, sagte er. »Letztendlich bleibt mir meistens nichts anderes übrig, als Tante Mora um Hilfe zu bitten, auch wenn sie danach tagelang mit mir böse ist.« Er öffnete einen Salbentopf, schnupperte daran und wählte den nächsten.

»Oder musstet Ihr diese neue Magd verarzten?«

»Warum sollte ich?«, fragte er zurück.

»Sie sieht aus, als würde sie in Ohnmacht fallen, sobald jemand in der Nähe ist, der sie auffängt.«

Er lächelte und sagte nichts.

»Sie ist garantiert so ungeschickt, dass sie sich ständig schneidet.«

»Nein«, widersprach er, »sie ist sogar ziemlich geschickt, wenn sie sich bemüht. Tante Mora ist recht zufrieden mit ihr.«

Das hörte Linn gar nicht gerne.

»Dann seid ihr ja ganz gut ohne mich ausgekommen«, meinte sie patzig, während Nival die richtige Salbe auswählte und sich ihr wieder zuwandte.

Er ging nicht auf ihre Bemerkung ein. Er warf ihr nur einen Blick zu, ohne zu lächeln. Zum ersten Mal fiel ihr auf, wie grau seine Augen waren und wie viel Schmerz darin lag. Der Gedanke durchzuckte sie, ob sie vielleicht der Grund dafür war. Einen Moment lang gestattete er ihr diesen Einblick in sein Inneres. Die Welt stand still, und ihr Herz schlug schneller, und kurz, flüchtiger als ein Blinzeln, dachte sie, jetzt würde etwas geschehen, irgendetwas Bedeutsames, das alles ändern würde.

Doch dann senkte er die Lider.

»Diese hier, würde ich sagen, sie ist etwas stärker. Dafür wird es gehörig brennen.« Ohne Linn um Erlaubnis zu bitten, tauchte er den Finger in die Salbe und schmierte sie ihr ans Kinn. Er hatte recht, es tat weh, aber in ihrer Kehle brannte noch etwas anderes, ein plötzlicher Hunger, den sie nicht einordnen konnte.

»Es ist Winter.« Nival räusperte sich; seine Stimme versagte, wie immer, wenn er mit ihr reden wollte, wie damals. Als wäre sie nicht ein halbes Jahr lang fort gewesen.

»Ja«, bestätigte sie leise. »Es war ein weiter Weg. Ein sehr weiter Weg.«

»Ihr habt einen Drachen getötet?«

Sie war froh, dass er sich nun ihren Arm vornahm und sie ihm nicht in die Augen schauen musste. Ob ihm wohl auffiel, dass sie ohne ihren Verlobungsring zurückgekehrt war? »Offenbar, sonst wäre ich wohl nicht wieder hier. Au!«

»Setzt Euch, ich kann es sonst nicht richtig sehen.«

Sie ließ sich auf der Bettkante nieder und schob den Ärmel ihrer Tunika hoch. Die Wunde, die Rania ihr zugefügt hatte, war tatsächlich ernster, als Linn sich eingebildet hatte. Sie war so auf ihre neue Aufgabe konzentriert gewesen, dass sie gar nicht hatte wahrhaben wollen, dass sie immer noch verletzt war.

»Stillhalten«, befahl Nival. »Ich muss den Schorf entfernen, sonst heilt es so, wie es ist, und Ihr behaltet eine Narbe, tief wie eine Ackerfurche. Meine Güte, woher habt Ihr das? Ihr hättet verbluten können.«

»Das bin ich wohl auch fast.« Sie musste ihn ablenken, bevor ihm auffiel, dass es sich um einen Messerschnitt handelte, der wohl kaum von einem Drachen stammen konnte. »Und Ihr? Habt Ihr viel gekämpft in letzter Zeit?«

»Ja«, antwortete er leise, über ihren Arm gebeugt. »Das habe ich. Mehr, als mir guttat.«

Sein Eingeständnis überraschte sie. »Aber – ich hatte doch Eure Maske.«

»Ich habe mir eine neue genäht. Sagte ich Euch nicht schon damals, dass es nichts nützt, sie mir wegzunehmen?«

»Und ich habe Euch damals schon gesagt, dass Ihr das lassen sollt! Wenn Ihr Euch unbedingt umbringen wollt – Ihr macht den Anschein, als wäre Euch das fast gelungen. Bei Arajas, Ihr seht aus wie der leibhaftige Tod.«

Er schwieg, und sie hätte fast gefragt: War es meinetwegen? Aber wie konnte sie auch nur vermuten, dass er sich absichtlich zugrunde richtete, weil er sie für tot hielt? Nival hatte nie angedeutet, dass er irgendetwas für sie empfand. Weil sie von ihm geträumt hatte, hieß das noch lange nicht, dass er auch von ihr träumte oder dass er darum gekämpft hatte, sie in seinem Herzen zu begraben, eine gescheiterte Drachenjägerin, die der Drache entführt und verschlungen hatte.

»Ich war sehr krank«, sagte er schließlich.

»Und«, sie biss die Zähne zusammen, als er die Salbe auftrug, und sprach dann schnell weiter, »Ihr habt Euch trotzdem verprügeln und auspeitschen lassen und was weiß ich noch – oder meint Ihr mit Eurer Krankheit die Folgen Eurer Kämpfe?«

»Nein«, sagte er, »ich habe gewonnen. Etwas zu oft, als klug ist. Niemand will mehr auf mich wetten. So, Fräulein Linnia. Die Stelle muss ich verbinden.« Er stand auf und holte einen Packen weißer Tücher aus einer kleinen Kiste, die nicht zu ihren eigenen spärlichen Besitztümern gehörte. »Ihr seid wohl stets mit Salben und Verbandszeug versorgt.« Das beunruhigte sie mehr, als sie sich eingestehen wollte. »Und Ihr habt Übung darin, Wunden mit diesem Zeug zu verarzten. Anscheinend ruft Ihr Mora nicht so oft zu Hilfe, wie es nötig wäre.«

»Anscheinend nicht«, gab er zu. »Was habt Ihr noch?«

»Wieso meint Ihr, ich hätte noch mehr?«

»Na los«, forderte er, nun alles andere als schüchtern. »Ihr habt gekämpft, das kann es ja wohl kaum gewesen sein.« Seine anfängliche Unsicherheit war verflogen, jetzt war er in seinem Element. Seufzend gab sie nach. »Mein Kopf tut weh, ich hab einen gehörigen Schlag abgekriegt.«

Einen Moment dachte sie, er würde sich nicht trauen. Doch dann legte er seine Hände auf ihr Haar und betastete ihre Kopfhaut. Als sie zusammenzuckte, hielt auch er den Atem an. »Tut mir leid. Seid Ihr in einen Steinschlag geraten? Ist die Höhle eingestürzt?«

Zum ersten Mal schwang ein echtes Lächeln in seiner Stimme mit, ein kaum sichtbares, leicht spöttisches Lächeln.

»Da waren noch mehr Gefangene. Mit denen bin ich aneinandergeraten. Es ist eine ordentliche Beule, nicht wahr? Kann man das auch magisch behandeln?«

Seine Hände verweilten auf ihrem Haar. Sie spürte, wie er am ganzen Körper bebte. Ihm musste bewusst sein, dass sie es fühlte, aber zu ihrem Erstaunen ließ er seine Finger liegen. Sie bewegten sich beide nicht; ihr war, als würde die Wärme seiner Fingerspitzen bis in ihr Herz fließen.

»Ja«, sagte er schließlich. »Nicht mit Salbe, dafür würde ich etwas von diesem Öl nehmen.« Er wandte sich ab und kam mit einem kleinen Fläschchen wieder. Nur ein paar Tropfen träufelte er auf die Schwellung, da fühlte Linn schon, wie die Kopfschmerzen sich auflösten, wie die Stelle wunderbar kühl wurde und aufhörte zu pochen.

»Ich habe noch weitere Verletzungen«, sagte sie hastig, selbst überrascht von der Gier nach seinen Händen auf ihrer Haut. »Einen Messerstich am Rücken. Den spüre ich auch noch. Ich dachte, eine einmalige Behandlung würde ausreichen, und hatte mich auch schon gewundert, warum es immer noch schmerzt.«

»Zeigt her.«

Sie wollte gerade ihre Tunika hochheben, um ihn einen Blick auf die Stichwunde werfen zu lassen, als Mora ins Zimmer platzte.

»Nival! Was machst du hier im Zimmer der jungen Dame! Linnia! Das kann doch wohl nicht wahr sein!«

Mit hochrotem Kopf huschte Nival hinaus. »Wir sprechen uns noch!«, rief seine Tante ihm nach, bevor sie sich wutschnaubend an das Mädchen wandte.

»Was wird das hier? Allein in einem Zimmer, noch dazu nachts? Ich dachte, ich kann dir vertrauen!«

»Das könnt Ihr auch«, versicherte Linn hastig. Ihr schauderte bei dem Gedanken daran, wie es für Mora ausgesehen hätte, wenn sie nur einen Moment später hereingekommen wäre. »Er wollte bloß seine Sachen holen. Wir haben ein wenig geredet, und er hat gefragt, wo ich so lange gesteckt habe. Wirklich, Frau Mora, was denkt Ihr von mir?«

»Euch unterhalten könnt ihr auch unten in der Essstube oder in der Küche. Aber zwei junge Leute, die nicht verheiratet sind, ohne Aufsicht, ohne irgendjemanden, der auf sie aufpasst – was hast du dir bloß dabei gedacht? Was hast du ihm erlaubt zu denken?«

»Nichts«, beteuerte sie. »Rein gar nichts. Ich bin verlobt, das weiß er. Keiner von uns würde das jemals vergessen. Ich habe ganz gewiss nicht die Absicht, Euren Neffen zu verführen, Frau Mora.« Linn erlaubte sich ein kleines Lachen, doch Moras Gesicht blieb eisig. »Dürfen wir nicht ein wenig miteinander reden? Wir haben uns so schrecklich lange nicht gesehen, und ich gehöre doch irgendwie zur Familie … fast …« Linns Stimme erstarb. Von Moras Freundlichkeit, mit der sie das Mädchen am Abend aufgenommen hatte, war nichts mehr übrig.

Das Stirnrunzeln der älteren Frau glättete sich ein wenig. »Na gut«, sagte sie. »Dann will ich dir das glauben. Aber es wäre grausam, in Nival eine Hoffnung zu wecken, die sich nie erfüllen kann. Er hat eine große Zukunft vor sich, und ich erlaube nicht, dass du ihm das verdirbst. Uns bleibt nichts anderes übrig, als so zu tun, als wäre nichts passiert. Doch ich warne dich, Linnia. Du bist immer noch eine Verdammte, verstoßen vom König persönlich – wenn du auf Gnade hoffst, wäre es alles andere als günstig, wenn Zweifel an deinem Lebenswandel aufkämen.«

»Aber«, stammte Linnia, »Ihr verratet doch nichts?«

»Nein«, versprach Mora. »Ich werde schweigen. Aber ich will dich nie wieder allein mit Nival erwischen, ist das klar? Wenn er etwas holen muss, soll er klopfen, und du reichst es ihm hinaus. Es gibt keinen Grund, warum er zu dir ins Zimmer kommen sollte. Überhaupt keinen.«

»Ich weiß. Ich hab's verstanden.«

»Na hoffentlich.« Die Hausherrin wandte sich zum Gehen. »Ob du überhaupt hierbleiben kannst, das wird sich morgen zeigen. Und ob ich dich hierlassen kann, wenn die Gefahr besteht, dass du Nivals Leben und seine Karriere zerstörst – das muss ich mir noch durch den Kopf gehen lassen.«

Linn sagte kein Wort. Sie machte ein betretenes Gesicht, was ihr nicht schwerfiel. Unzählige verwirrende Gefühle jagten durch sie hindurch und hinterließen Spuren. Als Mora mit Nachdruck die Tür hinter sich zuschlug, ließ Linn sich auf ihr Bett sinken und seufzte tief.

Ich will nichts von Nival. Ich bin keine Gefahr für seine Karriere, und er ist keine für meine Keuschheit.

Trotzdem war ihr das Herz schwer, als sie sich auszog und unter Verrenkungen die Salbe selbst auf die Wunde auftrug. Was hätte er wohl gesagt, wenn er ihren Rücken gesehen hätte?

Oh, es scheint, jemand wollte Euch umbringen, Fräulein Linnia. Kaum merklich, dieser feine Spott in seinen Worten. *Ja,* würde sie bestätigen, *aber es ist ihm nicht gelungen.*

Die kühlende Salbe auf ihrer Haut. Seine sanften Hände.

Oh verdammt, verdammt!

Am nächsten Morgen ging Linn zum Schloss hoch. Es war so kalt, dass ihr Atem kleine Wölkchen bildete. Innerlich jedoch wurde ihr immer heißer, je näher sie dem Gebäude kam, das wie die Hörner und der Kamm eines Drachen aufragte. Bher hatte angeboten, sie zu begleiten, aber sie wollte nicht, dass er zugegen war, wenn sie wieder log und dabei vielleicht versagte.

Die Wachen am Tor erkannten sie, trotz des Tuchs, das sie sich um den Kopf geschlungen hatte, und traten ihr mit gekreuzten Lanzen entgegen.

»Halt! Seid Ihr nicht die Verbannte des Königs?«, fragte der eine von beiden.

»Ja«, fügte der Zweite hinzu. »Das ist sie. Sonst kam sie immer mit dem Korb.«

»Ihr habt recht«, sagte Linn. »Ich bin hier, um eine Aufhebung der Verbannung zu erwirken. Wenn Ihr mich nicht durchlassen wollt, könntet Ihr dann jemanden von der Garde herrufen? Herrn Okanion am besten? Bitte, es ist wichtig.«

Die beiden Wächter schüttelten einvernehmlich die Köpfe. »Ihr werdet diesen Hügel sofort verlassen, Fräulein. Wir müssen uns an unsere Befehle halten.«

»Tut uns leid«, fügte der Zweite sogar hinzu, und es klang nach ehrlichem Bedauern. »Aber Ihr solltet hier sofort verschwinden, wenn Ihr nicht gefesselt über die Grenze geschleppt werden oder gar im Kerker landen wollt.«

In diesem Moment tauchte auf der anderen Seite des Tors eine vertraute Gestalt auf. Die Glöckchen an seiner Mütze klingelten, als Jikesch schrie: »Sie ist wieder da! Die schöne Drachenjägerin! Waldhaar! Drachentod! Oh, mein Herzblatt, meine Allerliebste!«

»Sei still«, fuhr ihn der Wächter an. »Du bringst es noch dahin, dass wir sie verhaften müssen.«

»Sie ist da!« Er überschlug sich vor Begeisterung, mit einer Reihe von Flickflacks wirbelte er über den Hof. »Sie ist zu Hause, bei mir! Feuertod, Drachenhaar, die Dame mit dem Zopf! Sie hat den Drachen damit erwürgt, den bösen Drachen! Sie hat ihn bezwungen und verspeist! Hört alle her!« Mit seinem Geschrei schaffte es der Narr, dass alle im Hof hersahen. Wer nichts zu tun hatte, kam neugierig herbei. »Sie ist zurück!«, schrie er. Die Worte hallten über den Hof, wurden von den Mauern zurückgeworfen und von den Zuhörern aufgegriffen.

»Sie ist zurück? Wer? Das Mädchen, das gegen Drachen kämpfen wollte? Die Verbannte? Harlon? Sagtest du, ihr Name sei Harlon?«

»Jetzt«, meinte der Wächter säuerlich, »weiß es jeder. Kommt.« Er packte Linn am Arm und zog sie in den Hof. »Das wird böse enden, Fräulein.«

Der Narr eilte auf sie zu und warf sich ihr in den Weg, sodass der Wachmann stehen bleiben musste. Jikesch umklammerte ihre Stiefel und verbeugte sich so tief, dass seine Stirn den Boden berührte. »Du bist zurück, Herzallerschönste«, stammelte er. »Drachenjägerin, deine Augen sind wie die Zähne des Untiers, sie fressen mir das Herz aus dem Leib.«

»Hör schon auf«, meinte Linn verlegen. Sie freute sich schrecklich, ihn wiederzusehen, aber die Aufmerksamkeit, die er heraufbeschwor, war ihr unangenehm. Hatte sie doch gehofft, das Ganze heimlich zu erledigen, mit Okanion zu sprechen und eine Begnadigung zu erreichen, ohne dass ihre Rückkehr allgemein bekannt wurde.

»Ist es wahr?« Prinz Arian persönlich zügelte seinen Schimmel direkt neben ihr. »Unsere kleine Drachenjägerin ist zurück?«

Sie schaute zu ihm hoch und bemühte sich, ein möglichst unerschrockenes, selbstsicheres Gesicht zu machen. »Ich habe den Drachen getötet.«

»Dass wir Euch lebend hier wiedersehen, spricht dafür«, gab Arian zu. Sein ernstes Gesicht mit den dunklen Brauen verriet keine Freude, keine Erleichterung. Mit unerbittlicher Strenge blickte er auf sie herunter. »Erstattet mir Bericht.«

»Hier, vor allen?«

»Ich bringe Euch gewiss nicht noch einmal ins Schloss, Fräulein Harlon. Redet.« Er brauchte nicht hinzuzufügen, dass sie, falls ihre Geschichte ihm nicht gefiel, sofort hinausbefördert werden würde.

Nun denn. Und jetzt lüg. Lüg um dein Leben.

Wie der Drache sie mitgenommen hatte. Wie sie sich in seiner Höhle wiedergefunden hatte, einem dunklen Loch, in dem außer ihr noch weitere Mädchen gehaust hatten. Wie sie ihn erstochen hatte, im Schlaf, den gewaltigen Drachen. Das alles erzählte sie und fühlte selbst, wie die Lüge aus jedem ihrer Worte schimmerte.

»Wo ist die Höhle?«, wollte der Prinz wissen. »Der Schatz gehört der Krone.«

»Ich weiß, aber da war kein Schatz.« Das fehlte noch, dass Soldaten ausgeschickt wurden, um Nat Kyahs Reichtümer zu bergen.

»Nicht?« Der Prinz zog ungläubig die Brauen hoch.

»Der Drache sagte, hübsche Jungfrauen seien sein Schatz.«

Die Zuhörer hingen förmlich an ihren Lippen. Im Gegensatz zum Sohn des Königs schienen sie ihr alles zu glauben. Aber keiner von ihnen hatte die Erfahrung eines Drachenjägers. Die Dienstboten, die Wächter, die adligen Herren und Damen kannten Drachen nur vom Hörensagen.

Arian verzog spöttisch die Mundwinkel. »Dann habt Ihr ihn also erledigt, mit einem Stich ins Herz?«

Sie öffnete den Lederbeutel an ihrem Gürtel und holte die Schuppe heraus. Die Umstehenden stießen Laute des Entzückens aus.

»Was ist das? Gold? Es glänzt, seht nur, das muss ein Teil des Schatzes sein!«

Sie hielt dem Prinzen die bernsteinfarbene Scheibe hin. »Ihr wisst, was das ist.«

Er nahm die Drachenschuppe entgegen. »Ja«, sagte er und klang auf einmal ehrfürchtig. »Das ist von ihm …« Er betrachtete Linn mit einem völlig neuen Ausdruck im Gesicht. »War er es?«, fragte er leise. »Der Drache, der meine Mutter umgebracht hat?«

Ja, wollte sie sagen. Er ist es. Aber wie hätte sie dann noch behaupten können, dass er tot war? Wie hätte sie Arian in dem Glauben lassen können, dass der Mörder der Königin ein für alle Mal besiegt war? »Nein«, sagte sie daher, »ich glaube nicht. Dieser Drache hätte nie eine hübsche Frau fallenlassen.«

»Respekt«, murmelte er. »Ich muss gestehen, ich habe Euch bisher kein Wort Eurer wohl einstudierten Rede geglaubt. Doch dies ist ein Beweis, den ich nicht ignorieren kann. Das Ungeheuer von Gota ist tatsächlich tot, wie es scheint.«

»Wisst Ihr noch, was Ihr mir versprochen habt?«, fragte Linn. »In jenem Dorf, in der Nacht, bevor der Drache kam?«

Der Prinz zögerte. Dann scheuchte er mit einer Handbewegung alle davon. »Wir wollen alleine reden. Ihr auch«, wandte er sich an die Wächter. »Lasst sie los.«

Nur der Narr blieb zu Linns Füßen sitzen, während die Menge sich gehorsam verzog.

Arian sprang vom Pferd und wirkte sofort viel weniger königlich und furchteinflößend. »Kommt«, sagte er, »lasst uns ein Stück gehen.«

Verwundert lief sie neben ihm her. Sie konnte fühlen, dass er nach Worten suchte, dass irgendetwas Unangenehmes bevorstand.

»Es nützt nichts«, meinte sie schließlich. »Wolltet Ihr mir das sagen? Ich habe den Drachen besiegt, aber das ist für Euren Vater kein Grund, die Verbannung aufzuheben?«

Prinz Arian blieb stehen, schmerzlich verzog er das Gesicht. »Ich möchte es vermeiden, ihn mit dieser Angelegenheit zu behelligen. In Eurem Interesse, Fräulein Harlon, wie auch in meinem eigenen, denn diese Vereinbarung damals in Gota ...«

Zum ersten Mal entdeckte Linn in den sonst so kühlen, abweisenden Zügen des hochmütigen Prinzen etwas Menschliches. »Ich will ganz offen sein. Ich hatte kein Recht, Euch dieses Versprechen zu geben. Die Befehle meines Vaters gelten, und er hat nicht immer ein offenes Ohr für mich. Ich möchte ihm ungern davon berichten.«

»Ihr würdet es abstreiten?« Fassungslos starrte Linn ihn an. »Ritter Okanion war auch dabei. Ach.« Jetzt verstand sie. »Da es einen Zeugen gibt, möchtet Ihr, dass ich die Sache von mir aus fallenlasse? Dass ich einfach wieder gehe, als wäre nichts geschehen?«

»Ich bitte Euch nur, kein großes Aufheben davon zu machen. Ich werde mit meinem Vater reden, aber … nun, im Moment wäre das ungünstig. Wir erwarten wichtigen Besuch. Ich muss das auf einen passenderen Zeitpunkt verschieben.«

Doch sie hatte keine Zeit. In sechs Viertelmonden erwartete der Drache von ihr den grünen Stein. Wenn der Prinz sie jetzt wegschickte, wie sollte sie dann ins Schloss gelangen und Schmuckstücke stehlen?

»Nein«, flehte sie, »Ihr wollt doch damit nicht sagen, dass ich nach wie vor verbannt bin? Wo soll ich denn hin? Ich bin mondelang gewandert, durch Kälte und unwirtliche Gegenden, um hierherzugelangen«, wie eindringlich klang das, wie ehrlich, wie verzweifelt, »und jetzt, da ich endlich wieder in Lanhannat bin, schickt Ihr mich weg?«

Arian rang mit sich. »Bleibt meinetwegen in der Stadt«, meinte er schließlich. »Lebt, wie Ihr immer gelebt habt. Schweigt davon, dass Ihr einen Drachen besiegt habt. Ich kann Euch nicht in meine Garde aufnehmen, ohne Aufsehen zu erregen. Also bitte, bleibt möglichst in Deckung.«

»Ich soll also leben, wie ich immer gelebt habe?«

Er nickte.

Vielleicht ahnte er nicht, dass diese Worte ihr Möglichkeiten boten, von denen sie schamlos Gebrauch machen würde. »Na gut. Ich halte mich bedeckt. Dann gebt mir die Drachenschuppe zurück.« Sie streckte die Hand aus. »Ich möchte ungern, dass dieser Beweis zufällig verschwindet.«

»Ich bewahre das für Euch auf.« Wut glomm in seinen Augen auf. Der Prinz hielt die glänzende Scheibe fest, aber Linn war nicht gewillt, sich von diesem Schlüssel zum Wohlwollen des Königs zu trennen.

»Gebt her. Das gehört mir.«

Der Narr begann leise zu kichern. »Oh, der königliche Stehler! Der Drachensammler! Will er den Schatz? Will er den Drachen? Schmückt sich damit, Drachentöter er, prinzlicher?«

Arian trat ärgerlich nach Jikesch, der sich unter lautem Lachen über den Boden rollte.

»Hier, nehmt.« Widerwillig reichte er Linn die Schuppe. »Obwohl sie eigentlich an die Mauern des Schlosses gehört, zum Beweis der Stärke des Königs und seiner Drachengarde.«

»Wenn ich dazugehöre, dann schon«, gab Linn zurück, »wenn nicht, dann wohl kaum. Will der König sich etwa mit den Taten von Verbannten schmücken?«

Arian schnaubte zornig, ließ sie stehen und ging mit großen Schritten davon.

Der Narr kroch zu Linn, schmiegte sich wie ein Hund an ihr Bein und seufzte.

»Danke«, sagte sie. »Er hasst nichts mehr, als wenn man ihn bei einer Peinlichkeit erwischt.«

Jikesch breitete die Arme aus. »Der peinliche Prinz! Soll die ganze Welt davon erfahren!«

»Ja, du würdest schon dafür sorgen.« Sie lächelte ihn an. Jetzt erst merkte sie, wie sehr sie ihn vermisst hatte. »Du bist der beste Freund, den ich habe.«

Vor Entzücken über das Lob sprang der Narr in die Höhe und tanzte um sie herum. Schließlich ließ er sich mit einem erneuten Aufseufzen vor ihr auf die Knie sinken und griff nach ihrer Hand. Ohne ein einziges Wort küsste er ihre Fingerspitzen. In dieser Geste der Verehrung lag so viel feierlicher Ernst, dass Linn davon merkwürdig berührt wurde. Sie bückte sich und umarmte ihn.

Der Narr stieß einen schrillen Schrei aus, sprang davon und schrie: »Sie liebt mich! Oh, sie liebt mich!«

Ein paar Mägde, die mit großen Körben beladen vorübergingen, warfen Linn belustigte Blicke zu.

»Herzlichen Glückwunsch! Wir gratulieren!«

Es war Zeit, das Feld zu räumen.

»Kaum zu glauben, dass du einen Drachen getötet hast«, schimpfte Bher. »Du hast nachgelassen.«

»Ich war lange unterwegs, und da gab es kaum Gelegenheit zum Kämpfen!«

Ihr Meister hatte natürlich recht. Die Kostprobe ihres Könnens, die er verlangt hatte, war zu ihren Ungunsten ausgefallen. Der alte Mann tänzelte über den Hof wie ein jugendlicher Ritter, während sie immer noch die Sonne in den Knochen spürte und die trägen Stunden im Hof, wo der Drache herumlag und sich vorlesen ließ.

Der Hass auf Nat Kyah verleitete sie zu wütenden, hektischen Bewegungen, die Bher nur zum Knurren brachten, außerdem machten die Lügen ihre Füße schwer und wollten sie am Boden festnageln. Ihr Körper schien die fließenden Bewegungen, für die ihr Lehrer sie immer so gelobt hatte, verlernt zu haben.

»Und du willst in die Garde?«, wunderte er sich. »Wer bist du, Fräulein? Die Linnia, die ich unterrichtet habe, bist du jedenfalls nicht.«

»Beleidigt mich nicht, alter Mann!« Sie sprang nach vorne, das Schwert erhoben, doch Bher vollführte eine elegante Drehung, und ihre Waffe schepperte auf den Boden.

Linn hob sie auf und strich den Schnee von der glänzenden Klinge.

»So fühle ich mich«, sagte sie leise. »Eingefroren. Frost in meinen Händen und meinem Herzen.« *Ich bin nicht einmal gegen Rania angekommen,* dachte sie müde. *Die war bloß eine Gräfin, keine Kriegerin. Seit Nat Kyah mich besiegt hat, kann ich nicht mehr kämpfen.*

»Ich verstehe, dass du enttäuscht bist«, meinte Bher. »Du dachtest, dein Name wäre wieder dein. Der Prinz hat dich belogen. Ist dir denn nie der Gedanke gekommen, dass er dir ein falsches Versprechen gab, nur um dich dazu zu bringen, dich auf diese Entführung durch den Drachen einzulassen? Es war der perfekte Weg, um dich loszuwerden und zugleich vor dem Dorf als Retter dazustehen. Es ist immer leicht, jemanden zu opfern, um den niemand weint.«

»Ich habe ihm geglaubt. Ich mag ihn nicht, aber ich hätte nicht gedacht, dass er ein Lügner ist.«

Doch sobald sie das Wort ausgesprochen hatte, traf sie ihre eigene Schuld wie ein Schwertstreich.

Und was tust du? Belüg den Prinzen und die Garde, belüg, wen immer du willst. Aber Bher und Mora verdienen die Wahrheit!

Sie konnte sie ihnen jedoch nicht anvertrauen, diese Wahrheit, die ihr wie bitteres Gift auf der Zunge lag. Allein der Gedanke daran, dass sie die Dienerin eines Drachen war, tat so weh, dass ihr Geist jedes Mal davor zurückzuckte, wenn sie nur an die Erinnerung rührte. Wenn sie aus ihrem Beutel die bernsteinfarbene Schuppe herausholte und betrachtete. Geschmolzenes, halb durchsichtiges Gold, wie die kostbare Krone ihres eigenen Königs, aus dessen Herrschaft sie nicht entkommen konnte. Ihr war, als würde sie sein Zeichen auf sich tragen, seinen Namen, wie eine unsichtbare Fessel.

Wie sollte man denn kämpfen, gefesselt?

Sie schuldete Bher die Wahrheit, aber sie brachte kein Wort

davon über die Lippen. Für ihn war es ganz selbstverständlich, dass sie ihre alte Kammer wieder bezog. Dass sie dort weitermachten, wo sie vor ihrer Entführung aufgehört hatten. Linn vermutete, Mora hatte nichts davon verraten, dass sie Nival nachts bei ihr erwischt hatte.

»Er hat also gesagt: Lebe wie immer. Nun, dann tun wir das. Du brauchst Unterricht, Linnia. Was würdest du tun, wenn sie dich tatsächlich in die Garde aufnehmen und du stolperst bloß herum so wie hier? Die Schande nehme ich jedenfalls nicht auf mich. Jetzt beweg dich endlich. Zeig mir, wer du bist. Du bist enttäuscht? Linnia Harlon lässt sich nicht kleinkriegen. Du hast eine Drachenschuppe? Das interessiert mich nicht. Ich will einen anderen Beweis dafür, wer du bist. Greif an!«

»Ihr wollt sehen, wer ich bin?«, schluchzte sie auf. »Das hier bin ich!« Sie warf das Schwert in den Schnee. Eine Besiegte. Keine Drachenjägerin, wie sie allen verkündete, sondern eine Verliererin. Eine Dienerin, eine Leibeigene, keine stolze Ritterin.

Linn drehte sich um und rannte ins Haus. Vorbei an Mora in der Küche, die Treppe hoch, wo sie mit Agga zusammenstieß, und in ihr Zimmer. Sie knallte die Tür zu, Tränen schossen ihr aus den Augen, der Schmerz krallte sich um ihr Herz wie eine eiserne Faust, die ihr die Luft abschnürte.

»Du willst eine Drachenjägerin sehen, Bher? Ich bin keine mehr. Ich bin keine.«

Die Tränen flossen stärker. Sie presste das Gesicht ins Kissen und heulte sich die Seele aus dem Leib. Doch irgendwann kamen keine Tränen mehr nach. Sie lag da, drehte sich schließlich auf den Rücken und starrte an die Decke.

»Ich bin besiegt«, sagte sie laut. »Träume werden zu Albträumen, aus denen man nicht entkommt.«

Versteck dich, befahlen die uralten Erinnerungen. *Duck dich. Sie fliegen über dich hinweg und werden dich nicht bemerken …*

Dafür sah sie die Drachen vor sich, wie sie dahinglitten. Nicht in ihrem Traum, sondern in Brina. Ihre Flügel rissen die Schindeln von den Dächern. Wie die Häuser brannten, wie die Pferde über die Straße hetzten mit Flammenmähnen. Wie Binia lief, auch ihr goldenes Haar in einen Kopfschmuck aus Feuer verwandelt.

Ich muss lernen, wie man Drachen tötet, hörte sie sich selbst sagen. Es kam ihr vor, als sei das viele Jahre her, ein ganzes Leben. *Dann komme ich zurück. Ich verspreche es.*

»Drachenmaid«, jubelte Jikesch. Sie hörte seine Stimme in ihrem Ohr, als würde er direkt neben ihr sitzen. »Drachenmaid. Schwertmaid. Sie ist wieder da!«

»Bin ich das?«, fragte sie leise.

Erkenne, wer du bist. Erkenne, wer deine Feinde sind. Erkenne, wer deine Freunde sind. Dann bist du unbesiegbar.

Erkenne, wer du bist.

Linn stand auf und blickte aus ihrem Fenster in den Hof hinunter. Bher wartete immer noch auf sie. Er malte mit der Dornlanze Muster in den Schnee.

Sie beugte sich über die Waschschüssel und wusch sich das Gesicht. Rot und verquollen. Bestimmt sah sie fürchterlich aus. Dagegen gab es keine magischen Salben, gegen Tränen und Herzeleid. Sie schaute sich um. Nival hatte seine Sachen noch nicht abgeholt. Irgendwo musste doch … Entschlossen riss sie die Schranktür auf. Kramte sich durch sämtliche Schubladen und Truhen, durch seine Hemden und Beinkleider und Mäntel. Fand schließlich in einem Fach die Ausrüstung des Affen von Lanhannat. Ein Netz. Die knielange Hose. Und die Maske.

Der Drache hatte die alte verbrannt, aber was hieß das schon? Man konnte sich immer wieder eine neue anfertigen. Sie roch nach Leder. Nach Schweiß und Blut, nach den dunklen Hinterhöfen von Lanhannat. Als Linn sie anlegte, war ihr bewusst, dass Nival sie getragen hatte, Nacht für Nacht, während er gegen ihren Tod gekämpft hatte, an den er glauben musste.

Sie wusste es einfach.

»Aber ich bin nicht tot«, sagte sie. »Noch lange nicht.«

Erkenne, wer du bist …

Dann ging sie wieder hinaus in den Hof und hob ihr Schwert auf. Eiskalt war es, Frost glitzerte auf der Klinge. Sie wandte sich Bher zu.

»Jetzt können wir.«

Er nickte. »Dann zeig mir, was du draufhast.«

Den ganzen Tag scheuchte er sie durch den Hof. Mit dem Schwert, mit der Dornlanze, begleitet von den lang vermissten Kommentaren der Alten, die in Wolldecken gewickelt auf der Zuschauerbank Platz genommen hatten. Die Drossel, aufgeplustert, sodass ihre weichen Federn die nackten Füßchen bedeckten, erinnerte sich an Wörter, von denen Linn gehofft hatte, sie nie wieder zu hören.

»Arm rauf! Faulmädchen! Arm rauf, schnell. Oh, oh, faules Gör!«

23

»Ihr schon wieder? Du?« Die Wächter am Tor rissen die Augen auf. Sie konnten sich offenbar nicht entschließen, wie sie dieses Mädchen anreden sollten – wie eine Ritterin der Garde, eine Verbannte, ein Dienstmädchen?

»Ich habe die Erlaubnis des Prinzen«, verkündete Linn mit stolz vorgerecktem Kinn, »mein altes Leben fortzuführen. Fragt ihn. Er wird Euch nichts anderes sagen.«

Agga hatte nichts dagegen gehabt, dass Linn wieder die Aufgabe übernahm, die Pasteten hoch ins Schloss zu bringen. Zum ersten Mal seit der Rückkehr von Bhers Schülerin rang sich das blonde Mädchen ein Lächeln ab.

»Na schön.« Die Wächter ließen sie durch. Linn lieferte die duftende Ware in der Küche ab. Dort hinten war die Verbindungstür ins Schlossinnere. Die zahlreichen Bediensteten in der Küche waren alle beschäftigt; wenn sie Glück hatte, würde niemand merken, dass sie in die falsche Richtung verschwand.

Linn ließ ihren Korb stehen und steuerte quer durch die Küche darauf zu. *Ihr seht mich nicht, ihr seht mich nicht …*

Die kindliche Beschwörungsformel nützte nichts.

»Fräulein? Wo willst du hin?«

Eine Köchin baute sich vor ihr auf. »Du bist doch eine Lieferantin?«

»Ja«, gab sie zu. »Kann ich nicht einen kurzen Blick ins Schloss werfen?«

Die Frau schüttelte den Kopf. »Mach, dass du zu deiner Herrin zurückkommst.«

»Könnte ich nicht den edlen Damen und Herren auftragen? Es gibt doch sicher gleich Frühstück?«

»Dafür haben wir genug Leute. Vertrauenswürdige Leute«, sagte die Köchin streng. »Niemand wird ins Schloss gelassen, der nicht sorgfältig überprüft worden ist.«

Wenn sie eine Gardistin gewesen wäre, mit einem eigenen Zimmer im Schloss …

Hör auf zu träumen, schalt sie sich.

»Schade. Das wäre eine Arbeit, die mir gefallen würde. Dann … gehe ich wohl mal besser.«

Sie hob ihren Korb auf und ging; die Blicke der strengen Köchin bohrten sich in ihren Rücken. Draußen war der Himmel bedeckt, es schneite sacht. Linn hielt ihr Gesicht in den Schneefall.

Was wird Nat Kyah tun, wenn ich mit leeren Händen zurückkomme? Wird er mich umbringen? Oder mir eine andere Aufgabe zuweisen? Ist mein Vater deshalb gestorben – war er ein Gefangener des Hohen Spiels, so wie ich? Wollte er nicht mehr gehorchen, gegen seine Freunde kämpfen, hat er aufbegehrt – und hat Gah Ran ihn deshalb getötet?

Sie würde Harlon niemals fragen können. Vielleicht war alles ganz anders gewesen, und trotzdem war es ein Trost, sich vorzustellen, dass er keine Wahl gehabt hatte, dass das Hohe Spiel der Grund dafür gewesen war, warum er die Seiten gewechselt hatte. Beim Gedanken daran, dass er sich letztendlich dem Drachen widersetzt hatte, fühlte sie sich ihrem Vater verbunden wie nie zuvor.

Wie kann ich dem Schicksal entgehen, das er erlitten hat? Wie kann ich aus diesem Bund aussteigen, bevor ich etwas Schlimmes tue? Und wenn ich fliehe?

Sie dachte daran, wie Rania gestorben war, so schnell, so unverhofft, ohne eine Chance auf Flucht oder Gegenwehr.

Nein, Nat Kyah kannte keine Gnade.

»Sind es Tränen?« Jikesch setzte sich vor ihr in den Schnee. »Sind es Schneeflocken? Was schmilzt auf deinem Gesicht, meine Drachenjägerin? Ist es dein hartes, kaltes Herz? Bist du gekommen, um mir wieder einmal einen Korb zu geben?«

So traurig die Worte klangen, so fröhlich jubilierte seine Stimme, wie ein Vogel im Frühling.

»Jikesch«, sagte Linn nachdenklich. »Können wir reden? Irgendwo, wo wir ganz ungestört sind?«

»Sie will mit mir allein sein«, flüsterte er. »Meine Herzliebste, mein Baummädchen, meine Korbträgerin, Drachentod? Ich sterbe hier zu deinen Füßen, Hübschmaid.«

Dann fasste er sie bei der Hand und zog sie hinter sich her.

Das Schneetreiben verbarg sie vor den Blicken der Wachen. Der Narr führte Linn quer über den Hof, zu den Ställen.

»Du hast deine Jikesch wiederbekommen?«

Die schwarze Eselin stand wie früher in ihrer Box und hob freudig den Kopf, als sie ihren Herrn erkannte.

»Sie kam, du nicht«, sagte der Narr traurig. »Alle deine Sachen hat Okanion mitgebracht. Dein wunderschönes Kettenhemd. Die Lanze. Deine bunten Haarbänder. Alles war wieder da. Nur du nicht.«

In seiner Stimme schwang der Schmerz mit, den er empfunden hatte, eine solch bittere Untröstlichkeit, dass ihr für einen Moment war, als wäre es ihr eigener Schmerz.

»Du dachtest, ich würde nie zurückkommen? Du dachtest doch wohl nicht, dass du schuld bist – an meinem Tod?«

Er antwortete nicht. Er lachte auch nicht. Für einen Augenblick war das Schweigen zwischen ihnen dunkel, von einer Schuld getränkt, angesichts derer alles Lachen verstummte. Dann sagte er leise: »Aber du bist nicht tot. Du hast deinen Drachen erlegt.«

Dazu schwieg sie, und er starrte sie an, überrascht.

»Komm«, flüsterte er. »Hier sind wir allein.« Er wies auf eine schmale Leiter, die auf einen Heuboden führte. Linn kletterte ihm nach. Es war dunkel unter dem Dach und still, nur das Schnauben der Pferde, das Klappern von Wassereimern und das Rascheln des Strohs klangen gedämpft herauf. »So«, sagte Jikesch. »Jetzt kannst du mich küssen, so viel du willst.«

Sie setzte sich neben ihn ins Heu. Der Dachboden erinnerte sie an die Mühle. Staub lag in der Luft. Hier, im Dämmerdunkel, verschwand die Welt draußen, und man war versucht, alles Böse für einen Traum zu halten.

»Jikesch«, sagte sie leise, »ich habe den Drachen nicht getötet. Ich habe es versucht, aber ich habe versagt.«

»Hat er dich verschlungen, und du bist als Geist zurückgekommen?«, erkundigte er sich. In seine Stimme war wieder die tänzerische Leichtigkeit zurückgekehrt, die er vorhin für einen Moment verloren hatte, als er ihr einen kurzen Einblick in den Abgrund seiner Traurigkeit gewährt hatte.

»Fast«, sagte sie. »So fühle ich mich jedenfalls. Er hat mich verschlungen, und nun lebe ich in ihm. Es gibt kein Entkommen. Ich bin hier und bin trotzdem immer noch bei ihm.«

Er hörte ihr zu, während sie erzählte. Hier im Dunkeln warf sie die Lüge ab und sprach aus, wie es wirklich gewesen war. Der Drache. Das Hohe Spiel. Ihre Aufgabe, die sie nicht erfüllen konnte, als hätte Nat Kyah ihr ein Rätsel gestellt, das sie lösen musste und das im Grunde unlösbar war. Nur davon, dass sie von ihren eigenen magischen Fähigkeiten überrascht worden war, erzählte sie nicht, als könnte das Verschweigen diese Tatsache irgendwie auslöschen. Nicht einmal Jikesch gegenüber brachte sie es fertig zu erwähnen, wie sie in ihrem staubigen Zimmer in der Burg einen Tornado entfesselt hatte.

Wenn man nicht daran dachte, war es vielleicht nie passiert. Dann war sie nicht diejenige, die Nat Kyah so mächtig machen konnte, dass er nicht nur über sie, sondern über die ganze Welt herrschen würde.

Während Jikesch ihr lauschte, rückte er näher an sie heran, und schließlich schmiegte er sich in ihren Arm, und sie lagen im Heu wie zwei Kinder, die ein Geheimnis teilen, das ihre Eltern niemals erfahren dürfen.

»Grüne Steine«, flüsterte er, den Mund nah an ihrem Ohr. »Wie viele grüne Steine schufen die Götter, und wie viele landeten in diesem Schloss, als sie es Diamanten und Juwelen regnen ließen?«

»Grün, golden marmoriert – natürlich will er eine ganz bestimmte Drachenschuppe«, sagte Linn. »Jeder, der sich nicht auskennt, würde sie für besonders seltene, wertvolle Edelsteine halten. Smaragde haben kein goldenes Muster, nicht wahr? Es ist kein Stein, den ich ihm bringen soll. Ich ahne, um wessen Schuppen es geht … Ein Gedanke, bei dem mir schwindlig wird. Aber vielleicht täusche ich mich da ja auch. Vielleicht will er bloß ein Andenken an einen alten Freund.«

Ihr Lachen geriet bitter.

»Wenn wir diesen Stein nicht finden, bring ihm doch einfach ein paar andere«, schlug er vor.

»Das dachte ich mir auch. Ich muss in die Schatzkammer, Jikesch. Nur weiß ich nicht wie. Du kennst dich hier aus …«

»Ja«, sagte der Narr leise. »Ich kenne mich hier aus. Ich springe durch das Schloss, als wäre es meine Küche und mein Thronsaal und mein Garten, der Marktplatz meiner Künste. Pivellius ist der große König, und ich bin der kleine König, ein Abklatsch seiner Herrlichkeit und Würde. Ich bin des Königs Glück. Werde ich ihn verraten – für dich, meine Schöne? Werde ich ihn hintergehen und betrügen und berauben? Sag es mir. Ich weiß es, aber ich will es nicht wissen. Ich will nicht, dass mein Gelächter in tausend goldene Scherben zerspringt.«

Linn streckte die Hand aus und berührte seine Wange, die nass war vor Tränen.

»So etwas würde ich nie von dir verlangen«, sagte sie. »Ich dachte nur, du könntest mir irgendwie helfen, ins Schloss hineinzukommen …«

»Ja«, flüsterte er. »Das kann ich. Ich kann mit dir durch ein Flussbett voller Goldmünzen wandern. Ich kann die Krone vom Kopf des Königs pflücken wie eine Sonnenblume und sie dir zu Füßen legen. Ich kann meinen Hals unter das Beil legen und zusehen, wie es auf mich niederfährt.«

»Jikesch, bitte! So habe ich es doch gar nicht gemeint.«

Er hielt ihre Hand an seiner Wange fest und küsste ihre Fingerspitzen.

»Wir haben zusammen gegen den einen Drachen gekämpft«, sagte er. »Nun kämpfen wir gegen den zweiten. Sein Honigpanzer verklebt mir die Augen … Weine nicht, liebste Linnia. Wir werden den König all seiner Herrlichkeit entkleiden.«

Sie hatte nicht darüber nachgedacht, was sie da von ihm verlangte. Dass er, auch wenn er sie nur ins Schloss ließ, seinen Kopf riskierte. Es durfte nicht sein. Was sie auch tat, Jikesch war ihr Freund; es war unfair, ihn in diese Sache mit hineinzuziehen.

»Vergiss es«, sagte sie. »Ich werde einen anderen Weg finden.«

»Nein, nicht doch«, wehrte er ab, als müsste er ein übertrieben großzügiges Geschenk ablehnen. »Du bist hier, und ich bin hier – welchen Weg könnte es für uns geben als diesen, zusammen in den Rachen des Untiers?«

»Aber ich kann nicht zulassen, dass du dein Leben für mich riskierst.« Nie würde sie den Moment vergessen, als der König ihn zu Boden geschlagen hatte. Wie hatte sie die ganzen vergangenen Monde leben können, ohne zu wissen, wie es Jikesch ging? Auf einmal war ihr klar, warum sie in ihren Gedanken immer an Nival hängengeblieben war – um nicht an die zusammengekrümmte Gestalt auf dem Marmorboden des Schlosses denken zu müssen. »Ich kann nicht damit leben, wenn dir meinetwegen etwas zustößt.«

»Als du fort warst«, wisperte er, »war der Himmel schwarz. Die Welt wurde dunkel, als hätte der Drache uns alle verschluckt, ganz Lanhannat und dieses Schloss und mich mit, einen kleinen Käfer auf einem Stein.«

»Das wollte ich nicht.«

»Es gefällt mir nicht, im Bauch eines Drachen zu landen. Wenn du tot bist, kann ich nicht mehr lachen, und was meinst du, wie der König mich dann erst verprügeln wird? Ich muss mein Leben retten, liebste Linnia. Wer bin ich, wenn ich aufhöre, mich wie ein Narr zu benehmen?«

»Ich habe Angst«, gestand sie.

Sie hielten einander fest. Zwei Ritter, die in den Kampf zogen. Zwei Liebende, die einander nie näherkommen würden als jetzt. Dann konnte Jikesch die überwältigende Macht seiner Gefühle nicht mehr aushalten, denn er sprang rückwärts davon, kicherte und rief halblaut ins Dunkel der Heukammer: »Vernarren wir ihn und alle anderen Untiere dieser Welt!«

Den Herrscher von ganz Schenn und den zugehörigen Provinzen zum Narren zu halten – diese Aussicht erfüllte Linn nach wie vor mit Schrecken, und doch stahl sich ein kleines Lächeln auf ihr Gesicht.

»Schlug er mich zu Boden«, sang Jikesch aufgedreht. »Schlug er dich zum Ritter. Schlagen wir ihm ein Schnippchen!«

»Ja«, sagte sie. »Tun wir es.«

Sie hatte stundenlang mit Bher trainiert. Endlich hatte er ihr erlaubt, sich auszuruhen. Eine Tasse heißen Tees in den Händen, saß Linn auf der Küchenbank und schaute Mora beim Teigkneten zu. Heute Abend würde sie noch einmal ins Schloss zurückkehren … vielleicht gab es ja doch einen Ausweg?

»Das Hohe Spiel«, sagte sie unvermittelt. Die Frage, die ihr auf der Zunge brannte, konnte sie Bher nicht stellen, Bher, dem Ehre etwas bedeutete. Aber als Zauberin verstieß Mora jeden Tag gegen Regeln und Gesetze.

»Was?« Die Hausherrin blickte auf. »Was ist damit?«

»Was passiert, wenn man nicht mitspielt? Ich meine, wenn jemand verloren hat und dann einfach seinem Feind nicht gehorcht?«

Mora schüttelte den Kopf. Sie rollte den Teig zu einer großen Kugel zusammen und bestäubte diese mit Mehl.

»Das geht nicht. Wenn man sich auf die Regeln einlässt, muss man sich auch daran halten.«

»Was soll das heißen? Bher hat mir erzählt, es wären häufig Feinde gewesen, die gegeneinander angetreten sind. Richtige Feinde, Gegner aus Königreichen, die miteinander Krieg geführt haben. Ich kann mir nicht vorstellen, dass sie einfach so klein beigegeben haben.«

»Sie mussten. Das ist das Spiel.«

»Aber … kann man wirklich glauben, dass jeder so ehrlich und herzensgut ist, dass er sich an die Abmachung hält? Haben sie nicht versucht, ihren Herrn zu töten, sobald er ihnen den Rücken zugekehrt hat?«

»Willst du den Prinzen herausfordern und ihn zwingen, deinen Namen zu rehabilitieren? Er müsste es tun, so viel steht fest. Trotzdem rate ich dir davon ab, Linnia. Du bist nicht mehr so gut, wie du letztes Jahr warst, hat Bher gesagt. Prinz Arian dagegen soll ein begnadeter Fechter sein. Fraglich ist auch, ob er die Herausforderung annehmen würde. Du solltest wirklich mit diesen elenden Spielen und Wetten aufhören. Himmel, das ist wie eine fixe Idee von dir!«

Mora hatte immer noch nicht auf ihre Frage geantwortet.

Linn ließ sie in dem Glauben, es ginge ihr darum, Arian zu versklaven. »Er müsste es tun? Was soll das heißen? So, wie ich ihn kennengelernt habe, würde er sich drücken und alles abstreiten.«

Mora stellte die Schüssel neben den Ofen und deckte ein Tuch darüber.

»Nicht einmal der Prinz würde es wagen, einen solchen Pakt zu brechen. Es heißt, das Hohe Spiel wird vor den Augen von Hay Ran Birayik geschlossen. Vermutlich hast du diesen Namen noch nie gehört. Ein Gott, der früher als der Gott der Spieler verehrt wurde und der in Vergessenheit geraten ist. Ich weiß nicht viel über ihn – vielleicht gibt es ihn auch gar nicht. Doch dieser Gott wäre eine Erklärung dafür, warum jeden, der bei diesem Spiel betrügen will, ein Fluch trifft, den man nicht mal seinem schlimmsten Feind an den Hals wünschen würde.«

»Dieser Gott wacht also darüber, dass alle sich an die Regeln halten.« Linn starrte in ihren Tee, in dem ein einzelnes grünes Blättchen schwamm. »Ist das ein ausreichender Grund, um gehorsam zu sein? Ein Gott, der keine Priester hat, der vielleicht nicht einmal existiert?«

Alles in ihr sträubte sich dagegen, einen Vertrag zu brechen. Dennoch würde ihr letztendlich nichts anderes übrig bleiben. Dem Drachen einfach nicht zu gehorchen. Vor ihm zu fliehen. Er würde sie nicht finden, wenn sie sich gut genug versteckte, und sie war gewiss nicht mehr so dumm, sich Drachenkrallen andrehen zu lassen.

»Es gibt Geschichten über Männer, die den Pakt brachen«, sagte Mora leise. »Man spricht nicht gerne darüber. Von Geschwüren, die ihre Haut bedeckten, vom Scheitel bis zur Sohle. Von jenem Ritter, der kein Essen bei sich behalten konnte und verhungerte, vor der gedeckten Tafel. Von Wahnsinnigen, die schreiend und mit Schaum vor dem Mund in finstere Verliese gesperrt wurden. Sind diese Geschichten wahr? Ich würde nicht diejenige sein wollen, die das ausprobiert. Auch der Prinz wird lieber deine Stiefel putzen, als ein solches Ende zu riskieren. Trotzdem solltest du ihn nicht herausfordern.«

»Das werde ich ganz bestimmt nicht«, sagte Linn, obwohl die Vorstellung, dass Arian den Dreck von ihren Schuhsohlen kratzen musste, durchaus ihren Reiz hatte.

»Wir beten zu Belim, dem barmherzigen Gott«, meinte Mora nachdenklich, »bei Tage und im Sonnenschein. Aber es gibt auch dunkle, geheimnisvolle Götter, deren Namen man allenfalls flüstert. Götter, die sich vor uns verbergen – und wir sollten dankbar sein, dass sie das tun. Gerade du solltest vorsichtig sein. Ich an deiner Stelle würde einen weiten Bogen um das Hohe Spiel machen, nein, nicht bloß einen Bogen, sondern einen Kreis von hundert Yagons.«

»Wieso gerade ich? Wie meint Ihr das?«

»Hast du nicht einen Drachen getötet?« Mora senkte die Stimme zu einem Flüstern. »Es heißt, Hay Ran Birayik sei der Gott des Hohen Spiels, aber es heißt auch, er sei der Gott der Drachen.«

Linn schluckte. Oder war auch das nur eine Geschichte, um die Menschen dazu zu bringen zu gehorchen? »Für wie lange muss man denn dienen?« Diese eine Frage hatte sie noch.

»Ein Jahr oder drei oder fünf. Der Einsatz wird vorher festgelegt, wie bei jeder Wette.«

»Was, wenn der Einsatz vorher gar nicht feststand?«

Mora warf ihr einen merkwürdigen Blick zu. »Hast du dich etwa auf so ein Spiel eingelassen, Linnia?«

»Nein, natürlich nicht«, versicherte sie. »Wie lange gilt das, wenn man keinen Zeitraum vereinbart hat?«

»Mehrere Jahre können vergehen, ohne dass viel geschieht. Aber in dem Fall … Es mag schneller sein, doch es ist nicht unbedingt besser. Eine Aufgabe.« Mora wusste wie immer Bescheid. »Eine Aufgabe lang – das klingt vielleicht leichter, als es ist. Die Sieger haben häufig schwierige und knifflige Aufträge ersonnen. Allerdings sollte man darauf achten, nicht zu übertreiben, sonst wird der Gott unbarmherzig eingreifen.«

Eine Aufgabe lang. Linn kannte ihre Aufgabe, und so sehr sie sich auch gewünscht hatte, ihr zu entgehen – vielleicht war es wirklich sicherer zu tun, was Nat Kyah von ihr verlangte, um dann ein für alle Mal frei zu sein, als sich dem Risiko auszusetzen, diesen rätselhaften Hay Ran Birayik zu erzürnen.

Hay, hay, hay …

Rief man ihn nicht immer noch an, bei jeder Wette? Sie hatte es nicht gewusst. Nur, dass man nicht einmal im Traum daran denken durfte, sich aus einer Wette herauszuwinden, die man verloren hatte.

Es war eine Sache der Ehre.

Was würde ich opfern, wenn ich die Spielregeln breche? Meine Gesundheit, mein Leben?

Auf einmal musste sie an die Königin denken. Irana war für diesen Stein gestorben … *Wie kann ich zögern, wenn sogar die Königin ihr Leben dafür gab?*

Ob dieser Gott nun existierte oder nicht – sie musste ihren Einsatz einlösen. Sie musste wenigstens so tun, als ob. Sie würde Nat Kyah grüne Steine bringen, so viel sie tragen konnte. Solange nur der richtige nicht darunter war.

Noch sechs Viertelmonde, und sie war wieder frei. Oder – und im Moment sah es eher danach aus – leider tot.

Linn hatte sich einen Schal um den Kopf geschlungen und trug ein dickes Wolltuch um die Schultern, das völlig durchnässt war von der Schneeschicht, die sich darübergelegt hatte. Heute fühlte sie sich ganz allein auf der Welt, nur vom Schneegestöber umgeben, das alle Geräusche dämpfte.

Dafür wurden ihre Gedanken laut. Wurde die Gewissheit, dass es ein Fehler war, übermächtig.

Selbst wenn sie einwilligte, sich mit Nat Kyah anzulegen, wenn sie dazu entschlossen war, ihn zu betrügen und alles zu riskieren – sie brachte damit nicht nur sich in Gefahr, sondern auch Jikesch.

War es nicht besser, lieber ganz zu verschwinden, statt zu hoffen, dass der Diebstahl grüner Edelsteine den Drachen besänftigte? Statt auf diese kleine Chance zu hoffen, ihr Leben zu retten? Jeder Schritt vermehrte ihre Zweifel. Aber sie ging trotzdem weiter; die Pasteten mussten abgeliefert werden. *Ich kann immer noch umkehren … ich könnte …*

Die Wachen winkten sie durch. In der Küche herrschte rege Betriebsamkeit, man nahm ihr die Ware ab und beachtete sie ansonsten kaum. Ach, richtig, stand nicht irgendein wichtiger Besuch an, für den alles vorbereitet wurde?

Linn schlüpfte wieder in den Hof hinaus, blinzelte ins Schneetreiben und dachte: *jetzt nach Hause.*

»Da ist sie ja.« Der Narr war vor ihr aufgetaucht. Schnee färbte seine Schultern und die gelbe Mütze weiß. »Himmelsfedern verstecken die Spieler.«

»Das ist kein Spiel«, sagte sie ernst. »Wir sollten das nicht tun.«

»Doch«, widersprach er, »ein köstliches Spiel. Eine Schatzsuche. Eine Überraschung! Hoffen wir, dass wir nicht überrascht werden. Komm, Jägerin, Steinsucherin, komm mit mir!«

Selbst durch die Handschuhe hindurch konnte sie spüren, wie kalt seine Finger waren.

»Wie lange hast du hier draußen auf mich gewartet?«, fragte sie und fühlte sich schuldig, weil sie beim Aufstieg so sehr getrödelt hatte, in ihre Sorgen und Befürchtungen versunken. Aber wieder war die Hoffnung da, dass sie diese Sache lebend überstand. Hatten sie nicht schon einmal gemeinsam einen Drachen besiegt?

»So lange, bis ich gestorben bin.« Der Narr zog sie über den

Hof. Der Schnee ließ das Schloss verschwinden, es war, als wären sie völlig allein, während die weißen Flocken um sie herumwirbelten. Linn musste sich auf seinen Orientierungssinn verlassen und wurde nicht enttäuscht. Auf einmal standen sie in einem dunklen Torbogen.

»Ein alter Dienstboteneingang«, flüsterte er ihr ins Ohr. »Wird kaum benutzt. Hier entlang.«

Sie huschten durch einen Flur, den ein weißer Schimmer erfüllte. Jikesch öffnete eine Tür und führte Linn in einen weiteren Gang. Sie durchquerten eine Rumpelkammer, in der sich alte Waffen und Gerätschaften stapelten. Hier nahm er ihr den Korb ab und platzierte ihn unauffällig neben einem Stapel leerer Fässer. Der Narr klopfte sich den Schnee aus den Kleidern, Linn tat es ihm nach.

»Keine Spuren«, wisperte er. »Nimm lieber das Tuch ab.«

Sie war ein wenig überrascht, wie ernst er die Sache nahm und woran er alles dachte. Jemandem, der so närrisch aussah, traute man schlicht nicht zu, vernünftig zu planen. Sie musste zugeben, dass sie eher erwartet hatte, er würde blindlings durchs Schloss stürmen und dabei den Damen die Ketten vom Halse reißen.

»Du musst aussehen wie ein Dienstmädchen«, sagte er und holte ein Bündel aus einer Kiste, das sich als die Tracht eines Stubenmädchens entpuppte.

»Ist meine Kleidung nicht passend dafür?«

»Nicht hier im Schloss. Du musst aussehen wie alle hier. Trotzdem müssen wir vermeiden, dass jemand dich anspricht.«

Er wandte ihr höflich den Rücken zu, und hastig zog sie sich um. In dem schwarzen Kleid mit der hellen Leinenschürze und der bestickten Haube, die unter dem Kinn verknotet wurde, kam Linn sich seltsam fremd vor.

Jikesch betrachtete sie und nickte zufrieden. »Vergiss das hier nicht. Das Wichtigste.« Mit diesen Worten drückte er ihr ein weiches Tuch und einen Staubwedel in die Hand. »Jetzt wirkst du sehr überzeugend.«

»Stell dir vor, ich weiß sogar, wie man putzt.«

Sie verließen die Rumpelkammer, stiegen eine ausgetretene Treppe hoch und standen wenig später in einer größeren Halle, an deren Wände riesige Gemälde hingen. Auf Zehenspitzen schlich der Narr über den Marmorboden und legte das Ohr an die mit Intarsien verzierte Tür, bevor er Linn winkte, ihm zu folgen. Am Ende schwirrte ihr der Kopf von diesem Labyrinth aus Gängen, Treppen und Sälen. Edle Herren in Samtgewändern schritten vorbei, während die zwei Eindringlinge sich in eine Nische drückten. Kichernde Dienstmädchen trabten durch die Flure. Ein Ritter in einer klirrenden Rüstung stapfte über eine Treppe.

Jikesch duckte sich hinter einer Marmorsäule mit einer vergoldeten Vase darauf, als ihnen auf dem Gang erneut eine Gruppe Männer entgegenkam. Linn war nicht schnell genug gewesen, daher wandte sie den Schlossbewohnern den Rücken zu und tat, als würde sie die Vase polieren.

Es war der Prinz; sie erkannte Arians Stimme, während er sich laut über irgendjemanden beschwerte.

»Und dann glaubt er, er könnte einfach herkommen und sich in bestehende Bündnisfragen einmischen, und wir würden ihn herzlich empfangen? Seit wann kommt für uns ein Pakt mit den Mördern von Brahan und seinen Kindern in Frage?«

»Gewiss, Herr«, meinte einer seiner Begleiter besänftigend, »aber meint Ihr nicht, wir sollten ihn zuerst anhören und dann entscheiden, bevor wir …«

Sie waren vorüber, ohne das Mädchen zu beachten, das sich ausgiebig mit der Vase beschäftigte. Linn sah ihnen nach. Der Prinz marschierte vorne, wild mit den Händen gestikulierend, während die anderen Männer, ihrer Kleidung nach alle von hohem Rang, demütig hinter ihm herschlichen.

Jikesch richtete sich wieder auf. »Schau ihm nicht so lange hinterher, mein Herz«, wisperte er. »Soll ich etwa eifersüchtig werden? Auf einen Pfau, noch viel bunter als ich?«

Linn wollte ihn gerade zurechtweisen, da stutzte sie, die Hand noch in der Vase. »Ich glaube, ich bin da auf etwas gestoßen.« Etwas Kleines, das gewiss nicht dort hingehörte. Neugierig griff sie danach und holte es heraus. Ein Ring. Ein kleiner goldener Damenring mit einem grünen Stein.

Der Narr kicherte. »Sieh an, so erleben wir denn doch eine Überraschung nach der anderen.«

Hastig steckte Linn den Ring in ihren Beutel. Ob der grüne Stein der Beschreibung des Drachen entsprach, konnte sie bei diesem Licht nicht ausmachen. Es wäre viel einfacher gewesen, wenn sie die Fähigkeit besessen hätte, magische Kraft zu erkennen. Der stetige Schneefall vor den Fenstern dämpfte alles, vielleicht auch ihren Mut, denn sie sagte: »Wollen wir nicht umkehren?«

»Jetzt schon?« Die Augen des Narren funkelten, sein weiß geschminktes Gesicht verzerrte sich zu einer traurigen Grimasse. »Jetzt, da es gerade spaßig wird? Komm, Linnia. Ein Tag wie heute, wunderbar und verschneit! Wir sind noch nicht weit gekommen mit unserer Schatzsuche.«

Sie drangen in immer belebtere Bereiche des Schlosses vor. Während Jikesch das alles wie einen Ausflug zu genießen schien, fühlte Linn sich zunehmend unwohl. Der Ring war das eine – jemand hatte ihn sicher verloren, vielleicht hatte ein Mädchen, von einem Mann enttäuscht, das Schmuckstück einfach loswerden wollen. Es mitzunehmen, war verzeihlich und fühlte sich nicht wie Diebstahl an. Aber was sie jetzt taten, war etwas anderes – ein Zimmer zu durchstöbern, das offenkundig einer reichen Dame gehörte, die glücklicherweise durch Abwesenheit glänzte.

Das üppige Himmelbett war von einer Reihe Kommoden

und Schränkchen umringt, auf denen Spiegel, offene Döschen und mit Seide ausgeschlagene Kästchen standen. Perlen und goldene Ketten quollen daraus hervor. Linn sah sie hastig durch und registrierte mit Erleichterung, dass die Dame rote Steine bevorzugte.

»Hier.« Jikesch hatte sich nicht von der Fülle an Schmuck ablenken lassen und griff das einzige Stück heraus, das mit grünen Steinen verziert war – eins der Kästchen war über und über damit besetzt.

»Das ist viel zu groß.«

»Ist es nicht.« Auch er trug einen Beutel mit sich, in dem er das Fundstück nun verstaute. Und schon ging es weiter. Offenbar war der erwartete Besuch angekommen, denn der Strom der Schlossbewohner ergoss sich in Richtung Ausgang. Auf den Gängen und Treppen hörten sie, wie alle aufgeregt über »diesen Botschafter aus Tijoa« lamentierten – »Habt Ihr gesehen, was für einen Pelz seine Begleiterin trägt? Aus weißem Edel-Bergmarder! Dabei ist sie nur seine Schreiberin.«

Zwei kichernde Grafentöchter stolzierten vorbei. »Wie, die Dame Chamija habt Ihr noch nicht gesehen? So schön, wie alle sagen, finde ich sie nun auch wieder nicht. Nein, der gut aussehende junge Kerl ist bloß sein Assistent. Bitte schön, meine Teuerste, Ihr könnt es ja mal bei ihm versuchen. Aber habt Ihr denn gar keine Skrupel? Immerhin ist er aus Tijoa!«

Bald hatten Linn und ihr Freund den Flügel, in dem die meisten Adligen wohnten, ganz für sich. Trotzdem konnte das Mädchen sich nicht entspannen. Sie huschten von Zimmer zu Zimmer und griffen sich die mit grünen Steinen besetzten Ketten, Broschen und Ringe heraus, wobei sie sich nicht die Zeit nahmen, sie auf die Beschreibung des Drachen hin zu untersuchen.

Linn war das eigentlich gar nicht recht. »Wenn wir die Dinge hier überprüfen, brauchen wir gar nicht alles mitzunehmen!« Wenigstens ungefähr sollte es so aussehen wie der gewünschte Stein, sonst würde Nat Kyah denken, dass sie wahllos alles eingesackt hatte.

»Wenn man uns erwischt«, meinte Jikesch ungerührt, »kommt es nicht darauf an, ob wir einen Ring im Beutel haben oder zwanzig Ketten.«

»Mein Lieber«, flüsterte sie, gerührt von seiner Bereitschaft, ihr bis an die Grenzen seiner Belastbarkeit zu helfen, bis dahin, wo der Spaß aufhörte und sie beide auf dem schmalen Grat zwischen Abenteuerlust und Lebensgefahr balancierten. Sie hatte keine Wahl – der Drache wartete auf sie. Jikesch dagegen schon.

»Vielleicht hätten wir dann gar nichts. Bis jetzt schien mir nicht, dass etwas golden Marmoriertes dabei ist.«

»Wenn du nichts mitbringst, wird der Drache dich fressen«, versetzte der Narr. »Leg ihm lieber etwas Falsches als gar nichts vor. Dann sieht er wenigstens, dass du dich bemüht hast. Und«, fügte er mit einem kleinen Lächeln hinzu, »welcher Drache würde sich nicht von einem Schatz besänftigen lassen? – Dieser da vielleicht?«

Vor einem riesigen Bild an der Wand blieb er stehen. Das Gemälde, das vom Fußboden bis zur Decke reichte, zeigte eine neue Interpretation der Brahan-Legende. Der Held war in eine glänzende Rüstung gehüllt, sodass man nur erraten konnte, wer darin steckte. An seinen Rücken schmiegte sich mit ängstlichem Gesichtsausdruck, das blutende Bein zierlich von sich gestreckt, die glutäugige Prinzessin. Kein Wunder, denn gerettet war sie noch lange nicht – um die beiden Menschen her wimmelte es von Drachen, und direkt vor ihnen hatte sich der größte von allen aufgebaut. Ein mächtiges grünschuppiges Ungeheuer, dem Feuer aus dem Maul tropfte, ein riesiger Drache, der fast nur aus Hörnern und Zähnen zu bestehen schien. Nachdenklich betrachtete Jikesch den Helden und seinen geifernden Feind.

»Grün«, sagte er. »Was für ein schönes Grün. Was ist das für ein Spiel, Linnia, das du hier spielst?«

Das Mädchen seufzte. »Ich war mir nicht sicher, sonst hätte ich es dir gesagt.«

»Also geht es um den Drachen aus der Legende, den schlimmsten von allen?«

»Dairan ValaNaik. Nat Kyah will die Macht des alten Drachenkönigs.«

Jikesch schwieg eine Weile. »In einer einzelnen Schuppe?«, fragte er schließlich zweifelnd.

»Er hat mir gesagt, dieser Stein – zusammen mit einem Zauberer – könne ihn unvorstellbar mächtig machen. Dairan war wie das Feuer selbst. Eine kleine Flamme genügt, um alles zu verbrennen, um einen Brand zu entfachen, wie es ihn noch nie gegeben hat … Doch«, berichtigte sie sich selbst, »das hat es. Den ersten Drachenmond vor achthundert Jahren, als die Länder brannten … Und wenn Nat Kyah mit diesem Stein das Gleiche tun kann? Wenn er der nächste Drachenkönig werden könnte? Wenn das alles ändern würde?« Alles. Sie fragte sich, was dieses Wort, so schnell dahingesagt, bedeuten mochte.

»Oh, oh«, meinte der Narr.

»Siehst du? Ich kann diesem Untier nicht geben, was es will, selbst wenn ich den Stein finden würde – aber ich muss. Was soll ich bloß tun? Hoffen, dass ich nie auf diese grüne Schuppe stoße, die Nat Kyah die Macht verleihen würde, um ganze Königreiche zu zerstören?«

»Wenn wir einen Drachen hätten wie jenen da, bräuchten wir einen Helden, der mehr vermag als Brahan. Einen zweiten Laran. Wer soll dieser Held sein? Du vielleicht? Oder Prinzlein Arian, der dann endlich beweisen darf, was in ihm steckt? Oder müssen wir gar zu Helden werden? Schließlich ist es unser Drache. Dieser Drache, der ein Sturm werden will.«

»Es darf niemals dazu kommen«, sagte sie. »Ich muss Nat

Kyah davon überzeugen, dass es diesen Stein nicht gibt, damit er aufhört, danach zu suchen.«

»Vielleicht gibt es ihn tatsächlich nicht«, murmelte er ungewohnt ernst. »Wir sollten die Götter darum bitten, sonst sind wir alle verloren.«

»Ah, da bist du ja, Narr!«

Einer der Wächter kam die gegenüberliegende Treppe herauf. Hastig drehte Linn sich um – leider gab es nichts anderes abzustauben als das große Bild. Emsig widmete sie sich dem Rahmen.

»He«, sagte der Wächter. »In diesem Stockwerk wird jetzt nicht geputzt. Gleich kommen Botschafter Charrin und seine Schreiberin Chamija hier hoch und werden ihre Gemächer beziehen.«

Schon schritt eine große Gruppe elegant gekleideter Menschen die Stufen herauf. Linn konnte sich gerade noch ein paar Yags in Sicherheit bringen, da standen die Edelleute schon vor dem Gemälde, und der Narr sprang ihnen entgegen.

»Eine kleine Führung gefällig? Hier seht Ihr Brahan, den wunderbaren, den heiligen alten Brahan, mit einer Blechbüchse verkleidet, um sich unerkannt an dieses froschige Ungeheuer anzuschleichen!«

Es musste der Botschafter sein, ein hochgewachsener, hagerer Mann mit einer Adlernase, der kühl antwortete: »Auch in Tijoa werden die alten Helden gewürdigt. Dieser Maler ist übrigens fantastisch. Er hat seinen Verstand benutzt und ist davon ausgegangen, dass Brahan um sein Leben gekämpft hat, statt sich nur auf die Götter zu verlassen.«

Die Dame in dem weißen Pelz lächelte. Linn betrachtete sie verstohlen. Doch, die Tijoanerin war erstaunlich hübsch und bestürzend jung. Golden glänzendes Haar umrahmte ihr herzförmiges Gesicht, und ihre großen blauen Augen funkelten belustigt. Linn fragte sich unwillkürlich, warum sie in ihrem Alter – sie konnte kaum älter sein als sechzehn – schon so einen verantwortungsvollen Posten bekleidete und den Botschafter auf diese lange Reise begleiten durfte. Aber anscheinend umgab sich dieser Herr Charrin gerne mit attraktiven Menschen. Linn hielt Ausschau nach dem gut aussehenden Assistenten, von dem die Gräfinnen geschwärmt hatten, aber vielleicht war er ihnen schon in die Fänge geraten, denn von einem dritten Ausländer war nichts zu sehen.

»Wir sollten diesen Künstler einladen«, sagte das Pelzmädchen. »Er lebt doch noch? Ein Gemälde von Bor-Chain in diesem Stil würde unseren Palast in Quint hervorragend schmücken.«

Die schennischen Fürsten scharrten unbehaglich mit den Füßen, daher packte der Narr den Botschafter rasch an der Hand und führte ihn zum nächsten Bild. »Hier ist Brahan mit seiner Familie. Ohne Helm. Ist seine Krone nicht hübsch? Sie funkelt mit seiner Gemahlin um die Wette. Und die Kinder erst, eine wahre Augenweide.«

»Ja, die Kinder«, wiederholte der Botschafter. »Wie tragisch, dass sie alle sterben mussten. Laran – ist das jener schwarzhaarige Bursche neben dem Thron? Manchmal wundert mich Eure kindliche Verehrung für Brahan, wo es doch sein Sohn war, der die größten Heldentaten vollbracht hat. Man sieht ihm noch nicht an, was er alles vernichten wird. Het-Kian, was für ein niedliches Kerlchen. Und die Tochter, wie hieß sie noch? Ach, mein Gedächtnis! Ein hübsches Ding.«

»Das ist die Ahnherrin unseres Königsgeschlechts«, sagte einer der Fürsten steif. »Prinzessin Sanaka. Ihr Sohn Hieron überlebte das Massaker. Als Einziger.«

»Wie bedauerlich«, meinte Hakennase. »Hatte nicht auch der kleine Het-Kian bereits einen Sohn, bevor er starb? Zählte er nicht siebzehn oder achtzehn Lenze und hinterließ eine junge

Braut mit einem Kind? Ach, ich vergaß. Kamen diese beiden in Eurer Vision der Legende nicht ebenfalls um?«

»Es steht Euch nicht gut an, über die grausamen Taten Eurer Vorfahren zu lachen.« Der Fürst war blass vor Wut.

»Ganz gewiss lache ich nicht über den Mann, der halb Tijoa verbrannt hat.« Der Botschafter starrte auf das gemalte Antlitz des jungen Laran, gab sich einen Ruck und wandte sich ab. »Ich bin hier, um alte Feindschaft zu begraben, nicht um sie neu zu entfachen. König Scharech-Par, unser neues Staatsoberhaupt, wünscht ausdrücklich Freundschaft.«

»Freundschaft, oh ja!«, jauchzte der Narr und schlang die Arme um die Knie des Tijoaners.

Linn nutzte die Gelegenheit, um sich am Wächter vorbeizuschieben und den Gang hinunterzuhasten. Bald fand sie sich in einem weiteren Gang wieder, vor unzähligen Türen. Kein Jikesch, der sie durch das Gewirr führte. Wo war nur der Ausgang? Sie hoffte, auf eine Treppe nach unten zu stoßen, wenn sie nur lange genug geradeaus ging, stattdessen stand sie plötzlich in einem Saal mit einer hohen Kuppeldecke. Es hatte aufgehört zu schneien; durch die schmalen Bogenfenster fielen die ersten vorsichtigen Sonnenstrahlen des Tages. Im Licht wirkte der glattpolierte Holzboden geradezu weich. Trotzdem quietschten ihre Stiefel unerträglich laut, als sie hindurchschleichen wollte, zur nächsten Tür, die bloß in einen weiteren Saal führte, statt wie gehofft auf einen Gang.

Linn schrie auf. Vor ihr stand ein Wächter, der reglos wie eine Statue an der Wand verharrte und nicht einmal bei ihrem Anblick ein Wort sagte. Mit klopfendem Herzen schlüpfte sie an ihm vorbei, eilte durch den Saal und fand sich endlich in einem langgestreckten Flur wieder. Hinter ihr erklangen Stimmen. Sie flüchtete eine mit schwerem Teppich belegte Treppe hoch und wäre beinahe in eine Gruppe von Männern geplatzt, die mit ernsten Mienen über einen Tisch gebeugt dastanden und eine Karte betrachteten. Auf Zehenspitzen trat sie näher. Dort lag das Stille Meer, bläulich eingefärbt, und darunter Tijoa.

Einer der Männer sprach mit demselben heiseren Akzent wie der Botschafter. »Überlegt es Euch gut. Wellrah würde nicht so lange zögern, aber lasst Euch trotzdem Zeit. Derlei Dinge müssen gut durchdacht werden.« Er drehte sich abrupt zu ihr um, und bevor sie sich wegducken konnte, schweifte sein Blick über sie hinweg.

Nach der Beschreibung der adligen Damen hatte Linn einen hübschen Jüngling erwartet, doch dieser Mann war einiges älter, mindestens Anfang dreißig. So besonders schön war er gar nicht, das Haar von einer verwaschenen hellbraunen Farbe, das Gesicht kantig, mit einem ausgeprägten Kinn und schmalen Lippen. Aber als er sie anlächelte, begann ihr Herz schneller zu klopfen, und erschrocken über ihre eigene Reaktion fuhr sie zurück.

Oh ihr Götter, dachte sie. *Dieser Mann ist nicht einfach schön … er ist gefährlich.*

Ein weiterer Mann drehte sich um, ehe sie die Flucht ergreifen konnte. »Bringst du endlich die Getränke? – Oh.« Verdutzt betrachtete Prinz Arian sie in ihrer Dienstmädchenaufmachung, allerdings konnte sie ihn keinen Moment damit täuschen. Sofort ließ er die anderen stehen und kam auf sie zu.

»Was soll das?«, zischte er, zog Linn am Arm aus dem Zimmer und schloss die Tür. »Was tut Ihr hier bei einer geheimen Beratung? Ihr habt hier nichts zu suchen!«.

Sie hätte Angst haben sollen. Aber sie hoffte nur, dass er das Klimpern des gestohlenen Schmucks in ihrem Beutel nicht hörte.

»Ich …«

»Jetzt ist ein denkbar ungünstiger Zeitpunkt, um mich zu bedrängen.« Selten hatten seine schwarzen Brauen so finster ausgesehen.

»Ich … ich wollte bloß – äh, Euch wiedersehen«, stammelte Linn. »Und, äh, nachfragen, wie es um die Sache steht.«

»Im Augenblick habe ich ganz andere Sorgen.«

»Dann will ich Euch nicht länger aufhalten.« Bevor er fragen konnte, wie sie hierhergekommen war, ergriff sie die Flucht.

»Verdammt«, murmelte sie, während sie durch die Gänge hastete. »Oh verdammt, was denkt er jetzt von mir?« Dass sie ihm nachstellte, um die Aufhebung der Verbannung zu beschleunigen? *Oh ihr Götter, bloß das nicht. Lasst ihn nicht so etwas von mir denken!*

Da, endlich eine Treppe, die hinunterführte. Wenn man die große Halle durchquerte, erreichte man den Hof. Vom Narren keine Spur. Linn atmete tief durch und wünschte sich mehr als alles andere genug Schnee, der sie vor neugierigen Blicken beschützte.

Linn musste noch einmal zurück in die Rumpelkammer, den Pastetenkorb holen und in ihre eigenen Sachen schlüpfen, doch der Weg war von einer Reihe Soldaten versperrt, die zu einer Parade aufmarschierten. Schließlich eilte sie zum Stall hinüber. Bei der großen Jikesch gab es immer ein Plätzchen für sie. Sie kuschelte sich ins Stroh und wartete auf ihren Freund.

24

»Tijoa hat einen neuen König?« Roban schüttelte den Kopf. »Wie heißt er? Rinx? Ranx? Hieß der alte König nicht so ähnlich?«

»Scharech-Par«, sagte Mora. »Er soll mit dem früheren König nicht mal verwandt sein, sondern hat durch irgendwelche Intrigen den Thron erklommen. In der ganzen Stadt reden sie von nichts anderem.«

»Ha!«, meinte Roban. »Ein ganz Weiser, wie? Der alle Feindschaft begraben will? Na, das überlegen sie sich in Tijoa ungefähr achthundert Jahre zu spät, würde ich sagen.«

»Man kann Hass, der seit so langer Zeit in unserer Erde brodelt, nicht einfach mit einem Handschlag beenden«, war Borlin überzeugt. »Was sagst du, Bher? Würdest du dich mit Brahans Mördern an einen Tisch setzen?«

Bher zerkrümelte das Brot in seiner Hand. »Vielleicht ist es tatsächlich an der Zeit, etwas Neues zu beginnen. Wir brauchen den Weg ans Wasser.«

»Unsinn! Wir können über Werlis jeden Hafen der Welt erreichen.«

»Ha! Und die Piraten? Tijoa ist der einzige sichere Handelsweg zum Stillen Meer.«

»Meinst du, du Hornochse? Immerhin sind uns noch Yan und Samaja im Weg.«

»Das sind unsere Freunde, selber Hornochse. Seit dreihundert Jahren.«

»Ob sie es immer noch sind, wenn wir uns mit Tijoa verbünden?«

Nival beteiligte sich nicht an der hitzigen Debatte. Schweigend saß er am Abendbrottisch und löffelte seine Suppe. Er sah nicht zu dem Mädchen hin. Seit Mora sie beide ausgeschimpft hatte, gab er sich alle Mühe, Linn nicht zu beachten. In ihrer Abwesenheit hatte er seine Sachen aus ihrem Zimmer geholt. Es konnte ihm unmöglich entgangen sein, dass sie seine Maske beim Training trug, doch er sprach sie nicht darauf an. Ob er sich schon eine neue gefertigt hatte?

Immer noch konnte Linn seine Hände auf ihrem Haar spüren, als wäre seine Berührung dort eingraviert. Seine Fingerspitzen an ihrem Kinn, auf der empfindlichen Haut ihres Armes. Es war, als hätte er Male dort hinterlassen, die nicht aufhörten zu brennen. Vielleicht war es gut, dass er sie mied; allein der Gedanke an ihn quälte sie, und mit ihm hier am Tisch zu sitzen, war eine Folter und zugleich eine Wonne, auf die sie um nichts in der Welt hätte verzichten wollen. Verstohlen betrachtete sie ihn.

Du hörst sofort damit auf, befahl sie sich. *Er ist dein Nachbar, er ist Moras Neffe, er ist verboten, außerdem bist du verlobt. Verlobt, um Himmels willen! Also benimm dich ganz normal.*

Aber nichts war normal, wenn es um Nival ging. Konnten sie nicht einfach miteinander reden, wenigstens hier, im Kreis der Familie? Wie Freunde? So wie sie und Jikesch miteinander sprechen und lachen konnten?

Gegen Mittag erst war der Narr in den Stall gekommen und hatte sie behutsam geweckt.

»Der Botschafter wollte mich kaufen«, erklärte er mit einem breiten Grinsen. »Aber seine Schreiberin konnte ihm das zum Glück ausreden, nachdem ich unter ihrem Rock hindurchgekrochen war.«

Jetzt, da das Abenteuer überstanden war, konnten sie beide

herzlich darüber lachen. Jikesch hatte ihre Sachen mitgebracht, und sie verwandelte sich auf dem Dachboden in ein Stadtmädchen zurück. Die Diebesbeute verstauten sie im Pastetenkorb. Mit reichlich Verspätung machte Linn sich auf den Heimweg. Die Wachen am Tor schauten überrascht und wagten ein vielsagendes Grinsen, verkniffen sich aber jede Bemerkung. Linn hätte ihnen am liebsten ein paar deftige Ohrfeigen verpasst, nur für ihre Gedanken, beließ es jedoch bei einem geheimnisvollen Lächeln.

Bher glaubte, dass sie heute eine Freundin besuchen wollte – die nichtsahnende Töpferin war gut für Ausreden aller Art – und wunderte sich daher nicht über ihre späte Heimkehr. Den ganzen Nachmittag lang hatte sie auf dem Dachboden die Schätze untersucht und sortiert. Die meisten Steine waren einfach nur grün – Smaragde vermutlich. Winzige Splitter, die hübsch aussahen und Linn völlig kaltließen. Einige größere Brocken wiesen verschiedene Musterungen auf, Einschlüsse und andersfarbige Streifen. Sie war sich nicht sicher, ob es sich hierbei nicht sogar um Drachenschuppen handelte oder um eine andere Juwelensorte. Was, wenn sie Nat Kyah den mächtigen Stein brachte, ohne es selbst zu merken? Leider würde es nichts bringen, alles mit dem Drachen auf dem Bild zu vergleichen, denn der Maler hatte nicht gewusst, wie der Drachenkönig wirklich ausgesehen hatte. Schließlich hatte sie ihre Beute wieder eingepackt und in einer wurmstichigen Kommode zwischen verstaubtem Gerümpel versteckt.

Für eine von Gewissensbissen geplagte Diebin entwickelte Linn an diesem Abend einen gesunden Appetit. Sie fühlte sich aufgekratzt und lebendig, und während sie dem stummen Nival heimlich Blicke zuwarf, wurde ihr deutlich bewusst, wie unsinnig Moras Verbot war, sich mit ihm abzugeben. Sie wollte ja gar nichts von ihm. Er war bloß ein Schreiber und hatte vermutlich recht wenig Spaß in seinem tristen Leben. Die Hinterhofkämpfe waren kein richtiger Ausgleich, nur die Chance auf noch mehr Schmerz. Ja, Nival wirkte tatsächlich wie jemand, der Schmerzen sammelte – der sich in Einsamkeit vergrub, Ärger und Wut aufstaute und sich dann bei verbotenen Kämpfen austobte. Freunde schien er nicht zu haben.

Mit dem Löffel malte Linn in ihrer Suppe herum und bemühte sich, ihre Blicke zu kontrollieren. Sie schaute Nival auch nicht nach, als er vom Tisch aufstand. Nie wieder wollte sie den Fehler begehen, ihm allzu schnell zu folgen. Stattdessen half sie Mora in der Küche, neckte die Alten, hörte sich Bhers Fachsimpeleien über eine verbesserte Art der Dornlanze an und verabschiedete sich dann mit einem freundlichen »Gute Nacht«.

»Ich gehe noch ein bisschen aus«, sagte sie zu Mora, als diese sie an der Haustür einholte und dabei ertappte, wie sie sich den Schal um die Schultern schlang.

Mora spähte zum anderen Haus hinüber. In Nivals Fenster brannte Licht, ein helles Rechteck, das seine Gegenwart verkündete. Erst dann nickte sie. »Gib auf dich acht.«

»Natürlich. Ich bin ein großes Mädchen. Ein wehrhaftes, anständiges Mädchen.«

Zum Glück lag in der Gasse kein Schnee mehr. Sie hatte am frühen Abend gefegt, und es war kein neuer mehr gefallen. Spuren waren nicht zu sehen, und Linn zweifelte schon daran, ob er ihre Botschaft verstanden hatte, als sie um die Ecke bog und Nival aus dem Schatten trat, gehüllt in einen langen Mantel, der ihm etwas Verwegenes verlieh. Ein Nachbar durfte ihr Herz eigentlich nicht so zum Rasen bringen.

»Draußen?«, fragte er.

»Man kann keine langen Nachrichten in eine Suppe schreiben«, erklärte sie betont munter. »*Draußen* erschien mir genug – und Ihr habt es ja verstanden. Obwohl ich mir da nicht ganz sicher war. In Eurem Fenster brennt Licht.«

»Für meine Tante.«

»Aber Herr Nival«, rügte sie ihn lachend, »wie raffiniert Ihr sein könnt.«

Sie schlenderten nebeneinander her. Linn wollte sich mit ihm unterhalten, aber ihr fiel nichts ein, was sie hätte sagen können. *Ich habe heute Schmuck gestohlen? Ich bin gar keine Drachentöterin, sondern die Leibeigene eines gemeinen Untieres? Bei dem ich überdies lesen und schreiben gelernt habe. Fällt Euch nicht mal auf, dass ich das jetzt kann?*

»Erzählt mir von Eurer Arbeit.«

»Ich schreibe.«

»Ja, nur was? Was schreibt man denn so als königlicher Schreiber?«

»Vor allem Abschriften von Gesprächsprotokollen. Berge von Protokollen.«

Ein Protokoll von diesem Gespräch, dachte Linn enttäuscht von seiner Einsilbigkeit, *wäre jedenfalls sehr kurz.*

Sie verfielen wieder beide in Schweigen, doch sie merkte, dass dieses Schweigen gar nicht mal so unbehaglich war wie befürchtet. Es war eine Stille, in der man sich durchaus einrichten konnte. Einmal versuchte sie es noch.

»Diese Leute aus Tijoa – was haltet Ihr davon?«

»Von Tijoa? Wie kann ich etwas davon halten, wenn ich nie dort war?«

»Immerhin seid Ihr als Schreiber bei einigen Gesprächen dabei. Wie ist Euer Eindruck von diesem großen Kerl und der Pelzdame? Und von diesem Assistenten?«

»Ich bin gar nicht anwesend. Das ist nur der königliche Beamte, mein Dienstherr. Ich sitze in meiner Kammer und schreibe die Unterlagen vom Vortag ab.«

Linn zögerte. »Wie oft bekommt Ihr den König überhaupt zu Gesicht, Herr Nival?«

»Selten«, sagte er leise.

»Das tut mir leid. Ich meine – wenn Ihr doch sein Ratgeber werden wollt … Wie wollt Ihr das jemals schaffen?«

»Mit viel Geduld«, sagte er. »Übrigens bin ich nicht befugt, über Dinge zu reden, die ich im Schloss erlebe.«

Wenn er dabei nicht so traurig geklungen hätte, wäre Linn ihm für diese Abfuhr böse gewesen. So seufzte sie nur innerlich und fand den Mut, sich bei ihm einzuhaken; zu ihrem Erstaunen ließ er es zu.

Die Nacht war klar und frostig. Dick vermummte Gestalten wanderten mit ihnen durch die Straßen. Das Laternenlicht ließ die Schneeverwehungen aufleuchten, als hätte jemand dort Schätze aufgehäuft. Merkwürdigerweise genügte es, nebeneinander herzugehen und diese Nacht, den Schnee und die Stadt miteinander zu teilen. Heute war Lanhannat etwas, das ihnen gemeinsam gehörte, eine glitzernde Stadt der Wunder. Keine Überfälle, keine Kämpfe beeinträchtigten den Zauber, der auf allem lag. Es gab nur sie beide, und dieses Beieinandersein war etwas Geraubtes und gerade deshalb so kostbar, so prickelnd, als würden sie zusammen durchbrennen, statt nur schweigend durch die Straßen zu laufen. Es war ein Betrug an Mora, die geglaubt hatte, sie könnte sie trennen, und wenigstens deswegen hatte Linn kein schlechtes Gewissen und weigerte sich, eines zu haben.

»Und Ihr?«, fragte Nival. »Was macht Ihr sonst so, außer trainieren und Pasteten ausliefern?«

»Tja … reicht das nicht?«

Er verfiel wieder in Schweigen, und auf einmal blieb sie stehen und prustete los. »Oh, wir sind schon zwei«, meinte sie. »Ist unser Leben wirklich so langweilig, dass es nichts Interessantes zu erzählen gibt?« *Oder ist alles, was interessant wäre,* fügte sie in Gedanken hinzu, *so geheim und verboten, dass man darüber schweigen muss?*

»Scheint so«, meinte Nival düster. »Wir könnten auch jemanden hier auf der Straße überfallen – Ihr, die Drachenjägerin, und ich, der Affe von Lanhannat –, uns verprügeln lassen, fliehen, eine ganze Meute aufgebrachter, ehrbarer Bürger hinter uns, und dann gegenseitig unsere Wunden verarzten.«

Er sagte das so trocken, dass sie lachen musste. »Ihr habt ja Humor, Herr Nival, wer hätte das gedacht!«

»Fräulein Linnia.« Er war stehen geblieben. Die Hauslaterne an der Wand hinter ihm tauchte sein Gesicht in den Schatten. »Ich …«

»Ja?«

Aber er fand keine Worte. Sie wartete, doch dann seufzte er, und sie setzten ihren Weg fort, bis sie schließlich wieder in ihrer Gasse anlangten.

»Es tut mir leid, dass ich Euch keine bessere Unterhaltung bieten kann«, sagte Nival traurig. In seiner Stimme schwang so viel Kummer mit, als würde er das Leid der ganzen Welt mit sich herumschleppen, nicht nur seine Unfähigkeit, ein nettes Gespräch zu führen und seinem Schweigen zu entkommen. Ein solches Mitleid überkam sie, dass sie sich zu ihrer eigenen Überraschung sagen hörte: »Morgen? Wollen wir wieder die Stadt unsicher machen, so wie heute, und mit eisigem Schweigen alle zu Stein erstarren lassen, die uns querkommen?«

In der Dunkelheit glühte sein verwirrtes Lächeln. »Das wollt Ihr?«, fragte er und klang verzweifelt. »Warum? Mit einem Langweiler wie mir?«

Die Wahrheit war, dass sie es nicht wusste. Nur, dass sie es wollte, dass sie ihn nicht einfach wieder in seine Einsamkeit entlassen konnte, in seine traurige Existenz dort oben in seinem Zimmer, in dem die Öllampe längst ausgegangen war. Sie schuldete ihm nichts, und trotzdem war ihr, als müsste sie ihn entschädigen für die Zeit, die sie mit Jikesch verbrachte, für das Lachen und die Heimlichkeiten und eine Freundschaft, die ihr mehr bedeutete als alles.

»Morgen«, wiederholte sie bestimmt.

Es gab keinen Kuss, nicht einmal ein »Gute Nacht«. Nival versprach ihr nichts. Er öffnete seine Wohnungstür und verschwand im dunklen Flur. Sie sollte enttäuscht sein, verärgert, doch stattdessen verspürte Linn ein seltsames Schweben in ihren Füßen, als sie sich dem gegenüberliegenden Haus zuwandte.

»Also«, meinte Jikesch, »meine hübsche Drachendiebin, heute musst du alleine losziehen.«

»Nein!«, protestierte sie entsetzt. »Was, wenn ich wieder dem Prinzen begegne? Außerdem verlaufe ich mich in diesen vielen Gängen!«

»Ich kann dich nicht begleiten«, sagte er betrübt. »Der König erwartet, dass ich seine Gäste amüsiere. Ich beleidige sie sehr diskret, aber viel häufiger, als er es könnte. Wenn es nach dem König ginge, dürfte ich nicht einmal schlafen. Wie gut, dass jemand wie ich keinen Schlaf braucht, nichts zu essen benötigt und von Luft und Liebe lebt, oh, von deiner Liebe, meine Schönste!«

»Überarbeite dich nicht.«

»Ich bin ein Narr. Ich arbeite nicht!«

Aber er erschien ihr tatsächlich etwas müde und weniger munter als sonst. Am liebsten hätte sie ihn überredet, ihr beizustehen, doch sie biss sich auf die Zunge. Was wollte sie denn noch von ihm? Das hier war ihre Aufgabe.

»Ich habe dir einen Plan gezeichnet.« Er breitete ein abgerissenes Stück Pergament vor ihr aus. »Hier ist die Schatzkammer. Sie wird natürlich bewacht, trotzdem solltest du den Weg dorthin schon einmal auskundschaften, bis ich mir überlegt habe, wie man hineinkommt.«

»Na gut.« Sie betrachtete den Plan, versuchte, sich die Lage der Gänge und Treppen einzuprägen, und steckte ihn dann in ihren Beutel. »Los geht's. Und übertreib es nicht beim Gästebeleidigen.«

Er grinste nur und sprang davon, und Linn wandte sich seufzend dem Schloss zu.

Mittlerweile kannte sie sich schon recht gut darin aus, wenngleich sie sich bisher immer auf ihren Begleiter verlassen hatte. Auf sich gestellt durch die Säle zu schleichen und dabei das unschuldige Dienstmädchen zu mimen, war jedoch keine unlösbare Aufgabe und machte ihr zwischendurch sogar Spaß – zumindest redete sie sich das ein, um es erträglicher zu finden. Diese Art von Aufregung würde sie vermutlich dazu bringen, heute Abend den armen Nival durch die halbe Stadt zu scheuchen, bis er wie ein Schlafwandler aussah. Sie fand die Schatzkammer nach einigen Anläufen. Zwei bis an die Zähne bewaffnete Soldaten machten jede Hoffnung auf einen kleinen Abstecher in den Raum zunichte, aber damit hatte sie gerechnet.

Staubwedelnd wollte sie weiterwandern, als sie plötzlich gegen einen Mann stieß, der wie aus dem Nichts vor ihr aufgetaucht war. Mit einem Aufschrei sprang sie zurück. Seine Hand schnellte vor, bevor sie das Gleichgewicht verlieren konnte.

»Vorsicht«, sagte er leise, der tijoanische Akzent ließ dieses schlichte Wort wie ein Fauchen klingen.

»Ihr schon wieder.« Seine Augen waren grün, und erneut war da dieses Lächeln, das sie völlig aus dem Konzept brachte. Was bildete er sich bloß ein? Sie war keine Gräfin, die sich aus Langeweile auf jeden ausländischen Gast stürzte. War er vielleicht unterwegs zu einem Mädchen? Es konnte nicht angemessen sein, dass ein Fremder ohne Begleitung allein durchs Schloss streunte.

»Was tut Ihr hier?«, fragte sie misstrauisch. »Noch dazu in der Nähe der Schatzkammer? Solltet Ihr nicht bei Eurem Botschafter sein und ihn beraten oder was immer Eure Aufgabe ist?«

»Wollt Ihr damit sagen, einem Tijoaner ist nicht zu trauen?«, gab er zurück, belustigt lächelnd. »Vielleicht überzeuge ich mich gerade davon, dass schennischen Dienstmädchen nicht zu trauen ist, die tun, als würden sie putzen.«

Eiskalt lief es ihr den Rücken hinunter. »Ihr beobachtet mich? Wie lange schon?«

Er streckte ihr die Hand entgegen. »Mein Name ist Nexin«, sagte er. »Und falls Ihr Euch um meine Aufgabe hier Gedanken macht – ich ergänze die Tätigkeit des Herrn Charrin auf meine Weise. Ihr seid …?«

»Das geht Euch nichts an. Jedenfalls bin ich niemand, der mithelfen würde, die Freundschaft zu Tijoa zu vertiefen. Lasst mich vorbei!«

»Was sucht Ihr?«, fragte er zurück. »Ist es in der Schatzkammer? Ich könnte Euch helfen.«

»Ihr könntet …? Das ist ja ein starkes Stück.« Sie wollte sich an ihm vorbeidrängen, aber er hielt sie fest. »Lasst mich los! Die Wächter dort hinten, sie sehen alles!«

»Sie sehen nur, dass ich mich mit einer Magd unterhalte«, meinte er lässig. »Um meinen Ruf bin ich nicht besorgt. Also, was ist? Sehen wir uns in des Königs heiligster Kammer ein wenig um?«

»Nein!«, zischte sie. »Wenn Ihr nicht endlich hier verschwindet …«

Er ließ sie zurück und marschierte zu den Wächtern, die sofort strammstanden und grimmige Gesichter machten. Linn wollte den Gang hinunterlaufen, doch sie konnte der Versuchung nicht widerstehen zuzusehen, was er vorhatte. Natürlich war er unbewaffnet – der König von Wellrah wäre mit ausgerüstetem Gefolge gekommen, ein Abgesandter aus Tijoa dagegen musste sich ganz in Pivellius' Hände geben.

Nexin sagte etwas zu den Soldaten, das sie nicht verstehen konnte, dann öffnete er einfach die mehrfach verriegelte Tür zur Schatzkammer und trat ein.

»Das kann ja wohl nicht …«

Linn hetzte zurück. Die Wachen verharrten wie leblose Statuen. Durch die offene Tür sah sie den Tijoaner dastehen. Er betrachtete die goldgefüllten Kisten, die ordentlich aufgereiht waren, die Regale, in denen kleinere Kästchen Schmuck und goldene Gefäße enthielten, als seien dies die Auslagen eines Krämerladens.

»Was tut Ihr da!«, schrie sie ihn an.

»Schaut Euch um«, sagte er. »Vermutlich werdet Ihr nie wieder die Gelegenheit dazu erhalten. Es sei denn … So, wie der Prinz Euch angesehen hat, bekommt Ihr vielleicht noch das eine oder andere Schmuckstück aus diesem Raum geschenkt, aber ich will den Ereignissen nicht vorgreifen.«

»Wie könnt Ihr es wagen!«, zischte sie. »Außerdem – Arian hasst mich!«

Beiläufig öffnete Nexin einige Truhen und Kommoden, wühlte sich durch Perlenketten und Diademe, ließ Broschen und Anstecknadeln durch seine Hand gleiten und zog einen Ring heraus – einen goldenen Ring, breit genug für die Hand eines großen Mannes, mit einem gewaltigen grünen Stein besetzt.

Linn schnappte nach Luft. »Das … zeigt her.«

»Nehmt ihn ruhig mit«, flüsterte er verschwörerisch. »Ich verrate nichts.«

»Ihr seid ein Zauberer«, stellte sie fest.

»In Tijoa ist die Zauberei ein anerkanntes Handwerk«, sagte er. »Ihr könnt zu uns kommen, wenn Ihr der schennischen Engstirnigkeit und Kleingeisterei müde seid. Bei uns«, er fasste ihr unters Kinn, und seine glitzernden grünen Augen machten sie ganz schwindelig, »sind hübsche junge Zauberinnen immer willkommen.«

Ihre Finger krallten sich um den Ring. »Woher …«

»Nur ein Narr würde Euch für eine Magd halten. Kommt mit

mir. Das ist ein ernstgemeintes Angebot. Was wir Euch in Tijoa bieten können, übersteigt Eure Vorstellungskraft.«

»Nein danke!« Linn trat einen Schritt zurück. »Hier, nehmt den Ring, ich bin keine Diebin. Ich bin nichts von dem, was Ihr denkt. Und«, fügte sie wütend hinzu, »macht die Tür hinter Euch zu, wenn Ihr geht!«

Damit rauschte sie aus der Schatzkammer. Auf dem Gang begann sie zu laufen. Sie blieb erst stehen, als sie zwei Stockwerke und gefühlte hundert Flure weit entfernt war. Keuchend rang sie nach Atem.

»Linnia?«

Auch das noch. Hatte der Zauberer ihr einen Fluch nachgeschleudert? Ausgerechnet Okanion musste sie begegnen! Vor Schreck lief sie dunkelrot an.

»Fräulein Linnia? Was tut Ihr denn hier – noch dazu in dieser Verkleidung?« Überrascht musterte er sie.

»Ähm …« Sie konnte ihm ja schlecht die Wahrheit anvertrauen. Als sie den Mund öffnete, wurde ihr bewusst, dass sie kein Wort über Nexin verlieren konnte. Sobald sie irgendjemandem verriet, dass er in die Schatzkammer eingedrungen war, musste sie zugeben, dass sie mit ihm dort gewesen war.

Doch der Ritter deutete ihre Verlegenheit falsch.

»Mit wem trefft Ihr Euch?«, wollte er wissen, plötzlich streng und unnahbar – beinahe so wie Mora, als sie sich um Nivals Karriere gesorgt hatte. Von Okanions üblicher Freundlichkeit war nichts mehr übrig. »Das wäre ein Verstoß gegen alle Regeln der Garde. Unter diesen Umständen müsste ich mich gegen Eure Aufnahme aussprechen.«

Sie hatte keine Zeit, lange nachzudenken. Sie nannte den einzigen Namen, gegen den Okanion keine Einwände erheben konnte, den einzigen Mann, dem er keine Vorhaltungen machen würde.

»Prinz Arian«, flüsterte sie. *So, wie er Euch ansieht …* Nein, auch das musste eine Lüge dieses ausländischen Zauberers sein, um sie zu verwirren und zu beschämen.

Der ehemalige Hauptmann riss die Augen auf und zuckte zurück. »Dann … weiß ich von nichts.« Er entfernte sich so schnell, dass er schon fast rannte.

Wenn er den Prinzen darauf ansprach, war alles aus. Sie konnte nur hoffen, dass Okanion dieses Wissen für sich behielt – seit er die Hauptmannsstelle verloren hatte, konnte er seine eigenen Ansprüche nicht mehr durchsetzen. Zum ersten Mal freute Linn sich darüber, dass der vernarbte Ritter, obwohl der bessere Drachenjäger, nicht das Sagen hatte.

Trotzdem fühlte sie sich nicht mehr wohl. Sie musste so schnell wie möglich hier verschwinden. Noch mehr unliebsame Begegnungen würde sie heute nicht verkraften.

»Wartet!«

Sie drehte sich um. Zu spät, um zu fliehen. Okanion hatte es sich wohl anders überlegt und kam ihr nach.

»Wartet, Fräulein Linnia!«

Das war eindeutig ein Befehl. Sie war versucht, einfach davonzurennen, zwang sich aber zur Ruhe. Er *konnte* nicht wissen, was sie hier tat.

»Ja?«, fragte sie beklommen.

»Ich will Euch etwas zeigen«, sagte er, wieder etwas milder. Er wirkte geradezu traurig. »Bitte, kommt mit, Fräulein Linnia.«

Ihr blieb nichts anderes übrig, als ihm zu gehorchen. Er würde sie doch nicht zu Arian bringen und ihn zur Rede stellen? Ihr Herz flatterte immer schneller und ängstlicher. Wie sollte sie sich aus dieser vertrackten Situation herauswinden? Zu allem Übel hielt der Ritter auf den königlichen Flügel zu. Mittlerweile kannte Linn das Schloss gut genug, um zu wissen, wo sie sich ungefähr befand.

»Bitte.« Sie musste wenigstens einen Versuch wagen. »Bitte, bringt mich nicht in eine solche Verlegenheit. Ich bin … ich werde … vielleicht ist alles ganz anders, als Ihr denkt.«

Okanion reagierte nicht einmal. Er öffnete die Tür zu einem riesigen, leeren Saal, in dem lebensgroße Gemälde in goldenen Rahmen hingen. Ohne ein Wort führte er sie vor ein Bild, das eine Frau mittleren Alters in einer Seidenrobe mit Spitzenkragen zeigte. Ihr Haar war kunstvoll hochgesteckt und mit Perlenschnüren umwickelt. Mächtige grüne Ohrringe baumelten neben ihrem Hals herunter, um den sie auch noch eine goldene Kette geschlungen hatte.

»Seht sie an«, sagte der Ritter leise. »Wollt Ihr wirklich Königin werden? Schaut ihr in die Augen.«

Das Gesicht der mächtigen Herrscherin von Schenn wirkte auf den ersten Blick hochmütig und erhaben. Doch Okanion hatte recht – die Augen erzählten etwas anderes. Unendlich müde waren sie, als hätten sie zu viel gesehen. Nun bemerkte Linn auch den verbitterten Zug um die Mundwinkel, und das feine Lächeln kam ihr nicht länger stolz vor, sondern verzweifelt. Das war also die Frau, die Nat Kyah getötet hatte.

»Sie hat Pivellius gut beraten«, sagte er. »Er hat auf niemanden gehört, nur auf sie. Wenn sie noch lebte, sähe Schenn vielleicht anders aus. Königin Irana war auf eine Weise freundlich, die selten ist bei Hofe. Ihr größtes Anliegen war es, den Frieden mit Wellrah auf festere Füße zu stellen als auf das Verbot der Magie. Welche Ironie, dass ausgerechnet sie den Zauberern in die Falle lief. Aber zuvor hatte sie schon eine Braut für ihren Sohn bestimmt, eine Prinzessin aus Wellrah. Also macht Euch keine Hoffnung, Fräulein Linnia. Prinzen heiraten, um ihre Macht zu mehren, nicht wegen eines hübschen Gesichts und eines anmutigen Lächelns.«

»Ich habe nicht vor, Königin zu werden«, sagte sie.

»Wirklich nicht?«

Selbst wenn sie sich an den Prinzen herangemacht hätte –

was niemals geschehen würde, denn sie empfand ihn als eher unangenehmen Zeitgenossen –, dann nicht mit dem Hintergedanken, zur mächtigsten Frau des Reiches aufzusteigen.

»Nein«, beteuerte Linn. Sie riss sich von dem Bild los und begegnete Okanions forschendem Blick. Wenigstens hierin konnte sie uneingeschränkt ehrlich sein.

»Ganz gewiss nicht. Ich will Drachen jagen, Ritter Okanion. Das ist mein oberstes Ziel. In so einem Aufzug wäre das ja wohl kaum möglich, nicht wahr?«

War sie überzeugend genug? Jedenfalls nickte er langsam. Sie fürchtete, dass er ihr weitere Fragen nach dem Prinzen stellen würde, doch er hatte anscheinend nicht das Bedürfnis, sich länger als nötig mit ihrem zweifelhaften Lebenswandel zu beschäftigen.

»Dann geht jetzt«, sagte er mit rauer Stimme.

Linn starrte noch einmal die Königin an. Sie verriet nicht, warum dieses Bild sie so sehr in Aufruhr versetzte. Die traurigen Augen der vor Jahren verstorbenen Dame interessierten sie nicht, auch nicht die grünen Ohrringe – der zu diesen Ohrringen perfekt passende Anhänger ihrer goldenen Kette dagegen schon.

»Wo würde man den Schmuck einer verstorbenen Königin aufbewahren? In der Schatzkammer oder in ihrem Gemach?«

Jikesch spielte unruhig mit den Glöckchen seiner Mütze.

»Hat sie denn ein Gemach?«, murmelte er. »Eine Tote?«

»Was weiß ich? Du müsstest das viel eher wissen. Pivellius wäre jedenfalls nicht der Erste, der nach dem Tod seiner Frau alles so lässt, wie es war. Hat er das, oder nicht? Hat er ihren Schmuck einer jüngeren Geliebten geschenkt? Ich muss wissen, was mit dieser Kette passiert ist, Jikesch!«

»Eine Kette?« Er hob den Kopf. »Sprichst du von der Goldkette mit dem grünen Anhänger? Woher weißt du davon?«

»Sie war auf dem Bild.« Linn wunderte sich, wie verstört er auf einmal wirkte. »Natürlich meine ich die mit dem grünen Anhänger. Wir sammeln grüne Steine, schon vergessen?«

Der Narr wedelte unruhig mit den Händen.

»Das weiß ich«, stöhnte er. »Aber diese … nicht diese. Die können wir nicht klauen. Absolut unmöglich.«

»Warum? Ich glaube, sie ist genau das, was wir suchen. Es ist nicht einfach nur ein grüner Stein. Er ist gleichzeitig irgendwie golden. Und wenn dieser Anhänger genau das ist, was Nat Kyah will? Wenn ich es gefunden habe?«

Aufgeregt wartete sie auf die Reaktion ihres Freundes.

Jikesch seufzte. Er vergaß sogar seine üblichen Wortspiele und Schmeicheleien. Nicht zum ersten Mal kam ihr der Gedanke, ob das nicht alles zu viel für ihn war. Er war ein Narr, der herumsprang und andere zum Lachen brachte, ein Diener des Königs. Kein Verräter. Kein Krieger. Nur Jikesch.

»Der König hat sie«, flüsterte er. »Er trägt sie bei sich, Tag und Nacht. Es ist das Einzige, was ihm von der Königin geblieben ist.«

»Die goldene Kette in seiner Hand? Ich dachte, das wäre ein Gebetskettchen oder so etwas.«

»Der König jagte die Magier«, erzählte Jikesch leise. »Für den Frieden mit Wellrah ließ er sie überall zusammentreiben und aufhängen. Dann wurde die Königin krank. Es heißt, die Magier, die letzten übrig gebliebenen Zauberer, taten sich zusammen, um aus der Ferne das zu vernichten, was der König liebte, die Frau, an der sein Herz hing. Sie legten einen Fluch über sie und lockten sie aus dem Schloss. Vielleicht wollten sie Irana als Geisel nehmen, um zu verhandeln? Doch der Drache tötete die junge Königin. Drachen und Zauberer. Sie sind immer zusammen, deshalb müssen sie beide ausgerottet werden.«

»Drachen und Zauberer«, murmelte Linn.

»Der König hatte nicht etwa Angst um sein eigenes Leben

oder das seines Sohnes. Er fürchtete auch keine Flüche. Statt damit aufzuhören, alle zu verfolgen, die Magie benutzten, verschärfte er sogar die Gesetze. Es ging ihm nicht mehr um den Frieden, nur noch um Rache. Danach wurden die Magier nicht mehr gehängt. Sie wurden gefoltert und gevierteilt oder verbrannt. Er hat sie zerrissen und ihnen bei lebendigem Leib die Haut abziehen lassen, und kein Zauber konnte ihnen helfen.«

Jikesch schwieg traurig.

»Niemand darf zaubern«, flüsterte er. »Niemand darf dem König die Kette wegnehmen, an die er sich klammert. Böse Erinnerungen liegen auf diesem Stein. Tod und Krankheit und Schreie ...«

Linn schauderte.

»Ich werde lachen«, wisperte er. »Dann wird der König seinen Schmerz vergessen. Seine Finger werden sich lockern. Er wird aufhören zu beten und zu fluchen.«

»Das ist der Stein, den Irana dem Drachen bringen sollte. Ich weiß es! Wir könnten es überprüfen. Ich zeige ihn Mora – sie wird mir sagen können, ob er mächtig ist oder nicht.«

»Und dann?«, fragte Jikesch leise. »Was dann? Gibst du dem Drachen, was er begehrt? Kaufst du dich frei? Und machst dich dann auf die Suche nach dem Helden, der ihn besiegen kann, wenn er mächtig ist wie das Untier, das ganze Welten verschlang?«

»Zur Not vernichte ich eben den Stein. Sobald ich Gewissheit habe.«

Traurig schüttelte er den Kopf. »Den Stein, der dir dabei helfen könnte, deinen Vater zu rächen, willst du zerstören? Bist du sicher, dass du das fertigbringst?«

»Nein, verdammt, ich bin mir nicht sicher!« Linn atmete tief durch. »Ich weiß es nicht. Was soll ich tun? Wenn dies der richtige Stein ist, und ich übergebe ihn nicht, breche ich den Pakt. Dabei ist mir nicht wohl. Ich hasse es, Nat Kyah zu dienen, aber man muss sich an die Spielregeln halten.« *Vielleicht lohnt es sich sogar, diesen Fluch zu riskieren, nur damit Nat Kyah nicht die Macht zufällt, die er begehrt – die Macht des Drachenkönigs? Ob die Königin gewusst hat, was sie ihm verweigerte? Ist sie dafür gestorben?*

»Wenn ich es dagegen tue … Dann würde ich meinen Teil erfüllen, und er muss mich freigeben. Selbst mit diesem Stein, wenn er wirklich das ist, was ich glaube … davon geht die Welt noch nicht unter. Außerdem kann Nat Kyah die Drachenschuppe nicht benutzen, das hat er selbst zugegeben. Er braucht einen Zauberer dafür. Drachen können nicht zaubern. Wenn ich ihm anbieten würde, seine Zauberin zu sein, wenn wir den Roten besiegen … und danach mache ich mich mitsamt dem Stein aus dem Staub?«

»Das klingt gut«, gab Jikesch zu. »Nur bist du keine Zauberin.«

»Nein«, sagte sie leise. Noch immer hatte sie ihm nicht anvertraut, dass sie zaubern konnte – nein, können war zu viel gesagt. Dass sie ein Talent besaß, das sie selbst erschreckt hatte.

»Und noch habe ich den Stein nicht.«

»Wer soll dem König die Finger auseinanderbiegen, wenn nicht ich, sein kleiner Narr?«

»Nein«, sagte sie. »Versuch es nicht mal. Hörst du?« Auf einmal packte sie die Angst. Verflucht, hätte sie lieber nichts gesagt! »Was nützt mir das Wohlwollen des Drachen, wenn ich dich verliere? Versprich mir, dass du das lässt. Ich will diese Kette nicht. Bestimmt ist es nicht der richtige Stein, nur ein weiterer hübscher Edelstein, der nichts bedeutet. Ich habe genug anderen Schmuck, um den Drachen zufriedenzustellen. Versprich es mir.«

Jikesch schwieg, störrisch wie ein Esel. Da wurde ihr klar, dass er bereit war, noch viel mehr zu riskieren. Alles.

»Dieses Spiel hat mich in seinem Bann«, sagte er. »Ich kann

gar nicht anders. Sobald ich etwas Grünes sehe, juckt es mir in den Fingerspitzen. Ist das nicht drollig?«

Wenn du schon dabei bist, könntest du diesem tijoanischen Zauberer bitte noch die Augen auskratzen. »Ganz und gar nicht. Nein, Jikesch, das ist ernst. Versprich mir, dass du die Finger davon lässt.« Sie griff nach seinen Händen und hielt sie fest. Um sich ihr zu entziehen, hätte er die Handschuhe aufgeben müssen.

»Schwöre.«

»Na gut«, murrte er. »Verdirb ruhig das Spiel, wenn du meinst. Aber muss man es nicht ganz spielen oder gar nicht? So vollständig, dass die Mauern zusammenkrachen, wenn wir jedes grüne Körnchen aus den Fugen klauben?«

»Ich kann es überhaupt nicht mehr spielen«, sagte sie leise. »Ich habe einen Stein in der Hand gehalten, von dem ich dachte, er könnte es sein ... Aber ich kann den König nicht bestehlen. Es ist, als würde ich mich damit auf die Seite seiner Feinde stellen.«

»Obwohl er deinen Vater verbannt hat?«, fragte Jikesch traurig. »Obwohl er dich aus seinem Schloss geworfen hat?«

»In unserer Mühle hängt ein Bild von Brahan«, sagte sie. »Ich bin damit aufgewachsen. Mit den Geschichten von Brahan und Laran und den toten Kindern. Der König ist alles, was Schenn heilig ist. Ich kann mich nicht gegen ihn wenden, Jikesch. Ich kann's einfach nicht. Er ist Brahans Erbe. Ich höre auf.«

»Egal, was es dich kostet?«

Sie dachte an Nexin und sein geheimnisvolles Lächeln.

»Mein Vater hat vielleicht zu spät nein gesagt. Aber ich nicht. Ich nicht.«

25

Bher war nicht zu Hause, aber die Alten lauerten auf dem Balkon. Mora bat Agga, den Hof zu fegen und gut auf die Pasteten aufzupassen, doch die Magd schabte nur ein wenig an der oberen Schneeschicht und verkündete allen, die zuhörten, das reiche; später würde es ja doch wieder schneien. »Es fängt übrigens schon an, seht Ihr?«, meinte Agga zufrieden und verschwand.

Mit dem Besen bewaffnet, ging Linn hinaus. Die Drossel hob den Kopf und flötete zart, statt wie üblich zu schimpfen. Es hörte sich an wie eine Frage.

»Ich weiß nicht«, sagte Linn, antwortete auf ihre eigenen Fragen, die viel zu schwer waren, wie unlösbare Rätsel. *Wer bin ich? Was riskiere ich? Was passiert mit mir, wenn ich die Regeln breche – und was, wenn ich es nicht tue?* »Das weiß ich doch nicht!« Sie reagierte ihre Wut an der Strohpuppe im Hof ab, indem sie sie mit dem Besen traktierte. Ihre Füße tanzten durch den Schnee. Sie wirbelte herum, erstach einen imaginären Gegner mit dem Besenstiel – er ähnelte verdächtig Nexin – und rasierte einem unsichtbaren Drachen die Hörner mit den Reisigborsten ab. So schwer ihr Herz war, so leicht wurden ihre Füße, voller Energie. Sie sprang in die Höhe, drehte sich, während sie die Borsten immer wieder in den Schnee stach, flog im Halbkreis um den Besen herum und riss ihn wie eine Dornlanze in die Höhe.

»Ha!«

»Ha?«, fragte die Affendrossel schüchtern.

»Ganz recht«, sagte Linn. »Du hast richtig gehört. Ha!« Sie tötete einen Feind nach dem anderen, einen Drachen nach dem anderen. Sie tötete sie alle und beugte sich schließlich nieder, als würde sie dem König ihr Schwert zu Füßen legen.

»Bravo!« Die Alten auf dem Balkon klatschten. »Bravo, Fräulein Linnia!«

Linn wischte sich über die Stirn und kehrte in die Küche zurück. Hier war niemand. War Mora ausgegangen? Eine gute Gelegenheit, um noch einmal den Dachboden aufzusuchen und den gestohlenen Schmuck durchzusehen. *Und sich der Frage zu stellen, ob ich nicht besser alles ins Schloss zurückbringen sollte.*

Sie wurde das Bild nicht los. Nexin, der ihr den Ring in die Hand drückte. Nexin, der lächelnd die Schatzkammer betrat, der sich über alle Regeln hinwegsetzte …

Nein! Ich will keine Diebin sein!

Dann brichst du also lieber die Regeln des Hohen Spiels? Dann verzichtest du darauf, Nat Kyah die Macht zu geben, um den roten Drachen zu besiegen?

Sie stöhnte innerlich.

Wie könnte ich dem Mörder der Königin Macht verschaffen, die ich nicht kontrollieren kann? Wenn er nicht mich als seine Zauberin wählt, sondern jemanden wie Nexin?

Du bist keine Diebin wie er. Bring den Schmuck zurück.

Auf der Treppe zum Dachboden merkte sie schon, dass etwas nicht stimmte. Geräusche – vorsichtig, als wollte jemand nicht gehört werden, ein leises Schaben, als würde jemand etwas über die Dielenbretter schieben. Ihr erster Impuls war, sich schnell wieder zurückzuziehen, doch dann dachte sie: *Was ist, wenn Mora den Schmuck findet?*

Entschlossen stieß sie die Dachluke auf.

Es war nicht Mora. Sondern Nival, der sich durch das Gerümpel wühlte. Vorsichtig nahm Linn den Fuß von der letzten Leitersprosse, aber er bemerkte sie nicht, so sehr war er auf das konzentriert, was er da tat. Neugierig schlich sie näher. Sie fragte sich, was sie tun würde, wenn er ihre Diebesbeute bereits entdeckt hatte.

Doch der junge Schreiber kramte ungeduldig in einer großen Kiste, aus der er Schwerter hob und wieder zurücklegte, verbeulte Schilde, deren Bemalung schon so zerkratzt war, dass man kaum noch erkennen konnte, was darauf abgebildet war, und schließlich einen Dolch. Im spärlichen Licht, das durch die löcherigen Schindeln fiel, glänzte die leicht gebogene Klinge.

Nival betrachtete den Dolch eine Weile, schob dann die übrigen Waffen zur Seite und legte das ausgewählte Stück in den Staub. Er pustete darauf, holte etwas aus seinem Gewand und beugte sich wieder über den Dolch.

Da er ihr jetzt den Rücken zuwandte, konnte Linn nicht sehen, was er tat, doch schließlich hörte sie ihn flüstern.

»*Wina-Beret*«, sagte er, »*Wina-Beret* …« Irgendwo hatte sie dieses Wort schon mal gehört, aber sie kam nicht darauf, wo. Seine Stimme wurde lauter, drängender: »*Wina-Beret!*« Er riss den Dolch in die Höhe, wirbelte herum und schleuderte ihn weg.

Linn schrie vor Schreck auf, als die Klinge eine Handbreit von ihr entfernt in einer alten Standuhr stecken blieb. Das Uhrwerk gab ein sachtes Scheppern von sich.

Nival starrte sie an wie eine Erscheinung, die Kinnlade klappte ihm herunter.

Linn fand zuerst die Sprache wieder. »Was war das denn?«, fragte sie. »Ihr zaubert?«

»Verdammt, was tut Ihr hier?«, fuhr er sie an. »Ich hätte Euch umbringen können!«

Er hatte das Zifferblatt genau in der Mitte getroffen.

Mit einem Ruck zog Linn den Dolch aus dem Holz. An den

schwarzen Griff war mit einem Lederbändchen ein schimmernder bläulicher Splitter gebunden.

Nival seufzte, als sie ihm die Waffe zurückgab. »Ich kann nicht zaubern«, sagte er, »was Euer Glück ist, sonst wärt Ihr jetzt tot. Eine verzauberte Klinge trifft immer mitten ins Herz.« Er wischte sich mit dem Ärmel über die Stirn und sah müde und enttäuscht aus. »Womit ich natürlich nicht sagen will, dass ich auf Euch gezielt habe«, beeilte er sich hinzuzufügen.

»Ihr könnt also nicht zaubern«, sagte sie nachdenklich. »Trotzdem versucht Ihr es?«

»Immer mal wieder«, knurrte er. »Aber über *Caness* komme ich nicht hinaus.«

Linn sah zur Uhr hinüber. »Ihr könnt auch ohne Zauberwaffe alles treffen, was Ihr wollt«, sagte sie bewundernd. »Wo um alles in der Welt habt Ihr das gelernt? Ihr seid Schreiber, kein Messerwerfer.«

»Man braucht ein Messer, um die Schreibfedern anzuspitzen«, meinte er. Ein amüsiertes Funkeln glomm in seinen Augen auf, als er sich lächelnd hinkniete und den Dolch wieder in der Kiste verstaute.

»Ach, und das werft Ihr dann durch die Gegend, oder wie?«

Er grinste.

Auf einmal kam ihr der Gedanke, dass er sie belogen hatte. »War das Netz, das Ihr als Affe von Lanhannat benutzt habt, überhaupt magisch?«, fragte sie misstrauisch.

Er schloss den Deckel der Truhe, schob eine lädierte Kommode zurück an ihren Platz und setzte sich darauf. Als wüsste er, dass in einer der Schubladen goldene Schmuckstücke mit grünen Juwelen verborgen waren, eingewickelt in ein Tuch. Obendrein war da immer noch dieses Lächeln, so ganz leicht spöttisch … Ein ganz anderes Lächeln als Nexins, tausendmal liebenswürdiger. Verdammt, sie wollte alles wissen. Alles, was er ihr verschwieg. Er sollte keine Geheimnisse haben, das war unerträglich, so, wie sein seltenes Lächeln kaum auszuhalten war. Vor allem sollte er sofort von dieser Kommode aufstehen.

»Ach, Herr Nival«, sagte Linn und wollte seinen Namen immer wieder aussprechen. Nival. Als wäre auch das ein Zauberwort. *Nival.*

»Ja?«, fragte er. Er sah sie an und wich ihrem Blick sofort wieder aus.

Das ist falsch, dachte sie. *Er darf nicht aufhören, mich anzusehen. Ich will … bei Arajas, was will ich überhaupt?*

»Ich dachte, es ist Zeit, dass wir …« Oh ihr Götter, wie hörte sich das an? »Wollen wir nicht … Du zueinander sagen? – Mich duzen sowieso alle Leute«, fügte sie rasch hinzu. »Außer Euch.« Und Okanion. Bei ihm war es Respekt. Der Prinz – bei ihm war es kühle Distanz. Was war es bei Nival – beides? Dass er sie einerseits nicht wie ein Dienstmädchen behandeln wollte und andererseits immer auf Abstand bedacht war?

So auch jetzt. Nival zuckte zurück. »Oh, das … das ist kompliziert.« Schlagartig war er wieder ernst. Das Licht hier war ungünstig, aber sein Gesicht schien dunkler zu werden.

»Warum sollte es kompliziert sein? Bei uns im Dorf tun wir das alle. Nur zu Fremden sagt man Ihr und Euch und Herr und so weiter. Ich finde nicht, dass wir uns ganz fremd sind, wo wir doch sozusagen im selben Haus wohnen und uns die Kampfausrüstung teilen.« Die nächtlichen Spaziergänge erwähnte sie lieber nicht.

Er wurde abwechseln blass und rot. »Hier … in Lanhannat gibt es … ein Ritual … dafür.«

»Was für ein Ritual? Wozu braucht man das? Es ist doch nicht schwer durchzuführen?«

»Man trinkt einen Schluck Bitterwein«, sagte Nival und verzog allein bei der Vorstellung das Gesicht. »Besser gesagt, man leert gemeinsam einen ganzen Becher.«

»Das bekommen wir schon hin«, meinte Linn fröhlich. »Es sei denn, Ihr wollt gar nicht, dass wir einander Du sagen.«

»Und man tauscht einen … Bruderkuss«, quälte Nival sich über die Lippen.

»Oh«, sagte Linn und dachte über diese neue Information nach. »Wirklich, einen Kuss? Das tun auch Männer?«

Er nickte. »Deswegen heißt es ja auch Bruderkuss.«

»Das denkt Ihr Euch jetzt nicht etwa aus, um einen Kuss zu bekommen?« Das hätte zwar nicht zu ihm gepasst, aber wer weiß? Immer wieder entdeckte sie ganz neue Facetten an ihm, wie gerade eben sein Talent, Messer zielsicher durch die Gegend zu schleudern.

Nival wurde knallrot und wies den Verdacht weit von sich.

»So besiegelt man hier Verträge«, versicherte er. »Das ist eben Lanhannat.«

»Das würde in meinem Dorf garantiert keiner der Männer über sich ergehen lassen.«

Allein die Vorstellung brachte sie zum Lachen. Ja, das war gut. Es lenkte sie ab von ihren Sorgen wegen des Drachen. Von dem Streit mit Jikesch, von der Aufregung wegen der Kette. *Gut so. Ein Gespräch. Ob es ihm wohl aufgefallen ist, dass wir ein richtiges Gespräch führen?* »Woher kommt denn dieser merkwürdige Brauch?«

»Keine Ahnung.« Er zuckte die Achseln. »Ich glaube, den haben die Kaufleute aus Wellrah mitgebracht. Dort wird alles und jedes mit einem Bruderkuss besiegelt, sonst hat es keine Gültigkeit.« Er hatte es tatsächlich geschafft, zwei ganze Sätze auszusprechen, ohne zu stammeln.

Linn merkte, wie ihr ganzer Körper sich vor Anspannung und Erwartung verkrampfte. Sie zwang sich zu lächeln, irgendetwas Albernes zu sagen. »Ulkig.« Ihre Füße machten ohne ihr Zutun einen Schritt auf ihn zu.

Alles fühlte sich auf einmal zugleich schwer und leicht an.

Sie schwebte, und trotzdem war jede Bewegung unmöglich. Staub kitzelte sie in der Nase – vielleicht lag es daran? Dieses merkwürdige Prickeln auf ihrer Haut, dieses Ziehen, das sie von Kopf bis Fuß durchfuhr. Das Brennen in ihrer Kehle, das sich wie Durst anfühlte und doch so fremd war.

»Tja«, meinte Nival verzagt. »Also bleibt wohl alles beim Alten, Fräulein Linnia, Ihr und Euch.«

»Nein!«, entfuhr es ihr.

Dann musste sie wieder lachen, irgendwo zwischen Hysterie und Verzweiflung. Seine resignierte Miene war einfach zu komisch – warum musste sie dann blinzeln, als hätte sie etwas im Auge? Warum war sie so hungrig und so aufgedreht, und woher kam diese plötzliche Angst, dass jedes Wort über ihr Schicksal entschied?

Bist du verrückt?, dachte sie. *Was ist nur los mit dir? Das ist bloß Nival. Du musst ihn von dieser Kommode wegkriegen, ohne dass er Verdacht schöpft.*

»Wollen wir trotzdem? Ihr besorgt den Bitterwein, ich sorge für den Kuss.«

»Dürft Ihr das denn?«, fragte er vorsichtig. »Immerhin seid Ihr verlobt.«

Sie versuchte, an Yaro zu denken, doch sein Bild verschwamm vor ihren Augen. Yaro lebte in einer anderen Welt, die mit dieser hier nichts, aber auch gar nichts zu tun hatte. Als hätte sie ihn bloß geträumt oder als würde sie das hier träumen.

»Es ist ja kein richtiger Kuss. Nur ein Bruderkuss. Dafür hat er bestimmt Verständnis, immerhin lebe ich hier in Lanhannat und muss mich den Bräuchen anpassen. – Also, wollen wir?«

Das dumpfe Brennen breitete sich aus, erfüllte ihren ganzen Mund und wanderte gleichzeitig tiefer, die Speiseröhre hinunter in ihren Magen.

Nival sprang auf und musste die Kommode festhalten, die ins Wanken geriet. »Ich kaufe den Bitterwein. Vielleicht holt Ihr in der Zwischenzeit einen Becher aus Moras Küche? Wo treffen wir uns, in Eurem Zimmer?«

»Oh … was ist mit Eurer Tante, wenn sie wieder hereinplatzt?«

»Dann kommt zu mir«, schlug er vor und wurde dabei so rot, dass sein Gesicht Hitze ausstrahlte. Wagemut glänzte in seinen Augen. »In meinem Haus wird sie Euch wohl kaum vermuten.«

Linn unterdrückte ein Kichern, als sie beide auf Zehenspitzen die steile Treppe hinunterstiegen. Nival eilte so schnell davon, als würde er vor ihr flüchten. Auf einmal hatte Linn Angst, dass er sich drücken wollte, und sie stand einen Moment da wie erstarrt, erneut von Panik ergriffen.

Er will nicht … Warum will er nicht?

Das hier war schlimmer als jeder Drachenkampf.

Ach was, sagte sie sich. *Du hast ja nicht vor, ihn zu heiraten. Nur ein Du. Also stell dich nicht so an und veranstalte kein Drama! Wenn er sich aus dem Staub gemacht hat, dann ist das sein Problem.*

Als sie zur Küche hinunterschlich, war von Mora nichts zu sehen, nur aus dem Hof kam der Gesang der Affendrossel. Es klang, als sei der Vogel peinlich berührt von seiner eigenen Stimme.

»Und jetzt«, mischte sich Lireck ein, »jetzt sagst du: Guten Tag.«

Die Drossel schwieg bestürzt.

»Was ist so schwierig daran? Guten Tag. *Guten Tag!*«

»Faules Gör«, nuschelte der Vogel.

Hastig kramte Linn im Schrank herum, griff sich einen Becher und wäre fast mit ihrer Herrin zusammengeprallt, die gerade in die Küche wankte, im Arm einen riesigen Korb voller Schinken, Zwiebeln und trockener Kräutersträußchen.

»Puh.« Mora wischte sich über die Stirn. »Sind die Pasteten noch da? Der Hof ist gefegt? Wo ist Agga?«

»Alles fertig«, versicherte Linn. »Habe ich jetzt frei?«

»Ich muss das noch einräumen und dann noch mal los. Aber du kannst gehen. Bher ist wieder zu Hause. Ich will mal hoffen, dass er nicht alles an seine Kumpane verfüttert.«

Linn hielt den Becher hinter ihrem Rücken versteckt und stellte ihn unauffällig auf die Anrichte. Sobald Mora fort war, suchte sie sechs besonders große Pasteten heraus und trug sie nach draußen, wo die Alten den Käfig umstanden und sich gegenseitig berieten, wie man der Drossel das Zwitschern abgewöhnen und sie wieder zum Sprechen bringen könnte.

»Hier.« Jedem der überraschten Männer drückte sie eine Pastete in die Hand.

»So, das reicht für heute Abend. Und keine einzige mehr, ist das klar?«

Bher starrte sie an wie eine Erscheinung.

»Dieses Mädchen ist ein Wunder«, stellte Lireck fest.

»Wohl bekomm's!«

Sie wollte zurück in die Küche, hörte jedoch Mora dort rumoren. Vorsichtig spähte sie durch den Türspalt und sah ihre Herrin am Tisch stehen, vor sich die ehemals trockenen Kräuter, die jetzt grün waren und blühten – winzige Blumen in Weiß und blassem Rosa, deren unbeschreiblicher Duft den ganzen Raum erfüllte. Wurzeln wanderten über die Arbeitsplatte und suchten nach Halt. Ein kleiner grüner Wald wucherte auf dem Küchentisch.

Erschrocken fuhr Linn zurück und eilte durch eine andere Tür zurück ins Haus. Ihr Herz klopfte heftig. Sie hatte gewusst, dass Mora eine Zauberin war, doch diese Demonstration von Macht erschreckte das Mädchen ungemein – gerade im Hinblick darauf, dass sie im Begriff war, etwas zu tun, was Mora ihr verboten hatte.

Es war unklug, sich mit Nival zu treffen. Es war geradezu *dumm.* Und einfach unvermeidlich.

Ohne Becher eilte sie die Treppe wieder hoch und über das blaue Tor ins andere Haus. Mit einem bangen Gefühl betrat sie Nivals Zimmer und fühlte sich sofort wie ein Eindringling. Unruhig spähte sie aus dem Fenster auf die im Schatten liegende Gasse.

Er kommt nicht. Er fürchtet sich viel zu sehr. Vor mir. Oder vor seiner Tante. Oh ihr Götter, warum habe ich das bloß vorgeschlagen …

Da sah sie ihn heraneilen, in seinem langen Mantel, und ihr Herz klopfte schneller. Sie fuhr vom Fenster zurück, setzte sich aufs Bett, sprang schnell wieder auf und stand schließlich, als er hereinkam, mitten im Raum, verlegen die Hände hinter dem Rücken verschränkt.

Nival schloss die Tür ab, bevor er eine große, bauchige Flasche aus seiner Manteltasche zog.

»Jetzt müssen wir sie nur noch aufkriegen …«

»Ich war in der Küche, aber Eure Tante ist schon wieder zu Hause. Sie zaubert. Wusstet Ihr, dass sie trockene Kräuter zum Blühen bringen kann?«

»Sie kann noch viel mehr«, sagte Nival ungerührt. »Wenn der König davon wüsste, würde er sie vierteilen lassen. Selbst der kleinste Zauberer ist so gefährlich, dass er in dieser Stadt nicht geduldet werden kann.«

»Was wird sie tun, wenn sie uns wieder zusammen erwischt?«

»Sie könnte uns natürlich töten.« Er lachte leise. »Ich lasse es gern darauf ankommen. Habt Ihr den Becher?«

»Ich dachte, das hier tut es auch.« Verunsichert betrachtete sie das glasierte Gefäß und wischte mit dem Saum ihrer Tunika die Innenseite aus, um den Staub zu entfernen.

»Bei Barradas, etwas Kleineres konntet Ihr wohl nicht finden?«

Sie hielt ihm den bunten Krug entgegen. »Das habe ich Euch geschenkt, wisst Ihr noch?«

»Natürlich. Aber Ihr habt anscheinend vergessen, dass wir einen ganzen Becher leeren müssen.« Nival stellte die Flasche auf dem Tischchen ab und machte sich am Korken zu schaffen.

»Ist das schlimm?«

Angewidert verzog er das Gesicht, als er am Flaschenhals schnupperte und dann den Wein mit Schwung in den Krug eingoss. »Ich glaube ja«, murmelte er. »Ziemlich schlimm.«

»So schlimm kann es gar nicht sein.« Linn nippte vorsichtig und schnappte nach Luft. »Oh. Doch.«

»Seht Ihr«, meinte er betrübt.

»So, wie geht die Verbrüderung jetzt vor sich? Erst den Becher leeren oder erst der Kuss, oder wie? Jetzt sagt nicht, dass Ihr das nicht wisst. Ihr habt diesen Typen auf dem Kampfplatz geduzt.«

»Das habt Ihr gehört?« Nival seufzte. »Allerdings habe ich nur eine undeutliche Erinnerung daran, wie diese Vertraulichkeit zustande gekommen ist. Ich glaube, zuerst trinkt man auf immerwährende Freundschaft. Ihr dürft anfangen.«

Linn nahm einen kräftigen Schluck und begann zu husten. Hitze stieg ihr ins Gesicht, sie beugte sich nach vorne und ächzte. »Gütiger Arajas. Hier, jetzt Ihr.«

Auch Nival stiegen die Tränen in die Augen. »Grundgütiger. Das ist ein sehr großer Becher.«

Er reichte ihn Linn zurück, und sie überwand sich dazu, einen weiteren Schluck zu nehmen, obwohl ihr der erste noch in der Kehle brannte. Eine angenehme Wärme breitete sich in ihr aus, aber nicht einmal der Bitterwein konnte diesen anderen Durst in ihr löschen. Da war etwas in ihrem Mund, ihrem Bauch, tief in ihren Eingeweiden, ein Feuer, das nur noch stärker aufflammte. Es wurde immer schwerer, so zu tun, als ob nichts wäre.

Der Becher ging einige Male zwischen ihnen hin und her. »So schlecht schmeckt das Zeug gar nicht«, befand Nival. »Wie wäre es jetzt mit dem Kuss, bevor wir uns unter den Tisch trinken?«

»Ja«, stimmte Linn zu. »Auf Freundschaft, Bruderschaft – äh, Geschwisterschaft? Und das Du.«

»Nenn mich Nival«, sagte Nival und beugte sich vor, bis ihre Nasenspitzen sich berührten.

Er neigte den Kopf, und ihre Lippen trafen aufeinander. Sein Atem roch nach Kräutern und Bitterwein. Einen Augenblick verhielten sie beide. Linn spürte seine weichen Lippen auf ihren, ein samtiges Gefühl, und die Wärme seines Gesichts so dicht vor ihrem. Im nächsten Moment war es auch schon vorbei.

Nival lächelte unsicher.

»Das war es?«, fragte Linn. Aus irgendeinem Grund war sie noch nicht zufrieden. »Die Verbrüderung? Das kam mir reichlich kurz vor, Herr Nival. Ich glaube, für ein Du muss es ein bisschen mehr sein.«

Sie nahm sein Gesicht in beide Hände und küsste ihn noch einmal. Diesmal fühlte sie, wie alles in ihr weich und warm wurde. Sie öffnete den Mund und rückte näher an ihn heran. Es war falsch, und es gehörte sich nicht, das wusste sie selbst in ihrem benebelten Zustand, aber es fühlte sich überraschend richtig an. Das Feuer in ihr, dieser Hunger oder Durst oder was es auch war, dieser seltsame dunkle, unbezähmbare Schrecken brach mit Macht aus ihr heraus und malte wie mit feurigen Flammen ein Wort in ihren Geist: *mehr.*

Sie kannte sich selbst kaum noch, erkannte ihren eigenen Körper nicht mehr, sie hätte nicht sagen können, wonach ihn verlangte, aber ihr verräterischer Leib wusste, was er brauchte, was er unbedingt haben wollte.

Das hier. Mehr. Mehr. Genau das hier.

Atemlos schnappte sie nach Luft.

Mit einem Schreckenslaut fuhr Nival zurück und griff hastig

nach dem Krug. »Das müsste … für ein Du reichen«, stammelte er, ohne sie anzusehen.

»Meint Ihr? Ich glaube, das war noch nicht … noch nicht ganz so, wie es sein sollte.« *Das ist nicht genug. Ich bin nicht satt … Jetzt bin ich noch viel hungriger.* Sie umfasste ihn und begann ihn zu küssen, so stürmisch, dass der Angriff ihn rücklings aufs Bett warf. Ihre Hände suchten nach seiner Haut, irgendwo unter den unzähligen Schichten von Stoff wurden sie fündig. Sie presste sich noch enger an ihn, ihren Mund fest an seinem, ihr Atem mischte sich, und jenseits des scharfen Geschmacks von Bitterwein war eine verlockende Süße.

Ich will mehr. Ein einziger Gedanke, nicht in Worte zu fassen: *mehr. Egal, was es kostet. Egal, ob es richtig ist. Mehr, mehr, mehr. Ich will ihn haben, ich will, dass er mir gehört …*

Yaro.

Plötzlich erinnerte Linn sich an ihren Verlobten. Es war, als würde er neben dem Bett stehen und zuschauen. Seine großen braunen Augen, sein Lächeln. *Ich warte auf dich …*

Yaro gehörte ihr. Nicht Nival.

Das ist mir egal!, schrie eine Stimme in ihr.

Erschreckt von der Macht ihres eigenen Begehrens, wandte sie das Gesicht mit fast übermenschlicher Anstrengung ab. Nival stieß ein wimmerndes Geräusch aus, wie ein Schluchzen, als sie sich aus seinen Armen löste.

»Das«, sagte sie außer Atem und schämte sich auf einmal schrecklich, weil sie so die Kontrolle verloren hatte, »müsste reichen für ein Du.«

»Ich glaube auch.« Nival setzte sich neben sie und glättete sein Haar, das sie ihm gehörig zerwühlt hatte.

Linn stöhnte leise. »Ich bin verlobt.«

»Ich weiß.« Er atmete tief durch. Mit dem zerzausten Haar und der zerknitterten Tunika sah er zum Anbeißen aus. Sie musste sich abwenden, um sich nicht erneut auf ihn zu stürzen.

»Yaro wartet auf mich.« Sie durfte Nival nicht anschauen. Dieser traurige Blick war unerträglich. Noch so ein Kuss und sie war nicht mehr zu retten.

Wem machst du hier eigentlich etwas vor? Du bist jetzt schon verloren. »Außerdem … muss ich mich auf die Übungen mit Bher konzentrieren. Ich darf mich nicht ablenken lassen.«

»Das verstehe ich«, sagte er heiser.

»Also trinken wir einfach den Becher aus, ja?«

»Ja«, flüsterte er.

Keiner von ihnen rührte sich. Linn ertappte sich dabei, dass sie ihre Hand auf seine gelegt hatte und mit der Fingerspitze die blauen Adern nachfuhr. Sie konnte einfach nicht aufhören, ihn anzufassen. Eben noch hatte sie gedacht, dass sie stark genug war, um aufzustehen und einfach zu gehen, aber jetzt schien es wieder ganz und gar unmöglich.

»Deine Hände gefallen mir.« Warum hatte sie das schon wieder gesagt? Es fehlte noch, dass sie ihm die ganze Wahrheit offenbarte. *Zuerst habe ich mich in deine Hände verliebt. Aber im Grunde gefällt mir alles an dir ausgesprochen gut.*

Nival zog seine Hand zurück und griff aufseufzend nach dem Krug. »Auf unsere Freundschaft.«

Er machte den Fehler, sie dabei anzusehen. Seine grauen Augen sprachen eine andere Sprache. In ihnen spiegelte sich das, was sie selbst fühlte, dasselbe wahnsinnige Begehren, das auch sie fast um den Verstand brachte. Verdammt, wenn er sie so anschaute … Sie sollte sich überhaupt abgewöhnen, ihm in die Augen zu blicken. So vertraut wirkten sie. Als hätte sie ihn schon vor ihrer Geburt gekannt, als hätten die Götter sie beide so geschaffen: Auge in Auge, einander zugewandt. Als hätte sie den Weg bis hierhin gehen müssen, um ihn endlich zu finden.

Sonst … und dann gibt es kein Zurück. Ich muss gehen … Ich muss fliehen, solange ich kann …

»Hier«, sagte er und reichte ihr den Krug. »Wir haben es fast geschafft.«

Sie kippte den letzten Rest hinunter. Im nächsten Moment drehte sich alles um sie, und sie sank gegen seine Schulter.

26

Vielleicht war es ein Traum. Dass sie in Nivals Armen schlief, an seine Brust gekuschelt. In ihrer Nase der Duft von Kreide und Staub. Er atmete in ihr Haar, und sie fühlte seine Lippen an ihrer Stirn. Sie lächelte im Schlaf und hielt sich an ihm fest. Es war der schönste Traum, den sie je geträumt hatte, ganz ohne Drachen und Feuer, und das erste Mal seit langem wurde sie nicht von Binias Schreien und Rineks verbrannter Haut heimgesucht.

Dafür kam das Erwachen umso unsanfter. Jemand schüttelte sie, und aus der Sanftheit ihres Traums stürzte sie in Schwindel und Übelkeit. Hatte sie etwa diese wahnsinnigen Kopfschmerzen oder jemand anders? Es kam ihr vor, als besäße sie mindestens ein Dutzend Köpfe.

»Was …?«

Durchs Fenster fiel das graue Dämmerlicht eines neuen verschneiten Tages. Vor ihr stand Nival und sah wieder aus wie ein langweiliger Schreiber. Er hatte sich das Haar glatt gekämmt und gebügelte Sachen angezogen. Die Schreibmappe unterm Arm vervollständigte seinen Auftritt als angehender königlicher Beamter. Hatte sie den gestrigen Abend nur geträumt?

»Ich habe verschlafen«, flüsterte er hastig. »Ich muss los, verdammt, ich bin fürchterlich spät dran. Du musst sofort rüber in Moras Haus. Ohne dass jemand dich sieht. Ich will keinen Skandal, und du sicherlich auch nicht.«

»Nein«, stöhnte sie zustimmend und hielt sich den schmerzenden Schädel. »Oh Arajas, was …« Sie wischte sich über die Augen.

Nivals strenges Gesicht ließ die gestrigen Ereignisse noch unwirklicher erscheinen, als sie es ohnehin schon waren.

»Beim Himmel!« Sie sprang auf, schwankte und ließ sich vorsichtshalber wieder auf der Bettkante nieder. »Ich habe in Eurem Zimmer geschlafen. In Eurem Bett! Gütige Götter, ist sonst noch … ist irgendetwas passiert?«

Nival war schon an der Tür. Er drehte sich noch einmal um. »Nein«, sagte er.

Linn tastete über ihr zerknautschtes Kleid. Die Schnüre des Mieders hatten sich halb aufgelöst. Man sah definitiv zu viel. Hastig zupfte sie ihren Ausschnitt zurecht.

»Seid Ihr sicher?« Noch kam ihr das vertrauliche Du nicht über die Lippen. Auf einmal war es schwieriger, ihn anzusprechen, als jemals zuvor.

»Ich bin sicher«, sagte er. »Wir waren beide viel zu betrunken dafür. Zum Glück. Wir haben uns also nichts vorzuwerfen. Bitte, ich muss jetzt wirklich gehen.« Er machte die Tür sacht hinter sich zu.

Sie saß da und fühlte sich plötzlich zu elend, um auch nur zu atmen.

Zum Glück.

»Ja«, murmelte sie, und der bittere Geschmack auf ihrer Zunge kam nicht nur vom Wein. »Glück gehabt, Herr Nival.«

Der Vollmond hing wie das wachsame Auge eines Gottes über der Stadt. Zögernd kroch die Dämmerung über den Horizont, als Linn sich am Stadttor einfand, das gerade erst geöffnet wurde. Neben ihr erschien eine in einen schlichten grauen Mantel gehüllte Gestalt.

»Nival?«, fragte sie.

Er hatte sich weggedreht, als wollte er vermeiden, dass sie ihn erkannte.

»Linnia«, sagte er leise, sein Gesicht im Schatten der Kapuze, und irgendetwas war in seiner Stimme, was sie beinahe dazu brachte, ihm zu verzeihen.

»Du warst zu Hause?«, fragte sie und schluckte die Tränen hinunter. »Ich habe gewartet, bis meine Füße sich wie Eisklumpen angefühlt haben. Warum bist du nicht gekommen? Warum versetzt du mich, Abend für Abend? Mora sagte, du seist im Schloss, weil du so viel arbeiten müsstest, dabei habe ich gestern das Licht in deinem Fenster gesehen.«

»Es tut mir leid«, murmelte er, »ich wollte, aber …«

Sie war an sein Gestammel gewöhnt.

Vor ihnen schwangen die großen Torflügel auf, und das Quietschen der Kette zerriss den Morgen.

»Du bist sehr früh unterwegs«, bemerkte er leise, jedoch mit etwas festerer Stimme. »Und ohne Korb.« Hoffnung brandete in ihr auf, denn da war wieder diese Nähe, der sie nicht widerstehen konnte, diese Vertrautheit zwischen ihnen, die nicht vieler Worte bedurfte.

»Ich muss … ich habe etwas Besonderes vor, außerhalb der Stadt.« *Vielleicht werde ich sterben. Denn ich habe mich entschieden. Ich bringe ihm den Stein nicht. Ich breche den Pakt des Hohen Spiels. Ich vergebe die Chance, Nat Kyah auf den Roten zu hetzen und meinen Vater zu rächen. Irgendwann tue ich es selbst … Wenn ich denn so lange lebe. Nur aus diesem Grund bringe ich dem Drachen den anderen Schmuck. Damit er mir verzeiht.*

Sie schluckte. *Willst du es nicht hören, Nival? Dies ist, was ich bin. Ich bin zu schwach dafür. Ich kann den König nicht länger bestehlen.* Dann hörte sie sich selbst sagen: »Nival?« Merkte er denn nicht, wie sie seinen Namen aussprach? So, als wäre er ihr einziger Trost? »Willst du mich nicht begleiten? Das würde mir sehr viel bedeuten.«

Sie würde es ihm verraten. Dass die Zeit um war. Dass sie zu einem Drachen gehen musste, dass sie sich fürchtete, mehr, als sie sich je vor einem seiner Artgenossen gefürchtet hatte, denn Nat Kyah war nicht irgendein wildes Tier. »Einen Freund an meiner Seite auf diesem Weg. Das brauche ich jetzt.«

Vielleicht sterbe ich heute. Würde es dir etwas ausmachen? Würdest du mich vermissen?

Sie waren unter dem Torbogen hindurchgeschritten, hier teilte sich die Straße. Vor ihnen ging es hoch zum Schloss. Nival hatte ihr immer noch keine Antwort gegeben.

»Bitte«, sagte sie, sie dachte: *Wenn er so empfindet wie ich, wird er es tun.*

»Ich kann nicht«, brachte er heraus, heiser, die Augen umwölkt. »Bitte, versteh – wenn ich heute nicht komme, verliere ich meine Stelle.«

Ihre Kehle schnürte sich zu. »Du könntest sagen, du seist krank gewesen.«

Nival schüttelte den Kopf. »Die ausländischen Gesandten … ich muss dabei sein, Linnia. Es geht um wichtige Verträge zwischen Schenn und Tijoa. Pivellius ist furchtbar gereizt, und … und … ich fürchte, dass nicht alles so läuft, wie es sollte.«

Linn schluckte. »Aber du bist nur der Geselle. Reicht es denn nicht, wenn dein Meister dabei ist? Heute Abend sind wir doch wieder zurück … Bitte.«

»Ich kann nicht«, flüsterte er, und diesmal vermochte sie die Tränen nicht zurückzuhalten.

Sie ließ ihn an der Kreuzung stehen und marschierte einfach los, blindlings, und als sie sich noch einmal umdrehte, hoffte sie, er würde ihr nachkommen. Aber Nival hatte sich bereits an den Aufstieg zum Schloss gemacht. Sie sah seinen hellen Mantel in der Dämmerung schimmern.

»Dann eben nicht, Herr Nival«, sagte sie bitter.

Mehrere Stunden hatte sie zu laufen und wollte auf keinen

Fall zu spät kommen. Nat Kyah zu besänftigen, war ihre einzige Chance, diesen Tag zu überleben. Der gestohlene Schmuck klirrte in ihrem Beutel.

Genug Zeit, um sich ausgiebig über Nival zu ärgern. *Wenn ich jetzt sterbe, ohne Abschied, geschieht es ihm ganz recht!*, dachte sie wütend. War sie ihm denn völlig egal? Wie konnte er es wagen, sie derart zu behandeln? Hatte sie ihn so überrumpelt?

Wenn sie ihn nur als den jungen Schreibergesellen gekannt hätte, hätte sie das vielleicht sogar geglaubt. Aber sie hatte gesehen, wie er kämpfte. Ein Mann, der sich traute zu zaubern – auch wenn er darin versagte. Der nicht davor zurückschreckte, eine magische Waffe zu benutzen – oder, falls er in dieser Hinsicht gelogen hatte –, der besser kämpfen konnte, als es einem Beamten anstand. Schreiber und Messerwerfer. Der die wahnwitzige Hoffnung hegte, einmal Ratgeber des Königs zu werden. Einer, der stotterte, stammelte, rot wurde – aber keinen Schmerz fürchtete. Konnte ein solcher Mann wirklich so panisch reagieren, nur wegen eines entgleisten Bruderkusses?

Nival war ihr nach wie vor ein Rätsel.

Wieso vermochte er nicht zu fühlen, was sie fühlte?

Linn sammelte Zorn und Enttäuschung in sich, während sie durch die Hügel marschierte, aber als sie sich dem Tal näherte, stoben diese Gefühle wie eine Staubwolke davon, und zurück blieb nur die bange Erwartung: Wird Nat Kyah zufrieden sein?

Er musste es. *Ich habe getan, was ich konnte,* würde sie sagen. *Schaut, wie schön das Gold glänzt. Freut Ihr Euch?*

Oh ihr Götter!

Das Tal, wo der Drache sie beim letzten Mal abgesetzt hatte, war von einer dicken Schneeschicht bedeckt. Die Gräser und Sträucher verschwanden unter all dem Weiß. Dort, eine dampfende Insel, lag wie ein glänzender Haufen aus Bernstein der Drache.

Er hob den Kopf und musterte sie mit diesen kreisenden

Augen, deren Anblick sie jedes Mal schwindlig machte. Ohne nachzudenken, umklammerte sie das Schwert an ihrem Gürtel.

»Du kommst bewaffnet?«, fragte er, seine Stimme golden und rauchig und kalt, wie ein aus Widersprüchen geflochtenes Seil.

»Immerhin bringe ich Euch wertvollen Schmuck«, entgegnete sie. »Ich konnte nicht riskieren, auf dem Weg überfallen zu werden.«

Nat Kyah schnaubte drohend, und Linn legte die Waffe nieder, bevor sie näher vor ihn hintrat. Mit klammen Händen klopfte sie den Schnee fest und schüttete den Beutel aus.

»Hier«, sagte sie. »Das habe ich aus dem Schloss von Lanhannat, wie Ihr es verlangt habt. Seid Ihr zufrieden? Jetzt bin ich frei. Ich habe getan, was Ihr mir befohlen habt.«

Der Drache begutachtete jedes einzelne Stück. Sorgsam betrachtete er alles, und eine Rauchsäule stieg zischend aus seinen Nüstern.

»Es ist doch schön, nicht?«, fragte sie bang.

»Das ist alles?«, grollte er, und plötzlich warf er den Kopf hoch und stieß eine Flamme aus, die wie eine Fontäne in die Luft schoss. »Das ist alles? Das?«

Linn warf sich in den Schnee. Sie dachte an Rania, als sie ihren Kopf mit den Händen bedeckt hatte. Doch kein einziger Feuerstoß traf sie, und langsam fand sie ihren Mut wieder. *Er wird mir nichts tun. Er darf mir nichts tun! Wir haben das Hohe Spiel gespielt, und er muss mich anhören.* Sie richtete sich wieder auf und reckte das Kinn vor.

»Was ist denn los?«, rief sie. »Was habt Ihr? Ich habe Eure Befehle befolgt. Euch die grünen Steine gebracht. Wunderschöne Arbeiten sind darunter, filigran und unendlich kostbar. Es tut mir leid, wenn nichts davon an Eure Tatzen passt!«

»Grün«, sagte er. »Grün, ja! Habe ich dir nicht auch gesagt, was für ein Grün? Das sind Steine, Smaragde! Was soll ich damit, he?«

Er wurde lauter, breitete auf einmal die Flügel aus und schwang sich in die Luft, aber nur, um gleich wieder vor Linn zu landen. »Grün!«, brüllte er. »Womit speist du mich hier ab?«

»Rote Steine sind beliebt im Schloss von Lanhannat«, sagte Linn. »Gold und noch mal Gold, außerdem Perlen und Rubine und Diamanten, groß wie Taubeneier. Es gibt nicht mehr grüne Steine als diese!«

»Das glaube ich nicht!«, brüllte er.

»Glaubt doch, was Ihr wollt!«, schrie sie zurück. »Ich habe Euch so viel gebracht, wie ich nur konnte. Jetzt bin ich frei.«

»Du bist nicht frei!« Der Drache, außer sich vor Zorn, erhob sich wieder flügelschlagend in die Luft. Sein Schwanz peitschte über den Schnee und wirbelte eine Wolke weißen Staubes auf. »Du gehörst mir!«

»Nicht mehr«, rief sie. »Ich habe die Aufgabe erfüllt!«

»Das hast du nicht! Ich wollte eine Drachenschuppe! Was bist du bloß für eine Zauberin, wenn du den Unterschied nicht erkennen kannst?«

»Ich bin überhaupt keine Zauberin, und das wisst Ihr!«

Er rang mit seiner Wut. »Ich entscheide, wann du frei bist, ich und niemand sonst!«

»Nein! Wir haben einen Vertrag! Ich habe getan, was Ihr verlangt habt, und jetzt …«

Seine klauenbewehrte Vordertatze schnellte vor und warf Linn rücklings in den Schnee. Nat Kyah riss das Maul auf und drohte ihr mit seinem bläulichen Feuer. In seinen kreisenden Augen brannte eine Sehnsucht, die ihr den Atem verschlug. »Ich will nach Hause«, keuchte er. »Ich will Steinhag. Ich will die goldenen Zeiten zurück, und ich muss den Stein haben, bevor die Alte merkt, dass ich Zauberinnen sammle!«

Zum ersten Mal bemerkte Linn Angst in seiner Stimme – nackte Furcht. Was konnte so schrecklich sein, dass sogar ein Drache sich davor fürchtete?

»Ich brauche den Stein!«, schrie er. Rauch stieg aus seinen Nüstern, als er sich mit aller Gewalt zusammennahm. »Ich gebe dir eine allerletzte Chance. Nimm das hier wieder mit. Bezahl damit, wen immer du willst, wenn du es alleine nicht schaffst. Aber bring mir den Stein.«

»Nein, ich …« *Und wer* – sie wagte nicht, diese Frage zu stellen, denn ihr eigenes Schicksal war ihr weitaus wichtiger als seins – *ist »die Alte«?*

»Nimm es mit!«, schrie er sie an.

Hastig band Linn das Tuch wieder zusammen, auf dem die Schmuckstücke lagen, und stopfte es in ihren Beutel.

»Geh«, befahl Nat Kyah. »Geh, sofort, bevor ich mich vergesse!«

Oben auf dem Pass drehte sie sich noch einmal um. Der Drache flog durch das Tal. In einer gigantischen Lawine ging der geschmolzene Schnee ab und donnerte nach unten.

»Nein«, sagte Linn zu der Drossel. »Nein, ich tue es nicht. Ich bin frei – dieser Gott, Hay Ran Birayik, wird das doch wissen, oder? Ich konnte Nat Kyah den Stein nicht bringen. Niemals kann ich meinen König verraten und alles verleugnen, woran ich glaube. Ich muss nicht tun, was der Drache verlangt – oder etwa doch?«

Alles in ihr sträubte sich dagegen, zu Jikesch zu gehen und ihm zu erzählen, wie die Begegnung mit dem Drachen verlaufen war. Der Narr würde womöglich darauf bestehen, die Kette zu stehlen, und das konnte sie nicht erlauben. Linn hatte das Gefühl, dass sie damit nicht nur eine unsichtbare Linie überschreiten würde. Dieses Schmuckstück der Königin bedeutete dem König etwas, sie konnte es ihm nicht einfach wegnehmen. Das war etwas anderes, als reiche Leute zu berauben, die mehr Schmuck besaßen, als sie tragen konnten – und auch das war schon schlimm genug.

Diese Grenze wollte sie nicht überschreiten. Selbst wenn dieser Stein nicht die Macht eines Drachenkönigs in sich getragen hätte. Was sie nicht einmal wusste, sondern nur vermutete. Vielleicht war er ja gar nicht so gefährlich … und wenn doch? Was, wenn doch?

Zunächst wurde ihr die Entscheidung abgenommen. Mora war seit einigen Tagen krank und hatte nicht backen können. Nun musste Linn sich um alles kümmern und Agga Anweisungen erteilen, doch sobald alles geregelt schien, flüchtete sie in den Hof. Sie trainierte alleine, denn Bher hatte sich ebenfalls angesteckt und lag mit einem schweren Husten im Bett. Vom Balkon aus erteilten ihr die Alten, die dort in dicke Decken eingehüllt saßen, gute Ratschläge.

»Treffer!«, schrie Roban, der ihr Schneebälle zuwarf, die sie in der Luft erwischen sollte. »Treffer! Noch ein Treffer!«

»Ich liebe dich«, nuschelte die Drossel verschämt.

»Was?« Linn fuhr herum, doch der Vogel machte ein unschuldiges Gesicht und trippelte auf der Stange hin und her. »Was hast du da gerade gesagt?«

Robans Schneeball traf Linn am Kopf. »Hier bin ich! Keine Müdigkeit vorschützen!« Schmelzender Schnee lief unter der Ledermaske hindurch und juckte auf ihrer Haut.

Hatte sie das geträumt? Das, was sie unbedingt hören wollte?

Ich liebe dich …

Nein, denk nicht an Nival, diesen Idioten. Sofort war alles wieder da, was sie seit Tagen erfolglos bekämpfte. Hätte es nicht so sein müssen wie mit dem Hohen Spiel? Man erledigte seine Aufgabe und war frei. Dem Drachen hatte sie die grünen Steine gebracht. Und Nival hatte einen Kuss bekommen.

Warum war sie immer noch nicht frei, weder von dem einen noch von dem anderen?

Vielleicht hatte sie die Küsse nur geträumt. Das Gefühl, sich schon ewig zu kennen. Die Nacht in Nivals Bett, in seinen Armen, zu fest an ihn und den Schlaf gekettet, um sich zu befreien.

Sie kam immer noch nicht los von ihm. Dabei hasste sie ihn mittlerweile. Warum war er … *so?* Erst einmal seit ihrer Rückkehr hatte er an einem gemeinsamen Abendessen teilgenommen und sich eigentlich ganz normal verhalten. Er benahm sich wie immer, ging ihr aus dem Weg wie immer, schaute an ihr vorbei wie immer, tat, als würde sie nicht existieren.

»Linnia?« Mora erschien unter den Säulen, blass, mit wirrem Haar. »Du musst … die Pasteten … Ich verliere sonst die Lizenz.«

»Ich soll sie backen?«

»Ich dachte, ich werde schneller wieder gesund.« Mora musste sich an der Säule festhalten, so schwach war sie. »Mach es, bitte. Agga hat eingekauft und alles vorbereitet. Aber du kennst mein Geheimnis. Die spezielle Würzmischung«, fügte sie mit einem Blick zum Balkon hinzu.

»Ha?«, fragte die Drossel.

»Ja, ich tue, was ich kann«, versicherte Linn.

Sie konnte Moras Bitte nicht ablehnen, und da Agga schon den Teig und die Füllung nach Anweisung hergestellt hatte, blieb ihr nur noch, dem Ganzen den letzten Schliff zu geben. Sie scheuchte das mürrische Dienstmädchen aus der Küche und holte den Topf vom Bord, in dem die Hausherrin das Pulver aufbewahrte.

Von was für einem Drachen es wohl stammte? Ob er auch gesprochen hatte oder einer von denen war, für die Nat Kyah nur Verachtung übrighatte? Sie nahm etwas von dem Staub zwischen die Fingerspitzen. Er war von einem dunklen Kupferton.

Sie streute das Pulver auf jedes Fleischhäufchen, bevor sie es in den Teig einwickelte. Das Backen überließ sie Agga, die den Ofen im Hof schon eingeheizt hatte.

Bald strömte der Duft in alle Ritzen des Hauses, und die alten Männer wurden munter und beugten sich über das Balkongeländer, um auszuspionieren, wer die fertigen Pasteten bewachte.

»Geht Ihr hoch zum Schloss?«, fragte Agga. »Oder soll ich?«

»Ich gehe«, versprach Linn, obwohl ihr allein bei dem Gedanken daran schwer ums Herz wurde.

An diesem Abend hatte Nival wieder die Macht, sie aufzumuntern, aber er tat es nicht. Mora und Bher fehlten am Esstisch, die alten Männer bestritten die Unterhaltung, Kasidov verbreitete freundliches Schweigen, und während Linn die Suppe verteilte und Brot herumreichte, saß Nival mit gesenktem Kopf da und sagte kein einziges Wort. Sobald er fertig war, legte er den Löffel hin, stand auf und ging.

»Junge, Junge«, meinte Roban, »der hat mal wieder saure Tinte getrunken, wie?«

»Ist nicht genug an der frischen Luft«, fand Lireck. »Davon wird man blass und übellaunig. Den müsste mal jemand an der Hand nehmen und mit ihm im Schnee spazieren gehen!«, meinte Dorago, schwenkte den Kopf wie eine uralte Schildkröte und zwinkerte Linn zu.

»Das«, sagte Borlin, »ist ein Gedanke, für den Frau Mora dich mit diesem Deckel auf den Kopf hauen würde, und du hast zu wenig Haare, um den Aufprall zu dämpfen.«

Linn versuchte zu lächeln; mit etwas Mühe gelang es sogar. *Du verdirbst mir nicht diesen Abend. Nicht mein Leben. Rein gar nichts verdirbst du mir, Herr Nival. Mögest du an deinen Schreibfedern ersticken!*

Ihre Beine wollten sich kaum bewegen, als sie am nächsten Morgen den Pastetenkorb hoch zur Burg schleppte. Zum ersten Mal hoffte sie darauf, Jikesch nicht zu treffen. Sie hätte kaum sagen können, warum, aber als der Narr auf sie zusprang und einen Salto machte – er landete direkt vor ihren Füßen –, als er sie angrinste mit dem weißen, maskenhaften Gesicht, da wollte sie losweinen.

»Ich muss dir etwas sagen, Jikesch«, sagte sie und wunderte sich, wie schwer ihr das fiel. Wie bang sie sich fühlte, als sie mit ihm zum Stall ging und er wie ein Kind voller froher Erwartung neben ihr her hüpfte.

Sie zögerte den Zeitpunkt ihrer Erklärung so lang wie möglich hinaus. Streichelte die Eselin, fütterte ein paar fremde Pferde, die nichts dagegen hatten, verwöhnt zu werden, und folgte ihm dann in den Heuschober. Der Narr kuschelte sich ins Stroh und riss erwartungsvoll die Augen auf.

»Jikesch«, sagte sie, und mit einem Mal wurde ihr auch klar, dass sie ihm nie, niemals sagen würde, dass Nat Kyah nicht zufrieden gewesen war und sie nicht entlassen wollte. Dass sie den goldgefüllten Beutel auf dem Dachboden versteckt hatte, ein Schatz, vor dem es ihr graute. »Ach, Jikesch. Ich bin so froh – es ist überstanden.«

Er musterte sie aufmerksam. »Warum siehst du dann nicht so aus, als würdest du über dem Boden schweben, auf eigenen Schwingen? Was ist passiert, liebste Linnia?«

Nein. Niemals durfte er von der Wut des Drachen erfahren und von ihrem Entschluss, ihm nicht noch einmal zu gehorchen. Nat Kyah würde nie zufrieden sein – wie hatte sie nur annehmen können, nach diesen sechs Viertelmonden frei zu sein? Er würde immer ein Haar in der Suppe finden, immer einen neuen Auftrag aus den Resten des alten stricken – und dafür hatte sie das Leben des Narren riskiert? Nie wieder. Jikesch opfern – für das Gelächter eines bernsteinfarbenen Ungeheuers?

Nat Kyah wollte die Drachenschuppe, und die konnte sie ihm nicht bringen.

»Was ist los mit dir?«, fragte er leise.

»Du hilfst mir so viel, du riskierst dein Leben für mich. Du hast es bereits einmal riskiert, und das werde ich dir nicht vergessen.«

»Aber?« Er legte den Kopf schief, wie es manchmal die Affendrossel tat. »Kommt jetzt ein großes Aber, meine Schildmaid, meine Jägerin, meine Fallenstellerin? Ich bin die Beute in deinem Netz, ein Drache, der sich am Feuer verschluckt hat. Gib mir dein Aber, meine Schöne, wenn ich auch sonst nichts bekomme.«

»Ich bin verliebt.« Jetzt war es heraus. Auch wenn es ihm wehtat, es war immer noch besser als die Wahrheit über Nat Kyah. Dass sie an einen anderen Mann gebunden war, würde vielleicht schlimm für ihn sein. Ihre Traurigkeit deswegen war bitter und zugleich süß. Ganz anders als die finstere, nachtdunkle Bitterkeit, die der Gedanke an den Drachen in ihr hervorrief. »Ja, tatsächlich, ich bin verliebt.« Es fühlte sich komisch an, diese Worte auszusprechen, sie Wirklichkeit werden zu lassen, als würde jedes einzelne einen Zauber weben, dem sie nicht entkommen konnte.

»Ah«, brachte er schließlich heraus. »Ah. Aha. So ein Aber.«

»Ich wusste, dass dich das nicht freut«, sagte sie. »Oder – wenn du der Freund bist, für den ich dich halte, wenn du wirklich ein echter Freund bist – vielleicht freut es dich ja doch?«

Zusammengesunken saß er da, die Arme zwischen den Knien, wie ein riesiger Frosch, der nicht mehr hüpfen mochte.

»In wen«, seine Zunge fuhr über die schwarz umrandeten Lippen, »bist du denn verliebt? In mich? In mich?« Seine Stimme schraubte sich höher, hoffnungsvoll. »In mich?«

»Nein«, sagte sie leise. »Nicht in dich. Du bist mein bester Freund …«

»Aber«, murmelte er. »Ja, so ein Aber, du hast mir ein solches Aber gegeben, das werde ich niemals los. Warum nicht ich? Warum, meine Maid – nein, nicht meine – warum, oh Hübschmaid, warum bin ich es nicht?«

Seine flehende Stimme schnitt ihr ins Herz.

»Warum nicht ich?«, wiederholte er, drängend. »Reicht es nicht, zusammen zu lachen? Zusammen einen Drachen zu töten? Zusammen dem König ein Schnippchen zu schlagen? Reicht das denn nicht für die Liebe? Heirate mich, Rindenhaar.«

»Ich kann dich nicht heiraten, Jikesch. Ich weiß doch gar nichts über dich. Ich hab keine Ahnung, wie alt du bist. Ich weiß ja nicht einmal, wie du aussiehst!«

»Ist das schlimm?«, fragte er. »Wie du aussiehst, genügt für uns beide. Ich bin nicht so hübsch wie du, nicht so schöne Wangen, nicht so rote Lippen. Ich habe dich das schon einmal gefragt: Können Blinde nicht lieben? Reicht es nicht, sich im Dunkeln zu berühren und die Augen zu schließen vor Gesichtern? Vielleicht bist du blind.« Er bedeckte seine Augen mit den Händen und flüsterte: »Wenn wir blind wären, wir beide ... vielleicht dann?«

»Für das, was zwischen Mann und Frau sein kann – dafür ist es nicht genug, Jikesch. Kannst du das nicht verstehen?«

»Reicht es nicht, dass mein Herz singt, wenn es dich sieht? Dass ich mich dir zu Füßen lege? Reicht das nicht für eine Liebe bis ans Ende der Zeit?«

»Ja«, sagte sie leise. »Für Liebe reicht es. Mehr kann man nicht erwarten, wenn man liebt, und etwas wie das hier werde ich nie wieder finden. Aber es reicht nicht für ... Verlangen.« Sie wandte den Blick von ihm ab, auf ihre eigenen Hände, die einen Strohhalm nach dem anderen zerpflückten. »Es tut mir leid, Jikesch. So ist es nun mal. Auch wenn ich dir das Herz breche – ich möchte mit dir zusammen sein, doch ihn will ich, dass ich kaum noch atmen kann, dass ich nichts essen mag und kaum Schlaf finde. Mein Arm will nicht kämpfen, und meine Füße wollen mich nicht tragen. Es hat mich wirklich ziemlich schlimm erwischt, mein Lieber.«

Er hatte ihr zugehört, die schwarzen Lider geschlossen, jetzt schüttelte er heftig den Kopf. »Mein Lieber! Mein Lieber? Oh, wäre ich das!« Dann wurde er wieder klein und hilflos und wisperte: »Wer? Wer ist es, der das Herz der stolzen Maid gewann? Sag, ist es der hübsche Prinz mit den dunklen Brauen? Der edle Ritter auf dem Schimmel, an dessen Seite du gegen die Drachen ziehen willst?«

»Der Prinz?«, fragte sie überrascht. »Ich habe mir noch nie Gedanken darüber gemacht, ob er gut aussieht. Kann sein. Aber ...«

»Noch ein Aber«, flüsterte er. »Sogar der edle Königssohn bekommt ein Aber? Bin ich in so illustrer Gesellschaft? Ah, es ist Yaro, nicht wahr? Von dem du träumst? Den du mit dir herumschleppst vom Morgen bis zum Abend und ins Bett, der tausendschöne Yaro mit den braunen Locken, dessen Name in deinem Herzen wohnt und auf deinen roten Lippen, und dem ich keinen einzigen Zahn ausschlagen kann, weil mein Arm nicht so weit reicht?«

»Ja«, sagte sie, denn Yaro hatte ihr Ja, ihr verbindliches, ewiges Ja. Im selben Augenblick tat diese Lüge so weh, dass sie kaum atmen konnte. Ein Mensch auf dieser Welt, wenigstens ein einziger, musste die Wahrheit erfahren, oder sie würde daran zugrunde gehen. »Nein. Nein, es ist nicht Yaro. Ich liebe Yaro, aber erst jetzt weiß ich, auf welche Weise ich ihn liebe. Wie einen guten Freund.«

Da hakte er noch einmal nach, so leise und vorsichtig, dass seine Frage wie das Knicken eines Strohhalms klang: »Wer?«

»Nival«, sagte sie. »Der Schreiber, der bei uns im Nachbarhaus lebt. Ich habe dir schon mal von ihm erzählt.«

Der Narr kippte nach hinten und verschwand im Stroh. Sie hörte ihn dort wühlen und rascheln. Der Haufen gab merkwürdige Geräusche von sich.

»Jikesch?«, fragte sie. »Ach, Jikesch, bitte nimm es nicht so schwer!«

Es dauerte eine Weile, bis er wieder zum Vorschein kam. Er hielt sich den Bauch vor Lachen, die Glöckchen läuteten Sturm. Staub und Stroh bedeckten sein Kostüm.

»Für einen Schreiber verzichtest du auf mich mit meiner goldenen Krone? Für einen mickrigen Schreiber? Für einen blassen, mageren Tintenkritzler?«

Linn stand auf und klopfte ihren Rock sauber.

»Das muss ich mir nicht anhören. Es reicht. Ich wollte es dir sagen, und nun weißt du es, und wenn du dich darüber lustig machen willst, kann ich dich nicht daran hindern. Doch ich kann nicht ertragen, wenn du über etwas lachst, das mir so ernst ist!«

Sofort fiel er wieder in sich zusammen. Er umklammerte seine Knie und presste die Stirn dagegen, und nachdem er sich eine Weile gesammelt hatte, hob er wieder den Kopf und machte eine ernste, besorgte, fast schon väterliche Miene.

»Wirst du ihn heiraten, diesen Pergamentbeschmierer?«

»Nein«, sagte sie leise. »Ich kann nicht.«

»Aber …«

»Jetzt gibst du mir auch einmal ein Aber, Jikesch? Ich begehre ihn so sehr, dass ich an nichts anderes denken kann, heiraten kann ich ihn trotzdem nicht.«

»Will er dich etwa nicht?«, fragte Jikesch empört. »Wie kann er dich nicht wollen, du Schöne, du Liebliche, du zopfige Drachenspielerin?«

»Ich weiß es nicht«, bekannte sie. »Ich habe keine Ahnung. Er sagt nie, was er empfindet.«

Jikesch stöhnte theatralisch. »Nicht jeder trägt das Herz auf der Zunge, so wie ich.«

»Er behandelt mich wie Luft. Doch es ist auch für ihn nicht ganz einfach. Er hat etwas vor – darüber kann ich nicht reden, nicht einmal zu dir –, und das nimmt er sehr ernst, glaube ich. Eine Frau wäre ihm dabei nur hinderlich.«

»Ach so«, meinte Jikesch und klang alles andere als überzeugt.

»Und ich …«, begann sie, aber dann biss sie sich auf die Zunge. So viele Gründe sprachen gegen Nival. Eigentlich alles. Zu viel sprach überhaupt gegen eine Liebe oder gar eine Heirat. »Nun, ich will Drachenjägerin werden, keine Hausfrau, die ihrem Mann das Essen kocht.«

»Du begehrst ihn so sehr, dass du nicht schlafen kannst. Das ist so heiß, dass das Essen von ganz alleine gar wird!« Fassungslos ließ er sich erneut ins Stroh fallen.

»Es reicht«, bestimmte sie. »Das alles ist peinlich genug, also ich bitte dich, schrei es nicht auf dem ganzen Schlosshof herum. Ich muss jetzt zurück. Mora ist krank, und Agga tut nur, was man ihr aufträgt, keinen Handschlag mehr.«

Sie machte sich daran, die Leiter hinunterzusteigen, doch Jikesch kletterte mit affenartiger Geschwindigkeit über sie hinweg und erreichte noch vor ihr den Stall.

»Hier«, sagte er und verbeugte sich vor ihr. »Für dich.« Er überreichte ihr eine goldene Brosche mit einem großen, ovalen Einsatz in makellos schimmerndem Grün. »Für dich«, flüsterte er und bückte sich, bis die Glöckchen ihre Stiefel streiften.

Sie hatte dieses Schmuckstück schon einmal gesehen.

»Du hast den König bestohlen? Jikesch! Das hättest du nicht tun dürfen! Oh ihr Götter! Was ist, wenn du erwischt wirst!«

»Vielleicht«, flüsterte er, »entdeckst du dann, was wirklich in deinem Herzen ist – für mich. Aber«, munter sprang er auf und tänzelte auf den Ausgang zu, »noch ein Aber, für dich und für mich und für alle. Aber ich werde nicht erwischt! Schlau bin ich und flink und fast ein König!«

»Du bist ein Narr, Jikesch«, sagte sie liebevoll.

»Ja«, stimmte er ihr zu, nicht im Mindesten zerknirscht, »das bin ich.«

27

Die Schneewolken hingen so tief über der Stadt, dass die Welt in Grau gehüllt schien, geduckt unter dem Nebel. Alle Geräusche waren gedämpft.

»Sie fliegt davon und kommt danach zurück«, erklärte Lireck stolz.

»Sicher?« Borlin schüttelte bedenkenvoll den Kopf. »Lass sie bloß nicht raus, sie kommt nie mehr zurück. Wetten?«

»Die Wette verlierst du«, meinte Lireck selbstsicher. »Und Ihr, Fräulein Linnia? Was wollt Ihr setzen?«

»Ich habe mir geschworen, gar nicht mehr zu wetten«, meinte Linn trocken. »Seid froh, dass ich Euch verschone.«

Der kleine Mann kraulte die Drossel am Kopf, während sie zärtlich an seinem Bart knabberte. Noch hielt er die Hand schützend über den Vogel, dann reckte er den Arm in die Höhe.

»Oh, oh«, stöhnte Borlin. »Die sehen wir nie wieder.«

Die Affendrossel öffnete die Flügel, flötete glücklich und stieg steil nach oben. Sie sahen das Tier wie einen grauen Stein im Nebel verschwinden.

»Ich hab's doch gesagt«, meinte Borlin.

»Drossel!«, rief Lireck. Er strahlte die anderen siegessicher an. »Die kommt schon wieder.« Noch einmal rief er laut: »Drossel!«

»Da!« Roban zeigte nach oben, wo sich etwas Dunkles aus der Wolkendecke heraushob.

Es war viel zu groß für einen kleinen Singvogel. Gebannt starrten alle nach oben, wo sich ein gewaltiges Tier aus dem Grau herausschälte. Dunkel, fast schwarz. Ein Leib, größer als ein Haus.

»Nein«, flüsterte Dorago. »Nein, das …«

Der blaugrüne Leib des Drachen kam noch tiefer herab, dann bog er den Kopf zu ihnen herunter, öffnete den Rachen, und ein Feuerschwall schoss heraus.

»Weg hier!«, schrie Linn. Sie packte Borlin, der ihr am nächsten stand, am Arm und zog den alten Mann vom Hof. »Lauft! Lauft!«

Der Balkon ging in Flammen auf, der Schwanz des Drachen peitschte das Dach weg. Es regnete Ziegel und Steine.

»Lauft!«

Der Schrei pflanzte sich fort wie ein Sturm.

»Drachen! Lauft! Lauft!«

Linn schubste den Alten ins Innere des Hauses, gerade als das halbe Dach in den Hof stürzte. Der blaugrüne Drache segelte über sie hinweg. Hinter ihm flogen zwei andere über den Hof, der eine gelblich, der andere schlammbraun.

»Lauft!«, rief sie den Alten zu, die hastig übereinanderstolperten. »Lauft, so weit weg von hier wie nur möglich! – Agga!«, schrie sie. »Bring Bher und Mora hier weg!«

Von dem Dienstmädchen keine Spur. Linn hetzte die Treppe hoch in den zweiten Stock. Der Balkon war weggebrochen, sodass sie nur mit einem gewaltigen Sprung das Schlafzimmer der Hausherren erreichte. Was vom Dach übrig geblieben war, brannte bereits lichterloh.

»Bher! Mora!«

Innen war die Luft von stickigem Rauch erfüllt. Hustend bemühte Mora sich, Bher zum Ausgang zu ziehen. Linn wollte mithelfen, doch ihr Meister wehrte ab.

»Bring dich in Sicherheit, Linnia.«

»Nein! Gleich bricht hier alles zusammen!«

Das Rauschen gewaltiger Flügel übertönte das Knistern des Feuers. Sie hatten kaum die Tür erreicht, als eine Schwinge die Mauer neben ihnen wegriss. Der Boden gab unter ihnen nach, und in einer Lawine von Holz und Geröll stürzten sie in die Tiefe.

Es war zum Glück nur ein Stockwerk. Fluchend kämpfte Linn sich aus dem Trümmerfeld heraus. Alles tat ihr weh, aber wenigstens schien nichts gebrochen.

»Mora?«

Bher hielt seine Frau im Arm. »Flieh«, schrie er. »Kümmere dich nicht um mich!«

Moras kleine Gestalt hing welk in seiner Umarmung.

»Rette wenigstens dich!«, rief Bher verzweifelt.

»Fliehen? Wohin?« Linn begann hysterisch zu lachen. »Sie wollen mich. Nur mich!«

Sie eilte in den Flur, wo an der Wand ihr Schwert hing. Daneben die Dornlanze. Das Mädchen packte beides und rannte zurück in den Hof, wo der Drache gerade einen neuen Angriff flog. Linn warf die Lanze zur Seite und hielt ihm das Schwert entgegen. »Stirb, du Untier!«, brüllte sie.

Er fuhr auf sie herab, das Maul aufgerissen, und sie starrte auf die glühende Kugel in seinem Rachen. Doch da schwenkte er plötzlich herum. Bher, auf den Knien, eine tiefe Schramme über dem Gesicht, Staub im wirren Haar, hatte die Dornlanze in den peitschenden Schwanz gehakt und hielt sich daran fest.

»Nein!«, rief Linn. »Hier bin ich! Hier!«

Das Feuer hüllte die Gestalt ihres Lehrers ein. Er lächelte, während sie schrie, und absurderweise dachte sie: *Schon wieder gewinnt er unser Schweigeduell.* Im Feuer, blau schimmernd, wie eine Hülle aus Glanz und Unsterblichkeit. Dann war er fort.

»Nein!«, rief sie. »Oh nein, nein!«

Aus den Wolken erklang ein Schrei, laut und herrisch, ein

Fauchen, das über sie hinwegfegte wie ein Feuersturm und sie rückwärts zwischen die Trümmer warf. Der blaugrüne Drache riss den Kopf hoch und antwortete. Er breitete die Flügel aus. Glas zersplitterte, als er hochstieg und in der Wolke verschwand.

»Komm zurück!«, schrie Linn. »Komm zurück, ich zeig's dir!«

Irgendwo in der Nähe zerbarst ein Haus. Linn hörte den unglaublichen Lärm, und aus den zerbrochenen Fenstern vor ihr leckten Feuerzungen. Das alles war ihr egal. Sie kroch über die Trümmer, zu Mora.

Die alte Frau wirkte winzig, wie sie zwischen den grauen Steinen lag, eine zerbrochene Puppe. Doch ihre Augenlider flatterten, als das Mädchen sich über sie beugte.

»Linnia«, flüsterte sie. »Wo ist Bher?«

Sie konnte nicht darauf antworten. Das war Antwort genug.

»Nein«, wisperte Mora und wurde noch kleiner.

»Ich habe ihn im Licht gesehen«, sagte Linn. »Im blauen Licht des Drachen …«

Ich dagegen bin entkommen. Schon wieder entkommen.

Die Ungeheuer waren noch ganz in der Nähe. Fensterscheiben barsten, Mauern stürzten ein. Es regnete Steine und Dachziegel, und dazwischen, endlich, hörte sie den Hufschlag von Streitrössern. Die Drachengarde. Linn sah Reiter vorbeipreschen und wunderte sich einen Moment lang darüber, dass sie vom Hof aus die Straße sehen konnte. Dann erst wurde ihr bewusst, dass das halbe Haus verschwunden war.

Das alles ging sie nichts an.

Etwas Dunkelrotes zog über sie hinweg wie eine Wolke aus Feuer und verschwand im Rauch. Sie erhaschte nur einen kurzen Blick darauf, und doch war ihr, als reichte es, um sie innerlich zu verbrennen. Eine Woge aus Hass und Zorn, gepaart mit tiefer Trauer, überwältigte sie.

»Das ist der Anführer«, flüsterte sie. »Sie sind meinetwegen gekommen. Allein meinetwegen. Ich hätte euch beschützen sollen, stattdessen hat Bher mich beschützt.«

Der Rauch wurde dicker und dunkler. Irgendwie fand sie die Kraft aufzustehen, Mora wie ein Kind auf dem Arm, und taumelte schwankend über die Trümmer.

Der ganze Straßenzug war verwüstet. Durch den Rauch liefen brennende Gestalten.

Ein Reiter preschte an ihr vorüber. Es war Okanion; er erkannte sie und zügelte sein Pferd.

»Drachen in der Stadt!«, rief er. »Wir müssen sie vertreiben!«

Linn sank in die Knie. Obwohl Mora so leicht war, konnte sie die Frau nicht länger festhalten.

Sie sind meinetwegen hier. Meinetwegen! All das geschieht meinetwegen, denn der Name Harlon ist ein Fluch, der mich in den Staub zwingt!

Sein Blick wanderte von ihrem rußgeschwärzten Gesicht zu der Verletzten in ihrem Arm.

»Wir verjagen sie«, versprach er. »Wir werden diese Ungeheuer vor uns hertreiben, und wenn wir sie bis ans Ende der Welt verfolgen müssen, wir kriegen sie.«

»Es sind vier«, sagte Linn. »Ein blaugrüner, ein brauner und ein hellgelber, fast weißer. Und«, fügte sie leiser hinzu, »ein roter, aber der gehört mir, denn er hat meinen Vater getötet. Den lasst für mich.«

Okanion schüttelte den Kopf. »Ich kann Euch nicht erlauben mitzukommen, Fräulein Linnia. In der Tat sind wir so schnell hier gewesen, weil Prinz Arian die Wache losgeschickt hat, um Euch zu verhaften. Ein paar von uns Jägern haben die Wächter begleitet; sie fürchteten Eure Schwertkunst.«

»Mich … verhaften?«

Der Schmuck, dachte sie. *Sie haben es rausbekommen. Nicht nur die Tochter des Verräters, eine Verbannte, sondern auch noch eine Diebin.*

Ihr Mut sank. Das Entsetzen spiegelte sich in ihren Augen.

»Ich habe keine Zeit, mich um Eure Festnahme zu kümmern«, sagte Okanion. »Die Drachen sind jetzt wichtiger. Nutzt die Gelegenheit – ganz wie Ihr wollt.«

Er ritt weiter, und Linn hielt Mora in ihren Armen und fühlte sich vernichtet.

Die Treppe war freigelegt. Die Zimmer der alten Männer waren ebenso verschwunden wie ihr eigenes. Das blaue Tor existierte nur noch zur Hälfte, ein halber Bogen, der hoch über der Straße endete. Wie eine Schlafwandlerin taumelte sie vorwärts, zu Nivals Haus, das erstaunlicherweise immer noch stand. Ein tiefes Loch in der Außenmauer gab den Blick auf seine Zimmertür frei. Linn stieg durch den geborstenen Eingang. Behutsam legte sie die Bewusstlose aufs Bett.

Sie hatte keine Hemmungen, hinaufzugehen und die Salbentöpfe aus seinem Zimmer zu holen. Ordentlich stand jedes Gefäß auf seinem Platz im Regal. Ein Raum, völlig unberührt von der Zerstörung ringsumher. Linn sah sich darin um und atmete tief ein. Wenigstens musste sie sich um Nival keine Sorgen machen. Er war im Schloss und schrieb irgendetwas, in seiner schönen, ordentlichen Handschrift …

Sie blinzelte die Tränen weg und erblickte durchs Fenster eine vertraute Gestalt draußen auf der Straße, die vorsichtig über die schwelenden Balken stieg.

»Nival!«

Sie rannte die Treppe hinunter, nach draußen, über die Trümmer. »Nival!«

»Linnia!« Da stand er, mit rußgeschwärztem Haar und wilden Augen. »Barradas sei Dank! Du lebst!«

Er flog auf sie zu und schlang die Arme um sie. Für einen Moment stand die Zeit still. Es war, wie es sein musste. Warum passierte immer etwas Schlimmes, bevor man die Angst loslassen konnte? Er küsste sie aufs Haar und die Stirn, und sie drängte sich noch enger an ihn. Ihre Wangen berührten sich; auch seine waren nass.

»Wo sind die anderen?«, fragte er leise.

»Deine Tante ist in deinem Haus. Wir müssen sie behandeln.«

»Und Onkel Bher?« Er wollte sich umdrehen, zum Hof hin, aber sie hielt ihn fest.

»Sieh nicht hinüber. Bitte. Schau nicht hin.«

»Ich muss.« Schweigend schritt er das Areal ab, das einmal der Innenhof gewesen war, Platz zum Sonnen und Kämpfen. Sein Fuß stieß gegen einen leeren Käfig.

»Bher«, sagte Nival leise. »Wer liegt dort?«

»Roban«, flüsterte sie. »Und Dorago ist dort drüben.«

Er nickte. Schmerz flutete über sein Gesicht. »Die anderen sind entkommen? Auch Agga?«

»Ich glaube, sie haben es geschafft.«

Linn flüchtete in seine Umarmung oder er in ihre. Es war dasselbe. Sie hielten sich aneinander fest, und durch sein Wams hindurch fühlte sie seinen heftigen Herzschlag.

»Du hast keinen Mantel an«, bemerkte sie. So viele Kleinigkeiten waren auf einmal überdeutlich. Der offene Käfig. Die Stiefel, die Bher gehört hatten. Ein Arm, der unter einem Balken hervorragte. Ein Bett stand im Rauch, das Kissen mit Ascheflocken bestreut wie mit Blütenblättern zu einer Hochzeit. Jener uralte Schrank – hatte er nicht auf dem Dachboden gestanden? Er war unbeschädigt hier unten gelandet, lediglich die gedrechselten Füße waren mit Rissen durchzogen. Doch nichts war so nah und wirklich wie Nivals Atem an ihrem Ohr.

»Ich bin so schnell hergerannt, wie ich konnte.«

»Wir müssen zurück zu Mora.«

Linn blinzelte die Tränen fort, forschte nach der Kraft, sich von ihm zu lösen. Da sah sie zwischen zwei verkohlten Balken etwas schimmern. Sie brauchte eine Weile, um zu begreifen, was sie da vor sich hatte – die goldenen Schmuckstücke, bis zur Unkenntlichkeit zusammengeschmolzen. Sie ließ Nival los und taumelte darauf zu.

»Linnia?« Das Entsetzen in Nivals Stimme war nicht zu überhören. »Was ist das?«

»Das muss ich Prinz Arian bringen.«

»Nein«, widersprach er. »Nein, tu das nicht! Was auch immer … nein! Er lässt dich suchen. Er glaubt, du hättest ihn vergiftet.«

»Was?«

»Die Pasteten waren vergiftet«, sagte Nival. »Das ganze Schloss ist in Aufruhr. Der König ist krank, der Botschafter ebenfalls, auch der Prinz liegt im Bett. Man wollte dich verhaften.«

Sie starrte ihn an. »Was? Aber … das kann nicht sein! Sie können nicht vergiftet gewesen sein! Das würde Mora nie tun!«

»Und du?« Er forschte in ihrem Gesicht. »Nein«, sagte er schließlich. »Du auch nicht … Und Tante Mora ist krank. Abgesehen davon kenne ich sie gut genug. Vielleicht Agga?«

»Sie hat die Füllung gemacht!«, rief Linn. »Ich habe doch nur …«

»Was?«, rief er. »Was hast du gemacht?«

»*Caness* darübergestreut. Ich habe das Pulver benutzt. Die Pasteten können nicht giftig gewesen sein, egal was Agga getan hat oder nicht. *Caness* hätte sie genießbar gemacht! Das musst du ihnen sagen!« Ihr Blick flackerte wirr und fiel auf den Krug, in dem Mora ihr Zaubergewürz aufbewahrt hatte. Er war in der Mitte zersprungen, und als sie ihn hochhob, regnete es Drachenstaub auf ihre Hände. »Siehst du, hier ist es. Ich habe es benutzt, glaub mir doch!«

»*Caness?*« Nival schüttelte den Kopf. »Dem König mitzuteilen, dass Mora so etwas besitzt, käme ihrem Todesurteil gleich.

Sag bloß nichts! Du musst fliehen, Linnia, bevor sie dich verhaften, bitte!«

Auf einmal wusste sie, was die Umarmung bedeutet hatte. Einen Abschied. Ein Ende, bevor es begann, hier, wo alles in Rauch und Flammen aufgegangen war.

»Nicht ohne dich«, sagte sie. »Oh bitte, Nival, komm mit mir!«

Warum bat sie ihn? Wenn es ihm doch schon zu viel gewesen war, ein kurzes Stück Weg mit ihr zurückzulegen?

Traurig schüttelte er den Kopf. »Ich muss zu Tante Mora.«

»Natürlich, das verstehe ich. Aber dann … ich könnte mich irgendwo außerhalb der Stadt verstecken und auf dich warten.«

»Wirklich?«, fragte er ernst.

Wohin würde sie fliehen? Nach Hause, zurück nach Brina? Dorthin, wo Yaro ein Heim für sie baute, ihr Verlobter? Yaro Tausendschön, wie Jikesch ihn verächtlich nannte?

»Nein«, sagte sie leise.

»Linnia.« Nival strich ihr zärtlich über die Wange. »Eines Tages werde ich Pivellius sagen können: Seht her, Majestät, *Caness* hat Eure Gesundheit gerettet und Euch nicht geschadet. Dann wird er nicken und mir glauben. Und du, Linnia, du wirst in dein Dorf zurückkehren und es gegen die Drachen verteidigen, wenn sie kommen.«

»So wie hier?«, fragte sie bitter. Doch er hatte recht. Sie widersprach ihm nicht. In Brina wartete Yaro. Hier in Lanhannat war Nival die einzige Hoffnung all derer, die Magie wirkten. Sie schmiegte ihre Wange in seine Handfläche und flüsterte: »Ja, ich weiß. Ich weiß das alles, aber es ist mir egal.«

»Nimm das Gold mit«, sagte er mit erstickter Stimme. »Du wirst es brauchen, auf dem Weg.«

Natürlich war das Gold noch viel zu heiß, um es anzufassen und einzupacken. Von den Smaragden waren nur grüne Schlieren übrig geblieben. Obenauf schwamm ein schwarzer

Stein. Ungläubig griff sie danach und hob ihn heraus. Er war kühl, und das heiße Gold perlte von ihm ab. Glatt und unversehrt lag der Wettstein in ihrer Hand. Schwarz, leicht marmoriert. Unzweifelhaft.

»Nein«, flüsterte sie. »Nein, das … Ich hatte ihn dort gelassen, in Ruath. Ich habe ihn fortgeschleudert. Wie kommt er hierher?«

Sie stand auf, den Stein in der Hand. »Wie kommt der hierher?«, schrie sie.

Nival zuckte vor ihrem Zorn zurück. »Was hast du?«

»Dieser Stein!«, schrie sie. »Eine Drachenkralle. Damit sie mich finden. Damit mich diese verdammten Drachen finden! Nein!« Mit brennenden Augen sah sie sich um. »Wo ist mein Schwert? Wo – ist – mein – Schwert? Ich bring ihn um! Ich töte ihn!«

»Linnia!« Nival streckte die Hand nach ihr aus, aber sie beachtete ihn gar nicht. Immer noch empfand sie Zärtlichkeit für ihn und Trauer über die Unmöglichkeit ihrer Liebe, doch größer noch als das, stärker als jedes andere Gefühl, selbst als die Trauer über Bher und die beiden Alten, war der Zorn.

»Er hat mich verraten!«, rief sie außer sich.

»Wer?«, fragte Nival. »Beim Himmel, Linnia, was ist los?«

»Der Drache. Nat Kyah. Er muss den Stein mitgebracht haben zu unserem Treffen. Er hat ihn auf das Tuch gelegt, zwischen die Schmuckstücke, als ich nicht hingesehen habe. Hätte er das auch getan, wenn er die grüne Kette bekommen hätte? Er hat die Kralle dabeigehabt, bevor er wusste, was ich ihm bringen würde. Er wollte mich loswerden! Er hat mich an meine Feinde verraten! Das durfte er nicht tun. Er muss mich beschützen! Solange ich ihm gehöre, muss er mich verteidigen!«

Sie starrte Nival an, der ihr bestürzt und verwirrt zuhörte.

»Ich geh und bring ihn um.«

»Einen Drachen?« Er umklammerte die Töpfe so fest, dass

die Sehnen an seinen Händen hervortraten. »Linnia, tu das nicht. Verschwinde von hier. Kein Mensch kann allein gegen einen Drachen antreten.«

»Dann komm ich eben um bei dem Versuch. Glaubst du, das spielt noch eine Rolle? Dieser elende Verräter!«

Eine tödliche Ruhe kam über sie, als sie den Wettstein in ihre Gürteltasche steckte – *Sollen die Drachen mich ruhig finden. Soll Nat Kyah doch wissen, dass ich unterwegs bin!*

Dafür holte sie die Maske heraus und legte sie sich um.

»Ich brauche keine Rüstung«, sagte sie. »Keinen Schild, keinen Waffenrock. Nur das hier. Das reicht mir, um zu wissen, wer ich bin.«

»Linnia!«, rief Nival ihr nach. »Nicht! Tu nichts Dummes, bitte!«

Sie hörte seine Stimme wie von weither.

Bis jetzt hatte sie geglaubt, sie wäre schuld. Daran, dass Bher tot war. An den Leichen unter den verkohlten Balken. An dem Feuer und den Tränen.

Linnia Harlon. So wie in Brina. Immer war sie schuld, denn die Drachen suchten nach ihr.

Aber das hier ging eindeutig auf Nat Kyahs Rechnung.

Wie eine Schlafwandlerin stieg sie über die Trümmer, fand ihr Schwert neben Bhers Überresten und machte sich auf den Weg.

Die Wachen hatten anderes zu tun, als die Gesichter der Fliehenden zu überprüfen. Im Strom der panischen Städter, die nicht daran glauben mochten, dass der Angriff vorüber war, gelangte Linn nach draußen. Sie ging schnell, getrieben von ihrer ohnmächtigen Wut. Wie ein Mühlrad unter dem nicht enden wollenden Wasserstrahl wurde sie vorwärtsgetrieben. Es kam ihr vor, als würde sie auf der Stelle treten. Daraufhin lief sie eine Weile, erinnerte sich zwischendurch daran, dass sie ihre Kräfte schonen musste, und marschierte langsamer, bis sie wieder atmen konnte, nur um gleich darauf erneut in Trab zu fallen. Das Schwert schlug gegen ihren Oberschenkel. Hin und wieder zuckten Sätze durch ihren Geist, gesprochen mit Bhers Stimme: *Wem, meine liebe Linnia, willst du damit helfen? Bedächtig sein. Überlegt handeln. Schnell reagieren. Wirf dich dem Untier nicht in den Rachen.*

Doch, hämmerte es in ihrem Kopf, während sie rannte. *Doch, doch, doch. Soll er an mir ersticken.*

Nicht mit mir!

Irgendwann blieb sie weinend stehen. »Bher! Roban! Dorago! Ach, Mora, verzeih mir. Bitte, verzeih mir!«

Linn lief weiter, bis die Straße sich im Schnee verlor und sie innehalten musste, um sich zu orientieren. Wenn sie sich umdrehte, konnte sie die Stadt nicht sehen, nur unter einer dunklen Wolke erahnen, und es schnürte ihr die Luft ab zu wissen, was heute ihretwegen geschehen war.

»Dafür wirst du büßen, Nat Kyah! Du bezahlst dafür, das schwöre ich.« Sie umklammerte den Glücksstein, der ihr nichts als Unglück gebracht hatte. »Wollt ihr mich finden?«, rief sie laut. »Hier bin ich! Hier! Bleibt der Stadt fern – hier bin ich!«

Mit dem Finger streifte sie etwas Größeres, Glattes. Die Drachenschuppe. Das Mädchen holte sie aus dem Beutel und betrachtete sie angewidert. Bernstein. Ekel erfüllte Linn bei diesem Anblick. Sie war kurz davor, die kleine Scheibe fortzuschleudern, aber stattdessen krallte sie ihre Hand darum und presste sie an ihre Brust.

»Tod«, flüsterte sie. »Du sollst bluten, Nat Kyah. Und wenn ich dir jede Schuppe einzeln ausreiße, um darunter dein Herz zu finden. Heute ist dein Glückstag, mein Herr. Beenden wir unser Hohes Spiel.« Sie zog sich die Haarbänder aus dem Zopf und band die Schuppe an das Heft des Schwertes. Als würde es von einem riesigen, glänzenden Bernstein geschmückt, eine würdige Waffe.

»Eine Waffe, um dich zu töten, Nat Kyah«, rief sie und reckte es hoch. Wenn es doch nur eine Zauberwaffe gewesen wäre! Auf einmal fiel ihr ein, was jenes Wort bedeutete, das Nival auf dem Dachboden bei seinem Zauberversuch benutzt hatte. *Wina-Beret.* Sie kannte es, der Drache hatte es für sie übersetzt. *SaiHara Wina-Beret, der große Zerstörer …* »Ich werde dich vernichten, Nat Kyah!« schrie sie. »Heute bin ich der Zerstörer. *Wina-Beret! Wina-Beret!*«

Kurz darauf kamen ihr wieder die Tränen, und sie wankte die Straße entlang, durch den Nebel, und spürte die Feuchtigkeit auf ihren Wangen, nicht kühlend, sondern heiß und brennend.

Sie hatte das Gefühl, aus Feuer zu bestehen. Alles an ihr war verbrannt, und in ihrem Inneren wohnte nur noch der wilde Wunsch, ihren Feind zu vernichten, eine glühende Kugel wie das Feuer eines Drachen.

»Nat Kyah!«, brüllte sie. »Wo bist du? Du elender Bastard, zeig dich mir!«

»Hier finde ich dich also, Magd. Bringst du mir den Stein?« Er stieß aus den Wolken herab wie ein gigantischer Schmetterling. Nat Kyah brauchte keine Sonne, um zu strahlen. Er landete vor ihr und ragte bis in den Himmel auf, glänzend, ein Schatz, eine Herrlichkeit, unaussprechlich, ein Gott, vor dem man sich hinwerfen wollte, um ihm zu dienen. »Wie redest du eigentlich mit mir?«

Aber sie wollte ihn töten. Mehr nicht. Die Zeit, ihm Respekt zu erweisen, war endgültig vorüber.

»Du hast mich verraten«, weinte sie. »Warum? Warum hast du das getan? Du wusstest, die Drachen würden mir nichts antun können. Du kennst das Geheimnis der Kette. Sollten die vier Ungeheuer schon wieder all jene umbringen, die ich liebe?

Wozu? Um mich zu zwingen, dir zu gehorchen?« *War das die Wahl, die ich hatte, ohne dass ich es wusste? Ich dachte, es ginge um mich! Nicht um Bher und Mora und die Alten. Nur um mich!*

Der Drache senkte das Haupt so, dass er ihr in die Augen schauen konnte. Seine kreisenden Pupillen übten einen Bann aus, dem sie nicht länger unterlag. Nur mit Mühe unterdrückte sie einen Wutschrei.

»Hast du den Stein?«, fragte er. »Dein Geschwätz interessiert mich nicht. Hast du ihn mitgebracht?«

»Du hattest die Kralle dabei, obwohl du nicht wusstest, was ich dir bringen würde! Du wolltest mich verraten, von Anfang an!«

»Ich will die Schuppe des grünen Drachen«, meinte er. Er schien nicht zu wissen, worum es hier überhaupt ging. Als hätte es den Brand und das Sterben nicht gegeben. Die vier Drachen und den Verrat und den Hass. »Eine einzige Schuppe des ValaNaik, und ich bin zufrieden.«

»Hier.«

Linnia fuhr herum.

Gerade glitt Jikesch von einem großen Pferd. Statt auf der Eselin war er auf einem Ross aus dem Stall des Königs herangeritten, und in seiner ausgestreckten Hand glitzerte die Kette der Königin.

»Hier!«, rief er. »Der grüne Stein! Aber lasst Linnia am Leben, Herr Drache.«

»Jikesch!«, rief sie, doch da war er schon neben ihr – das Pferd machte sich schleunigst aus dem Staub – und kniete vor dem Drachen nieder.

»Hier ist, was Ihr Euch wünscht.«

Es war die Kette, die Linn auf dem Bild gesehen hatte. Feine goldene Glieder, die in einer kunstvollen Verzierung endeten, wo sie einen großen grünen Anhänger einfassten. Das Grün des Steins hatte einen ganz besonderen, golddurchwirkten Glanz.

Rauch stieg aus Nat Kyahs Nüstern auf. »Das«, murmelte er, »das ist … Es sieht aus wie Dairans Schuppenkleid. Dieser Hauch von Gold …«

Er war ein Mörder und ein Verräter. Und jetzt hatte er obendrein den Stein der Macht zu seinen Füßen liegen.

»Ach, Jikesch«, flüsterte Linn untröstlich. Sie warf ihrem Freund einen verzweifelten Blick zu. »Bei Arajas, was tust du hier? Woher wusstest du, dass ich hier bin? Wie bist du aus der Stadt herausgekommen? Du hättest ihm niemals den Stein bringen dürfen. Willst du die ganze Welt in den Untergang ziehen?«

»Ja«, sagte Jikesch leise. »Was kümmert mich die Welt?«

Der Drache starrte sie alle an. Als hätten sie zu dritt eine Audienz bei ihm: Linn, der Mann mit der goldenen Mütze und die Kette, die Jikesch in den Schnee legte.

»Nehmt meine Gabe an. Und im Gegenzug lasst sie frei.«

»Ich spüre nichts«, murmelte Nat Kyah und beäugte erst das Schmuckstück, dann die beiden Menschen. »Die Macht müsste so stark sein, dass sie mich blendet. Mit dieser Macht kann ich sie alle in den Staub zwingen … der Stein ist der Schlüssel … Ich hatte erwartet, dass er eine Aura hat, die keinerlei Zweifel zulässt. Ist sie verborgen? Natürlich, sie muss versteckt worden sein, sonst hätte die Alte den Stein längst gefunden …« Dann hob der Drache den Kopf, riss das Maul auf, senkte den Schädel und spie einen gewaltigen Feuerstoß aus.

Linn und Jikesch sprangen erschrocken zurück, als die Flamme direkt vor ihnen den Schnee schmolz.

Hitze wie aus einem Ofen warf sie nach hinten. Trotzdem konnte Linn den Blick nicht abwenden, als Nat Kyah die Kette, nach der er verlangt hatte, zerstörte. Die feinen goldenen Glieder zerflossen. Der grüne Stein wurde dunkler und dunkler – und dann auf einmal heller, so hell, dass das Hinsehen schmerzte, bis er verging vor ihren Augen.

»Wo ist seine Macht?«, brüllte Nat Kyah. »Wie kann er schmelzen? Was habt ihr mir da gebracht?«

»Es ist … nicht der richtige?«, frage Linn, und in ihren Schrecken mischte sich Erleichterung.

»Eine Fälschung.« Der Drache hörte sich verwundert an. Er schrie nicht mehr, doch in seiner Ruhe schwang ein gefährlicher Unterton mit. »Sie wirkte so echt – die muss ein Meister hergestellt haben, der genau wusste, wie die echte Schuppe aussieht. Ein Kunstwerk, in der Tat.«

»Komm, schnell!« Jikesch zog Linn am Arm. Gleich würde das Ungeheuer lostoben. Und vor seinem Feuer gab es keine Rettung. Sie wusste das, dennoch stolperte sie nur unwillig mit dem Narren fort.

Mit der einen Hand umklammerte sie immer noch das Schwert. »Nein, ich muss …«

»Verräter!«

Jikesch sank auf die Knie, als ihn ein Schwerthieb traf, der aus dem Nichts zu kommen schien.

Prinz Arian sprang zwischen sie. Linn parierte den nächsten Hieb, ohne nachzudenken. »Hört auf!«, schrie sie. »Was wollt Ihr hier!«

»Verräterin!«, kreischte der Prinz. »Ihr dient dem Drachen, wie schon Euer Vater vor Euch. Ihr bringt ihm Gaben!«

Keuchend umkreiste er sie, während der Narr stöhnend versuchte fortzukriechen. Er war an der Schulter getroffen, Blut strömte aus einer Wunde an seinem Hals. Wütend hieb Linn nach dem Prinzen. Sie erwischte ihn nicht, aber er torkelte zur Seite, was ihn gefährlich nah an Jikesch heranbrachte.

»Verräterin!«, heulte er. »Wollt Ihr uns in einen Krieg mit Tijoa hineintreiben, indem Ihr seinen Botschafter umbringt?«

»Das ist völlig absurd!«, schrie sie zurück, und gleichzeitig bemerkte sie den Fieberglanz in Arians Augen. Er hielt sich den Bauch und krümmte sich.

»Ihr seid krank«, sagte sie besänftigend. »Bitte, Hoheit, beruhigt Euch.«

»Erst versucht Ihr, mich umzubringen! Dann schickt Ihr Euren kleinen Freund los, um uns zu berauben! Ich habe es genau gesehen!« Er versetzte dem Narren, der sich gerade aufrichten wollte, einen derben Fußtritt. »Wie er in die Kammer meines Vaters geschlichen ist, wie er ihm die Kette meiner Mutter aus den Händen gewunden hat. Wie er sich aus dem Tor gestohlen hat. Habt ihr deshalb die Drachen geschickt? Um die Soldaten in die Stadt zu locken, um freie Bahn im Palast zu haben? Verräterin!«

Der Schnee um Jikesch färbte sich blutrot. Ihm blieb nicht mehr viel Zeit. Schmerz legte sich wie eine Krallenhand um Linns Herz.

»Halte durch!«, rief sie ihm zu.

Da schoss die Pranke des Drachen wie ein Baumstamm zwischen sie. Er fegte den Prinzen zur Seite und stieß ein ohrenbetäubendes Brüllen aus.

»Du wolltest mich reinlegen!«, schrie der Drache. »Verrat!«

»Ja«, rief Linn. »Verrat! Verrat!«

Das Schwert fest umklammert, sprang sie auf ihn zu. Sie hatte keine Angst mehr vor ihm. Hinter ihr lag Jikesch im Sterben. Der Prinz wälzte sich stöhnend im Schnee und erbrach sich geräuschvoll. Alles geriet durcheinander; auch ihr wurde übel. Irgendwo hinter ihr brannte Lanhannat. Ob sie diesen Tag überlebte, kümmerte sie nicht länger.

»Nimm das!« Sie zog dem Drachen das Schwert über die Nase. »Und das!«

Funken stoben auf, als die Klinge durch die Schuppen des Drachen schnitt. Blut spritzte ihr ins Gesicht.

Nat Kyah schrie auf. Selbst das Gold in seiner Stimme war geschmolzen; nun klang sie wie Rauch und Asche. Er riss das Maul auf, und Linn sah das Feuer in seinem Rachen. Rasch warf sie sich zur Seite und rollte gegen den Prinzen, der sich gerade aufrappelte.

»Tu was!«, heulte er. »Oh ihr Götter!«

Der Kopf des Drachen fuhr herum. Linn stieß Arian nach hinten, und die Flamme traf sie mit voller Wucht.

Ich habe gewusst, dass ich durch einen Drachen sterben werde …

Der Gedanke zuckte durch ihren Geist, während das Feuer sie umhüllte. Sie stand in einer blauen Wolke. Die Hitze waberte um ihren Körper, und einen Moment lang verschwand die Welt im Licht, in einem gleißenden, tödlichen Brennen. Schlieren voll Glanz wanderten über den Himmel. Es tat nicht weh. Sie stand nur da, furchtlos, schmerzlos, und … staunte.

Der nächste Gedanke war: *Aber so sollte es nicht enden. Du wolltest den Drachen töten, weißt du noch?*

Die Flamme blies über sie hinweg und an ihr vorbei – und sie stand immer noch da, aufrecht. Just in dem Moment, als der Zorn des Drachen sich in Verblüffung verwandeln wollte, sprang sie nach vorne und zog ihm das Schwert durch die Kehle. Ein feiner Schnitt wurde sichtbar, dunkles Blut malte den Strich nach. Brüllend vor Angst und Schmerz richtete Nat Kyah sich auf.

Das Mädchen hob das Schwert mit beiden Händen und warf sich nach vorne. Seine Brust war viel zu weit oben, doch als er wieder herunterkam, wild vor Hass und Zorn, und rasend vor Wut nach ihr Ausschau hielt, flog etwas durch die Luft und traf ihn am Auge. Der Kopf des Drachen fuhr herum, während er sich wieder auf alle viere herunterließ, und so stand sie unter ihm und sah die Stelle, hinter der sein großes Drachenherz heftig hämmerte, direkt auf sich zukommen. Mit einem wilden Schrei rammte sie ihm das Schwert in die bernsteinfarbenen Schuppen.

Der Drache stieg brüllend in die Höhe. Seine Flügel fegten

über den Schnee. Linn klammerte sich an ihr Schwert, das noch immer zwischen seinen Rippen steckte.

»Lass los!«, rief Arian. »Jetzt!«

Sie ließ sich fallen, gerade als der Drache sich nach hinten warf. Er wälzte sich über den Hügel und färbte den Schnee mit seinem Blut. Das Brüllen und Keuchen erschütterte den Himmel. Sacht begann es zu schneien. Linn fühlte sich aus der Gefahrenzone gezogen. Der Prinz riss sie hoch und schleppte sie weiter, bis keine Gefahr mehr bestand, von dem zuckenden Drachen getroffen zu werden.

Aber sie hatte keinen Blick mehr für Nat Kyah und sein qualvolles Sterben. Sie riss sich von Arian los und eilte zu Jikesch, der still im Schnee lag. Sein Gesicht, weiß bemalt wie immer, war von roten Spritzern verunziert. In der Hand hielt er einen Schneeball, den er zusammenpresste, während seine rechte Hand schlaff herunterhing.

Sie kniete sich vor ihn hin. Immer noch blutete er, und sie dachte verwundert: *Es ist gar nicht so viel Zeit vergangen, wie ich dachte. Er lebt noch.*

»Linnia«, flüsterte Jikesch blinzelnd.

»Du überlebst das«, sagte sie. »Wir haben den Drachen getötet, wie schon einmal, weißt du noch? Es war dein Schneeball, der ihn genau im richtigen Moment abgelenkt hat.«

Er ließ den Klumpen Schnee fallen und streckte die Hand nach ihr aus. Die Seidenhandschuhe waren blutgetränkt, als er sie zurückzog. In seinen schwarz umrandeten Augen lag seine ganze Angst – um sie, um sich?

»Das ist nicht mein Blut«, sagte sie leise. »Ich lebe. Versprich mir, dass du auch lebst.«

Der Narr hörte sie nicht mehr. Er schloss die Augen und starb – er starb, jetzt!

»Nein! Nein, das lasse ich nicht zu!«

Linn streckte ihre Hand aus und legte sie auf die Wunde an

seinem Hals. Ihre glitzernden Hände, auf denen der Drachenstaub haften geblieben war.

»*Wintika*«, murmelte sie, eindringlich wie ein Gebet, und so war es auch: In ihrem Herzen rief sie ihren Gott an, Arajas, den Gütigen.

»Ich heile«, sagte sie leise. »*Wintika.*«

Unter ihren tastenden Fingerspitzen fühlte sie, wie die Wunde sich schloss.

Auf einmal wurde ihr bewusst, wie still es war. Der Drache lag da, die Flügel von sich gestreckt, die kreisenden Augen gebrochen. Der Prinz stand ratlos in einiger Entfernung.

»Was ist hier passiert?«

Aus dem Schneegestöber tauchte die Drachengarde auf. »Wir haben Kampflärm gehört und ... Prinz Arian! Seid Ihr verletzt?«

Okanion ritt auf den Prinzen zu. »Was um alles in der Welt ...?«

Arian antwortete immer noch nicht. Er stand bloß da, mit hängenden Armen, und starrte auf den toten Drachen.

Linn küsste Jikesch auf die Stirn und ließ ihn in den Schnee gleiten. »Du wirst wieder gesund.«

Sie mochte ihn nicht loslassen, aber es gab noch einiges zu tun. Mit wackeligen Beinen stand sie auf und ging zu Nat Kyah hinüber. Okanion erschrak, als er sie erblickte.

»Linnia! Ihr seid über und über mit Blut bedeckt!« Doch dann fügte er leiser hinzu: »Das ist der Drache aus Gota. Sagtet Ihr nicht, er sei bereits tot?«

Es ist ein anderer, wollte sie schon erwidern. Der ihm gleicht, eine ganz ähnliche Farbe. Vielleicht hätten die Ritter ihr das sogar geglaubt.

Aber an ihrem Schwert prangte die Bernsteinschuppe. Die an Nat Kyahs Leib fehlte.

Sie konnte nicht lügen – und ihnen auch nicht die Wahrheit

sagen. Zuzugeben, dass sie einem Drachen gedient hatte, hätte ihr Ende bedeutet, das wusste sie. Niemals würde irgendjemand Verständnis dafür aufbringen, dass sie sich auf das Hohe Spiel mit einem dieser Untiere eingelassen hatte.

»Ich dachte, er wäre tot«, sagte sie leise. »Ich hatte ihn getroffen, mitten ins Herz. Er lag da und hat sich nicht gerührt, als ich ihm die Schuppe herausgerissen habe.« Eine elegante Lüge. Als läge nicht schon genug Bitterkeit in ihrem Sieg.

»Dann muss er zwei Herzen haben«, rief Okanion.

»Er ist hergekommen, um sich zu rächen, nehme ich an«, sagte sie. »Wir haben versucht, ihn mit Gold von der Stadt wegzulocken und hier zu stellen«, fügte sie mit einem Seitenblick auf den Prinzen hinzu.

»Ach so«, meinte Arian müde.

Sie beachtete ihn nicht länger. Einen Augenblick wollte sie mit dem Drachen allein sein. Der mächtige Leib hatte aufgehört zu strahlen. Das Schwert steckte ihm noch in der Brust. Mit einem Ruck zog sie es heraus.

»Siehst du, Nat Kyah«, sagte sie. »Du hättest mich freigeben sollen. Du hättest mich nicht an meine Feinde verraten dürfen. Du hast die Regeln des Hohen Spiels gebrochen; das hast du nun davon.«

Sie konnte nicht das geringste Bedauern empfinden. Nur als sie an die gefangenen Mädchen dachte, fragte sie sich, ob die anderen es wohl wagen würden, die Burg zu verlassen und sich auf den Weg über die Steppe zu machen, auf der Suche nach Menschen, oder ob sie sich in ihr Schicksal ergaben und elend zugrunde gingen.

Die Ritter wichen unwillkürlich zurück, als die Drachentöterin auf sie zukam, das blutige Schwert in der Hand.

»Nun«, fragte Linn, »wollt Ihr mich immer noch verhaften lassen, Prinz Arian?«

Der Kranke starrte sie eine Weile an, dann wurde er grün im

Gesicht und stolperte davon, um seinen verdorbenen Magen erneut zu entleeren.

Jikesch kicherte. Er versuchte schon wieder aufzustehen, was ihm noch nicht gelang, aber sein Mundwerk war offensichtlich unbeschädigt. »Der ist heute übel drauf. Oh liebste Linn, ich fürchte, unser letztes Stündlein hat geschlagen. Dem einen Drachen entkommen, um im Magen eines Prinzleins zu enden.«

»Ich muss nach Hause«, stöhnte Arian, der nicht mehr ganz so grün zurückkam.

»Vorher«, sagte Okanion, »gibt es, wie mir scheint, noch ein paar Dinge zu klären. Schließlich hat Fräulein Linnia eine großartige Tat vollbracht, nicht irgendwo in der Ferne, sondern hier, direkt vor unseren Augen.«

Es war fast wie das Hohe Spiel. Ein Handel, den sie alle zusammen eingingen. Es fühlte sich an, als wären sie alle zusammen in einem magischen Netz gefangen.

Der Prinz war dabei gewesen, als Linn einen Drachen getötet hatte. Dagegen wurde alles andere unwichtig. Die Kette und die Pasteten und sogar der verräterische Narr.

»Gebt Fräulein Linnia ihren Namen zurück«, beharrte Okanion. »Wir brauchen sie in der Garde.«

»Genügt es nicht, wenn sie am Leben bleibt, obwohl sie einen Anschlag auf meinen Vater und unsere ausländischen Gäste verübt hat? Was soll sie denn noch alles kriegen – Gold und Ehre, Güter und Ländereien?«

»Darauf verzichte ich«, sagte Linn. »Gebt mir nur meinen Namen zurück.«

»Einer Harlon? Einer Verräterin und Giftmischerin? Nie im Leben!«

Der vernarbte Ritter verhandelte zäh. »Seht Ihr nicht endlich ein, dass sie Euch nicht vergiftet hat? Oder würdet Ihr sonst noch leben, während dort drüben ein toter Drache liegt? Ich will sie in der Garde!«

Aber Linn wollte noch mehr. Die Garde. Ihren Namen. Und – ein Wunder.

»Euer Drache, Prinz Arian«, sagte sie. »Wenn Ihr es wünscht, ist das hier der erste von Euch getötete Drache. Dann wärt Ihr endlich Brahans würdiger Nachkomme.«

Arian riss die Augen auf; die Krankheit schien ihn auf einen Schlag zu verlassen. »Meiner? Mein Drache? Das würdet Ihr aussagen?«

»Oh ja, das würde ich.«

Das halbe Königreich. Das war es, was sie ihm anbot, und das konnte er nicht ausschlagen. Niemand hätte das gekonnt.

»Dann ist sie also in der Garde«, sagte er zu Okanion. »Ich bin sicher, das kriegen wir hin.«

»Wartet«, sagte Linn. »Dafür bekomme ich noch etwas.«

»Was?« Ungeduldig starrte er sie an.

»Kein Wort über Jikesch. Das ist meine Bedingung. Ihr vergesst, was er getan hat. Stattdessen sagt Ihr Eurem Vater, Ihr hättet die Kette selbst genommen – um den Drachen anzulocken.«

Prinz Arian kippte vor Entsetzen fast um, aber die Aussicht auf das halbe Königreich wirkte zuverlässiger als jede Medizin.

»Vergesst nicht, ihm noch etwas mitzuteilen«, fuhr Linn fort. »Dies war der Drache, der Königin Irana tötete.«

28

»Solltest du morgen zu den Feierlichkeiten nicht ein hübsches Kleid anziehen?«, fragte Mora. Sie saß in ihrem Bett, an ein dickes Kissen gelehnt. Immer noch hustete sie viel zu oft, und ihr Bein wollte nicht recht zusammenwachsen, aber inzwischen hatte sie sich so weit erholt, dass sie wieder ungefragt Ratschläge erteilen konnte. Sie sah kleiner und älter aus als vorher; Bhers Tod hatte sie schwer getroffen. Dagegen konnten auch die magischen Salben nichts ausrichten.

»Mit Samt und Seide und Spitze«, schwärmte sie. »In Grün – das würde dir gut stehen.«

»Bleibt mir weg mit Grün«, murmelte Linn. »Ich finde, dieser schlichte Waffenrock ist genau richtig. Schwarz, passend zu den Stiefeln.« Sie drehte sich und klopfte unsichtbaren Staub aus den perfekt fallenden Stofffalten.

»Nimm doch wenigstens diese Maske ab. Sie ist bedeckt von geronnenem schwarzem Blut.«

»Drachenblut«, sagte Linn fröhlich. »Damit werde ich am Königshof Eindruck schinden, wetten?«

Mora grummelte unzufrieden.

»Ich wollte dir nur zeigen, wie ich aussehe. Morgen früh muss ich zeitig los.«

»Ein junges Mädchen wie du sollte so viel wie möglich aus sich herausholen«, fand Mora und schüttelte den Kopf. »Ganz in Schwarz … was soll das denn? Du könntest dir wenigstens ein paar bunte Bänder ins Haar flechten. Dann kannst du einem netten jungen Mann am Hof ein Band schenken.«

»Bestimmt nicht. Am Hof gibt es keine netten jungen Männer. Außerdem ist mir nicht mehr nach bunten Bändern.« Sie drehte sich zu Mora um. »Danke – für alles. Wenn ich ab morgen bei den Gardisten wohne, werde ich das hier vermissen. Das Alte Viertel. Euch. All das, was wir hier zusammen hatten.« Linn brachte es nicht über sich, Bher zu erwähnen. Sie waren beide noch nicht bereit, über diesen Verlust zu sprechen. Seit Nat Kyahs Tod hatte sie hier bei Mora in Nivals Haus gewohnt – er übernachtete natürlich anstandshalber oben im Schloss, und sie hatte ihn so gut wie gar nicht mehr gesehen – und sich um die Kranke gekümmert.

Die ältere Frau verzog das Gesicht. »Was würde ich dafür geben, dabei zu sein. Ich bin so stolz auf dich. Wenn ich könnte, würde ich hundert Körbe voll Pasteten für das Festmahl backen. Dir allein habe ich es zu verdanken, dass die Anklage fallengelassen wurde.«

»Ritter Okanion«, sagte Linn. »Ihm solltest du danken. Er konnte den Prinzen davon überzeugen, dass ich ihn dem Drachen überlassen hätte, wenn ich seinen Tod gewollt hätte. Dass es ein Zufall war, dass die Edlen im Schloss nach dem Verzehr der Pasteten krank geworden sind.«

»Ich kann mir immer noch nicht erklären, wie es dazu kommen konnte, dass sie verdorben waren«, meinte Mora verzagt.

»Ich kann es.« An der Tür stand Agga. Seit dem Brand hatten sie das Mädchen nicht mehr gesehen und schon das Schlimmste befürchtet. »Ich …« Sie brach in Tränen aus, stürzte zu der Kranken und kniete sich neben das Bett. »Könnt Ihr mir verzeihen, Frau Mora? Ich wollte, dass Ihr das nie erfahrt, aber … aber ich muss es jemandem sagen.«

»Was hast du getan?«, fragte Linn, da Mora erschrocken schwieg.

»Ich habe von Euch Geld bekommen, um Fleisch und Leber einzukaufen … und ich hab … es war nicht mehr ganz gut, aber so billig, und da habe ich es trotzdem genommen und den Rest des Geldes eingesteckt …«

»In den Pasteten war verdorbenes Fleisch?«, fragte Mora.

»Ja, und fast hätte ich damit den König umgebracht … Es tut mir so leid!«

Mora tätschelte Aggas Schulter.

»Ich weiß, das ist unverzeihlich!«, schluchzte das Mädchen.

»Na, na, wir alle machen mal einen Fehler.« In Moras Augen stand groß die Frage: Wie konnte das passieren?

Linn stellte sich dieselbe Frage.

»Geh jetzt.« Mora schob Agga sanft von sich fort. »Wenn du eine Empfehlung brauchst, kann deine neue Dienstherrin sich gerne an mich wenden.«

»Danke! Ihr seid so gütig!«

Erleichtert hüpfte das Mädchen aus dem Zimmer.

»Wie konnte das passieren?«, fragte Mora streng. »Ich hatte dir doch befohlen, *Caness* zu verwenden. Sie hat schon öfter minderwertige Ware eingekauft, das wusste ich. Mit *Caness* spielt das keine Rolle.«

»Ich habe es draufgestreut! Ganz sicher!«

»Das bedeutet … Du hast behauptet, dass du es kannst, aber ich hätte es überprüfen sollen. Du hast nicht das geringste magische Talent, Linnia. Nicht einmal dafür.« Sie seufzte. »Tut mir leid, ich bin schuld. So viele können *Caness,* daher hielt ich es nicht für nötig, mich selbst davon zu überzeugen. Ich hätte darauf kommen müssen, dass du dich in dieser Hinsicht täuschst – wo du doch nicht einmal dann Magie spüren kannst, wenn ich dich mit der Nase darauf stoße.«

Linn schwieg dazu. Sie wusste jetzt, was sie falsch gemacht hatte. Sie hatte das Pulver zwar benutzt, allerdings versäumt, das Zauberwort laut auszusprechen.

Die Salben hatten ihre Bestimmung bereits, der Staub dagegen wurde nicht auf Vorrat damit versehen. Hätte er seine Wirkung sonst zu schnell verloren? *Caness* – Verwandlung. Verwandlung war nie dauerhaft.

Alles Wörter aus einem alten Buch. In der Sprache der Drachen. *Wintika. Caness. Kirell. Wina-Beret …*

Wörter in einem Buch … Sie sah es wieder vor sich, das schwere Buch, aus dem sie Nat Kyah vorlesen musste. Alle diese Wörter kamen darin vor. SaiHara, der Zerstörer – *Wina-Beret.* Der Heiler – *Wintika.* Der Verwandler – *Caness.*

Begriffe, die ihr der Drache übersetzt hatte. Begriffe aus einem heiligen Buch in der alten Sprache der Drachen.

Ich bin eine Zauberin, dachte sie. *Ich weiß, was man dazu braucht, ich weiß, wie man es macht. Ich weiß, wie man eine Waffe dazu bringt, sogar Drachenschuppen zu durchbohren. Doch dann vergesse ich, über den Pasteten das richtige Wort zu sagen.*

Sie schlug die Hände vor den Mund und ging ans Fenster, um sich zu sammeln, um nicht mit allem herauszuplatzen, was ihr auf der Zunge lag. Irgendjemandem musste sie es sagen … aber nicht Mora, die ihr wegen der verdorbenen Backwerke das Kissen um die Ohren hauen würde.

Drachenstaub und Drachenschuppen und Drachenworte … und ich bin eine Zauberin!

Auf der Treppe wäre sie fast in Nival hineingelaufen. Er fing sie auf; einen Moment lang standen sie dicht beieinander, und ihr hämmerndes Herz schlug gegen seine Brust. Sie sah hoch zu ihm und entdeckte das Glück in seinen Augen. »Ich bin …«, setzte sie an, aber dann fiel ihr ein, wie er auf dem Dachboden zu zaubern versucht hatte, wie sehr er sich nach dieser Macht sehnte, für die er kämpfte, und sie konnte es ihm nicht sagen.

Nival hielt sie auf Armesbreite von sich, um ihren Waffenrock zu bewundern.

»Fast eine Ritterin. Heute ist dein großer Tag. Ich habe mir schon gedacht, dass ich … dich hier finde. Die letzte Gelegenheit, um mit dir zu sprechen, bevor …« Immer noch musste er darum ringen, ganze Sätze von sich zu geben. Sein Gesicht verdüsterte sich, nachdenklich musterte er sie. »Willst du wirklich in die Garde?«

»Natürlich! Das ist mein größter Traum gewesen!«

»Nein«, widersprach er. »Dein größter Traum war, Drachen zu töten. Dein Dorf beschützen zu können. Dem Namen Harlon wieder einen guten Klang zu geben. Das alles hast du erreicht. Du brauchst die Garde nicht, Linnia.«

»Du freust dich gar nicht mit mir?« Beleidigt funkelte sie ihn an. »Das hätte ich nicht gedacht, nicht von dir.«

»Natürlich freue ich mich«, versicherte er. »Vor allem darüber, dass du den Drachen überlebt hast. Aber diese Gardisten … glaubst du, dass du dich bei ihnen wohlfühlen wirst? Wolltest du nicht nach Hause gehen, wenn du dein Ziel erreicht hast, zu deinem Verlobten?«

Auch das noch. Sie wollte jetzt wirklich nicht an Yaro erinnert werden. Immer errichtete dieser Name eine Schranke zwischen ihnen. Eine Mauer, bis über ihre Köpfe, unüberwindbar.

»Du willst mich loswerden?« Warum musste er immer solche Sachen sagen?

Sie wollte sich an ihm vorbeidrängen, bevor er ihre Tränen bemerkte, doch er hielt sie fest.

»Nein. Nein!« Er schlang die Arme um sie und drückte sie an sich. Sie konnte erahnen, wie stark er wirklich war, als sie versuchte, sich aus seinem Griff herauszuwinden. Nival ließ sie nicht los, und jede Schüchternheit war aus seiner Stimme verschwunden, als er sagte: »Ich möchte dich bei mir behalten, Linnia. Ich möchte, dass du bleibst, wer du bist.«

Sofort meldete sich der Hunger wieder, dieses brennende Verlangen nach seinen Küssen. Sie schluckte; auf einmal konnte sie nicht mehr sprechen, konnte nicht einmal eine passende Antwort herausbringen. *Ich möchte dich bei mir behalten? Oh Arajas!*

Nival war noch nicht fertig. »Am Hof des Königs ist nicht alles so, wie du es dir vielleicht vorstellst. Du brauchst die Garde nicht. Du kannst einen Drachen ganz alleine töten.«

»Nein«, widersprach sie. »Der Narr hat ihn abgelenkt.«

»Du hättest es auch so geschafft.«

»Das weißt du doch gar nicht. Du warst nicht dabei.«

Immer noch hielt er sie fest, und auf einmal kam er ihr fremd vor, dieser Nival, der zupacken konnte und nicht losließ. Ein kleiner Beamter, der vorhatte, das ganze Königreich umzukrempeln. Auf einmal glaubte sie daran, dass er das wirklich schaffen konnte. Wieder eine neue Facette: nicht der verlegene Jüngling, sondern eher noch der Kämpfer aus den dreckigen Hinterhöfen, der erst harmlos tat und seine Gegner dann unerbittlich erledigte.

Oh, er hat mich, dachte sie. *Er hat gewonnen. Ich bin so was von besiegt.*

Es war unmöglich, aus dieser Umarmung zu entkommen. Sie lehnte den Kopf an seine Brust und hörte sein Herz schlagen. Hier war sie zu Hause. Angekommen. Am Ziel.

Wie sollte sie jetzt noch ihre Gefühle in Sicherheit bringen? Gar nicht. *Also, auf in den Kampf, Drachenjägerin. Spielen wir das Spiel weiter. Zu meinen Regeln.*

»Meine mutige Drachenmaid«, flüsterte er in ihr Haar. »Ich frage mich immer noch, wie du das geschafft hast.«

Ich bin eine Zauberin.

Sie würde es ihm sagen, irgendwann. Im Moment würde es ihn zu sehr ablenken von dem, was sie mit ihm tun wollte. Später war noch Zeit genug. Sie würde ihm sagen, was sie getan hatte, mit ihrem Schwert und mit dem Drachen. *Magie ist Drachenwerk,* würde sie sagen. *Wusstest du das? Und was wird wohl der König dazu sagen, dass man diese Ungeheuer nur mit ihren eigenen Waffen schlagen kann? Vielleicht bringt uns diese Erkenntnis beide ans Ziel – dich beim König und mich bei der Drachenjagd?*

»Du hast recht, ich bin am Ziel«, flüsterte sie, »ich kann einen Drachen töten, allein. Aber da gibt es noch etwas. Einen Grund, warum ich nicht nach Hause kann …« Sie stellte sich auf die Zehenspitzen und küsste ihn. Seine weichen Lippen. Seine glattrasierten Wangen. Die kleine Kuhle am Schlüsselbein.

Nival sog scharf die Luft ein.

Sie verschränkte die Arme hinter seinem Hals und zog ihn zu sich herunter. Nach einer Weile tauchten sie beide aus einem Kuss auf, der ihnen den Boden unter den Füßen wegriss.

»Dafür bringt Mora mich um«, flüsterte er.

»Das ist mir egal. Ich kann gut kämpfen.«

»Sie ist eine gefährliche Zauberin«, erinnerte er Linn.

»Na und? Ich auch.« Nival leistete keinen Widerstand, als sie ihn erneut küsste.

»Das merke ich gerade«, flüsterte er, als er nach dem nächsten Kuss um Atem rang. »Ich glaube, ich lege mich lieber mit ihr an als mit dir.« Er löste ihre Maske; seine Lippen waren wie Schmetterlinge auf ihren Augenlidern.

»Wir haben keine Zeit für so etwas«, murmelte sie und versuchte, den letzten Rest an Beherrschung zusammenzukratzen. »Morgen will ich früh hoch zum Schloss.« Trotzdem zog sie ihn näher an sich heran und grub die Hände in sein weiches blondes Haar. Ihre Finger glitten an seinem Hals herunter; als ihre Fingerspitzen eine Vertiefung spürten, zuckte sie zurück.

»Was hast du da?«

»Nichts«, murmelte er, »eine alte Verletzung von meinen Kämpfen.« Er wollte sie noch einmal küssen, aber sie machte sich aus seiner Umarmung frei.

»Linnia.« Nival streckte die Arme nach ihr aus, um sie wieder an sich zu ziehen.

»Ich geh jetzt lieber.«

»Was ist los?«, fragte er verwirrt.

»Ich muss noch etwas erledigen. Für die Zeremonie morgen.«

Vielleicht merkte er, dass sie log, denn aus der Verwirrung wurde Schmerz. »Linnia?«

»Mora würde es mitbekommen und sich aufregen. Sie ist schon krank genug.«

»Was ist es wirklich?«, fragte er, in seiner Stimme ein Anflug von Bitterkeit.

»Warum wunderst du dich, dass ich dir auch einmal ausweiche? Du tust das andauernd.« Sie klang gereizter, als sie sich fühlte. Nein, sie war nicht … verärgert. Nur durcheinander. So durcheinander wie noch nie. Sein fragendes Gesicht war dagegen gar nichts.

»Yaro«, sagte sie. »Ich habe Yaro vergessen.«

»Natürlich. Deinen Verlobten.« Er wandte sich ab und biss sich auf die Lippen, und als sie die notdürftig reparierte Haustür öffnete und ging, hielt er sie nicht zurück.

Linn stand auf der Straße und hielt das Gesicht in den überraschend milden Regen.

Es war völlig absurd – wie kam sie überhaupt auf diese Idee? Das war Nival, Moras Neffe, der junge Schreiber mit den vielen Geheimnissen.

Es wäre ihr lieber gewesen, sie hätte keines davon gekannt. Eben noch war sie drauf und dran gewesen, ihn mit Haut und Haaren zu verschlingen, doch schlagartig hatte sich ihr Verlangen abgekühlt.

Eine Narbe. Alles andere war längst verheilt, all die Verletzungen, die er sich so häufig zuzog. Makellos glatte Haut. Verlockend, verführerisch, unwiderstehlich. Bis auf diese eine Stelle – genau dieselbe, an der Jikesch von Prinz Arian verwundet worden war. Auch bei ihrem Freund, dem Narren, hatte sie die

Hand auf die Haut gelegt und die Wunde gefühlt, als sie ihm die magische Behandlung hatte angedeihen lassen. Dieselbe Stelle, dieselbe Wunde – eine tiefe, leicht gebogene Kerbe. Nur älter, zugewachsen, aber noch nicht ganz verheilt.

Das musste ein Zufall sein. Nival war nicht Jikesch. Das ergab überhaupt keinen Sinn.

Meine schöne Drachenmaid …

Hatte Nival das gesagt, vorhin? Das bedeutete gar nichts. Nival arbeitete im Schloss, er sah den Narren sicherlich häufig. Vielleicht sprach Jikesch über sie, was ihm durchaus zuzutrauen war. Über die Drachenmaid, für die er so schwärmte.

»Nein«, flüsterte sie, während sie unruhig in ihrem Zimmer umherwanderte. »Es ist bloß ein Zufall, dass sie beide eine Narbe am Hals haben. Nichts als ein Zufall.«

Jikesch war kleiner als Nival. Oder wirkte das bloß so, weil er selten eine aufrechte Körperhaltung einnahm?

Seine Stimme klang ganz anders. Der Narr hatte eine viel höhere. Kein Mensch konnte sich so verstellen – oder etwa doch? Die Gesichter der beiden hatten keinerlei Ähnlichkeit. Aber wie sollte sie das beurteilen, bei der dicken Schicht Farbe, die Jikesch wie eine Maske trug? Farbe, die sich nicht einmal im Wasser auflöste. War sie magisch verstärkt? Darüber hatte sie noch nie nachgedacht. Für Mora musste es eine Kleinigkeit sein, ihrem Neffen eine weiße Paste anzurühren, die sich nicht abwaschen ließ.

Nein, dachte sie. *Nein, nein, nein!* Sie hatte es gesehen. Mora und die weiße Masse in der kleinen Schüssel, über der sie ihre Zauberworte murmelte. Mora, ertappt, die sich schnell in eine Ausrede flüchtete.

Die Augen. Sie hatten beide graue Augen, warum hatte sie das nicht früher bemerkt? Weil Jikeschs schwarze Lider sie ganz anders scheinen ließen?

Handschuhe. Sie hatte nie seine Hände gesehen. Nivals wunderschöne Hände, nach denen sie sich sehnte, hatten so glatte, makellose Haut. Nie hatte sie auch nur einen einzigen Tintenfleck daran entdeckt.

Jikeschs Haare unter der goldenen Mütze waren dunkler als Nivals – aber das einzige Mal, als sie einen Blick darauf erhascht hatte, waren sie nass gewesen, weil er in den Bach gefallen war. Vielleicht waren sie ihr nur dunkler vorgekommen.

»Nein«, sagte sie vor sich hin. »Es kann nicht sein. Es darf nicht … Ein Schreiber und ein Narr. Wie könnte er beides sein? Den ganzen Tag muss Jikesch um den König herumtanzen. Nival dagegen … gut, er hat gesagt, er sitzt tagsüber in seiner Schreibstube, allein. Er könnte jederzeit verschwinden, und niemand würde es merken … Aber er hat Berge von eng beschriebenen Seiten abzuschreiben. Wann soll er das tun? Nachts? Irgendwann muss der Mensch doch auch mal schlafen. Das ergibt keinen Sinn. Ich täusche mich. Ich muss mich täuschen. Wenn es so wäre, hätte ich es längst gemerkt. Ich kenne sie beide … sie sind so verschieden …«

Der sanfte Regen benetzte ihr Haar. Frühling lag in der Luft, Schneematsch verwandelte die Gassen in eine Rutschpartie. Das dunkle Viertel, in dem sich wie immer zwielichtige Gestalten herumtrieben, war von dem Brand verschont geblieben. Zielstrebig marschierte Linn über die Matschhaufen hinweg. Man konnte das Schwert unter ihrem offenen Mantel sehen; niemand sprach sie an. Der erste Hinterhof, in dem die Hahnenkämpfe stattfanden. Der zweite, wo sich die Hunde zerfleischten. Der dritte, in dem zwei kostümierte Männer miteinander rangen. Linn schaute eine Weile zu. Nival war nicht hier; nun, das hatte sie auch nicht erwartet. Was auf der Bühne vor sich ging, interessierte sie nicht. Sie hielt Ausschau, bis sie den schmächtigen ziegenbärtigen Mann erblickte, mit dem Nival damals gesprochen hatte.

»Mein Herr.«

Überrascht musterte er sie. Das Kaustäbchen zwischen seinen Zähnen wanderte von einem Mundwinkel in den anderen.

»Ihr wollt kämpfen?«, fragte er. »Dazu braucht Ihr ein anderes Kostüm. Ein wenig offenherziger, wenn Ihr versteht, was ich meine.«

»Ich kämpfe, aber nicht hier«, sagte sie rasch. »Nein, ich will auf einen Freund setzen, den ich hier jedoch nicht sehe. Der Affe von Lanhannat – ist er heute Abend nicht dran?«

Der Mann verzog das Gesicht. »Ach, der. Der hat sich schon mondelang nicht mehr blicken lassen. Ein Talent, wie man es selten sieht. Das ist schlecht fürs Geschäft.«

»Er ist erstaunlich wendig, nicht wahr?«

Der Fremde nickte. »Wie ein Affe, in der Tat. Er hat einfach zu oft gesiegt.«

»Wie viele Male ist er hier aufgetreten?«, fragte Linn. »Er hat das sicher ein paar Jahre gemacht, nicht wahr?«

»Jahre? Oh nein. Er ist hier irgendwann aufgetaucht – vor einem Jahr etwa. Hat ein paar Mal sporadisch gekämpft, sich einen Namen gemacht, die Favoriten aus dem Feld geschlagen. Ungefähr ein halbes Jahr lang hat er hier alles durcheinandergebracht und mein ganzes System ruiniert, und seit letztem Herbst hat er sich nicht mehr blicken lassen. Tut mir leid, schöne Frau, aber Ihr müsst Euren Freund woanders suchen.«

Er wies auf die Bühne, wo sich zwei neue Kerle breitbeinig gegenüberstanden. »Wollt Ihr noch setzen? Die letzte Gelegenheit.« Er senkte die Stimme. »Der kleinere – sie nennen ihn den Schlächter. Ein absoluter Geheimtipp.«

»Nein danke. Aber Ihr habt mir sehr geholfen.«

Vor einem Jahr hatte Nival hier zum ersten Mal gekämpft? Zu der Zeit, als sie eine Erklärung für die Striemen auf seinem Rücken haben wollte? Dann, als sie auf Burg Ruath gefangen gewesen war, den ganzen Sommer über, war er oft hergekommen, das hatte er ihr erzählt.

Aber er hatte keine Vergangenheit als Affe von Lanhannat. Er hatte diese Figur erfunden, um sie zu täuschen. Sie war seinen Fußspuren gefolgt – seine Schuhe hatte sie auf Jikeschs Rat hin markiert.

Alles geplant. Ein grandioses Täuschungsmanöver, um sie von der Wahrheit fernzuhalten.

»Was wisst Ihr von meinem Dienstherrn?«, hatte er gerufen.

Sein Herr – nicht der Schreiber des Königs, sondern der König selbst. Ein jähzorniger alter Mann, der die Hand gegen seine Diener erhob. Hatte sie es nicht miterlebt, wie brutal er den Narren zu Boden geschlagen hatte – und sicher nicht das erste Mal?

Immerzu wollte Pivellius Jikesch gar nicht sehen, deswegen trieb er sich im Schloss und auf dem Hof herum – warum hätte er nicht hin und wieder seine Tante besuchen sollen, ohne dass seine Abwesenheit auffiel? Wenn man ihn im Schloss suchte, wusste sowieso niemand, in welchem Winkel er sich gerade aufhielt. Der König war es gewöhnt, auf ihn zu warten. Und schlug ihn wahrscheinlich, wenn es mal wieder zu lange gedauert hatte.

Des Königs Glück … Aber jemand wie Jikesch war viel zu widerspenstig, um stundenlang auf einer Säule zu hocken und vor einem Thron herumzukriechen. Warum hatte sie immer nur über Nivals verborgene Seiten gegrübelt und nie über Jikeschs Geheimnisse?

An Linns Füßen schienen Bleigewichte zu hängen. Nie war sie so langsam durch die Stadt geschlichen, durch das Alte Viertel, wo die Brandruinen unter dem schmelzenden Schnee sichtbar wurden. Den Winter über war nichts wiederaufgebaut worden. Es würde noch eine Zeitlang dauern, bis Lanhannat wieder zu seinem alten Glanz zurückfand.

So viel sie auch grübelte, sie kam zu keinem Ergebnis. Erstaunlich viel passte – und zu viel blieb ungeklärt. Sie wollte nicht zurück, bevor sie sich nicht ganz sicher war, aber als sie schließlich vor Nivals Haus stand, war sie immer noch nicht weitergekommen. In ihrem Rücken ragten die Überreste von Moras Haus wie ein Gerippe in die Luft. Oben in seinem Zimmer, das jetzt seiner Tante gehörte, brannte noch Licht. Ansonsten war alles dunkel. War er wieder hoch ins Schloss gegangen, bevor die Tore geschlossen wurden? Zurück zu seinem anderen Leben? »Nein«, flüsterte Linn. »Ich glaube es nicht.«

Erkenne, wer du bist. Erkenne, wer deine Feinde sind. Erkenne, wer deine Freunde sind. Dann bist du unbesiegbar.

Sie *wollte* es nicht glauben.

Und wenn du blind bist?, hatte Jikesch gefragt. *Können wir uns nicht lieben, zwei Blinde im Dunkeln?*

Genau das war sie gewesen. Blind.

Diesmal gab es keinen Pastetenkorb zu schleppen. Die Sonne stand schon über den Mauern von Lanhannat, als Linn den Weg zum Schloss hinaufstieg. Eine ganze Menschenmenge begleitete sie. Mora war zu krank, aber vor dem Tor begrüßten Lireck, Borlin und Kasidov sie jubelnd.

»Wir sind besonders früh aufgestanden!«, rief Lireck. »Damit wir vor Euch hier oben sind!« Er trat auf sie zu, in der Hand etwas Großes, das mit einem Tuch abgedeckt war. »Ich habe Euch ein Geschenk mitgebracht, Fräulein Linnia.«

Sie hob das Tuch an. Darunter war der Käfig, in dem ein kleiner graubrauner Vogel auf einer Stange saß. »Faules Gör!«, krähte die Affendrossel.

»Sie ist wieder da?«, rief Linn entzückt. »Sie ist zurückgekommen?«

»Das ist sie.« Lireck warf seinen beiden Freunden einen triumphierenden Blick zu. »Ich hab genug Wetteinnahmen, um mir eine neue zu kaufen. Aber dieser Vogel – ich dachte, er sollte Euch gehören.«

»Danke!« Bewegt umarmte sie den alten Mann.

»Faules Gör«, urteilte die Drossel. »Arm rauf.« Dann legte sie den Kopf zurück und stieß ein heiseres Fauchen aus, das wie ein Drache klang. Einige der Umstehenden wichen zurück.

»Deshalb schenkt Ihr sie mir, was?«, fragte Linn und lächelte ihm zu. »Sie hat Drachenlaute aufgeschnappt.«

»Nun ja – Ihr seid wohl die Einzige, die das nicht stören wird.«

Linn gab ihm den Käfig erst einmal wieder zurück, als sie durchs Tor marschierten.

Die Drachengarde hatte schon Aufstellung genommen. Jeder Ritter stand vor seinem Ross und hatte ein unbewegliches, strenges Gesicht aufgesetzt. Nur Okanion lächelte mit seiner gesunden Mundhälfte, als er Linn sah, und nickte ihr zu. Neben seinem Pferd wartete noch ein zweites – ein langbeiniger kastanienbrauner Wallach mit heller, wallender Mähne, geschmückt und gesattelt.

»Fräulein Linnia.«

Prinz Arian ging ihr entgegen. Lautstarker Jubel brandete auf, und sie fühlte ihre Wangen brennen. Es gefiel den Leuten, dass eine von ihnen zugleich mit dem Sohn des Königs geehrt werden sollte, dem Prinzen dagegen schien das weniger zu behagen. Er machte ein ernstes, fast grimmiges Gesicht.

»Wir werden gemeinsam hineingehen«, sagte er. »Die Garde wird hinter uns Aufstellung nehmen. Gebt Ritter Okanion Euer Schwert.«

Linn reichte es ihm, aber im selben Moment ging ein Raunen durch die Menge, und die Zuschauer ringsherum fielen auf die Knie.

»Das gibt es nicht«, flüsterte Okanion. »Er kommt heraus! Ich dachte, er hätte das bis zuletzt abgelehnt.«

Arian lächelte jetzt doch. »Sieh an. Hat der alte Fuchs es sich also anders überlegt.«

Der Herold blies in ein Horn, und schlagartig verstummten alle. Der König, angetan mit einem langen, pelzumsäumten Umhang, schritt die Stufen vor dem großen Haupteingang hinab und kam auf sie zu. Die Krone prangte auf seinem Haupt, aber Linn bemerkte, dass die grüne Brosche an seinem Wams fehlte. Sie fühlte sich wie gelähmt und kniete erst nieder, als Okanion sie am Ärmel zupfte.

Pivellius, König von Schenn und den Provinzen, marschierte auf sie zu.

Linn wagte es kaum, den Blick zu heben. Hinter dem König stolzierten seine Würdenträger. Da erhaschte sie einen flüchtigen Blick auf eine Gestalt, die zwischen ihnen herumsprang. Das feine Läuten der Glöckchen erreichte ihr Ohr, und sie hörte nichts sonst als das.

»Das ist eine unglaubliche Ehre«, flüsterte Okanion. »Dass er zu Euch herauskommt.«

»Zu mir bestimmt nicht«, flüsterte sie zurück. Sie machte sich da keine Illusionen; wenn Arian nicht mit ihr als Drachentöter gefeiert werden würde, hätte Pivellius sich bestimmt nicht blicken lassen.

»Bürger von Lanhannat«, rief der Herold, »Edle des Königreichs Schenn und der Provinzen, Ritter der königlichen Drachengarde, Prinz Arian. Heute feiern wir den Sieg über den grausigen Drachen, der unsere Stadt heimgesucht und Not und Elend über uns gebracht hat.«

Linn hätte ihnen sagen können, dass die vier Drachen, die Häuser und Menschen verbrannt hatten, alle entkommen waren, und dass Nat Kyah nicht zu ihnen gehörte, auch wenn er sie geschickt hatte. Doch der König brauchte diesen Sieg, um die Menschen von seiner souveränen Herrschaft zu überzeugen.

»Heute feiern wir unseren Prinzen, einen wahren Helden, der, geschwächt von Krankheit und der Sorge um seinen geliebten Vater, sofort aufbrach, als Lanhannat von Drachen heimgesucht wurde, um die Ungeheuer zu vertreiben und die Stadt zu retten. In einem Kampf auf Leben und Tod gelang es seiner königlichen Hoheit, Prinz Arian, dem jüngsten Nachkommen des unvergessenen Brahan, Hauptmann der Drachengarde, das Untier zu vernichten.«

Verhaltener Jubel ertönte. Wer auch immer Zweifel an dieser Geschichte gesät hatte, konnte nun die Ernte einfahren.

König Pivellius händigte seinem Sohn die offizielle Belohnung für den Sieg über einen Drachen aus: ein goldenes Schmuckstück aus der Schatzkammer. Mit einem zufriedenen Lächeln betrachtete Arian den glänzenden Ring mit dem roten Stein. Ein wenig neidisch blinzelte Linn zu ihm hinüber; der Ring hätte gut zu ihrer Kette gepasst.

»Unterstützung«, fuhr der Herold fort, »fand unser Held durch eine mutige Kriegerin. Seite an Seite hat sie mit unserem geliebten Prinzen gekämpft und das Ungeheuer abgelenkt, damit er es töten konnte.«

In den Beifall mischte sich vereinzelt Widerspruch.

»In seiner unendlichen Gnade hat König Pivellius beschlossen, diese Kriegerin zur Ritterin zu schlagen und in seine Garde aufzunehmen. Damit verbunden ist das Recht, in Lanhannat und überall im Königreich zu wohnen.«

Zustimmendes Gemurmel ertönte.

»Ich bitte um Ruhe«, verlangte der Herold.

Der König hob den Stab mit der goldenen Kugel, und unwillkürlich zuckte Linn zurück, aber er legte ihr die Kugel nur auf die Schulter; diesmal schlug er nicht zu.

»Linnia Adora Harlon«, sagte Pivellius laut, »hiermit ernenne ich Euch zur Ritterin der Königlichen Garde der Drachenjäger. Steht auf und empfangt Euer Schwert aus meiner Hand.«

Okanion gab dem König das Schwert, an dem immer noch die Drachenschuppe prangte, und dieser reichte es an Linn weiter.

Linn verbeugte sich, so tief sie konnte, das Schwert wie eine Gabe flach auf ihren Händen.

»Mein Schwert gehört Euch«, sprach sie die vorgegebenen Worte, »mein Kampf gehört Euch. Mein Leben gehört Euch.«

Der König musterte sie mit reglosem Gesicht, und sie war froh, dass sie sich hinter ihrer Maske verstecken konnte. Eine Kriegerin, nicht das Mädchen mit dem falschen Vater. Ihr Blick streifte ihn hastig, begegnete seinen kühlen Augen, zog sich schnell wieder zurück.

Pivellius wandte sich noch einmal seinem Sohn zu. »Für deinen ersten toten Drachen habe ich dir die Hälfte des Königreichs versprochen. Die Hälfte des Throns, die Hälfte der Krone, die Hälfte meiner Macht sei dein.« Damit überreichte er Arian sein goldenes Zepter.

Während der Jubel losbrach, drehte der König sich um und ging ins Schloss zurück.

Ritter Okanion reckte den Arm in die Höhe. »Lang lebe der König!«

Der Rest der Garde tat es ihm nach. »Lang lebe der König!«

»Wollt Ihr nicht Euer neues Ross begrüßen?«, fragte der Prinz.

Unter den Jubelschreien der Zuschauer stieg Linn auf. Die Leute wichen zurück, als die Garde aus dem Hof ritt. Kinder warfen Blumen vor die Hufe der Pferde.

»Sie feiern Euch«, sagte Okanion. »Egal was eben gesagt wurde – die Menschen wissen, dass Ihr es wart. Dass Ihr ganz allein einen Drachen getötet habt.«

Sie nickte und winkte den Kindern zu. Der Braune machte einen Satz nach vorne, und sie klammerte sich hastig an den Sattelknauf; das Reiten musste sie noch üben. Sie ritten den Hügel hinunter und einmal um die ganze Stadt herum – als Zeichen dafür, was es zu beschützen galt. Als sie zurückkehrten, wurden im Hof bereits die Tische für das gemeine Volk gedeckt.

»Wir bringen jetzt die Tiere in den Stall«, sagte Okanion zu ihr, »machen uns kurz frisch und treffen uns danach im Großen Saal zum Rittermahl.«

Linn brauchte länger als die anderen, um ihr Pferd abzusatteln, das nicht stillstehen wollte, aber es war Ehrensache, dass sie sich ganz alleine darum kümmerte. Die anderen hatten den Stall längst verlassen, als sie fertig war.

»Hier finde ich dich. Drachenmaid. Schwertmaid. Schönste aller Schönen.«

Jikesch verbeugte sich klingelnd vor ihr.

Sie versuchte Nival in seinen übertünchten Zügen zu entdecken und vermochte es nicht. Auch seine Augen wirkten durch die schwarze Farbe so anders, so wissend und fremd. Ein anderer. Sie hatte sich getäuscht. In eine Idee verrannt, die einfach nicht stimmen konnte.

»Knie nicht vor mir. Bitte, hör auf damit.«

Sie hatte Nival gesagt, dass der Drache die Kette haben wollte, und Jikesch hatte sie gebracht.

Nival war davon überzeugt, dass sie auch allein mit Nat Kyah fertig geworden wäre. Aber nur Jikesch war beim Kampf dabei gewesen.

Nein. Nein!

Mit Jikesch hatte sie gegen den Drachen von Werrin gekämpft, und gleich nach ihrer Rückkehr war Nival verprügelt worden.

Ich kann das nicht glauben!

Sie ließ sich ins Stroh sinken, bis ihre Gesichter auf gleicher Höhe waren. Dann beugte sie sich vor und küsste ihn.

Sein Kuss schmeckte süß. Vertraut. Er schmeckte nach mehr, weckte ihr Verlangen, und wenn sie die Augen schloss, konnte sie vergessen, welche Maske sie hier küsste, schwarz geschminkte Lippen in der weißen Fratze. Ihr ganzer Körper wurde warm und schwer, und es kribbelte bis in ihre Zehen.

»Nival«, sagte sie. Und stieß ihn von sich.

Rücklings fiel er ins Stroh und blieb dort liegen. Die riesigen schwarzen Augen starrten sie fassungslos an.

»Nein!«, rief Linn. »Nein, ich will es nicht! Du kannst es nicht sein!«

»Drachenmaid …«

»Nein!«, schrie sie ihn an. In den Boxen scheuten die Pferde, sie dämpfte die Lautstärke nur mit Mühe. »Sprich nicht so mit mir! Nicht mit dieser Stimme. Wie kannst du es wagen, mich so hereinzulegen!«

Er rappelte sich auf, schwerfällig, als hätte sie ihm die Knochen gebrochen oder einem Vogel die Schwingen gestutzt.

»Linnia, ich habe doch nicht …«

»Nicht so!«, rief sie. »Nicht so! Hör endlich auf, dich zu verstellen! Ich kann es nicht mehr hören. Es ist nicht witzig. Ich lache nicht. Hörst du mich etwa lachen? Bei allen Göttern, du bist nicht Jikesch, du bist Nival!«

»Ich bin beides«, sagte er. Nun war es Nivals Stimme. Er richtete sich auf und war groß wie Nival. Er wehrte sich nicht, als sie ihm die Mütze vom Kopf riss und darunter das blonde Haar des Schreibers zum Vorschein kam. »Ich bin der Narr des Königs, und ich bin Moras Neffe. Meine Stelle als Schreiber war die einzige Möglichkeit, das Schloss zu verlassen, ohne von den Wachen aufgehalten zu werden. Ich brauchte diese beiden Namen, Linnia – ich habe es nicht ausgehalten, hier als des Königs Glück eingesperrt zu sein.«

»Du hast mich belogen! Du hast mich hinters Licht geführt. Die ganze Zeit hast du mich glauben lassen, du seist mein Freund.«

»Ich bin dein Freund, Linnia.«

Erkenne, wer deine Freunde sind … Ja, jetzt wusste sie es. Endlich.

»Dann verstehe ich unter Freundschaft etwas ganz anderes.

Bei Arajas, wer bist du?« Sie mochte ihn nicht ansehen; es war unerträglich. Nicht Jikesch mit einer Stimme wie Nival. Nicht Nival mit einem Gesicht wie ein Narr. Mit einem Schlag hatte sie beide verloren.

»Ich bin der Narr des Königs«, sagte er leise. »Und ich hatte die Hoffnung, daneben könnte es noch etwas anderes für mich geben.«

»Ach ja?«, höhnte sie. »Als der stotternde Nival, der den Mund nicht aufmachen kann? Was hast du mir da vorgespielt, eine Figur, so schüchtern, dass man Mitleid mit ihr haben musste! Und so geheimnisvoll dazu. Um mich herumzukriegen – das ist dir ja fabelhaft gelungen! Was musst du gelacht haben, als ich dir gestanden habe, dass ich in Nival verliebt bin – in dich! Aber ja, ich erinnere mich, du hast ja auch gelacht. Fast totgelacht hast du dich, während ich dir mein Herz ausgeschüttet habe. Während ich dich an allem teilhaben ließ, an meiner Schande in Ruath und an meinen Gefühlen und meinen Hoffnungen, an allem. Ich dachte, du bist mein Freund!«

»Ich habe nicht gelacht.«

»Ach? Das habe ich aber anders in Erinnerung!«

»Ich war überwältigt. Ich hätte nicht gedacht, dass du …« Er streckte die Hände nach ihr aus, aber sie stolperte zurück und stieß dabei den Wassereimer ihres neuen Pferdes um.

»Was? Dass ich dich leidenschaftlich begehre? Oh ihr Götter! Ich habe dir das anvertraut – und du warst es selbst!«

Er senkte den Kopf. »Ich wollte es dir sagen. Schon lange.«

»Tatsächlich? War das bevor oder nachdem du deinen Auftritt als Affe von Lanhannat inszeniert hast? Damit ich bloß nichts merke? Damit ich ja nicht auf den Gedanken komme, du könntest der geprügelte Narr sein?«

Nival – oder war es Jikesch? – hob die Schultern. »Eine Zeitlang habe ich gehofft, du würdest es herausfinden. Ich konnte mir nicht vorstellen, dass du es nicht merkst. Aber du bist nicht einmal auf die Idee gekommen. Ich glaube, du wolltest es einfach nicht sehen.«

»Das ist nicht wahr!«

»Du hättest es sehen können, aber du wolltest nicht. Wer will schon einen Narren lieben? Begreif es doch, Linnia! Du hättest niemals deine Gefühle für mich entdeckt, wenn ich nur Jikesch gewesen wäre.«

»Meine Gefühle?«, schrie sie. »Welche Gefühle? Für eine Lüge? Für einen Mann, den es gar nicht gibt, den es niemals gegeben hat?«

»Ich bin echt«, sagte er, dieser Mann, der alle Namen verloren hatte. »Ich bin Nival. Ich bin so. Es fällt mir schwer, zu sprechen. Ich bringe oft kaum ein Wort heraus, und ich will mich verstecken.«

»Ach ja?«

»Ja«, sagte er leise, »aber hinter dieser Maske, hinter der weißen Farbe im Gesicht kann ich das. Dort bin ich in Sicherheit. Niemand merkt, ob ich rot werde. Deshalb kann ich alles sagen, was ich will. Die Worte sprudeln nur so aus mir heraus. Es ist alles ganz leicht. Ich fühle mich, als könnte ich fliegen, als könnte ich alles tun, was mir einfällt. Als Jikesch kann ich alles sein, wovon ich träume. Ich werfe sämtliche Hemmungen ab und bin frei. Ich finde mich selbst. Also bin ich Jikesch und verliere mich, wenn ich die Mütze abnehme und die Farbe abwische? Glaub mir, es ist viel schwerer, Nival zu sein. Wer von diesen beiden bin ich? Keiner ist eine Lüge, Linnia. Ich bin so echt wie du.«

»Nein.« Sie hob abwehrend die Hände, als er auf sie zugehen wollte. »Bleib weg von mir! Fass mich nicht an! Hör auf, um Himmels willen!«

»Du müsstest das doch verstehen!«, rief er. »Du weißt, wie es ist, mit einer Maske. Darin sind wir gleich. Wir wissen, dass man sich verwandeln kann, in den Menschen, der man sein will.«

»Das ist etwas anderes! Wage es nicht, das miteinander zu vergleichen. Ich habe dir nie etwas vorgemacht! Du hast mich verraten und getäuscht!«

»Du wolltest blind sein!«, schmetterte er ihr entgegen.

»Nein!«, schrie sie. »Ich will nichts mehr hören! Hör auf! Ich hasse dich!«

Sie sah es immer wieder vor sich. Sie beide auf dem Heuboden.

Ich bin verliebt. Ich begehre Nival, den Schreiber …

Wie er lachte.

Du könntest seine Schuhsohlen mit Farbe beschmieren und ihm folgen. Nun, hat es geklappt?

Oh, es ist nicht so einfach, Du zueinander zu sagen. Wir müssen darauf trinken.

Lüge, wohin sie schaute. Täuschung. Nahezu drei Jahre lang hatte sie sich an der Nase herumführen lassen. Wie musste er sich darüber amüsiert haben!

Ihr bester Freund und der Mann, in dessen schüchternen, jungenhaften Charme sie sich verliebt hatte. Der Mann mit den tausend Geheimnissen.

Nun, dieses Rätsel hatte sie endlich gelöst: Es gab keinen von ihnen.

»Am Anfang wusste ich nicht, ob ich dir trauen konnte«, sagte er leise. »Dann … irgendwann war es zu spät.«

»Mir trauen? Du mir?«

»Ein Geheimnis wie dieses würde mich den Kopf kosten«, sagte er. »Dich hätte es vielleicht schon früher in die Garde gebracht, wenn du eine zwielichtige Gestalt im Umfeld des Königs entlarvt hättest. Die Garde – ich weiß genau, wie sehr du dir das gewünscht hast.«

»Aber doch nicht so«, stammelte sie, tödlich verletzt. »Ich hätte dich nie verraten.«

»Ich weiß«, sagte er traurig. »Jetzt weiß ich es.«

»Wie hast du es gemacht?«, fragte sie leise. »Wie konntest du beides sein? Und warum? Bei allen Göttern, warum?«

»Ich bin Pivellius' Narr«, sagte er, noch leiser als sie, heiser wie ein Sterbender. »Ich belustige den König. Und manchmal hört er mir zu. Hin und wieder gelingt es mir, etwas zu ändern. Seine Wut in ein Lachen zu verwandeln. Seine Trauer in Geduld. Seinen Hitzkopf in Weisheit. Nicht immer, nicht einmal oft ... aber es kommt vor. Ab und zu rette ich ein Leben durch einen Witz.« Er seufzte, durch seine übertünchten Züge schimmerte der Narr, der sein Lachen verloren hatte.

»Dann – hast du ihn dazu gebracht, Tijoa die Hand zu reichen?«

»Es wird Zeit, dass uralte Feindschaft endlich ein Ende findet. Tijoa ist ein Land, in dem Zauberer hoch angesehen sind. Bald schon wird Pivellius sich rechtfertigen müssen, warum er sie bei uns verfolgt, während es möglich ist, mit einem Königreich voller Zauberer in Frieden zu leben.«

Sie dachte an Nexin und daran, dass sie Jikesch nie von ihm erzählt hatte. Sie hätte ihn warnen können, dass ihm nicht zu trauen war, und hatte es nicht getan.

»Also bist du schon der Berater des Königs«, sagte sie und versuchte, ihre widerstreitenden Gefühle irgendwie in den Griff zu bekommen. *Warum habe ich es ihm nicht gesagt, als noch Zeit war? Warum habe ich nicht erkannt, welche Macht Jikesch über Pivellius besitzt? Nexin hat mich herausgefordert – warum habe ich nicht einmal versucht, gegen ihn zu kämpfen?*

»Natürlich – als Schreiber hättest du noch Jahre warten müssen, um überhaupt zu den wichtigen Gesprächen zugelassen zu werden. Wozu dann Nival? Warum hast du es so kompliziert gemacht? Warum bist du nicht einfach Jikesch geblieben?«

»Gefangen in einem goldenen Käfig?«, fragte er bitter. »Wie soll das ein Gaukler aushalten, der jahrelang durchs Land gezogen ist? Ich muss diese Kleidung ablegen können, um durchs Tor gelassen zu werden.«

»Ein Gaukler?«

»Ich habe dir gesagt, mein Vater ist von niedrigstem Stand – und es gibt niemanden in diesem Land, der geringer geschätzt wird als die Spielleute. Ich brauchte einen anderen Namen. Und einen Beruf, der es mir erlaubt, hier ein und aus zu gehen.«

»Aber hat dein Schreibermeister dich denn nicht vermisst?«

»Hin und wieder bin ich ihm zur Hand gegangen oder hab Dienst in der Amtsstube geleistet. Wie gesagt, Pivellius braucht mich nicht immer.«

»Was für ein Zufall, dass du ausgerechnet an dem Tag, als ich gekommen bin, dort warst!«

»Nein«, widersprach er. »Ich hatte gehofft, dass du dich in die Liste eintragen lässt. Vier Tage habe ich in der Amtsstube auf dich gewartet. – Ich hatte dich geküsst«, fügte er leise hinzu, »und ich musste dich wiedersehen.«

»Was ist mit dem König? Dachte er, du hast dich so lange in einer Ecke versteckt?«

»Danach setzte es Prügel«, gab Nival zu, »aber es hatte sich gelohnt.«

»Und die Dokumente? Wann hast du die abgeschrieben? Das ist doch Arbeit für Stunden, jeden Tag!«

»Gar nicht«, erklärte er. »Mora hat mir eine magische Tinte angerührt, die ich nur auf die Seiten streichen musste. Der Text hat sich von selbst geschrieben.«

»Natürlich«, seufzte sie. »Zauberei. Warum habe ich bloß nicht daran gedacht. Mora wusste also Bescheid. Und Bher?«

»Der wollte nichts davon hören«, sagte Nival. »Er war zu sehr ein Mann des Königs – er hasste alles, was nach Magie roch, und obwohl er ahnte, dass ich mehr getan habe als schreiben, hat er lieber die Augen verschlossen. So wie du.«

»Ritterin Linnia?« Prinz Arian spähte ins Halbdunkel des Stalls. »Seid Ihr noch hier?«

»Ja«, rief sie zurück. »Hier hinten.«

Er schlenderte zu ihrer Box. »Ihr könnt Euch wohl gar nicht von diesem hübschen Tier trennen, wie? Das freut mich. Ich habe ihn für Euch ausgesucht, er heißt Tani. Kommt, ich zeige Euch Euer Quartier im Westturm, wo die Garde wohnt.« Der Prinz bemerkte den Narren, der gerade die Mütze auf seinem Kopf zurechtrückte. »Mein Vater fragt schon nach dir. Na los, husch, husch, sonst setzt es was.« Er trat mit dem Fuß nach ihm, dass das Stroh hochstob.

»Dieser Kerl. Ich habe Euch doch gesagt, Ihr solltet Euch lieber nicht mehr mit ihm abgeben. Als Ihr noch eine Magd wart, mochte das angehen, aber jetzt nicht mehr.«

»Ja«, sagte sie. »Ihr habt recht. Kommt nicht wieder vor.«

Jikesch sah sie nicht an, als er an ihr vorbei aus dem Stall schlüpfte.

Fast erwartete sie, dass der Prinz sich bei ihr bedankte, weil sie ihm das halbe Königreich zugespielt hatte. Aber er schwieg. Deshalb bedankte sie sich auch nicht dafür, dass er den Diebstahl der Kette niemals erwähnte. Beides war eine Weile da, in ihrem beredten Schweigen, wie ein Bund, geschmiedet aus zwei beschämenden Geheimnissen.

Dann bot Prinz Arian ihr seinen Arm. »Kommt, meine Ritterin. Nun, wie hört sich das an?«

»Wunderbar«, sagte sie. »Ritterin Linnia Adora Harlon, Mitglied der Königlichen Garde der Drachenjäger. Ja, daran könnte ich mich gewöhnen.«

29

Der Lärm im Festsaal war unglaublich. Linn sehnte sich nach ihrem Bett in ihrem neuen Zimmer. Doch solange der König durchhielt, konnte sie die Feier nicht verlassen, und Pivellius trank einen seiner Ritter nach dem anderen unter den Tisch. Allerdings war es nicht der Anblick des lallenden Königs, der Linn störte. Nichts konnte schlimmer sein, als zuzusehen, wie der Narr auf der großen Tafel herumturnte und zotige Trinklieder schmetterte.

»Er ist selber schuld, dass er sich dafür hergibt«, murmelte sie leise, aber es machte ihr das Herz nicht leichter.

»Drachengarde«, flüsterte sie. »Ich bin am Ziel. Ganz gleich, was Nival gesagt hat, hier gehöre ich hin. Ich brauche dich nicht, Nival. Ich bin eine Drachenjägerin. Ich habe ganz allein herausgefunden, dass man Magie dazu benötigt und wie man sie einsetzt. Dafür brauche ich ganz bestimmt keinen Narren. Hörst du, Jikesch? Auch dich brauche ich nicht. Ich kann die Ungeheuer töten, mit einem Schwert, das den Drachenpanzer durchdringt. Ich werde mehr Drachen töten, als mein Vater es getan hat. Ich werde sie jagen und zur Strecke bringen.«

»Trinkt das nicht.«

Sie fuhr zusammen. So unwahrscheinlich es war, vielleicht hatte der Zauberer unbemerkt seinen Platz am oberen Ende der Tafel verlassen und sich an sie herangeschlichen? Mit einem kurzen Blick überzeugte sie sich davon, dass Nexin immer noch neben dem Botschafter saß, der mit mürrischem Gesicht an seinem Wein nippte. Die schöne Chamija hatte sich Arian zugewandt und kicherte über irgendetwas, das der Prinz gerade von sich gegeben hatte.

Nein, es war bloß Okanion, der seine Hand über ihren Becher gelegt hatte. »Ich glaube, Ihr habt genug, Fräulein Linnia.«

Ihre Hand krallte sich um die Kette an ihrem Hals, jene Kette, die sie ihr Leben lang beschützt hatte. Das Vermächtnis ihres Vaters. Herausfordernd funkelte sie den vernarbten Drachenjäger an.

»Ich werde die vier Drachen, die Brina angegriffen haben, finden und töten, so wie ich es mit Nat Kyah getan habe. Die vier Drachen, die Bher umgebracht und diese Stadt verwüstet haben. Den grünblauen. Den sonnenfarbenen. Und den braunen. Am Schluss finde ich den roten Drachen. Dich, Gah Ran«, sie hob den Becher, »und räche meinen Vater. Ich werde dich jagen, und wenn ich dich durchs ganze Königreich und darüber hinaus verfolgen muss, durch diese Welt und die nächste, ich werde dich finden und dir mein Schwert ins Herz bohren. Dann erst bin ich am Ziel. Dann erst kann ich nach Hause zurückkehren.«

»Sehr schön gesagt«, meinte Okanion. »Aber …« Bevor er ihr jedoch erzählen konnte, dass sie keinen Alkohol vertrug – was sie selber wusste, vielen Dank auch –, entstand an der Tür ein Tumult. Ein Mann stürzte in den Festsaal, verschwitzt und staubig, in den abgerissenen Kleidern eines Reisenden, der keinen Wert auf Waschen, Schlafen und Essen legte.

»König Pivellius!«, schrie er.

Auch der König war sofort wieder nüchtern, während die Ritter sich dem Eindringling in den Weg stellten.

»Yan wurde angegriffen!«, rief er. »Krieg! Wir erbitten Hilfe von Euch, unserem Bündnispartner.«

Pivellius starrte den Fremden einen Moment an, dann drehte er sich um und begegnete dem Stirnrunzeln des Botschafters.

»Wenn die Wege unsicher sind, wird es Zeit für uns, zurückzukehren«, sagte Charrin. »Wir brechen sofort auf, wenn Ihr erlaubt.«

Der Bote wurde bleich, aus seiner hektischen Aufregung wurde fassungsloses Entsetzen. »Ihr habt Tijoaner hier? Ihr sitzt mit ihnen an einem Tisch? Mit dem Feind?«

Prinz Arian stand auf. »Es tut mir leid, Euch enttäuschen zu müssen – Euch und Euren König. Aber wir haben einen neuen Bündnispartner.«

Pivellius zögerte. »Das war so nicht abgemacht«, sagte er. »Wir wollten Frieden mit den Ländern des Nordens.«

»Nun, wie es aussieht, müsst Ihr Euch entscheiden«, meinte Charrin. »Welcher Bund Euch wichtiger ist, der mit Yan oder der mit Tijoa.«

»Ich wollte ...« Der König ballte vor Anstrengung die Fäuste. »Der Weg ans Meer ...«

»Den habt Ihr, wenn Yan erst uns gehört.«

»Ihr begeht einen Fehler«, rief der Yaner. »Ihr ahnt nicht, was Ihr da tut. Sie sind an der gesamten Nordgrenze bei uns eingefallen. Mit Soldaten und ... und mit Zauberern. Das Blut und die Plünderungen haben Drachen angelockt, ganze Schwärme von Drachen! Sie fliegen über unser Land, wie damals im Drachenmond. Ich rufe Brahans Erben zu Hilfe!«

»Drachen?« Linn wollte aufstehen, aber sie blieb wie erstarrt sitzen.

»Das ist Euer Problem«, meinte der Prinz kühl. »Wir haben genug mit den Ungeheuern in unserem eigenen Land zu tun.«

»Oh, sie sind auch hier«, versetzte der Bote. »Ich habe einen gesehen, der im Umland gekreist ist, als wollte er mich abfangen, damit ich Lanhannat nicht erreiche. Ich bin ihm nur entkommen, indem ich von Deckung zu Deckung geritten bin. Bitte! Ihr müsst die Drachengarde ausschicken!«

Botschafter Charrin stand auf und winkte seinen Begleitern, ihm zu folgen. »Herzlichen Dank für Eure Gastfreundschaft, König Pivellius«, sagte er. »Dies ist Eure Angelegenheit und nicht für meine Ohren bestimmt. Ich bin sicher, Ihr werdet im Sinne unseres neuen Bündnisses handeln und das noch junge Zeitalter der Freundschaft unserer Völker nicht durch übereilte Entscheidungen ins Wanken bringen. Wir machen uns sofort auf den Heimweg, solange es noch einigermaßen sicher ist.« Er stolzierte aus dem Raum, hinter sich das blonde Mädchen, das Arian einen letzten Blick zuwarf, und den Zauberer, um dessen Lippen ein winziges Lächeln spielte.

Pivellius saß wie erstarrt auf seinem geschnitzten Holzstuhl und wirkte trotz der vielen Männer um ihn herum plötzlich sehr allein.

»Yan ist seit dreihundert Jahren mit uns verbündet«, sagte er hilflos. »Wir sind Brahans Erben, wir dürfen nicht zusehen … Aber wie können wir mit einem Heer gegen Tijoa ziehen, obwohl die Tinte meiner Unterschrift gerade erst getrocknet ist? Hast du das gewusst?«, fragte er seinen Sohn. »Wollten sie deshalb diesen Bund mit uns, damit wir nicht eingreifen, wenn sie über Yan herfallen?«

»Ja«, sagte Arian mit fester Stimme. »Ich wusste es. Dafür wird Tijoa auch uns nicht in den Rücken fallen, wenn wir … gewisse Pläne durchführen, über die wir hier in der Öffentlichkeit nicht sprechen sollten.« Der Prinz wies auf den Boten. »Sperrt ihn ein«, ordnete er an. »Spione aus Yan sind hier nicht willkommen. – Du hast mir die Hälfte der Befehlsgewalt übertragen, Vater, erinnerst du dich?«

Der Mann wehrte sich nicht, als zwei Soldaten ihn an den Armen packten. Mit wildem Blick stierte er Arian an und spuckte auf den Boden. »Das soll Brahans Erbe sein?«, rief er verächtlich. »So weit ist es mit dem heiligen Geschlecht also gekommen?«

»Schafft ihn fort«, befahl der Prinz wütend.

»Du willst Brahans Erbe sein? Die wahren Helden wären sofort losgestürmt, um uns zu helfen! Sie hätten das blaugrüne Ungeheuer erledigt und wären an die Seite ihrer Freunde geeilt. Schenn ist verloren, wenn Leute wie Ihr das Einzige sind, was von Brahan übrig geblieben ist!«

Die Wächter schleiften ihn hinaus, das Geschrei erstarb.

Arian blickte sich um. »Feiert weiter«, sagte er schroff. »Erhebt die Becher und trinkt!«

»Herr«, Okanion trat neben ihn, zögernd, »was … tun wir jetzt?«

»Nichts«, sagte der Prinz. »Wir werden weder Tijoa unterstützen noch Yan. Sollen sie das unter sich ausmachen. Wir lehnen uns zurück und sehen zu. Und dann … irgendwann wird die Zeit kommen zu handeln. Hat nicht auch der gute alte Laran seine Feinde gegeneinander ausgespielt und dafür gesorgt, dass Drachen und Tijoaner sich gegenseitig vernichteten? Meine Pläne sind weitreichender, als Ihr es Euch vorstellen könnt. Wir werden warten.«

Der König erhob sich schwerfällig und wankte zur Tür, den Narren an seiner Seite, auf den er sich stützte wie ein uralter Mann. Nie würde Linn Jikeschs Gesicht vergessen, seine weit aufgerissenen erschrockenen Augen.

»Trinkt!«, rief Arian. »Auf die neue Zeit!«

Während die Becher gefüllt wurden, schlüpfte das Mädchen hinaus.

Obwohl es noch dunkel war, war das Tor bereits geöffnet. Die Wächter standen in Grüppchen herum und flüsterten, sie sahen kaum auf, als die junge Drachenjägerin hindurchritt, das Schwert an ihrer Seite. Vor ihr lag Lanhannat, die Stadt des Königs, im Dunkeln, der Nacht preisgegeben. Noch bevor Linn die Wegkreuzung erreichte, stieg im Osten die Dämmerung über die Hügel, auf denen der Schnee taute.

Ein blaugrüner Drache … oh, sie kannte ihn. Diesmal würde er ihr nicht entkommen. Zu gerne hätte sie den Boten genauer befragt, wo er das Untier gesehen hatte, doch nun musste ihr reichen, was sie sich selbst zusammenreimte. Der Mann war aus dem Norden gekommen. Unwahrscheinlich, dass er von dem Weg über den Pass wusste; viel eher hatte er die Straße durch Werrin genommen. Dorthin musste sie reiten und darauf hoffen, dass ihr Feind in der Gegend geblieben war, um Unheil zu stiften …

Bis zum Abend ritt sie, über sich einen wolkigen Himmel, der nichts von dem verriet, was in ihm lauerte. Vor sich die Hufspuren dreier Reiter. Natürlich, der Botschafter und sein kleines Gefolge hatten denselben Weg. Jetzt verstand Linn auch, warum sie ohne Soldaten unterwegs waren. Mit einem Leibwächter wie Nexin drohte Charrin wohl kaum Gefahr. Was, wenn der Drache die drei zuerst bemerkte? Würde sie rechtzeitig da sein, um die Tijoaner zu retten?

Ich bin mir nicht sicher, ob ich sie retten will, dachte Linn, als sie von einer kleinen Anhöhe aus die drei Gestalten auf der Straße vor sich erblickte. Ausgerechnet in diesem Moment rissen die Wolken auf, und etwas Blaugrünes blitzte auf. Der Schatten mächtiger Flügel fiel über die Straße, genau dort, wo die drei Reiter gerade in einem Waldstück verschwanden.

Linn gab ihrem Pferd die Sporen. Vielleicht kam sie doch nicht zu spät, vielleicht konnte sie noch etwas ausrichten. Vielleicht konnte Nexin das Ungeheuer so lange aufhalten, bis sie die Gruppe erreichte … Der Gedanke daran, ob die Tijoaner es überhaupt wert waren, gerettet zu werden, war wie ausgelöscht.

»Lauf!«, rief sie ihrem Pferd zu, »lauf!«

Dann tauchten auch sie in den Wald ein. Grüne Knospen sprenkelten die schwarzen, vor Nässe glänzenden Äste, die zu beiden Seiten des Weges ein undurchdringliches Geflecht bildeten. Doch Linn hatte sowieso nicht vor, sich durchs Gestrüpp anzuschleichen. In der Stille wäre das Brechen des kleinsten Zweiges unerträglich gewesen. Diese Stille …

Der Braune wusste, was sie erwartete, auch wenn die Wegbiegung die Reisegruppe vor ihren Augen verbarg. Er scheute und warf sie ab; während sie sich aufrappelte, sah sie ihn davonpreschen. Linn packte ihr Schwert fester und humpelte vorwärts. Das Rauschen gewaltiger Schwingen erfüllte die Luft, Furcht zitterte in den Zweigen, und die Vögel schwiegen erschrocken. Alles wie damals …

Sie wartete auf die Schreie, auf das Feuer, auf das wilde Brüllen und Knistern der Flammen, doch der Tumult des Schreckens blieb aus. Dafür wurde die Stille nur umso mächtiger, unerträglicher. Dieses Schweigen, in dem der Flügelschlag des Drachen wie das Tosen eines fernen Wasserfalls klang.

Mit klopfendem Herzen folgte Linn der Straße durch die dunklen Mauern der Baumstämme, bog um die Ecke – und blieb wie angewurzelt stehen, denn sie konnte nicht glauben, was sie erblickte.

Vor ihr traten die Bäume weiter auseinander, und auf der kleinen Lichtung erhob sich etwas, das wie ein runder goldener Pavillon aussah, groß wie eine Kutsche, mit üppigen Kissen und Vorhängen. Die vergoldeten Streben gingen in ein gewölbtes Dach über, das von einer langen, querliegenden Stange gekrönt wurde. Der Drache hatte seine Pranken um das Holz gekrallt und schlug mit den Flügeln, noch ohne abzuheben, während der Botschafter gerade dem Mädchen in die Sänfte half. Chamija verlor ihren Schuh und lachte leise, als sie sich noch einmal bückte, ihn aufhob und sich umständlich, mit gerafftem Rock, erneut von Charrin helfen ließ. Er reichte ihr die

Hand, und zum zweiten Mal stieg sie ein, um auf den üppigen Polstern Platz zu nehmen.

»Wo ist mein Schirm?«, fragte sie laut. »Ich habe ihn doch nicht im Schloss vergessen?«

Der Zauberer stand noch auf dem Weg, und vielleicht hatte er Linns Aufkeuchen gehört, denn er drehte sich zu ihr um und hob überrascht die Augenbrauen. »Oh, da kommt Ärger«, bemerkte er mit einem kühlen Lächeln. »Oder wollt Ihr etwa noch mit?«

»Eilt Euch, Hoheit«, drängte Charrin, woraufhin Nexin in das ungewöhnliche Gefährt stieg.

Immer noch wie gelähmt stand Linn da und sah fassungslos zu, wie der blaugrüne Drache seine Schwingen bewegte und die goldene Sänfte mit den Tijoanern in die Höhe trug, den Wolken entgegen.

ANHANG

Personen

Im Dorf Brina

Arik, ein durchziehender Händler
Binia, Linns zwölfjährige Schwester
Ivar, der Gastwirt
Kesim, ein beleibter Kaufmann auf der Durchreise
Lester, Linns Stiefvater, der Müller
Linnia, genannt Linn, ein Mädchen mit Drachenträumen, siebzehn Jahre alt
Merina, Linns Mutter
Merok, Linns jüngerer Bruder, vierzehn Jahre alt
Rinek, Linns zwanzigjähriger Stiefbruder
Rakion, der Steuereintreiber des Landvogts
Serim, Knecht des Büttels Rakion
Taria, Yaros bösartige Tante
Worlin, Knecht des Büttels Rakion
Yaro, Linnias Freund, der hübsche Sohn eines Schmieds

In der Stadt Lanhannat

Agga, ein nachlässiges Dienstmädchen
Arian, der Sohn des Königs
Bher, ein alter Knappe mit Kampferfahrung
Borlin, ein mürrischer Greis

Chamija, eine hübsche Dame mit weißem Pelz
Charrin, der Botschafter von Tijoa
Dorago, ein rührseliger Greis
Fador, ein rotbärtiger Ritter
Findun, ein fuchsgesichtiger Beamter
Gunya, eine Ritterin
Jikesch, der Narr des Königs
Kasidov, ein schweigender Greis
Lireck, ein munterer Greis mit einem Vogel
Mora, Hauswirtin und Pastetenbäckerin
Nexin, Assistent des Botschafters von Tijoa
Nival, ein junger Schreiber
Okanion, Hauptmann der Drachengarde
Pivellius, König von Schenn
Roban, ein bedächtiger Greis

Auf Burg Ruath
Miri, eine Gefangene
Nat Kyah, ein bernsteinfarbener Drache
Oline, die älteste Gefangene
Pruni, eine Gefangene
Rania, rothaarige Gräfin, ebenfalls gefangen
Wea, eine freundliche Gefangene aus Khanat

Die Legende des heiligen Brahan

Prinzessin Wani war die Schönste aller Schönen, ein Mädchen mit Haar, so schwarz wie Ebenholz, mit Augen wie die Nacht und einer Haut, weiß wie frisch gefallener Schnee. Der Ruhm ihrer Schönheit verbreitete sich von Wellrah bis an die Küsten des Stillen Meeres, und Prinzen von überallher warben um ihre Hand. Doch Wani wies sie alle ab; sie wollte den größten Helden von allen und wusste doch nichts davon, dass er nicht weit von ihr bereits lebte: Brahan, der Prinz von Schenn. Ein Drachenjäger, wie es keinen zweiten gab, stärker als ein Löwe, mutiger als ein Schwan, der seine Jungen verteidigt. Zu jener Zeit dachte Brahan nicht ans Heiraten; mit Schwert und Schild bekämpfte er die Drachen, die die Länder südlich des Stillen Meeres heimsuchten.

Da geschah es, dass eines dieser Ungeheuer die holde Prinzessin entführte, als sie mit ihren Gespielinnen über die Wiesen ritt. Ein Drache, wie es keinen zweiten gab, größer als ein Berg, mit Augen wie glühende Kohlen und Krallen wie gebogene Säbel, trug sie in seine Drachengrube. Ihr Vater, der untröstliche König, bat die edlen Prinzen, die um ihre Hand angehalten hatten, sie zu befreien, und einer nach dem anderen zog aus und kehrte niemals zurück. Da sandte der König von Wellrah auch Botschaft nach Schenn, zusammen mit einem Medaillon, welches das Bildnis der Prinzessin enthielt.

Sobald Brahan ihr Antlitz erblickte, war es um ihn geschehen. Er legte seine Rüstung an, setzte seinen Helm auf, gürtete das Schwert und hängte sich den Schild über den Rücken. Dann machte er sich auf und suchte nach dem Eingang zur Unterwelt, wo die Drachen in ihrem Höllenpfuhl hausen. Übers Land zog er, dort ließ er sein Pferd, als ihn die Wölfe verfolgten. Über Wasser führte ihn die Suche, dort ließ er den Helm, als sein Boot fast versank in den tödlichen Strudeln. Übers

Moor, da ließ er die Rüstung, die ihn hinunterziehen wollte in die Arme der Sumpfgöttinnen. Über die Berge, da ließ er den Schild, dessen Gewicht ihn lähmte. Nur noch sein Schwert besaß Brahan, als er den Ort fand, an dem die Drachen das Land mit Rauch und Gestank verpesteten.

Die wimmelnde Drachengrube öffnete sich vor ihm, und mittendrin erblickte er die Prinzessin, bewacht von tausend Drachen. Da bahnte er sich mit dem Schwert den Weg zu ihr durchs Feuer hindurch und schloss sie in seine Arme. »Mein Fuß ist verletzt, wo mich der Giftzahn biss«, klagte die Maid. Sein Schwert warf Brahan fort, trug sie durch die Flammen, und kein Drache wagte es, ihn anzutasten, denn ihn schützte sein reines, mutiges Herz, und die Gnade der Götter war um ihn her wie Schild und Helm und Rüstung. Unverletzt kehrte Brahan mit seiner Braut nach Hause zurück.

Drei Kinder schenkten die Götter dem Paar: Laran, den ältesten, rabendunkel. Hetkjon, den zweiten, löwengolden, Sanaka, die liebliche, flammenrot. Laran war es, den Brahan am meisten liebte, den Erben, Held von Kindesbeinen an.

Nie gönnen die Götter, die dunklen, den Menschen zu viel Glück. Feuer flammte auf, drohte die Kinder zu verschlingen, streckte die gierigen Hände nach ihnen aus. Da ging Laran durch schwarzen Rauch und rote Glut und rettete Bruder und Schwester aus dem Feuer.

Flut kam, brodelnde Wassermassen, da schwamm Laran durch den Fluss und trug Bruder und Schwester ans Ufer. Doch zum Schluss schickten die dunklen Götter Bor-Chain, den finsteren Wüterich aus tijoanischen Landen, der raubte und brandschatzte, flammte und mordete mit seinen Horden. Königreiche zerfielen unter seinem Angriff, Throne zerbrachen, Kronen barsten, Köpfe rollten. Listig wartete Bor-Chain, bis Laran, der Held, das Schloss verließ, seinen ersten Drachen zu jagen, dann kam er und tötete, und niemand war da, ihm zu wehren.

Brahans Schwert zerbrach, Wanis Flehen verstummte, Bruder und Schwester verloren ihr Leben. Mitsamt seiner Beute floh der Unhold zurück nach Tijoa, Angst im Genick, denn nun kehrte Laran zurück. Fand nur noch ein Kind, seinen Schwestersohn, in den Trümmern, und setzte ihm die geborstene Krone aufs Haupt. Daraufhin eilte er dem Wüterich nach, ihn zu verderben. Brahans zerbrochenes Schwert in den Händen, focht Laran gegen den hinterhältigen Bor-Chain, Vatermörder, Muttermörder, Brudermörder, Schwestermörder. Da rief Bor-Chain die Drachen zu Hilfe, die grimmigen, und die Drachen vernichteten Land und Wald, Fluss und Moor, Berg und Meer, sie vernichteten gar Tijoa und Bor-Chains Heer.

Allein stand er nun da, der wilde Mann, und nichts nützten ihm die Schädel der Könige, auf denen er seinen Thron errichtet hatte, denn Laran kam und machte ein Ende mit ihm. Aber die Drachen wüteten weiter, als der starb, der sie gerufen hatte; sie machten nicht Halt, und ihr Feuer hätte die ganze Welt verschlungen, wenn Laran nicht auch sie geschlagen hätte, wie er das Feuer geschlagen hatte und die Flut geschlagen hatte. Dann sah er über das verbrannte Land hinweg und senkte den Kopf und ging, doch niemand weiß, wohin. Zu Hause in Schenn warteten sie vergeblich auf ihn, und der junge Prinz Hieron, Schwesterkind, ordnete an, auf ihn zu warten, einen Tag und eine Nacht im Jahr, von jetzt an bis ans Ende aller Zeiten.

Das Jahr in Schenn

Das Jahr wird in dreizehn Monate zu je achtundzwanzig Tagen eingeteilt. An den Drachenmond im Spätsommer (zum Gedenken an die gewaltige Zerstörung fast der gesamten bekannten Welt durch die Drachen) schließt sich der mit Umzügen und Festgelagen gefeierte Laranstag an.

Frühjahr:
Goldmond (Begrüßung des neuen Jahres)
Blütenmond (der traditionelle Hochzeitsmonat)
Lichtmond

Sommer:
Grasmond
Beerenmond
Kornmond (Erntemonat)

Drachenmond (eine Zeit des Fastens und der Besinnung)
Laranstag (das größte Fest des Jahres)

Herbst:
Traubenmond
Nebelmond
Reifmond

Winter:
Schwarzmond
Eismond
Wispermond

In Schenn gebräuchliche Maßeinheiten:

Ein Yag – ein großer Schritt
Ein Gildrek – ca. eine Manneslänge
Ein Yagon – Strecke, die einer Stunde Fußmarsch entspricht

Spiele aus Schenn

»Hay, hay, hay« – Glücksanruf bei jeder Wette. Die Schenner ergreifen jede Gelegenheit zu Wetten und Wettkämpfen. Dass Adlige nicht mit Leuten von niedrigem Stand wetten dürfen, ist übrigens nur eine Ausrede. Die Herausforderung Höhergestellter ist in Schenn durchaus Tradition.
Hayon – Bei Kindern beliebter Wettkampf, bei dem der Verlierer für die Gewinner kleine Arbeiten erledigen und sich beschimpfen lassen muss.
Hela – Geschicklichkeitsspiel mit Holzkugeln.
Hohes Spiel – Duell der höchsten Stufe, zumeist zwischen Rittern. Ernsthafte Verletzungen müssen vermieden werden, und die besten Spieler ermüden oder entwaffnen ihre Gegner durch reine Geschicklichkeit, ohne dass Blut fließt. Der Preis für den Verlierer ist hoch: Er muss dem Sieger für die vereinbarte Zeit (ein Jahr, drei oder fünf) dienen oder einen Auftrag ausführen. Das Hohe Spiel ist das älteste und gefürchtetste Spiel in Schenn, denn es gilt wie bei jeder anderen Wette als schlechter Stil, eine Herausforderung abzulehnen.